Un mariage de convenance

Aux Éditions J'ai lu

Le loup et la colombe
N° 820
Une rose en hiver
N° 1816
Shanna
N° 1983
Cendres dans le vent
N° 2421
L'inconnue du Mississippi
N° 2509
Qui es-tu, belle captive ?
N° 2998
À la cour du tsar
N° 4047
La rivière de la passion
N° 6701
Un mariage de convenance
N° 7857
Auprès de toi, pour toujours
N° 8999

LES BIRMINGHAM
1 – Quand l'ouragan s'apaise
N° 772
2 – Les flammes de la passion
N° 9481
3 – La rose de Charleston
N° 9410

KATHLEEN E.
WOODIWISS

Un mariage de convenance

Traduit de l'anglais (États-Unis)
par Vassoula Galangau

J'AI LU

Si vous souhaitez être informé en avant-première
de nos parutions et tout savoir sur vos auteurs préférées,
retrouvez-nous ici :

www.jailu.com

Abonnez-vous à notre newsletter
et rejoignez-nous sur Facebook !

Titre original
THE RELUCTANT SUITOR

Éditeur original
Publiée avec l'accord de William Morrow,
département de HarperCollins Publishers, New York

À ma très chère amie
Laurie McBain.
Si nos pensées étaient plus proches encore,
nous serions de parfaites jumelles.

1

Wiltshire, Angleterre
Nord-est de Bath et de Bradford
5 septembre 1815

Lady Adriana Sutton longea en courant l'élégant portique du manoir de Randwulf. Elle jeta en riant un coup d'œil par-dessus son épaule et esquiva habilement la main que tendait vers elle son jeune et bouillant soupirant. Celui-ci, après avoir sauté de son cheval, avait désespérément tenté de la rattraper, mais elle s'était échappée vers le château de ses plus proches voisins et amis… À l'approche de la jeune femme, la porte massive s'ouvrit, et un majordome d'un certain âge, grand et maigre, s'écarta dignement pour la laisser passer.

— Oh ! Harrison, vous êtes un amour !

Elle se précipita dans le vaste hall, prit une pose triomphale et attendit l'arrivée du jeune homme. Celui-ci ralentit le pas et s'arrêta net sur le perron. Adriana leva un sourcil, étonnée. Voilà plus d'un an que Roger Elston réclamait sa main et la poursuivait partout de ses assiduités, se présentant chez elle ou chez ses amis même quand il n'était pas invité, mais à ce moment précis son zèle semblait s'être quelque peu émoussé. On aurait dit que la crainte que lui inspirait lord Sedgwick Wyndham, sixième marquis de Randwulf, s'était accentuée depuis son décès.

De son vivant, lord Sedgwick ne cachait guère le mécontentement que lui causaient les visites impromptues de Roger. Il faut dire que le jeune importun faisait preuve d'une exaspérante ténacité... Comme si son projet insensé avait la moindre chance d'aboutir ! Son audace n'avait pas de limite. Quand un dîner réunissait des invités triés sur le volet autour des Wyndham ou de la famille d'Adriana, Roger se présentait invariablement sous un prétexte quelconque, juste pour lui parler, lui faisant amèrement regretter sa faiblesse : elle n'aurait jamais dû accepter de le recevoir la première fois qu'il lui avait rendu visite à Wakefield sans se faire annoncer. Mais même après que sa demande en mariage se fut heurtée à un refus catégorique – le père d'Adriana lui avait expliqué sans détour que sa fille était déjà fiancée –, Roger n'avait montré aucun signe de découragement.

Adriana aurait dû adopter une attitude inflexible pour se débarrasser définitivement de ce pot de colle, mais elle répugnait à lui faire de la peine. Roger Elston était si malheureux, si seul ! Son enfance misérable l'avait irrémédiablement marqué. Aussi, chaque fois qu'elle avait envie de le repousser avec fermeté, elle était submergée par le souvenir ému des petits animaux abandonnés qu'elle et Samantha Wyndham, son amie de toujours, avaient recueillis autrefois... Témoigner moins de compassion à un être humain en quête d'affection qu'à un animal aurait été de la dernière injustice !

— Harrison, j'ai l'impression que vous intimidez ce garçon, lança-t-elle, moqueuse, pointant le bout de sa cravache sur son admirateur. Sa réticence à se mesurer à vous m'a sauvée : si vous n'aviez pas ouvert la porte à temps, M. Elston m'aurait sans doute rattrapée et obligée à lui présenter des excuses. Figurez-vous que, comme d'habitude, Ulysse et moi l'avons laissé loin derrière, sur son vieux canasson.

Une nouvelle fois, ce jour-là, alors qu'Adriana et ses amis se préparaient à faire une promenade équestre, Roger avait débarqué au château de Wakefield à l'improviste. Prise de court, la jeune femme lui avait poliment proposé une monture. Naturellement, il s'était empressé d'accepter. Roger savait qu'elle était promise à un autre homme que ses parents lui avaient officiellement choisi des années auparavant, mais cela ne semblait pas le décourager, et sa persévérance intriguait Adriana : croyait-il vraiment parvenir à briser ses fiançailles et à obtenir sa main ?

Feignant l'étonnement en haussant les arcs parfaits de ses sourcils et en tapotant son menton de son index, elle ajouta :

— J'ai eu beau tirer sur la bride, Ulysse a continué à galoper. Il ne supporte pas d'être dépassé par un autre cheval ni de se mêler aux hongres de notre écurie, et malgré ses efforts M. Elston n'a pas réussi à nous rattraper. Vous vous souvenez sûrement, Harrison, que lord Sedgwick se plaignait souvent de l'esprit indomptable de ce pur-sang.

Le sourire fugace du majordome trahit un instant son sens de l'humour, qu'il dissimulait derrière un masque de dignité impassible.

— Bien sûr, Milady. Et votre aptitude à monter cet étalon l'émerveillait. Il ne tarissait pas d'éloges à votre endroit. Il était aussi fier de vous que de sa propre fille.

Au service des Wyndham depuis des décennies, Harrison se rappelait parfaitement le jour où les Sutton étaient arrivés au manoir, afin de présenter au lord leur troisième fille. Quelques années plus tard, la petite donzelle avait gagné l'affection de tous les habitants de la région. Très douée pour l'équitation, la jeune amazone avait rapidement surpassé les meilleurs cavaliers du voisinage. Il n'était donc pas étonnant que le pauvre Elston, qui n'avait guère d'expérience dans ce domaine, perde systématiquement contre Adriana. Mais, au lieu de le décourager, ses défaites répétées semblaient renforcer sa détermination, et il avait fini par gagner quelques longueurs d'avance sur les autres concurrents lors de ces courses de chevaux improvisées. La preuve en était que, cette fois-ci, il talonnait Adriana : si Harrison n'était pas intervenu, il l'aurait peut-être rattrapée, car sur les derniers mètres qu'il fallait parcourir à pied, ses grandes enjambées lui auraient sans doute donné l'avantage.

— Pour sûr, Milady, personne ne saurait rivaliser avec Ulysse et son intrépide cavalière. Toutefois, M. Elston semble déterminé à vous attraper. Et, qui sait ? Peut-être y parviendra-t-il un jour.

Des années de bons et loyaux services avaient consacré Alfred Harrison comme le chef du personnel du manoir. Il s'acquittait de ses tâches avec une efficacité exemplaire. Sa présence intimidait Roger Elston, qui hésitait à pénétrer dans le château. Son impétueux désir de conquérir Adriana l'avait poussé à prendre des risques inconsidérés. Se glisser parmi ces aristocrates jaloux de leurs prérogatives lui avait déjà attiré de gros ennuis. Son arrogance avait suscité l'animosité d'une légion de prétendants, mais le jeune homme avait décidé que l'enjeu en valait la peine.

Si son père n'avait pas hérité d'une manufacture de textiles et ne l'avait pas initié au négoce de la laine, Roger n'aurait jamais quitté l'orphelinat de Londres où il avait été placé à l'âge de neuf ans et où il avait ensuite enseigné pendant dix ans. En toute logique, ses humbles origines auraient dû lui interdire définitivement la porte de ces lords imbus de leur supériorité, mais la profonde affection des Wyndham envers Adriana et leur réticence à lui poser des questions sur le vulgaire roturier qui la suivait partout lui avaient permis de franchir le seuil de ces imposantes demeures.

Ayant ôté son chapeau, Roger adopta une attitude respectueuse, attendant que le majordome lui donne l'autorisation d'entrer. Soudain, il se figea. Son oreille avait perçu le grognement sourd de Leo et Aris, les chiens-loups qui se déplaçaient librement sur le domaine. Quelques mois plus tôt, il avait appris à ses dépens qu'on ne pouvait tromper la vigilance des deux cerbères, qui semblaient toujours prêts à lui planter leurs crocs dans les mollets ; si les manières des Wyndham à son égard étaient toujours restées polies, on ne pouvait en dire autant de leurs deux monstres.

Roger regarda autour de lui. L'immense hall d'entrée était décoré de gracieuses voûtes ornées de festons et de cannelures. Deux corridors en partaient et traversaient le manoir du nord au sud. Le vestibule, bâti selon les règles architecturales des anciens châteaux, pouvait aisément se transformer en salle à manger, comme au Moyen Age. Il suffisait d'y installer de longues tables sur tréteaux et des chaises. La galerie sud, devant laquelle se tenaient Adriana et le majordome, menait au salon et à la bibliothèque adjacente, où l'on pénétrait par une porte admirablement sculptée. À l'autre bout du château, des portes à doubles battants vitrés s'ouvraient sur une gigantesque salle de bal aux murs couverts de miroirs...

Les grognements pouvaient provenir de la partie sud du château, à laquelle les deux molosses accédaient librement par les arcades ouvertes sur la galerie. Ils aimaient particulièrement y lézarder au soleil.

Roger tendit le cou et s'efforça prudemment de distinguer ses ennemis quadrupèdes dans la galerie, mais il ne vit rien. Les portes aux vitres dépolies lui masquaient la vue. Son regard glissa vers le couloir opposé où des niches brillamment éclairées exposaient une impressionnante collection de portraits.

Tous les ancêtres des Wyndham y figuraient : de vaillants chevaliers ayant fait acte de courage, de gentes dames ayant défendu de justes causes, un érudit tenant noblement un rameau d'olivier... Mais en ce début d'automne, les rayons obliques du soleil qui ricochaient sur les tableaux et les vitres déformaient singulièrement les contours et créaient des reflets multicolores qui troublaient les sens du visiteur. Il était près de 3 heures de l'après-midi, et le vestibule était inondé de lumière. Un léger vertige s'empara de Roger, qui essayait en vain de calmer les folles palpitations de son cœur. Soudain, quatre yeux de braise trouèrent le rideau de lumière, et Roger aperçut les crocs blancs et acérés. La menace paraissait imminente. À tout moment, l'une des deux bêtes féroces risquait de lui sauter dessus et de refermer ses mâchoires redoutables sur une jambe, un bras ou même son cou. Leo et Aris semblaient attendre un imperceptible signe pour bondir, et Roger n'osa plus bouger un cil. Mais les chiens restaient immobiles, telles deux monstrueuses sculptures de granit prêtes à s'animer. Leur poil hérissé rendait leur immobilité encore plus effrayante, et toute leur attitude exprimait leur défiance envers l'intrus.

Un officier en uniforme apparut, et les chiens s'avancèrent vers lui, se figeant à ses côtés dans une attitude protectrice. La canne sur laquelle l'homme s'appuyait pesamment trahissait des blessures subies pendant la dernière guerre entre l'Angleterre et la France... Peut-être avait-il été blessé lors de la récente bataille de Waterloo ou au cours d'une escarmouche meurtrière sur le sol français... Que faisait-il ici ? Apparemment, la présence d'Adriana le troublait, car il l'examinait d'un regard attentif.

Roger eut beau chercher, il ne trouva aucune explication logique au comportement inattendu des chiens, qui réservaient normalement leurs bonnes grâces aux seuls membres de la famille. Il avait souvent eu l'occasion de constater leur absolue fidélité à l'égard de feu lord Sedgwick, et avait soupçonné l'ancien maître de maison d'encourager l'hostilité de ses chiens à l'encontre des nombreux soupirants de lady Adriana. Avant la maladie et la mort du vieux lord, de nombreux prétendants avaient investi le voisinage, afin de se rapprocher de l'objet de leur convoitise. Car non seulement Adriana était belle à couper le souffle, mais l'homme qui aurait la chance de l'épouser s'approprierait du même coup une dot princière qui le mettrait à l'abri des soucis matériels jusqu'à la fin de ses jours. Roger était convaincu que le défunt marquis détestait tous les galants qui se pressaient autour d'Adriana; n'avait-il pas décrété un jour que la main de la jeune fille serait accordée à son propre fils? C'était une raison suffisante pour qu'il ait dressé Leo et Aris à terroriser les amoureux de la belle. Roger s'était maintes fois demandé pourquoi les domestiques étaient épargnés par les molosses. Sans doute leurs livrées les différenciaient-elles des visiteurs et des étrangers…

Chaque fois que Roger s'était enhardi à suivre lady Adriana jusqu'au manoir de Randwulf, il avait constaté que les chiens manifestaient à la jeune femme le même attachement qu'aux Wyndham. Mais cet officier ne faisait pas partie de la maison, alors pourquoi les chiens l'acceptaient-ils si facilement? Quels étaient ses liens avec les habitants du château? Était-il un parent éloigné? Mais, dans ce cas, les deux monstres ne se coucheraient pas à ses pieds. Roger avait toutefois l'impression de l'avoir déjà vu, ou bien de connaître quelqu'un qui lui ressemblait. On ne pouvait oublier un tel visage. Il réunissait toutes les caractéristiques que le jeune roturier en était venu à détester: des traits aristocratiques, une sorte de puissance virile – celle-là même qui manquait à Roger, fin et élancé, qui avait conservé une allure d'adolescent bien qu'il ait déjà vingt-sept ans. L'officier, qui semblait être âgé de trente-cinq ans environ, affichait un air hautain et autoritaire qu'accentuait son attitude martiale. Il avait certainement l'habitude de commander à des subalternes.

Que faisait cet homme dans la demeure de feu le marquis de Randwulf ? L'inconnu dévisageait le majordome et lady Adriana, en grande conversation, comme s'il attendait d'être présenté à la jeune fille. À moins qu'il ne soit subjugué par son incomparable beauté ! Cela le rendait d'emblée antipathique à Roger, qui détestait devoir rivaliser avec des prétendants de noble extraction.

Soudain, la fille unique du lord apparut dans le vestibule. Samantha Wyndham Burke, qui avait également participé à la course de chevaux, venait seulement d'arriver au domaine. Tout comme sa meilleure amie, elle s'était efforcée d'échapper à son poursuivant, en l'occurrence son époux depuis deux ans, un jeune homme aux cheveux blond cendré. Perceval Burke la rejoignit en quelques enjambées ; il lui enserra la taille en la forçant à se retourner pour lui faire face, tandis qu'elle poussait un piaillement ravi.

— Je te tiens, ma jolie !

Samantha retira son chapeau garni de rubans et scruta le beau visage de son mari à travers ses yeux mi-clos, un doux sourire aux lèvres.

— Suis-je donc en danger, monsieur ?

Les sourcils blonds se haussèrent au-dessus des yeux espiègles, d'un bleu étincelant.

— Oui, ma chère, je le crains.

Feignant de prendre un air contrit, Samantha abaissa son regard vers ses doigts gantés, qui exploraient à présent le gilet en daim de Perceval.

— Je suppose que je dois payer un gage, sourit-elle.

— Oui, souffla-t-il d'une voix rauque en lui serrant le bras. J'y veillerai aussitôt que nous rentrerons à la maison.

Un troisième couple était entré en scène... En dépit d'une blessure à la fesse gauche, triste souvenir de Waterloo, lord Stuart Burke, commandant de bataillon d'infanterie, n'avait rien perdu de son élégance innée. Sur son bras était posée la menotte délicatement gantée de Felicity Fairchild, une ravissante jeune fille qui s'était récemment installée dans la petite ville de Bradford. Il la conduisait galamment, et elle trottinait en souriant à ses côtés, les yeux modestement baissés.

Encouragé par l'arrivée des deux couples, Roger en profita pour leur emboîter le pas. Il s'élança en direction d'Adriana, qu'il espérait prendre au dépourvu. Il avait appris à agir promptement au cours de son enfance passée dans les quartiers les plus sordides de Londres, quand il devait défendre sa vie et celle de sa mère, voler un peu de nourriture à l'étalage ou échapper aux gendarmes.

Le grincement de ses éperons sur le marbre alerta Adriana. Ce bruit trahissait presque toujours les déplacements de Roger Elston. La jeune fille se retourna vivement, resta un instant figée, puis se prépara à fuir. Elle devait absolument le tenir à distance : célibataire et convoitée, Adriana ne saurait souffrir d'aucun homme les familiarités que Perceval témoignait à son épouse... si toutefois elle rencontrait jamais un homme aussi entreprenant que Perceval. Les initiatives de Roger Elston l'exaspéraient. Cependant, elle n'osait le remettre à sa place une fois pour toutes. Il aurait pourtant suffi qu'elle le somme de la laisser tranquille, d'une voix forte et ferme, devant témoins. Mais elle répugnait à lui infliger cet affront. Adriana tenait de sa mère son aversion pour l'impolitesse. Elle s'était toujours efforcée de ménager la susceptibilité de Roger, mais cette fois-ci il avait dépassé les bornes. Furieuse, elle s'envola loin de Harrison, parvint à éviter de justesse la main tendue de Roger, puis s'élança sous les voûtes de la galerie, vaguement consciente que Leo et Aris l'avaient précédée. L'instant suivant, un objet en bois heurta le sol de marbre, quelque part devant elle. Dans leur précipitation, les chiens avaient sûrement fait tomber un objet. Encore heureux que ce ne soit pas du verre, pensa-t-elle.

Le cliquetis métallique qui la talonnait cessa brutalement, tandis que les deux bêtes jaillissaient de la galerie où elles s'étaient tapies, afin de bloquer le passage à l'assaillant. Quant à Adriana, elle s'arrêta net à la vue de l'obstacle qui lui barrait la route : un arbre avait-il subitement poussé au milieu du couloir ? La tête lui tourna, elle chancela, son pied botté heurta un moulage décoratif d'inspiration italienne, et, alors qu'elle allait s'étaler de tout son long, un bras musclé la retint en s'enroulant autour de sa taille. Avant qu'elle ait pu recouvrer ses esprits, elle se retrouva plaquée contre une forme... bien plus humaine que l'arbre qu'elle avait cru apercevoir... Un souvenir incongru lui revint en mémoire : elle se revit petite fille, se précipitant hors de l'étable et entrant en collision avec la cuisinière potelée de ses parents ; elle avait eu la sensation d'atterrir sur un coussin. Mais la personne qui la tenait à présent dans ses bras n'avait rien de féminin !

Lady Adriana Elynn Sutton avait grandi dans le château de ses parents, situé à quelques kilomètres. Troisième fille des Sutton, elle s'était liée d'amitié, dès sa plus tendre enfance, avec Samantha Wyndham. Si Adriana était la préférée de son père, elle était pour sa mère et ses sœurs aînées une source constante de soucis. Elle ne ressemblait pas aux autres femmes de la famille. Grande, mince, avec des yeux de jais et des cheveux noirs, comme son père, elle possédait un caractère plus affirmé que celui de ses sœurs.

Lady Christina, sa mère, s'était efforcée d'éduquer ses trois filles de la même façon et de faire d'elles des femmes parfaitement bien élevées. Elle y était parvenue avec ses aînées, Jaclyn et Melora, qui étaient douces et obéissantes, blondes et racées, réservées et pleines de distinction. Jaclyn, qui habitait près de Londres à présent, était déjà mariée et mère de deux enfants. Melora, la puînée, était sur le point de se marier elle aussi. Adriana, en revanche, semblait venir d'une autre planète. D'après ses sœurs, elle était du côté de leur tante paternelle... Beaucoup trop, à leur goût.

Malgré le contrat de mariage que ses parents avaient signé des lustres auparavant – et qui n'était, après tout, qu'un bout de papier n'offrant aucune garantie –, Adriana s'estimait libre comme l'air. Et elle n'était guère pressée de changer de statut. Au désespoir de Christina Sutton, sa benjamine ne faisait aucun cas des bonnes manières. Rebelle, elle préférait aux robes de soirée ses tenues d'écuyère, même quand il y avait du monde à la maison ; elle arrivait en retard, distribuait quelques sourires séducteurs aux invités et s'éclipsait tout aussi brusquement. Elle pouvait rivaliser avec les meilleurs cavaliers de la région, surtout lorsqu'elle montait Ulysse, le fougueux étalon andalou que son père avait fait venir d'Espagne spécialement pour elle. Soucieuse de progresser, Adriana s'exerçait sans répit des heures durant, tandis que ses sœurs, moins courageuses, avaient renoncé à l'équitation sous prétexte que leur selle de dame n'offrait pas une sécurité suffisante, ou que les étriers blessaient leurs talons délicats... Bref, après deux ou trois culbutes, elles s'étaient tournées vers des activités résolument plus féminines.

Christina Sutton déplorait l'esprit aventureux de sa dernière fille qui, non contente de chevaucher Ulysse à travers champs et de participer à des courses d'obstacles, s'était en outre découvert une passion pour le tir à l'arc et le maniement des armes à feu. Instruite par son père, elle était devenue excellente dans ces deux disciplines. Gyles Sutton lui avait offert un fusil Ferguson, et elle abattait cerfs et chevreuils avec la précision d'un chasseur chevronné, diversifiant ainsi les repas servis à la table familiale. Elle expédiait les excédents de gibier à un couple d'un village voisin qui avait adopté une douzaine d'orphelins.

Lord Sutton était fier d'Adriana, dont les précepteurs louaient l'intelligence et la culture. Mais aux yeux de ses sœurs, ses qualités intellectuelles ne pouvaient compenser son ignorance des travaux d'aiguille et de crochet, ainsi que son manque de goût pour le chant et le clavecin, que pour leur part Jaclyn et Melora portaient aux nues. Pour couronner le tout, Adriana n'accordait son amitié aux autres femmes qu'au compte-gouttes. Elle méprisait leurs jalousies mesquines, leurs cancans, leurs babillages sans fin, leur rivalité de coquettes. Hormis Samantha, elle ne comptait que des amis de sexe masculin.

« Seigneur, que doivent dire les gens ? » s'inquiétaient ses sœurs.

Pourtant, malgré son manque apparent de distinction, Adriana s'était gagné l'affection du marquis de Randwulf, de sa famille et de ses serviteurs, dont beaucoup l'avaient vue grandir et devenir une belle jeune femme.

Et maintenant elle était là, prise au piège de cet étau. Sa colère aurait dû se déchaîner, mais elle avait du mal à renoncer à l'illusion fantasque du chêne qui aurait poussé d'un seul coup dans la galerie... Elle réalisa soudain combien sa jupe noire d'amazone et son spencer de velours vert foncé, rehaussé d'un jabot de dentelle crème, étaient une mince protection contre cet homme robuste dont les bras l'étreignaient si fort. Se ressaisissant, elle esquissa un mouvement pour se dégager. À son soulagement, l'homme lâcha prise, et elle fit un pas en arrière... Bien mal lui en prit. Le talon de sa botte buta contre un objet oblong en bois, une canne peut-être... Elle se sentit vaciller et, pour essayer de rétablir son équilibre, battit frénétiquement l'air de ses bras. L'homme se porta alors à son secours, et Adriana s'accrocha désespérément à la première chose qui lui tomba sous la main : la ceinture du grand manteau rouge d'officier. Hélas ! sa semelle dérapa sur la canne qui roula, accélérant sa chute. Effarée, Adriana s'agrippa à nouveau à sa bouée de sauvetage et, tandis qu'elle faisait une ultime tentative pour ne pas tomber à la renverse, sa cuisse droite heurta brutalement l'entrejambe de l'inconnu, qui tressaillit violemment. La jupe d'Adriana se releva jusqu'au genou, pendant que sa jambe gauche glissait le long de celle, musclée, de l'officier. La jeune femme ressentit une brûlure à l'intérieur de sa cuisse qui frottait contre le pantalon de lainage blanc parfaitement repassé. Elle voulut ramener sa jambe par-dessus la jambe masculine qu'elle chevauchait, pressée de recouvrer un peu de sa dignité, mais une cuisse d'acier comprimait la partie la plus intime de sa personne. Adriana eut un sourire gêné.

— Désolée, bredouilla-t-elle, les joues empourprées, essayant de prendre un air dégagé. Je n'avais pas l'intention...

— C'est sans importance, l'interrompit l'officier.

Un muscle de sa joue se contractait de façon désordonnée, signe qu'il s'efforçait, lui aussi, de surmonter son embarras. Il la saisit ensuite par la taille, la souleva comme une plume, puis la reposa doucement sur le sol, entre ses bottes d'un noir brillant. Il ferma les yeux et inclina la tête. Visiblement, il faisait un gros effort pour surmonter la douleur que le coup d'Adriana avait causée à son entrejambe. La jeune femme sentit la fragrance de son eau de Cologne, à laquelle se mêlaient la senteur du savon et l'odeur de laine de son pantalon blanc. Un cocktail troublant qui excita ses sens en alerte... Ce parfum viril était bien plus grisant qu'un verre de porto par une tiède soirée d'été.

Une grimace tordit les lèvres bien dessinées de l'officier. Il endurait son supplice stoïquement, en silence. Son éducation aristocratique lui interdisait d'esquisser le moindre geste susceptible d'apaiser son tourment. Néanmoins, après avoir marmonné une excuse, il se pencha légèrement en avant et, d'un geste rapide, déplaça la bosse qui se dessinait sous le pantalon moulant. Adriana détourna les yeux et déglutit péniblement. Elle perçut la chaleur qui lui enflammait le visage et se sentit encore plus désemparée.

Enfin, elle se résolut à lever les yeux et à regarder l'homme en face, limitant son champ de vision aux cheveux bruns coupés court, au visage aux traits ciselés, et aux épaulettes dorées qui tranchaient sur l'étoffe rouge vif de l'uniforme. Elle devait absolument se ressaisir et adopter une attitude plus conforme à celle d'une jeune fille vierge. Mais son trouble persistait. Elle n'aurait jamais pensé qu'un homme puisse dégager autant de virilité et de puissance.

L'inconnu, dont le visage n'était plus déformé par un rictus de douleur, la dévisageait de ses yeux gris pâle où brillait une lueur espiègle. Son sourire charmeur, qui dévoilait des dents régulières d'une blancheur éclatante, était teinté d'ironie. De chaque côté de ses joues hâlées, des pattes soigneusement taillées soulignaient ses pommettes saillantes. Les plaisirs, les rires, les soucis avaient creusé de part et d'autre de sa bouche des rides expressives – sans doute de simples fossettes à l'origine –, et Adriana en fut bouleversée, comme si ces sillons laissés par la vie trouvaient un écho dans sa mémoire, réveillant une musique ancienne enfouie au plus profond d'elle-même. Connaissait-elle cet homme ? S'il existait un lien entre eux, il devait dater d'une époque dont elle n'avait pas souvenir.

— Après les péripéties que nous venons de vivre et avant qu'une nouvelle calamité ne nous accable, dit-il à voix basse, de sorte qu'elle soit la seule à l'entendre, j'aimerais connaître le nom de ma charmante compagne d'infortune. Mademoiselle… ?

Sa voix fit vibrer Adriana jusqu'au tréfonds de son âme ; son timbre chaud et riche la troubla délicieusement. La jeune fille, dont le corps ignorait encore les plaisirs sensuels, en fut stupéfaite. Elle était la première surprise par les sensations bizarres, presque indécentes, qui enflammaient son imagination.

— S… Sutton, balbutia-t-elle, maudissant sa maladresse.

D'habitude, elle n'était pourtant pas intimidée par les représentants du sexe fort. Chaque mois, elle recevait une ou deux demandes en mariage, et elle en avait conçu une grande indifférence, se contentant d'attendre des nouvelles de l'homme auquel elle avait été promise. Parmi tous ses prétendants, elle préférait Riordan Kendrick, le séduisant marquis de Harcourt. Certes, il était moins persévérant que Roger Elston – et tant mieux –, mais ses manières raffinées le rendaient extrêmement attirant. Pourtant, elle ne se rappelait pas avoir été aussi fascinée par les yeux noirs et brillants de Riordan que par ces yeux d'un gris lumineux qui la considéraient avec un amusement non dissimulé. Oui, des yeux aussi beaux, elle n'en avait pas vu depuis…

— Vous avez dit « Sutton » ?

L'homme leva un sourcil d'un air étonné. Son expression reflétait à la fois l'admiration et l'incrédulité. Puis, comme pris d'un doute, il pencha la tête de côté, afin de l'examiner de plus près. Mais plus il scrutait le petit visage à l'ovale parfait, moins il semblait y croire.

— Pas… lady Adriana Sutton ? demanda-t-il enfin.

Elle acquiesça prudemment, et le sourire de l'officier s'épanouit. Soudain, l'entourant de ses bras, il l'écrasa contre son large torse.

— Mon Dieu, Adriana, vous êtes devenue une femme ! Jamais je n'aurais imaginé qu'un jour vous seriez aussi belle.

L'éloge ainsi que le geste trop familier causèrent à la jeune femme une nouvelle bouffée de chaleur. L'étranger connaissait son prénom... Et il l'étreignait si fort qu'il allait lui briser les côtes... Peut-être avait-il passé trop de temps en compagnie de soudards pour se rappeler qu'un gentilhomme ne doit pas serrer une dame d'aussi près. Si, tout à l'heure, Adriana s'était retenue de rabaisser Roger devant ses amis, l'inconnu méritait pour sa part une leçon. Son audace frisait l'incorrection.

— Monsieur, je vous en prie ! Laissez-moi respirer. Nous ne sommes pas sur un champ de bataille.

Un doux rire roula dans la gorge de l'officier. Les orteils d'Adriana touchèrent terre ; elle s'aperçut alors qu'il l'avait soulevée dans ses bras avec une aisance extraordinaire. Il avait une force herculéenne, une stature de géant. La tête d'Adriana lui arrivait à peine à l'épaule. Son propre père était grand, Riordan aussi, mais le seul homme de sa connaissance dont la taille pouvait se mesurer à celle de l'inconnu était le regretté Sedgwick Wyndham.

— Ma chère Adriana, pardonnez-moi, murmura-t-il en souriant.

Il accepta avec un mot de remerciement la canne d'ébène à pommeau d'argent que le majordome lui tendait, puis, à nouveau, ses yeux se plantèrent dans ceux d'Adriana.

— Ne soyez pas embarrassée, reprit-il. Je vous prie d'excuser mes mauvaises manières. Je crains d'avoir négligé les règles les plus élémentaires du savoir-vivre dans ma hâte de renouer nos relations. Quand je vous ai vue parler avec Harrison, je me suis pris à espérer qu'il nous présenterait. J'étais loin de me figurer que nous nous connaissions déjà.

« Ma chère Adriana ». « Renouer nos relations ». Lui faisait-il des avances, par hasard ? Pour qui se prenait-il ? Les joues en feu, elle souleva légèrement sa robe et tourna les talons. Si elle s'était écoutée, elle lui aurait arraché sa canne pour l'assommer avec. Elle s'éloigna prestement, puis, quand elle jugea la distance raisonnable, se retourna pour l'affronter. Les mains crispées sur sa jupe, le menton haut, elle le toisa d'un air dédaigneux.

Il ne parut pas impressionné. Un sourire canaille brilla sur ses lèvres. Son regard effronté croisa celui de la jeune femme. Elle avait l'habitude d'être le point de mire de l'admiration masculine, lorsqu'elle déambulait dans les rues de Bath, chaperonnée par sa tante paternelle, ou à Londres, avec ses sœurs. Mais ce regard était différent... Ces yeux gris n'auraient pas brillé davantage si elle avait été toute nue. On aurait dit, à sa façon de la détailler, qu'il faisait le tour du propriétaire. « Qu'il aille au diable », se dit-elle furibonde, sans toutefois détourner les yeux du grossier personnage.

— Monsieur, je proteste !

Il fallut quelques secondes à Adriana pour réaliser que ces mots n'avaient pas fusé de sa bouche, mais de celle de Roger Elston. Son soupirant avançait vers eux, le visage tordu de fureur. Poings serrés, phalanges blanchies, il semblait sur le point de s'en prendre physiquement à son rival.

Les chiens-loups, tranquillement couchés aux pieds de l'étranger, se redressèrent. Leurs aboiements couvrirent les questions des autres occupants du hall. Leurs yeux incandescents, leurs canines luisantes ne permettaient aucun doute : si Roger effectuait un pas de plus, ils le mettraient en pièces. Celui-ci perçut la menace et s'arrêta net. Il savait que les deux cerbères ne lui feraient pas de cadeau. Il s'était d'ailleurs souvent félicité de ce que les deux horribles cabots n'accompagnent pas les courses de chevaux – passe-temps favori des Wyndham et de leur entourage. Une ou deux fois pourtant, lord Sedgwick les avait fait participer : les chiens-loups s'étaient rués à la tête du peloton ; ils avaient foncé à travers les épineux et les ronces, comme s'ils avaient hâte d'enfoncer leurs crocs dans le cou d'un sanglier solitaire. La première fois que Roger avait suivi Adriana au manoir, les chiens s'étaient précipités vers lui en grognant si férocement qu'il avait rebroussé chemin. Adriana les avait apaisés d'une voix douce, et Roger en avait conclu que le couple monstrueux lui vouait la même adoration que le reste du clan des Wyndham. La présence de la jeune femme lui insufflait toujours du courage, mais à ce moment précis, elle ne lui était d'aucune utilité. En effet, Adriana se contentait de regarder les chiens d'un air stupéfait, comme si elle avait peine à croire qu'ils aient pris la défense d'un parfait étranger... Sauf qu'il apparaissait clairement à Roger que ce n'était pas un étranger.

Quelques mois auparavant, le jeune homme avait eu l'occasion de vérifier à quel point sa généalogie était misérable. Il avait déjà décidé de conquérir Adriana, mais il devait se mesurer à une bonne douzaine de galants qui courtisaient la belle avec une ardeur presque égale à la sienne. Un soir, alors qu'il se trouvait chez les Wyndham avec Adriana, Samantha, son mari et leurs amis, il avait remarqué les tableaux qui tapissaient les murs : c'était une impressionnante collection de portraits, ceux des ancêtres glorieux des Wyndham. Il avait étudié chaque toile. L'une d'elles avait tout particulièrement éveillé son intérêt. Elle représentait Sedgwick Wyndham, debout devant la cheminée au-dessus de laquelle le tableau était à présent accroché. La posture du marquis, sa distinction, sa puissance avaient frappé

Roger comme un poignard en plein cœur. Lord Sedgwick y apparaissait dans la force de l'âge – il devait avoir une quarantaine d'années à l'époque où il avait posé. On ne pouvait que rendre hommage au talent de l'artiste, qui avait su rendre l'expression de son modèle de façon remarquable. Toute la vitalité du personnage se concentrait dans son regard : on se sentait littéralement happé par ses yeux gris qui semblaient vous suivre partout dans la pièce. Le visage raffiné, immortalisé à jamais par le pinceau habile du peintre, était d'une beauté si frappante qu'en le contemplant le spectateur se sentait insignifiant. Mais ces émotions paraissaient presque fades en comparaison des sentiments suscités par la présence réelle du lord. Son regard pénétrant semblait déchiffrer les secrets les mieux cachés de ses interlocuteurs, lire dans leur esprit, démonter les mécanismes les plus subtils de l'âme humaine…

D'emblée, Roger avait détesté le marquis, dont il avait senti tout le mépris pour ses vaines aspirations. Fille de comte, Adriana évoluait dans les milieux aristocratiques comme un poisson dans l'eau et ne fréquentait que le gratin de la haute société. Roger avait bien conscience du peu de chances qu'il avait de parvenir à la séduire, mais il avait décidé de ne pas tenir compte du handicap que constituaient ses origines modestes, et son désir de conquérir cette femme l'emportait sur sa raison.

À présent, il était confronté non pas au marquis vieillissant, mais à un homme beaucoup plus jeune, qui lui ressemblait d'une façon saisissante. Un sombre abattement envahit Roger, en même temps que la certitude claire et nette de l'identité de l'étranger… À quoi bon nier l'évidence ? La ressemblance entre le père et le fils était trop frappante… Ainsi, l'héritier du marquis était revenu, afin de réclamer ses droits sur le domaine et, naturellement, sur Adriana Sutton. Car aucun homme sain de corps et d'esprit ne renoncerait à une femme aussi exquise... et à une dot aussi substantielle.

L'officier l'observait d'un air condescendant, les sourcils froncés, le regard inquisiteur. Roger avait envie de l'insulter. Quelle injustice, pensait-il, frustré, que ce soit un homme déjà immensément riche qui le prive de la fortune qui lui reviendrait s'il épousait lady Adriana ! Les grognements des chiens-loups achevèrent de lui ôter tout courage. Ulcéré, il battit en retraite derrière une grosse plante en pot, près de l'arcade qui bordait le hall d'entrée.

De son côté, Adriana n'avait pas encore réussi à trouver une explication plausible au comportement aberrant des chiens. Ils détestaient les étrangers, et les visiteurs du manoir – de façon générale, mais Roger en particulier – avaient souvent fait les frais de leur agressivité. Mais, pour une raison incompréhensible, ils semblaient disposés à défendre l'officier. Celui-ci devait être un parent éloigné ; sinon, que ferait-il au château ?

Ce fut Samantha qui se chargea d'éclaircir le mystère. Comme si elle émergeait brusquement d'une profonde rêverie, elle poussa un cri enchanté, puis s'élança vers l'inconnu.

— Colton ! C'est toi, mon cher frère ?

Sans lui donner le temps de répondre, elle se jeta dans ses bras avec un enthousiasme exubérant. L'officier l'embrassa, et, avec un rire joyeux, Samantha s'appuya à son bras d'acier. Elle avait déjà oublié les scènes précédentes : la collision entre son frère et Adriana, les dégâts que le genou de cette dernière avait failli causer, l'intervention, puis la retraite d'Elston. Son frère était enfin de retour, et cela seul comptait.

— Oh, Colton ! s'écria-t-elle gaiement en lui étreignant les mains. Je t'ai à peine reconnu. On dirait que tu as encore grandi depuis que tu es parti... Oui, tu es aussi grand que Père... Et si beau, si distingué.

Adriana, dont la mâchoire semblait sur le point de se décrocher, referma la bouche. Pour une surprise, cela en était une ! Que faire, à part saluer d'une gracieuse révérence le nouveau marquis de Randwulf, l'homme auquel elle était promise depuis l'âge de six ans ? Elle le fixa, incrédule, à la recherche d'un souvenir d'enfance. Des années auparavant, leurs parents respectifs avaient décidé de les marier. Lord Sedgwick avait tenté de convaincre son fils de tout l'intérêt d'une future union avec Adriana, mais le garçon, alors âgé de seize ans, avait opposé un refus catégorique. Non content de refuser ces fiançailles précoces, il était parti, et n'avait plus jamais reparu jusqu'à ce jour.

Ce retour inopiné aurait plongé Adriana dans un embarras exaspéré si son fiancé avait eu vilaine figure, mais c'était loin d'être le cas. Adolescent, James Colton Wyndham alliait beauté, intelligence et force de caractère. Aujourd'hui, à trente-deux ans, c'était un homme accompli, plus fascinant encore dans sa maturité que dans sa prime jeunesse, plus grand, plus fort, plus beau et plus viril. Adriana était fascinée par ses traits harmonieux, sa peau hâlée creusée de quelques rides, son nez fin et droit, ses yeux bordés de cils épais dont les iris gris, à la fois sombres et translucides, évoquaient deux lacs au cœur de la forêt. N'importe quelle femme se serait consumée de passion pour lui. Petite fille, Adriana était déjà amoureuse de Colton. Il avait incarné son prince, son héros en armure étincelante. Aujourd'hui, il revenait pour prendre son rang, et Adriana se demanda si, quand il aurait pris connaissance des clauses que son père avait stipulées, Colton accepterait de remplir le contrat ou s'il préférerait renoncer à son héritage, comme il l'avait assuré par le passé. Dans l'incertitude, elle respira profondément, l'estomac noué. Elle ignorait laquelle des deux issues possibles lui inspirait le plus d'inquiétude : l'exécution de l'engagement nuptial ou sa révocation.

Colton prit appui sur sa canne. Avec une tendresse fraternelle, il appliqua une pichenette sous le menton de Samantha.

— Tu sais peut-être, ma chère petite sœur, que nous avons mis Napoléon en déroute. À l'heure qu'il est, le capitaine du bateau a dû débarquer son illustre passager sur l'île de Sainte-Hélène. Avec un peu de chance, l'Empereur n'aura plus jamais l'occasion de ranimer l'hydre de la guerre, qui a gâché tant de vies humaines, laissant dans son sillage une foule de veuves et de mères affligées.

Du bout de ses doigts tremblants, Samantha toucha la joue de son frère.

— Oh ! Colton, pourquoi n'es-tu pas revenu plus tôt ? Père n'a pas cessé de te réclamer sur son lit d'agonie. Je crois qu'à la fin, il avait perdu l'espoir de te revoir. Il a expiré avec ton nom sur les lèvres.

Colton pressa la main de sa sœur dans la sienne, avant d'effleurer d'un baiser ses fines phalanges.

— Samantha, pardonne-moi. Ce manquement à mes devoirs familiaux restera le plus grand regret de ma vie. Mais quand j'ai reçu ta missive à propos de la maladie de notre père, il m'était impossible de quitter mon régiment. Nous étions en pleine bataille contre les forces napoléoniennes. Et plus tard, lorsque tu m'as fait parvenir l'annonce de sa mort, une vilaine blessure à la jambe m'avait cloué au lit. Les chirurgiens avaient décrété que si l'infection se propageait, ils seraient obligés de m'amputer jusqu'à la hanche. J'ai eu la chance de tomber sur un sergent qui avait réussi à se guérir de la gangrène par une méthode personnelle assez originale : un emplâtre infect, à base d'asticots, de mousse et d'argile. Sans lui, je serais un homme diminué, si toutefois j'avais survécu… Il m'a fallu du temps avant de remarcher presque normalement. En outre, j'ai eu un mal fou à obtenir ma démobilisation, car lorsque mes supérieurs ont su que j'avais conservé ma jambe, ils n'ont plus voulu signer les papiers nécessaires. Ils voulaient me promouvoir au grade de général, m'assurant que, dès lors, je serais libre de me déplacer à ma guise. Ils étaient d'autant plus réticents à me libérer de mes fonctions que nos troupes se battaient encore contre l'ennemi dans certaines provinces françaises… J'ai dû insister lourdement pour obtenir gain de cause.

La mention de la gangrène et de son traitement répugnant avait glacé Samantha et Adriana. Pendant un long moment, les deux femmes en eurent des frissons. En repensant au remède affreux auquel son frère devait la vie, Samantha, prise de nausée, porta la main à sa bouche. Puis, baissant les yeux sur la canne d'ébène, elle demanda d'une voix tremblante :

— Es-tu complètement guéri, Colton ?

— Je ressens encore une certaine difficulté à marcher, c'est pourquoi je m'aide d'une canne, mais je compte bien m'en débarrasser rapidement, grâce à des exercices quotidiens. Jour après jour, ma jambe devient plus forte. Je suis convaincu que ma claudication diminuera, mais je ne sais si je pourrai la faire entièrement disparaître…

Samantha ferma les paupières, afin de contenir ses larmes. Elle se pencha vers son frère, qui lui entoura les épaules de son bras robuste.

— Je rends grâces à Dieu de t'avoir ramené sain et sauf à la maison, murmura-t-elle. Mes vœux les plus chers sont exaucés.

— Votre foi, à notre chère mère et à toi, m'a sauvé, dit-il d'une voix rauque. C'est grâce à vos prières que j'ai survécu aux combats.

Adriana se remémora ses ferventes supplications, la nuit, dans l'obscurité de sa chambre. La peur que Colton soit mort sur un champ de bataille ou, pis, abandonné dans une crevasse, l'empêchait de dormir. Colton était le fils unique d'une famille qu'elle aimait presque autant que la sienne, et jadis, il était le héros de ses rêves de petite fille.

Samantha leva les yeux sur son frère, avant de lui poser la question qui, depuis le début, lui brûlait les lèvres.

— Est-ce que ta présence au manoir de Randwulf signifie que tu as l'intention d'assumer les responsabilités du marquisat ?

Colton soutint son regard embué.

— Je suis l'héritier du titre, ma chère sœur, et je manquerais à tous mes devoirs envers la famille si je laissais le domaine tomber entre les griffes de notre cousin Latham.

Partagé entre le rire et les larmes de soulagement, Samantha, submergée par un trop-plein d'émotions, finit par céder aux deux. Elle n'était pas près d'oublier la dernière visite de Latham. Son cousin, sous prétexte d'assister aux obsèques de lord Sedgwick, avait pénétré dans le château d'un air conquérant, comme s'il était le nouveau maître des lieux. Et en effet, à peine s'était-il incliné devant la dépouille de son oncle qu'il avait sommé Harrison de lui faire faire le tour du propriétaire. Il avait l'intention de tout inspecter, avait-il déclaré : domaine, manoir, mobilier. Le majordome, dont la loyauté à l'égard des Wyndham n'était plus à prouver, avait demandé à sa maîtresse la permission d'exécuter cet ordre. Le cousin Latham en avait pris ombrage. Encore un peu et il exigerait des comptes sur l'état des finances de la famille ! Samantha avait contenu sa colère, ce qui ne l'avait pas empêchée, plus tard, de remettre l'odieux personnage à sa place. Après les funérailles, Latham lui avait demandé où sa mère comptait s'établir. Elle avait répondu d'une voix hautaine que lady Philana continuerait à habiter le manoir, bien sûr, puisqu'elle était la mère de l'héritier du marquisat.

— Pauvre Latham ! dit-elle avec un sourire radieux. Il sera déçu.

Elle était comblée. À son bonheur de savoir que Colton consentait à diriger le domaine – conformément aux vœux les plus ardents de leur père – s'ajoutait le soulagement de ne pas avoir à présenter des excuses à leur ignoble cousin.

— Il a dû te croire mort en voyant que tu ne revenais pas de Waterloo, reprit-elle. Sans les affirmations de tes soldats, Mère et moi aurions fini par perdre courage. Les autres officiers sont rentrés depuis si longtemps... Nous avions peur que tu ne veuilles pas renoncer à l'armée pour endosser tes nouvelles responsabilités. Mais maintenant que tu es là, tout rentrera dans l'ordre... Si j'avais su que tu étais revenu, je t'aurais invité à participer à la course de chevaux, avec Adriana et nos invités.

Colton secoua la tête.

— Non, merci. Après un trajet épuisant en chaise de poste, je suis ravi d'avoir manqué la compétition. De toute façon, ma patte folle me l'interdit. J'ai encore des élancements à cheval, ou quand je suis confiné dans un carrosse... Lorsque je reste avec la jambe pliée, j'ai des fourmillements; je dois marcher de temps à autre pour me dégourdir. Il se trouve que votre promenade équestre m'a permis de bavarder avec Mère. Je la quitte à l'instant. Elle se repose dans sa chambre... J'étais en train de déambuler avec Leo et Aris, tout à la joie de revoir nos vieux serviteurs, quand Harrison a ouvert la porte à tes amis.

Un sourire d'adoration fleurit sur les lèvres de Samantha; son regard glissa du visage de Colton vers ses pieds bottés.

— Tu n'étais qu'un jeune garçon quand tu es parti. Et tu reviens comme un homme.

— Et toi donc! Tu n'étais qu'une petite morveuse de huit ans et... regarde-toi maintenant. Une beauté!

Il ébaucha quelques pas, en s'aidant de sa canne.

— Mère m'a longuement décrit ton mariage dans une lettre, poursuivit-il. J'en ai été bouleversé, je l'avoue. Et j'ai encore peine à croire que ma sœurette a grandi et qu'elle a fondé un foyer.

— Je suppose que tu me vois toujours comme la maigrichonne qui te suivait partout mais, que cela te plaise ou non, mon frère, j'ai aujourd'hui vingt-quatre ans, ce qui ne te rajeunit pas.

Il lui fit les gros yeux. Samantha s'éloigna un peu de son pas dansant, lançant un rire mélodieux et espiègle, puis virevoltant vers lui, une main derrière l'oreille, comme pour mieux capter les bruits :

— Ça alors ! s'écria-t-elle. Je crois bien que j'entends craquer tes vieux os !

Colton éclata de rire.

— Les rigueurs de la guerre, ma chère. L'âge n'y est pour rien, répondit-il, tournant sur lui-même à l'instar d'un coq boiteux en pleine parade nuptiale, ce qui permit aux dames d'admirer sa taille fine. Au cas où tu ne l'aurais pas remarqué, je suis exceptionnellement bien conservé.

Samantha leva les yeux au ciel d'un air sceptique.

— Vraiment ? On ne le dirait pas.

Amusé, il leva la main dans une attitude de commandement.

— Allons, coquine, trêve de plaisanteries. Présente-moi plutôt tes amis, veux-tu ?

Il pivota sur sa jambe valide pour s'approcher de la belle brune qu'il avait eu le plaisir de serrer dans ses bras quelques minutes plus tôt. Il y avait longtemps qu'il n'avait pas éprouvé contre lui la douceur d'une poitrine féminine. Quant à ses jambes fuselées – il avait eu l'occasion d'en apprécier la longueur lorsqu'il les avait senties glisser entre les siennes –, il n'avait pas le souvenir d'en avoir caressé d'aussi parfaites. Le contact de ces cuisses minces entre les siennes avait éveillé en lui un désir ardent, une langueur depuis trop longtemps inassouvie. Certes, la jeune et innocente fille de Gyles Sutton ne l'avait pas fait exprès, mais elle avait marqué son empreinte au fer rouge dans son corps et dans son esprit.

Des années plus tôt, il avait refusé les projets matrimoniaux de son père. Sir Sedgwick lui avait alors prédit qu'il reviendrait un jour, pour savourer la compagnie de lady Adriana. Colton ne l'avait pas cru. Et maintenant, à son grand étonnement, en revoyant après une longue séparation la promise qu'il avait éconduite aussi brutalement, il était conquis par sa beauté et son charme. Adriana n'avait plus rien à voir avec la fillette ingrate, maladroite, aux coudes saillants et aux genoux cagneux, qui le suivait partout chaque fois que ses parents l'amenaient au manoir. Le laideron s'était mué en une créature ravissante. Son petit nez droit, ses pommettes élégantes, la fine ossature de son visage avaient de quoi enflammer les hommes, mais ses immenses yeux noirs, frangés de cils épais, avaient gardé la vivacité espiègle de la fillette qu'elle était jadis. Colton laissa quelques souvenirs affleurer, légers et furtifs comme le vent à travers les feuillages.

Enfant, Adriana avait toujours été mince et grande. Adulte, elle dépassait d'une demi-tête la sœur de Colton. Des rondeurs délicieuses agrémentaient sa silhouette longiligne. Mais peut-être sa trop longue abstinence le prédisposait-elle à succomber plus facilement à ses attraits. Il laissa errer son regard sur les frisons vaporeux qui s'échappaient de sous le chapeau d'équitation, qu'elle portait de guingois. Son lourd chignon ramassé sur la nuque laissait entrevoir de petites zones de peau, sur lesquelles un homme trouverait bien doux de promener le bout de sa langue… Son cou de cygne, dont les cheveux noirs et le jabot en dentelle soulignaient la blancheur d'ivoire, comme les oreilles délicates où frémissaient des perles, invitait aux baisers. Son parfum envoûtant l'entourait comme un nuage. Cependant, le rose naturel de ses joues avait viré au rouge, et Colton se demanda s'il y était pour quelque chose.

Mais si son cœur fondait d'admiration devant cette femme splendide, il s'en voulait de s'être mépris à ce point. Pour la première fois, son refus d'accepter les fiançailles arrangées par son père lui semblait ridicule, et cette constatation blessa son orgueil. Son obstination n'avait eu d'égale que son inconséquence, car, s'il s'était rangé à l'opinion paternelle, cette superbe créature lui appartiendrait aujourd'hui.

— Je vous demande pardon, murmura-t-il. Vous avez tellement changé que je ne vous ai pas reconnue. Je pensais à vous comme à une petite fille, mais ce n'est plus le cas... Père estimait que vous seriez une beauté, ajouta-t-il avec un demi-sourire. Je n'avais pas imaginé que vous deviendriez une déesse.

L'ombre d'un sourire frôla les lèvres pulpeuses d'Adriana, qui fit de son mieux pour conserver son calme. Au fond, elle était pleine de ressentiment. Cet homme lui avait brisé le cœur. Elle avait ravalé sa fierté blessée, avait feint d'avoir oublié l'affront. Le soulagement de le savoir en vie lui donnait envie de tomber dans ses bras, comme Samantha quelques instants auparavant. Mais la crainte d'essuyer une nouvelle offense la retenait. Qui pouvait dire si, dans une saute d'humeur imprévisible, Colton ne quitterait pas une fois de plus le manoir, au mépris du contrat signé par ses parents seize ans plus tôt ?

— Ne vous excusez pas, monsieur le marquis. Votre erreur est tout à fait compréhensible. Je n'avais que six ans lorsque vous êtes parti... Vous avez changé, vous aussi.

— Je le sais. Je suis plus âgé et couvert de cicatrices, admit-il, indiquant une petite balafre sur sa joue. Durant mon absence, j'ai appris à mieux apprécier les personnes que j'avais abandonnées. J'ai souvent pensé à mes parents, à l'inquiétude constante qu'ils enduraient à cause de moi. J'ai regretté mon départ, mais je n'ai pas trouvé de remède à mes erreurs... Je n'ai plus osé regarder en arrière, et j'ai continué à aller de l'avant en espérant qu'un jour je serais pardonné de tout le mal que j'avais fait.

Cet aveu était plutôt réconfortant, mais Adriana ne put s'empêcher de se demander si Colton regrettait également d'avoir refusé leurs fiançailles. S'en souvenait-il au moins? Elle avait souffert d'être rejetée, et elle préférerait rentrer sous terre si jamais le sujet était à nouveau évoqué.

— Monsieur le marquis, je partage la joie de votre famille. Je suis immensément soulagée que vous soyez enfin de retour. Samantha se désespérait chaque jour un peu plus, et après le décès de votre père, je ne savais plus quoi lui dire pour la consoler.

— Cessez donc de m'appeler monsieur le marquis. Autrefois, vous m'appeliez Colton. Est-ce si difficile de recommencer?

Il s'était rapproché d'elle. S'il avait été n'importe quel autre homme, Adriana s'en serait sans doute offusquée, mais cette proximité éveillait en elle des sentiments qu'elle croyait oubliés. Lorsqu'elle n'était encore qu'une enfant, cet homme l'avait profondément déçue. Il avait incarné à ses yeux l'héroïque chevalier qui viendrait un jour la chercher sur son beau cheval blanc. Mais il l'avait trahie, et elle avait mis du temps à s'en remettre. Elle ne voulait pas risquer de souffrir encore, ce qui ne manquerait pas d'arriver si elle tombait à nouveau sous le charme de Colton, ravivant ses rêves d'adolescente. Non! Elle garderait ses distances; elle ne lui permettrait plus de décevoir ses espérances, plus jamais, à moins qu'il ne regagne sa confiance, qu'il ne lui témoigne un peu de la compassion qui lui avait si cruellement fait défaut autrefois... Ce n'est que lorsqu'elle se sentirait rassurée, lorsqu'elle serait convaincue de sa sincérité, qu'elle pourrait lui accorder son amitié et, peut-être, son cœur.

— Autrefois, dit-elle en reculant d'un pas, j'étais ignorante et stupide. Désormais, j'essaierai de mettre en application les leçons que ma mère m'a enseignées pendant votre absence. Entre autres, le respect que je dois à Votre Seigneurie.

La tête penchée de côté, Colton la scruta un instant.

— Alors... plus aucune familiarité, si j'ai bien compris ?

— Ma mère tient à l'étiquette, monsieur le marquis. Et si elle était ici, elle n'hésiterait pas à me le rappeler... Pourquoi ? Que me suggérez-vous ?

Il haussa le sourcil, amusé.

— Voyons, Adriana, nos parents sont voisins depuis plus de trente ans. Ils étaient amis intimes avant même que je vienne au monde. Je me souviens encore de votre naissance... C'était moi qui portais les fleurs. Mère les avait cueillies dans sa serre, elle nous avait emmenés, Samantha et moi, rendre visite à la parturiente et à son nouveau-né. Vous étiez un bébé minuscule et tout rouge. Les liens d'amitié entre nos familles pourraient nous dispenser des rigueurs de l'étiquette. Nous ne sommes pas des étrangers, après tout.

« À force de persuasion, il avait dû en remporter, des gages d'amour ! » songea amèrement Adriana. Il devait séduire sans peine les infortunées jeunes filles que leurs propres parents avaient jetées entre ses griffes. Oh ! Combien elle comprenait les femmes qui s'étaient éprises de lui, car son propre cœur battait la chamade, et elle sentait ses bonnes résolutions fondre comme neige au soleil devant ce séducteur dont la voix, douce et profonde, était comme un élixir d'amour. Déjà, il arborait un sourire conquérant. Rassemblant toutes ses forces, Adriana s'arracha à l'envoûtement. Fallait-il sans répit ressasser la souffrance qui l'avait terrassée lorsqu'il l'avait rejetée ? Mieux valait se draper dans sa dignité et, forte de cette conviction, elle soutint son regard perçant.

— Je crains que votre absence ne nous ait éloignés l'un de l'autre. Nous n'étions peut-être pas des étrangers, mais nous le sommes devenus. On ne comble pas un gouffre en quelques minutes.

Il lui adressa un sourire dévastateur qui creusa les rides sensuelles autour de sa bouche.

— Vous ne vous laisserez pas attendrir, Adriana ?

Les yeux gris la sondaient ; elle eut soudain l'impression de remonter le temps. Dans son enfance, Adriana avait tout simplement adoré Colton Wyndham. Il avait été le frère qu'elle n'avait pas eu, le héros qui ne pouvait se comparer à aucun autre excepté à son père, le vaillant chevalier qui n'existait que dans les romans. Mais un jour, elle avait appris la triste vérité : Colton ne voulait pas d'elle comme épouse. Aujourd'hui, rien n'avait changé. Lord Sedgwick avait maintenu le contrat, et Dieu seul savait comment Colton réagirait quand il le saurait.

— Puisque vous insistez, Adriana, reprit-il, je me demande si je dois m'astreindre, moi aussi, au code des bonnes manières. Néanmoins, je vous prie de réfléchir. Compte tenu de nos liens familiaux, ne trouvez-vous pas ridicule de se cantonner dans une réserve aussi rigide ?

— Je ne saurais présumer de votre attitude, monsieur le marquis. Libre à vous de vous conduire ou non en gentilhomme.

Avec une grimace, Colton tapota de sa longue main brune son manteau écarlate à l'emplacement de son cœur, indiquant ainsi qu'il avait bien reçu la flèche qu'elle lui avait décochée.

— Je vous accorde que ma conduite passée laisse à désirer. Mais bien que j'aie amplement mérité vos remontrances, je crois qu'entre-temps j'ai réussi à m'améliorer.

— Je n'en sais rien, monsieur. Vous avez été absent pendant la moitié de votre vie... et presque la totalité de la mienne.

— Oui... d'accord. Je m'attendais, certes, à des changements, mais pas à ce point... Être obligé de faire des simagrées avec la fille des amis les plus proches de ma famille !

— Votre titre de marquis vous laisse le choix. Faites comme bon vous semble.

Colton laissa échapper un soupir exaspéré. Prenant appui sur sa canne, sa main libre pliée dans son dos, il étudia longuement le visage adorable qui le défiait.

— Vous êtes, ma chère amie, tout ce dont un homme peut rêver quand il se trouve loin de chez lui. Si j'avais conservé votre souvenir, il m'aurait soutenu dans l'adversité. Vos paroles s'envolent comme des pétales de rose ; hélas, leurs épines acérées m'écorchent la peau. Quelle sécheresse de cœur ! Vous ne pouvez donc pas pardonner une erreur de jeunesse ? J'ose espérer que je suis aujourd'hui un homme différent du garçon que vous avez connu.

Elle eut un sourire fugace.

— Si j'ai le cœur sec, monsieur le marquis, c'est que j'ai été à bonne école.

Colton tressaillit, comme sous l'effet d'une secrète douleur.

— Oui, admit-il d'une voix étouffée, j'ai été dur avec vous. Je vous prie de m'en excuser. Je n'ai jamais eu l'intention de vous blesser, Adriana. Vous n'étiez qu'une petite fille innocente. J'ai honte de mon attitude à votre égard.

Sous le regard qui la détaillait des pieds à la tête, elle se sentit rougir. Avec un sourire charmeur, il s'était approché d'elle. Il inclina la tête, son front effleurant le sommet de son chapeau.

— À propos d'école, laissez-moi vous dire que vous êtes actuellement la meilleure élève de la classe. Une perle rare ! Votre vue me fait regretter amèrement d'avoir été assez stupide pour m'éloigner de vous.

Adriana releva vivement la tête. L'espace d'un instant, elle chercha à déchiffrer son expression, mais les yeux gris conservèrent tout leur mystère.

— Vous vous moquez de moi ! accusa-t-elle.

Colton émit un rire, ravi d'avoir rabaissé son orgueil.

— Peut-être que oui, Adriana.

Un long moment s'écoula, puis il ajouta, penché vers son oreille :

— Mais peut-être que non.

Adriana se concentra pour trouver quelque chose à lui répondre sur le même ton. Puis elle comprit qu'il était vain de se battre contre un homme comme Colton. Il avait si bien réussi à la désarçonner qu'elle ne trouva rien à redire.

Colton tendit la main. Gentiment, sa paume se posa sur la joue de la jeune femme, tandis que son pouce lui scellait doucement la bouche.

— Ayez pitié de moi. Je ne supporterai pas un trou de plus dans ma vieille carcasse. Je ne suis pas encore remis de ma blessure.

Tournant les talons, il s'éloigna sans un mot de plus. Adriana demeura pétrifiée, une main sur sa joue brûlante, là où la paume de Colton l'avait caressée. Malgré le sang qui pulsait à ses tempes, elle réalisa une chose capitale : non seulement Colton Wyndham n'avait pas changé, mais il était encore plus dangereux. Par un simple mot, un geste anodin, il avait le pouvoir de disperser l'esprit d'Adriana dans un millier de directions différentes. Il l'avait déjà fait maintes fois, quand elle était encore une enfant vulnérable. C'est pourquoi son refus sans appel de leur futur mariage, suivi de son brusque départ, l'avait anéantie.

Une minute plus tôt, Adriana aurait farouchement nié sa fragilité. Mais elle se serait trompée. Il n'avait pas fallu grand-chose à Colton pour la déconcerter, une fois de plus. Mais cette fois, il l'avait troublée en suscitant chez elle d'étranges petites bulles de plaisir qu'elle ne parvenait pas à contrôler.

2

— Samantha ? Vas-tu enfin me présenter ton mari ou dois-je m'y prendre tout seul ? demanda Colton. J'ai hâte de lui serrer la main.

— Oh, avec joie !

Heureuse d'accomplir sa mission, Samantha prit le bras de son frère et, tandis qu'ils traversaient le vaste hall, se tourna vers lui.

— Tu te débrouilles très bien avec cette canne.

Colton haussa les épaules avec modestie.

— Je n'ai pas eu le choix. C'était la canne ou les sauts périlleux. La première fois que j'ai essayé de marcher à l'aide de ce bout de bois, je me suis étalé par terre. J'ai tout eu : la douleur et la honte. Je n'avais nulle envie de renouveler l'expérience, alors j'ai fait en sorte que ce genre d'incident ne se produise plus. Et en fin de compte, je ne m'en suis pas trop mal sorti.

Samantha acquiesça. Elle avait posé la main sur le bras de Colton, sentant, sous l'étoffe écarlate de la manche, ses muscles d'acier. Jusqu'alors, sa prédilection en matière de beauté masculine se portait, sans équivoque, vers les hommes qui avaient le physique de son mari : grands, très minces, presque maigres. Son frère, large d'épaules, bâti comme un athlète, doté d'une force extraordinaire, était l'exception qui confirmait la règle.

— Était-ce ta première blessure ? demanda-t-elle.

Colton émit un rire, aussi doux pour les oreilles de Samantha que le bruissement d'une fontaine. Ses souvenirs d'enfance, qu'elle conservait précieusement dans son cœur, affluèrent en même temps que résonnait ce rire mélodieux. Elle mesura alors le vide que le départ de son grand frère avait laissé dans sa vie.

— Non, répondit-il, mais elle est la seule qui s'est infectée. J'avais deux possibilités et, je l'avoue, toutes les deux me donnaient des sueurs froides. L'amputation ou la gangrène, c'est-à-dire la mort lente. Pour la première fois de ma vie, j'ai eu vraiment peur. Je suis habitué à côtoyer la peur, car on court toujours le risque de ne pas repartir vivant d'un champ de bataille. Certes, la formation carrée utilisée par Wellington a fait ses preuves, même contre la cavalerie, mais qui peut prédire l'issue d'un combat ? Quand je me battais de toutes mes forces, afin de préserver ma vie et celle de mes hommes, je n'avais pas vraiment le loisir de penser à la mort. En revanche, quand j'ai compris que l'amputation constituait le seul remède contre la gangrène, je me suis mis à envisager ma mort de façon très précise, d'autant que cette opération, qui peut sauver dans certains cas, précipite l'issue fatale dans d'autres… C'est sans doute à cause de cette peur que je me suis résolu à essayer le répugnant traitement du sergent. Vois-tu, les asticots mangent les chairs putréfiées et laissent les tissus sains intacts.

— Quelle horreur ! gémit Samantha, frissonnante, en appliquant son mouchoir sur sa bouche. Tu vas me rendre malade ! Mais quel que soit le remède, je me félicite de son efficacité.

— Et moi donc !

Samantha préféra ne pas imaginer ce qui serait arrivé si la gangrène n'avait pas été enrayée, et elle changea brusquement de sujet.

— Te souviens-tu du comte de Raeford ?

— Bien sûr. Père et lui étaient de grands amis, n'est-ce pas ?

Elle inclina la tête, et il reprit :

— D'après la lettre de Mère au sujet de ton mariage, l'heureux élu de ton cœur est l'un des deux fils de lord Raeford. Je suis un peu plus âgé que l'aîné, et je n'ai pas eu l'occasion de faire la connaissance des deux frères, car, lorsque j'étais encore ici, je me partageais entre les amis de mon âge et mes études.

Samantha désigna le grand homme blond qui était arrivé le dernier, avec sa jeune compagne. Le couple était en train de converser à mi-voix à l'autre bout du vaste hall, seul au monde, se gratifiant de sourires et d'œillades complices.

— Lui, c'est Stuart... ou plutôt le commandant Stuart Burke, à moins que tu ne préfères monsieur le vicomte, expliqua-t-elle. Aujourd'hui, il nous a fait l'honneur de participer à notre course de chevaux. Je l'ai prié de choisir l'itinéraire, et il a opté pour un parcours accidenté. Adriana s'est aussitôt rangée à son opinion. J'ai un esprit moins aventureux qu'elle... ou que toi. Grimper une colline sur une selle d'amazone, passe encore, mais dégringoler l'autre versant est une autre paire de manches... Je me demande toujours si j'arriverai avec ou sans ma monture.

Sa remarque fit rire son frère, tandis qu'elle poursuivait :

— Je me suis toujours demandé pourquoi tu n'avais pas rejoint la cavalerie, Colton. Tu étais un si bon cavalier ! Enfin, maintenant, cela n'a plus d'importance. Tu as certainement prouvé tes nombreux mérites dans l'infanterie.

Elle lui tapota affectueusement la main, avant de reprendre le fil de la conversation.

— Aujourd'hui, c'était la première fois que Stuart remontait à cheval depuis qu'il a subi une petite intervention chirurgicale. Son médecin lui en a donné la permission, et il ne se l'est pas fait dire deux fois ! Ce soir, nous fêtons sa guérison, ainsi que son anniversaire. Et puisque tu es là, ce sera une triple célébration.

— Décidément, je tombe à pic. Sans le savoir, tu as organisé mes retrouvailles avec tout le monde. Cela dit en passant, depuis mon arrivée, Mère est la seule personne que j'ai reconnue... Toujours aussi élégante... Adriana, en revanche, m'a impressionné. Quel changement ! Même lorsqu'elle m'a dit son nom, j'ai eu peine à le croire.

Samantha sourit.

— Encore heureux qu'elle ne t'ait pas donné un coup de poing quand tu l'as serrée dans tes bras. Ma meilleure amie devient franchement désagréable quand un homme se permet la moindre liberté avec elle. Ses soupirants se sont souvent retrouvés avec un œil au beurre noir... Enfin, ceux que Père n'avait pas bannis du manoir. Ah, j'en ai vu des galants repartir tête basse ! L'orgueil de certains en a beaucoup souffert, et quelques malotrus ont eu le toupet de raconter qu'elle avait encouragé leurs avances.

Colton frotta sa bouche de son index, comme pour contenir un sourire qui commençait à poindre. S'il avait su l'identité de la belle brune, il serait resté sur ses gardes. En repensant au coup de genou qu'elle lui avait décoché, il se demanda s'il s'agissait d'un réflexe malencontreux ou d'une attaque délibérée.

— Eh bien, pour tout te dire, depuis que je l'ai revue, je me demande si je suis toujours le même homme.

Samantha écarquilla les yeux de surprise, mais Colton ne se donna pas la peine d'expliquer sa plaisanterie... Il avait l'impression désagréable que ses parties intimes étaient passées sous un pressoir. Fallait-il revêtir une armure pour s'approcher de cette furie ? Tandis que sa sœur cherchait vainement à deviner le sens de ses propos, il s'avança vers le jeune homme aux cheveux blond cendré qui avait pénétré dans le manoir à la suite de Samantha. Accroupi, celui-ci grattait à présent le ventre des deux chiens, qui se roulaient par terre en frétillant, ce qui signifiait qu'il faisait partie de la famille. Colton lui sourit.

— Enfin ! Il était grand temps que je salue mon beau-frère. Comment allez-vous, Perceval ?

Perceval se redressa prestement pour serrer la main de Colton, et les gémissements des molosses cessèrent.

— Très bien, merci, monsieur le marquis. C'est bon de vous avoir à la maison.

— Pas de « monsieur le marquis » entre nous, je vous en prie. Nous sommes frères à présent. Appelez-moi Colton.

— C'est un honneur que j'accepte, répliqua l'époux de Samantha d'un ton jovial. À condition que vous m'appeliez Percy, comme tous mes amis.

Le nouveau marquis lui adressa un large sourire.

— Marché conclu, mon cher Percy.

Samantha les avait rejoints et, d'un air faussement fâché, avait posé ses poings de part et d'autre de sa taille fine.

— Visiblement, vous n'avez pas besoin de moi pour les présentations, se plaignit-elle.

— C'est comme si je connaissais Percy depuis toujours, dit Colton. Mère m'a raconté votre mariage dans ses lettres. Et aujourd'hui, elle m'a rafraîchi la mémoire avec force détails.

Il fixa sa petite sœur, simulant une expression autoritaire.

— À l'évidence, ma chère sœur, Mère est ravie de cette union… Mais elle commence à se demander si elle aura des petits-enfants un jour.

Voyant sa jeune épouse rougir, Percy rejeta la tête en arrière en riant.

— Eh bien ! ma chère, ton frère est entré dans le vif du sujet.

Samantha leva les mains avec affectation.

— Ma chère, ma chère, ma chère, minauda-t-elle. Si j'étais suspicieuse, j'en conclurais que vous avez déjà largement entamé le brandy préféré de notre père.

— Nous y goûterons après dîner, *ma chère*, lui répondit Colton. J'ai pris l'habitude de boire un dernier verre avant de me retirer pour la nuit.

Perceval se tourna vers lui, le regard sérieux.

— Vous n'imaginez pas notre soulagement de vous avoir enfin parmi nous, Colton. Samantha voulait absolument que je la tienne au courant de l'avancée de chaque bataille dans laquelle vous étiez impliqué. Nous possédons une résidence à Londres, et elle y attendait impatiemment le messager que je lui envoyais du palais dès que j'avais des nouvelles, et à son tour, elle prévenait votre mère. Vous savoir au milieu de combats meurtriers où tant d'hommes ont perdu la vie, dans les deux camps d'ailleurs, était pour nous une constante inquiétude. Votre nom était sur toutes les lèvres, surtout du vivant de votre père. Vous ne le savez peut-être pas, mais vos parents étaient très fiers de vos actes de bravoure.

Percy jeta un coup d'œil enjoué à son frère aîné, qui haussa les sourcils.

— Vos exploits font honte à ce pauvre Stuart, j'en ai peur.

Aussitôt, l'intéressé réagit. Seul un infime tressaillement dans sa démarche rappelait sa blessure. Il se tourna vers son cadet, avec un sourire en coin.

— J'espère, Percy, qu'un jour tu traverseras un champ de bataille pilonné par l'ennemi, déclara-t-il. Pour l'instant, tu as la chance de servir de gratte-papier au prince-régent, mais je t'assure que tu t'amuserais nettement moins si Napoléon revenait en Europe.

— Que Dieu nous en préserve ! marmonna Colton.

Percy simula une extrême affliction.

— Mais qu'entends-je ? Mon propre frère dénigre mes vaillants efforts pour renseigner Sa Majesté sur les activités de nos troupes.

Puis il fit mine de toiser son aîné d'un air offensé.

— Si tu avais une vague idée des méandres de la diplomatie, tu ferais moins le malin !

Samantha prit tendrement la main de son mari.

— Mon chéri, ne sois pas vexant. Ton frère est un héros. Quel malheur qu'un boulet de canon ait pulvérisé cet arbre, dont les éclats se sont enfoncés dans sa chair ! Il a tant souffert quand les chirurgiens les lui ont retirés un par un. Stuart a de quoi être fier de ses propres exploits.

Son beau-frère ébaucha une révérence, résolu à repousser le pénible souvenir de ses souffrances passées.

— Merci, Samantha. Je suis heureux de constater que mon frère a épousé une femme qui lui est supérieure. Car vous avez, sans aucun doute, l'intelligence qui lui fait cruellement défaut.

Ignorant les bruyantes protestations de Percy, il poursuivit :

— Physiquement, je suis guéri, mais moralement je ne m'en remets pas. Les gens ne se sont pas privés de me traiter de poltron, et mon cher frère s'est beaucoup amusé de l'emplacement de ma blessure. Ce n'est pourtant pas faute de leur avoir expliqué comment j'avais été blessé parderrière. Mais j'ai eu beau leur répéter que j'étais en train de charger l'ennemi, et non de décamper, mes amis et mon frère continuaient à se tordre de rire. Des lourdauds ! Voilà ce qu'ils sont !

Puis, regardant Colton, Stuart poursuivit :

— Je suis très honoré de vous rencontrer enfin, monsieur. Durant notre dernière campagne, Wellington n'a pas cessé de faire votre éloge. Vous vous êtes distingué dans tous les combats, et d'après les rapports, votre régiment est le plus valeureux de toute l'armée britannique.

— En effet, mes soldats ont fait montre d'un courage exceptionnel.

— Oui, le courage que vous leur avez insufflé, ponctua Stuart avec sincérité. Lors de la cérémonie de remise des médailles qui leur ont été décernées, ils ont chanté vos louanges. Ils ont dit que vous preniez la tête lorsqu'il fallait se lancer contre les rangs ennemis et que, au plus fort de la mêlée, vous les encouragiez à accomplir les actions téméraires dans lesquelles ils se sont illustrés. Tous étaient désolés que votre blessure vous empêche d'être présent et de recevoir votre décoration. En tout cas, monsieur le marquis, peu d'officiers ont fait l'objet de tels compliments de la part de leurs troupes.

Colton le remercia. Embarrassé par cet éloge, il détourna un instant le regard et aperçut l'impétueux jeune homme qui s'était offusqué de sa familiarité à l'égard d'Adriana. Il s'était réfugié à l'autre bout du hall, le plus loin possible de Colton… et des deux chiens-loups. Il aurait pu présenter des excuses, ce qui aurait été la moindre des politesses, mais il semblait incapable de contrôler ses sentiments. Il fixait haineusement le nouveau maître de maison, qui distingua dans ses prunelles vert pâle la flamme d'une extrême jalousie. Colton réprima un sourire. Pouvait-il en être autrement quand on était amoureux d'Adriana Sutton ? Ce jeune homme devait être ce Roger Elston qui s'était mis en tête d'épouser Adriana et dont sa mère lui avait rebattu les oreilles tout l'après-midi. Un prétentieux qui méritait d'être remis à sa place ! Lui tournant ostensiblement le dos, Colton s'adressa à la jeune femme blonde qui s'était approchée entretemps.

— Excusez-nous, mademoiselle. J'espère que nos histoires d'anciens combattants ne vous ont pas trop ennuyée ?

Felicity Fairchild secoua la tête, suffoquée par l'émotion. Fille de comptable, elle n'avait pas souvent l'occasion de s'entretenir avec un pair du royaume.

— Oh ! non, monsieur ! s'écria-t-elle. Au contraire, je trouve tous ces récits de guerre passionnants.

Se rendant compte qu'elle avait négligé ses devoirs d'hôtesse, Samantha s'empressa de réparer cette omission.

— Mademoiselle Fairchild, veuillez excuser ma distraction. Je suis impardonnable. L'arrivée inattendue de mon frère a perturbé mes esprits, et même maintenant, j'ai peine à croire qu'il est revenu après tant d'années. Avec sa permission, je voudrais vous le présenter.

Felicity plia le genou dans une révérence gracieuse.

— C'est un grand honneur que de rencontrer un homme de votre renommée, monsieur le marquis.

— Tout l'honneur est pour moi, mademoiselle Fairchild.

En dépit de sa jambe encore raide après l'interminable trajet en chaise de poste, Colton réussit à s'incliner. L'immobilité forcée l'agaçait plus que sa blessure. Il en avait fait la pénible expérience alors que, couché sur un lit de fortune, il attendait le verdict des chirurgiens, et qu'il avait réalisé d'un seul coup la gravité de la situation ; ou bien il allait devoir sauver sa jambe sans l'aide du corps médical, ou bien il devrait se résoudre à s'en séparer à tout jamais. Il avait découvert ensuite que paresser était bien plus ennuyeux que s'activer. Durant sa longue carrière militaire, il s'était rarement accordé du repos, tant l'inactivité, naturelle ou imposée, le mettait de méchante humeur.

— Mlle Fairchild est la petite-fille de Samuel Gladstone, expliqua Samantha. Peut-être t'en souviens-tu ?

— Le propriétaire de Stanover House, oui, bien sûr. Notre famille visitait la fabrique de textiles la veille de Noël. Je n'ai pas oublié les festins que les domestiques servaient aux amis de M. Gladstone, ainsi qu'à tous les villageois.

— Malheureusement, notre cher manufacturier a été bien malade. Mme Jane a été obligée… (Samantha marqua une pause et regarda son frère.) Te souviens-tu de Jane, la fille de M. Gladstone ?

— Oui, mais cela fait une éternité que je ne l'ai pas revue. Elle s'était établie à Londres, avant mon départ.

— M. Fairchild dirigeait le service de comptabilité de Stanover House à Londres. Mme Jane l'a fait venir à Bradford, de manière qu'elle puisse s'occuper de son père. Que Dieu lui prête vie, mais si M. Gladstone décède, la fabrique leur reviendra.

Colton reporta poliment son attention sur la jolie blonde.

— Désolé d'apprendre que votre grand-père a eu des ennuis de santé, mademoiselle Fairchild. Pendant mon absence, Mère m'a tenu au courant, par courrier, de ses nombreux dons de charité. M. Gladstone est un pilier de la communauté de Bradford et, à tous points de vue, un homme admirable.

— Quand nous habitions Londres, nous n'avions pas souvent l'occasion de lui rendre visite, répondit Felicity. Mais depuis que nous avons emménagé à Bradford, j'ai pu constater l'étendue de ses relations… Il fréquente la meilleure société du comté, et je suis ébahie par le nombre d'aristocrates qui l'honorent de leur amitié.

— L'état de M. Gladstone s'est amélioré, dit Samantha. Il a meilleur moral depuis que M. Fairchild a accepté de diriger la fabrique à sa place. Il est important d'avoir l'esprit en paix, aussi espérons-nous qu'il recouvrera peu à peu son ancienne vigueur.

Felicity dédia à Colton un sourire engageant.

— Grand-père adorerait vous entendre raconter vos exploits guerriers, monsieur le marquis. Il ne peut se passer de visites. Il reçoit tous les jours des amis, des proches, même des employés, pour une petite conversation ou une partie de cartes. Il serait ravi de vous revoir.

— Mais… moi aussi, consentit plaisamment Colton. Votre grand-père a raison de s'entourer d'amis. Leur présence lui profite, puisqu'il se sent déjà mieux.

— Oh ! elle ne profite pas qu'à lui, déclara Felicity en battant de ses longs cils recourbés et en lançant un coup d'œil oblique aux deux autres femmes. J'ai rencontré votre sœur et lady Adriana chez mon grand-père, et elles ont eu l'amabilité de m'inviter aujourd'hui à leur promenade. À vrai dire, je me sentais un peu gênée, car à Londres, je ne me suis jamais mêlée à la noblesse, mais toutes deux ont eu la gentillesse de me mettre à l'aise. Elles m'ont accueillie comme si j'appartenais à leur rang. Oh, monsieur le marquis, ce sont deux anges miséricordieux !

Un rire échappa à Colton, tandis qu'un vieux souvenir lui revenait en mémoire.

— Ma chère mademoiselle Fairchild, je vous préviens : vous n'êtes pas la première personne que ces deux anges ont prise sous leurs ailes protectrices. Depuis leur plus tendre enfance, elles se sont faites les championnes de l'hospitalité. Toutefois, elles n'ont pas toujours limité leur charité aux seuls êtres humains, car d'aussi loin que je m'en souvienne, elles n'ont pas non plus hésité à ramener à la maison tous les animaux blessés de la Terre. Alors, quand vous parlez de miséricorde, je suis enclin à croire qu'elles n'ont pas changé, tout simplement. Du temps que j'étais encore ici, elles prodiguaient énergiquement leurs soins à leurs petits patients à poil ou à plume, et si l'un d'eux succombait, elles versaient toutes les larmes de leur corps, jusqu'à ce qu'on les somme d'arrêter… En fait, mademoiselle Fairchild, je crains que vous ne soyez qu'un objet dans l'étrange collection de nos chers anges.

— Colton ! le gronda Samantha, dont le sourire démentait la sévérité de sa voix. Pour l'amour du ciel ! À la place de Mlle Felicity, je serais affreusement choquée par tes comparaisons.

Se tournant de nouveau vers la jeune femme blonde, Colton leva la main.

— Mademoiselle Fairchild, pardonnez mon audace. Loin de moi l'idée de vous comparer aux petites créatures abandonnées dans la nature, que ma sœur et son excellente amie avaient tendance à recueillir. Je présume, au contraire, qu'elles sont enchantées d'offrir l'hospitalité à l'une de leurs consœurs.

Il lança un coup d'œil en direction d'Adriana qui ne perdait pas une miette de la conversation. Elle se tenait au bas de l'escalier monumental, la main sur la rampe en chêne finement sculpté. Il lui adressa un sourire chaleureux, mais son regard sérieux fit resurgir le souvenir qu'il s'était efforcé d'effacer, celui d'une fillette maigrichonne, aux immenses yeux noirs dans un visage de souris, et dont il avait brisé le cœur en partant. Mais comment aurait-il pu deviner alors ? Il revit Harrison faisant entrer la fillette et ses parents, puis leur demandant d'attendre devant le grand salon où, peu après, il avait opposé un refus catégorique à son père et à son projet de contrat les promettant l'un à l'autre. Ému par le souvenir de cette scène, il tendit la main, invitant la jeune femme à s'approcher.

— Adriana, ne restez pas plantée là. Venez nous rejoindre. Vous me rappelez trop la petite fille qui me regardait en coin quand Samantha me quémandait une faveur. À cette époque, vous aviez l'air de brûler d'envie d'être avec nous. Aujourd'hui, c'est moi qui vous demande de vous rapprocher. Je vous assure que je suis enchanté de vous retrouver.

Un léger sourire étira les douces lèvres d'Adriana. Colton l'encouragea à avancer, et elle consentit enfin à s'approcher.

— Ma sœur m'a embrassé pour me souhaiter la bienvenue. Puis-je espérer que vous soyez suffisamment contente de me revoir pour agir de la même façon ?

Elle esquissa un pas incertain en avant.

— Bienvenue, monsieur, murmura-t-elle.

— Là, venez donc m'embrasser, dit-il d'une voix conciliante, comme si elle avait encore six ans.

Comme elle semblait hésiter, il leva les sourcils d'un air étonné.

— Adriana ! Vous n'avez pas peur de moi, au moins ! Où est passée la petite fille dont mon vieux père admirait l'aplomb ?

La jeune femme déglutit avec peine. Tous les regards convergeaient vers elle. Elle prit une profonde inspiration et tâcha de ne pas se laisser envahir par ses émotions. Tous ces gens qui la regardaient ignoraient l'essentiel. Cet homme l'avait blessée si profondément qu'elle ne s'en était jamais remise. C'était la raison pour laquelle elle n'avait jamais permis à ses soupirants de l'approcher de trop près.

Finalement, elle fit un pas de plus, et Colton inclina la tête vers elle. La main d'Adriana se posa timidement sur son épaule. Son cœur battait la chamade ; c'était d'autant plus bizarre que, jusqu'alors, aucun homme ne l'avait intimidée. Du bout des lèvres, elle frôla la joue hâlée de Colton et fut surprise de l'hilarité soudaine de ses amis.

— Voilà qui est mieux, murmura Colton au creux de son oreille.

Elle leva les yeux et crut se noyer dans les prunelles grises. Un sourire illumina le visage buriné de Colton.

— Maintenant, je me sens vraiment le bienvenu dans cette maison.

Il avait une voix basse, rauque, pénétrante.

— Et voilà comment vous volez des baisers aux plus belles ! fit mine de s'indigner Stuart. Adriana, éloignez-vous de ce fripon et venez près de moi. Sa Seigneurie vous a peut-être bien connue dans votre enfance, mais, depuis, l'eau a coulé sous les ponts. À présent, je vous connais mieux que lui, et je considère que je mérite davantage votre amitié. Regardez-moi, ne suis-je pas plus beau que M. le marquis ?

Colton rit de la boutade de Stuart et posa une main possessive sur le bras d'Adriana, comme pour l'empêcher de tomber dans un piège.

— Restez là, ma chère. Je vous offre ma protection. Visiblement, ce monsieur est un voyou dont toutes les jeunes filles ont intérêt à se méfier.

Tandis que Stuart riait de bon cœur, Colton le dévisagea avec bonne humeur et enlaça les épaules d'Adriana. Une délicate fragrance de rose lui chatouilla les narines, et, les sens en émoi, il pencha de nouveau la tête, afin de mieux humer la senteur enivrante.

— Votre parfum me rappelle le jardin de roses de Mère. Est-il fleuri en cette saison ? J'aimerais bien l'admirer en votre compagnie.

Les joues en feu, Adriana eut l'impression que son cœur battait à ses oreilles. Elle ne sut plus où se mettre quand son bourreau redessina d'un doigt paresseux les contours de son front, puis de ses tempes, le long de son chapeau.

— Je crois que vous rougissez, remarqua-t-il.

Roger Elston avala sa salive. Les manières familières et la décontraction du nouveau marquis à l'égard d'Adriana mettaient ses nerfs à rude épreuve. Jusqu'à présent, il avait pu se contraindre à garder le silence, mais c'était plus qu'il ne pouvait en supporter. N'y tenant plus, il traversa le hall à grandes enjambées avec un air outragé... Le bruit métallique de ses talons sur le marbre avertit Colton, qui se retourna vivement. Le menton haut, il défia l'arrivant d'un regard méprisant. Les chiens-loups s'étaient dressés eux aussi, furieux, prêts à défendre leur maître.

Être interpellé par un étranger dans sa propre maison aurait déjà suffi à faire sortir Colton de ses gonds. Mais le fait que ce petit vaurien semble décidé à le séparer de la femme qu'il connaissait depuis qu'elle était haute comme trois pommes exacerba sa colère. Colton jaugea rapidement son adversaire et se sentit parfaitement capable de se défendre sans l'aide des chiens. Le dénommé Elston devait avoir perdu la raison, songea-t-il. Sa détermination à protéger… ou plutôt à éloigner l'élue de son cœur de tous les mâles susceptibles de respirer son parfum de rose le rendait vraiment pitoyable. Mais Colton n'allait pas laisser ce jeune coq lui mettre des bâtons dans les roues ; pour la première fois depuis des lustres, il était grisé par l'odeur d'une femme, et le souvenir du corps mince et souple qui s'était plaqué contre le sien enflammait son imagination. Lourdement appuyé sur sa canne, il pivota sur sa jambe valide et se dirigea vers une porte-fenêtre. Il ouvrit en grand les volets sur la terrasse, siffla les deux molosses qui bondirent puis s'élancèrent au-dehors, en direction de la forêt. Colton referma la porte et repartit vers son rival en traînant légèrement sa jambe blessée.

— Auriez-vous un sujet à discuter avec moi, monsieur Elston ?

Roger sursauta. Le nouveau marquis connaissait son nom, signe que les membres de sa famille l'avaient déjà mentionné. Dieu seul savait le mal qu'ils en avaient dit. Il ouvrit la bouche pour répondre, hésita un instant. Les autres hommes l'épiaient sous cape, guettant sa réaction. Il eut la nette impression qu'ils étaient tous contre lui. Les dents serrées, il tourna la tête dans tous les sens, comme un animal aux abois.

— Euh... non, parvint-il à articuler.

— Parfait ! rétorqua Colton. Maintenant, ayez l'obligeance de vous écarter. Je voudrais finir ma discussion avec lady Adriana.

En disant ces mots, il toisa Roger comme si celui-ci n'avait décidément aucun intérêt, ce qui acheva de mortifier le jeune homme. Mais malgré son air indifférent, Colton nota tous les détails : la masse de cheveux bouclés, le visage juvénile. Il s'attendait presque à découvrir l'ombre d'un duvet naissant sur les joues pâles, mais il remarqua une coupure de rasoir près de l'un des favoris touffus.

Devenu le point de mire de l'assistance, Roger sentit le rouge lui monter au front. Il se cantonna dans un silence furieux et se contenta de fixer Adriana. Il brûlait de la toucher, mais il n'osa pas esquisser le moindre geste, craignant une nouvelle humiliation de la part du maître de maison. Sa seule présence en ce lieu constituait une entorse au protocole, il en avait conscience. De même qu'il savait qu'il n'avait aucun droit sur Adriana. Lui témoigner sa flamme en présence du marquis serait pure folie. Ses origines modestes avaient toujours été un handicap, mais aujourd'hui, il mesurait plus que jamais combien il était démuni face à cet homme qui avait tout, titre et fortune. Adriana avait grandi dans un milieu privilégié. Si, jusqu'alors, elle ne lui avait jamais fait de réflexion sur sa naissance, elle ne lui avait pas non plus permis d'espérer que son amitié pour lui pourrait se transformer un jour en sentiment amoureux. Roger ne s'était pourtant pas découragé, et il avait persuadé son père de lui acheter une garde-robe présentable. Ses anciens habits, qui avaient autrefois convenu à sa condition de maître d'études, auraient paru trop misérables en comparaison des riches atours des nobles. M. Elston senior s'était donc laissé convaincre d'investir quelque argent dans l'entreprise de séduction de son fils. Adriana avait pourtant continué à le maintenir à distance avec une bienveillante condescendance. Roger s'en était accommodé, mais à présent, devant la menace imminente de se voir évincé pour toujours, il éprouvait un incontrôlable besoin d'agir. Il pencha le buste en avant, la main tendue dans un geste de sollicitude.

— Ne devrions-nous pas nous en aller, madame ?

Immédiatement, Colton fixa la jeune femme intensément, comme pour lui suggérer sa réponse, mais elle lui rendit son regard, la tête haute, une moue dédaigneuse au coin des lèvres, comme si elle le mettait au défi de lui dicter sa conduite... Ou de lui poser des questions sur ses relations avec un roturier. Colton sentit les poils de ses bras se hérisser – une sensation presque aussi désagréable que lorsqu'il avait appris que les chirurgiens avaient décidé de lui scier la jambe.

Colton n'avait jamais eu de mépris envers les hommes du peuple. Au contraire, il les avait menés au combat et avait pataugé dans la même gadoue au son fracassant des canons, il avait lutté côte à côte avec eux contre le même ennemi, dans un féroce corps à corps. Il avait dormi au milieu de ses soldats qui l'appelaient « monsieur le colonel » sans jamais mettre en avant ses origines nobles. Pourtant, quelque chose chez Roger Elston l'irritait profondément. Quelque chose qu'il n'arrivait pas à définir. Il ressentait une sorte de colère sourde qu'il ne pouvait pas mettre sur le compte d'un sentiment de jalousie. Compte tenu de sa très longue absence, Adriana, si exquise fût-elle, était encore une inconnue. Les années les avaient éloignés l'un de l'autre, et il était tout à fait normal qu'elle soit courtisée par d'autres hommes... Non, la cause de son irritation lui échappait, mais il était forcé d'admettre que cet intrus lui déplaisait au plus haut point.

Roger attendait. L'attitude d'Adriana vis-à-vis de Colton avait fait renaître ses espoirs. Son désir de la faire passer pour sa fiancée l'emporta sur ses réticences. Il osa lui prendre la main, mais elle se dégagea aussi brusquement que si elle avait frôlé un serpent, posant sur lui un regard aveugle, comme s'il était transparent. Elle n'avait visiblement pas apprécié qu'Elston se conduise comme s'il avait des droits sur elle. Volant au secours de sa meilleure amie, Samantha saisit l'occasion pour instruire son frère de la situation. Adriana était sollicitée par des gentilshommes, mais également par des hommes ordinaires qui ne pressentaient pas la futilité de leurs aspirations.

— Oh ! mon Dieu, je crains d'avoir omis de te présenter l'un de nos invités, Colton. Voici M. Roger Elston.

Samantha marqua une pause, avant de poursuivre :

— M. Elston est un ami d'Adriana depuis un an environ. Il nous accompagne souvent lors de nos promenades à cheval. Grâce aux conseils d'Adriana, il est devenu un cavalier accompli, contrairement à moi. Actuellement, M. Elston termine l'apprentissage qui lui permettra de diriger ensuite les affaires de son père ; celui-ci possède la manufacture de laine qui appartenait autrefois à M. Winter.

— Winter ?

Le nom ne disait rien à Colton. Sa colère ne s'était pas apaisée, mais il fit un effort surhumain pour reprendre contenance. Ses muscles faciaux paraissaient taillés dans du cuir tanné, mais il parvint à grimacer un sourire.

— Je ne me souviens d'aucun M. Winter, je regrette.

— Thomas Winter, lui précisa sa sœur... Il possédait une grosse manufacture de laine dans les environs de Bradford. Tu es souvent passé devant, mais tu ne l'as peut-être pas remarquée. M. Winter n'avait pas d'enfants. Resté veuf, il a mené une existence solitaire. Il y a cinq ou six ans, il s'est remarié avec une Londonienne. À sa mort, sa veuve a hérité de toute sa fortune et, à son tour, a convolé en secondes noces avec Edmund Elston, le père de Roger. La pauvre femme a succombé à une étrange maladie. M. Elston est alors devenu le propriétaire de la manufacture, puis il a fait venir Roger à Bradford, afin de l'initier au négoce de la laine.

Colton réussit à surmonter son aversion pour le jeune roturier. Faisant preuve de bonne volonté, il lui tendit la main, au grand soulagement de ses autres invités.

— Bienvenue au manoir de Randwulf, monsieur Elston.

Roger resta figé un instant. Il se sentait déchiré entre sa haine envers le nouveau marquis et sa soif de reconnaissance. Enfin, il saisit la main offerte. La poigne d'acier de Colton se referma sur ses doigts, et Roger fut parcouru d'un frisson. Cette main était puissante, rugueuse, sans comparaison possible avec celles de tous ces aristocrates pomponnés. Une main faite pour manier l'épée...

— Waterloo a été une grande victoire pour Wellington, déclara-t-il à brûle-pourpoint, soucieux de montrer qu'il était au courant des détails de cet événement capital. Si j'avais été officier, j'aurais considéré comme un honneur de servir sous ses ordres.

— En effet, monsieur Elston, concéda Colton d'une voix sèche. Néanmoins, n'oublions pas la contribution du général von Blücher. Sans lui, les Anglais auraient perdu la guerre. Mais ensemble, les deux hommes et leurs armées ont réduit les ambitions de Napoléon à néant.

— Moi, je pense que, même si Wellington avait agi seul, les Français auraient quand même été vaincus, fanfaronna Roger.

Colton fronça les sourcils. Le jeune impertinent le contredisait sans doute délibérément. Curieux de savoir comment il en était arrivé à cette conclusion, il le provoqua à son tour.

— Je vous demande pardon, monsieur Elston, mais vous n'avez pas assisté aux combats, que je sache.

Roger choisit d'éviter le regard acéré du marquis. Ses doigts effleurèrent l'étoffe de sa manche, balayant un grain de poussière imaginaire.

— Non, mais si je n'avais pas souffert dans ma jeunesse d'une maladie qui m'a considérablement affaibli, je me serais volontiers engagé dans l'armée. Et j'aurais égorgé avec joie ces satanés mangeurs de grenouilles !

En repensant aux vies perdues sur le champ d'honneur, Colton prit une mine sombre.

— Ce fut une campagne sanglante, dit-il. Malheureusement, j'ai perdu beaucoup d'amis lors des violents combats qui nous ont opposés aux armées napoléoniennes. Mais vu le nombre de morts que les Français ont laissé à Waterloo, je ne puis que compatir à la douleur des veuves et des orphelins. C'est triste de devoir faire la guerre uniquement pour satisfaire les ambitions d'un seul homme.

Adriana étudia à la dérobée le visage de celui auquel elle avait été promise dans son enfance. Une ombre de tristesse ternissait l'éclat de ses yeux gris, comme si sa vision du monde avait changé depuis l'époque de sa jeunesse. On eût dit qu'un siècle s'était écoulé depuis qu'elle avait entendu, sans le vouloir, ses véhémentes protestations à travers la porte close du salon où son père l'avait convié. S'il avait donné son accord, elle serait devenue sa femme à l'âge de dix-sept ans. Hélas ! il n'avait rien voulu entendre. Peu après, il avait quitté le manoir. Adriana aurait préféré ignorer les projets matrimoniaux de lord Sedgwick. Mais, si elle avait eu honte quand elle en avait eu connaissance, par le plus grand des hasards, l'explosion de colère de son futur fiancé l'avait plongée dans le désespoir.

— Les Anglais étaient destinés à gagner, décréta Roger d'un ton arrogant.

Tout en parlant, Elston porta avec affectation à son nez une pincée de tabac à priser – il imitait les attitudes maniérées des dandys. Il était convaincu que cette pratique était largement répandue dans les milieux aristocratiques, bien qu'aucun des hommes présents au manoir ne s'y adonnât. Il rabattit d'un coup sec le couvercle de sa tabatière en émail, puis pressa un mouchoir contre sa narine gauche où la sensation de picotement était plus vive. Il renifla, les yeux rouges et humides, et décocha un sourire fielleux à son interlocuteur.

— Comme on dit, monsieur, le droit prévaudra toujours.

— Je serais le plus heureux des hommes, monsieur Elston, si ce principe était vrai. Malheureusement, ce n'est pas le cas. Quant aux Anglais, je puis vous affirmer qu'ils ne respectent pas forcément cette règle.

Roger se tut un instant, pris de court. Il n'avait jamais quitté les rivages de l'Angleterre et considérait les puissances étrangères comme inférieures, voire méprisables.

— Je dirais, monsieur le marquis, que votre patriotisme laisse à désirer. Comment pouvez-vous douter de l'intégrité de vos compatriotes ? Après tout, nous sommes la plus grande nation du monde.

Avec un sourire chagrin, Colton l'initia aux réflexions qu'il en était venu à se faire sur les champs de bataille.

— Beaucoup d'Anglais pensent comme vous, et pourtant un certain nombre d'entre eux sont morts à la guerre. J'en connaissais quelques-uns, et il se trouve que j'ai aidé les fossoyeurs à les enterrer.

Roger haussa les épaules. Voilà plus d'un an qu'on l'abreuvait de récits et autres fables à propos des exploits héroïques de Colton Wyndham. Il lui avait envié sa renommée et l'avait secrètement admiré. Ensuite, quand il avait appris que lord Sedgwick destinait Adriana à cet homme, il l'avait détesté sans le connaître. Et maintenant, après l'avoir entendu proférer de telles insanités à propos des Anglais, sa haine était décuplée. Colton Wyndham passait peut-être pour un brave aux yeux de ses pairs, mais Roger était désormais convaincu du contraire. Le prétendu héros, le superbe guerrier qui se battait comme un lion et passait les ennemis au fil de son épée ne valait pas tripette ! Un sourire ironique retroussa ses lèvres.

— Mais au nom de quel principe vous êtes-vous battu, alors ? s'enquit-il d'un ton franchement irrévérencieux.

Colton haussa les sourcils. Ce freluquet était d'une demi-tête plus court que lui, et il pesait sans doute une bonne dizaine de kilos de moins. Son attitude était donc aussi imprudente qu'impudente... Ou alors, il pensait avoir affaire à un invalide, à cause de la canne.

— Au nom d'un principe très simple, monsieur Elston. Tuer ou mourir. J'ai enseigné la cruauté à mes hommes. C'était la seule façon de rester vivant. J'ai combattu avec acharnement, pas seulement pour préserver ma vie et celle de mes soldats, mais aussi pour vaincre les ennemis de ma patrie. Par miracle, j'ai survécu, ainsi que la plupart des hommes de mon régiment. Et en considérant les milliers de cadavres qui jonchaient les champs, nous avons rendu grâces à Dieu de nous avoir épargnés.

— Ça suffit, vous deux ! intervint Samantha, sentant croître l'animosité entre les deux hommes. (Elle glissa son bras sous celui de Colton dans un geste apaisant.) La guerre, la guerre, vous n'avez donc pas d'autre sujet de conversation ?

Colton lui adressa un sourire rassurant.

— Ma chère petite sœur, je crains d'avoir perdu mon talent d'autrefois pour les conversations divertissantes... J'ai tellement fait la guerre que je ne sais plus guère parler que de mes expériences. Autrement dit, je suis devenu un horrible raseur.

— Mais non ! le contra-t-elle avec un rire amusé.

Elle trouvait son frère fascinant et, de toute façon, elle avait toujours eu un faible pour lui.

Un peu effrayé par la flamme qu'il avait décelée dans les yeux gris, Roger s'était placé derrière Adriana, à une distance prudente. Il était inutile d'essayer de lui parler maintenant, il le savait. Sous ses allures adorablement féminines, la jeune femme dissimulait un tempérament bouillant, dont il convenait de se méfier, et Roger préféra rester dans l'expectative.

Felicity soupira. Elle était ravie que la tension entre les deux hommes soit retombée, car, enfin, elle allait pouvoir essayer d'attirer l'attention du marquis. Elle s'adressa à lui avec une douceur qui, elle l'espérait, contrasterait avec la froideur de lady Adriana.

— Monsieur, je serais honorée si vous vous dispensiez des formalités et m'appeliez Felicity.

Adriana retint son souffle. La demande de Mlle Fairchild venait lui rappeler sa réaction négative lorsque Colton l'avait appelée par son prénom. Et Felicity avait formulé sa requête avec une telle grâce qu'on imaginait mal qu'un homme normalement constitué ait le cœur de lui opposer un refus, encore moins un militaire habitué aux campements solitaires réservés aux soldats.

Colton sourit à la jolie blonde.

— Mademoiselle Felicity, dit-il, sur un ton à la fois poli et enjôleur, bien que votre prénom soit d'une douceur exquise, « Mlle Fairchild [1] » me paraît plus approprié à vos charmes.

— Oh ! Vous êtes trop bon, monsieur.

D'autres femmes n'auraient pas pu retenir un gloussement de plaisir, mais Felicity se contenta d'un

---

1. Jeu de mots avec son patronyme : *fair child*, « blonde enfant ». (*N.d.T.*)

sourire plein de modestie et de quelques battements de cils. Elle avait passé des heures devant son miroir à se composer un certain nombre de visages et d'expressions convenant à toutes les circonstances et la mettant à son avantage. Avec un soin infini, elle avait peaufiné à la fois ses attitudes et son apparence, dans l'espoir de se faire épouser par un noble. Cette idée lui avait été inculquée par son père, malgré les efforts de sa mère pour que sa progéniture garde la tête sur les épaules... et non pas dans les nuages.

Toutefois, « Mlle Felicity » ne correspondait pas exactement à ses attentes. Elle aurait préféré quelque chose de plus intime, de plus simple. La façon dont le lord s'était comporté avec lady Adriana, par exemple, lui aurait convenu à merveille. Maintenant, elle devait formuler la même demande aux deux dames, sinon celles-ci supposeraient qu'elle avait jeté son dévolu sur le marquis. Se tournant vers Samantha, elle lui adressa son sourire le plus humble.

— Lady Burke, je suis très émue par l'amitié que vous me témoignez, lady Sutton et vous-même. Malheureusement, rien de ce que je peux vous offrir en échange ne peut se comparer à vos bontés. Mais pour vous prouver ma gratitude, je vous prie de m'appeler également par mon prénom.

Samantha jugea plus prudent de répondre au nom de toutes les deux.

— Eh bien, soit ! Lady Adriana et moi-même aurons grand plaisir à malmener l'étiquette, mademoiselle Felicity. Et je vous demanderai de faire de même.

— Oh ! merci, lady Samantha.

Felicity fit la révérence en se félicitant intérieurement. Ayant grandi à Londres, elle était aussi étrangère à cette province que Roger Elston. La chance lui avait souri quand elle avait rencontré lady Samantha et lady Adriana, qui étaient venues rendre visite à son grand-père malade, accompagnées de leurs mères, les bras chargés de cadeaux: une soupe délicieuse, des friandises, des herbes médicinales rares réputées pour leur efficacité. Son grand-père, Samuel Gladstone, était devenu au fil des ans un riche bourgeois doublé d'un patriarche respecté par tous les citoyens de Bradford. Les deux jeunes ladies avaient pris Felicity en sympathie. Elles lui avaient longuement parlé de la région et avaient prêté une oreille compatissante à ses confidences. Felicity s'était abondamment épanchée sur sa solitude, son malheur de se sentir étrangère. Elle avait réussi à les émouvoir, tant et si bien qu'elles l'avaient invitée à une promenade équestre. Sans cette occasion, les chances de Felicity d'approcher l'aristocratie et de visiter les deux manoirs auraient été à peu près nulles. Ah! ses cyniques amis londoniens seraient surpris d'apprendre que, aussitôt installée dans la petite ville, Felicity fréquentait la noblesse des environs et échangeait quelques mots avec un marquis dont l'allure ferait honte aux plus raffinés de ses pairs. « Voilà un homme intéressant », songea-t-elle en le regardant... Un homme qui, par sa naissance, lui ouvrirait les portes de la haute société.

Percy jeta un coup d'œil à son frère. Mlle Fairchild paraissait si subjuguée par leur hôte qu'il se demanda si Stuart n'en prendrait pas ombrage. Ce dernier ne connaissait pas encore la jolie blonde lorsqu'ils avaient rejoint Samantha, Adriana et l'incontournable Roger. Ayant appris que la petite-fille du bourgeois serait de la partie, Stuart avait d'abord exprimé un vif mécontentement. Il refusait de servir d'escorte à une parfaite étrangère toute une journée, avait-il déclaré à son frère. Il lui avait ensuite avoué qu'il avait espéré passer un moment agréable en compagnie d'Adriana. Finalement, il avait cédé à contrecœur, tout en menaçant Percy des pires représailles si jamais la jeune inconnue était un laideron. Mais en apercevant Felicity, ses réticences s'étaient envolées, et il avait adopté le rôle de chevalier servant avec enthousiasme. Il avait même confié en aparté à son frère qu'il était enchanté d'avoir fait la connaissance de cette divine créature.

Percy fronça les sourcils. Felicity continuait à décocher à Colton des regards et des sourires espiègles, mais Stuart n'avait pas l'air chagriné le moins du monde... Il avait reporté toute son attention sur Adriana. Tous les hommes s'accordaient à voir en elle une femme aussi belle que désirable, et il était naturel que Stuart compte parmi ses nombreux admirateurs.

L'évolution des événements préoccupait Perceval. Il savait que Samantha serait profondément choquée s'il lui faisait part de ses observations. Peut-être même que ce brusque revirement de la situation l'inquiéterait, car elle considérait son frère comme le seul être digne d'être son meilleur ami.

Au même moment, Colton Wyndham se disait que la jeune Mlle Fairchild, dont il entrevoyait les intentions, ne manquait pas de charmes : cheveux d'or pâle, yeux bleu ciel, bouche peut-être un peu trop pulpeuse, mais tendre et attirante. Des boucles vaporeuses encadraient son visage de poupée, sous le chapeau à large bord dont le ruban était du même bleu que ses yeux. Les œillades provocantes qu'elle lui lançait délivraient un message assez clair : elle était prête à accepter ses avances, bien qu'il ne sache pas jusqu'à quel point. Il se surprit à comparer les deux beautés, la blonde et la brune, l'inconnue et cette jeune fille aux yeux noirs, qu'il avait rejetée seize ans auparavant et sous le charme de laquelle il était tombé sitôt qu'il l'avait revue.

— Permettez que je vous présente mes condoléances, monsieur le marquis, susurra Felicity d'un ton compatissant.

Elle s'employait à le détourner de la fille du comte. À son avis, lady Adriana avait déjà reçu trop d'égards. En outre, le titre et l'élégance du maître de maison faisaient de toute femme, même moyennement belle, une rivale potentielle. Son père lui avait justement prédit qu'elle aurait ce genre de possibilité si elle savait conserver sa dignité et ne pas se compromettre avec un homme de basse extraction.

— Je sais combien la mort de votre père vous a peiné, poursuivit-elle. Mais je me joins à la liesse générale. Nous sommes tous ravis de vous savoir prêt à assumer les lourdes responsabilités du marquisat.

— Oui, c'est bon d'être à la maison. J'ai été absent trop longtemps, concéda Colton, jetant un regard circulaire au décor qui avait bercé son enfance et son adolescence.

Quelques heures auparavant, quand le carrosse avait dépassé le bosquet bruissant qui bordait la pelouse du manoir Randwulf, et qu'il avait revu l'élégant château du XVIIe siècle, son cœur avait bondi dans sa poitrine. Une joyeuse exaltation l'avait envahi alors. Il était enfin revenu, après avoir parcouru le monde. Le manoir s'érigeait comme un joyau de pierre pâle, serti dans une végétation luxuriante, au milieu d'un paysage vallonné. C'était un long édifice de trois étages, percé d'innombrables fenêtres à meneaux, de quatre portes-fenêtres identiques et coiffé d'un toit plat, festonné de dentelle de pierre. Les gargouilles, lions, urnes, taillés dans la même pierre claire que le parapet qui leur servait de socle, l'avaient accueilli, alors qu'il franchissait le gracieux portique en direction de la porte de chêne massif.

Le regard de Colton obliqua vers la galerie. Ne voyant Roger Elston nulle part, il en conclut qu'il leur avait enfin faussé compagnie. « Bon débarras », se dit-il, avant de se demander si le jeune malotru ne se cachait pas quelque part. Il était du genre à s'incruster, et l'on pouvait parfaitement l'imaginer en train de ruminer ses projets qui, naturellement, ne verraient jamais le jour. Retenant un rire moqueur, Colton se tourna vers Felicity.

— J'aurais été incapable de reconnaître ma propre sœur si elle ne m'avait pas reconnu la première. Elle n'était qu'une petite souris lorsque je suis parti ; quant à lady Adriana, elle était encore plus jeune. Mère m'a raconté que la fille aînée des Sutton est mariée et mère de deux bambins, et que la deuxième se mariera bientôt. Je m'étonne que lady Adriana soit encore célibataire.

Il s'était exprimé à voix haute, exprès, mais Adriana fit mine de ne pas l'avoir entendu. Soudain, comme si elle venait seulement de s'apercevoir qu'il lui souriait, elle s'empourpra, puis détourna les yeux. Pour la énième fois, Colton s'étonna des changements survenus pendant son absence. Il avait quitté un petit épouvantail et retrouvait une femme éblouissante… qui, visiblement, s'évertuait à l'éviter.

— Je crains, reprit-il, que lady Adriana n'ait jamais pardonné au jeune garçon obstiné que j'étais d'avoir quitté la maison contre l'avis de son père, afin de se faire sa propre opinion sur la vie.

Il avait parlé sans ironie, avec sincérité, mais son commentaire arracha un gloussement amusé à Mlle Fairchild, et quelques hommes laissèrent échapper un rire étouffé. Le cœur de Colton se serra. Il avait simplement essayé d'exprimer ses regrets d'avoir blessé une petite fille innocente, seize ans auparavant. Le contrat de mariage n'était pas son idée à elle, bien sûr, mais lorsqu'il s'était rué hors du salon, après avoir clairement signifié à son père qu'il refusait d'épouser « un tas d'os », il s'était retrouvé nez à nez avec la petite fille et ses parents. Il avait aussitôt regretté ses mots cruels. Les Sutton semblaient pétrifiés, et l'expression dévastée d'Adriana l'avait hanté des années durant. La petite fille, qui l'avait entendu refuser catégoriquement leur future union, lui avait donné l'impression de souffrir atrocement.

Un peu avant cet incident, il avait réalisé qu'Adriana l'idolâtrait – comme Samantha d'ailleurs. Elle n'avait pas eu de frère, et peut-être l'avait-elle mis sur un piédestal. À ses yeux, il incarnait le héros qui prenait toujours sa défense. Les remords avaient assailli Colton, tandis qu'il contemplait le petit visage ravagé. Il avait balbutié péniblement un mot d'excuse, s'était empressé de sortir, incapable de supporter plus longtemps la douleur de sa jeune amie.

Samantha alla se placer à côté d'Adriana, avec l'air protecteur d'une grande sœur. Elle devait informer son frère de la situation, mais également le mettre en garde, afin qu'il ne commette pas une nouvelle bévue.

— Je ne crois pas qu'Adriana ait beaucoup pensé à toi pendant toutes ces années, Colton. Ses jeunes et beaux soupirants ne lui en ont pas laissé le temps.

Ignorant le coup de coude rageur de sa meilleure amie, Samantha poursuivit. Elle regrettait presque que Roger se soit éclipsé ; ses propos lui auraient rappelé qu'il n'était qu'un minuscule poisson dans la mare, et que, malgré sa combativité, il ne tarderait pas à être dévoré par un plus gros poisson.

— Ses admirateurs la pressent de choisir celui qui aura l'honneur de devenir son époux. Or, pour l'instant, aucun d'eux n'a obtenu ce privilège.

Comme Adriana la foudroyait du regard, Samantha se tourna vers elle.

— C'est la vérité, et tu le sais.

La jeune femme brune eut un haut-le-corps de colère, et Colton comprit que sa sœur avait voulu lui donner un avertissement. Il grimaça un sourire.

— Je comprends l'impatience de ces jeunes gens. Adriana est la plus belle femme que j'aie jamais vue.

Felicity pinça les lèvres ; elle était sûre de sa propre beauté. Ses cheveux dorés étincelaient au soleil, ses yeux rivalisaient avec le bleu du ciel. Pourquoi un homme d'expérience comme Colton la délaisserait au profit de cette grande brune maussade ? De son côté, Adriana n'appréciait que très moyennement que l'on parle d'elle comme si elle n'était pas là. Faisant face à Colton, elle parvint à sourire.

— Votre sœur exagère. Ils ne sont pas si nombreux à me courtiser. Samantha a le don d'en rajouter, surtout lorsqu'elle tient à marquer un point.

Perceval dissimula un rire sous une quinte de toux. Lui aussi avait découvert cette petite manie de sa tendre moitié. Les poings sur les hanches, Samantha les gratifia tour à tour d'un regard furibond qui, cette fois-ci, arracha aux hommes un rire franc et débonnaire. Laissant Percy aux prises avec sa charmante épouse, Adriana fit un pas vers Colton.

— Monsieur le marquis, vous avez évoqué mes sœurs. J'en profite pour compléter vos informations. Jaclyn est en effet mariée. Elle vit à Londres et a deux enfants adorables, un garçon et une fille. Melora se marie à la fin du mois. Je sais qu'il n'est nul besoin d'invitation entre nos familles, mais je veillerai à ce que vous en receviez une. Melora et sir Harold seraient déçus si vous n'assistiez pas à leur mariage. Ils partiront ensuite en voyage de noces, puis habiteront en Cornouailles et ne reviendront pas à Wakefield avant la dernière semaine d'octobre, pour le bal que mes parents donneront à l'occasion de l'ouverture de la chasse. Vous devez vous rappeler que, après la suspension des séances du Parlement, nos pères adoraient évoquer leurs chasses et le bon vieux temps avec leurs amis. Le bal réunira toutes les grandes familles des environs. Il y aura profusion de nourriture et de boissons, des jeux d'esprit, etc. Cela fait sans doute longtemps que vous n'avez pas eu l'occasion de participer à ce genre de divertissement…

Colton lui sourit.

— Je suis parti depuis si longtemps qu'il faudrait presque me présenter à vos parents.

— Oh ! ils se souviennent de vous, monsieur. Alors que moi, je ne vous ai pas reconnu, il est vrai.

— Et moi, j'ai cru que vous alliez me gifler, ne serait-ce que pour me punir de mes offenses passées. À l'avenir, je ferai attention à la façon dont vous vous vengez.

Les joues d'Adriana s'empourprèrent. Elle fut presque reconnaissante à la petite-fille du manufacturier, qui s'était résolument avancée vers Colton, dans le but évident de l'accaparer. Décidément, elle semblait être tombée folle amoureuse de Colton... à moins que ce ne soit de son titre.

— Aurons-nous bientôt le plaisir de rencontrer Mme la marquise ?

Un sourire nerveux retroussait les commissures de ses lèvres roses, trahissant son manque d'assurance, et Colton réprima un sourire satisfait. L'intérêt qu'elle lui témoignait ne lui déplaisait pas.

— Hormis ma mère, mademoiselle Felicity, aucune femme ne porte ce titre.

Refrénant son élan, Felicity adopta son air le plus modeste.

— Oh ! pardon. Aurais-je été mal informée au sujet de certains arrangements conclus dans votre jeunesse...

Irritée, moins par les conjectures de la blonde que par la crainte que la vérité soit étalée au grand jour, Adriana retint son souffle.

Samantha regarda son amie et vit l'appréhension qui déformait ses traits fins ; son cœur se serra. Elle aussi se rappelait la véhémence avec laquelle Colton avait crié à leur père : « Je vous interdis de vous mêler de ma vie. » Maintenant que le vieux marquis n'était plus, Samantha se demandait comment son frère réagirait en prenant connaissance de la situation... Car si Colton n'avait pas compris que son père n'avait voulu que son bonheur, Samantha, elle, en était convaincue. Adriana était la sœur qu'elle n'avait jamais eue, la sœur qu'elle n'accepterait jamais de perdre.

3

— Ah, Mère, vous voilà, lança Samantha, souriant à lady Philana, qui descendait les marches de l'escalier.

Philana Wyndham avait fêté ses cinquante-trois printemps un mois plus tôt, mais, malgré les fils d'argent qui striaient sa chevelure rousse, elle semblait avoir dix ans de moins. Mince et d'une grande beauté, elle se déplaçait avec une élégance naturelle. Ses yeux d'un bleu vif – son plus grand atout – étaient embués de larmes.

Tandis que sa mère s'approchait, Colton se sentit submergé par l'émotion ; une boule se forma au fond de sa gorge, le forçant à déglutir. Tout à l'heure, en arrivant, impatient de la retrouver, il avait franchi le seuil de la demeure sans prendre la peine de frapper à l'aide du lourd heurtoir de bronze. Il avait traversé le hall immense en boitillant, et sa brusque apparition avait fait sursauter le brave Harrison qui l'avait dévisagé, bouche bée. Mais dès le premier regard, l'inquiétude du majordome s'était apaisée. La ressemblance entre le défunt châtelain et le nouvel arrivant était trop frappante pour que l'on puisse s'y méprendre. Le vieux domestique avait vaillamment lutté contre ses larmes en évoquant la mort de son maître, mais lorsque Colton lui avait entouré les épaules d'un bras réconfortant, il s'était laissé aller à pleurer en silence.

En quittant le majordome, Colton avait gravi l'escalier aussi vite que sa mauvaise jambe le lui permettait et avait frappé à la porte des appartements de sa mère. Lorsqu'il avait entendu sa voix qui lui disait d'entrer, il avait senti ses genoux flageoler. Il avait pris une profonde inspiration avant de pénétrer chez lady Wyndham. En le voyant, celle-ci avait poussé un cri de surprise mêlée de joie et s'était jetée dans ses bras. Colton l'avait serrée à lui couper le souffle. Peu après, des larmes de chagrin avaient remplacé les larmes de bonheur, tandis qu'elle racontait la maladie fulgurante qui avait emporté son époux bien-aimé.

— Sedgwick a toujours été si vigoureux et résistant, avait-elle murmuré, les joues luisantes de pleurs.

Ce jour-là, le lord avait même fait du cheval en compagnie de Perceval et de Samantha. Sa bonne humeur n'avait été altérée que par l'arrivée impromptue de Roger Elston au manoir, dans la soirée, à l'heure du dîner. Adriana et ses parents étaient invités. Dissimulant de son mieux son mécontentement et soucieux de ne pas embarrasser Adriana, Sedgwick avait prié Harrison d'ajouter un couvert à table. Avant de se retirer pour la nuit, il avait dégusté son traditionnel verre de brandy dans le salon, mais à peine une heure après, Philana s'était réveillée brusquement. À son côté, son mari, la face inondée d'une sueur froide, se tordait de douleur. Il s'était plaint de souffrir terriblement de l'estomac. À peine deux mois plus tard, il avait succombé à un mal inconnu.

Colton aurait voulu effacer le chagrin qu'il lisait dans les yeux de sa mère. Mais il savait qu'elle porterait le deuil de son époux jusqu'à la fin de ses jours. Ses parents étaient très attachés l'un à l'autre. Ensemble, ils avaient inculqué à leurs enfants dignité, honneur et toutes les valeurs qui permettent d'affronter les difficultés de la vie. Durant sa longue absence, Colton, trop accaparé par ses combats, n'avait pas beaucoup pensé à sa famille. Mais entre deux batailles, la nostalgie l'étouffait. Il mourait d'envie de revoir ses parents et sa sœur, mais il se gardait bien de se l'avouer. Le passé étant généralement source de regrets, il s'efforçait d'aller toujours de l'avant, de ne jamais regarder en arrière. On ne pouvait réécrire l'histoire. Il avait défié l'autorité paternelle, il avait choisi son destin, mais, mis à part le fait qu'il avait déçu les personnes qu'il aimait le plus au monde, il se sentait amplement consolé de sa solitude par ses exploits guerriers.

Philana ralentit le pas, tandis que le majordome s'approchait d'elle. Après de longues années de bons et loyaux services, le fidèle domestique n'avait nul besoin de solliciter ses ordres.

— Nous prendrons le thé dans le salon, Harrison.

— Bien, Madame. La cuisinière voudrait savoir si tout le monde dînera ici ce soir.

— Je crois que oui, Harrison.

Adriana regarda la maîtresse de maison.

— Je vous demande pardon, madame, mais je ne crois pas que ce soit le cas, expliqua-t-elle, ébauchant une révérence. M. Fairchild nous a priées de ramener Mlle Felicity à Wakefield, où il viendra la chercher avant la tombée de la nuit. Stuart a gentiment proposé de nous raccompagner... Quant à M. Elston, il ne restera pas.

Le jeune prétendant émergea au même moment du salon où il s'était retiré quelques instants, probablement pour se recomposer un visage. Se tournant vers lui, Adriana lui lança un regard acéré. Aujourd'hui, il avait dépassé les bornes. Sa façon de provoquer leur hôte, son arrogance l'avaient poussée à bout. De nouveau, elle fit face à lady Philana.

— Notre brève absence permettra à lord Colton de se retrouver en famille. Stuart et moi reviendrons avant le dîner.

Elle s'efforçait de ne pas faire cas de celui qui, jadis, l'avait si cruellement rejetée. Mais elle percevait sa présence tout près d'elle, et elle se trouva incapable de l'ignorer plus longtemps. Elle se tourna vers lui, et quand ses yeux croisèrent le regard gris sombre, elle sentit une nouvelle fois son cœur s'emballer. Colton lui sourit, mais elle parvint à conserver un semblant de calme.

— Je suis heureuse de vous savoir enfin revenu, monsieur, articula-t-elle laborieusement, comme si l'air avait soudain déserté ses poumons. À présent, votre mère et votre sœur ne s'inquiéteront plus de savoir si vous êtes encore en vie.

Saisissant les mains fines d'Adriana dans les siennes, Colton l'empêcha de s'éloigner. Dès que sa sœur l'avait reconnu, il avait noté le changement d'expression de la belle brune. On aurait dit que sa gaieté s'était évanouie... Colton ne l'en blâmait pas. Leur dernière entrevue était plutôt un mauvais souvenir. Or, malgré ses réticences, Adriana le mettait en quelque sorte au défi de combler le gouffre qui s'était creusé entre eux au fil des années. Après tout, c'était à lui qu'il incombait de renouer de bonnes relations de voisinage.

Colton appréciait la compagnie des femmes, surtout quand elles étaient belles et intelligentes. Durant son absence, Adriana était devenue une véritable beauté ; quant à son intelligence, elle n'avait jamais fait aucun doute, et c'était d'ailleurs surtout pour cette qualité que lord Sedgwick l'avait choisie comme future épouse de son fils. De tout temps, les Wyndham avaient choisi leurs épouses en fonction de leurs qualités intellectuelles, au même titre que leur beauté physique. Lord Sedgwick avait pressenti qu'Adriana réunirait ces deux conditions. Il ne s'était pas trompé.

— Présentez mes hommages à vos parents, répondit Colton, et dites-leur que je serai ravi de leur rendre visite bientôt. J'espère que nous serons en mesure de convenir d'une date très vite.

Ses yeux plongèrent dans ceux d'Adriana.

— J'espère également que vous me consacrerez un peu de votre temps. J'en serais très heureux. Nous pourrions nous remémorer nos souvenirs communs.

Sa voix, incroyablement chaude, n'était plus qu'un murmure mélodieux. Épouvantée, Adriana se sentit fondre. Elle était la première surprise par les émotions qu'il suscitait en elle. Si elle se sentait en droit de décliner son invitation, sa bonne éducation le lui interdisait, mais surtout, elle n'en avait nulle envie. Au contraire, elle avait déjà hâte de le revoir. Si elle l'éconduisait, elle donnerait l'impression de ne pas lui avoir pardonné et de le détester. Or ce n'était pas le cas : en dépit du brusque départ de Colton et de la souffrance qu'il lui avait infligée, elle avait conservé dans son cœur de l'affection pour le « fiancé » que lui avaient choisi ses parents.

Il ne l'avait pas quittée des yeux. Lentement, il leva la petite main qu'il tenait prisonnière vers ses lèvres. « Arrête-le », se dit Adriana. « Il se sert de toi comme d'un jouet. »

— Vous êtes le bienvenu chez nous, murmura-t-elle, essayant de dégager ses doigts de son étreinte, mais sans y parvenir. Nos parents étaient si proches quand nous étions enfants. On aurait pu croire que Wakefield faisait partie de votre domaine.

Colton scruta les traits fins d'Adriana, guettant un sourire, même fugitif.

— J'aimais mieux quand vous m'appeliez Colton. Avez-vous oublié les coups de pied que vous me décochiez dans les tibias quand je vous embêtais, vous et ma sœur ? Je me souviens que, lorsque je m'avouais vaincu et repartais vers la maison, vous criiez à tue-tête : « On a gagné ! Il a eu peur ! »

Adriana retint un soupir. Elle ne voulait surtout pas qu'il évoque ces pénibles souvenirs, mais il semblait prendre un malin plaisir à la tourmenter, comme en témoignait son sourire malicieux.

— Vous avez meilleure mémoire que moi, répondit-elle. En ce qui me concerne, j'ai tout oublié. Il faut dire que je n'étais alors qu'une enfant, et, bien sûr, c'était bien avant que vous ne soyez marquis. Mais vous êtes parti si longtemps que je ne puis me permettre de telles familiarités avec vous. J'aurais l'impression d'appeler un parfait étranger par son prénom ; ce serait déplacé, et d'ailleurs, ma mère ne manquerait pas de me le reprocher.

— En ce cas, je toucherai deux mots à votre mère pour la prévenir que ces… familiarités, comme vous dites, me sont très agréables. En attendant, voudriez-vous considérer ma requête ?

Adriana se sentit piégée. Colton faisait preuve d'une persévérance incroyable. À peine avait-elle l'impression d'avoir marqué un point qu'il reprenait le dessus, la contraignant à reculer pour ne pas donner l'impression de régler des comptes.

— J'y songerai… commença-t-elle, puis voyant le sourire de Colton s'élargir, triomphant, elle s'empressa d'ajouter : plus tard.

Colton leva les yeux au ciel. Ainsi, une partie de la petite furie qu'il avait connue avait perduré dans cette créature de rêve. Avec un rire amusé, il se mit à fredonner un madrigal :

Ma bien-aimée est belle dans ses jolis atours
Différents en hiver, au printemps et en été.
Quand elle porte ses robes magnifiques,
Ma belle a fière allure
Mais elle est la Beauté personnifiée
Quand elle quitte ses riches parures.

Adriana tressaillit. Comme au temps de son enfance, sa main se dressa, prête à flanquer une bonne correction à l'impertinent, puis, alors qu'il éclatait d'un rire tonitruant, elle décida d'ajourner sa revanche.

— Allez au diable, Colton Wyndham ! cria-t-elle, après quoi, elle porta vivement la main à sa bouche.

Il l'avait amenée exactement où il avait voulu. Elle secoua la tête, laissa retomber sa main, et consentit à lui adresser un sourire en souvenir des mémorables fous rires que, jadis, elle avait partagés avec lui et Samantha. Encouragé par cette marque d'indulgence, Colton continua à la taquiner.

— Adriana Élynn Sutton. Quel joli nom !

Elle lui jeta un coup d'œil suspicieux. Où voulait-il en venir cette fois ?

— Il n'a rien d'extraordinaire, répondit-elle.

— Il laisse un goût sucré sur le bout de ma langue. Je me demande si vous êtes comme votre nom.

Les joues en feu, Adriana regretta de ne pouvoir s'éventer.

— Je suis plutôt aigre et amère, déclara-t-elle froidement. Du moins c'est ce que mes sœurs prétendent, surtout lorsqu'elles sont fâchées après moi.

— Et moi, je prétends qu'elles sont furieuses de ne pas être parvenues à vous persuader de suivre leur exemple.

C'était presque ça. Adriana en eut la chair de poule.

— Peut-être.

Colton se pencha vers elle.

— Eh bien, qui vous tourmentera quand Melora aura quitté le nid familial ?

Adriana haussa son menton finement ciselé, un éclair de défi dans le regard.

— Mais vous, monsieur ! Je présume que c'est pour cela que vous êtes revenu. Si mes souvenirs sont exacts, vous excelliez dans l'art et la manière de tourmenter vos amis.

Colton rit de nouveau, tête renversée.

— Oui, admit-il. Je me rappelle vous avoir taquinée sans pitié au moins deux fois.

— Deux cents fois, vous voulez dire, s'écria-t-elle.

Colton prit conscience que sa mère s'était rapprochée, et il releva les yeux. Lady Philana l'observait d'un air perplexe, un sourire triste sur les lèvres. À quoi pensait-elle ? Colton supposa que sa mère s'inquiétait pour Adriana. Rien de plus normal. Compte tenu de leur éducation très stricte et coupée des réalités extérieures, les jeunes filles de la noblesse étaient généralement complètement démunies face aux hommes. Au demeurant, l'idée que les jeunes aristocrates ne connaissaient pas grand-chose au sexe masculin ne lui déplaisait pas. En tant qu'officier, il avait connu une foule de créatures faciles. En tant que marquis, il n'avait nulle envie d'épouser une femme rompue aux jeux du libertinage, ne serait-ce que pour épargner à sa descendance le moindre doute sur sa paternité.

— J'attendrai votre retour, Adriana, murmura-t-il d'une voix chaude.

Il se pencha, déposant un léger baiser sur ses doigts fins. Un voile brûlant empourpra les joues de la jeune femme.

— Est-ce que je vous mets mal à l'aise ? s'enquit-il.

Son souffle caressait le front d'Adriana. Elle allait reculer quand un bruit de chaussures munies de fers la fit se retourner… Roger fonçait comme un dément sur leur hôte, le poing brandi. Colton lâcha sa canne, qui s'abattit de nouveau sur le sol en marbre. Il attrapa le bras tendu de son adversaire, tandis que son propre poing s'enfonçait dans le ventre de Roger. Le jeune homme laissa échapper un gémissement. Un second coup l'atteignit à la mâchoire, l'expédiant contre une colonne. Il s'affala lourdement par terre, les bras en croix.

Harrison émergea alors d'une des pièces adjacentes, alerté par le cri d'Adriana. Il n'avait nul besoin d'explication, car il s'attendait depuis le début à l'inévitable confrontation entre les deux hommes. Il se pencha, ramassa la canne et la tendit à Colton.

— Voulez-vous que je fasse ramener M. Elston chez lui, Monsieur ? demanda-t-il en examinant l'homme inconscient sans une ombre de compassion. À mon avis, M. Elston ne se relèvera pas de sitôt. Il serait mieux dans son lit.

Colton reprit sa canne.

— Oui, Harrison, faites le nécessaire. S'il ne tenait qu'à moi, je l'aurais fichu dehors, laissant à la rosée le soin de le réveiller demain matin.

Harrison s'autorisa un sourire amusé.

— Il le mériterait amplement, Monsieur. Mais comme ces dames s'en vont, et que lady Adriana revient dîner...

Colton tapota son épaule osseuse.

— Vous avez raison, bien sûr. Rien ne doit perturber ces dames ni nos agapes de ce soir.

Adriana avança vers lui, les pommettes écarlates.

— Je suis désolée, murmura-t-elle. Ce n'est pas votre faute. Roger a parfois des réactions imprévisibles.

— Il a peur que vous lui échappiez, mais je suis convaincu, ou du moins j'espère, qu'il n'a aucune chance d'arriver à ses fins avec vous.

Sentant une autre présence à son côté, Colton se retourna. Surpris, il découvrit Felicity Fairchild. Elle s'était approchée et lui présentait le dos de sa main, dans l'espoir de bénéficier du même traitement de faveur qu'Adriana. Il s'exécuta galamment, arrachant à la jeune blonde un soupir de contentement.

— J'ai été enchantée de faire votre connaissance, monsieur le marquis, s'exclama-t-elle avec un enthousiasme exagéré. Ce fut... absolument divin.

— Tout le plaisir fut pour moi, mademoiselle Felicity, lui répondit-il cordialement. Je vous souhaite une bonne fin d'après-midi.

Il se recula pour serrer la main de l'homme qui escortait la jeune blonde.

— Ravi d'avoir renoué nos liens, commandant.

— Nous sommes tous immensément soulagés de vous revoir, monsieur le marquis, répondit Stuart avec un sourire.

— Oubliez donc l'étiquette. Je vous invite à imiter votre frère. Appelez-moi Colton. Je vous prie de me considérer comme un ami.

— J'en serai très honoré, dit Stuart. À condition que vous en fassiez autant.

Colton acquiesça, puis le commandant avança vers la sortie. En se retournant, il salua de la main la famille Wyndham.

— À plus tard.

Il s'effaça pour laisser passer Adriana et Felicity, puis sortit. Lorsque les domestiques emportèrent Roger Elston, toujours inanimé, Colton offrit son bras à sa mère.

— D'après Harrison, un grand feu brûle dans la cheminée du salon. Allons réchauffer un peu nos vieux os. Je m'y rendais, d'ailleurs, quand nos invités sont arrivés. Voulez-vous vous joindre à nous, Mère ?

Philana glissa sa main fuselée sous le coude de son fils.

— Bien sûr, très cher.

Du regard, Colton questionna sa sœur et son beau-frère.

— Tout le monde est prêt pour une bonne tasse de thé ?

— Absolument, déclara Percy, qui saisit délicatement la main de son épouse. Tu viens, ma chérie ?

— Volontiers.

Colton commença par aider sa mère à s'installer près de la table basse, tandis qu'un domestique apportait le service en argent. Colton attendit que Perceval avance une chaise pour Samantha, puis prenne place à son côté. Alors, il s'assit pesamment sur un fauteuil, essayant de ne pas montrer combien sa jambe le faisait souffrir. Harrison avait ramené les chiens ; ils pénétrèrent à leur tour dans le salon et se laissèrent tomber sur le tapis, de part et d'autre de leur nouveau maître.

— Regardez-les, remarqua Philana, étonnée. Aristote et Leonardo t'ont reconnu, après tant d'années, Colton.

— Bah, ils m'ont juste accepté, en tant que remplaçant de Père.

Sa mère versa un nuage de lait dans son thé.

— Non, mon fils. C'est plus que cela. Après ton départ, ils étaient aussi tristes que s'ils avaient perdu leur meilleur ami. Seule la présence de ton père les apaisait. Après sa mort, Samantha et moi avons eu toutes les peines du monde à les consoler. Aristote et Leonardo ont toujours manifesté une fidélité exemplaire à notre famille, mais toi et ton père étiez leurs préférés. Surtout toi, mon cher garçon. Souviens-toi, ils étaient tes chiens, avant d'appartenir à Sedgwick.

En se penchant, Colton ébouriffa la robe épaisse des deux molosses, leur arrachant des grognements de plaisir.

— Alors, gros malins, c'est vrai ? Vous ne m'avez pas oublié ?

En guise de réponse, Leo, la plus volumineuse des deux bêtes, frotta sa tête contre la main de Colton, qui se mit à lui gratter le dos. Réclamant sa part de caresses, Aris se redressa et posa la patte sur le bras de son maître.

Philana fit entendre un rire cristallin.

— Et tu oses prétendre qu'ils t'ont oublié ? Mon cher enfant, tu plaisantes !

— Ils ne m'ont pas vu depuis seize ans. Aucun chien ne peut se rappeler une personne après tant d'années.

— C'est pourtant le cas, insista Philana, montrant les chiens qui se roulaient aux pieds de Colton. S'ils ne t'avaient pas reconnu, ils t'auraient montré les crocs. Lorsque tu as quitté la maison, il a fallu les attacher pour les empêcher de partir à ta recherche. Comme je les comprends ! Le jour de ton départ, je suis restée plantée à la fenêtre pendant une éternité. À chaque instant, j'espérais te voir revenir. Ton père se tenait à mon côté. Lui aussi regardait la forêt... Mais tu n'es pas revenu. Tu n'as même pas jeté un regard en arrière. Je crois encore entendre le soupir résigné de Sedgwick lorsqu'il a enfin compris que nos espoirs étaient vains. Il s'est alors détourné de la fenêtre. De ma vie, je ne l'avais vu aussi désemparé... aussi désespéré.

Songeur, Colton sirota une gorgée de thé, le regard rivé sur le portrait de son père qui trônait au-dessus de l'imposante cheminée. Nul ne saurait jamais combien sa famille lui avait manqué, son père surtout. Au plus profond de son cœur, il avait lui aussi regretté amèrement leur séparation ; mais il était trop tard pour présenter des excuses.

Philana observait son fils, se demandant à quoi il pensait. Enfin, elle hasarda :

— Mlle Fairchild est très jolie...

Colton ébaucha un vague assentiment de la tête avant de se tourner vers elle, les sourcils froncés.

— Et ce Roger Elston ? Qui est-il au juste ?

Philana échangea un regard avec sa fille, puis elle haussa les épaules.

— C'est le fils d'un riche propriétaire de filatures, et il poursuit Adriana de ses assiduités. Il semble croire, contre toute vraisemblance, qu'il pourra obtenir sa main.

Samantha serra discrètement le poignet de son mari.

— Veux-tu faire une partie d'échecs ? Je suis prête à parier que je vais gagner.

Percy lui lança un regard pétillant de malice.

— D'accord, mais à condition de pouvoir choisir ta punition quand je t'aurai mise échec et mat.

Samantha haussa un sourcil, espiègle.

— Ma punition, noble seigneur ? Ma récompense, vous voulez dire, car je suis sûre de gagner.

Les yeux brillants d'excitation, Perceval leva la main.

— Eh bien, que le meilleur gagne, ma chère ! Si c'est moi, j'aurai peut-être pitié de vous. Dans le cas contraire, j'espère pouvoir également compter sur votre clémence.

Elle lui adressa son sourire le plus enjôleur.

— Je m'efforcerai en effet d'être indulgente.

Lorsque le couple alla s'installer devant le grand échiquier, à l'autre bout de la pièce, Philana s'adossa à son fauteuil, les yeux fixés sur le beau visage de son fils. Quand, quelques heures auparavant, il avait fait irruption dans ses appartements, elle avait cru revoir Sedgwick, jeune, fougueux, revenu de Londres où il avait dû séjourner une semaine, deux mois après la célébration de leur mariage. Philana en avait eu le cœur serré. Elle n'avait pas imaginé que son fils pourrait ressembler à ce point à son père. Et cette ressemblance apaisait quelque peu le chagrin qui ne la quittait plus depuis la mort de son mari.

— Comme tu as pu le constater, ce M. Elston se montre extrêmement possessif à l'égard d'Adriana, dit-elle.

Colton eut un reniflement agacé. Il dépliait et repliait ses doigts meurtris par les puissants coups de poing qu'il avait assénés à cet énergumène. Habitué aux champs de bataille, il savait réagir promptement pour parer une attaque, et Roger Elston avait fait les frais de son expérience.

— Oui, je m'en suis rendu compte. Mais dites-moi, Mère, quels sont les sentiments de lord Gyles vis-à-vis de ce prétentieux ?

— Bien qu'il n'ait jamais rien laissé paraître en notre présence, je pense que lord Gyles éprouve à son endroit les mêmes réticences que ton père… Sedgwick était convaincu que ce Roger est un opportuniste. Certes, Adriana est très belle, mais sa fortune incite aussi les coureurs de dot à tenter leur chance. Le dénommé Elston fait vraisemblablement partie de ceux-là. Gyles s'est montré très généreux envers ses filles. Il leur a constitué des dots princières en biens fonciers et en fonds. Il n'empêche que l'époux de Jaclyn comme le fiancé de Melora disposaient déjà de leur côté de biens considérables quand ils ont demandé leur main. Je ne veux pas dire qu'Adriana ne compte pas des hommes riches parmi ses soupirants, loin de là... Le marquis de Harcourt, par exemple, est assez séduisant et fortuné pour être considéré comme le gendre idéal par tous les parents du comté, et il n'est guère étonnant qu'il ait jeté son dévolu sur la plus jolie fille de la région. Il a quitté Londres, afin de se rapprocher d'Adriana, mais il s'est toujours comporté en gentilhomme. On ne peut pas en dire autant de ce Elston, ajouta-t-elle, ponctuant sa déclaration d'un éloquent haussement de sourcils.

— Le seul lord Harcourt dont je me souvienne était déjà âgé avant mon départ. J'ignorais qu'il avait un fils vivant à Londres.

— Sans doute connais-tu mieux ce jeune homme sous le nom de Riordan Kendrick.

— Le colonel Kendrick? Celui qui s'est rendu célèbre en se mesurant aux armées de Napoléon? demanda Colton, étonné.

— Lui-même.

— Et il est le fils de lord Harcourt?

— Son petit-fils. Riordan a à peu près ton âge. Son père, Redding Kendrick, a hérité du titre de duc après le décès du vieux lord. Il rend de rares visites à son fils, car il s'ennuie à la campagne. Alors que Riordan, qui s'est installé dans le domaine ancestral de sa famille, semble s'y trouver tout à fait à son aise. En fait, je crois qu'il a opté pour le Wiltshire à cause d'Adriana.

Colton s'accorda une autre gorgée de thé avant de déclarer :

— Visiblement, il n'y a eu aucune promesse d'engagement entre Riordan et Adriana, sinon Elston n'aurait pas osé la courtiser aussi ouvertement.

— Je me suis laissé dire que Riordan ne demanderait pas mieux que de s'engager davantage.

Colton laissa courir son index sur l'anse délicate de sa tasse.

— Et Adriana ? Qu'en pense-t-elle ?

— Oh, je crois qu'elle l'apprécie énormément. De tous les jeunes gens qui lui tournent autour, il est le seul qu'elle reçoit avec plaisir. Elle parle avec lui pendant des heures. Riordan est un garçon intelligent. Il a la tête sur les épaules, comme disait ton père. Mais bien sûr, ses rivaux font tout pour lui mettre des bâtons dans les roues. Du reste, je m'étonne qu'ils ne se soient pas montrés aujourd'hui ; heureusement, la plupart de ces galants ont scrupule à nous déranger. Ils savent que nous sommes en deuil. Avant la mort de Sedgwick, on aurait dit qu'ils épiaient Adriana, car dès qu'elle pénétrait dans le manoir, ils arrivaient les uns après les autres, sous différents prétextes.

— Apparemment, Roger Elston a mis la barre trop haut pour lui, dit Colton d'une voix pensive, les sourcils froncés. Mais Adriana ne se rend-elle pas compte de ses manigances ?

— Adriana ne songeait sans doute pas qu'il serait candidat au mariage lorsqu'elle l'a autorisé à se joindre à ses amis. Elle a des scrupules à le remettre à sa place, car elle dit qu'il a eu une existence malheureuse. Tu te rappelles comment elle et Samantha soignaient autrefois tous les petits animaux malades qui leur tombaient sous la main, jusqu'à ce qu'ils soient guéris et aptes à se nourrir seuls. Elle a un cœur d'or, mais je crains que Roger ne confonde intérêt et compassion.

— Je suis surpris qu'elle ne soit pas encore mariée.

— Elle se mariera un jour, répliqua Philana.

Elle marqua une pause, but une gorgée de thé, sans quitter son fils des yeux. Après un long silence, elle reposa enfin la tasse sur sa soucoupe de porcelaine.

— Ton père méprisait Roger. Il le traitait aussi poliment que possible, mais une tension régnait toujours entre eux. De son côté, Roger ne pouvait pas supporter l'affection qu'Adriana et Sedgwick se portaient l'un à l'autre. Appelle cela de la jalousie, si tu veux. Oui, ce mot de jalousie m'est venu à l'esprit chaque fois que j'ai surpris Roger à les observer tous les deux. Sedgwick considérait ce jeune homme comme un escroc. Tu connais la haute opinion que ton père avait d'Adriana. Il avait pour elle beaucoup plus d'estime que pour ses sœurs. Contrairement à elles, Adriana n'est ni frivole ni collet monté. Ce sont des qualités que Sedgwick admirait par-dessus tout. Quand elle a gagné sa première course de chevaux, il a fait son éloge des jours durant. Dans ce domaine, personne ne l'avait encore battu, pas même Gyles. Oui, ton père admirait tout autant l'esprit d'Adriana que son courage. Et puis, elle est si merveilleusement belle...

Un sourire étira lentement les lèvres de Colton, qui s'adossa à sa chaise.

— Je suis absolument ébahi par sa transformation. J'ai laissé une vilaine chrysalide et j'ai retrouvé un superbe papillon. Quand je l'ai vue entrer dans le vestibule, je n'ai pas pensé un seul instant qu'il s'agissait d'Adriana Sutton. Oui, indéniablement, c'est une fille splendide.

— Absolument, renchérit Philana. À vrai dire, ton père ne songeait pas à sa beauté lorsqu'il a vu en elle ta future épouse. D'autres raisons ont dicté ce choix.

— Je sais que Père agissait dans mon intérêt, admit Colton à contrecœur. Mais, à l'époque, ses projets m'ont révolté. Comment voulez-vous qu'un adolescent accepte d'épouser une petite mioche ? Je n'avais nulle envie de subir un destin que je n'avais pas choisi, ni d'accepter le mariage comme une fatalité.

— Dois-je comprendre que tu serais mieux disposé aujourd'hui à considérer la question ?

Colton eut un haussement d'épaules.

— Il faudrait que je connaisse mieux Adriana avant de passer à des considérations plus sérieuses. Sur ce point, elle a raison. Nous sommes étrangers l'un à l'autre.

— Même si elle représentait la femme idéale pour ton père ? insista Philana.

— Je tiens à choisir personnellement mon épouse, Mère, malgré tout le respect que je vous dois.

— Ainsi, tu rejettes toujours l'idée de fiançailles entre Adriana et toi.

— Pour l'instant, oui. Ce qui ne veut pas dire que je ne changerai pas d'avis plus tard… En fait, elle m'a beaucoup impressionné.

Philana étudia attentivement son fils.

— Je suppose que Roger Elston est prêt à tout pour la conquérir.

Un éclair de colère traversa les prunelles pâles de Colton. Il répondit avec ironie :

— Il faudrait être aveugle pour ne pas voir que ce garçon est décidé à conquérir Adriana à tout prix. Il se comporte comme s'il avait des droits sur elle. Il m'aurait arraché les yeux avec joie s'il l'avait pu, juste parce que j'ai parlé avec elle… J'ignore pourquoi.

Philana prit une profonde inspiration avant d'entrer dans le vif du sujet.

— Sans doute Roger sait-il que vous êtes promis l'un à l'autre.

Colton regarda lady Wyndham, stupéfait.

— Mais qu'est-ce que vous me racontez là, Mère ?

La brusquerie de son ton arracha brusquement les joueurs à leur échiquier. Ils échangèrent un regard affolé. Sentant l'inquiétude de Samantha, Percy la rassura en lui serrant gentiment la main.

Philana avait posé les mains sur ses genoux, afin d'en dissimuler le léger tremblement, tandis qu'elle cherchait les mots appropriés pour expliquer à son fils ce qui s'était passé. Elle redoutait de le voir tourner, une fois de plus, le dos à sa famille.

— Colton, commença-t-elle, ton père était persuadé que, avec le temps, tu changerais d'avis à propos d'Adriana et que tu en viendrais à la considérer comme la future marquise de Wyndham. Lui l'a toujours considérée ainsi, depuis le début. Un peu après ton départ, ton père et les Sutton ont signé le contrat de mariage.

— Eh bien ! quitter la maison ne m'aura pas servi à grand-chose, répondit Colton, non sans amertume.

— Pas tout à fait, dit Philana d'une voix affaiblie par l'anxiété et la crainte de rouvrir de vieilles blessures. Si vraiment cet engagement te répugne, tu peux t'en libérer. Cette clause figurait déjà sur le premier contrat, mais tu étais trop furieux pour te donner la peine de le lire. En voici les conditions : tu dois faire sincèrement la cour à la jeune fille pendant quatre-vingt-dix jours. Si, au bout de ce temps, tu souhaites toujours renoncer à ce mariage, le contrat sera nul et non avenu. C'est aussi simple que cela.

Colton scruta le visage tendu de sa mère. Soudain, il réalisa combien elle avait vieilli durant son absence. Elle était toujours belle, élégante, pleine de distinction, mais le temps, les soucis, les chagrins avaient creusé de fines rides sur son front et autour de ses paupières.

— Quatre-vingt-dix jours, dites-vous ? soupira-t-il.

— Quatre-vingt-dix jours de cour *sincère*, souligna Philana. Telle est la clause prévue par ton père en échange de ta liberté.

Colton sirota son thé, l'air songeur. S'il dénonçait tout de suite le contrat, sans tenir compte de la période d'essai, il serait obligé de dédommager les Sutton de l'offense. Ce n'était pas un problème. Même sans le marquisat, ses deniers personnels lui permettraient aisément de s'acquitter de sa dette. Mais cette solution lui fermerait à jamais la porte d'Adriana, et cette pensée lui répugnait. Non, mieux valait tenter le rapprochement exigé par le contrat et voir s'il s'entendait avec la jeune femme avant de conclure si, oui ou non, l'engagement était valable. Adriana était trop belle pour qu'on lui tourne le dos sans chercher à mieux connaître son caractère... Colton en avait assez des filles à soldats et des créatures faciles qu'il fréquentait lors de ses permissions.

— Je suppose que si j'ai survécu à la guerre pendant seize ans, je peux survivre à trois mois de cour à une jeune personne ravissante.

Il marqua une pause, puis reprit, souriant :

— Mais il faudra que le célibataire endurci que je suis réapprenne les règles de la galanterie. Nous n'en avions pas l'utilité dans nos camps.

Philana baissa les paupières. Elle n'osait imaginer quel genre de vie son fils avait eu pendant toutes ces années. Son mari lui avait fait part de ses propres inquiétudes : un homme seul, loin de sa famille, succombait plus facilement à la tentation. Et ce n'était sans doute pas les occasions qui avaient manqué. Les prostituées, les filles perdues, et autres vivandières qui suivaient les armées, procuraient aux soldats les moyens d'oublier leur avenir incertain. À coup sûr, Colton n'avait pas mené une existence exemplaire, mais pouvait-on le lui reprocher ?

Colton la regardait, le sourcil levé.

— Adriana est-elle au courant des termes du contrat ? s'enquit-il.

— Naturellement.

Se souvenant de la froideur avec laquelle elle l'avait accueilli, de ses réparties acerbes, Colton remarqua :

— Elle ne montre pas un grand enthousiasme.

— Adriana honorera sa part de l'arrangement par respect pour ses parents.

— Vous voulez dire qu'elle accepterait de m'épouser uniquement pour plaire à lord Gyles et lady Christina ?

— Elle est très attachée aux valeurs familiales.

— Même si elle me déteste ?

— Elle ne te déteste pas.

— Et pourquoi pas, après tout ? Aurait-elle oublié la scène épouvantable que j'ai faite le jour de mon départ ? J'ai bien observé son attitude aujourd'hui, Mère, et je suis sûr qu'elle rumine encore sa rancune.

— Je crois qu'elle a été profondément blessée, concéda Philana. Tu étais son grand ami, celui qui prenait sa défense et celle de Samantha quand elles étaient petites. Adriana t'adorait. Elle ne t'aurait pas vénéré davantage si tu avais été un dieu. Les deux fillettes te suivaient partout, t'en souviens-tu ? Il est tout à fait normal qu'elle se soit sentie rejetée lorsque tu as refusé de l'épouser. Elle s'est aussi tenue pour responsable de ton départ. Oh, elle en a souffert, la pauvre enfant ! Elle a sombré dans la mélancolie. Sedgwick a dû lui parler. Il lui a expliqué que certains jeunes gens veulent décider seuls de leur avenir, et qu'elle n'était pour rien dans ta rébellion. Le temps est, dit-on, le meilleur médecin. À l'époque, Adriana n'était qu'une petite fille. Mais on oublie beaucoup de choses entre l'enfance et l'âge adulte.

— Quand j'étais en Afrique, j'ai appris que les éléphants ont une mémoire extraordinaire. Malgré son très jeune âge au moment de notre rupture, je sais qu'elle n'a pas oublié. On ne peut pas dire qu'elle ait sauté de joie en me revoyant aujourd'hui. Elle s'est même montrée très réticente.

— Quand tu la connaîtras mieux, tu verras qu'elle est beaucoup plus avenante avec ses amis qu'avec ses soupirants. Ma parole, cette jeune fille porte au mariage la même aversion que toi. Mais je suis sûre qu'elle changera quand elle comprendra que tu es sérieux.

— Ma chère mère, comprenez que, même si vous désirez cette union aussi fortement que mon père, il se pourrait qu'elle n'aboutisse pas. Je n'ai pas l'intention de m'enchaîner à une femme parce que mes parents l'ont choisie. Il faudrait qu'il y ait des sentiments plus profonds entre nous pour...

— Ton père et moi avons obéi aux exigences de nos parents. L'amour est venu après le mariage. Je suis persuadée que vous êtes faits l'un pour l'autre, Colton. Ton père en a été convaincu dès le début, et ses certitudes se sont consolidées au fil du temps. Il n'a jamais douté d'avoir fait le bon choix. Compte tenu de son affection pour toi, peux-tu penser un seul instant qu'il aurait souhaité autre chose que ton bonheur? Oh, Colton, il ne t'aurait jamais forcé à épouser une femme qui t'aurait rendu malheureux!

— Adriana n'avait que six ans quand Père a arrangé ce mariage, protesta-t-il. Au nom du ciel, comment pouvait-il être sûr qu'elle ne deviendrait pas affreuse en grandissant?

— Elle est issue d'une noble lignée. Ses parents sont beaux. Elle ne pouvait qu'embellir, et c'est exactement ce qui s'est passé.

— Père a pris sa décision il y a seize ans, alors qu'elle ressemblait à une petite guenon. Il aurait fallu être extralucide pour deviner en elle une quelconque beauté.

— Il n'empêche, s'entêta Philana, que ton père a vu juste.

— Peut-être, admit-il sèchement. Mais cela ne veut pas dire que nous arriverons à nous aimer.

— Le temps nous le dira.

Colton leva les bras d'un air résigné.

— Si, en la côtoyant quelque temps, je ne parviens pas à être convaincu que nous pourrons éprouver de l'affection l'un pour l'autre, il sera hors de question que je l'épouse. Je refuse de vivre avec l'éternel regret d'avoir accepté un choix qui ne me convenait pas.

— Aurais-tu… un autre choix en tête ? risqua-t-elle, redoutant une réponse positive.

Un lourd soupir franchit les lèvres de Colton.

— Jusqu'à ce jour, je n'ai rencontré aucune femme susceptible de satisfaire les exigences de mon cœur.

— Et quelles sont-elles, ces exigences ?

Il haussa les épaules, ne sachant pas vraiment quoi répondre.

— Peut-être, tout simplement, combler le vide de ma vie.

Philana porta sa tasse de thé à ses lèvres. Ses doigts fins se crispèrent, tremblants, sur l'anse fragile. Elle se retint de déclarer que, justement, Adriana était à même de combler ce vide. Son fils n'apprécierait pas une telle insistance, elle le savait. Après un long silence, lady Wyndham reposa la tasse de porcelaine.

— Je te laisse l'initiative, dit-elle doucement. À toi de voir quand nous devrons approcher les Sutton à ce sujet. Mais sache une chose, mon garçon. L'apparence extérieure d'Adriana a eu assez peu d'influence sur le jugement de ton père. Je ne sais s'il avait prévu qu'elle embellirait à ce point, mais ce sont surtout son caractère et son intelligence qu'il admirait. L'éducation qu'elle a reçue était déjà une garantie, mais Adriana a fait de ces qualités les joyaux de sa couronne.

Se sentant piégé, Colton contempla de nouveau le portrait qui dominait la cheminée. Il eut l'impression de se regarder dans un miroir tant sa ressemblance avec le modèle était frappante. Une sorte d'affinité intérieure autant qu'extérieure… Son père avait toujours été une forte tête. Seule Philana, toujours très douce, parvenait à le calmer. Colton se demanda si Adriana serait capable d'apaiser le tumulte qui l'habitait. Jusqu'alors, aucune femme n'avait réussi cet exploit.

D'autres pensées aiguillonnaient son esprit. Si son propre fils se révélait aussi rebelle que lui-même, saurait-il le raisonner ? Trouverait-il les arguments nécessaires ? Ou se cantonnerait-il dans ses convictions, dans ses résolutions, comme Sedgwick ? Il avait été officier pendant près de la moitié de sa vie, et l'idée qu'un jour il aurait peut-être à affronter l'insoumission de ses enfants l'insupportait. Même si lui-même avait refusé de se plier aux volontés de son père.

4

Marquis et désormais maître des lieux, Colton Wyndham devait s'installer dans une chambre plus conforme à son nouveau titre. Tandis que les domestiques changeaient les draps, nettoyaient, époussetaient et aéraient les appartements du deuxième étage, à l'extrémité de l'aile sud, Colton voulut faire une sieste. Harrison lui suggéra de se retirer dans son ancienne chambre en attendant que la nouvelle soit disponible ; il s'empressa d'accepter, trop éreinté pour faire la fine bouche. Il aurait dormi n'importe où du moment qu'on lui offrait un peu d'intimité et un lit convenable. Après tous ces mauvais matelas et ces paillasses sur lesquels il s'était couché des années durant, son vieux lit d'adolescent lui parut d'un luxe extrême. Ayant retiré son uniforme, il se laissa tomber sur la couche.

L'adieu à ses troupes, suivi de l'interminable trajet en chaise de poste, l'avait épuisé mentalement et physiquement. Il se sentait vidé, mais pas seulement à cause du voyage. Il avait été bouleversé en apprenant qu'un contrat prévoyait toujours ses fiançailles avec Adriana et, une fois de plus, il avait revécu la scène pénible qui l'avait opposé à son père. Révolté contre le chef de famille qui voulait lui imposer ses propres choix – une gamine de dix ans sa cadette –, il s'était précipité hors de la demeure, en proie à une extrême colère. À seize ans, il connaissait déjà des demoiselles avenantes auxquelles il aurait volontiers promis son nom et sa protection si son père avait jugé que l'une d'elles ferait une épouse convenable. Or Sedgwick Wyndham s'était entêté à croire – et cela presque depuis sa naissance – que la fille cadette de leurs voisins serait une épouse idéale. Pourtant, rien chez cette fillette osseuse et maladroite, au visage de souris mangé par de grands yeux noirs, ne prédisposait à penser qu'elle égalerait un jour ses sœurs ; ces dernières étaient blondes et fines, très jolies, et leur âge s'harmonisait mieux avec celui de Colton. Cependant, Sedgwick, qui avait jeté son dévolu sur le vilain petit canard, avait décrété que, plus tard, son fils épouserait Adriana et personne d'autre.

Colton avait eu beau renâcler, rien n'y avait fait. La dispute avait éclaté, et il avait quitté le château le jour même. Il s'était inscrit à l'école militaire, secondé par lord Alistair Dermot, son oncle maternel. Quand son neveu avait sollicité son soutien, lord Dermot avait déclaré, une lueur malicieuse dans l'œil, qu'il y voyait enfin l'occasion de se dresser contre l'intolérance de son beau-frère. Sedgwick passait auprès de ses pairs pour un homme sage, qui savait juger les gens à leur juste valeur, mais l'oncle Alistair rêvait secrètement de lui démontrer qu'il n'était pas infaillible.

Pendant les deux années suivantes, Colton avait appris l'art de la guerre. En 1801, il avait été envoyé en Égypte avec le grade de sous-lieutenant d'infanterie et y avait servi sous les ordres du général Abercombe. Dès les premiers combats, il s'était distingué par son courage exceptionnel. Il conduisait ses hommes au plus fort de la mêlée et, lorsque les hordes ennemies déferlaient, il plaçait ses soldats fusil au poing en carré soit pour attaquer, soit pour battre en retraite – l'état-major de l'Empire britannique employait d'ailleurs toujours cette tactique et ce type de formation.

Quatorze ans avaient passé, pendant lesquels l'oncle Alistair et les lettres de sa mère avaient été ses seuls liens avec sa famille. Il avait été promu au grade de colonel et, à la tête d'un important régiment, s'était battu sous le commandement du duc de Wellington. La bataille de Waterloo avait porté un coup fatal aux ambitions de Napoléon, mais Colton n'avait pas caché son intention de poursuivre sa carrière militaire. Ravi, Wellington l'avait assuré qu'il le nommerait général avant la fin de l'année. La nouvelle de la mort de son père avait bouleversé les plans de Colton. Peu à peu, un changement s'était produit dans son cœur; lorsque, après avoir échappé aux chirurgiens et soigné ses blessures, il avait pu se remettre debout, il avait demandé à Wellington la permission de quitter l'armée britannique. Ses pensées se portaient inlassablement vers le manoir; il s'était juré d'accomplir son devoir vis-à-vis de sa famille et de son marquisat. En dépit de leurs différends, il était fier de son père, et résolu à se montrer digne de sa confiance.

Pendant sa longue absence, il n'avait pas beaucoup pensé à la petite fille brune qu'il avait si brutalement rejetée, sauf pour déplorer de l'avoir certainement profondément blessée. Il n'avait pas imaginé une seule seconde que la gamine insignifiante se serait métamorphosée en une femme superbe. Quand elle avait prononcé son nom, il avait été aussi surpris que si la terre s'était ouverte sous ses pieds. Pourtant, la beauté radieuse d'Adriana compterait peu si leurs caractères se révélaient incompatibles. La réserve glaciale de la jeune fille n'était pas encourageante, car elle dénotait un profond ressentiment, presque de la haine. Et après avoir désapprouvé pendant des années les projets matrimoniaux de son père, Colton ne pouvait décemment pas accepter ces fiançailles uniquement pour honorer la mémoire du défunt. Non, il faudrait que quelque chose se produise, qu'il y ait une sincère attirance entre les deux êtres dont lord Sedgwick avait décidé d'unir les destinées.

Deux heures plus tard, laissant son mari en compagnie de sa mère, Samantha monta chez son frère. Elle frappa légèrement à la porte et entendit le bruit étouffé des pas de Colton, ponctué par le staccato de la canne. La porte s'ouvrit. Colton avait troqué son bel uniforme écarlate contre un costume militaire passablement défraîchi, mais qui mettait en valeur la largeur de ses épaules.

— Je ne te dérange pas ? Tu te reposais ? demanda-t-elle.

Elle eut l'impression d'avoir importuné un étranger et regretta d'être venue, mais il secoua la tête.

— Non, pas du tout. Je me préparais à aller promener les chiens. Ma mauvaise jambe a besoin d'exercice. J'ai des crampes quand je reste assis trop longtemps, comme aujourd'hui dans le carrosse. Mais, entre ! ajouta-t-il avec un large sourire.

— En es-tu sûr ? s'enquit-elle d'une voix fluette, qui rappelait étrangement sa voix d'autrefois.

Les souvenirs des temps heureux envahirent Colton.

— Certain ! dit-il en riant. Tu ne peux pas savoir combien de fois je me suis rappelé tes visites. Tu arrivais toujours à l'improviste pour me demander de réparer un de tes jouets ou de te lire une histoire. Cela me donnait de l'importance... Et après si longtemps, je suis ravi que tu viennes encore me chercher.

Samantha pénétra dans la pièce sur laquelle elle promena un regard circulaire. Rien n'avait changé depuis la dernière fois qu'elle y était entrée, des années auparavant. Enfant, elle avait adoré son grand frère. Et elle avait éprouvé une profonde solitude lorsqu'il était parti. Un peu plus tôt, en l'écoutant discuter avec leur mère, elle n'avait pu s'empêcher de s'inquiéter. Elle avait peur que Colton refuse les dispositions prises par leur père et reparte de nouveau. Depuis le temps, il avait dû s'habituer à vivre comme cela lui plaisait. Dès lors, il était normal qu'il se rebelle contre tout ce qu'il ressentait comme une contrainte.

Elle le regarda, oscillant entre la joie de le revoir et la crainte de s'en séparer une nouvelle fois.

— Oh, Colton, si tu savais combien tu m'as manqué ! Quand tu es parti, les premières années, je me sentais parfois si perdue, si seule que j'avais souvent envie de m'asseoir et de pleurer. Après la mort de notre père, j'ai eu deux fois plus de peine à rester au manoir, surtout sans Percy. Je croyais entendre le rire de Père, sa voix profonde. Je ne sais pas si tu t'en rends compte, Colton, mais tu es son portrait vivant. Et tu as le même timbre de voix.

— Oui, l'oncle Alistair me l'a souvent fait remarquer, concéda-t-il. Une fois, il a sursauté au son de ma voix. Une autre fois, il m'a appelé Sedgwick sans même s'en apercevoir.

Les yeux bleus de Samantha pétillèrent.

— Cher oncle Alistair, comme il est gentil !

Gentil n'était pas le terme que Colton aurait employé pour qualifier leur oncle. Il lança à sa sœur un coup d'œil sceptique.

— Il m'a aidé quand j'étais dans le besoin, mais je suppose qu'il l'a fait uniquement pour contrarier Père.

Un doux sourire brilla sur les lèvres de Samantha.

— Oncle Alistair aimait donner l'impression qu'il ne s'entendait pas avec Père. Il est vrai qu'ils n'avaient pas toujours le même point de vue et que ni l'un ni l'autre n'avait sa langue dans sa poche. Lorsqu'ils se disputaient, on aurait dit les pires ennemis. Mais si quelqu'un s'avisait de dire du mal de l'un devant l'autre, il était sûr de s'attirer des ennuis. J'admets que l'attitude de l'oncle Alistair m'a dupée pendant longtemps, jusqu'à ce que je voie les larmes couler sur ses joues aux obsèques de notre père. Il a dit à cette occasion qu'il n'avait jamais connu d'homme plus intelligent et plus honnête. Il a même avoué qu'il n'avait jamais été plus heureux que le jour où sa sœur avait épousé Sedgwick.

Colton la regarda, stupéfait. Alistair lui avait toujours fait croire qu'il voulait démontrer que Sedgwick n'était qu'un affreux égoïste doublé d'une tête de mule. Mais les aveux de Samantha le faisaient soudainement douter, et il se sentait désorienté. Il secoua la tête.

— Je suppose alors que l'oncle Alistair critiquait notre père et s'en plaignait uniquement pour me faire plaisir. Et qu'il a voulu racheter ses fautes vis-à-vis de lui en m'offrant, à moi, son aide financière...

Samantha eut un sourire qui fit briller ses yeux d'un bleu diaphane.

— C'est vraisemblable. Il ne voulait pas que tu te sentes redevable.

Les sourcils de Colton se haussèrent.

— J'aurais dû me douter qu'il préparait quelque chose. Le soir où je suis allé lui rembourser ma dette, il m'a annoncé qu'il avait fait l'acquisition d'une petite propriété à Bradford, ce qui lui permettrait de rendre plus souvent visite à sa chère sœur. Je m'étais d'ailleurs demandé comment il allait s'accommoder de la présence de notre père, étant donné que nos parents étaient toujours ensemble.

— Oh, il s'en est parfaitement accommodé. Au début, il semblait tester les connaissances de Père sur tous les sujets. On aurait pu croire qu'il essayait de l'énerver, mais il nous a avoué, à l'enterrement, que c'était par paresse : au lieu de chercher dans une encyclopédie la réponse aux questions qu'il se posait, ce qui prenait du temps, il préférait consulter Père, qu'il considérait comme un érudit.

Les yeux de Samantha s'étaient embués. Elle tira un mouchoir de fine batiste de son réticule et se tamponna délicatement les paupières.

— Quelle idiote je fais ! Je suis si émotive…

— Je vais féliciter l'oncle Alistair pour ses astuces, dit Colton avec un sourire. Il m'a vraiment eu.

Cherchant un autre sujet de conversation, afin d'apaiser ses émotions, Samantha regarda alentour. Elle n'avait plus remis les pieds dans cette partie du château depuis qu'elle avait quitté sa chambre de petite fille, séparée de celle de Colton par une salle de bains commune. Adolescente, elle avait investi des appartements plus spacieux dans l'aile nord du manoir, à côté de la suite dans laquelle ses parents avaient résidé depuis le début de leur mariage, et où Philana avait choisi de rester après le décès de Sedgwick. Mais les années les plus heureuses qu'elle avait vécues au manoir étaient celles qu'elle avait partagées avec Colton.

— Rien n'a changé à Randwulf depuis que tu es parti, murmura-t-elle. Surtout dans cette partie du château. Naturellement, tes nouveaux appartements sont plus luxueux, mais je trouve ces chambres plus douillettes.

Elle laissa ses doigts minces errer sur le bureau où son frère avait étudié langues, arithmétique et sciences, parmi d'autres matières que M. Grimm, son précepteur, avait jugées indispensables à l'éducation d'un jeune homme destiné à assumer un jour de lourdes responsabilités. D'après sa note d'évaluation, Colton était un garçon d'une intelligence supérieure, malgré une fâcheuse tendance à l'entêtement qui poussait souvent Malcolm Grimm à bout. Toutefois, l'obstination de Colton avait fréquemment été à l'origine de conversations mouvementées qui s'étaient révélées enrichissantes pour les deux parties. Colton faisait preuve d'une grande maturité par rapport aux autres garçons de son âge, car il examinait attentivement tous les paramètres avant de se forger une opinion. Dans la majorité des cas, M. Grimm avait fini par admettre que les hypothèses formulées par son élève étaient justes.

Samantha sourit à son frère par-dessus son épaule.

— Cet après-midi, quand je t'ai vu dans le hall, je t'ai d'abord pris pour un étranger. Il m'a fallu un moment avant de comprendre que tu ressemblais à quelqu'un que je connaissais très bien. Tu n'as pas seulement hérité des traits physiques de Père.

— Je me suis sans doute montré aussi entêté que lui, en ce qui concerne cette histoire de fiançailles, dit-il. Nous avons chacun campé sur nos positions et avons été incapables de trouver une solution amiable au problème.

Samantha se mordit la lèvre. Elle traversa le tapis oriental aux couleurs sombres, s'arrêta devant la cheminée, passa pensivement l'index sur l'arabesque qui festonnait le manteau de marbre, avant d'aborder la principale raison de sa visite.

— Je me suis efforcée d'ignorer ta conversation avec Mère tout à l'heure, mais c'était impossible. Cette affaire me tient à cœur, tu dois le comprendre.

— Tu veux parler du compromis que Père a arrangé entre Adriana et moi ?

Colton se frotta la nuque, sentant sous ses doigts le nœud de tension qui s'y était formé, depuis que sa mère avait évoqué le fameux contrat signé par son père avec les Sutton. Il n'était pas contre un rapprochement, au contraire. Il voulait bien revoir Adriana, la courtiser même. En vérité, il se languissait de compagnie féminine, et Adriana était plus attrayante que les plus jolies femmes qu'il avait fréquentées. Mais il plaçait son indépendance par-dessus tout. Il n'avait pas envie de sacrifier sa chère liberté dès son retour à la maison. Et sans vouloir blesser personne, ni Adriana ni ses parents, il se pourrait qu'il prenne, finalement, la décision de ne pas l'épouser. Car qui pouvait lui garantir qu'il ne s'ennuierait pas à mourir auprès d'une jeune fille modèle, élevée selon les règles les plus strictes de la noblesse britannique ?

Jusqu'alors, il n'avait jamais voulu s'engager. Il avait soigneusement tenu à l'écart les riches héritières affligées de pères ambitieux – ses supérieurs hiérarchiques en grande majorité. Peu soucieux de sa réputation, il avait recherché la compagnie de femmes légères et enjouées. Il avait également consolé les veuves de ses amis, venues chez lui en pleine nuit, en quête d'une épaule compatissante, sachant qu'il partagerait leur deuil et qu'il saurait rester discret.

En dehors de ces passades, il avait une liaison un peu plus régulière avec une actrice ; il la voyait chaque fois qu'il se rendait à Londres. Cette relation n'avait qu'une importance relative à ses yeux. Elle durait depuis cinq ans, mais Colton continuait à penser que son penchant pour l'exquise Pandora Mayes ne prêtait pas à conséquence. Il se sentait en sécurité avec elle, pour la bonne raison qu'elle ne pouvait pas avoir d'enfant et qu'il n'avait jamais entendu son nom circuler dans les cercles des officiers et autres célibataires. Il la comblait de cadeaux hors de prix et se montrait honnête envers elle. Il lui avait expliqué que leur liaison devrait se terminer un jour ou l'autre. Il lui en avait dit le moins possible sur son rang et sa famille, afin de ne pas risquer que Pandora lui crée des ennuis plus tard. Un jour, un article élogieux sur ses exploits militaires avait paru dans le *London Gazette*. L'actrice était tombée dessus par hasard, apprenant ainsi que son amant était fils de marquis. Mais il avait éludé ses questions, prétextant qu'il était fâché avec sa famille. Colton n'avait jamais déclaré à haute voix que sa naissance l'obligeait à épouser une femme de son rang, mais dans son for intérieur, il s'était juré de se choisir une épouse dont ses descendants n'auraient pas à rougir, et de ne pas priver ses enfants du titre auquel ils avaient droit.

Les Wyndham et les Sutton étaient amis et voisins depuis des lustres. Pourtant, Adriana lui faisait l'effet d'une parfaite étrangère. Mais elle l'intriguait au plus haut point... Et elle l'attirait. Elle alliait à la perfection de son visage un corps magnifique. Il le savait pour l'avoir tenue un instant dans ses bras, lorsqu'ils étaient malencontreusement entrés en collision. Mince, souple, élancée, avec des rondeurs là où il fallait, elle avait enflammé son imagination, mais il se demandait s'il en serait aussi émerveillé s'il la découvrait toute nue près de lui chaque matin.

Samantha se tourna vers lui, accaparée par ses propres réflexions.

— Oui, exactement, dit-elle. Je veux parler du contrat que Père a signé avec les Sutton à votre sujet.

Colton contint son envie de hurler.

— Apparemment, je suis le dernier à apprendre de quelle façon Père a organisé ma vie.

— Il a agi pour toi comme pour moi.

Colton scruta sa sœur, interloqué. Samantha et son mari semblaient si épris l'un de l'autre qu'il avait du mal à imaginer qu'il pouvait s'agir d'un mariage arrangé.

— Tu veux dire que c'est Père qui a décidé de votre mariage ?

Samantha inclina brièvement la tête.

— Oui, très cher. Et bien que tu aies peine à le croire, nous nous aimons profondément.

— Et quand cela vous a-t-il pris ? Pendant votre nuit de noces ?

Son ton railleur alluma un éclair dans les yeux de Samantha. Depuis sa prime jeunesse, Colton proclamait que les mariages arrangés faisaient des couples malheureux. Son ironie fit à Samantha l'effet d'une douche froide.

— Notre amour s'est épanoui pendant que Perceval me faisait la cour, répondit-elle. Et depuis, il est devenu solide comme le roc. Franchement, je me demande comment notre amour aurait pu naître et se développer si Père ne l'avait pas initié en arrangeant nos fiançailles.

— Suis-je censé comprendre que cet immense bonheur pourrait m'arriver avec Adriana ?

Samantha le regarda, choquée par le sarcasme dans sa voix.

— Colton, je chéris Adriana comme une sœur.

— Je l'ai compris, Samantha, mais ton affection pour elle n'influencera en rien ma décision. Père a fait en sorte que je sois forcé de lui faire la cour pendant trois mois. J'accepte d'honorer cette partie du contrat, mais pour le reste, je ne réponds de rien. Je ne ferai pas semblant de l'aimer si ce n'est pas le cas. En un mot, ma chère sœur, advienne que pourra !

La main sur le cœur, elle leva sur lui un regard implorant.

— Oh, Colton, je t'en supplie, ne fais pas souffrir Adriana. Quels que soient les projets de Père, elle n'y est pour rien.

Un soupir franchit les lèvres de Colton.

— Je le sais, et je te promets de faire l'effort de réfléchir à notre avenir ensemble. Je te promets également de me conduire d'une manière que Père n'aurait pas désapprouvée, mais je te préviens : tant que je n'aurai pas la certitude qu'Adriana et moi sommes faits l'un pour l'autre, je ne prendrai aucun engagement que je pourrais regretter ensuite. Je n'échangerai pas avec elle l'anneau nuptial uniquement pour faire plaisir aux parents. Il faut que tu acceptes le fait que trois mois de cour en bonne et due forme puissent ne déboucher sur rien. Et compte tenu que le contrat a été signé par nos parents à mon insu, je te propose de conseiller la prudence à Adriana. C'est le seul moyen de la préserver d'une nouvelle déception.

Samantha soupira. Ses arguments n'auraient servi à rien. Elle ne pourrait pas extorquer la moindre promesse à son frère. Elle et son amie n'étaient pas plus avancées que seize ans auparavant. L'attente serait longue, et seul le temps dirait si Sedgwick Wyndham avait eu raison de penser que son fils et Adriana pouvaient former un couple parfaitement uni.

Songeuse, la tête penchée de côté, Samantha considéra le visage de son frère.

— Je voudrais que tu éclaircisses un point, Colton. Ma question n'a rien à voir avec Adriana, donc inutile de te mettre sur tes gardes. C'est une simple curiosité de ma part.

Il fronça les sourcils.

— J'essaierai.

— Voilà : au début de cette année, Mère et moi avons su par des relations que tu te trouvais à Londres. Comme nous y étions aussi, nous avons espéré que tu en profiterais pour nous rendre visite, mais tu ne t'es pas montré. Nous avons regretté que tu n'aies pas pu voir Père encore vivant et en bonne santé. Pourquoi n'es-tu pas venu nous voir ?

Colton répugnait à attrister davantage sa sœur. Il aurait aimé leur rendre visite plus souvent, mais son père, après leur dispute, lui avait interdit de franchir la porte de la maison tant qu'il ne serait pas revenu à de meilleurs sentiments au sujet de ses fiançailles avec Adriana, sauf pour s'incliner sur sa tombe – et c'était ce qui s'était produit.

— Le duc de Wellington m'avait envoyé à Londres en mission. Je devais rester dans un endroit précis, afin que les courriers puissent me joindre à tout moment… Je ne m'y suis pas attardé : peu après, j'ai rejoint le duc à Vienne, où nous avons discuté du retour de Napoléon en France. Je n'ai fait qu'obéir aux ordres.

— Papa n'a pas cessé de te réclamer sur son lit d'agonie, dit-elle d'une voix faible, en s'efforçant de contenir ses larmes, tandis qu'elle revoyait le malade implorant le retour de son fils unique.

Colton prit une profonde inspiration. Le poids des remords qui l'oppressaient depuis la mort de son père se fit plus lourd encore. S'il avait pu remonter le temps, renverser les situations, remplacer les tristes événements par des instants de bonheur, il n'aurait pas hésité. Hélas, c'était trop tard. Il n'était qu'un homme, après tout.

Voyant les larmes briller dans les yeux de sa sœur, si semblables aux siens et à ceux de leur père, il boitilla vers elle et lui saisit les mains.

— Samantha, ma chérie, pardonne-moi. La guerre faisait rage quand j'ai reçu ta première missive où tu m'annonçais la maladie de Père. Je ne pouvais trahir mon serment à l'armée et quitter mon régiment. Et plus tard, quand il est mort, mes blessures ne me permettaient pas de bouger. Il m'a fallu un certain temps avant que je puisse quitter mon lit.

Aussitôt, Samantha montra des signes de repentir.

— Colton, moi aussi je te demande de me pardonner. Tu ne peux pas imaginer notre soulagement de te savoir sain et sauf, et de retour à la maison.

Elle laissa jaillir ses larmes et l'enlaça.

— Mère et moi nous inquiétions tellement pour toi... Père ne voulait pas le montrer, mais, quand les combats étaient féroces, il se faisait lui aussi beaucoup de souci.

Elle recula, leva sur lui ses yeux encore humides.

— Malgré votre désaccord, il t'aimait, tu sais.

Le cœur serré, Colton hocha la tête. Lui aussi avait profondément chéri son père. Mais il abhorrait la coutume qui autorisait les parents à choisir les épouses de leurs fils. De nouveau, il se demanda quelle attitude il adopterait lorsqu'il deviendrait père à son tour.

Adriana monta quatre à quatre les larges marches du manoir de Randwulf. Elle avait hâte de se baigner et de se changer avant le dîner. Stuart et elle avaient pris du retard, car, lorsque M. Fairchild était arrivé au manoir Wakefield pour chercher Felicity, il s'y était attardé... Le comptable en avait profité pour faire l'éloge de sa fille, sans oublier de mentionner les bénéfices que lui rapporteraient plus tard les manufactures de son grand-père. Personne, la mère d'Adriana encore moins que les autres, n'avait osé interrompre l'interminable monologue. Enfin, Stuart avait ostensiblement consulté sa montre de gousset et avait pris congé, ce qui avait précipité le départ des Fairchild. Stuart avait entraîné rapidement Adriana vers le landau de ses parents et avait prié Joseph de les ramener au plus vite chez leurs voisins. Il était monté en voiture, tandis que le cocher faisait claquer son fouet, et s'était laissé tomber à côté de la jeune femme en évoquant le divertissement qui les attendait.

Le dîner était servi à 8 heures précises. Cela voulait dire qu'Adriana avait un peu plus d'une heure pour faire sa toilette, s'habiller et se coiffer, avant de redescendre au salon, afin de porter un toast à la santé de Stuart. Elle espérait qu'il y aurait assez d'eau chaude dans les grands récipients de cuivre qui chauffaient sur le feu dans la cheminée de la salle de bains. Pourvu que Helga soit là, pria-t-elle, car elle savait que la femme de chambre l'aiderait à se préparer rapidement.

La jeune femme traversa en courant la chambre que, des années auparavant, les Wyndham avaient mise à sa disposition, et entra dans la salle de bains adjacente. Celle-ci était rarement utilisée, sauf quand le manoir était plein d'invités. Petite, Samantha avait exigé que son amie loge dans une chambre voisine de la sienne et partage sa salle de bains chaque fois qu'elle restait pour la nuit. Aujourd'hui, Samantha n'occupait plus la chambre de son enfance, ni même ses appartements de jeune fille, sauf lorsque Perceval partait seul en voyage pour servir d'émissaire au prince-régent.

Jadis, la salle de bains constituait un sujet de dispute constant entre Colton et Samantha. Le garçon accusait sa petite sœur d'accaparer la baignoire et de laisser les lieux dans un désordre épouvantable après son passage. Aujourd'hui, ce ne serait plus le cas... Le nouveau marquis devait avoir pris possession de ses appartements, récemment rénovés et dotés d'une salle de bains privée ; son nouveau décor lui paraissait certainement bien luxueux après les restrictions de la vie militaire.

Compte tenu de son retard, Adriana envisagea sans enthousiasme d'écourter sa toilette. Son père lui avait peut-être inculqué certaines vertus masculines, mais elle avait conservé des habitudes typiquement féminines, par exemple celle de se savonner longuement dans une eau parfumée. Après une journée au grand air, elle voulait se débarrasser de la moindre odeur de cheval. De plus, elle allait mettre une jolie robe neuve en crêpe noir, dont l'ourlet et le col de velours noir à la Van Dyck étaient bordés de satin blanc. Avant d'enfiler sa chemise de dentelle et de soie et son jupon, elle aurait bien aimé se plonger dans un bain chaud, parfumé à son essence favorite.

Les flammes dardaient sous un chaudron ventru suspendu dans l'âtre de la petite cheminée, dispensant dans la pièce une chaleur agréable. C'était un mode de chauffage très efficace, surtout en hiver. Adriana effleura du bout des doigts l'eau du chaudron et laissa échapper un cri de désappointement : elle était à peine tiède. Les grands brocs alignés sur l'étagère de marbre, pleins à ras bord, servaient à rafraîchir l'eau du bain, mais celle-ci devait impérativement être bouillante.

Adriana soupira et s'approcha de la vaste cuve de cuivre. Son visage s'éclaira : un bain avait été préparé à son intention.

— Oh, Helga, vous êtes un amour, murmura-t-elle, ravie, se promettant de remercier la femme de chambre.

Adriana contempla un instant l'eau couronnée d'un nuage de vapeur. Une descente de bain, une ample serviette de lin et un peignoir, pliés et posés sur le rebord de la baignoire, témoignaient des prévenances de la domestique.

La cuve de cuivre allongée, munie d'un dos arrondi, était très confortable. Elle était très haute, et il fallait un petit marchepied pour enjamber son rebord et y pénétrer. Au cours de son enfance, Adriana s'y était souvent dissimulée lors de mémorables parties de cache-cache : elle se couchait à plat ventre dans la cuve vide, tandis que Samantha la cherchait partout.

L'eau était divinement chaude. Adriana retira ses bottes d'équitation à la hâte, jeta pêle-mêle ses habits et ses sous-vêtements par terre, grimpa sur le marchepied, saisit un flacon d'essence de rose et en fit tomber quelques gouttes dans le liquide, puis elle pénétra dans le bain avec un soupir d'aise. Le bain était plus profond et plus chaud que celui que Helga lui préparait d'habitude, mais elle apprécia ce changement, car c'était ainsi que Maud, sa propre camériste, le lui préparait au manoir Wakefield.

Pensivement, Adriana pressa l'éponge gorgée d'eau, faisant ruisseler un nuage de gouttelettes sur sa poitrine. Sa tête reposait sur la partie arrondie de la cuve. Dans la chaleur liquide, elle sentit son corps se décrisper. Après le choc qu'elle avait éprouvé en revoyant Colton, la confrontation de ce dernier avec Roger, son retour tardif à Randwulf, elle avait grand besoin de se détendre et d'apaiser son esprit qui s'angoissait chaque fois qu'elle pensait au contrat et à l'éventuelle réaction de Colton.

Déterminée à s'accorder un peu de répit, elle mouilla un linge, le plia et le posa sur ses yeux, afin de les protéger de la clarté des lampes à huile accrochées aux murs. Elle s'enfonça plus profondément, jusqu'à ce que l'eau vienne lui caresser le menton. Elle pensa au roman qu'elle avait commencé à lire la veille au soir; elle l'avait trouvé si soporifique qu'elle s'était rapidement endormie. Rien que d'y penser, elle se sentait partir dans les bras de Morphée...

Un toussotement l'arracha à sa léthargie. Se relevant à contrecœur, elle marmonna d'une voix ensommeillée :

— Merci pour le bain, Helga. C'est vraiment divin.

Mais à la place de la réponse cordiale de la servante dodue à laquelle elle s'attendait, elle entendit un « Hum ! » rauque qui la fit sursauter. Alarmée, elle ôta le linge humide de ses yeux. Pendant une fraction de seconde, elle crut rêver, puis elle regarda, effarée, l'homme à moitié nu qui se tenait devant la baignoire. Ses yeux sombres s'écarquillèrent. Il portait pour tout vêtement un drap de lin autour de ses hanches... Le souffle court, Adriana replia ses jambes et les entoura de ses bras, dans un effort dérisoire pour cacher sa nudité au nouveau marquis de Randwulf.

Colton, qui avait admiré à loisir la belle endormie, ne se donna pas la peine de dissimuler un sourire amusé.

— J'espère que je ne vous dérange pas.

— Pourquoi n'êtes-vous pas dans les appartements qui vous sont destinés ? s'écria-t-elle, hors d'elle-même.

— On m'a dit qu'un bain m'attendait ici. Si j'avais su que nous allions le partager, je n'aurais pas perdu du temps à promener les chiens.

— Nous n'allons rien partager du tout ! répondit-elle en attrapant le linge humide et en le jetant à la figure de son interlocuteur.

La pièce d'étoffe atterrit sur la poitrine musclée de Colton. Il la saisit entre le pouce et l'index et secoua la tête d'un air désapprobateur.

— Ts ! fit-il. Quel mauvais caractère, ma chère ! Il semble que rien n'ait changé depuis que j'ai quitté cette maison. Et moi qui étais prêt à accepter votre invitation...

— Espèce de prétentieux ! hurla-t-elle. Croyez-vous vraiment que je vous attendais ?

Il émit un rire moqueur, mais Adriana soutint son regard. Colton haussa les épaules – elles paraissaient plus larges et plus musclées encore, comparées à la finesse de sa taille...

— Vous ne pouvez reprocher un tel espoir à un officier blessé qui rentre enfin chez lui après un long périple. Vous êtes la femme la plus attirante que j'aie jamais vue...

— Je doute que votre mère dirige une maison close, monsieur. Mais si tel était le cas, je ne serais certainement pas une de ses pensionnaires, lança-t-elle d'une voix sarcastique.

Colton se demanda si son indignation était feinte ou sincère. Il était rompu aux différents stratagèmes employés par les épouses délaissées ou les prostituées qui suivaient les armées. Ces dernières avaient essayé par différents moyens de l'attirer dans leur lit, et il avait parfois été tenté de les suivre, mais la crainte des maladies vénériennes avait émoussé son désir.

Rien de tel chez Adriana. Elle avait été élevée dans le cocon familial des Sutton. Mais s'il se languissait de goûter à sa peau d'un blanc crémeux, il devait penser aux conséquences. Être vaguement promis l'un à l'autre, ce n'était pas la même chose que d'être vraiment fiancés. Certes, ce corps lui paraissait délectable, et la tentation était grande de se laisser aller à son désir, mais cela l'acculerait alors au mariage, et il devait impérativement se maîtriser.

Lorsqu'il était entré dans la pièce, il ne l'avait pas tout de suite remarquée. Mais après s'être dévêtu et approché de la vaste cuve de cuivre, il l'avait aperçue, nymphe endormie dans toute la splendeur de sa nudité. Tout homme normalement constitué aurait succombé à ses charmes. Colton en avait éprouvé un réel choc. Si, après leur collision dans le hall, un doute subsistait quant à la perfection de ses proportions, il venait de s'évanouir. Colton avait longtemps admiré ces rondeurs féminines, les seins ronds aux pointes d'un rose délicat, le ventre doux et plat, les longues jambes fuselées – les plus parfaites qu'il ait jamais vues. Il avait senti le désir monter en lui, et n'était la crainte de voir son domestique faire irruption dans la pièce, il n'aurait pas réveillé Adriana et aurait continué à l'admirer jusqu'au lendemain matin.

— N'avez-vous donc aucune compassion pour mes souffrances ? demanda-t-il.

— Pas la moindre, déclara-t-elle sèchement. Mais puisque vous comptez sur vos malheurs pour vous attirer ma pitié, je consens à me retirer et à vous laisser la baignoire pour vous tout seul.

Tout en parlant, elle promena son regard alentour à la recherche du drap de bain. Ne le trouvant pas, elle prit soudain conscience que celui-ci ceignait les hanches de Colton. Furieuse, elle fusilla l'impertinent du regard.

— Tournez donc la tête ! Ou plutôt, fermez les yeux avant qu'il ne jaillissent hors de leurs orbites. Vous ne m'avez rien laissé pour me couvrir.

Un rire moqueur roula dans la gorge de Colton. Si cette jeune dame savait depuis combien de temps il la contemplait, elle comprendrait qu'il était trop tard pour se montrer pudique.

— C'est comme si on refermait la clôture quand les chevaux sont déjà partis ! En tout cas, jamais votre radieuse image ne s'effacera de mon esprit.

Avec un cri d'indignation, Adriana prit appui sur le rebord de la baignoire, se soulevant un peu, ce qui fit tressauter ses seins, arrachant un gémissement étouffé à Colton dont le désir avait atteint des sommets. Il savait, en effet, qu'il ne parviendrait pas à oublier les attraits d'Adriana, et maudissait l'instant où il avait posé les yeux sur elle.

Tout en se demandant quelle sorte de maladie avait frappé Colton, Adriana lui lança un regard oblique. Il la dévorait des yeux comme un lion qui se prépare à attaquer sa proie. Furieuse, elle leva la main en guise d'avertissement.

— Arrière ! ordonna-t-elle. Laissez-moi passer. Et tâchez de ne pas marcher sur votre langue ! Je ne peux pas en même temps me couvrir et essayer d'enjamber cette fichue baignoire. Pour préserver ma pudeur, je risque de me rompre le cou.

— Puis-je vous aider ? dit-il d'un ton plein de sollicitude en lui tendant la main.

Il l'aurait bien entraînée dans la chambre pour y apaiser son désir brûlant. De sa vie il n'avait ressenti une telle fièvre. S'il n'avait pas été un gentilhomme, il aurait depuis longtemps soumis à sa passion cette Vénus surprise au bain.

— Je voudrais m'assurer que vous n'êtes pas une vision, ajouta-t-il, mais un être de chair et d'os. Permettez-moi de vous toucher, afin de m'assurer que vous n'êtes pas une création de mon imagi...

— Une gifle aurait exactement le même effet. Osez me toucher, Colton Wyndham, et c'est ce que vous récolterez.

Désappointé, il émit un long soupir. Adriana franchit le rebord de la baignoire, et il en eut les jambes coupées. Son regard effleura les longues cuisses, les coupoles jumelles des seins. Ses paumes lui démangeaient ; il se serait damné pour caresser cette peau satinée. De nouveau, il soupira. Une longue période d'abstinence ne faisait qu'exacerber son ardeur. Seule Adriana pouvait mettre fin à son supplice.

Il avança la main avec un sourire câlin qu'il savait irrésistible. Il n'était pas arrivé à l'âge canonique de trente-deux ans sans s'apercevoir que les rides d'expression qui se creusaient autour de sa bouche lorsqu'il souriait faisaient fondre les femmes.

— Eh bien, Adriana, ne voulez-vous pas faire la paix ?

La jeune femme considéra un instant la longue main hâlée qui s'offrait, puis leva les yeux. Son regard sombre effleura le beau visage ciselé de Colton, puis fut comme aspiré par son sourire. Mais le souvenir de son départ brutal, des années auparavant, traversa son esprit, agissant comme un puissant remède contre ses bons sentiments. Elle le toisa d'un air froid :

— Posez la main sur moi, Colton Wyndham, et je me mets à hurler jusqu'à ce que votre mère arrive en courant.

— En ce cas, très chère, j'obtempère, répondit-il en reculant et en s'inclinant, geste que l'extrême simplicité de sa mise rendait parfaitement incongru. Je ne voudrais pas que Mère soit choquée par notre nudité à tous les deux, enfin surtout la vôtre, que vous affichez, je dois dire, avec énormément de grâce et de distinction.

— Afficher ! s'étrangla-t-elle, outrée qu'il ose faire peser sur elle un quelconque blâme. Comme si vous m'aviez laissé le choix ! Vous vous êtes introduit dans ma salle de bains par hasard ou plutôt exprès, pendant que je dormais. Si vous étiez entré par hasard, vous vous seriez retiré immédiatement, sans même me réveiller.

— Quoi ? Ignorer ce que j'avais pris pour une invite ? demanda-t-il, l'air incrédule. Mais, ma chère, belle comme vous l'êtes, vous ne pouvez pas exiger une telle abnégation d'un homme qui n'est pas aveugle.

— Combien de femmes avez-vous abusées avec vos mensonges, monsieur le marquis ? Celles qui vous ont cru étaient sûrement simples d'esprit.

Colton ne tirait aucune gloire de ses conquêtes féminines. Mais le fait qu'Adriana semble peu encline à accepter ses avances faisait d'elle quelqu'un d'exceptionnel en comparaison des femmes qu'il avait connues. Et même si le destin avait voulu qu'elle soit l'épouse que son père avait choisie pour lui, son attitude réservée l'intriguait. Comme tous les hommes, Colton n'appréciait pas les trophées trop facilement gagnés. Avec son détachement et sa froideur, Adriana avait su éveiller son intérêt. Elle le mettait sans cesse au défi.

Il haussa ses larges épaules, puis recula en boitillant. Malgré elle, Adriana baissa le regard sur la serviette qui lui ceignait les reins. Elle aperçut une longue cicatrice pourpre et luisante à l'intérieur de sa cuisse droite. Cette vision fugitive fut vite remplacée par celle de la bosse révélatrice qui gonflait le drap de bain. La jeune femme prit une profonde inspiration. Une fois, elle avait surpris par la fenêtre de sa chambre Ulysse, son étalon, en train de saillir une jument. Sa mère aurait été fâchée si elle l'avait su. Mais l'orgueilleuse lance de chair qu'elle avait entraperçue lui avait semblé indispensable à l'union de deux êtres. Même dissimulée par l'étoffe, la bosse sous le drap de bain lui semblait vaguement menaçante, mais simultanément elle éveillait en elle une excitation singulière. Elle n'avait jamais vu d'homme nu, et elle s'était souvent demandé ce qu'elle découvrirait pendant sa nuit de noces. Il lui faudrait attendre d'être mariée pour satisfaire sa curiosité.

Colton esquissa un sourire lascif. Embarrassée, Adriana essaya de nouveau vainement de dissimuler sa nudité avec ses bras.

— Vous n'avez pas honte, monsieur le marquis ?

— Pourquoi ? Parce que je ne fais rien pour cacher ma fragilité d'homme ou mon désir pour une jolie femme ?

— Dites-moi pendant combien de temps vous m'avez regardée avant de vous décider à me réveiller.

Il fit un énorme effort pour détourner son regard des longues jambes magnifiques.

— Assez longtemps, dit-il finalement. Il était impossible de ne pas vous regarder. Je n'ai jamais vu une femme à qui le costume d'Eve sied aussi bien qu'à vous, Adriana. Oui, je vous ai longuement regardée, et cela a réveillé en moi un dragon qui somnolait. Je doute qu'il se calme de sitôt... Mais je me sentirais davantage le bienvenu chez moi si vous me montriez un peu plus de douceur et de compassion, Adriana.

— Excusez-moi de vous avoir pris pour un gentilhomme. Vous n'êtes qu'un libertin. Non seulement vous m'avez surprise dans mon bain, mais, non content d'insinuer que je pourrais apaiser le « dragon », vous avez eu l'audace de vous arroger le seul drap de bain. Vous auriez dû rester un peu plus longtemps chez votre père. Vous y auriez peut-être appris les bonnes manières.

— Je vous demande pardon. J'ai pensé que ma nudité vous offusquerait. Je n'ai pensé qu'à ménager votre pudeur virginale... Je vous prie d'accepter mes excuses, j'aurais dû, en effet, penser d'abord à votre confort.

Il ébaucha une brève révérence, se redressa, défit le nœud de la serviette enroulée à sa taille et, avec un sourire narquois, lui présenta la pièce d'étoffe.

— Voilà. Elle est chaude, au moins.

Adriana eut un cri étouffé. Son regard s'était posé sur la lance de chair fièrement exhibée. Les joues en feu, elle tourna le dos à Colton. Celui-ci s'approcha d'elle par- derrière. Se penchant par-dessus son épaule nue, il admira une dernière fois les seins aux aréoles roses.

— Eh bien, ma chère, chuchota-t-il d'une voix rauque. Après le scandale que vous m'avez fait, vous ne voulez plus de cette serviette ?

— Laissez-moi tranquille !

Elle se recouvrit tant bien que mal, se retourna pour découvrir le visage de Colton, dangereusement proche. Ses yeux gris luisaient. Son regard se posa, insistant, sur la bouche d'Adriana. Elle sentit sa main sur ses côtes et, l'espace d'une seconde, crut qu'il allait l'embrasser. Voyant les lèvres pleines de Colton s'entrouvrir, elle fit un bond en arrière, affolée, se drapant dans sa dignité, ou ce qu'il en restait.

— Si vous n'y voyez pas d'inconvénient, monsieur le marquis, j'aimerais m'habiller, sinon nous allons être en retard pour le dîner.

— Colton, murmura-t-il. Appelez-moi Colton. C'est le prix que je demande pour vous laisser partir.

Elle leva son petit nez en l'air.

— Que ferez-vous si je me mets à crier au secours ?

Il lui sourit.

— Continuer à vous admirer, en attendant les autres.

Adriana leva les yeux au plafond. La pensée d'une nouvelle humiliation lui arracha un soupir. Enfin, elle capitula.

— Puisque vous y tenez... Colton.

— Alors, filez ! J'ai besoin de me laver. Vous vous êtes approprié mon bain, les domestiques n'ont pas le temps d'en préparer un autre, je dois me contenter de ce qui reste.

Depuis qu'elle s'était enveloppée dans la serviette, il se sentait frustré. Et pourtant, même ainsi, elle était adorable. En la regardant, il décida que Pandora Mayes n'avait jamais été aussi attirante, vêtue d'une simple serviette de bain.

— Avez-vous besoin d'aide pour vous habiller? demanda-t-il. Il paraît qu'une des filles de cuisine s'est saoulée. Helga a dû donner un coup de main à la cuisinière, mais je veux bien la remplacer. Je suis expert en nœuds, agrafes et boutons... Et je vous promets de ne plus regarder ce que j'ai déjà vu.

Un grognement excédé franchit les dents serrées d'Adriana, tandis que, du dos de la main, elle assenait un coup à son tourmenteur. Ses phalanges heurtèrent les muscles durs de son estomac. Elle poussa un cri, mélange de douleur et de surprise; tandis que Colton éclatait de rire, elle s'élança vers la pièce adjacente, mortifiée et furieuse.

À peine eut-elle franchi le seuil qu'elle se retourna pour s'assurer qu'il ne l'avait pas suivie. Elle le vit s'éloigner en direction de la baignoire. Comme il lui tournait le dos, elle remarqua une tache de vin en forme de mouette aux ailes déployées, sur sa fesse droite. Après avoir versé un broc d'eau chaude dans la cuve, Colton se retourna, superbe, les lèvres fendues de son sourire détestable.

— Vous êtes encore là? Je croyais que vous étiez pressée de vous en aller.

Elle eut envie de hurler, de l'agonir d'injures, mais elle se contenta de le dévisager de ses yeux sombres qui lançaient des éclairs. Enfin, elle claqua la porte de toutes ses forces, mais le lourd battant rebondit avant que la clenche puisse se mettre en place. D'un geste rageur, elle recommença et eut cette fois-ci la maigre satisfaction d'entendre le déclic du mécanisme qui s'emboîtait dans la serrure.

Redoutant les retrouvailles avec Colton Wyndham après leur rencontre dans la salle de bains, Adriana s'attarda autant qu'elle le put. Lorsqu'elle descendit enfin, il avait déjà rejoint sa famille et ses invités au salon. Vêtu de blanc, il était adossé à la cheminée qui irradiait une douce chaleur. Il dégustait du vin rouge dans un verre en cristal. Sitôt qu'il aperçut Adriana, ses prunelles grises s'allumèrent. Son regard connaisseur remonta depuis ses souliers de soie noire le long de sa robe, s'attarda un instant sur son décolleté, avant de caresser sa coiffure en bandeaux, ornée d'une élégante plume noire. Gênée, la jeune femme se réfugia à l'autre bout de la pièce, dans l'espoir d'échapper au regard pénétrant qui la suivait partout. Samantha passa devant son frère, puis ralentit le pas en plissant le nez.

— Pour l'amour du ciel, Colton, qu'est-ce que tu t'es mis ?

Il écarta les bras, la canne dans une main, le verre de cristal dans l'autre et regarda son costume.

— Quoi ? C'est la plus belle tenue que mon tailleur m'ait jamais faite sur mesure.

Samantha gloussa.

— Je parlais de ton parfum. On dirait une fragrance féminine. Et si mon nez ne me trompe pas, je jurerais que c'est celui d'Adriana. Vous portez tous les deux le même parfum, ce soir.

Toutes les têtes se tournèrent vers la jeune femme brune qui s'appliqua fermement à vider son verre, le posa sur le plateau d'un domestique et en prit un autre aussitôt. Évitant soigneusement de croiser les regards des autres, elle attendit, le cœur battant, la réponse de Colton. S'il trahissait leur secret, elle n'aurait plus qu'à disparaître.

— Simple coïncidence, ma chère Samantha. J'ai trop longtemps promené les chiens, et quand je suis revenu, l'eau de mon bain était déjà parfumée à l'essence de rose. J'étais trop en retard pour appeler les domestiques et ne voulais pas vous faire attendre. Alors, je me suis résigné à mon sort. Franchement, je n'avais pas réalisé que quelqu'un, et qui plus est une dame, aurait pu se servir de ma vieille salle de bains.

Samantha éclata d'un rire pétillant.

— Encore heureux que tu n'aies pas eu à affronter une situation plus cocasse. Depuis quelques années, Adriana utilise en effet ton ancienne chambre pour se baigner et se changer après une journée d'équitation. C'est donc bien son parfum que tu portes ; mais sans vouloir te vexer, je le préfère sur elle.

— Moi aussi. C'est une senteur trop sucrée à mon goût.

— Ravie de te l'entendre dire, le taquina Samantha en souriant. J'en étais à me demander si la guerre t'avait changé à ce point.

Comme Stuart s'était approché, Colton lui tendit la main.

— Je ne vous ai pas encore présenté mes vœux, Stuart. Je vous souhaite de tout cœur santé, fortune et bonheur. Et j'espère que vous fêterez beaucoup d'autres anniversaires comme celui-ci.

Un large sourire éclaira le visage du vicomte, qui serra la main offerte.

— Nous n'avons pas eu l'occasion de parler cet après-midi. Je saisis l'opportunité pour vous inviter à une partie de chasse avec un petit groupe d'amis.

Colton ébaucha une grimace exagérée.

— Malheureusement, j'ai encore quelques difficultés à monter à cheval. Mais dès que ma jambe ira mieux, je serai ravi d'accepter votre invitation.

— J'ai eu le même problème, confessa Stuart avec une moue. Pour tout vous dire, j'en avais assez de me coucher sur le ventre. Mais c'était à prendre ou à laisser.

Ils s'esclaffèrent au souvenir de leurs malheurs. Quand leur hilarité se calma, Colton retourna à Stuart son invitation.

— Maintenant que vous faites partie de la famille, j'espère vous voir plus souvent au manoir de Randwulf. Nous nous raconterons nos histoires d'anciens combattants.

Le vicomte s'empressa d'accepter.

— Avec plaisir. Permettez-moi aussi d'ajouter ceci : je me réjouis que vous ayez pris en main le marquisat. Certes, Latham ne manque pas de qualités, mais je crains que ses défauts pèsent plus lourd dans la balance... Votre mère et votre sœur s'efforçaient de faire bonne figure, mais on sentait bien qu'elles étaient mortes d'inquiétude.

— Je ferai de mon mieux pour ne plus causer de soucis à ma famille. Je suis revenu et, si Dieu le veut, je resterai.

— Cela mérite un toast, lança Percy en enlaçant la taille de sa femme et en levant son verre. Au septième marquis de Randwulf. Je lui souhaite bonne chance et longue vie.

— Santé ! cria Stuart en levant son verre à son tour.

En silence, Adriana participa au toast. Son regard croisa celui de Colton, qui lui dédia un sourire chaleureux. « À quoi pensait-il ? » se demanda-t-elle, puis, sentant sur son corps la caresse sensuelle de ses yeux, elle détourna la tête... Mieux valait ne pas le savoir.

Colton reporta son attention sur le reste du groupe, de peur que son désir ne flambe à nouveau. Il murmura des remerciements, serra la main de Stuart, tendit la joue à Philana et à Samantha. Perceval lui tapota l'épaule, mais une fois de plus, le regard de Colton chercha la jeune femme brune qui, les joues rosies, s'acharnait à l'éviter.

Stuart s'approcha d'Adriana avec deux verres de vin. Il lui remit l'un d'eux qu'elle accepta volontiers, après avoir posé son verre vide.

— Vous êtes très en beauté ce soir, dit-il en souriant. Mais votre air chagrin m'a fait penser que vous aviez besoin d'une autre libation.

— Oh, oui ! fit-elle, avec un vaillant sourire. La journée fut riche en émotions.

— Vous avez raison, dit Colton.

Il s'était approché en boitillant.

La façon dont Stuart couvait Adriana du regard ne lui avait pas échappé. Lentement, presque effrontément, il dévisagea la jeune femme. Il ne se rappelait que trop bien son corps ruisselant de gouttelettes diamantées, éblouissant sous la clarté des lampes.

— Selon Mère, nous sommes toujours promis l'un à l'autre, Adriana.

Bouche bée, Stuart esquissa un pas vacillant en arrière.

— Je vous demande pardon, monsieur. Je l'ignorais.

— En fait, je l'ignorais moi-même jusqu'à cet après-midi.

Mais pourquoi s'était-il empressé d'évincer ce pauvre Stuart dès qu'il avait remarqué ses attentions pour Adriana ? se demanda-t-il en même temps. La coutume des fiançailles arrangées lui faisait toujours horreur, mais il n'avait pas hésité à s'en servir pour évincer l'ancien commandant. Depuis quand était-il devenu possessif avec les femmes ? Cette notion lui était complètement étrangère... enfin, jusqu'à aujourd'hui.

Adriana se tourna vers Stuart.

— Ne vous inquiétez pas, le marquis n'est pas offensé, l'informa-t-elle aimablement. En vérité, il s'agit d'une simple formalité. Un contrat conclu entre nos parents oblige lord Colton à me courtiser pendant trois mois pour savoir s'il veut ou non m'épouser. Mais, si j'en crois nos expériences passées, je doute que l'on en arrive là puisque le marquis a justement quitté le manoir il y a seize ans pour échapper à ces fiançailles.

— Mais quand même, madame, murmura le vicomte d'une voix blanche. L'honneur commande que je lui laisse le temps de réfléchir avant de vous faire moi-même la cour. Cependant, je l'envie de sa bonne fortune.

Adriana inclina la tête avec un sourire.

— Merci, Stuart. Votre gentillesse me touche.

Tandis que Stuart se retirait, elle regarda Colton, d'un air froid et méprisant.

— Pourquoi avez-vous éprouvé le besoin d'annoncer à Stuart que nous étions promis l'un à l'autre, alors que vous n'avez, au fond, aucune envie de me courtiser ? Prenez-vous un malin plaisir à éliminer mes prétendants à cause d'un contrat pour le moins douteux ? Qu'ai-je fait pour mériter votre rancune ?

— Rien, que je sache, répondit-il d'un ton désinvolte. Mais je ne vois pas pour quelle raison Stuart tenterait sa chance maintenant, alors que nous avons devant nous trois mois pour mieux nous connaître. Je compte me plier à cette période d'essai avant de décider si mon père avait vu juste ou si l'idée de ce mariage était absurde. Jusqu'alors, j'ai l'intention de revendiquer mes droits. Après tout, le contrat m'accorde ce privilège, n'est-ce pas ?

— Quel intérêt auriez-vous à épouser un sac d'os ?

C'était les mots qu'il avait lui-même prononcés, lors de la dispute avec son père. Pris de remords, il posa la main sur son cœur.

— Pardonnez ces mots, Adriana. Ce que j'ai dit à cette époque dépassait ma pensée. Cela s'adressait à mon père, pas à vous. Si j'avais su que vous étiez derrière la porte, je n'aurais jamais fait cette remarque. Je n'ai pas voulu vous blesser. D'ailleurs, j'avais tort. En vous regardant aujourd'hui, je me dis que Dieu existe, sinon il ne se trouverait pas une telle perfection.

Le compliment fit rosir les joues de la jeune femme. Se sentant mal à l'aise, elle absorba une gorgée de vin, le regard lointain.

— Peut-être devrions-nous oublier le passé, suggéra-t-elle. J'ai du mal à ne plus penser à la colère que vous avez ressentie contre votre père à cause de moi. Aussi bizarre que cela puisse vous paraître, je l'aimais, moi aussi.

— Adriana ? murmura-t-il, et il attendit qu'elle lève les yeux vers lui. M'avez-vous pardonné ?

Elle eut un pâle sourire qui, visiblement, ne suffit pas à Colton. Sentant les yeux gris la sonder, elle finit par incliner la tête.

— Oui, bien sûr. Il m'était impossible de vous haïr, sachant que vous étiez constamment en danger. Vous incarniez le frère que je n'ai pas eu, et si vous étiez mort au champ d'honneur, je vous aurais pleuré tout autant que votre famille.

Un sourire malicieux étira les lèvres bien dessinées de Colton.

— Et moi, je suis immensément soulagé que vous ne soyez pas ma sœur. Il aurait été inconvenant de convoiter à ce point un membre de ma famille. Depuis notre rencontre fortuite, tout à l'heure, je ne puis oublier vos attraits. (Il baissa la voix d'une octave.) Vos seins sont les plus beaux que j'aie jamais vus ; quant au reste... c'est vraiment sans défaut.

Gênée, Adriana s'éclaircit la gorge, avant d'avaler une nouvelle gorgée de vin. Peu après, lorsque Harrison passa avec un plateau chargé de boissons, elle échangea son verre vide contre un verre plein. Le majordome s'éloigna. Quelques gorgées supplémentaires donnèrent à Adriana le courage de demander :

— Êtes-vous donc devenu expert en nudité féminine, Colton ?

Il réprima un rire amusé.

— De toutes les femmes nues que j'ai pu admirer, vous êtes de loin la plus belle.

— Merci, dit-elle d'un ton sec en lui lançant un bref regard.

— Alors que, d'après votre expression choquée, j'en conclus que je suis votre premier nu masculin.

— Je ne m'en serais pas vantée si vous vous trompiez.

En repensant à qu'elle avait vu quelques heures plus tôt, elle se sentit troublée et but à longs traits. Ayant remarqué que le verre de cristal tremblait dans la main délicate de la jeune femme, Colton se pencha à son oreille.

— Est-ce que ma nudité vous a effrayée ?

— Pas du tout ! mentit-elle dans un chuchotement fiévreux, tout en ébauchant un pas titubant en arrière, afin de mettre entre eux un peu de distance. Pourquoi dites-vous cela ?

— Parce que vous tremblez, et imaginez probablement le pire. Croyez-moi, Adriana, quand vous aurez sacrifié votre virginité, vous serez étonnée de la volupté que vous trouverez dans les bras de votre époux. Si les vœux de mon père se réalisent, je vous promets des plaisirs que vous ne soupçonnez pas.

La voyant absorber nerveusement une nouvelle gorgée, il se pencha à nouveau.

— Si je puis me permettre de changer de sujet, vous serez bientôt dans un état d'ébriété avancée. Ne soyez donc pas aussi bouleversée par ce que vous avez vu. L'acte amoureux peut être aussi agréable pour une femme que pour un homme.

— N'importe quelle dame serait troublée si elle était impliquée malgré elle dans cette conversation, murmura-t-elle avec colère. Ce ne sont pas des sujets propres à apaiser les sens.

— Non, mais quand nos corps s'uniront selon les rites de l'amour, vous serez apaisée, je vous le promets. J'aimerais bien vous faire voir un petit échantillon des choses que les amants échangent... Plus qu'un petit échantillon, en fait.

Elle leva le regard, choquée, pour s'apercevoir qu'il lorgnait son décolleté.

— Assez ! souffla-t-elle. Arrêtez de me regarder ainsi. Nous ne sommes pas encore mariés, et, si j'en juge par votre mépris de cette vénérable institution, je doute que nous le soyons un jour.

— Qui sait ce qui résultera de notre période d'essai ? Il se peut que j'oublie mon aversion pour les unions arrangées, rien que pour vous initier aux jeux amoureux dont jouissent les couples mariés.

— Très subtil ! Vous essayez de m'amadouer, afin que je tombe dans votre piège. Vous usez et abusez du mot « mariage » pour mieux m'attirer dans votre lit. Mais je ne suis pas idiote. Il faudra que vous ayez prononcé les serments du mariage pour me revoir toute nue.

— Et vous ? Vous sentez-vous prête à échanger le serment de fidélité avec moi ?

— Mes parents en seraient très heureux. Ce sont eux et les vôtres qui ont signé le contrat. Mais comme je n'arrive pas à me convaincre que vous me voulez pour épouse, je crois que ce mariage ne se fera jamais.

Il lui sourit.

— À moins que vous ne soyez enceinte de mes œuvres. Je serais alors forcé de régulariser.

Adriana se sentit vaciller. Ayant vidé son verre, elle le tendit à Colton.

— Allez donc m'en chercher un autre. Cet entretien est trop éprouvant pour que je le poursuive à jeun.

Le sourire de l'homme s'élargit.

— Il y a longtemps que vous n'êtes plus à jeun, ma chère. J'ai peur de vous laisser toute seule. Un bol d'air frais vous ferait le plus grand bien. Allons faire un tour dans le parc.

Il lui prit le bras, mais elle se dégagea. Elle ne devait surtout pas se retrouver seule avec ce pervers, elle ne lui faisait aucune confiance.

— Non, merci. Je vais très bien. J'ai juste besoin de m'asseoir… J'irai dans le hall, où j'attendrai que le dîner soit annoncé.

— Je ne vous quitterai pas, affirma Colton.

Il glissa son bras sous le sien et l'entraîna vers la sortie. La porte s'ouvrit sur Harrison qui déclara que le dîner était servi.

— Trop tard, murmura-t-il. Je vous accompagne jusqu'à votre chaise.

— Ne vous occupez pas de moi. Aidez plutôt votre mère, protesta-t-elle en se tortillant pour se libérer, en vain, car il la ramena de force à son côté.

— Je me sens responsable de votre état. Par ailleurs, Mère est ravie de nous voir ensemble. Si vous voulez qu'elle passe une bonne soirée, laissez-vous faire. Vous vous débarrasserez de moi assez vite.

Adriana espérait qu'il la laisserait dès leur arrivée dans le grand hall, transformé pour l'occasion en salle à manger, mais elle se trompait. Traditionnellement, le marquis trônait en tête de table. Il en était ainsi du temps de Sedgwick et, apparemment, Colton avait décidé de poursuivre cette tradition. Adriana ne s'attendait guère à ce qu'il la place à sa droite, mais ce fut ce qu'il fit. Stuart s'assit près d'elle, Samantha et Perceval en face. Et puisque c'était la seule marquise de l'assemblée, Philana s'installa tout naturellement à l'autre bout de la table, face à son fils.

Le repas se déroula dans une ambiance gaie, mais Adriana mangea peu et ne participa presque pas aux conversations. Elle refusa le vin pour essayer de recouvrer ses esprits, mais elle aurait volontiers continué à boire, d'autant que, pendant le repas, Colton ne la quitta pas des yeux. Sa robe constituait un mince rempart contre ce regard avide qui semblait voir à travers ses vêtements. Adriana garda les yeux baissés sur son assiette; elle était tendue comme un ressort.

Le dîner fut un régal. La cuisinière s'était surpassée, malgré les événements qui avaient perturbé sa journée. La fille de cuisine s'était enivrée avec le brandy de feu M. le marquis. Bien sûr, elle avait été renvoyée sur-le-champ, mais elle était si imbibée qu'il avait fallu l'escorter à son cottage. Un valet et son fils s'étaient chargés de cette besogne. De retour, ils avaient raconté un tas de détails lugubres : les enfants de l'ivrogne, trois bambins de moins de six ans, squelettiques, hagards et vêtus de guenilles, leur avaient quémandé un bout de pain. Harrison avait soigneusement recueilli ces nouvelles, afin de faire plus tard un rapport en bonne et due forme à ses maîtres.

La soirée s'acheva dans le salon, où les convives firent des cadeaux à Stuart. Les rires et les persiflages fusaient de toutes parts. Certains présents firent rire le vicomte, d'autres lui arrachèrent des sourires enchantés. Perceval avait commandé à un forgeron un « bouclier » de métal pour le derrière de son aîné, au cas où celui-ci devrait repartir à la guerre. Adriana lui offrit un tapis de selle en velours capitonné qu'elle avait brodé de ses mains. Mais là encore, Percy trouva le moyen de taquiner impitoyablement son frère, disant que la lourde couverture lui servirait à protéger, l'hiver, les parties de son individu que ses anciennes blessures avaient rendues trop tendres. Le cadeau de Samantha à son beau-frère suscita de nouveaux éclats de rire. Il s'agissait de deux petits drapeaux rigides brodés au point de croix, l'un indiquant l'avant et l'autre l'arrière.

Lorsque la fête fut terminée, Colton se proposa aussitôt pour aider Adriana à enfiler son manteau. Elle aurait préféré de loin que ce soit Harrison qui exécute cette tâche, car Colton en profita pour laisser traîner ses mains sur ses épaules, sans se priver, une fois de plus, de plonger les yeux dans son décolleté. Elle lui décocha un regard ulcéré, mais il ne présenta pas d'excuses.

— Aucun homme normalement constitué ne résisterait à vos charmes, Adriana, dit-il à voix basse. Vous avez certainement compris que j'adore vous regarder.

— Pour ça, oui, je l'ai compris, surtout dans la salle de bains.

— Chut ! fit-il avec un sourire. Si quelqu'un vous entendait, il croirait que nous avons partagé le bain et que c'est la raison pour laquelle nous sentons le même parfum.

Adriana laissa échapper un soupir excédé. Il était vain d'essayer d'avoir le dernier mot avec cet homme qui semblait avoir passé les seize dernières années de sa vie à affûter ses railleries.

Philana s'approcha, souriante.

— Adriana, je vous prie d'informer vos parents que j'accompagnerai mon fils lorsqu'il ira leur rendre visite.

Adriana fixa le visage avenant de la marquise, qui s'était exprimée d'une voix ferme et résolue. Un peu plus tôt, Colton avait en effet mentionné l'éventualité d'une visite, et Philana avait pris cela pour argent comptant. Quoi qu'il en soit, les Sutton seraient enchantés de la visite de celle qu'ils considéraient comme une grande dame et une amie.

— Oui, madame. Papa doit rentrer de Londres tard dans la nuit, mais je vous promets d'informer maman tout de suite. Nous vous proposerons plusieurs dates. Si aucune ne vous convient, vous en choisirez une autre. Nous vous recevrons avec plaisir, vous et lord Colton.

— Merci, mon enfant.

Philana suivit du regard son fils qui raccompagnait Adriana vers la sortie, puis vers le portique devant lequel le carrosse de ses parents l'attendait. La soirée s'était exceptionnellement bien passée, songea-t-elle, satisfaite. Ils formaient un beau couple, tous les deux, et elle se félicita qu'Adriana soit assez grande pour ne pas être complexée par la haute taille de son chevalier servant. La plupart des femmes, y compris Melora et Jaclyn, auraient été complètement écrasées par la carrure de Colton. Philana était persuadée que, chaque fois que son fils entrait quelque part, il attirait aussitôt tous les regards – tout comme son père avant lui. Et pas seulement parce qu'il était beau. Il avait une prestance extraordinaire. Peut-être à cause du sang viking qui coulait dans les veines des Wyndham depuis des siècles.

5

Renversé sur sa chaise, Edmund Elston regarda son fils. Celui-ci venait d'apparaître dans la salle à manger, les cheveux ébouriffés, traînant des pieds comme un vieillard. Les épaules voûtées, il se tenait le ventre, comme pour empêcher ses entrailles de se répandre. Roger se dirigea vers la desserte, se servit une tasse de thé, en avala une gorgée, tressaillit, reposa la tasse et porta les doigts à sa lèvre inférieure gonflée. Edmund remarqua alors l'ecchymose sur la mâchoire gauche de Roger.

— Eh bien ! le gars qui t'a envoyé au tapis est drôlement costaud, dit-il. Ou bien ils étaient plusieurs…

— Il était seul, coupa Roger d'une voix lugubre. Nous nous sommes disputés à propos de… d'un objet rare. Mais pour le moment, il n'a pas encore remporté la partie.

Un rictus moqueur tordit la bouche d'Edmund. Pour lui, un homme digne de ce nom devait être capable d'ingurgiter plusieurs verres de bière ou de gin sans perdre la faculté de corriger à coups de poing un mauvais coucheur. Aux yeux de son père, Roger manquait cruellement de virilité.

— Évite d'aller chez ta belle avec cet œil au beurre noir, sinon elle va se demander si tu es capable de la satisfaire.

— Ne t'inquiète pas pour ça ! répondit Roger d'un ton caustique. La question est plutôt de savoir si *elle* pourra *me* satisfaire ? Je ne suis pas aussi naïf et inexpérimenté que tu sembles le croire, Père. La vérité te surprendrait même.

— Ouais, peut-être, mais à quoi ça sert d'admirer le pudding si on peut pas le manger ? Pour autant que je sache, Son Altesse ne t'a jamais donné la moindre preuve de son attachement.

— Aucune dame de la noblesse ne donnerait ce genre de preuve, surtout quand ses parents la considèrent comme un tremplin vers davantage de pouvoir et de fortune.

— Alors, quand vas-tu la revoir ? le pressa Edmund. Si tu veux mon avis, dépêche-toi de concrétiser avant de te faire devancer par un autre.

Roger se retint de fusiller Edmund du regard.

— Ce n'est pas aussi facile que tu le penses, Père.

Le vieil homme renifla.

— Arrête de tout compliquer, mon garçon. Si tu n'arrives pas à convaincre cette petite garce, saute-lui dessus. Le temps presse, et si tu ne fais pas preuve d'initiative, quelqu'un de plus malin la culbutera, et alors adieu.

La rage enflamma le cœur de Roger.

— Si l'un de ses prétendants se laissait aller à une telle ignominie, lord Sutton le ferait castrer pour avoir violé sa fille.

— Elle est pas sa seule gosse, objecta Edmund en enfournant un biscuit.

Il haussa les épaules, puis reprit, la bouche pleine, en postillonnant abondamment :

— Ton lord a deux autres filles. Je te parie qu'il sera plus arrangeant si tu engrosses celle-ci.

Roger émit un rire sans joie en s'affalant dans un fauteuil. Parfois, il se demandait s'il n'aurait pas mieux fait de conserver son poste de maître d'études à l'orphelinat, plutôt que de servir de laquais à un homme aussi insensible que son père. Edmund ne pensait qu'à lui-même. C'était un égoïste doublé d'un escroc, qui soutirait de l'argent à tous les naïfs qu'il pouvait duper. Il s'était rapproché de son unique rejeton lorsqu'il avait eu besoin d'un directeur pour ses filatures, et il avait exigé que Roger abandonne tout pour se consacrer à l'entreprise. Bien qu'il soit encore en apprentissage, Roger avait remarqué que les ouvriers s'adressaient plus volontiers à lui qu'à son père.

— Tu n'as rien compris ! lança-t-il. Lord Sutton adore sa fille cadette. Elle est le soleil de sa vie.

Edmund sentit la moutarde lui monter au nez. Il dévisagea son fils d'un œil torve.

— Je m'en fiche ! asséna-t-il. Débrouille-toi, sinon je te promets que dans quelques mois c'est Martha Grimbald que tu demanderas en mariage. J'ai suffisamment investi dans ta garde-robe, il est grand temps que je récupère mes sous. Désolé, mais tu n'es pas assez rapide à mon goût.

Roger soupira. Vivre constamment sous la menace de se retrouver enchaîné à Martha Grimbald, un laideron issu d'une richissime famille de fabricants de laine, ne faisait qu'attiser son ardeur à conquérir Adriana. Lorsqu'il était à l'orphelinat, l'aristocratie lui paraissait aussi inaccessible que les nuages dans le ciel, mais quand son père l'avait traîné à un dîner chez les Grimbald dès son arrivée à Bradford, il l'avait incité, sans le vouloir, à changer de point de vue.

— J'ai demandé à lady Adriana une invitation pour le bal d'automne chez les Sutton. Il aura lieu en octobre. Si d'ici là je n'ai pas obtenu une réponse favorable à ma demande en mariage, je prendrai les choses en main. J'essaierai de la voir seule et, si besoin est, je la forcerai à m'appartenir.

— Voilà ce que je voulais entendre ! Bravo, petit gars.

Roger se dressa sur ses ergots.

— Cesse donc de m'appeler « petit gars ». J'ai vingt-sept ans.

Edmund agita une main désinvolte.

— Et alors ? Si tu n'étais pas puceau, tu serais déjà l'amant de ta dulcinée.

— Tu ne connais aucune femme du monde, Père, et il se trouve que lady Adriana en est une. Rien à voir avec les catins qui se laissent trousser dès qu'un homme en a envie, ce que tu sembles apprécier tout particulièrement. Franchement, cela m'écœure quand je rentre à la maison et que je te trouve dans les bras d'une inconnue que tu as rencontrée dans une taverne. Si encore elles étaient belles ! La dernière que tu as amenée ici m'a vraiment retourné l'estomac.

Edmund pouffa, comme s'il avait entendu une bonne blague.

— Elle avait du cœur à l'ouvrage, dit-il d'un air réjoui. Ma parole, elle m'a bien astiqué.

Roger esquissa une moue de dégoût.

— Pouah ! on aurait dit deux cochons dans une porcherie.

— Je t'interdis de me parler sur ce ton ! Au lieu de t'occuper de mes affaires, tu ferais mieux de te vautrer dans l'alcôve de ta grande dame.

Roger haussa les épaules, geste qu'il regretta aussitôt, car il ressentit un affreux tiraillement dans le dos.

— Si tu crois que c'est facile ! grogna-t-il. Nous ne sommes jamais seuls. Lady Adriana est toujours accompagnée. Elle ne m'a jamais accordé un seul tête-à-tête.

— Ou tu trouves le moyen de la séduire, ou tu te retrouveras dans le lit conjugal avec Martha Grimbald.

Lorsque Edmund s'en alla, Roger resta assis un long moment, comme prostré. Il ne pouvait s'empêcher de repenser aux yeux gris, translucides, qui semblaient dévorer la femme qu'il convoitait. Il s'était pourtant efforcé de dissimuler son animosité, mais rien que la manière dont le nouveau marquis regardait Adriana le mettait en rage. En vérité, cet homme n'aurait jamais fait preuve d'une telle familiarité envers la jeune femme s'il n'avait été convaincu d'avoir des droits sur elle, songea-t-il lugubrement.

Les épaules de Roger s'affaissèrent sous le poids de son infortune. Il ne supportait pas l'idée que le marquis regarde Adriana comme sa propriété. Roger repensa à la jeune femme ; il l'avait si souvent contemplée que son visage s'était gravé à jamais dans sa mémoire : ses sourcils bien dessinés, ses yeux brillants d'un noir de jais, bordés de longs cils soyeux... son petit nez droit, sa bouche douce et sensuelle... Combien de fois n'avait-il pas rêvé d'embrasser ces lèvres si attirantes ? Mais cette faveur lui était défendue, aussi bien par Adriana que par son entourage.

La vérité qu'il pressentait le minait. La jeune femme avait été élevée pour épouser un marquis, pas un roturier sans le sou. Comment quelqu'un d'une origine aussi modeste que la sienne pourrait-il jamais gagner l'estime de cette bande d'aristocrates imbus de leur supériorité ? Ils formaient un cercle fermé : les Sutton, les Wyndham et leurs amis, auxquels venaient s'ajouter, après la clôture des séances du Parlement, les lords et leurs familles qui quittaient leurs palais londoniens pour gagner leurs résidences secondaires à la campagne. Alors que lui, il ne possédait rien, pas même le lit sur lequel il dormait.

Son long séjour à l'orphelinat ne l'avait guère préparé aux défis qu'il aurait à relever en rencontrant la fille cadette de Gyles Sutton, comte de Standish. Les pensionnaires de ce genre d'institution avaient peu de chances d'en sortir autrement que dans un cercueil. Roger, lui, avait eu d'autres ambitions. Il avait voulu accéder à ce monde qu'il avait découvert, faire partie des nantis qui vivaient dans l'opulence, dans des propriétés splendides au cœur des verdoyantes collines au nord-est de Bath. Et conquérir le cœur de la plus belle femme qu'il ait jamais connue.

Bien sûr, il partait avec un lourd handicap, il le savait. Mais il avait espéré soustraire Adriana à l'influence de ses amis – elle les connaissait depuis toujours et se comportait à leur égard avec une certaine familiarité. Roger comptait sur sa propre intelligence et sur sa bonne mine… Après tout, les femmes qu'il avait fréquentées jusqu'alors s'étaient accordées à le trouver séduisant. Mais le retour du nouveau marquis de Randwulf avait tempéré son optimisme, et il se sentait la proie d'une inquiétude grandissante. Et tout cela parce que lord Sedgwick avait faussé la donne des années auparavant.

La haine de Roger à l'encontre du fils prodigue de Sedgwick semblait s'amplifier comme une houle furieuse. Il pouvait presque sentir sur ses lèvres le goût amer de la défaite, tandis qu'il prenait conscience de la futilité de ses aspirations. Ah ! qu'il abhorrait Colton ! Comme il détestait tous ses concurrents, ce Riordan Kendrick par exemple, qui n'était rien de moins que fils de duc ! Ces deux hommes avaient tout pour eux, la prestance, la richesse, des titres de noblesse ; en outre, ils étaient considérés comme les héros de la dernière guerre contre la France. Tandis que Roger n'avait ni nom, ni fortune, ni titre de gloire. Même les vêtements qu'il avait sur le dos ne lui appartenaient pas. Qu'avait-il à offrir à Adriana ?

Il se revit quelques mois plus tôt, seul dans la bibliothèque des Sutton où il avait attendu impatiemment la réponse de sir Gyles à sa demande en mariage. Une requête présomptueuse, il l'admettait. Lorsque, après avoir longuement consulté son épouse et sa fille, le comte était enfin réapparu, Roger avait éprouvé la plus cruelle désillusion de toute sa vie. Gyles lui avait expliqué calmement que sa demande ne pouvait aboutir pour la bonne raison que lui-même et lord Sedgwick avaient signé, dix ans auparavant, un contrat selon lequel lady Adriana était promise à lord James Colton Wyndham.

Bien que déçu, Roger n'en avait pas moins apprécié l'attitude honnête de son hôte. Il avait quand même demandé dans quelles circonstances l'arrangement pouvait être annulé. Sir Gyles lui avait laissé peu d'espoir : seule la mort du septième marquis de Randwulf ou son ultime refus d'honorer son engagement rendrait caduc le contrat. Et compte tenu des attraits de la future mariée, Roger avait estimé la seconde condition hautement improbable.

Malgré une inébranlable confiance en sa bonne étoile, Roger n'avait jamais mésestimé ses adversaires. Il savait que plusieurs aristocrates avaient jeté leur dévolu sur Adriana, mais le fameux contrat faisait de Colton Wyndham son ennemi numéro un et l'obstacle le plus difficile à contourner. Il était suivi de près par l'autre marquis, Riordan Kendrick, connu également en tant que lord Harcourt. Lui aussi avait clairement fait savoir qu'il désirait épouser la fille du comte… Et si ces deux rivaux venaient à disparaître, soit parce qu'Adriana les rejetait, soit parce qu'ils se retiraient de la compétition – chose peu probable –, les autres prétendants, certes moins prestigieux, ne manqueraient pas de tenter leur chance. Pour la première fois, Roger avait compris que ses prétentions étaient purement et simplement ridicules.

Avant ce jour où il avait formulé sa demande en mariage, Roger n'avait fait qu'entendre parler de Riordan. Mais alors qu'il quittait le château des Sutton, le cœur brisé, marchant tête basse et maudissant à mi-voix la mémoire de lord Sedgwick, son pied avait buté contre le pavement de l'allée. Il avait trébuché et, tandis que ses bras battaient l'air pour garder l'équilibre, il avait aperçu une silhouette s'écarter vivement de son passage. Roger s'était affalé de tout son long entre les rosiers et les massifs d'arbustes qui bordaient le chemin. Accablé, il avait été tenté un instant de rester couché au milieu des épines jusqu'à la fin des temps. Mais la silhouette s'était muée en un beau gentilhomme de haute taille, élégamment vêtu, qui l'avait aidé à se relever. Son rêve de gagner un jour la main d'Adriana s'était brusquement évanoui lorsque le Bon Samaritain s'était présenté, et que Roger avait découvert qu'il s'agissait de Riordan Kendrick. Une bouffée de colère l'avait suffoqué. Si le dénommé Colton Wyndham avait la bêtise de ne pas profiter de son avantage, Riordan réclamerait haut et fort le trophée que l'autre avait délaissé. Ils étaient tous deux trop séduisants et trop puissants pour craindre un pauvre roturier.

Il avait repris sa route en titubant, s'était caché derrière un massif où il avait vidé le contenu de son estomac. Il avait passé le reste de la journée sur son lit étroit à ressasser son infortune et sa rancœur.

Il avait rencontré lady Adriana l'année précédente. Elle était venue à la manufacture accompagnée de Maud, sa femme de chambre, afin de choisir une étoffe de laine qu'elle voulait offrir à une domestique. Roger avait été frappé par sa beauté. Il avait engagé la conversation. Lors de ses nombreuses visites à Wakefield, il avait tout tenté pour attirer son attention. Après avoir économisé quelques sous, il avait acheté un recueil de sonnets et le lui avait timidement glissé dans la main. Pour obtenir sa compassion, il lui avait raconté son enfance malheureuse – il avait déjà entendu les villageois décrire Adriana comme une âme charitable –, et, en effet, elle lui avait témoigné de la sympathie. Il s'était alors mis à lui envoyer des présents, à la suivre partout, comme un chiot abandonné ; peut-être ses efforts finiraient-ils par payer, car elle ne l'avait pas renvoyé lorsqu'il avait eu l'audace de s'immiscer dans son cercle d'amis et d'admirateurs. Cependant, Adriana avait établi des règles auxquelles il devait se plier, sous peine de se voir expulser du château. Ils étaient amis et rien de plus, lui avait-elle rappelé. Elle gardait ses distances, ne lui accordait jamais d'entretien en privé et n'acceptait pas le moindre baise-main. S'il avait osé l'embrasser, comme il brûlait de le faire, sa témérité aurait sonné le glas de leur camaraderie. Roger avait une peur panique de la perdre. Quelques miettes de son temps étaient préférables à un éloignement définitif.

La plus grande épreuve pour un homme consiste à conquérir le cœur d'une femme. Mais pour Roger, c'était la seule solution : il devait se faire aimer d'Adriana pour avoir une chance d'obtenir l'approbation de son père. Roger savait qu'Adriana avait déjà congédié un certain nombre de soupirants, sans un mot d'explication ; ces derniers n'avaient pas eu le bon goût de rester discrets, et ils s'étaient répandus en calomnies, dépeignant Adriana comme une femme dure, sans cœur. Roger s'était souvent demandé si elle était réellement froide et hautaine, ou si son attitude constituait une sorte de protection, en attendant le retour de l'homme auquel elle avait été promise.

Malgré tout cela, le désir de Roger d'épouser Adriana s'était affirmé au fil du temps. Certes, la perspective d'empocher la dot de la jeune femme et une partie de la fortune de sir Gyles n'était pas étrangère à sa détermination. S'il parvenait à ses fins, Roger ne connaîtrait plus jamais la misère. Quand son père les avait abandonnés, lui et sa mère, ils avaient dû affronter la pauvreté. Ils avaient âprement lutté pour gagner leur vie dans les quartiers sordides de Londres, tandis qu'Edmund courtisait d'autres femmes et faisait la noce avec des prostituées.

Lorsque sa mère avait été écrasée par une carriole, Roger s'était retrouvé seul au monde, sans personne pour se soucier de ses pleurs. Au lieu de s'occuper de son fils unique, Edmund Elston s'était contenté de l'envoyer à l'orphelinat où, selon lui, il recevrait une éducation rigoureuse. Il y avait été surtout victime de mauvais traitements, recevant force coups de fouet. Les surveillants de l'établissement ne se gênaient pas pour maltraiter les petits pensionnaires : personne ne leur demandait de justifier les marques rouges sur le corps des enfants ni de répondre de leur comportement. Cependant, Roger avait survécu et était devenu maître d'études.

Il avait atteint sa majorité lorsque son père avait épousé une riche veuve. Peu après la mort de sa seconde épouse, Edmund avait fait venir son fils à Bradford. Il ne lui avait présenté aucune excuse, fourni aucune explication, mais il lui avait fait part des grands projets qu'il avait pour lui : Roger allait épouser la fille d'un autre fabricant de laine, une certaine Martha Grimbald. M. Grimbald était très riche, et Martha était sa fille unique ; elle hériterait donc d'une grosse fortune qui, selon la coutume, passerait aux mains de son mari. Au début, le projet de son père n'avait pas déplu à Roger, mais lorsqu'il avait fait la connaissance de l'ingrate Mlle Grimbald, il avait changé d'avis, persuadé de ne pas pouvoir supporter plus d'une heure la présence de cette affreuse fille... Et il était hors de question de coucher avec cette planche à tête de hibou, même dans le noir ! Le jeune homme n'avait peut-être pas les moyens de faire trop le difficile, mais il n'avait pas l'intention d'épouser un laideron. Jusqu'alors, son physique agréable lui avait valu les faveurs de jolies Londoniennes.

Il avait commencé par refuser tout net cette union. Puis, afin d'apaiser l'ire paternelle, il avait brossé le tableau de sa « cour » auprès de lady Adriana Sutton. Il en avait rajouté, bien sûr, et Edmund était tombé dans le piège. Le vieil ambitieux avait vu d'un bon œil la perspective d'être introduit dans l'aristocratie. Ainsi, Roger avait gagné le temps nécessaire pour – du moins le croyait-il – parvenir à ses fins avec Adriana.

Or, le retour du très distingué Colton Wyndham, septième marquis de Randwulf, venait très sérieusement compromettre ses plans. Bientôt, la rumeur se répandrait dans Bradford, et son père l'apprendrait. Roger ignorait ce qu'il inventerait quand Edmund le questionnerait. Et si, entre-temps, lord Colton ne lui faisait pas la faveur de se rompre le cou lors d'une promenade avec son élégante canne d'ébène, Roger se verrait forcé d'épouser Martha Grimbald. C'était l'engagement qu'il avait pris auprès de son père en échange du financement de sa garde-robe.

6

Un rai de lumière pénétrait à travers les rideaux dans la chambre obscure, située au deuxième étage du château de Wakefield. Comme un malicieux feu follet, il franchissait le tapis persan, grimpait le long d'une commode trapue accotée à un repose-pied sculpté, puis effleurait la chevelure de la jeune femme, éparpillée sur les draps, les oreillers et les couvertures, arrachant sa victime à un sommeil agité, survenu après une longue insomnie.

Adriana ouvrit un œil et jeta un regard contrarié en direction de la source lumineuse : un mince interstice entre les doubles rideaux de velours vert, ornés de glands dorés, qui masquaient le vaste bow-window de sa chambre. Chaque soir, les domestiques s'appliquaient à fermer soigneusement les lourdes draperies, mais chaque matin ou presque, les premiers rayons du soleil parvenaient à se forcer un passage à travers une quelconque brèche. C'était la raison pour laquelle ses sœurs, qui affectionnaient les grasses matinées, lui avaient cédé de bon cœur cette belle chambre (la plus spacieuse du château, à l'exception des appartements de leurs parents). Adriana avait volontiers accepté le cadeau, car elle avait l'habitude de se lever aux premières lueurs de l'aube, parfois même avant, lorsque son père l'emmenait avec lui à la chasse. Mais ce matin, elle aurait apprécié de dormir un peu plus longtemps ; elle était épuisée, nauséeuse et souffrait d'une atroce migraine. Elle regretta un peu tardivement d'avoir trop bu la veille. Elle se sentait d'humeur maussade, et si Colton Wyndham avait été à portée de main, elle lui aurait volontiers écrasé son nez aristocratique d'un direct du droit !

Elle avait tenté toute la nuit de ne pas penser à ce grand homme aux yeux gris. En vain, car dès qu'elle avait rouvert les yeux, sa première pensée avait été pour lui. Le plus difficile avait été d'essayer d'effacer de sa mémoire l'image de Colton, debout dans la salle de bains, dans toute sa beauté virile. Son retour inopiné à Randwulf l'avait prise de court. Comme Colton avait brillé par son absence aux obsèques de son père, Adriana en avait conclu qu'il se désintéressait du marquisat. Et tout à coup, il était réapparu, faisant basculer son univers paisible. Elle avait passé des années à l'attendre et aurait dû faire bonne figure, mais elle s'était comportée lamentablement.

À présent, une ombre menaçante pesait sur son avenir : trois mois d'incertitude pendant lesquels elle serait forcée de le fréquenter, jusqu'à ce que ce lascar décide si, oui ou non, il acceptait ou refusait l'union souhaitée par son père. Le devoir et l'honneur contraignaient Adriana à respecter la promesse faite par ses parents, mais malgré l'affection qu'elle leur portait, elle n'appréciait guère la situation dans laquelle ils l'avaient mise – sans doute n'avaient-ils pas mesuré toutes les conséquences de leur engagement.

Adriana enfouit son visage brûlant dans un oreiller. Tout son avenir dépendait de cet interminable délai de réflexion. Son père, qui était un homme de haute moralité pétri de principes, tenterait l'impossible pour honorer les termes du contrat, bien que, lui aussi, se soit lassé d'attendre le retour du fils de Sedgwick Wyndham... Mais elle savait qu'il la soutiendrait si jamais elle choisissait de renoncer.

Cependant, cela l'obligerait à briser le pacte que Sedgwick et lui-même avaient conclu seize ans auparavant, et son sens de l'honneur en pâtirait.

Adriana repensa une fois de plus aux données du problème : si elle se dérobait, elle peinerait son père ; mais si elle se laissait courtiser par le marquis pour se voir repoussée de nouveau, elle ne pourrait pas le supporter. Oh ! mon Dieu, pourquoi donc était-il revenu ? Leurs pères avaient-ils prévu, quand ils avaient conclu leur arrangement, que malgré l'affront subi dans sa jeunesse, Adriana ne resterait pas insensible au charme de Colton lorsqu'elle le reverrait ? Non ! Elle ne survivrait pas à un second refus. Il fallait coûte que coûte échapper aux griffes de ce démon envoyé sur Terre pour séduire et abandonner les jeunes filles sans défense. Mais comment ? En dissimulant son cœur sous une armure de glace ? Elle n'y arriverait pas.

Adriana chercha désespérément un moyen de sortir de cette impasse ou, à défaut, de chasser Colton de son esprit ; en vain ! Le cœur lourd, la tête endolorie, elle descendit au rez-de-chaussée à pas traînants. Ses parents étaient déjà installés dans la salle à manger.

— Où étais-tu donc, ma chérie ? s'enquit chaleureusement lady Christina. Nous t'attendions. Nous avons retardé l'heure du petit déjeuner au grand dam de la cuisinière...

N'ayant reçu aucune réponse, Christina leva les yeux sur sa fille et réprima un cri étouffé. Même tôt le matin, Adriana se montrait vive, enjouée. Elle ne manquait presque jamais de prendre le petit déjeuner avec ses parents. Mais aujourd'hui, elle semblait distraite. Pâle dans sa robe de chambre en satin, les yeux cernés, ses longs cheveux défaits ruisselant comme un sombre torrent sur ses épaules, elle arborait une expression lointaine. Lady Christina en eut le cœur serré.

À son tour, sir Gyles Sutton se retourna pour dévisager sa fille, tandis qu'elle s'avançait d'un pas incertain vers la table.

— Grands dieux ! s'exclama-t-il, devançant son épouse. Qu'est-ce qui t'arrive ? Es-tu malade ?

Adriana balança sa tête brune de façon incertaine, en s'asseyant à sa place habituelle sous les regards stupéfaits de ses parents. Elle parvint à grogner :

— Non, Père, je ne suis pas malade.

Gyles l'observa plus attentivement. Elle ne s'était pas peignée, n'était pas encore habillée et semblait dénuée d'énergie. Voyant que quelque chose ne tournait pas rond, il reprit :

— Si tu n'es pas malade, ma fille, tu en as tout l'air.

Adriana ouvrit la bouche pour répondre, réussit à émettre un autre grognement rauque, porta la paume à sa bouche. Elle déglutit, s'efforçant d'avaler la grosse boule qui semblait lui obstruer la gorge, après quoi elle secoua la tête. Enfin, d'un air malheureux, elle se tassa sur son siège, comme une vieille femme.

— Eh bien, moi, je sais que quelque chose ne va pas ! insista Gyles.

Lord Sutton ne comprenait généralement rien aux humeurs de ses aînées, mais il connaissait bien sa cadette.

— Maintenant dis-moi, mon enfant, continua-t-il d'une voix nouée par l'inquiétude. Qu'est-ce qui te préoccupe ?

— Mon cher, commença Christina avec un sourire indécis, vous êtes revenu tard de Londres, hier soir, et je n'ai pas voulu vous ennuyer…

— M'ennuyer à quel propos ?

L'œil suspicieux, l'avant-bras appuyé sur la table, il la scruta intensément. Plus de trente ans de mariage et trois filles lui avaient énormément appris sur les femmes… et plus particulièrement sur la sienne. Christina n'était jamais plus douce que lorsqu'elle avait des mauvaises nouvelles à lui annoncer. La prière muette qu'il lut dans ses yeux ne fit qu'augmenter son anxiété.

— Au nom du ciel ! explosa-t-il. Que se passe-t-il ?

— Calmez-vous, mon cher, je vous en prie, murmura Christina en triturant la serviette de lin entre ses doigts minces.

— Je me calmerai, madame, si vous daignez me faire part de vos préoccupations. Maintenant, que se passe-t-il ? Dites-le-moi, je vous en conjure, avant que je ne succombe à une crise d'apoplexie.

Christina jeta un coup d'œil à leur majordome, qui s'était approché et avait commencé à poser des assiettes devant eux. Charles était un domestique loyal, mais elle avait scrupule à évoquer des problèmes familiaux devant le personnel.

— J'attends, madame ! lui rappela son mari.

Christina lui fit un pâle sourire.

— Mais... il ne se passe rien. Enfin, rien de grave... Colton Wyndham est revenu.

La figure de Gyles vira au rouge foncé.

— Par tous les diables !

Son beuglement fit tressaillir sa fille et sa femme. Charles, en revanche, le visage impassible, partit dignement vers la desserte chercher le pichet de jus d'orange.

Adriana s'était bouché les oreilles de ses paumes. L'exclamation tonitruante de son père vibrait encore à ses tempes endolories. Levant ses petits pieds nus, elle se pelotonna sur sa chaise, combattant une furieuse envie de fondre en larmes.

Lady Christina accepta d'une main tremblante le verre de jus d'orange que lui tendait Charles, puis elle réprimanda gentiment son époux.

— Mon ami, ne criez pas. Les domestiques vont croire que vous êtes fâché contre nous.

Gyles considéra le majordome qui paraissait personnifier la sérénité.

— Charles sait que, de temps à autre, je m'emporte, bien que cela soit rare.

— Oui, Monsieur, répondit Charles, dissimulant de son mieux un sourire amusé.

Toute la maisonnée connaissait les sujets qui faisaient sortir le comte de ses gonds. La plupart du temps, il s'agissait de sa plus jeune fille et de ses nombreux soupirants. Lady Adriana attirait en effet une foule d'admirateurs, et l'instinct protecteur de son père était régulièrement mis à rude épreuve.

La gouvernante du château entra dans la pièce à petits pas feutrés. Henrietta Reeves était déjà au service des Sutton avant la naissance de leurs enfants. Elle avança sans hésitation vers le maître de maison et lui présenta un plateau d'argent sur lequel reposait une lettre froissée, scellée d'un cachet de cire rouge.

— M. Elston est passé ce matin, Monsieur le comte, expliqua-t-elle à voix basse. Il m'a priée de vous remettre cette missive dès que lady Adriana descendrait. Il a dit que c'était urgent.

— Merci, Henrietta, dit Gyles d'un ton bourru.

Il décacheta la lettre, déplia le feuillet chiffonné, commença à lire. Ses sourcils s'arquèrent, creusant des rides sur son front.

Le comte de Standish n'avait pas besoin d'être sorcier pour comprendre les intentions de Roger Elston, qui essayait par tous les moyens de s'attirer les bonnes grâces d'Adriana. Dès le début, Gyles avait vu clair dans son jeu : l'impertinent s'ingéniait à se rendre indispensable à la jeune fille. Gyles avait déploré ses méthodes, notamment celle qui consistait à raconter son enfance malheureuse pour s'attirer la sympathie de son auditoire. Instruit par son propre père des règles de la noblesse, il considérait que l'on devait garder pour soi ses problèmes personnels. Il était notoire dans les environs qu'Adriana témoignait une grande compassion aux gens dans le besoin. Aussi, lorsque Roger avait entrepris, sans vergogne, de lui narrer les infortunes de son enfance et de son adolescence, Gyles n'avait guère apprécié le stratagème. Il avait été en outre agacé de voir sa fille se laisser prendre au piège et faire preuve d'une plus grande tolérance envers ce petit roturier qu'à l'égard des jeunes gens de bonne famille qui, tout en demandant l'autorisation paternelle de la courtiser, restaient attachés aux règles de la bienséance. S'il n'y avait eu le contrat qu'il avait signé avec son meilleur ami, Gyles aurait déjà accordé la main de sa fille cadette à l'un des aristocrates qui la lui avaient demandée et qu'il estimait sans reproche. Sa préférence allait à Riordan Kendrick. En lui donnant la permission de faire la cour à Adriana, Gyles se serait arrogé du même coup le droit d'interdire les visites de Roger, lequel, à son grand désespoir, survenait toujours à l'improviste sans se faire annoncer.

Peut-être s'agissait-il d'une réaction de père abusif, mais Gyles était convaincu que ce jeune homme avait des arrière-pensées et un plan d'action bien établi. Roger Elston désirait faire un riche mariage, exactement comme son père, un affreux personnage dénué de scrupules. Peut-être même espérait-il tirer tous les bénéfices d'une telle union grâce au décès de son épouse : d'après les rumeurs, Edmund Elston avait hérité de sa seconde femme et menait désormais la vie d'un riche veuf.

— Qu'y a-t-il, chéri ? s'alarma Christina en voyant l'expression contrariée de son époux.

Gyles se tourna vers elle.

— M. Elston est sans doute au courant du retour de Colton, ce qui explique pourquoi il a déposé cette lettre chez nous de bon matin. Toujours est-il qu'il nous prie de reconsidérer la demande en mariage qu'il nous a faite concernant notre fille.

Adriana releva vivement la tête ; elle regarda son père comme si c'était lui qui avait perdu la raison, et pas Roger Elston.

— À ton avis, ma chérie, que dois-je lui dire ? La vérité ? C'est-à-dire qu'il n'a aucune chance que tu acceptes sa proposition ?

Adriana rougit sous le regard pénétrant de son père et baissa les yeux sur ses doigts croisés.

— La dernière fois que Roger a demandé ma main, j'ai pensé qu'il suffisait de lui annoncer mon engagement vis-à-vis de Colton pour qu'il abandonne. Je ne voulais ni l'encourager ni froisser inutilement sa fierté. Évoquer les différences de naissance qui rendent une telle union impossible l'aurait terriblement blessé. Malheureusement, depuis le retour de Colton, Roger se comporte de façon imprudente. En conséquence, pour son bien, il faut lui dire clairement que je ne peux accepter son offre de mariage…

Gyles sonda les yeux sombres et brillants de sa fille.

— Que s'est-il passé pour que tu éprouves ce subit besoin de franchise ?

Adriana essuya furtivement une larme.

— Hier, alors que nous étions au manoir de Randwulf, Roger s'est comporté vis-à-vis de Colton d'une manière inconvenante.

— Inconvenante ? répéta Gyles, les sourcils relevés, ému par les larmes de sa fille. Comment ça ?

Adriana ravala la boule qui s'était reformée dans sa gorge et essaya de parler d'un ton calme.

— Aussi bizarre que cela puisse paraître, Roger a semblé ressentir une aversion immédiate envers Colton. Au point de l'attaquer à coups de poing… ou du moins d'essayer. Malgré sa jambe handicapée par une blessure, Colton l'a assommé, laissant à ses garçons d'écurie le soin de le ramener chez lui… Je ne sais pas pourquoi Roger a pris un tel risque. Colton a le physique de son père. Il est bien plus grand que Roger et plus solidement bâti.

Elle était bien placée pour le savoir, pensa-t-elle, le cœur battant, en se remémorant Colton dans la salle de bains. Jamais elle n'avait imaginé qu'un homme puisse être aussi musclé.

— Il faut être fou ou extrêmement courageux pour faire une chose pareille, reprit-elle. Par trois fois, il a essayé d'éloigner Colton de moi. La troisième fois, il s'est retrouvé par terre.

— Comment a-t-il osé ? murmura Christina, horrifiée. (Puis elle se tourna vers son époux :) Gyles chéri, Adriana a raison. Quelqu'un doit ôter à ce garçon l'illusion que nous pourrions reconsidérer sa proposition. Oui, quelqu'un doit lui dire que, contrat ou pas, ce mariage est impossible. Je sais qu'Adriana a voulu ménager sa susceptibilité à cause de ses malheurs passés... Néanmoins, elle ne peut pas lui offrir autre chose que de la compassion, surtout maintenant que Colton est revenu... Mon Dieu, que doit-il penser, après l'affront qu'il a subi ?

— Bien sûr, ma chère, vous avez raison, concéda Gyles. Ce jeune homme doit être remis à sa place. Je m'engage à lui expliquer que notre fille a été élevée pour épouser quelqu'un de son monde.

Adriana secoua la tête vigoureusement.

— Non, Père, je vous en prie. Ne soyez pas aussi direct. Roger en sera très offensé.

— Il n'a pas l'air de se soucier de ses origines, lui rétorqua son père sans ironie.

Si ce Roger n'avait pas misé sur le bon cœur de sa fille, peut-être aurait-il mieux accepté sa présence. Mais cet intrigant s'y prenait d'une manière que le comte ne pouvait tolérer.

— En tout cas, il faut qu'il comprenne que tu as d'autres obligations, reprit-il. Et que tu ne peux plus le voir.

Adriana se tordit les mains. Tout était de sa faute. Elle n'aurait jamais dû autoriser Roger à lui rendre visite. Visiblement, il s'était mépris sur les sentiments qu'elle lui portait.

— Peut-être devrais-je le lui annoncer moi-même, suggéra-t-elle. Après tout, il est venu ici pour la première fois par ma faute.

— Tu as été simplement gentille avec lui, ma chérie, affirma sa mère. Tu ne t'es pas aperçue qu'il avait d'autres idées en tête.

— Mmm... grommela Gyles, ce petit garnement de Colton mériterait des coups de trique. À cause de lui, je me suis trouvé aux prises d'une armée de jeunes coqs qui s'imaginent me faire un immense plaisir en me demandant la main de ma fille ! Le jeune Wyndham serait étonné s'il savait combien de nobles prétendants j'ai découragés, uniquement pour honorer le contrat que j'ai signé avec son père. Si Sedgwick n'était pas convaincu que tu serais l'épouse idéale pour son fils, Adriana, et qu'il te rendrait heureuse en retour, je l'aurais supplié depuis longtemps d'abandonner son projet. Ces derniers temps, j'en étais venu à penser que tout cela était du passé et que le garnement ne reviendrait jamais. Et voilà ! tout est à refaire.

— Colton n'est plus à proprement parler un « garnement », mon chéri, lui fit observer doucement sa femme. C'est un homme de plus de trente ans maintenant.

Gyles se renversa sur sa chaise, bouchée bée.

— Trente, dites-vous ?

— Trente-deux, plus précisément, rectifia Adriana.

— J'étais marié et père de deux enfants à cet âge, déclara Gyles, effaré par l'idée qu'un homme puisse méconnaître à ce point ses devoirs en tant qu'héritier d'un grand nom. J'espère que Wyndham est assez mûr aujourd'hui pour se marier et fonder une famille.

Adriana crispa ses mains sur ses genoux.

— Je crois que sa mère lui a reparlé du contrat, hier après-midi, dit-elle d'une voix altérée. En tout cas, il est au courant. Il a évoqué la période pendant laquelle il me fera la cour sans mentionner, toutefois, les fiançailles. Peut-être ne veut-il pas s'avancer davantage pour l'instant... Mais il m'a demandé de vous présenter ses hommages et de vous informer qu'il vous écrira, afin de fixer la date de sa prochaine visite.

Christina remarqua que les joues de sa fille avaient rosi, signe indéniable que celle-ci était troublée.

— A-t-il beaucoup changé, ma chérie ? demanda-t-elle avec curiosité.

Adriana s'efforça désespérément de ne pas penser à la séduction de son prétendu fiancé, à son torse musclé et à son corps athlétique. Hormis l'ombre d'un duvet sur la poitrine et la ligne mince qui traçait un sillon sur le ventre plat, avant de se perdre dans la toison plus sombre du pubis, son corps nu avait resplendi comme une statue de bronze pâle sous la clarté vacillante des lampes.

— Oui, Mère, plus que vous ne pouvez l'imaginer.

La main de Christina se mit à trembler ; elle dut poser sa fourchette. Sentant monter en elle l'appréhension, elle demanda :

— A-t-il beaucoup de cicatrices ?

— Beaucoup de cicatrices ? répéta distraitement Adriana.

Elle regarda en direction des fenêtres dont les vitres en losange donnaient sur les collines verdoyantes qui ceignaient le château, mais elle ne vit que le visage de l'homme auquel elle avait été promise. Perdue dans ses pensées, elle eut un imperceptible haussement d'épaules.

— Il a été gravement blessé à Waterloo, dit-elle, c'est pourquoi il n'a pas pu revenir plus tôt.

— Oh, mon Dieu ! s'exclama sa mère, craignant le pire. J'espère que cela n'a pas été trop grave. Comment as-tu réagi en le voyant ?

— J'ai eu du mal à faire bonne contenance, je l'avoue.

Adriana se rappelait l'excitation qui l'avait envahie quand elle était entrée en collision avec la silhouette d'acier. La chair de poule, le tremblement des genoux constituaient de nouvelles expériences pour elle ; jusqu'alors, elle avait ignoré les délicieuses sensations procurées par le contact d'un corps d'homme... Avec le recul, le souvenir de l'épisode de la salle de bains lui semblait plus exaltant encore. Elle devait bien admettre que se trouver dans les bras d'un homme et le voir nu l'avait troublée plus que de raison. Après que Colton l'avait rejetée, tant d'années auparavant, elle avait appris à garder ses distances, affichant un ostensible détachement face à ses soupirants. Elle s'était ainsi protégée d'éventuelles blessures. Or, sa dernière rencontre avec Colton avait éveillé en elle des émotions nouvelles.

Luttant de toutes ses forces contre les images d'un homme affreusement balafré, Christina porta délicatement sa serviette de lin à ses lèvres.

— Ah... c'était si dur que cela ?

— Mmm, murmura Adriana, l'esprit ailleurs.

Elle revoyait Colton dans le hall du château, elle revoyait son sourire lorsque, involontairement, il l'avait serrée dans ses bras. La lueur lascive dans ses yeux. Si elle avait pu lire dans ses pensées, elle l'aurait très certainement giflé. Et dans la salle de bains... De nouveau, elle fut obsédée par la vision de l'homme nu, ravi d'avoir pu l'admirer à loisir dans la baignoire. En définitive, elle trouva humiliant que ce soit justement l'homme qui l'avait autrefois rejetée qui lui révèle ses désirs de femme.

— Oh Seigneur ! murmura sa mère, apeurée. Un visage défiguré n'est pas une excuse pour rompre un contrat de mariage, surtout quand les blessures sont le résultat de glorieux combats au service de votre pays.

Cependant, imaginant sa jolie fille dans les bras d'un monstre hideux, elle avait l'estomac révulsé.

Adriana aurait voulu rester endormie, mais, relevant la tête de l'oreiller, elle écouta le tambourinement insistant en provenance de la porte. Son père était parti après le petit déjeuner, et elle avait regagné sa chambre dans l'espoir de se reposer un peu. Sa mère était trop bien élevée pour toquer plus de trois ou quatre fois au battant. Le coupable ne pouvait donc être que sa sœur, Melora.

— Entre, si tu oses ! cria-t-elle, agacée. Ou alors va-t'en tout de suite. Je n'ai envie de voir personne.

Comme elle s'y attendait, la porte s'ouvrit en grand. Adriana s'apprêta à renvoyer sa sœur dans ses pénates. À sa grande surprise, ce fut Samantha qui entra, portant cape et chapeau.

— Espèce de marmotte ! Tu dors encore à cette heure-ci ?

Samantha, qui avait souvent envié à Adriana sa disposition à être de bonne humeur dès l'aube, se réjouissait d'avoir enfin l'occasion de la prendre en défaut.

— Quelle honte ! reprit-elle. Se prélasser dans des draps de soie pendant que de pauvres gens souffrent. Maintenant… lève-toi et marche ! Nous avons quelque chose à faire du côté de Bradford.

Adriana enfouit sa tête sous l'oreiller.

— Je ne me sens pas bien ce matin, gémit-elle à travers le rembourrage de plumes. Quelle que soit ton affaire, il faudra la mener à bien toute seule. J'ai si mal à la tête que l'idée même de quitter mon lit me donne la nausée.

— Tu vas venir, pourtant, insista Samantha en tirant sur la couverture, tandis que son amie essayait de se recouvrir. La fille de cuisine qui a été renvoyée du manoir hier soir a trois enfants en bas âge. Selon le valet qui l'a raccompagnée, ils ont faim et sont vêtus de haillons. Alors peu m'importe que tu veuilles paresser au lit, il faut que nous nous occupions d'eux.

— Et qui va s'occuper de moi si je tombe malade ? demanda Adriana.

— Tu n'aurais pas dû boire autant hier soir, la taquina Samantha. Tu sais bien que le vin te donne la migraine. D'ailleurs, un bol d'air frais te fera le plus grand bien. Maintenant, debout ! Tu ne vas pas te cacher dans ta chambre toute la journée, sous prétexte que mon frère est revenu !

En soupirant, Adriana se tourna sur le dos.

— Mais qu'ai-je fait pour mériter une amie aussi cruelle ?

— Eh bien ! si tu veux que j'énumère toutes les raisons, on en a pour un bon bout de temps, rétorqua sa sémillante visiteuse tout en ouvrant l'armoire et en fouillant parmi les robes. Maintenant, dépêche-toi. Tu viens avec moi, point final. Inutile de résister parce que je ne repartirai pas sans toi.

— Parfois, je te déteste ! grommela Adriana d'une voix morne.

— Je sais, mais la plupart du temps, tu m'adores.

— Oooh...

Moins d'une heure après, le cocher des Burke rangea son attelage de quatre chevaux derrière la malle d'un autre véhicule, en vue d'une petite baraque délabrée. Samantha tendit le cou avec curiosité, afin de scruter le conducteur en livrée de l'autre carrosse. Ayant reconnu Bentley, le cocher de ses parents, elle fronça les sourcils.

— Qu'est-ce que Colton peut bien faire ici ?

Adriana avala sa salive. Son mal de tête oublié, elle se redressa sur la banquette, droite comme un i. Alors que Bentley la saluait, elle se tassa à nouveau dans son coin. Après les événements de la veille, le marquis était la dernière personne au monde qu'elle souhaitait rencontrer.

— Pourquoi ne vas-tu pas le lui demander... pendant que je t'attends ici ? suggéra-t-elle, le souffle court. Si Colton s'occupe de ces enfants, tu n'as plus besoin de moi.

— Balivernes ! Tu ne t'en sortiras pas comme cela, l'informa Samantha. Tu viens avec moi, même si je dois te traîner de force.

— Je suis malade... se plaignit Adriana, la main sur son estomac.

À la pensée qu'elle allait devoir croiser Sa Seigneurie, son cœur s'était noué. Que ferait-elle s'il l'accueillait avec un de ces sourires irrésistibles qui avaient le don de réduire à néant toute sa fierté ?

— Tu seras encore plus malade si j'envoie Colton te chercher, l'avertit sa compagne.

Un gémissement quelque peu exagéré échappa à Adriana.

— Vraiment, tu es sans pitié.

— Pourquoi ? Parce que je ne te laisse pas croupir dans ton bourbier ? Avant le retour de mon frère, je te trouvais une force de caractère que, visiblement, tu n'as plus.

— Ce que j'éprouve maintenant n'a rien à voir avec ton frère, affirma Adriana, le menton haut.

— Tant mieux. Mais alors, tu ne verras pas d'inconvénient à ce que nous allions voir ce qu'il fait dans cette maison.

— Si tu traites Percy de la même manière, je m'étonne qu'il n'ait pas déjà disparu derrière la frontière d'Écosse.

— Il ne peut pas ! Tu n'as pas remarqué qu'il porte un boulet et une chaîne au pied ? lui repartit Samantha, tandis qu'elle s'engageait dans l'étroit sentier de pierraille.

En marmonnant, Adriana descendit du carrosse, aidée par le cocher, puis suivit son amie à l'intérieur de la sinistre bicoque.

Lorsque les deux femmes franchirent le seuil de la pièce pauvrement meublée, Colton se détourna du lit étriqué où gisait une forme drapée dans une couverture élimée. Il adressa un sourire à sa sœur, avant d'apercevoir la mince silhouette qui lui emboîtait le pas. Adriana sentit son regard la détailler des pieds à la tête, sans doute davantage par habitude de toiser les femmes que pour la mettre mal à l'aise, car son expression demeura remarquablement sobre. Derrière lui, l'âtre était vide, sombre, couvert de cendres. Trois enfants s'agglutinaient dans un coin de la chambre lugubre. Ils devaient avoir entre deux et cinq ans. Serrés l'un contre l'autre, ils regardaient, les yeux écarquillés, tous ces étrangers qui avaient envahi leur maison. Ils semblaient en mauvaise santé ; en voyant leurs petites figures amaigries, Adriana oublia ses propres malheurs.

— Je suis content que vous soyez là toutes les deux, dit Colton.

Samantha détourna son regard de la forme inerte sur le lit et fixa son frère d'un air interrogateur. Il hocha simplement la tête, confirmant ainsi que la mère des enfants était morte.

— Apparemment, elle est décédée peu après avoir été ramenée chez elle, expliqua-t-il à voix basse. Elle était déjà raide et froide quand je suis arrivé. Je n'arrive pas à imaginer comment elle a pu ingurgiter une telle quantité de brandy, au point d'en mourir.

Une fois de plus, ses yeux se posèrent sur Adriana. En dépit des circonstances, il prit le temps de la détailler de haut en bas, admirant au passage son chapeau et ses petites bottines.

— Je n'ai pas pu approcher les enfants, expliqua-t-il tranquillement. Ils sont terrifiés.

Adriana se hâta vers les orphelins, qui poussèrent des gémissements apeurés. S'agenouillant, elle ôta sa cape pour envelopper la plus jeune, une minuscule fillette aux cheveux hirsutes d'un blond filasse et au minois incrusté de saleté. Elle se redressa ensuite, soulevant la petite fille sur un bras et tendant l'autre main à son frère aîné.

— Venez, les enfants, dit-elle d'une voix douce et maternelle. Nous allons vous emmener dans une belle maison où un gentil monsieur et une gentille dame s'occuperont de vous.

Le plus âgé des garçons secoua la tête.

— J'peux pas. Faut que je reste ici pour surveiller mon frère et ma sœur, c'est ce que ma maman m'a dit.

— Mais tu pourras toujours les surveiller chez M. et Mme Abernathy, où vous serez logés, chauffés et nourris. Vous les connaissez, peut-être ?

De nouveau, le garçon secoua la tête.

— M'man voulait pas qu'on sorte quand elle était pas là. Elle disait que des étrangers nous enlèveraient pour nous faire travailler dans des fermes.

— Oh ! mais M. et Mme Abernathy ne seront pas longtemps des étrangers. Ils vivent à la campagne, pas très loin d'ici. Ils n'ont malheureusement pas eu d'enfants, mais comme ils voulaient fonder une famille, ils accueillent des orphelins et les élèvent comme s'ils étaient leurs propres enfants. Ils ont également adopté des animaux... Vous aimez les animaux ?

Le garçonnet esquissa un misérable haussement d'épaules, et elle reprit aussitôt :

— Ils ont des chiens, des chats, des poulets et des oies, des chèvres et des moutons, des chevaux, des vaches... Est-ce que vous savez comment on trait les vaches ?

L'aîné secoua sa tête pouilleuse.

— Non. On a jamais vu de vache pour de vrai. On vit ici depuis que papa est mort à la guerre. M'man voulait pas qu'on sorte.

— Tu veux dire que vous n'alliez pas jouer dehors ? Que vous n'avez jamais regardé les arbres ou le soleil ?

— Seulement par les fenêtres.

Adriana sentit son cœur se serrer. Comment une mère pouvait-elle faire cela à ses enfants ?

— Eh bien ! vous verrez. C'est merveilleux de se promener quand le soleil brille, d'observer les papillons et les plantes, de respirer l'air pur. Dehors, ce n'est pas si mal... Bien sûr, il y a des méchantes personnes dont les enfants doivent se méfier, mais les Abernathy sont des gens extraordinaires. Vous pouvez leur faire confiance. Ils adorent enseigner à leurs petits pensionnaires comment lire, écrire et dessiner. Avez-vous appris ?

De nouveau, le petit garçon répondit par un mouvement de tête négatif.

— M. Abernathy est un professeur formidable, et il aime les enfants, tout autant que sa femme. Il sait fabriquer des animaux en bois ; en voudrais-tu un ?

Cette fois-ci, elle obtint une réponse affirmative. Elle sourit.

— Alors, je peux te promettre que vous en aurez un tous les trois avant ce soir. Mais pour aller chez ces gens, il faut prendre un carrosse. Aimeriez-vous vous promener dans un de ces jolis carrosses qui attendent devant la maison ?

Les trois orphelins échangèrent un regard anxieux.

— J'sais pas, murmura l'aîné. On y a jamais été.

Adriana serra la petite fille dans ses bras.

— Alors vous allez faire votre première promenade en carrosse. Je vous emmènerai chez les Abernathy et je vous présenterai tous les autres enfants. Vous pourrez leur poser des questions si vous voulez, leur demander s'ils sont contents. S'ils ne le sont pas, vous ne serez pas obligés de rester. Nous trouverons une autre âme charitable qui voudra bien vous héberger. Mais je parie qu'ils sont tous très heureux.

— M'man est morte, hein ?

Lentement, Adriana acquiesça de la tête.

— Oui, et j'en suis désolée. C'est pour cela que nous sommes venus. Pour vous aider. Mais d'abord, je voudrais connaître vos prénoms.

Songeuse, elle considéra un instant la figure sale de la petite fille, avant de regarder l'aîné d'un air inspiré.

— Laisse-moi deviner. Mon petit doigt me dit que tu t'appelles Thomas.

— Joshua... Joshua Jennings, déclara-t-il, puis montrant du pouce le petit loqueteux à son côté : c'est mon frère Jérémie et ma sœur Sarah.

— Vous portez des prénoms bibliques, remarqua Adriana. C'est votre mère qui les a choisis ?

— Non, c'est papa. Elle aimait pas la lecture, mais lui, il nous lisait tous les soirs une histoire de la Bible. Il a commencé à m'apprendre à lire, mais il est parti à la guerre et il a été tué.

— Quel malheur ! Dites, les enfants, connaissez-vous l'histoire de Josué et de la bataille de Jéricho ? Les hommes ont reçu de Dieu l'ordre de faire sept fois le tour de la ville fortifiée ; au septième tour, le septième jour, ils ont fait retentir les trompettes, et à la grande surprise de tout le monde, les murs de la ville sont tombés.

— Me rappelle pas, répliqua le garçonnet. J'ai plus entendu des histoires après que papa est parti à la guerre... (il leva trois doigts, noirs comme de la suie) depuis quatre ans. Ensuite, m'man a plus voulu nous lire. Elle a vendu la Bible pour s'acheter une bouteille de gin et des pommes de terre. Quand elle travaillait, elle achetait plusieurs bouteilles. Elle restait quelques jours au lit, puis, lorsqu'elle avait tout bu, elle repartait chercher du travail.

— Il se trouve, justement, que Mme Abernathy adore la Bible. Je suis sûre qu'elle vous lira beaucoup d'histoires d'hommes et de femmes qui portent les mêmes noms que vous.

Elle ajouta, en désignant Colton du menton :
— Le gentil monsieur, là-bas, est le marquis de Randwulf. Il fera le nécessaire pour que vous restiez chez les Abernathy jusqu'à ce que vous soyez assez grands pour apprendre un métier honorable. Maintenant, vous allez accompagner le marquis et lady Burke dans leur carrosse, et moi, je vous suivrai dans la seconde voiture avec votre petite sœur.

Colton admirait l'habileté avec laquelle Adriana avait charmé les enfants. Sans elle, il aurait eu fort à faire. Sitôt qu'il était entré dans la baraque, ils avaient fui en poussant des cris de terreur. Ils s'étaient accroupis dans un coin, les yeux dilatés par la peur. Il avait tenté l'impossible pour les rassurer, mais chaque fois qu'il avait essayé de les approcher, ils avaient poussé de nouveaux cris aigus, de peur d'être enlevés comme leur mère les en avait avertis. L'arrivée d'Adriana avait changé la situation du tout au tout. Nul doute qu'elle ferait une excellente mère, songea-t-il.

Il fit monter les enfants dans le carrosse de sa sœur, puis, se tournant vers Adriana, il lui prit la main.

— Je suis votre obligé, murmura-t-il. Apparemment, je ne suis pas doué avec les enfants, en tout cas pas avec ces malheureux petits orphelins. C'était un désastre avant votre arrivée. Merci pour votre gentillesse et votre aide.

La jeune femme ne put s'empêcher de sourire. La voix de Colton, basse et chaude, l'avait réconfortée.

— Les pauvres poussins ont manqué d'affection. Les Abernathy les changeront agréablement. Ce sont des gens adorables. Ces bouts de chou les aimeront, comme tous ceux qui ont eu la chance d'être pris en charge par ce couple. Mme Abernathy remercie tous les jours le Tout-Puissant d'avoir exaucé ses vœux. Cependant, ils doivent travailler dur, afin de nourrir et de vêtir leurs petits. Vous pourriez les aider financièrement, cela les soulagerait. Sinon, je suis convaincue que mon père acceptera de donner plus d'arg...

— Non, ne le dérangez pas. Je m'en occuperai volontiers. En fait, je suis venu ici ce matin dans ce but précis. Je voulais savoir si les enfants avaient besoin de quelque chose. Notre domestique a dit à Harrison qu'il les avait trouvés très maigres, et je me faisais du souci pour eux. Quand je suis entré, j'ai découvert que leur mère était morte. Je me suis longuement demandé s'il fallait les placer dans une famille ou s'il valait mieux embaucher une nourrice. Votre solution me semble la meilleure. Merci d'être venue à mon secours... Sans vous, je serais encore là-dedans, à essayer de gagner leur confiance.

— Lorsqu'ils seront plus grands, ils voudront sans doute savoir où leur vraie mère est enterrée, murmura-t-elle, heureuse qu'il ait décidé de subvenir aux besoins des Abernathy.

— Je veillerai à ce qu'elle ait une sépulture décente avec son nom inscrit dessus. Je vais prendre toutes les mesures nécessaires et en informerai les Abernathy, afin qu'ils emmènent les enfants sur la tombe de leur mère... Mais j'y pense ! Ils seront probablement contents de vous revoir. Voudriez-vous m'accompagner demain aux obsèques de cette femme ?

— Oui, monsieur le marquis, bien sûr. Faites-moi prévenir de l'heure de la cérémonie, et je serai prête.

Elle lui sourit. Elle se sentait beaucoup mieux. La générosité de Colton vis-à-vis de cette famille de parfaits étrangers avait fait renaître ses espérances. Le jour lui parut alors plus beau, plus éclatant.

— Je vous ferai parvenir cette information à Wakefield aussitôt que j'aurai pris mes dispositions. Il est inutile d'y aller séparément. Je passerai vous chercher une demi-heure avant le service, si cela vous convient.

— Samantha viendra-t-elle aussi ?

— Je le lui proposerai. Pour le moment, il faut emmener ces enfants chez M. et Mme Abernathy. Ils ont besoin d'un bon repas, d'un bain chaud et de vêtements propres.

— Merci de les avoir sauvés, dit-elle avec sa spontanéité habituelle. Ils ont eu une existence misérable depuis que leur père est parti à la guerre, mais grâce à vous, leur avenir se présente sous de meilleurs auspices.

— C'est à moi de vous remercier, répondit-il. Qui aurait dit qu'un jour je vous imiterais, vous et ma sœur, quand vous vous préoccupiez de recueillir toutes les petites créatures abandonnées dans la nature. Je trouvais votre manie horripilante à l'époque, mais je vous promets de ne plus jamais me moquer de vous.

Elle lui décocha un sourire de défi.

— À l'occasion, je vous rappellerai votre promesse. Quand vous étiez plus jeune, vous ne ratiez pas une occasion de nous taquiner.

Un sourire se dessina sur les lèvres de Colton.

— Oh, rassurez-vous ! Je ne perdrai plus mon temps à me moquer de vos admirables qualités, à présent que j'ai d'autres souvenirs bien plus intéressants.

Son regard caressa la poitrine d'Adriana.

— Jamais je n'oublierai ces instants magiques, chuchota-t-il.

Sentant le rouge lui monter aux joues, elle se détourna. Il lui prit le coude pour l'aider à monter en voiture. Elle se dit qu'elle devrait le rabrouer, mais le tendre serrement de ses doigts réduisit à néant ses velléités de révolte...

— Eh bien ! J'ai entendu dire que Colton a enfin pris la décision de réclamer son titre de marquis, déclara Melora en se laissant tomber à côté d'Adriana et en tortillant des hanches pour se faire de la place sur la vaste ottomane frangée d'or.

Amusée par ses mimiques, Adriana leva les yeux au plafond. Le salon regorgeait de fauteuils, de canapés et de chaises, mais Melora ne trouvait rien de mieux à faire que de venir encombrer sa sœur.

— Es-tu confortablement installée ? s'enquit-elle d'un ton sarcastique.

— Oui, merci, lança Melora en ponctuant sa réponse d'un insouciant hochement de tête.

— Alors ? Il paraît que tu veux me parler en privé ? demanda la fille cadette des Sutton – et cette fois-ci, l'oreille fine de son aînée décela la dérision dans sa voix.

— Oui, en effet. Depuis toutes ces années, je me pose des questions auxquelles tu es la seule à pouvoir répondre.

— Oui ? fit Adriana, en fronçant les sourcils d'un air suspicieux.

— Je me suis souvent demandé si lord Sedgwick avait regretté le contrat signé avec notre père. Qui, de lui ou de son fils, a le plus souffert des conséquences. Si Sedgwick avait prévu la réaction de son héritier, qui a préféré quitter la maison plutôt que de t'épouser, il aurait probablement choisi Jaclyn ou moi, au lieu de fonder tous ses espoirs sur toi. Personne n'a jamais compris son choix. Bien sûr, maintenant, cela n'a plus d'importance. Le passé est révolu, seul l'avenir reste susceptible d'accommodements. Alors, dis-moi, Adriana, que penses-tu de ton fiancé maintenant que tu l'as revu ?

— Colton n'est *pas* mon fiancé et ne le sera peut-être jamais. Cesse donc de l'appeler ainsi. Tu connais le contrat aussi bien que moi : une période d'essai de trois mois pendant laquelle il est tenu de me faire la cour, après quoi la décision de s'engager plus avant ou non lui appartiendra. Jusqu'à ce moment-là, je te prie de ne pas parler de lui comme de mon fiancé, et de faire preuve d'un peu de discrétion et de diplomatie.

Peu désireuse de parler à sa sœur de sa rencontre matinale avec Colton, elle haussa les épaules.

— Qui peut juger un homme en quelques heures ? reprit-elle. Colton semble assez sympathique, mais après tout, nous sommes comme des étrangers.

— Est-il beau ?

Adriana n'avait nulle envie de fournir à Melora des indications qui risquaient d'être déformées plus tard.

— Il ressemble beaucoup à son père, dit-elle prudemment.

— J'ai toujours trouvé lord Sedgwick très distingué. En conséquence, si Colton lui ressemble, il ne doit pas manquer de séduction. Crois-tu qu'il soit prêt à te courtiser ? Son refus a été si catégorique la première fois que je me demande s'il ne préférera pas tout rejeter en bloc.

Connaissant la manie de sa sœur de toujours fourrer son nez dans ce qui ne la regardait pas et d'essayer de lui extorquer des confidences sur ses sentiments, Adriana quitta l'ottomane d'un bond et se précipita au-devant de leur mère qui était entrée avec le plateau de thé.

— Merci, maman, murmura-t-elle, en acceptant avec gratitude la tasse de thé que celle-ci lui tendait.

Elle se sentait toujours apaisée par la douce présence de lady Christina. Elle sirota lentement une gorgée de liquide, prit un scone garni de crème fouettée et de confiture de fraises.

Rejoignant sa sœur, Melora ne lui épargna pas ses remarques.

— Tu sais, Adriana, tu devrais porter des tenues plus amples, ne serait-ce que pour dissimuler ta maigreur et ta grande taille… Un peu de fard à joues rehausserait ton teint. Tu es blanche comme un linge, mais je suppose que le retour de Colton n'y est pas étranger. Je comprends tes inquiétudes à son propos ; cependant, tu ne devrais pas laisser transparaître ainsi tes émotions. L'éducation exige que l'on cache ses sentiments, mais tu n'as jamais été très douée dans l'art de dissimuler. Seigneur ! je peux pratiquement deviner tes pensées rien qu'en te regardant dans les yeux.

Adriana adressa un sourire attendri à leur mère, tâchant d'ignorer sa sœur. Par moments, Melora était une véritable casse-pieds.

— Maman, le thé est parfait, comme d'habitude. Vous avez l'art de mélanger juste ce qu'il faut de crème et de sucre pour le rendre délicieux.

— Merci, ma chérie, dit Christina en serrant tendrement la main de sa fille cadette. Tu me donnes toujours l'impression d'être quelqu'un d'exceptionnel, alors que je ne suis qu'une mère de famille.

S'imposant entre elles, Melora planta un baiser sur la joue de lady Christina.

— Et moi ? Je n'ai pas droit à un peu d'affection ? s'exclama Gyles en entrant dans le salon.

Melora virevolta avec un rire enjoué et traversa rapidement la pièce, heureuse d'avoir attiré son attention. Elle noua ses bras autour de son cou, tandis qu'il baissait la tête, puis, se hissant sur la pointe des pieds, elle lui effleura la joue d'un baiser. Seul Sedgwick Wyndham était plus grand que son père, qui l'écrasait de sa haute stature.

— Oh ! papa, mon cœur est toujours entre vos mains.

— Allons, trêve de cajoleries, fit-il dans un rire. Je sais très bien que ton cœur a été volé par ce jeune dandy que tu épouseras bientôt. Mais ne doute pas que, lorsque tu partiras d'ici, tu emporteras dans tes bagages un morceau de mon cœur à moi, ma chère fille.

Melora esquissa un sourire satisfait, avant de décocher une œillade triomphante en direction d'Adriana. Elle savait que sa sœur était la préférée de leur père, en raison de leurs goûts communs pour l'équitation, la chasse ou le tir à l'arc ; Gyles Sutton passait le plus clair de son temps en compagnie de sa cadette, négligeant plus ou moins ses deux aînées. Aussi, rien ne pouvait faire plus plaisir à Melora que de recueillir les témoignages de l'affection paternelle en présence de ses deux sœurs. Cependant, elle éprouva une pointe de déception lorsqu'elle se rendit compte qu'Adriana n'avait prêté aucune attention à la scène. Elle semblait ailleurs et regardait, sans la voir, une fenêtre ouverte donnant sur la pelouse et sur l'allée étroite qui conduisait vers le château des Wyndham.

Melora se tourna de nouveau vers Gyles.

— Je suppose que le mariage d'Adriana sera également célébré bientôt, maintenant que Colton est revenu. À moins qu'elle ne gâche ses chances, par exemple en continuant à autoriser cette canaille de Roger Elston à débarquer chez nous quand il n'y est pas invité. Je doute que Colton apprécie cette attitude, et la vie militaire ne l'a certainement pas habitué à se morfondre et à regarder sans rien faire. On dit que c'était un fameux guerrier et qu'il n'avait pas peur du danger... Pas étonnant qu'il ait été sérieusement blessé.

Un bruit de vaisselle en provenance de la table basse dispensa Gyles de répondre. Il lança vers son épouse un regard empreint de sollicitude.

— Tout va bien, ma chérie ?

Christina acquiesça stoïquement. Elle préférait ne pas faire de commentaire, de crainte de trahir ses angoisses. Depuis ce matin, Roger Elston et Colton Wyndham constituaient ses principaux sujets de préoccupation. Mais la peur que la guerre ait irrémédiablement défiguré Colton l'emportait sur tout le reste. Melora l'avait pressée de questions, bien sûr, mais Christina n'en avait soufflé mot. À présent, elle adressa à son mari un vaillant petit sourire.

— Un peu de thé, Gyles ?

— Volontiers. À condition de le déguster entre vous et mes filles en jouissant de votre chaleureuse compagnie.

Melora passa aussitôt un bras possessif sous celui de son père, l'entraînant vers la table basse. Il prit place près de sa femme, et Melora s'empressa de s'asseoir à côté de lui. Lorsque, enfin, sa sœur se détourna de la fenêtre, elle l'accueillit d'un sourire victorieux.

— Assieds-toi là-bas, Addy, dit-elle, indiquant un siège en face. Je sais que tu détestes partager l'affection de papa, mais ce n'est que justice. Dans quelques mois, j'irai vivre chez mon mari, et tu auras nos parents pour toi toute seule.

Adriana s'installa sur le siège indiqué. L'habitude que sa sœur avait prise de raccourcir son nom l'agaçait.

— Ne m'appelle pas Addy, Melora. Je déteste ce sobriquet.

— Mais pourquoi ? Il te va si bien.

Les yeux sombres la foudroyèrent.

— Non, il ne me va pas.

— Mais si !

— Voyons, les filles, un peu de tenue ! les gronda doucement Christina. Les dames ne doivent pas se chamailler comme des chiffonnières.

Melora ébaucha une jolie moue à l'intention de sa mère.

— Oh ! parfois, j'appelle Adriana par ce petit nom affectueux, et aussitôt, elle monte sur ses grands chevaux. Elle est si susceptible !

Le comte de Standish jeta un regard en coin à la blonde Melora et remarqua le sourire hautain que celle-ci décochait à sa sœur. Il toussota pour attirer son attention ; aussitôt, Melora prit une expression angélique.

— Oui, Père ? fit-elle avec un doux sourire qui, en vérité, ressemblait davantage à un rictus.

Levant les yeux au ciel, Gyles parut absorbé par l'étude des moulures du plafond.

— Les dames ne doivent pas non plus faire des grimaces arrogantes. La paralysie risque de les frapper à ce moment-là.

— Des grimaces arrogantes ? répéta Melora, incrédule. Mais qui fait des grimaces ? demanda-t-elle, se tournant vers sa sœur, les yeux écarquillés. Adriana, qu'est-ce que tu as fait ?

— Melora !

Elle leva vers lui ses yeux bleus d'un air confus, mais sous le regard pénétrant de Gyles, un flot incarnat lui colora les joues.

— Ma chère enfant, tu as horreur que les gens t'appellent Melly. Quant à moi, je pense que ni Melly ni Addy ne sont préférables aux noms que votre mère et moi avons choisis pour vous. Tu ferais mieux d'adopter une attitude plus aimable, Melora, et j'apprécierais que tu t'efforces de ne pas contrarier ta plus jeune sœur à tout bout de champ, sachant pertinemment qu'elle déteste ce surnom.

— Êtes-vous en train d'insinuer… que je ne suis pas aimable ? questionna la jolie petite blonde d'une voix hésitante.

— Je suis convaincu que sir Harold pense que tu l'es, sinon il ne t'aurait pas demandé de l'épouser. Mais souvent, tu te montres extrêmement désagréable vis-à-vis de ta sœur cadette.

Gyles marqua une pause. Il avait longtemps hésité avant d'évoquer ce qui semblait être devenu un point sensible chez sa deuxième fille, mais à présent, il ne pouvait plus s'arrêter.

— As-tu jamais manqué d'amour depuis la naissance d'Adriana ? Dois-je penser que tu lui en veux d'être la plus jeune ?

— Oh, Père ! Comment pouvez-vous imaginer une chose pareille ?

— Je l'imagine d'autant plus volontiers que, parfois, tu te montres haineuse à son égard. Pardonne-moi si je me trompe. J'essaie simplement de trouver une explication à ton agressivité... Quoi qu'il en soit, à partir d'aujourd'hui, je te demande de ne plus appeler ta sœur autrement que par son véritable prénom.

Mortifiée d'avoir été réprimandée devant celle qui, à ses yeux, resterait son éternelle rivale, Melora dédia à Adriana un sourire exagérément béat, singeant l'expression qu'avaient souvent leurs parents lorsqu'ils s'adressaient à elles.

— *Ma chère enfant*, tu te mets dans tous tes états pour rien.

— Melora... murmura Christina.

Sa deuxième fille lui lança un regard interrogateur, auquel elle répondit par un imperceptible mouvement de la tête. Après cet échange silencieux, Melora fut parcourue d'un frisson. Elle ne supportait pas l'idée de déplaire à sa mère. Elle cligna des yeux pour contenir ses larmes, se redressa, s'approcha du siège d'Adriana, se pencha vers elle et l'entoura de ses bras.

— Désolée, murmura-t-elle. J'ai été odieuse. Veux-tu me pardonner ?

— Mais oui, bien sûr, dit Adriana en prenant la main de sa sœur et en la serrant entre les siennes. Tu sais, il m'arrive aussi d'exagérer et de me faire gronder.

Les deux jeunes femmes éclatèrent de rire. La tension se dissipa complètement quand leurs parents les imitèrent de bon cœur.

7

— Samantha n'est pas avec lui ! déclara Melora, observant par la fenêtre du salon le carrosse qui venait de s'arrêter dans l'allée. Que comptes-tu faire ? Tu ne vas tout de même pas t'en aller avec Colton sans chaperon !

— Vraiment, Melora, tu vois le mal partout ! Je doute que Sa Seigneurie veuille m'enlever, mais si c'était le cas, Bentley volerait à mon secours dès qu'il m'entendrait crier au secours.

— Bentley est assis *au-dessus* du landau.

— C'est sa place, puisque c'est le cocher.

Cette réponse, dictée par la logique la plus élémentaire, ne parut pas satisfaire Melora.

— Oui, mais toi, tu seras à l'intérieur, seule avec Colton.

— D'accord, mais il se trouve qu'il fait grand jour et que Sa Seigneurie ne se risquera pas à me violer dans un carrosse qui porte les armoiries de sa famille. Par ailleurs, nous sommes censés emmener les enfants Jennings à l'enterrement de leur mère. Je suis convaincue que Colton saura se tenir pendant le court trajet qui nous sépare de la maison des Abernathy, où nous devons prendre les enfants pour les conduire à l'église et au cimetière. Franchement, je ne puis imaginer Colton cédant aux pulsions que tu lui prêtes... Et quand bien même il céderait, papa se ferait une joie de le traîner devant l'autel pour célébrer notre mariage...

Melora se contenta de plisser le nez d'un air dubitatif qui acheva d'exaspérer Adriana.

— Oh ! je sais que personne ne trouve grâce à tes yeux, hormis Harold. Mais sache qu'en matière de bonnes manières Colton n'a rien à envier à ton fiancé... N'oublie pas que c'est lady Philana qui lui a inculqué les règles du savoir-vivre.

— Cela ne veut rien dire. Il a peut-être été habitué à un autre genre de vie. Toutes ces femmes qui suivent les armées... Tu ne me feras jamais croire que Colton n'a pas couché avec quelques-unes parmi elles.

— Je ne me hasarderais pas à bâtir la réputation d'un homme sur des suppositions. Serait-il un saint que tu l'accuserais de manque d'imagination. Accorde-lui au moins le bénéfice du doute.

Naturellement, Adriana s'était bien gardée de raconter à Melora leur rencontre dans la salle de bains. Sa sœur se serait précipitée chez ses parents pour leur rapporter fidèlement ses confidences, sans omettre d'ajouter que Colton Wyndham n'était qu'un affreux exhibitionniste. Adriana imaginait sans peine la tête de son père, les cheveux dressés sur la tête. Cela entraînerait sans nul doute la rupture définitive du contrat entre les deux familles.

Dans le vestibule, Adriana laissa Charles l'aider à passer son manteau. Se tournant vers Melora, elle agita la main.

— À plus tard... si je ne tombe pas dans un guet-apens.

Elle sortit, réprimant un sourire malicieux. Colton était descendu de voiture et s'avançait dans l'allée, sanglé dans son bel uniforme rouge vif. Adriana alla au-devant de lui.

— Inutile d'entrer, monsieur le marquis. Je suis prête à partir. Il n'y a que Melora à la maison, et, malgré tout ce que j'ai pu lui dire, sa curiosité insatiable n'est pas apaisée... Vous savez ce qu'est l'amour fraternel...

— Quelque chose qui ressemble aux sentiments qui vous lient à Samantha ? dit-il en l'aidant à monter dans le landau.

Il savait pourtant pertinemment qu'Adriana s'entendait mieux avec Samantha qu'avec ses propres sœurs.

— Pas tout à fait. Avec Samantha, nous ne nous disputons jamais.

Elle n'en dit pas plus, mais Colton se remémora certaines visites chez les Sutton où Jaclyn et Melora semblaient dédaigner leur jeune cadette, trop maladroite. Melora, surtout, sautait toujours sur l'occasion d'accabler Adriana de reproches.

Peu après, Colton eut tout le loisir d'admirer l'habileté et la douceur dont Adriana faisait preuve envers les enfants Jennings. Elle les avait emmitouflés et protégés contre le vent froid, puis avait conduit les deux plus jeunes vers le carrosse, tandis que Colton la suivait en compagnie de l'aîné. En passant devant les enclos, Adriana nommait les différents animaux à l'intention de ses deux petits compagnons. Colton se surprit à imaginer qu'il était l'époux de la jeune femme et le père de ses enfants. C'était une rêverie agréable, et il ne fit rien pour la dissiper.

Mme Abernathy, son mari et les autres orphelins, installés dans un véhicule de fortune, avaient ouvert le chemin en direction de l'église où les obsèques devaient avoir lieu, laissant à Colton et Adriana le soin d'emmener les enfants de la défunte. Un remarquable changement s'était opéré chez les deux plus jeunes. Propres, bien coiffés, ils portaient les habits neufs que Colton leur avait fait acheter ; ils paraissaient rassurés, moins sur leurs gardes. Les deux petits s'assirent de part et d'autre d'Adriana, tandis que l'aîné prenait place près de Colton.

— Z'avez fait la guerre comme mon papa ? s'enquit-il, alors que le landau s'ébranlait.

— Je suis resté dans l'armée plus longtemps que ton père. Jusqu'à ces dernières semaines, j'étais militaire de carrière.

Joshua le fixa avec un intérêt renouvelé.

— Et z'avez pas été blessé ?

— Si, à la jambe.

— Et z'avez failli mourir ?

— En effet, j'ai appréhendé la mort.

— « Appréhendé » ? répéta le garçon, perplexe. Ça veut dire quoi ?

— Que je l'ai vue de près et que j'ai eu peur.

Joshua parut s'étonner.

— C'est vrai ?

— Oui, et c'est assez normal lorsqu'on craint de perdre la vie ou une jambe.

— Et avant ça ? Z'avez été en danger ?

— Plusieurs fois, oui, sur le champ de bataille. Mais j'étais trop occupé à survivre pour avoir peur.

— Les gens ont dit que mon père était un héros, déclara Joshua d'un ton neutre. Ils l'ont dit à m'man, quand ils sont venus lui annoncer qu'il était mort. Elle a pas eu l'air trop triste. Elle regrettait surtout la solde qu'il envoyait à la maison.

Colton posa une main réconfortante sur l'épaule du garçon.

— D'après ce que j'ai entendu dire, ton père s'est en effet comporté en héros. Tu peux en être fier, Joshua. Sa mémoire te guidera dans la vie. Et qui sait, peut-être deviendras-tu un héros à ton tour.

— Vous voulez dire que je vais mourir à la guerre ?

Colton échangea un regard avec Adriana et secoua la tête.

— Non, Joshua. On n'a pas besoin de mourir pour être héroïque. Tu peux devenir un héros et rester en vie. Les héros sont les gens honnêtes, qui font le bien autour d'eux, en faisant passer leur propre confort au second plan. Par exemple, toi, tu dois t'occuper de ton frère et de ta sœur, leur apprendre à distinguer le bien et le mal, les protéger, les aider à grandir... Parce que tu es l'aîné, tu dois les chérir et les guider, comme ton père le ferait s'il était encore là.

Adriana écoutait ce discours tout en passant les doigts dans les cheveux blond pâle de la petite fille. Chaque parole de Colton lui allait droit au cœur, et elle ne put s'empêcher de songer qu'un jour, il ferait lui-même un bon père – peut-être le père de ses enfants à elle, mais cela restait à démontrer.

— Lord Randwulf est un héros, renchérit-elle, en souriant à Joshua. Il a œuvré pour le bien de son pays en refoulant les armées françaises qui risquaient d'envahir l'Angleterre.

— Je veux devenir un héros, dit solennellement Jérémie, pointant l'index sur Colton. Comme le monsieur.

— Moi aussi, je veux être un héros, gazouilla la petite Sarah, levant des yeux ébahis vers Adriana. Comme la jolie dame.

— C'est effectivement une héroïne, dit Colton. Elle a sauvé un tas d'animaux abandonnés, et à présent elle se porte au secours de trois petits orphelins... Vous êtes très maternelle, ma chère amie.

Le compliment fit rougir la jeune femme. Afin de dissimuler son trouble, elle souleva la fillette, la posa sur ses genoux et entreprit d'arranger ses boucles dorées. Puis, la regardant droit dans ses yeux bleus :

— Mais tu es très jolie, Sarah, sourit-elle. Ton père était sûrement fier de toi, comme de Jérémie et de Joshua, d'ailleurs.

— C'est exactement ce que papa nous disait, répondit Joshua en essuyant une larme. Oh ! j'voudrais bien qu'il soit pas un héros. Il serait encore avec nous aujourd'hui.

Allongeant la main, Colton serra doucement le bras du petit garçon qui, submergé par l'émotion, éclata soudain en sanglots et enfouit son visage dans la large poitrine de son protecteur. Colton entoura le garçon de ses bras et le laissa pleurer tout son saoul, sans esquisser le moindre geste pour l'empêcher de mouiller le tissu écarlate de son manteau.

Il y avait peu de monde aux obsèques. La défunte ne jouissait pas d'une bonne réputation. Ceux qui s'étaient déplacés l'avaient généralement fait par respect pour la mémoire du père des enfants, tandis qu'ils dépeignaient Mme Jennings comme une irresponsable égoïste et paresseuse, une mère indigne qui affamait sa progéniture qu'elle tenait enfermée dans le petit cabanon glacial. La plupart exprimèrent une grande surprise devant les changements survenus en si peu de temps chez les trois orphelins.

Les Abernathy firent l'unanimité, ce qui finit de convaincre Adriana et Colton qu'ils avaient fait le bon choix. Ils étaient entourés de leurs enfants adoptifs qui les appelaient « maman » et « papa », et leur répondaient avec respect. Après l'enterrement, les Abernathy invitèrent Adriana et Colton à rester dîner avec leurs petits protégés. Colton pensa refuser, de crainte que le couple ne dispose pas d'assez de nourriture, mais Adriana le rassura, lui expliquant que son père veillait à ce qu'ils ne manquent de rien. Elle ajouta que Mme Abernathy était un véritable cordon-bleu, et Colton finit par accepter l'invitation.

La soirée se déroula agréablement. Adriana et Colton étaient assis sur un banc le long de la grande table, flanqués des enfants Jennings. Tout au long du repas, les autres enfants de la famille racontèrent des anecdotes amusantes, qui firent sourire les uns et rire les autres à gorge déployée. La petite Sarah souriait, elle aussi, sans comprendre. Mais elle faisait tout comme la belle dame brune qu'elle dévorait des yeux et qui, de temps à autre, lui caressait les cheveux.

Lorsque, finalement, le landau orné des armoiries des Wyndham prit le chemin du retour au clair de lune, Adriana éprouva le besoin de remercier Colton de sa générosité vis-à-vis des orphelins.

— Mais je n'ai rien fait, dit-il, passant un index songeur sur le pommeau en argent de sa canne. C'est vous et les Abernathy qui méritez tous les éloges, pas moi.

Un doux sourire se dessina sur les lèvres pleines de la jeune femme.

— Peut-être attendiez vous l'occasion de montrer votre bon cœur, répondit-elle.

— En ce cas, j'en aurais laissé passer, des occasions, Adriana. En deux jours, j'ai appris auprès de vous davantage sur la charité que durant toute ma vie.

Il se pencha et plongea son regard dans les yeux sombres et brillants de la jeune femme.

— Vous avez su éveiller en moi des émotions oubliées, poursuivit-il. Des sensations que j'apprécie... et d'autres que je m'efforce de refréner.

Adriana lui lança un regard circonspect.

— Refréner ?

Il s'adossa au siège, souriant.

— Je ne me dévoilerai pas davantage, vous savez. Il faudra d'abord que j'approfondisse mes sentiments, avant de vous les exposer.

— Vous vous moquez de moi ! l'accusa-t-elle, avec une subite certitude. Vous voulez me faire croire que j'exerce une mystérieuse influence sur vous. Mais si vous essayez de me duper...

— À ce que je vois, vous ne vous laissez pas convaincre facilement. Mais tâchez de comprendre, au moins, ce qu'un homme peut éprouver en présence d'une aussi belle femme que vous.

Elle ressentit une bouffée de chaleur et se demanda si elle n'avait pas commis une erreur d'appréciation en l'autorisant à l'accompagner sans chaperon. Détournant le visage vers le paysage noyé d'ombre, elle toussota pour s'éclaircir la voix.

— Savez-vous où nous sommes ?

— Ne vous inquiétez pas, Adriana. Je suis très attiré par vous, mais je ne vous forcerai pas à vous plier à mes désirs. Cependant, j'espère qu'à l'avenir vous serez plus sensible à mes attentions à votre égard. Quand le jeu en vaut la chandelle, je peux me montrer extrêmement persuasif.

Le regard gris la détaillait, luisant dans la faible clarté que dispensaient les lanternes du carrosse.

— Vous semblez terriblement sûr de vous-même, observa-t-elle, les joues empourprées.

— Je sais qu'une dame de votre qualité ne peut envisager les nombreuses propositions qui lui sont faites qu'avec un certain détachement. Vous devez vous demander en quoi ma proposition est différente de celles de vos autres prétendants. En apparence, elle est peut-être identique. Mais au lit, je suis sûr de faire la différence ! Chaque chose est un art quand on s'applique à bien la faire. La guerre est un art, mais les relations intimes entre un homme et une femme supposent également un certain savoir-faire. Cela n'implique pas forcément de coucher ensemble. Toutefois, si cela devait nous arriver, soyez rassurée, Adriana ; je ferais passer votre plaisir avant le mien. Depuis que je vous ai vue dans ma salle de bains, je sais que je ne trouverai pas le repos tant que je ne vous aurai pas faite mienne. Je vous apprécierai à votre juste prix, Adriana. Vous êtes comme un vin puissant qui me monte à la tête. Je n'ai jamais désiré personne comme je vous désire ; vous vous en êtes certainement rendu compte...

Elle avala sa salive, pas tout à fait sûre d'avoir tout compris. Si cet homme osait lui tenir de tels propos, c'était sans doute qu'il était disposé à honorer le contrat signé par leurs familles.

— Dois-je comprendre que vous êtes favorable à nos fiançailles ? s'enquit-elle.

Les yeux gris se baissèrent sur le pommeau finement ciselé de la canne.

— Je n'ai pas dit cela, Adriana.

Elle arqua les sourcils, incrédule.

— Mais... vous sollicitez mes faveurs!

— Je n'ai pas dit cela non plus, répondit-il, devinant sa colère.

Les doigts tremblants d'Adriana se crispèrent sur ses genoux; elle ferma les yeux, s'interrogeant sur le sens exact de ses propos.

— Alors, qu'avez-vous dit au juste? Peut-être me suis-je méprise sur vos paroles.

— Je n'ai pas l'intention de vous prendre contre votre volonté, ma chère, mais j'ai très envie de devenir... plus intime avec vous.

Quelle audace! Il était bien plus téméraire qu'elle ne l'avait imaginé.

— Croyez-vous vraiment que j'accepterais de vous appartenir sans être mariée? Me prenez-vous pour une idiote? Je ne me souviens que trop bien que Jaclyn a été enceinte très vite, après sa nuit de noces. Si j'étais assez bête pour consentir à votre proposition, j'irais au-devant de graves ennuis.

Colton réprima un rire. L'idée de se retrouver enceinte l'effrayait davantage que celle d'être séduite hors des liens sacrés du mariage, songea-t-il, amusé.

— Je ferai tout ce qui est en mon pouvoir pour qu'un tel accident n'arrive pas, susurra-t-il. Adriana, je peux vous donner un plaisir que vous n'imaginez pas.

Les yeux sombres se rétrécirent. La jeune femme fixa le dos du cocher, installé sur le siège surélevé, au-dessus des lanternes.

— Melora m'avait prévenue. Je n'aurais pas dû monter dans le même carrosse que vous. Mais j'ai été assez naïve pour ne pas l'écouter. La prochaine fois, soyez-en certain, je serai plus attentive à ses conseils.

Lorsque Bentley lança la voiture dans l'allée qui menait au château des Sutton, Colton en éprouva une pointe de déception.

— Il semble que l'occasion de nous étendre sur le sujet nous échappe, du moins pour ce soir, murmura-t-il.

Ses yeux brûlants se posèrent sur les traits délicats de sa passagère, éclairés par la lanterne.

— Je suppose qu'il me faudra endurer une nuit de plus le supplice de ma passion. J'ignorais, quand je vous ai surprise dans le bain, que le désir me consumerait à ce point.

Dès que Bentley eut rangé le carrosse devant le château de ses parents, Adriana poussa la porte, fit descendre le marchepied d'un coup de talon et s'élança hors de la voiture. Colton n'eut d'autre recours que de descendre à son tour, aussi vite que sa mauvaise jambe le lui permettait.

La porte du château s'ouvrit sur Melora. Elle avait aperçu les lanternes du landau à travers les bosquets. Soulevant ses jupes, elle courut vers sa sœur, talonnée par Charles.

— J'ai cru que tu ne reviendrais jamais ! s'écria-t-elle, hors d'haleine, toisant sa cadette à la recherche du moindre désordre dans sa mise qui aurait pu la conforter dans ses craintes. Qu'est-ce qui vous a retenus si longtemps ?

— Nous avons dîné chez M. et Mme Abernathy, rétorqua Adriana sèchement. Nous sommes rentrés immédiatement après le repas. Et si tu veux savoir si j'ai été séduite de force, la réponse est non et continuera à être négative jusqu'à mon dernier souffle.

Melora écarquilla les yeux, bouche bée, et Colton toussota derrière sa main en s'efforçant de réprimer un rire. La petite blonde semblait totalement dépassée. Il songea alors qu'Adriana Sutton était une femme hors du commun et qu'il allait devoir se montrer plus subtil s'il voulait l'attirer dans son lit sans en passer par le mariage. Il ôta son shako et s'inclina.

— Bonsoir, Melo...

— Melora, viens, cria Adriana, le fusillant d'un regard glacé. M. le marquis ne reste pas. Il doit s'en aller tout de suite.

Colton n'eut d'autre choix que d'acquiescer.

— Euh... oui. C'est vrai. Je ne peux pas rester.

— Bonne nuit, monsieur le marquis, lança Adriana.

Elle fit demi-tour, tandis que Melora trottinait derrière elle, et disparut à l'intérieur de la demeure. Charles suivit les deux femmes, puis la porte claqua bruyamment.

Colton tourna les talons et, songeur, s'approcha de l'attelage de quatre chevaux. Juché à sa place, le cocher lui jeta un coup d'œil indéchiffrable, avant de fixer consciencieusement un point imaginaire, situé quelque part à l'horizon.

— Qu'y a-t-il, Bentley ? Auriez-vous quelque chose à me dire ?

— Euh... non, monsieur... sauf que lady Adriana est une jeune dame indépendante... par moments, Monsieur.

— Ce qui veut dire ?

Craignant de l'offenser, le cocher lui jeta un regard nerveux.

— Oh ! rien, Monsieur... Mais j'ai déjà vu lady Adriana se fâcher très fort, lorsqu'un homme se montre trop... trop...

— Familier ? souffla Colton en scrutant la face rouge de son cocher.

— Euh... oui, peut-être, Monsieur.

Bentley déglutit péniblement et reprit :

— J'ai entendu ce que lady Adriana a dit... juste avant de refermer la porte, Monsieur. Elle a dit à peu près la même chose le jour où elle a flanqué son sac dans la figure d'un individu plutôt entreprenant... qui a eu l'œil au beurre noir... C'est qu'elle a de la force, quand elle veut, Monsieur, et je vous jure qu'elle sait se défendre. Demandez à votre sœur ou à M. Perceval.

Colton s'abîma dans la contemplation de sa canne, dont le pommeau brillait au clair de lune.

— Quelle est votre suggestion, Bentley ?

De nouveau, le conducteur du landau déglutit.

— Je ne me permettrais pas de vous faire des suggestions, Monsieur.

— Allons, Bentley, vous étiez ici pendant mon absence. Si vous avez la moindre idée sur la façon dont je dois traiter cette dame, je vous donne l'autorisation de l'exprimer. Libre à moi, ensuite, de l'adopter ou non.

— Dans ce cas, Monsieur, je vous mets en garde... Je peux comprendre qu'un homme qui a trop longtemps fréquenté les champs de bataille ait perdu de vue la différence entre les femmes à soldats et les autres... Mais si vous vouliez bien vous rappeler que lady Adriana est supérieure à ces créatures, Monsieur, peut-être que vous ne la mettriez pas en colère.

Colton réfléchit un moment, tourné vers la porte fermée du château. Oui, peut-être avait-il été trop habitué à ces femmes légères et avait-il oublié que d'autres réservaient leur virginité à leur mari. Du moins, s'il épousait Adriana, il n'aurait pas à se demander qui avait savouré ses charmes avant lui.

Il effleura en riant son shako du pommeau de sa canne.

— Merci, Bentley. Je ferai en sorte de me rappeler vos sages conseils. En effet, lady Adriana est une grande dame, et si je continue à la froisser, elle n'hésitera sûrement pas à m'assener un coup de sac, à moi aussi.

Un rire secoua le cocher.

— Pour sûr, Monsieur. Lady Adriana ne vous épargnerait pas.

Colton répondit par un vague hochement de tête à une question que George Gaines, son tailleur, venait de lui poser. Ce petit homme maigre et nerveux aurait mis sa main au feu que Sa Seigneurie n'était pas dans son état normal. En tout cas, le marquis n'était pas d'humeur à discuter habits à pans tombants, culottes de daim ou pantalons serrés boutonnés à la cheville. Depuis qu'ils avaient quitté sa résidence londonienne, une élégante bâtisse palladienne située sur Park Lane, à deux pas de Hyde Park, M. le marquis avait à peine desserré les dents. Il contemplait le paysage, les sourcils froncés, les lèvres pincées, et seuls ses yeux gris semblaient vivants.

Le couchant lançait ses ultimes lueurs, et la nuit ne tarderait pas à tomber, mais Colton ne semblait pas s'en être aperçu. En effet, il avait la tête ailleurs. Depuis quelques jours, il s'efforçait de s'occuper au mieux des affaires du marquisat, mais il était obsédé par le souvenir de la beauté brune qu'il allait bientôt courtiser. Son image le hantait jour et nuit, malgré les efforts qu'il avait déployés pour la chasser de son esprit. Il aurait pu profiter de son bref séjour à Londres pour apaiser ses sens auprès de Pandora Mayes, mais cela aurait été inutile. Force lui était d'admettre qu'aucune femme de sa connaissance ne pouvait se comparer à lady Adriana. Tenter de se rassasier avec une autre équivalait à se contenter d'un repas de pauvre, alors qu'un somptueux festin l'attendait à la maison. Cette constatation le mettait de mauvaise humeur, car il avait l'impression de s'engager, lentement mais sûrement, dans le chemin que son père avait tracé pour lui, des années auparavant.

Ils longeaient à présent la route étroite qui desservait en même temps son manoir et le château de Wakefield. Quand le carrosse dépassa l'épais bosquet et déboucha dans une clairière qui s'ouvrait sur les environs de Wakefield, Colton leva les yeux, dans l'espoir de voir Adriana. Érigé au sommet d'une colline, le château élisabéthain de pierre grise, coiffé d'un toit en pente abrupte, dardait ses cheminées qui semblaient partir à l'assaut du ciel nébuleux. Il avait souvent visité la spacieuse demeure dans sa jeunesse. Les Sutton l'y avaient toujours accueilli avec chaleur. C'était des gens charmants, hospitaliers, le genre de personnes que tout homme voudrait avoir pour beaux-parents.

Le carrosse ralentit, et Colton se demanda pour quelle raison Bentley avait tiré sur la bride. Il comprit presque aussitôt, car il aperçut dans la plaine deux cavaliers qui galopaient en direction d'un mur de pierres. La dame, montée en amazone sur un étalon andalou, gris pommelé, menait la course. En considérant la hauteur du mur qu'elle s'apprêtait à sauter, Colton poussa un juron qui fit tressaillir son tailleur. Paralysé d'horreur, il regarda les deux cavaliers, mais plus ils s'approchaient, et plus son attention se concentrait sur l'étalon pommelé. Il retint son souffle, mais tel Pégase, l'animal s'envola élégamment et atterrit avec une aisance extraordinaire de l'autre côté du mur. L'homme, qui chevauchait un cheval noir, franchit tout aussi gracieusement le même obstacle.

— Quelle imprudence ! marmonna-t-il. Elle ne se rend pas compte qu'elle pourrait rompre son joli cou, un de ces jours.

M. Gaines le regarda d'un air anxieux.

— Une amie à vous, monsieur le marquis ?

— Une voisine trop passionnée par les chevaux, grommela Colton en frappant sa canne sur le toit de la voiture.

Le landau ralentit, et il se tourna vers le tailleur.

— Je vous prie de m'excuser, monsieur Gaines. Je vais rester ici quelques instants. Bentley vous conduira à Randwulf. Harrison vous installera dans une aile du château où vous et vos assistants pourrez travailler tranquillement pendant toute la semaine.

Il descendit, donna quelques brèves instructions au cocher.

— Bentley, ramenez M. Gaines à la maison. Ensuite, revenez me chercher.

Le landau redémarra. Colton regarda les cavaliers. Ils arrivaient vers lui au pas, laissant à leurs montures le loisir de souffler un peu. Au passage, Adriana salua Bentley de sa main gantée, immédiatement imitée par le séduisant gentilhomme qui l'accompagnait. Colton sentit monter une bouffée de colère que, sur le moment, il ne chercha pas à s'expliquer.

Il constata qu'il ne s'agissait pas de Roger Elston et ressentit un vif déplaisir. L'inconnu avait une assiette parfaite, un sourire éclatant, une élégance innée, un beau visage hâlé. Il semblait bien s'amuser en compagnie d'Adriana, qu'il avait pour lui tout seul.

Morose, Colton les regarda s'approcher.

— Bonsoir, dit-il en retirant son chapeau et en inclinant la tête.

Elle était très élégante dans son costume de drap sombre égayé d'un jabot de soie blanche, avec son chapeau de satin noir orné d'une plume d'autruche de la même couleur. Deux perles tremblotaient à ses oreilles, et quelques bouclettes s'étaient échappées de sa coiffure, sans doute au cours de l'un de ses sauts. Ces deux-là avaient très certainement l'habitude de chevaucher ensemble, pensa-t-il, irrité malgré lui.

— Je me suis arrêté, afin de voir votre étalon, dit-il. Toute ma famille en parle, je voulais m'en rendre compte par moi-même.

Ses yeux se reportèrent sur la bête dont Adriana caressait le long cou gracieux.

— Eh bien! convint-il, ils ont raison. Votre Ulysse est parfait.

Adriana luttait pour refréner son agacement. Elle n'était pas près d'oublier les propositions indécentes de Colton. Lui aurait-il signifié qu'il préférait rompre le contrat qui les liait l'un à l'autre qu'elle n'en aurait pas été plus offusquée. Elle parvint à esquisser un sourire, puis indiqua son séduisant compagnon.

— Je vous présente un grand ami : Riordan Kendrick, marquis de Harcourt. Riordan, voici Colton Wyndham, marquis de Randwulf.

L'irritation de Colton s'évanouit. Il serra la main de l'autre homme.

— Enchanté, lord Harcourt. J'ai beaucoup entendu parler de vos actes héroïques pendant la dernière guerre.

— Vous m'avez largement dépassé dans ce domaine, lord Randwulf, protesta Riordan.

Adriana cala son pied botté sur l'étrier, et les deux hommes se précipitèrent immédiatement pour l'aider à descendre. Riordan, plus agile, devança Colton. Forcément, se dit celui-ci lugubrement, il n'avait pas été blessé au combat.

La façon dont Riordan regardait Adriana eut le don d'exaspérer Colton. Jusqu'à cet instant précis, il n'avait pas pu éclaircir ses propres intentions vis-à-vis de sa promise. Il s'efforça d'analyser ce sentiment. Ce n'était pas de la jalousie, cela ne se pouvait. De sa vie, Colton n'avait envié un autre homme.

Oui, mais ceci datait d'avant son retour, lui murmura une petite voix intérieure… avant qu'il ne découvre qu'une femme pouvait lui faire perdre le sommeil… avant qu'il ne comprenne qu'un autre aristocrate, dont le titre et les richesses égalaient les siens, se languissait d'amour pour Adriana.

Tirant Ulysse par la bride, la jeune amazone s'approcha de lui.

— Lord Harcourt et moi-même attendons des amis. Dès que sir Guy Dalton et lady Berenice Carvell arriveront, nous irons rejoindre ma famille pour dîner. Voudriez-vous partager notre repas ?

— Non, merci. Bentley sera là d'un instant à l'autre, expliqua Colton, quelque peu dérouté.

Elle lui souriait avec grâce, mais ses yeux restaient froids.

— J'ai ramené mon tailleur et ses assistants de Londres, poursuivit-il. Et connaissant M. Gaines, il doit s'impatienter.

Par chance, il aperçut les lanternes du landau dans la pénombre du sous-bois. Il se sentait de plus en plus mal à l'aise. Il combattit farouchement l'idée que la vue d'Adriana en compagnie d'un autre prétendant l'avait offensé, puis dut admettre que ce qu'il ressentait ressemblait effectivement à de la jalousie.

— En ce cas, je vous souhaite une bonne nuit, dit-elle.

Elle posa la main sur le bras offert de Riordan, tournant le dos à Colton. Ce dernier les suivit du regard, tandis qu'ils s'éloignaient. Malgré ses expériences passées, ses conquêtes féminines et leur empressement à lui plaire, il en vint à douter de son charme. Adriana marchait près de Riordan, leurs chevaux suivaient, et pas une fois elle ne jeta un regard en arrière.

Le regard interrogateur de Bentley, lorsque le landau s'immobilisa, était la dernière chose au monde que Colton avait envie d'affronter.

— Pas un mot ! prévint-il d'un ton acide. Je ne suis pas d'humeur à apprécier vos conseils, ce soir.

Bentley jeta un coup d'œil au couple qui s'était engagé dans l'allée.

— Vous pensez que lady Adriana est amoureuse de ce gentilhomme ? demanda-t-il.

— Comment diable voulez-vous que je le sache ? Tout ce que je peux dire, c'est qu'elle n'est pas amoureuse de moi.

— Peut-être que demain elle changera d'avis, Monsieur, suggéra le cocher avec prudence.

Colton souffla comme un taureau furieux.

— Elle changera d'avis quand il neigera en enfer ! grogna-t-il.

8

— Felicity ! cria Jane Fairchild par-dessus la balustrade du premier étage, viens m'aider à retourner ton grand-père. Je voudrais soigner ses escarres.

Vautrée sur le canapé pour lire le roman de Jane Austen, *Orgueil et Préjugés*, un volume relié cuir dont elle tournait nonchalamment les pages, Felicity plissa le nez, écœurée. Cette besogne la dégoûtait, et elle aurait souhaité plus que tout en être déchargée. Jane Fairchild s'était peut-être donné pour mission de servir d'infirmière au vieillard – au point qu'elle avait persuadé son mari de quitter le poste de comptable qu'il occupait depuis des années –, mais sa fille n'avait aucune inclination pour le sacerdoce.

Bradford, petite agglomération rétrograde, comptait un seul et unique avantage par rapport à Londres : Felicity y avait été présentée au marquis de Randwulf. La nouvelle avait enthousiasmé son père. Jarvis Fairchild avait répété sa prédiction selon laquelle sa fille épouserait un aristocrate et vivrait dans l'opulence. Sa mère considérait cet espoir comme irréalisable, compte tenu de leurs origines plus que modestes, mais c'était la raison qui avait incité Jarvis à s'établir dans cette ville du Wiltshire où sa fille pourrait attirer l'intérêt du marquis. Quelques mois auparavant, tandis qu'il faisait des courses pour son patron à Londres, il avait entendu par hasard deux gentlemen évoquer un noble célibataire qui venait d'hériter d'un marquisat près de sa ville natale. Selon leurs dires, le nouveau châtelain était assez riche pour régler sans broncher leurs dettes à tous les deux. Puisque sa jolie fille faisait tourner la tête aux hommes, Jarvis s'était dit que c'était peut-être une formidable occasion.

Posant le livre ouvert, Felicity se leva sans entrain. Décidément, sa mère avait la manie d'interrompre sa lecture au plus mauvais moment. Felicity sortit dans le vestibule et tira la langue en direction de l'étage. Sa mère était retournée auprès du malade, dont elle tapotait affectueusement le bras.

— Ne t'inquiète pas pour moi, Jane, murmura Samuel Gladstone du fond de son lit. Tu en as assez fait. Occupe-toi de ta famille.

— Mais, papa, tu es aussi *ma* famille. Et j'ai plaisir à te soigner avec une tendresse semblable à celle dont tu as fait preuve envers maman quand elle est tombée gravement malade. Je n'ai jamais vu un mari aussi dévoué que toi.

Le vieux manufacturier eut un faible sourire, malgré la boule épaisse qui lui obstruait la gorge.

— Ta mère était une femme exceptionnelle, Jane. Elle savait toucher le cœur d'un homme. Et tu as ses qualités.

Jane émit un lourd soupir.

— Hélas ! je n'ai pas la faculté de toucher tous les cœurs, comme elle.

— Mais si ! l'assura Samuel. Sauf quand ces cœurs sont insensibles. Mais peut-être qu'un jour tu parviendras à les radoucir. En attendant, tiens bon, ma fille. Nous sommes tous mortels. Seules nos bonnes actions témoignent de notre passage en ce bas monde.

N'ayant pas reçu d'autres directives, Felicity longea la galerie d'un air désinvolte. Les fenêtres dominaient l'allée pavée qui sinuait vers la ville, contournant une éminence sur laquelle le manoir de Costwold dressait ses trois étages. Dans le lointain, on pouvait apercevoir les vestiges d'une église médiévale surmontée d'un clocher orgueilleux, et encore un peu plus loin, le pont qui enjambait la rivière Avon, ainsi qu'une chapelle du Moyen Age, transformée suivant les époques en prison ou en asile. Felicity laissa errer un regard nostalgique sur les rues bordées de magasins. Avec un peu de chance, songea-t-elle, un gentilhomme se présenterait devant le porche de son grand-père, afin de la distraire de son ennui.

Des pas se hâtèrent alors dans le vestibule, arrachant la jeune femme à sa rêverie. Elle se retourna, prête à affronter sa mère qui, très certainement, était venue sanctionner sa désobéissance. Jane avait une façon très directe de contester les éternelles excuses de sa fille. Durant leur bref séjour à Stanover House, Felicity s'était sentie déchirée entre ses deux parents. Sa mère s'efforçait par tous les moyens de lui inculquer les valeurs qu'elle avait héritées de ses propres parents : intégrité, loyauté, abnégation... Mais, la plupart du temps, ses efforts étaient réduits à néant par l'attitude de son époux. Jarvis Fairchild s'estimait bien plus astucieux et plus efficace que sa femme. Souvent, il se moquait ouvertement des vaillants efforts de Jane, même en présence de leur fille. Maintenant qu'il travaillait près de la maison, il y faisait un saut dans la journée, soit pour consulter les registres de son beau-père, soit pour lui poser des questions sur les ouvriers de la manufacture. Jarvis avait commencé à renvoyer les plus âgés, qui étaient restés fidèles à Gladstone... S'il avait la bonne idée de rentrer maintenant, Felicity serait dispensée de la corvée...

Les pas résonnèrent dans le hall. Felicity battit en retraite vers la porte du salon, dans l'espoir de faire croire à sa mère qu'elle s'apprêtait à monter. Mais le bruit des pas se hâta en direction de la cuisine.

Felicity rit de s'être affolée pour rien : ce n'était que Lucy, la femme de ménage de son grand-père.

Avec un sourire satisfait, Felicity regagna la fenêtre d'où elle avait contemplé le monde. Si elle tardait suffisamment, sa mère pourrait oublier qu'elle l'avait appelée. Après tout, soigner le vieil homme était une tâche qui revenait à Jane et à personne d'autre.

Le front appuyé sur la vitre, Felicity chercha un visage connu parmi les passants. Son père lui avait transmis sa folie des grandeurs, et elle ne rêvait plus que d'ascension sociale, de bals et de belles robes. Elle aurait payé cher pour flâner dans l'une des boutiques de mode fréquentées par les dames riches, mais il n'y avait pas moyen de sortir. Sa mère le lui interdirait, surtout après avoir vainement sollicité son aide.

Le menton posé sur ses mains jointes, Felicity refit mentalement le bilan de ses nouvelles connaissances. Le vicomte Stuart Burke ne manquait pas de charme... Il était entreprenant, ce qui n'était pas pour lui déplaire ; si elle n'arrivait pas à attraper dans ses filets un aristocrate de haut rang, elle s'en contenterait volontiers. Cependant, si elle avait eu le choix, elle aurait préféré le très séduisant lord Randwulf. À ses yeux, le marquis représentait le mari idéal. Sa fortune, associée à son titre, le rendait irrésistible.

Felicity jeta un regard dans la rue. Soudain, elle sursauta, étouffant un cri de surprise. Elle venait de reconnaître l'objet de sa rêverie. Lord Randwulf en personne ! Pour l'instant, il se frayait un passage sur la voie encombrée, à l'aide de sa canne.

Le cœur battant à se rompre, Felicity se rua en direction de la cuisine.

— Lucy, j'ai besoin de toi en haut, immédiatement. Tout de suite, tu m'entends ?

La servante marmonna une phrase inintelligible, mais la jeune femme était déjà partie en courant vers l'escalier. Elle risquait d'attirer l'attention de sa mère en se rendant dans sa chambre, mais tant pis. Il était hors de question de se présenter à lord Randwulf autrement que dans ses plus beaux atours.

Elle arriva au troisième étage hors d'haleine, ouvrit l'imposante armoire sur le palier et se mit à fouiller frénétiquement parmi ses robes, à la recherche de sa nouvelle tenue de ville. En dépit des vives protestations de sa mère qui avait décrété qu'ils n'avaient pas les moyens de s'offrir de telles extravagances, son père avait engagé une couturière et une modiste. Jarvis Fairchild entendait ainsi asseoir sa nouvelle position à la tête de la manufacture. Enfin, elle trouva ce qu'elle cherchait : une robe de mousseline mauve – la couleur à la mode – ornée de bandes de lustrine et de passementeries, avec des manches gigot. Un chapeau de paille d'Italie garni de fleurs et de rubans de gaze, mauve également, parachevait l'ensemble. C'était de loin la tenue la plus chère que Felicity ait jamais possédée. D'ailleurs, elle le mettait souvent, et à chaque fois, on lui en faisait compliment. Elle pouvait donc être sûre qu'elle ferait également bonne impression au marquis.

Elle sortit la robe de l'armoire, l'admira un instant amoureusement et passa dans sa chambre. Une petite tache sur le corsage lui arracha un glapissement d'épouvante. Certes, elle avait porté cette robe très souvent, mais il était inadmissible que le personnel n'ait pas fait disparaître cette tache avant de ranger la robe dans l'armoire. La porte s'ouvrit, et elle se retourna. La servante entra, essoufflée, la main sur la poitrine, comprimant les battements de son cœur. Elle avait monté les marches quatre à quatre, mais sous le regard furieux de sa jeune maîtresse, elle recula, apeurée.

— Quelque chose ne va pas, Mademoiselle ? s'enquit-elle d'une voix chevrotante.

— Exactement, Lucy !

Felicity s'avança d'un air menaçant, levant la robe à la hauteur des yeux de la domestique.

— Je t'ai dit mille fois de veiller à ce que mes vêtements soient parfaitement propres avant de les remettre dans l'armoire. C'est ma plus belle robe, et tu l'as rangée sans la nettoyer !

Lucy mâchonna nerveusement sa lèvre inférieure. Elle était au service du vieux monsieur depuis quelques années, et celui-ci avait toujours semblé content de ses services. Or, depuis l'arrivée des Fairchild, Lucy avait perdu confiance. Mlle Felicity et son père ne cessaient de la traiter d'incapable, et à force, Lucy avait fini par le croire.

— Je suis navrée... Je n'ai pas remarqué la tache ; elle est vraiment minuscule.

— Minuscule ou pas, si je l'ai vue, les autres la verront, hurla Felicity, hors d'elle, giflant à l'aide de la robe le visage de la servante qui vacilla, les yeux embués. Arrange-moi cette robe tout de suite.

— Oui, Mademoiselle.

Lucy cligna des yeux, pour éclaircir sa vision brouillée par les larmes. Ses joues lui brûlaient. Ses mains tremblantes rajustèrent son bonnet.

— Vous sortez ? demanda-t-elle. Vous n'avez pas entendu votre mère ? Elle voulait que vous l'aidiez à retourner M. Gla...

— Je n'ai pas le temps ! J'ai quelque chose d'urgent à faire. Maintenant, nettoie cette tache et aide-moi à m'habiller.

— Mais Mme Jane m'a demandé de lui apporter l'onguent...

Felicity s'approcha de la servante. Elle se pencha vers elle jusqu'à ce que leurs nez se touchent presque et que les yeux de Lucy, grands ouverts, ressemblent à deux cercles pâles.

— Lucy, ou tu m'aides à m'habiller, ou je te casse les os à coup de bâton, c'est clair ?

La pauvre servante hocha vigoureusement la tête.

— Oui, Mademoiselle.

Un instant après, Lucy passa la robe au-dessus de la tête de Felicity. Jane Fairchild ouvrit alors la porte ; le spectacle lui arracha un soupir accablé.

— Où crois-tu aller, parée de ces fanfreluches ?

Refoulant un grognement, Felicity se débattit à travers le nuage de la jupe pour passer la tête dans l'ouverture du corsage. Elle savait par expérience qu'elle devait se montrer plus chaleureuse avec sa mère qu'avec la servante. Sinon, Jane lui interdirait de sortir, et elle passerait sa journée à faire le ménage.

— Oh ! maman, je t'en prie. C'est une question de vie ou de mort.

Jane croisa les bras sur sa poitrine.

— Ah oui ? fit-elle, incrédule. Qu'est-ce qui peut être plus urgent que m'aider à soigner ton grand-père ?

Felicity eut recours à la ruse. Si elle disait la vérité, sa mère ne manquerait pas de lui préciser, une fois de plus, qu'elle courait après une chimère.

— Te souviens-tu de lady Samantha et de lady Adriana ? souffla-t-elle avec un sourire hésitant. Après notre promenade à cheval, la semaine dernière, elles m'ont présentée à une personne qui se trouve actuellement en ville… Je voulais offrir un cadeau à chacune de ces dames, afin de les remercier de leur visite à grand-père et aussi de leur invitation. Si tu m'autorises à sortir, je pourrais demander à cette personne son avis à propos des cadeaux.

Jane fronça ses minces sourcils.

— Est-ce que, par le plus grand des hasards, cette *personne* est un homme ?

Felicity haussa les épaules. Tout compte fait, dévoiler le titre de Colton ne pouvait que servir sa cause.

— Oh ! maman, gémit-elle. Nous serons en vue de la maison. Il s'agit du frère de lady Samantha, le marquis de Randwulf. Je suis sûre qu'il saura me conseiller, car il connaît très bien les goûts de ces dames. J'en profiterai pour le remercier de son hospitalité, puisque l'un des châteaux que nous avons visités lui appartient.

— Ne rêve pas, mon enfant, avertit Jane d'une voix maternelle. Ce gentilhomme épousera une femme de son rang.

Agacée par cette déclaration trop prévisible, Felicity secoua la tête.

— Pour l'amour du ciel, maman ! Je voudrais juste lui demander son avis sur les cadeaux et le remercier, voilà tout.

Jane acquiesça lentement.

— Et c'est pourquoi tu es aussi radieuse qu'un arc-en-ciel, soupira-t-elle.

Elle esquissa un geste résigné. Après tout, l'idée des cadeaux n'était pas mauvaise. Elle-même aurait voulu remercier les deux ladies pour les herbes médicinales qu'elles avaient offertes à son père et pour leur gentillesse à l'égard de sa fille.

— Très bien, Felicity. J'approuve ton idée de montrer ta gratitude à lady Samantha et à lady Adriana. Mais ne sois pas longue. Ton grand-père aimerait que tu lui fasses la lecture cet après-midi.

— Oh, non ! Pas la Bible, encore !

— Tu n'as pas honte ? La lecture du Livre saint réconforte ceux qui souffrent. Et quant à toi, tu gagnerais à absorber un peu de sa sagesse. Tu accordes trop d'importance à ton apparence, ma fille.

— Mais c'est ennuyeux, ce machin-là.

— Pour toi, peut-être, mais pas pour ton grand-père.

Felicity soupira, mais ne risqua aucun commentaire supplémentaire. Jane Fairchild chérissait tendrement son père, elle le respectait, ce qui était loin d'être le cas de sa fille.

Un instant après, drapée dans une cape hors de prix – encore un présent de son père –, Felicity trottinait d'un pas alerte vers l'endroit où elle avait aperçu le marquis un peu plus tôt. Avec un peu de chance, lord Colton penserait à une rencontre fortuite. Il ne se douterait pas qu'elle le suivait, comme le chien piste le sanglier.

Souriant d'aise, comme si elle n'avait rien d'autre à faire que de profiter du beau temps, Felicity salua au passage quelques connaissances de son père qui ôtèrent leur chapeau, afin de lui rendre la politesse. Enfin, du coin de l'œil, elle aperçut celui qu'elle cherchait fiévreusement. Colton émergea de l'échoppe d'un maréchal-ferrant. Il maniait sa canne avec une aisance surprenante. Il portait un habit neuf à pans tombants, qui avait dû coûter une fortune, d'une élégance à faire pâlir tous les dandys londoniens. Discrètement, elle lorgna ses revers, le col impeccable et les boutonnières garnies de brandebourgs. Chaque pli, chaque couture dénotait sa richesse, son raffinement, son goût du luxe. Il n'était pas étonnant que les commerçants du coin se réjouissent de ce qu'il soit entré en possession de son héritage : c'était un homme qui ne regardait pas à la dépense !

Sans remarquer son admiratrice, Colton pivota sur sa bonne jambe, avant de mettre le cap sur l'autre bout de la rue. Sa destination, conclut Felicity, semblait être un gracieux landau noir et lustré, tiré par quatre chevaux à la queue en panache et à la tête ornée de plumes dressées. Il était rangé dans un renfoncement, à l'écart des autres voitures qui encombraient la rue étroite.

Felicity se rendit compte que, si elle ne forçait pas l'allure, elle risquait de rater l'occasion de bavarder avec le marquis. Cet homme incarnait tout ce dont elle rêvait. Malgré sa mauvaise jambe, il se déplaçait avec une remarquable agilité ; Felicity avait beau accélérer le pas, la distance entre eux augmentait… Bientôt, elle s'aperçut que si elle s'en tenait aux bonnes manières elle perdrait la partie. Sa Seigneurie disparaîtrait dans le landau, et elle n'aurait plus qu'à rebrousser chemin. Elle regarda la haute silhouette qui s'éloignait rapidement, en songeant que le prix de ses efforts était encore à sa portée. À condition d'agir vite. En désespoir de cause, elle mit sa main en cornet près de sa bouche et cria :

— Hé ! lord Randwulf !

Le cœur battant, elle le vit se retourner et balayer la rue du regard. L'ayant aperçue, il fit demi-tour et remonta la rue vers elle, en lui adressant un sourire éclatant.

— Mademoiselle Felicity, comme on se retrouve !

— Oui… parvint-elle à articuler, la main sur la poitrine.

Elle avait tellement couru qu'elle était hors d'haleine.

— Vous vous promenez ?

Felicity acquiesça d'un gracieux mouvement de tête. Elle essayait de se recomposer un visage, mais cette voix basse, mélodieuse, la plus belle qu'elle ait jamais entendue, la fit frissonner. Colton l'aida galamment à traverser la chaussée, après quoi ils longèrent la rue côte à côte, en direction de la maison de Samuel Gladstone. Colton connaissait les bonnes manières : lorsque deux personnes de sexes opposés se rencontraient par hasard, elles pouvaient ébaucher quelques pas ensemble et échanger des banalités, mais rien de plus. Sinon, les commérages risquaient de ruiner la réputation de la dame.

— Vous ne pouvez vous imaginer, mademoiselle Felicity, combien je suis soulagé de reconnaître enfin quelqu'un dans cette ville. Je crains que, durant mon absence, tous les habitants ne soient devenus des étrangers. Les plus âgés ont bien changé depuis seize ans, et je n'arrive pas à mettre un nom sur leur visage ; quant aux plus jeunes, je ne les connais évidemment pas. Je suis totalement perdu.

Il jeta un regard attendri aux petites boutiques surannées.

— Bradford, en revanche, s'est très peu transformé. À part un ou deux cottages et une ou deux grandes maisons, l'endroit est pareil que dans mon souvenir.

Felicity avait peine à partager son enthousiasme ou à s'imaginer qu'on pouvait vivre toute une vie dans cette petite ville anonyme.

— Mon grand-père est l'homme le plus âgé de toute la région, dit-elle, en regardant le lord en biais, mettant ainsi en valeur le contraste entre le noir de ses longs cils et le bleu de ses iris. Il dit qu'il se souvient des événements qui ont eu lieu à votre naissance. Il paraît que votre père était si fier d'avoir eu un fils qu'il a invité à votre baptême toute la famille, bien sûr, mais aussi toutes ses connaissances de Londres et absolument tous les habitants du comté de Wiltshire. Mon grand-père m'a raconté que c'était un immense rassemblement de nobles et de gens ordinaires, mais que tous se sont bien comportés, par respect pour votre père. Je comprends votre désarroi : sans l'extrême gentillesse de votre sœur et de lady Adriana, je ne connaîtrais moi non plus personne. Ces deux dames sont bien plus charmantes que les gens que je fréquentais à Londres.

— Londres ne vous manque pas ?

— Si… à vrai dire, parfois, je me surprends à me rappeler les monuments, les bruits…

— Et les odeurs… acheva-t-il, d'un ton taquin.

— Oh ! non, surtout pas les odeurs, avoua-t-elle, rougissante. Les grandes villes ont leurs désavantages.

— Oui, quelques-uns, concéda-t-il amicalement. Mais, apparemment, ils ne découragent pas les citadins. Je comprends que vous vous sentiez seule. Si vous n'avez pas l'habitude de vivre à la campagne et près de la nature, la capitale doit vous manquer.

— Lady Samantha m'a dit que vous avez une maison à Londres.

— C'est exact. Néanmoins, mes parents ont toujours préféré vivre à la campagne, surtout mon père. Il adorait la chasse, comme la plupart de ses amis, et je crois que lui et lord Sutton ont largement contribué à initier Adriana à ce passe-temps.

— Vous voulez dire que lady Adriana prend plaisir à tirer sur des animaux innocents ? Après les avoir recueillis et soignés quand elle était petite ? s'exclama Felicity, avec une stupéfaction exagérée. J'ai peine à comprendre qu'elle aime tuer des créatures sans défense. Moi, je ne pourrais pas... Je suis incapable de faire du mal à une mouche.

Colton sentit monter une bouffée de colère. Les discours de cette blonde sur la jeune femme qu'il avait l'intention de courtiser l'irritaient. Visiblement, Felicity voulait se faire passer pour une personne sensible et compatissante, mais il n'avait pas oublié l'affection qu'Adriana avait prodiguée aux enfants Jennings.

— Je sais par ma sœur qu'Adriana ne tue pas des animaux pour le plaisir, contra-t-il. Elle fait servir le gibier à la table de ses parents ou l'envoie aux nécessiteux. Cet hiver, elle est venue en aide à plusieurs familles pauvres, notamment à un couple qui a adopté une douzaine d'orphelins. Et je trouve plus utile de secourir des gens dans le besoin que de s'occuper de petits animaux qui se font dévorer par de plus gros dès qu'ils sont relâchés dans la forêt.

Felicity se mordit les lèvres. Elle avait commis une erreur, et Colton semblait profondément agacé. Elle s'empressa de rectifier le tir, ne voulant pas donner l'impression qu'elle s'efforçait de dénigrer l'autre femme.

— Oh ! monsieur le marquis, loin de moi l'idée d'insinuer que lady Adriana est une sans-cœur. Soyez-en assuré.

— Je vous crois, répondit-il d'une voix tendue. Elle est la personne la plus charitable que je connaisse.

Colton avait hâte de retourner à ses affaires. Il effleura le bord de son chapeau de castor gris et s'apprêtait à prendre congé, quand un regard en direction du landau qui l'attendait lui fit suspendre son mouvement. Deux élégantes venaient de sortir d'une boutique de mode.

La plus grande était facilement reconnaissable. En fait, elle n'avait pas cessé de tourmenter l'esprit de Colton depuis plusieurs jours. Chaque nuit, dans la pénombre de sa chambre, son image venait le hanter comme une apparition. Il avait d'abord envisagé de l'attirer dans son lit, de lui faire connaître les délices de l'amour charnel. Mais lorsqu'il avait compris que Riordan Kendrick la désirait tout aussi passionnément, il avait douté que ses vœux soient exaucés, à moins de l'épouser. Il devait en conséquence décider très vite s'il préférait sa liberté à Adriana, avant que sir Gyles ne donne une issue favorable à la demande en mariage de Kendrick.

Il supposa que la tanagra aux cheveux dorés qui se hâtait près d'Adriana était sa sœur Melora. Lorsqu'il avait ramené Adriana à Wakefield, il l'avait à peine regardée, trop occupé à dévorer des yeux la beauté brune. Il se tourna vers les deux femmes qui parlaient entre elles avec animation, tandis qu'elles avançaient sur les pavés. S'excusant auprès de Felicity, Colton s'en fut vers elles. Quand elles l'aperçurent, elles s'arrêtèrent, surprises.

Melora laissa échapper une sorte de couinement étonné, après quoi, elle renversa la tête, afin de jauger l'intrus. Mais cette espèce de Goliath qui la dominait de toute sa carrure l'intimidait, et elle fit un pas de côté, laissant à sa cadette le soin de faire la conversation au géant. Adriana allongea le bras, agrippa sa sœur par le poignet. Melora poussa une faible plainte, mais Adriana la ramena résolument à son côté. Colton était la dernière personne au monde qu'elle avait envie de voir. Au souvenir de leur rencontre dans la salle de bains, puis de ses avances indécentes dans le carrosse, un voile brûlant lui empourpra les joues. Déguisant son embarras sous un sourire forcé, elle soutint le regard qui la transperçait. Oh ! elle ne risquait pas d'oublier ce regard si pénétrant…

Adriana feignit d'être ravie de la rencontre, ce qui n'était pourtant vraiment pas le cas – d'autant que le marquis n'avait pas répondu à la lettre dans laquelle les Sutton lui avaient proposé différentes dates de visite, preuve qu'il n'avait pas l'intention d'honorer les termes du contrat –, et le salua poliment.

— Lord Randwulf, quelle bonne surprise !

— Bonjour, mesdames, dit Colton, ôtant galamment son chapeau.

Il leur décocha son sourire le plus irrésistible, presque aussi étincelant que ses yeux gris. De plus en plus mal à l'aise, Adriana ne put s'empêcher de penser que cet homme savait mieux que sa propre mère à quoi elle ressemblait toute nue.

Il était superbement vêtu. De sa redingote à son pantalon moulant finement rayé, son costume était si bien taillé qu'il rivalisait d'élégance avec le prince-régent en personne. Évidemment, lorsqu'un homme était aussi bien bâti que Colton, les habits avaient peu d'importance. Le prince avait un physique moins avantageux, ce qui mettait les dames de la cour royale à l'abri des égarements du cœur.

Felicity n'avait pas oublié les attentions du marquis pour la dame brune ; elle s'empressa de les rejoindre.

— Ah, lady Adriana, quel plaisir de vous revoir! s'exclama-t-elle. Nous nous promenions avec Sa Seigneurie quand, par le plus grand des hasards, nous vous avons remarquée.

L'exaltation qu'Adriana avait ressentie en reconnaissant Colton s'éteignit d'un seul coup lorsqu'elle réalisa qu'il accompagnait Felicity Fairchild.

— Bonjour, mademoiselle Fairchild, répondit-elle, espérant que sa voix paraîtrait moins glaciale que son sourire. (D'un geste gracieux, sa main gantée indiqua Melora:) Je ne pense pas que vous ayez eu l'occasion de rencontrer ma sœur. Permettez-moi de vous la présenter.

Felicity se plia au rite des présentations avec enthousiasme, ravie d'inclure un nom aristocratique de plus dans son répertoire.

— Mon Dieu, je n'aurais jamais imaginé que vous soyez parentes, s'écria-t-elle. Encore moins sœurs. Vous êtes aussi différentes que le jour et la nuit.

Adriana eut un rire qui sonna faux à ses propres oreilles. Par moments, elle avait l'impression d'être le mouton noir de sa famille.

— N'en dites pas plus. Laissez-moi deviner. Je suis la nuit, et ma sœur est le jour.

— Oh! j'espère que je ne vous ai pas offensée, répliqua Felicity sur un ton d'excuse. Je n'ai pas voulu insinuer que l'une de vous manquait de beauté. Vous êtes très belles toutes les deux.

Colton assistait à cet échange anodin en souriant. Son sourire s'effaça quand Adriana lui jeta un coup d'œil glacial. Elle devait penser qu'il avait donné rendez-vous à Felicity. En effet, la façon dont cette dernière avait présenté leur promenade pouvait prêter à confusion.

— Ne vous inquiétez pas, mademoiselle Felicity, lui assura Adriana en grimaçant un sourire. Mes sœurs et moi avons l'habitude de ce genre de réflexion. En fait, elles ont pris du côté de notre mère, tandis que je ressemble à notre père.

Esquissant un pas en avant, Colton s'inclina sur la main de Melora.

— Permettez-moi de remarquer, lady Melora, que vous êtes aussi magnifique qu'avant mon départ, il y a plusieurs années.

— Et vous, vous avez la prestance de votre père, répondit Melora en riant. Mais je vous en prie, oublions l'étiquette. Nos familles sont liées d'une si longue amitié que nous pouvons passer outre à certaines formalités. Je vous autorise à m'appeler simplement par mon prénom.

— Avec plaisir, Melora, à condition que vous fassiez de même.

Melora acquiesça, et il lança un regard malicieux à Adriana, qui détourna la tête. D'un ton affable, Colton continua à s'adresser à la plus âgée des deux sœurs.

— J'ai eu la chance de rencontrer votre fiancé, sir Harold Manchester, dans notre campement près de Waterloo. Il m'a confié que vous étiez réticente à l'épouser, de crainte de rester veuve. Je suis célibataire, mais je peux comprendre la peine et le désarroi que ressent celui qui reste quand l'être aimé vient à disparaître. On espère toujours trouver le grand amour, surtout quand on a des parents qui se chérissent tendrement, comme les miens, par exemple, mais j'ai l'impression que le cas est plutôt rare. Vous et sir Harold avez eu le bonheur de découvrir l'amour avant votre mariage.

— Oui, et c'est une bénédiction, convint Melora. Elle s'étonnait qu'un célibataire impénitent puisse comprendre les raisons qui les avaient poussés à ajourner leur mariage. Elle jeta un regard triomphant à Adriana, ravie que les propos de Colton viennent conforter ses dires. Pour sa part, Adriana mourait d'envie de dire à sa sœur qu'elle était bien crédule, mais en présence des deux autres, elle préféra se taire. Melora l'avait accusée de se montrer indifférente vis-à-vis de Colton à seule fin d'atténuer son chagrin si jamais, à l'issue de ses trois mois de cour, il ne demandait pas sa main. Or, maintenant qu'il avait exprimé de vive voix son point de vue sur le mariage, Melora en concluait qu'il était sensible aux attentes féminines.

Ignorant sa sœur, Adriana s'intéressa aux nouveaux habits de Colton.

— À ce que je vois, vous avez troqué votre tenue militaire contre des vêtements de ville, dit-elle. Vous féliciterez votre tailleur de ma part. Il a su habiller comme il se doit un héros doublé d'un dandy, et votre élégance va faire des jaloux dans toute l'Angleterre. Vous pouvez rivaliser sans problème avec Beau Brummell.

Colton se demanda comment il devait comprendre les propos de la jeune femme. À Londres, il avait vu suffisamment de dandys habillés comme des gravures de mode, et il n'avait pas du tout envie de leur ressembler. Quant à Brummell, célèbre chef de file de l'élégance, on disait qu'il était tombé en disgrâce, qu'il était lourdement endetté et avait bien moins belle allure qu'autrefois.

— J'accepte le compliment, d'autant qu'il vient d'une dame elle-même extrêmement bien vêtue. Vous qui m'avez vu dans le plus simple des accoutrements pouvez apprécier à quel point un bel habit peut vous changer un homme…

Une lueur espiègle passa dans ses yeux, rappelant à Adriana qu'elle l'avait vu complètement nu.

— Quant à mon tailleur londonien, M. Gaines, il avait l'habitude de confectionner mes uniformes sur mesure, et il est ravi de me fournir à présent une garde-robe digne d'un gentilhomme. Malheureusement, j'ai trop longtemps porté l'uniforme militaire pour me sentir à l'aise dans un costume civil. J'ai d'ailleurs eu toutes les peines du monde à nouer correctement ma cravate.

Adriana regarda la large bande de tissu en question et n'y trouva pas le moindre défaut. Colton était parfait de la tête aux pieds, n'était son cynisme et son impudence. Elle songea à son corps athlétique et secoua la tête, afin de balayer cette image obsédante.

— Vous vous en êtes tiré parfaitement. À moins que le mérite n'en revienne à M. Gaines ou à Harrison.

— Votre gentillesse n'a d'égal que votre grâce et votre beauté, lady Adriana, dit-il en inclinant légèrement la tête.

Felicity réprima un soupir. Le peu d'attention que Colton lui portait était un véritable affront. Il ne lui avait fait aucun compliment sur sa tenue ou sa bonne mine, alors qu'il ne tarissait pas d'éloges sur Adriana. Pire encore, depuis dix minutes, cette dernière avait monopolisé son intérêt. Felicity jeta un coup d'œil oblique à cette grande femme brune, cherchant à découvrir le secret de son charme. Son père disait qu'elle était la plus belle femme qu'il ait jamais vue, alors pourquoi lord Colton semblait-il si indifférent à ses attraits ? Certes, les vêtements de lady Adriana – cape d'agneline noire, robe en taffetas glacé d'une riche couleur grenat aux reflets iridescents, adorable petit chapeau de la même nuance – semblaient conçus pour la mettre en valeur, mais sa propre tenue n'était-elle pas tout aussi exquise ? Force était de conclure que la fortune des Sutton donnait à Adriana un supplément de beauté aux yeux du marquis...

Felicity se rapprocha du marquis, afin de lui rappeler sa présence. En vain, car l'homme donnait l'impression d'être subjugué par Adriana, avec laquelle il conversait à présent sur un ton complice.

— Avez-vous revu les petits orphelins après l'enterrement de leur mère ? demanda Colton.

— Oui, hier après-midi, répondit Adriana qui, pour la première fois, sourit de façon spontanée. Mme Abernathy m'a dit qu'elle les avait entendus rire en jouant dehors. Cela m'a fait plaisir. Les pauvres bambins étaient si maigres, si affamés quand je les ai vus la première fois. Et ils avaient besoin d'un bon bain...

Sa phrase resta inachevée, et elle se mordit la langue. Seigneur! mais pourquoi avait-elle prononcé le mot « bain » ? Les yeux gris la regardèrent d'un air provocant.

— C'est bien vrai, fit-il. Et qui résisterait à la tentation d'un bain chaud ? Je vous le demande !

Se sentant rougir, Adriana parvint à esquisser un sourire forcé. Sans le vouloir, elle avait accordé à cet homme un énorme avantage. Sa pudeur, jusqu'alors préservée, ne lui servait à rien devant Colton. Elle sut alors que, même si elle en épousait un autre, cette histoire la tourmenterait jusqu'à la fin de ses jours.

Colton jeta un coup d'œil à Felicity, qui s'était beaucoup rapprochée de lui et affichait une expression boudeuse. Il se demanda s'il ne s'était pas montré trop empressé vis-à-vis d'Adriana. Mais oui ! Il avait totalement négligé les deux autres femmes. Il s'empressa de réparer son impolitesse en les regardant toutes les trois d'un regard enchanté, puis il déclara :

— Mesdames, je serais bien en grande peine d'attribuer à l'une de vous le prix de la beauté et de l'élégance. Je suis honoré d'être en si merveilleuse compagnie.

— Vous êtes trop bon, monsieur, roucoula Felicity, s'efforçant d'imiter l'intonation affectée des grandes dames.

— Vous savez parler aux femmes, dit Melora en riant.

— Attention ! lança Adriana avec un sourire moqueur. Nous risquons de prendre goût à vos compliments.

Il fixa les lacs sombres de ses yeux.

— Je me considérerais comme le plus heureux des hommes si j'avais le privilège de plaire à trois beautés aussi exquises...

Felicity était en train de se rappeler la façon dont la brune était entrée en collision avec le marquis, au manoir de Randwulf. L'avait-elle fait exprès ? En tout cas, c'était une excellente stratégie. Elle se mit soudain à tanguer de gauche à droite, comme si le talon de sa bottine s'était enfoncé entre les pavés, puis elle s'agrippa de toutes ses forces à Colton.

— Oh, mon Dieu ! s'écria-t-elle, saisissant le bras du marquis et le plaquant sur ses seins. Sans vous, je serais tombée.

Colton, qui n'était pas dupe du stratagème, tapota gentiment la petite main gantée, crispée sur sa manche.

— Ravi de vous avoir rendu service. Ce n'est pas tous les jours qu'un homme a le plaisir de secourir une jolie femme.

Felicity eut un sourire ravi :

— Oh, monsieur le marquis ! Vous êtes vraiment trop bon.

Adriana réprima une furieuse envie d'imiter son père. Sir Gyles se raclait la gorge avec ironie lorsqu'il voulait signifier qu'il ne fallait pas se fier aux apparences. Mais ce serait manquer de distinction, et Melora, choquée, s'empresserait de dénoncer sa vulgarité auprès de leur mère.

Colton croisa le regard glacé d'Adriana, qui détourna la tête. Elle paraissait fâchée, et il se demanda si c'était à cause de la blonde. Adriana adressa à sa rivale un sourire amical. Persuadée qu'elle et Colton s'étaient donné rendez-vous, elle résolut d'en avoir le cœur net.

— Je vous trouve très en beauté ce matin, mademoiselle Felicity. Mais je crains que ma sœur et moi-même ayons interrompu votre promenade avec lord Colton. J'imagine que vous avez d'autres projets ; vous vous rendiez peut-être à Bath ou à Bristol...

— Oh oui ! s'écria Felicity, enchantée. J'adorerais aller à Bath.

Elle se tourna vers Colton dans l'espoir d'une invitation, mais il se cantonna dans un mutisme décevant.

— Enfin, j'adorerais y aller un jour, rectifia-t-elle.

Plus aucun doute ne subsistait pour Colton. L'attitude d'Adriana était claire. Aurait-elle demandé carrément s'il caressait le projet de séduire Mlle Fairchild qu'elle n'aurait pas été plus directe. Ducoup, son irritation s'expliquait. Elle semblait convaincue qu'il courtisait la jolie blonde. Il la scruta intensément, mais elle resta de marbre. Le fait qu'il n'ait pas essayé de dégager son bras de l'étreinte de Felicity l'accusait de façon explicite, et Adriana ne lui accorda plus aucune attention.

Colton se tourna vers les deux autres femmes.

— Lady Jaclyn viendra-t-elle à votre mariage, Melora ? Je serais enchanté de la revoir, après tant d'années, et de connaître sa nouvelle famille.

— Oui, bien sûr, répondit la sœur d'Adriana. Elle arrivera deux jours avant la cérémonie.

S'efforçant d'être polie, Adriana renchérit froidement :

— Jaclyn sera également ravie de vous revoir.

Colton hocha la tête. Lorsqu'il avait fait remarquer à Melora qu'elle avait eu de la chance de former un couple harmonieux avec sir Harold, avant même leur mariage, il avait noté un ironique haussement de sourcils chez sa sœur cadette. Pensait-elle qu'il était incapable de ressentir un attachement analogue ?

— Et vous, lady Adriana, dit-il, n'espérez-vous pas avoir le bonheur, comme Melora, de trouver un fiancé qui vous aimera et que vous chérirez tendrement ?

— Il semble que ce soit le rêve de toutes les jeunes filles, rétorqua-t-elle sèchement, sûre qu'il cherchait à esquiver ses obligations. Hélas, je ne me fais aucune illusion concernant l'homme que mes parents ont choisi pour moi. À mon avis, il préfère son indépendance au joug conjugal. Et s'il décidait de partir faire le tour du monde plutôt que d'honorer sa part du contrat, cela ne m'étonnerait pas.

Ah ! si seulement il ne la désirait pas comme un fou ! regretta-t-il, jugeant qu'une telle déclaration méritait une répartie cinglante.

— J'ai entendu dire que vous aviez beaucoup de soupirants, lady Adriana. Je conçois que vous ayez du mal à vous décider pour l'un d'entre eux. Mais au pire, il vous restera toujours Roger Elston, qui semble déterminé à ne pas lâcher prise.

Un éclair d'indignation traversa les prunelles sombres.

— M. Elston est simplement un ami, rien de plus. Quant au « fiancé » que mon père m'a choisi, il ne tardera sans doute pas à révéler ses véritables intentions. Je patienterai néanmoins jusqu'à la fin de la période probatoire, par respect pour mes parents et pour la mémoire d'un gentilhomme qui m'aimait comme sa propre fille. Mais je suis convaincue que ce mariage ne se fera pas.

Colton haussa un sourcil, médusé. Elle ne semblait pas faire grand cas de l'honneur que sir Sedgwick lui avait fait en la choisissant comme sa future belle-fille.

— Si j'ai bien compris... vous n'êtes pas particulièrement intéressée par cette... euh... relation ?

— Pour qu'une amitié puisse s'épanouir entre deux personnes, il faut d'abord qu'elles se fréquentent. L'occasion ne s'est pas présentée. Mais même si Sa Seigneurie et moi en venions à mieux nous connaître, je doute que les vœux de nos parents se réalisent. Nous sommes des étrangers l'un pour l'autre, et je ne crois pas que la situation évoluera.

Colton grimaça un sourire. En fait, son refus de se plier à la volonté de son père semblait arranger Adriana.

— Avec un peu de patience, vous trouverez peut-être une solution... Et lui aussi.

Adriana fronça les sourcils. Le sens exact de cette réponse lui échappait. Mais avant qu'elle ait eu le loisir de demander des explications, Colton murmura une excuse, prit congé et s'en fut en boitillant vers le landau noir qui l'attendait. Le voyant s'éloigner, Felicity laissa échapper un soupir désappointé, s'excusa auprès des deux femmes et prit la direction opposée.

Melora pinça le bras de sa sœur, la tirant de ses sombres méditations, tandis qu'elle suivait Colton du regard.

— Arrête, Melora. Tu me fais mal.

— Comme tu as une pierre à la place du cœur, je pensais que tu ne le remarquerais pas. Comment as-tu osé traiter Colton de la sorte ? Tu aurais pu tout aussi bien le gifler.

— Si mon cœur est de pierre, le sien est de granit.

— Autrement dit, vous faites la paire.

Adriana décocha à sa sœur un regard noir et laissa échapper un soupir lugubre. Au nom du ciel, pourquoi sir Sedgwick l'avait-il placée dans une situation aussi infernale ? Comment s'en libérer ? Pourrait-elle jamais vivre auprès d'un mari qui l'aimerait plus que tout autre femme ? Ou devrait-elle toujours avoir en tête que son prétendu fiancé n'avait pas voulu d'elle, ou qu'il s'était soumis uniquement pour ne pas mécontenter sa mère ?

Colton ôta son chapeau de castor et traversa le vestibule de Samuel Gladstone. Quelques jours s'étaient écoulés depuis qu'il avait rencontré Felicity Fairchild, mais il n'avait pas oublié sa promesse de visiter son grand-père. C'était la raison pour laquelle il était venu aujourd'hui. Appuyé sur sa canne, il claudiqua derrière Samantha, tandis que Jane les conduisait à l'étage. Devant la chambre du malade, Samantha, qui s'était mise à bavarder avec la maîtresse de maison, fit signe à son frère de les précéder.

Colton entra dans une vaste pièce aux murs presque entièrement tapissés d'étagères encombrées de livres. Un grand casier vitré contenait de gros volumes, et sur la table basse accotée au pied d'un lit gigantesque s'empilaient des documents reliés de différentes tailles. Vêtu d'une longue chemise propre et coiffé d'un bonnet de nuit, Samuel Gladstone était assis dans son lit, devant une tablette de fortune, une couverture sur les genoux. Des oreillers en plume étaient calés dans son dos, contre la tête de lit élisabéthaine lourdement sculptée. Il étudiait un registre volumineux. Ne voulant pas le déranger, Colton se figea sur le seuil et jeta un coup d'œil derrière lui, mais Jane lui adressa un sourire encourageant et le poussa doucement à l'intérieur.

Colton s'approcha du malade.

— Bonsoir, monsieur Gladstone.

Samuel remonta ses lunettes cerclées d'acier sur son nez, puis leva sur son visiteur un regard scrutateur. Ce n'était pas la première fois qu'un gentilhomme aussi bien habillé venait le voir. À sa grande joie, lord Harcourt lui rendait régulièrement visite. Ce nouveau venu lui rappelait fortement quelqu'un qu'il avait bien connu et apprécié durant de longues années. Sauf que l'homme qui se tenait dans la ruelle du lit, élégamment appuyé sur sa canne, était plus jeune d'une bonne trentaine d'années... Samuel Gladstone pointa l'index sur son visiteur, tandis qu'un sourire accueillant étirait ses lèvres flétries.

— Je vous reconnais, dit-il.

Colton lui rendit son sourire. Cela faisait plus de seize ans qu'il n'avait revu le manufacturier, et tous deux avaient bien changé pendant ce temps. À présent, les cheveux de Samuel étaient d'un blanc cotonneux et beaucoup plus clairsemés que dans son souvenir.

— En êtes-vous sûr ?

Samuel hocha la tête.

— Oh oui ! Mes vieilles jambes ne me portent plus, mais j'ai encore toute ma tête. Vous êtes le fils de lord Randwulf. Vous êtes son portrait craché.

Colton se mit à rire.

— Tout le monde me le dit. Décidément, je ne pourrais jamais sortir incognito. Moi, en revanche, je suis incapable de reconnaître la moitié de la ville.

— Asseyez-vous donc, dit Samuel en indiquant une chaise. Votre sœur m'a souvent raconté vos exploits, et les habitants de Bradford vous considèrent comme un héros. Vos faits d'armes nous ont été rapportés par des soldats de passage soit parce qu'ils avaient servi sous votre commandement, soit parce qu'ils appartenaient à des régiments ayant combattu avec le vôtre... Quant à ma petite-fille, elle n'ouvre plus la bouche que pour parler de vous. Elle m'a dit que vous aviez été blessé et que vous vous servez d'une canne pour marcher.

— J'ai accompli quelques progrès, répondit Colton, installé sur la chaise, la canne contre sa cuisse. Je fais de longues promenades, afin d'assouplir ma jambe. Les Sutton donneront un bal dans quelques semaines, et je me suis fixé pour but de danser avec les plus jolies femmes du comté. Je dois donc m'être débarrassé de ma canne d'ici là si je ne veux pas rester dans mon coin comme une vieille souche, pendant que les autres célibataires s'en donneront à cœur joie.

La tête renversée en arrière, Samuel éclata de rire.

— N'allez pas vous briser l'autre jambe dans votre précipitation à guérir celle-ci. Et si, par aventure, vous rencontrez une mignonne, prétextez votre infirmité pour l'entraîner dans un coin sombre.

Colton sembla très amusé par l'humour du vieil homme.

— Monsieur Gladstone, vous n'y allez pas par quatre chemins ! Je vous promets de me rappeler votre conseil si l'occasion s'en présente.

Les deux femmes entrèrent, et Colton se leva galamment, mais Jane Fairchild le pressa de se rasseoir.

— Ne vous dérangez pas, monsieur le marquis. Installez- vous confortablement, je vais faire du thé.

— Assieds-toi donc un peu, Jane, dit Samuel. Tu n'arrêtes pas de la journée, tu ne te reposes jamais... Je sais combien tu apprécies quand lady Samantha ou lady Adriana viennent nous rendre visite, alors profites-en un peu... Pour une fois, Felicity pourrait préparer le thé.

Jane évita le regard de son père. Elle ne voulait pas que cet homme perspicace voie son expression désabusée.

— Felicity ne se sent pas très bien aujourd'hui, papa. Elle est restée dans sa chambre tout l'après-midi.

Samuel haussa un sourcil broussailleux, l'air sceptique. Ces derniers temps, sa petite-fille était de plus en plus souvent indisposée. Il en devinait la raison, bien sûr, mais s'abstenait de tout commentaire. En vivant sous le même toit que la famille de Jane, il avait pu percer à jour le caractère de son gendre et celui de Felicity. Il était inutile de compter sur cette dernière, qui inventait n'importe quel prétexte pour déserter la chambre du malade. Elle poussait des soupirs excédés chaque fois qu'il lui demandait un service. Samuel avait décidé de faire sa lecture tout seul, ainsi que certaines autres tâches qu'il pouvait encore effectuer sans aide. Après avoir vu les domestiques se succéder à son chevet depuis la mort de sa chère épouse, il appréciait par-dessus tout la présence de sa fille à ses côtés.

Jane se dirigea vers la porte. Sous le chambranle, elle se retourna.

— Veux-tu que je rapporte les registres à la manufacture, papa ? demanda-t-elle. Jarvis ne tardera pas à rentrer.

— Je suis désolé de te donner ce surcroît de travail, mais je ne vois pas à qui d'autre je pourrais confier la comptabilité. Tu es aussi calée que ton vieux père.

Peu après avoir bu le thé, Samantha et Colton prirent congé. En les voyant sortir de Stanover House, Bentley fit avancer le landau. Au même moment, Felicity posa le roman qu'elle lisait, traversa le palier et alla jeter un coup d'œil par la fenêtre de la chambre d'amis, qui donnait sur la rue. Ce qu'elle vit lui arracha un cri étouffé : sa mère était debout sur le perron, tandis que lord Randwulf aidait Samantha à remonter dans leur landau. La jeune femme eut un haut-le-corps. Non seulement le marquis et sa sœur étaient venus leur rendre visite à son insu, mais ils repartaient sans qu'elle les ait vus. Soulevant ses jupes, elle se précipita vers l'escalier, dont elle dégringola les marches. Le souffle court, le cœur battant, elle traversa le grand vestibule sans prendre le temps de s'arrêter pour remettre sa coiffure en place ou lisser sa jupe. Elle n'avait que quelques secondes pour retarder le départ des deux visiteurs. Hors d'haleine, elle ouvrit la lourde porte et se rua hors de la maison. Hélas, le cocher fit claquer son fouet, et l'attelage s'élança en avant. Felicity se mit à courir derrière le carrosse qui s'éloignait. Ses brodequins martelaient les pavés, elle respirait par saccades, les joues empourprées, mais le landau tourna au coin de la rue et disparut. Furieuse, elle s'arrêta, haletante. Ses poumons menaçaient d'exploser.

Lentement, elle remonta la rue en direction de la maison. Sa mère n'avait pas bougé, et Felicity lui lança un regard furieux.

— Pourquoi tu ne m'as pas dit que lord Colton était là ?

L'indignation de sa fille laissa Jane de marbre.

— Tu as déclaré que tu étais malade et qu'il ne fallait te déranger sous aucun prétexte. Je t'ai obéi, répondit-elle avec un haussement d'épaules.

— Mais tu aurais dû savoir que j'avais envie de voir Sa Seigneurie ! s'écria Felicity, pointant du doigt l'endroit où le landau avait disparu. Te rends-tu compte qu'il ne reviendra peut-être plus jamais ?

— J'ai supposé que tu allais vraiment trop mal pour faire la conversation à des visiteurs. Si ce n'était pas le cas, tu te serais occupée de certaines tâches ménagères qui sont en souffrance, et ainsi tu n'aurais pas manqué la visite de lord Randwulf.

— Tu l'as fait exprès, n'est-ce pas ? Tu as voulu me punir parce que je ne me suis pas pliée à tes exigences. Attends un peu que papa revienne ! Il n'en croira pas ses oreilles quand je lui vais lui raconter que tu as été assez stupide, assez mesquine pour me cacher que lord Colton est venu me voir.

— À ta place, mademoiselle, je ne le prendrais pas sur ce ton. Sinon, tu pourrais te retrouver à récurer le sol avant le bal des Sutton. Et si tu continues à te montrer aussi arrogante, il se pourrait que tu restes à la maison, ce soir-là, malgré l'invitation de lady Samantha.

— Quoi ? hurla Felicity en trépignant. Tu ne peux pas me retenir ici, alors que papa souhaite que j'y aille. Ah ! je me demande quelle excuse tu as pu donner à lord Colton quand il a demandé à me voir.

Jane attira sa fille à l'intérieur de la maison et referma la porte. Les yeux brillants de colère, elle leva ensuite la main et lui assena une gifle retentissante sur la joue.

— N'ose plus jamais me manquer de respect! menaçat-elle froidement. Plus jamais, as-tu compris?

Interloquée, la paume sur sa joue cuisante, Felicity regarda sa mère. Jusqu'alors, elle n'avait reçu que quelques fessées, lorsqu'elle était petite. C'était la première fois que Jane la frappait au visage. Felicity fondit en larmes.

— Je vais le dire à papa! glapit-elle. Il te fera regretter de ne pas m'avoir laissée voir lord Colton.

— Lord Colton n'est pas venu pour toi, corrigea Jane sèchement. Il a rendu visite à ton grand-père et ne t'a pas mentionnée une seule fois. Il est marquis, Felicity, et il épousera une femme de son milieu; il est grand temps que ton père le comprenne.

— Papa ne pense pas comme toi.

Jane soupira.

— Tu es très belle, Felicity, et je comprends que ton père fonde sur toi tous ses espoirs. Mais je crains que vos rêves ne partent en fumée. Si tu te jettes dans les bras d'un gentilhomme dans l'espoir qu'il t'épousera, tu le regretteras amèrement. Il profitera de toi avant de t'abandonner, te laissant peu de chances de trouver un mari respectable par la suite. La rumeur a souvent détruit des vies entières. Aucun homme ne veut d'une marchandise d'occasion.

— Lord Randwulf ne ferait jamais une chose pareille.

— Lord Randwulf est un homme comme les autres, et je doute qu'il dédaigne les avances d'une jeune et jolie femme. Le moindre des chenapans saurait séduire une jeune fille innocente, à condition de savoir s'y prendre; à plus forte raison un riche aristocrate... Tu es trop naïve pour voir le danger. Bien que la société tienne les nobles en haute estime, ils sont nombreux à tourner le dos à une maîtresse qui leur a donné un bâtard, s'empressant de proclamer que cet enfant n'est pas le leur. Si tu cèdes à l'un d'eux, tu ne récolteras que du chagrin.

— Tu es jalouse ! l'accusa Felicity d'un ton acide. Tu ne supportes pas que je sois jeune et belle, alors que tu es vieille et usée. Ce n'est guère étonnant que papa me préfère à toi.

Choquée, Jane recula d'un pas.

— Je n'ai jamais vraiment compté sur l'amour de ton père, Felicity. J'ai été trop confiante en ce qui te concerne, mais il va falloir que je reconsidère mes positions. De toute façon, cela ne changera rien. Que tu le veuilles ou non, tu apprendras à respecter tes parents et à changer de comportement. Sinon, je serais forcée de prendre les choses en main.

— Que veux-tu dire ?

— Si les ennemis du duc de Wellington lui avaient demandé de dévoiler ses plans avant le combat, je suis sûre qu'il aurait refusé. Je ferai de même, puisqu'il semble que nous soyons en total désaccord toutes les deux. Je suis ta mère, et mon rôle consiste à t'inculquer les bonnes manières et le respect des personnes plus âgées. À partir d'aujourd'hui, je ne veux plus te voir vautrée dans ta chambre alors qu'il y a des choses à faire dans la maison. Je te défends de menacer Lucy ou les autres domestiques pour qu'ils fassent à ta place les corvées qui t'incombent. Et si tu penses que ton père s'opposera à ce que je dis, tu te trompes lourdement. Il sera bien trop occupé à rectifier ses propres erreurs pour s'intéresser à tes jérémiades.

Felicity fronça les sourcils.

— Mais qu'est-ce que tu racontes ?

— Cela ne te concerne pas, ma chère. C'est entre ton père, ton grand-père et moi. Sache simplement que dorénavant, tu obéiras à mes directives, sinon tu auras affaire à moi… et à moi seule.

Roger Elston se dit que la chance commençait enfin à lui sourire. Il errait dans les rues de Bradford en réfléchissant à la façon d'aborder à nouveau lady Adriana, lorsqu'il avait aperçu le landau de lord Randwulf qui quittait la maison des Fairchild... Le jeune homme s'était précipité au château de Wakefield et avait fait un rapport en bonne et due forme à Adriana. Il y avait ajouté quelques considérations de son cru... Selon lui, Felicity Fairchild était amoureuse de Colton, et celui-ci n'était pas indifférent à ses sollicitations.

9

Lady Christina s'était préparée à recevoir ses invités, mais quand son majordome annonça leur arrivée, elle frémit intérieurement.

— Merci, Charles. Je vous prie d'en informer mon mari.

— Bien, Madame.

L'instant d'après, Christina tambourina à la porte de sa fille.

— Ma chérie, les Wyndham sont là.

Adriana poussa un soupir morose. Autant elle avait apprécié l'ancien marquis de Randwulf, autant le nouveau lui mettait les nerfs en pelote. Son accès de colère, seize ans auparavant, s'était gravé à jamais dans sa mémoire, et elle ne pouvait plus l'évoquer sans être parcourue de frissons, comme un chaton effrayé par une meute de chiens... Un souvenir plus récent – celui de sa rencontre fortuite avec Colton dans une certaine salle de bains – lui procurait des frissons d'une tout autre nature. Lorsqu'elle s'était réveillée en sursaut dans l'eau parfumée à la rose et avait découvert Colton debout, près de la baignoire, elle avait cru que son cœur allait cesser de battre. Puis elle avait pensé tout naturellement qu'ils pourraient devenir mari et femme, si du moins il acceptait l'idée de leurs fiançailles. Or, quand Roger Elston l'avait informée qu'il avait aperçu le carrosse des Wyndham devant Stanover House, elle en avait déduit que Colton avait rendu visite à Felicity...

Quand elle les avait rencontrés ensemble en ville, Colton avait voulu lui faire croire qu'il s'agissait d'une simple coïncidence, mais elle avait à présent la preuve qu'ils se voyaient régulièrement.

Melora avait peut-être raison, peut-être n'avait-elle pas le courage de risquer un nouveau refus de Colton. Quelle femme courrait le risque d'une telle humiliation ? Ce serait d'autant plus pénible et insultant si, après l'avoir contemplée toute nue à loisir, Colton lui préférait Mlle Fairchild !

Adriana n'aurait voulu pour rien au monde mettre ses parents dans une situation difficile, mais si elle s'était écoutée, elle se serait précipitée dans l'écurie, aurait harnaché Ulysse et se serait enfuie loin, très loin, vers une destination inconnue. Elle avait souvent agi ainsi pour échapper à un invité indésirable, mais dans le cas présent, c'était impossible.

La crainte que Colton ne la rejette à nouveau la tourmentait sans cesse. Elle se dit que pendant toutes ces années passées à commander ses troupes, il était passé maître dans l'art d'achever ses victimes avec son arme préférée : une ironie acérée. Hélas, cette fois-ci, elle ne pouvait se permettre de l'éviter. Elle allait devoir affronter l'homme auquel ses parents l'avaient promise. « La parole d'un honnête homme n'a d'égal que son engagement », disait souvent son père, du temps où il inculquait ses principes à ses trois filles. Gyles Sutton n'en attendait pas moins d'elle.

— Oui, maman, je descends tout de suite, répondit-elle d'une voix abattue. Dès que Maud aura fini de me coiffer.

— Dis-lui de se dépêcher, ma chérie. Il ne faut pas faire attendre nos invités.

— Oui, maman, je sais, marmonna lugubrement Adriana.

La mauvaise humeur de sa jeune maîtresse arracha un gloussement amusé à Maud.

— Allons, Madame, courage. Passer un moment en compagnie de lord Randwulf, ce n'est pas la mer à boire... La cuisinière, qui l'a vu l'autre jour à Bradford, près du magasin où elle achète des épices, en est restée bouche bée. Lorsqu'elle est rentrée, il n'y en avait que pour lui : « Il est grand, beau comme un dieu, habillé comme un prince, un vrai homme et tout, avec un peu de viande sur les os, pas comme ce Elston qui a débarqué ici pas plus tard qu'hier, comme s'il était chez lui... » Et patati et patata... Bah, voulez-vous mon avis ? M. Elston est trop maigre ! Et il n'est pas aussi viril que Sa Seigneurie, ça, c'est sûr.

— Oui, Maud, vous avez raison. Lord Colton a un physique très agréable, mais...

— Mais quoi ? Vous vous faites du mauvais sang pour rien. Vous n'êtes pas contente d'être courtisée par un si bel homme ?

— Le problème est que je ne suis pas sûre que lord Randwulf souhaite vraiment me faire la cour. C'était l'idée de son père, pas la sienne.

— Pensez-vous ! Bien sûr qu'il le souhaite ! insista la femme de chambre. Vous êtes le plus joli brin de fille à cent lieues à la ronde, et il faudrait qu'il soit complètement idiot pour ne pas le remarquer. Voyez tous ces gentilshommes qui vous tournent autour... C'est bien la preuve que vous êtes la plus belle !

— Tous les hommes n'ont pas les mêmes goûts, Maud, et par ailleurs, lord Randwulf semble très attaché à sa liberté...

Adriana s'interrompit. À quoi bon expliquer davantage ? La servante ne comprendrait jamais ses véritables craintes. Sa fascination pour cet homme l'effrayait... Si son attachement était aussi puissant aujourd'hui, quels seraient ses sentiments demain, lorsqu'il aurait fini de lui faire la cour ? Oh ! s'il la repoussait, elle en aurait le cœur brisé.

— Qui sait ce qu'il pense vraiment ? murmura-t-elle en hochant la tête.

Elle devrait patienter pour le savoir, mais elle doutait que l'issue de cette période d'essai lui soit favorable. Avec un long soupir, elle quitta sa chambre. Elle redoutait l'instant où elle se retrouverait face à Colton, au risque de perdre encore un morceau de son cœur.

Lady Christina descendit les marches de l'escalier, sûre que sa fille la suivrait bientôt. Sa main fine se crispa sur la poignée dorée de la porte du salon, et elle se figea un instant, pensive. Elle redoutait cette épreuve, et elle se demandait comment elle parviendrait à dissimuler son malaise quand elle découvrirait le visage balafré de l'homme à qui elle avait destiné sa fille cadette. Elle s'en voulut de n'avoir pas demandé plus de détails à Adriana, mais c'était trop tard. Elle prit une profonde inspiration, dans l'espoir d'apaiser son anxiété, mais l'appréhension continua à lui étreindre la gorge. Finalement, elle prit son courage à deux mains et poussa courageusement le battant de la porte.

Quand elle pénétra dans le salon, lord Randwulf lui tournait le dos. Planté devant la fenêtre, il admirait le jardin luxuriant à travers les vitres en losange. Elle s'en félicita secrètement; cela lui donnait le temps de saluer lady Philana, avant d'être confrontée au visage défiguré du marquis. Elle espérait qu'elle serait ensuite capable de surmonter sa répugnance. Elle devait se rappeler avant tout que Colton était le fils de sa meilleure amie et que ses cicatrices témoignaient de son exceptionnel courage guerrier. Un sourire plaqué sur les lèvres, lady Christina traversa la vaste pièce en direction du canapé où Philana avait pris place.

— Il me tardait de vous revoir, ma chère amie, dit-elle avec chaleur en lui prenant les mains et en les pressant entre les siennes. Enfin, votre fils est revenu... poursuivit-elle avec l'impression que les mots s'agglutinaient dans sa gorge. Comme vous devez vous sentir soulagée.

— Soulagée et ravie qu'il se soit décidé à endosser les responsabilités de son père, répondit lady Philana, adressant un radieux sourire à son hôtesse. Mais le plus important, Christina, reste à faire. Nous sommes venus discuter avec Gyles et vous des clauses du contrat selon lesquelles Colton courtisera Adriana pendant trois mois, avant d'annoncer – ou pas – leurs fiançailles. J'espère qu'elle va nous rejoindre, car nous avons besoin de son accord.

— Maud a presque fini de la coiffer, elle ne tardera pas à descendre. Quant à Gyles...

La porte s'ouvrit derrière elle. Ayant reconnu les pas de son époux sur le parquet, avant qu'ils ne soient étouffés par l'épais tapis oriental, Christina n'eut pas besoin de se retourner.

— Eh bien ! le voilà.

— Soyez les bienvenus ! s'écria Gyles, feignant de son mieux un enthousiasme joyeux et s'avançant pour faire un baise-main à la marquise.

— Toujours aussi belle, ma chère !

Philana émit un rire cristallin.

— Gardez vos compliments pour des dames plus crédules, Gyles. Je suis âgée et pleine de rides.

Gyles porta la main à son cœur, comme pour plaider son innocence, en souriant.

— Je ne vois pas de rides, et quel que soit votre âge, ma chère, votre grâce et votre beauté demeurent inaltérables.

— Vous êtes un ami précieux, répondit Philana enchantée, bien que vous ayez un peu tendance à mentir...

Étouffant un rire amusé, Gyles recula d'un pas. Il retardait le moment de saluer lord Randwulf. Comme Christina, il appréhendait ce face-à-face. Colton, qui s'était détourné de la fenêtre, boitillait à présent dans sa direction. Le martèlement étouffé de sa canne sur le tapis résonnait comme un glas dans le cœur de Gyles, à qui son épouse avait confié, en larmes, combien elle répugnait à accorder la main de sa petite fille chérie à un homme défiguré, malgré son héroïsme et ses médailles. Gyles avait tenté de la raisonner, mais lui-même était consterné : Adriana était sa préférée, et l'idée de la marier à un homme dont l'aspect ferait fuir tous les enfants du voisinage le rendait malade.

Philana désigna son fils, d'un geste élégant de la main.

— Voici Colton, sain et sauf, en dépit d'une affreuse blessure à la jambe.

Gyles posa une main réconfortante dans le dos de sa femme, prêt à la soutenir, au cas où elle défaillerait. Tous deux se tournèrent vers le marquis. Christina, qui était petite, dut lever la tête pour le regarder. De son côté, Gyles essayait de se préparer à la suite des événements. Si son épouse s'évanouissait, il expliquerait qu'elle souffrait de vertiges, et cela ne serait qu'un demi-mensonge, étant donné sa nervosité grandissante pendant les jours qui avaient précédé cette visite. Lui-même était décidé à ne rien manifester, pas même un battement de paupières. Se drapant dans une dignité imparable, il se résolut à regarder son invité... Il eut alors l'impression que sa mâchoire allait se décrocher.

— Lord Gyles, lady Christina, dit Colton d'une voix chaleureuse, avec un sourire resplendissant.

— Oh, mon Dieu ! murmura Christina, le souffle coupé, tandis qu'elle rougissait jusqu'à la racine des cheveux.

Jusqu'alors, elle avait considéré son gendre, sir Thornton Godric, ainsi que sir Harold Manchester, le fiancé de Melora, comme des hommes extrêmement séduisants. Mais force lui était d'admettre que Colton Wyndham, avec ses traits aristocratiques, sa haute taille et ses larges épaules, damait le pion aux deux autres. Christina secoua la tête, confuse, se demandant comment elle en était arrivée à croire que le fils de Sedgwick et de Philana était hideux.

— Lord Colton, dit-elle, vous avez tellement changé que vous nous voyez surpris, Gyles et moi.

Colton eut un sourire amical.

— Mais c'est tout à fait compréhensible, madame. Je n'étais qu'un adolescent, la dernière fois que vous m'avez vu. Seize années ont passé, et elles ont laissé quelques traces...

Réprimant un soupir de soulagement, Christina indiqua le canapé sur lequel Philana avait pris place.

— Je vous en prie, asseyez-vous et décrivez-nous les pays que vous avez visités.

Avant que Colton ait eu le temps d'ouvrir la bouche, la porte s'ouvrit de nouveau. Adriana entra et, une fois de plus, il fut frappé par sa beauté. Pour l'esthète en quête de perfection féminine, Adriana Sutton pouvait servir d'idéal auquel les autres femmes devraient impérativement être comparées avant d'être jugées. Elle incarnait la perfection. Sa longue chevelure épaisse était relevée en couronne tressée au sommet de sa tête, mettant en valeur son cou altier, tandis que les frisons qui encadraient son visage et sa nuque adoucissaient l'austérité de sa coiffure. Par contraste avec l'ébène de ses cheveux, sa peau très blanche semblait presque translucide. Ses joues roses et ses lèvres douces et pleines n'avaient besoin d'aucun artifice, et ses grands yeux noirs, bordés de cils soyeux, étaient si magnifiques qu'il dut faire un effort pour échapper à leur envoûtement.

Ses vêtements, à la pointe de la mode, lui seyaient parfaitement. Une ganse de soie garnissait le col haut et les épaulettes de son corsage en crêpe de laine émeraude, très ajusté à la taille, rehaussé par une écharpe de faille ivoire et rebrodé de fils de soie de la même nuance. Les volumineuses manches gigot se rétrécissaient à partir du coude pour épouser étroitement la forme de l'avant-bras et le poignet. La jupe ample, taillée dans la même soie que l'écharpe et les manches, laissait apercevoir ses petits pieds chaussés de brodequins à talons plats. Elle ne portait aucun bijou, à part des pendants d'oreille – deux perles solitaires délicatement serties d'or. Colton se surprit à penser aux boucles qu'affectionnait Pandora Mayes. L'actrice préférait les colifichets voyants. Il n'y avait décidément aucune ressemblance entre les deux femmes. Pandora Mayes, provocante et voluptueuse, savait parfaitement ce qu'elle faisait en attirant un homme dans son lit. Elle se défendait farouchement d'être une catin, car elle n'accordait ses faveurs qu'aux hommes qu'elle estimait et avec lesquels elle nouait de longues idylles. Mais les cadeaux somptueux et les grosses sommes d'argent qu'elle recevait de ses amants et de ses admirateurs l'apparentaient tout de même aux courtisanes qui vendaient leurs charmes sur les trottoirs de Londres. Adriana, en revanche, avait tout de la dame noble que Colton épouserait un jour. Et depuis que Bentley l'avait éclairé sur les principes qui régissaient le comportement des femmes honnêtes, force lui était d'admettre que celle-ci méritait tous les égards dus à son rang.

Il songea qu'elle devait avoir froid, car elle avait resserré son écharpe sur sa poitrine. Devinant les deux petites pointes dressées sous le tissu, il se rappela que ces deux boutons, d'un rose exquis sur les coupoles jumelles des seins, lui avaient paru incroyablement doux quand il les avait aperçus dans l'eau du bain. Quelle que soit l'élégance des vêtements d'Adriana, il ne pouvait s'empêcher de rêver au corps délectable qu'ils dissimulaient... Telle une déesse dans toute la splendeur de sa jeunesse, Adriana comblerait tous les désirs de son futur époux. Il se dit qu'il lui suffirait de ravaler sa fierté, de céder aux injonctions de son père et d'accepter ce mariage comme un cadeau plutôt que comme une contrainte pour obtenir le droit de savourer chaque parcelle de cette peau satinée; mais comment oublier qu'il s'agissait d'un arrangement qu'il avait contesté pendant seize ans et qui l'engagerait pour le restant de ses jours?

— Je vous prie d'excuser mon retard, murmura Adriana à la cantonade, évitant soigneusement de croiser les yeux de Colton.

Son regard, nota-t-elle, n'était pas moins lascif que le soir où il lui avait fait des propositions indécentes dans son landau, sous la clarté dansante des lanternes. Bien sûr, d'autres hommes l'avaient déjà dévisagée avec insistance, mais elle estimait que Colton dépassait les limites de la bienséance. Au moins, les autres savaient rester discrets, alors que le nouveau marquis de Randwulf ne cachait pas ses intentions. Il la dévorait ouvertement des yeux, s'attardant sur chaque courbe de son corps, la déshabillant littéralement du regard.

— Adriana, asseyez-vous, dit-il en avançant une chaise à haut dossier sculpté.

La jeune femme jeta alentour un regard éperdu d'animal aux abois. En présence de ses parents et de lady Philana, elle n'avait guère le choix... Elle devait faire taire son envie de rebrousser chemin et de se réfugier dans sa chambre. Prudemment, elle s'assit sur le bord du siège, droite comme un i, aussi loin que possible des grandes mains hâlées qui étreignaient le dossier. Comme elle s'y attendait, sa réserve ne découragea pas l'adversaire. Le toc-toc de la canne, assourdi par le tapis, contourna la chaise pour s'arrêter à côté d'elle. Colton se pencha et huma le parfum de ses cheveux. En sentant son souffle sur sa pommette, elle ferma instinctivement les yeux, déroutée par le frisson de plaisir qui la parcourait. La seule proximité de cet homme semblait anéantir sa volonté.

— Détendez-vous, Adriana, chuchota-t-il. Je ne vous mangerai pas... enfin, pas encore.

Elle prit une profonde inspiration et tenta de rassembler ses esprits. Cette voix grave et sensuelle recelait un pouvoir de persuasion extraordinaire, et quand elle prononçait son prénom, Adriana se sentait littéralement fondre. Dans un ultime sursaut de volonté, elle puisa dans les pénibles souvenirs de son enfance la force de résister. Après tout, Colton lui avait gâché la vie. De plus, non content de lui avoir fait des avances insultantes, il avait jeté son dévolu sur Mlle Fairchild, qui, apparemment, s'était empressée de se soumettre. Elle se demanda s'il avait usé des mêmes arguments auprès de la petite-fille du manufacturier. Elle lui jeta un coup d'œil oblique, tandis qu'il avançait une seconde chaise et la plaçait tout près de la sienne. Ne pouvant plus y tenir, elle remarqua, d'un ton sarcastique :

— Je peux aller m'asseoir ailleurs s'il vous faut davantage de place, monsieur le marquis.

Colton reçut la flèche avec bonhomie.

— Malheureusement, le canapé est pris, ma chère. Sinon nous nous y serions assis côte à côte.

— Ah ? Et pourquoi donc ? feignit-elle de s'étonner. Vous n'avez pas besoin de mon aide pour contester le contrat que votre père a établi contre vos souhaits. Car je suppose que vous êtes ici pour annuler cet arrangement.

Elle le dévisagea d'un air belliqueux, le menton haut :

— Est-ce que je me trompe ?

Colton grimaça un sourire contrit, comme s'il était piqué au vif.

— Parfois, Adriana, je me demande si votre joli minois ne cache pas une âme de mégère. J'ai déjà pu ressentir les piques de votre langue acérée à plusieurs reprises.

Adriana haussa les épaules, ce qui lui valut un regard sombre de sa mère, tandis que Colton simulait un rire amusé. Elle songea qu'il lui portait décidément sur les nerfs, et elle l'aurait volontiers assommé avec un vase de porcelaine. Elle était cependant stupéfaite par la confusion de ses propres sentiments et s'efforçait de chasser les étranges petites bulles de plaisir qu'il faisait éclore au tréfonds de son cœur. Persuadée qu'il allait accepter de lui faire la cour à seule fin de complaire à sa mère, avec la ferme intention d'annuler leurs fiançailles à l'issu du délai contractuel, elle maudit une fois de plus son attirance pour lui.

— Je ne doute pas, monsieur, que vos conclusions résultent de votre grande expérience, déclara-t-elle froidement. Ni que vous ayez acquis cette expérience pendant votre absence, et peut-être même depuis votre retour.

Marquant une pause, elle le défia du regard, attendant que cette nouvelle flèche atteigne la cible, mais il se contenta d'un sourire ambigu.

— À moins que vous n'ayez l'intention d'utiliser ma « langue acérée » comme prétexte pour vous libérer de ce malheureux contrat...

Un silence suivit, pendant lequel Philana éprouva une étincelle d'espoir. Pour la première fois depuis que son bien-aimé Sedgwick avait conçu le projet de marier leur fils à Adriana Sutton, elle commençait à y croire. Colton était très séduisant, et elle s'imaginait aisément que beaucoup de femmes étaient prêtes à s'offrir à lui. En conséquence, elle trouvait la façon qu'avait Adriana de pousser son fils dans ses derniers retranchements était plutôt rafraîchissante. Colton, trop sûr de son charme, ne devait pas avoir l'habitude d'être ainsi remis à sa place.

Gyles, qui n'avait pas compris le sens exact des propos de sa fille, se tourna vers Colton.

— Est-ce vrai, monsieur? Souhaitez-vous dénoncer le contrat?

En se redressant, Colton sourit au père d'Adriana.

— Au contraire, lord Gyles, je souhaite faire la cour à votre fille le plus vite possible. Mère m'a informé du nouvel arrangement que vous avez signé avec Père. Je l'ai étudié avec la plus grande attention, et je suis d'accord pour une période d'essai de trois mois, à l'issue de laquelle je prendrai la décision qui engagera mon destin... À moins, naturellement, que votre fille ne s'y oppose.

Il baissa les yeux sur Adriana, attendant une réponse qui ne vint pas, puis se rassit près d'elle.

— Qu'en pensez-vous, ma chère? Avez-vous des objections concernant ces préliminaires, durant lesquels nous sommes censés mettre nos émotions à l'épreuve? Si vous n'en avez aucune, je suggère que nous commencions dès aujourd'hui.

« Plus vite commencé, plus vite terminé », songea Adriana. L'espace d'un instant, elle fut tentée de refuser les projets de lord Sedgwick plutôt que de subir l'humeur capricieuse de son fils. Toute réflexion faite, elle y renonça. Certes, son amour-propre froissé l'incitait à libérer Colton des obligations qu'il avait si ouvertement refusées, mais l'idée de faire de la peine à lady Philana, qu'elle chérissait tendrement, et de décevoir ses parents la retint.

— Si vous n'y voyez pas d'inconvénient, monsieur, je préfère repousser le début de notre période d'essai au 21 octobre, date de l'ouverture du bal d'automne, répondit-elle finalement.

— Pourquoi attendre presque un mois? s'étonna-t-il.

Colton était contrarié par ce délai supplémentaire. Il avait accepté de faire la cour à Adriana pendant trois mois, selon les termes du contrat, afin de prouver à sa mère que les sentiments amoureux ne se commandaient pas. À l'issue de cette épreuve, il serait libre de sa décision, et s'il choisissait finalement d'épouser Adriana, ce ne serait pas pour se soumettre à l'autorité paternelle. Prolonger d'un mois cette attente rendait l'épreuve encore plus difficile.

L'index sur la joue, le menton sur le pouce, Colton examina Adriana pensivement. Il avait toujours été responsable de ses choix, mais depuis qu'il l'avait contemplée dans son bain, il ne se sentait plus maître de lui et avait passé d'innombrables nuits blanches. Cependant, ce n'était pas parce qu'il était fou de désir pour cette femme qu'il allait nécessairement se soumettre aux volontés de son père et l'épouser. Il devait aborder la période de découverte mutuelle en essayant de faire abstraction de son attirance physique pour Adriana, afin de juger sereinement s'il pouvait être heureux avec elle. Et si c'était effectivement le cas, alors le désir sexuel viendrait consolider leur union.

— Le 21, avez-vous dit ?

— Oui, ou n'importe quand à partir du bal d'automne, répondit-elle.

— Et en attendant ? Permettrez-vous à M. Elston de vous rendre visite chez vous ?

Sous son regard inquisiteur, Adriana sentit une bouffée de chaleur lui monter au visage. Quel toupet ! Lui poser cette question alors que lui-même ne se privait pas de visiter Felicity.

— J'ai autorisé M. Elston à assister au bal. Je compte l'informer du fait que ses visites ici sont devenues indésirables, mais je pense que cette nouvelle lui semblera moins pénible après le bal.

Elle regardait droit devant elle, offrant à son voisin son profil gracieux. Une bouclette glissait le long de son oreille délicate qu'il eut soudain envie de caresser du bout de sa langue. Lui prenant le menton, il la força à se tourner vers lui, de manière à mieux questionner ses grands yeux sombres.

— Seriez-vous offusquée, madame, si ce soir-là je témoignais quelques égards à une autre jeune femme ? Ce ne serait que justice, puisqu'il semble que de votre côté vous serez prise.

Adriana détourna la tête, les sourcils froncés. Elle n'avait nul besoin d'entendre le nom de la femme qu'il avait en tête.

— Je ne suis pas prise. J'ai simplement donné à Roger Elston la permission d'assister au bal, répéta-t-elle. Cela ne m'engage pas outre mesure. Mais vous ferez comme bon vous semblera. Je n'ai aucun droit sur vous.

— Mais si, Adriana, objecta-t-il, saisissant doucement entre ses doigts la bouclette et s'émerveillant de sa texture soyeuse. Nous sommes liés par un contrat qui fait de nous des fiancés. Et cela vous donne le droit d'approuver ou non ma conduite vis-à-vis des autres femmes. Les fiancés sont presque mariés, n'est-ce pas ?

— Ce n'est pas notre cas, rétorqua-t-elle, esquivant vivement la main qui lui frôlait les cheveux. Nous ne sommes pas mariés. Et même si nous étions vraiment fiancés, vous seriez libre d'avoir les égards que vous voudriez envers qui vous voudriez... Maintenant, cela suffit ! s'écria-t-elle, tapant sur la main qui, de nouveau, lui effleurait la tête. Laissez mes cheveux tranquilles.

— Adriana ! souffla Christina, stupéfaite par l'attitude de sa fille. Quelle honte ! Frapper la main de Sa Seigneurie... Que va-t-il penser ?

— Ts ! Ts ! fit Colton avec un large sourire. Je pense que vous ne me portez pas grand intérêt, Adriana.

— C'est bien possible, monsieur, répliqua-t-elle sèchement. Après tout, vous n'êtes qu'un étranger pour moi.

— Adriana ! la gronda sa mère, médusée par sa brusquerie.

— Décidément, ma chère, vous représentez un défi pour moi, dit Colton, les yeux brillants. Je n'ai jamais connu une femme aussi réticente à accepter mes attentions.

Il était las des conquêtes féminines trop faciles, et la perspective de conquérir cette superbe tigresse qui passait le plus clair de son temps à l'éviter éveillait en lui ses instincts de chasseur.

— Je suis persuadée que votre route est semée de cœurs brisés, déclara Adriana d'un ton acerbe. J'essaie donc de ne pas vous accabler de flatteries aussi banales qu'exaspérantes.

Colton s'aperçut soudain, non sans une certaine stupéfaction, qu'il prenait grand plaisir à cette joute oratoire ; plus tard, il n'en savourerait que davantage la capitulation de sa proie. Les femmes qu'il avait connues jusqu'à ce jour étaient toutes expertes dans les jeux de l'amour, mais aucune n'avait réussi à le faire douter de son pouvoir de séduction. Au contraire, Adriana paraissait totalement indifférente à son charme. Désireux de la mettre à l'épreuve, il lui prit la main.

— Et si je vous disais, très chère, que je vous trouve ravissante ? Je n'aurais jamais imaginé, quand vous étiez enfant, que vous deviendriez belle à couper le souffle.

— Respirez un bon coup, assena-t-elle d'une voix dédaigneuse sans le regarder. Vous verrez, votre souffle vous reviendra.

Christina ouvrit la bouche pour fustiger l'arrogance de sa fille, mais Philana lui serra doucement le poignet, la forçant à se taire. Colton souleva la petite main fine et y posa doucement ses lèvres. L'estomac d'Adriana se noua. Ce baiser fugitif faisait naître des sensations analogues à celles qu'elle avait éprouvées lors de leurs retrouvailles quelque peu mouvementées, au manoir de Randwulf. À ceci près que, à chaque rencontre avec Colton, les sensations devenaient plus fortes. Craignant de se trahir devant ses parents, elle retira rageusement sa main, bondit sur ses jambes et s'élança vers la porte. Le dos tourné, elle recomposa son visage, puis se retourna pour faire face aux invités.

— J'ai promis à Melora de l'aider à terminer les préparatifs de son mariage, déclara-t-elle, esquissant une révérence respectueuse à l'adresse de la mère de Colton. Lady Philana, si vous voulez bien m'excuser...

— Bien sûr, mon enfant, sourit la marquise.

Elle jeta à son fils un regard en biais. Le voyant sourire, elle retint un soupir. Colton avait été un adolescent turbulent, et visiblement, son caractère n'avait guère changé.

Les grands yeux noirs se posèrent froidement sur le marquis.

— Bonne journée, lord Randwulf, lança Adriana d'une voix cassante.

La porte claqua derrière elle, et, pendant un moment, chacun fixa le battant, silencieux. Puis, dans un même mouvement, Gyles et Christina se tournèrent vers le marquis. Ils redoutaient sa réaction après le départ précipité de leur fille. Mais Colton éclata de rire. Apparemment, sa jeune promise ne semblait pas plus attachée que lui aux termes du contrat.

— Quel tempérament ! s'exclama-t-il.

— J'espère qu'elle ne vous a pas offensé, monsieur le marquis, murmura Christina.

Philana pouffa, amusée.

— Je ne sais pas si mon fils a été offensé. Personnellement, je l'ai trouvée merveilleuse... comme d'habitude. Encore un peu et elle l'aurait giflé. Cela dit, il l'aurait amplement mérité.

Christina hocha la tête, ne sachant plus comment s'excuser.

— Parfois, ma fille cadette se montre... comment dire... un peu brusque avec certains représentants de la gent masculine. Elle n'aime pas se sentir bousculée, mais je n'avais pas imaginé qu'elle oserait se comporter de la sorte en votre présence, lord Colton. À l'avenir, je veillerai à ce que son attitude...

— Vous n'en ferez rien, coupa Philana d'une voix ferme. Mon fils l'a ennuyée délibérément, elle a eu raison de se défendre. La prochaine fois, il se tiendra peut-être tranquille. Sinon, il récoltera une nouvelle tape sur les doigts, ce qui ne lui fera pas de mal. Je lui ai infligé la même punition plus d'une fois, quand il était petit. Il prenait un malin plaisir à tourmenter les filles, chaque fois qu'Adriana venait jouer avec Samantha.

Gyles pressa le dos de sa main sur sa bouche, comme pour effacer un sourire irrépressible.

— Si Adriana avait été soldat, elle aurait donné du fil à retordre aux Français. Elle s'énerve facilement, surtout lorsqu'un homme essaie de lui imposer sa volonté.

Adriana arpentait sa chambre, aussi furieuse contre Colton Wyndham que contre elle-même. Elle ne le laisserait plus l'approcher. Oh ! elle voyait clair dans son jeu. Il avait l'intention de l'humilier de toutes les façons. Se sentant coincé par le contrat conclu par son père, il était prêt à toutes les bassesses pour y échapper. Après seize ans de révolte, il était revenu au manoir pour se retrouver dans la même situation qu'au moment de son départ. Il semblait donc normal qu'il veuille se venger. Il devait se sentir pris au piège, et peut-être en était-il venu à la détester, comme si elle était la seule responsable, alors qu'elle n'était elle-même que la victime de son dévouement à ses parents.

Un léger coup frappé à sa porte l'arracha à ses sombres réflexions. Elle cria « entrez ! », et la porte s'ouvrit sur la femme de chambre de Melora, qui fit une rapide révérence.

— Madame, votre sœur vous réclame.

— Dites-lui que j'arrive, Becky.

La porte se referma, et, dans le silence qui suivit, Adriana se demanda si elle pourrait endurer ces trois mois pendant lesquels Colton Wyndham lui ferait la cour. Non qu'elle n'en ait pas envie – elle avait attendu Colton toute sa vie –, mais les émotions inconnues que cet homme suscitait en elle lui faisaient peur et présageaient une reddition déshonorante. Elle avait beau afficher à son endroit un détachement mêlé d'irritation, elle était troublée par sa présence, ainsi que par certains souvenirs qui alimentaient ses rêves inavouables. Adriana se languissait de goûter à ses caresses et à ses baisers, et quand elle imaginait le corps nu de Colton contre le sien, un brûlant frisson la traversait. Elle s'était découvert une sensualité dont elle ignorait tout jusqu'à présent, une sorte de faim vorace qui ne s'apaiserait que si elle se donnait à Colton – et à lui seul !

Adriana fit un effort pour recouvrer ses esprits et se dirigea dignement vers la chambre de sa sœur ; elle trouva celle-ci en pleine agitation, aux prises avec le plan de table du déjeuner que les Sutton offriraient après la cérémonie.

— Ah ! ce n'est pas trop tôt ! s'écria Melora. J'ai dû me débrouiller toute seule. Je m'épuise pendant que maman et toi recevez tranquillement les Wyndham. Comme si ta fameuse période d'essai ne pouvait pas attendre encore quelques semaines. Franchement, Adriana, tu as attendu Colton pendant un siècle, tu aurais pu reporter sa visite après mon mariage. Seigneur, je ne sais plus où donner de la tête. Il ne reste plus que dix jours, te rends-tu compte ?

Ne décelant aucune marque de sympathie sur le visage de sa sœur cadette, elle laissa échapper un soupir.

— J'ai compris. Il a déjà commencé à te faire la cour.

Adriana ignora le ton pleurnichard de sa sœur.

— Non. En fait, je lui ai demandé d'attendre jusqu'au prochain bal d'automne.

— Dieu merci ! s'exclama Melora, feignant un soulagement exagéré. Au moins, tu auras le temps de m'aider comme tu me l'as promis. Commence par dresser la liste de toutes les personnes qui seront là, afin que nous déterminions leur place pendant le repas nuptial. La cuisinière est submergée, et les domestiques ont commencé à nettoyer la maison de fond en comble. Je ne veux pas voir un seul grain de poussière sur les meubles ni la moindre trace sur les vitres.

Indifférente au babillage de la future mariée, Adriana rabattit le panneau du secrétaire servant de table à écrire et se mit à dresser la liste des invités. Elle était convaincue que la cuisinière, ses aides et l'ensemble des domestiques, sous la férule de Charles, feraient de leur mieux pour que le mariage de sa sœur soit un événement mémorable. Pour sa part, elle espérait qu'elle parviendrait à penser à autre chose qu'à Colton Wyndham, car elle commençait à craindre de tomber amoureuse.

10

En ce dernier jour de septembre, une douce brise automnale saturait l'air de parfums entêtants. C'était une belle matinée ensoleillée, idéale pour un mariage. Durant la cérémonie, famille et amis s'étaient groupés dans la chapelle ; à présent, ils attendaient les mariés dehors, en bavardant et en échangeant des plaisanteries. Adriana était entourée d'une foule de jeunes gens qui s'efforçaient d'attirer son attention. Les héritiers des meilleures familles d'Angleterre figuraient parmi eux, y compris lord Harcourt, qui avait réussi à se placer avantageusement à la gauche de la jeune femme. À sa droite, Stuart Burke semblait enchanté que Colton ait préféré la compagnie de Perceval.

Roger Elston brillait par son absence. Il n'avait heureusement pas pris l'initiative de s'inviter au mariage, et Adriana en avait éprouvé un immense soulagement. Roger n'en était pas à une maladresse ni à une saute d'humeur près. Si la familiarité de Colton vis-à-vis d'Adriana l'avait fait sortir de ses gonds, l'attroupement de prétendants n'aurait pas manqué de déclencher sa colère, d'autant plus que les jeunes gens rivalisaient d'esprit, dans l'espoir de gagner ses faveurs.

— Messieurs, attention ! s'exclama sir Guy Dalton, s'adressant à Riordan Kendrick et Stuart Burke. J'ai entendu dire que lady Adriana a l'habitude d'éconduire tout homme qui s'approche trop près d'elle. Si j'étais l'un de vous deux, je céderais ma place à quelqu'un d'autre.

— À vous peut-être ? lui rétorqua Stuart dans un rire.

Riordan se contenta de hausser un sourcil, tandis qu'un sourire se dessinait lentement sur ses lèvres.

— Si cela ne vous ennuie pas, chevalier, je tiens à tenter ma chance. Quant à vous, continuez à saliver en attendant que l'un de nous se désiste... Jamais, en ce qui me concerne.

Sir Guy poussa un soupir exagéré.

— Tant pis pour vous ! Je vous aurai prévenus. Libre à vous de passer outre aux avertissements d'un ami. Mais ne venez pas vous plaindre si vous êtes bientôt évincés par un gaillard plus beau et plus intelligent... comme moi.

Riordan pouffa de rire.

— Sir Guy, permettez-moi de douter de vos bonnes intentions. Vous êtes un ami, mais en amour, c'est chacun pour soi, et je suis convaincu que vous n'auriez pas de scrupule à essayer de m'évincer.

— Messieurs, je vous en prie ! protesta Adriana en riant. Cessez de vous chamailler, sinon vous serez tous renvoyés.

Elle balaya du regard le cercle de ses admirateurs, avant d'apercevoir le visage de Colton Wyndham. Celui-ci se tenait un peu plus loin, la main nonchalamment posée sur le tronc d'un arbre trapu. Vêtu d'un habit à rendre jaloux tous les hommes, y compris le marié, le marquis de Randwulf était l'image même de l'aristocrate fortuné. Percy, qui l'avait rejoint sous le dôme de feuillages jaunis, bavardait tout en observant les invités, sans se rendre compte que l'attention de son compagnon était entièrement accaparée par Adriana.

Sous le bord de son élégant haut-de-forme de soie gris perle, Colton épiait ses moindres faits et gestes. Au début, il s'était contenté de la dévisager, après quoi il avait laissé errer son regard sur elle, s'attardant sur chaque courbe, chaque creux de son corps. Soudain, il sembla à Adriana que sa robe était trop légère pour la protéger de ce regard intense et brûlant. Elle avait l'impression que de petites flammes lui léchaient la peau. Jamais auparavant elle n'avait connu de telles sensations. Jamais elle ne s'était sentie aussi démunie devant un homme. Et le fait qu'il sache exactement ce qu'elle cachait sous ses vêtements accentuait le pouvoir évocateur de ces sensations. Une exquise chaleur flambait dans le corps d'Adriana, irradiant son front, ses joues, sa gorge. S'il avait été possible d'être violée à distance, elle ne doutait pas que, en ce moment même, elle était déshabillée, caressée et déflorée par le regard de cet homme qui la détaillait avec une audace incroyable.

« Au nom du ciel ! » Les mots rugirent dans son esprit enfiévré. Ébranlée au plus profond d'elle-même par le désir qu'elle déchiffrait dans les yeux gris, elle se tourna vers Stuart Burke, prit rapidement congé, puis balbutia une excuse extravagante à l'adresse de Riordan Kendrick ; elle se plaignit d'avoir froid – comme si cela pouvait être crédible… – et souhaita regagner le carrosse de son père. Le séduisant marquis offrit galamment de la raccompagner et lui présenta son bras, sur lequel elle s'appuya. Après avoir lancé un coup d'œil triomphant à ses adversaires, qui protestaient bruyamment, Kendrick l'entraîna vers le carrosse. Naturellement, il resta près du landau à bavarder avec elle, ce qui encouragea les autres à les rejoindre, tant et si bien que le cercle des admirateurs se reforma peu après. Adriana ne s'attendait guère à ce que Colton se manifeste de nouveau ; ce fut pourtant ce qu'il fit. Il se dirigea tranquillement vers les marches de la chapelle, d'où il put l'admirer à loisir, à travers la cohue des invités. Ne pouvant lui échapper, Adriana demeura dans le carrosse jusqu'à ce que les jeunes mariés sortent de l'église, tandis que le regard gris continuait de l'observer, aussi persistant que le soleil dans le ciel.

— Notre cérémonie de mariage était superbe, déclara Melora tandis que son époux l'aidait à s'asseoir à la table principale du repas nuptial.

Au même moment, Adriana se demanda qui avait pu intervertir les cartes des noms, car elle s'était retrouvée assise à côté de Colton Wyndham. Elle connaissait parfaitement le plan de table, puisqu'elle l'avait conçu, et savait qu'il n'avait pas été prévu ainsi. Elle adressa un pâle sourire à son voisin.

— Je vous demande pardon, mais cette place a été réservée pour ma tante, l'informa-t-elle.

Elle l'aurait volontiers envoyé à l'autre bout du monde, plutôt que de subir une fois de plus ses remarques ironiques.

— Je crois que vous vous trompez, répondit-il, saisissant le petit bristol blanc sur le porte-carte en argent et le lui montrant. Je suis encore capable de lire mon nom. Mais ce n'est peut-être pas moi que vous attendiez ?

— À vrai dire… non.

Elle pensa que Melora devait être responsable de cette plaisanterie. C'était tout à fait le genre de sa sœur de se mêler de ce qui ne la regardait pas, alors qu'Adriana avait décidé de placer Colton entre son oncle et sa mère. Le marquis de Randwulf ne semblait pas disposé à lui faciliter la tâche, car il poussa sa chaise vers la table, comme pour signifier sa ferme intention de rester là.

— Je suppose qu'après avoir été entourée par une légion d'hommes, vous devez trouver ennuyeux de limiter votre attention à un seul… Je vous promets néanmoins de ne pas vous en tenir rigueur malgré l'affront que vous m'avez infligé en ne m'invitant pas à les rejoindre.

Elle le considéra, bouche bée, effarée par sa mauvaise foi.

— Je ne vous ai jamais demandé de rester à l'écart.

— Non? fit-il avec un vague sourire. Peut-être ai-je mal compris. Voyons, vous m'avez bien dit que vous souhaitiez que notre période d'essai ne commence qu'après le bal d'automne, n'est-ce pas? Ne suis-je pas censé garder mes distances jusqu'à cette date?

Un lourd soupir gonfla la poitrine d'Adriana. Décidément, Colton adulte n'avait rien à envier au petit voyou de son enfance qui la taquinait impitoyablement, jusqu'à la faire hurler... Mais comme il aurait été inconvenant de s'exclamer au mariage de sa sœur, elle se contenta d'un bref hochement de tête.

— J'ai parlé de la période pendant laquelle vous êtes censé me faire la cour. Ayant autorisé Roger Elston à assister au bal, il aurait été impoli de me rétracter.

— Avez-vous souvent accordé de telles faveurs à ce garçon?

— Non.

Elle craignait que Roger ne vienne au bal sans invitation, et elle s'était dit que sa présence serait moins pesante pour elle et pour sa famille si elle lui donnait à l'avance sa permission. Elle regrettait cette décision, surtout depuis le retour de Colton, car elle craignait un nouvel esclandre de Roger.

— Vous avez une foule de prétendants, remarqua Colton en jetant un coup d'œil aux célibataires qui avaient courtisé Adriana toute la matinée et qui, maintenant, lui lançaient des regards envieux. Avez-vous une préférence pour l'un d'entre eux?

— Mais non! gémit-elle impatiemment. Vous faites beaucoup de bruit pour rien.

Il haussa le sourcil, dubitatif.

— J'ai pourtant de quoi m'inquiéter quand je vois que vingt-trois individus semblent avoir jeté leur dévolu sur vous.

— Ils ne sont pas aussi nombreux… protesta-t-elle, certaine qu'il exagérait.

— Quoi ? Vous ne les avez pas comptés ? Moi, si. Et je puis vous assurer qu'ils sont aussi nombreux que cela, Adriana.

Visiblement, elle n'avait que faire du nombre de ses soupirants, pensa-t-il, non sans admiration. La plupart des femmes qu'il connaissait en auraient été flattées. Adriana tourna la tête vers lui.

— Vous n'avez nul besoin de vous en faire. J'honorerai mes engagements, même si vous n'avez pas les mêmes intentions.

— Mais j'ai absolument l'intention de vous courtiser, Adriana. Après tout, mon père vous considérait comme ma future épouse.

— Vraiment ? Pourtant, vous n'êtes pas prêt à aller plus loin que ces trois mois d'essai, n'est-ce pas ? Cela m'étonnerait qu'il en soit autrement.

— Je compte mettre ces trois mois à profit pour méditer sur ce sujet. J'en ai le droit, non ?

— Oui, convint-elle d'un ton réticent.

Elle chercha du regard la tante Tilly, à qui elle avait réservé la place occupée maintenant par Colton… et la localisa à côté d'Alistair Dermot. Ils conversaient avec animation, têtes rapprochées ; comme si elle avait senti le regard de sa nièce, Tilly lui jeta un coup d'œil, puis, prenant le bristol portant son nom dans le porte-carte, elle fit mine de s'éventer avec, d'un air espiègle. Adriana soupira : tout était clair à présent. Tilly avait elle-même interverti les cartes… À contrecœur, elle se pencha vers Colton.

— À propos des cartes… veuillez m'excuser. Je crois savoir qui est le coupable. Tante Mathilda a fait la connaissance de votre oncle. C'est un bel homme, et elle est veuve.

Colton avisa la dame qui les regardait d'un air faussement coupable. Il lui adressa un large sourire et un clin d'œil complice. Tilly émit un rire léger qui attira l'attention d'Alistair. Se penchant vers sa voisine, il parut l'interroger du regard. Tilly lui indiqua le jeune couple. Alistair échangea des sourires avec son neveu, après quoi, ayant remarqué la beauté brune près de lui, il leva son verre de vin, hommage silencieux à son bon goût.

— Votre oncle semble très fier de vous, observa Adriana, qui n'avait rien compris à cet échange muet. Il y a de quoi : il vous a aidé dans votre jeunesse, et vous êtes devenu un héros national.

— Je crois plutôt qu'il a porté un toast à votre beauté, ma chère. Il a toutes les raisons de croire que vous êtes ma fiancée.

— Oh… s'étonna Adriana. Je doute que votre mère ait parlé de ce contrat à quiconque.

— En effet. Mieux vaut chercher le coupable du côté de ma sœur. Elle est convaincue que nous nous marierons.

Il se pencha vers elle, saisit une bouclette sur la nuque de la jeune femme, la tint un instant entre le pouce et l'index, puis la repoussa doucement. Adriana se sentit fondre, comme chaque fois qu'il la touchait. Plissant légèrement les yeux, elle le regarda à travers ses longs cils noirs, sondant les prunelles grises ; pendant un instant – une éternité –, leurs regards se confondirent, puis les yeux de Colton se posèrent sur ses lèvres comme une caresse. Elle aurait voulu poser sa joue dans la paume de son voisin, lequel semblait avoir du mal à contenir son impétueuse envie de l'embrasser. Enfin, Adriana se détourna.

— Votre sœur est trop bavarde, souffla-t-elle. Je lui en toucherai deux mots.

Les trois semaines qui venaient de s'écouler avaient paru à Adriana plus longues qu'un siècle. Le bal d'automne battait son plein, mais la jeune femme ne se décidait pas à quitter ses appartements. Comme un chat en cage, elle arpentait les pièces du premier étage du château familial. Dans une heure ou deux, elle annoncerait à Roger Elston qu'il devait mettre un terme à ses visites, et cette perspective lui déplaisait. Nul doute que le jeune homme, qui voulait l'épouser coûte que coûte, réagirait mal à cette nouvelle. Elle espérait qu'il ne ferait pas de scène, mais rien n'était moins sûr…

Adriana ne niait pas sa responsabilité dans cette affaire. Non seulement elle avait bien voulu le recevoir la première fois qu'il s'était présenté au château, mais elle avait aussi accepté ses cadeaux – des bouquets de fleurs, un second livre de sonnets. À présent, elle regrettait sa complaisance, mais à l'époque, Roger paraissait si seul et si perdu dans la petite société de Bradford qu'elle n'avait osé le décevoir. Elle avait eu tort, naturellement. Si elle avait mis les choses au point d'emblée, elle se serait épargné d'avoir à l'éconduire aujourd'hui ; au lieu de cela, une deuxième visite avait succédé à la première, puis une autre et une autre encore, jusqu'au jour où Roger avait cosmmencé à se présenter à n'importe quelle heure à Wakefield ou au manoir de Randwulf.

Adriana regrettait de n'avoir pas laissé son père annoncer à son encombrant soupirant que sa demande en mariage n'avait aucune chance d'aboutir. Sir Gyles se serait acquitté de cette mission sans état d'âme, mais Adriana avait pensé que le jeune prétendant se sentirait moins blessé dans sa fierté si l'explication venait d'elle. Maintenant, elle allait devoir se résoudre à jouer ce rôle désagréable, et elle se sentait aussi coupable que si elle s'apprêtait à chasser un pauvre chien sans collier, en manque d'un peu d'affection et de gentillesse. Mais il n'y avait pas d'autre issue; elle était bel et bien promise à un autre, et il fallait convaincre Roger de se retirer de la compétition.

Adriana étira son épine dorsale et fit rouler ses épaules, afin de dénouer la raideur douloureuse de sa nuque. Les tergiversations ne servaient à rien, elle devait agir. Elle se sentirait plus détendue après avoir parlé à Roger.

Laissant sa main fine courir sur la rampe de bois sombre, Adriana descendit les marches, tandis que les vagues scintillantes de sa robe flottaient autour de ses longues jambes. Ses yeux étaient mornes; on eût dit que rien de ce qu'elle voyait ne pouvait pénétrer ses pensées, résolument tournées vers l'épreuve qui l'attendait. Elle se demanda si, après la fameuse période d'essai avec Colton, ses tourments s'apaiseraient ou s'ils n'en deviendraient que plus affreux.

Elle ne l'avait pas revu depuis le mariage de Melora, mais elle se rappelait parfaitement le moindre détail de cette mémorable journée... Les yeux gris l'observant devant l'église, la façon dont il l'avait couvée du regard pendant le repas... Elle manquait cruellement d'expérience dans le jeu amoureux. Pourtant, son instinct l'avait avertie que le désir ardent qui l'avait assaillie était dû au regard impudique de Colton. Depuis, elle n'arrivait pas à le chasser de son esprit.

« Oh ! mon Dieu, pourquoi est-il le seul homme dont j'aie envie ? » songea-t-elle avec angoisse, ébranlée par la force de ses sentiments. Elle s'obligea ensuite à réfléchir à la meilleure façon de présenter les choses à Roger. Rien que d'y penser, elle eut l'impression de recevoir un seau d'eau froide qui la glaça jusqu'aux os.

Face à la double porte voûtée de la salle de bal, Adriana prit une profonde inspiration, afin de calmer ses inquiétudes. Elle s'avança vers les battants de cristal gravé grands ouverts, mais un homme en jaillit, la forçant à s'arrêter. Il jetait des coups d'œil anxieux par-dessus son épaule, comme si le diable était à ses trousses ou que les pans de son manteau avaient pris feu. Adriana reconnut Latham Harrell. C'était un homme assez beau, grand et mince, mais son air suffisant le rendait antipathique à tous ceux qui le connaissaient vraiment. La belle assurance qu'il avait affichée lors des obsèques de Sedgwick semblait s'être envolée, ce qui était compréhensible puisque le retour de Colton avait anéanti ses projets. Privé à jamais de l'espoir de mettre la main sur le marquisat et la fortune des Wyndham, Latham faisait penser à cet instant à un pitoyable petit lapin poursuivi par un renard.

À la vue de la jeune femme, Harrell parut oublier les raisons de sa précipitation. Il se recomposa, replia le bras sur sa poitrine et s'inclina dans une profonde révérence.

— Chère lady Adriana ! s'exclama-t-il pompeusement. Vous êtes la personne que j'espérais rencontrer ! Je n'ai pas cessé de penser à vous depuis que nous nous sommes revus au mariage de votre sœur, il y a trois semaines.

— Vraiment ?

Adriana se demanda quelle était la raison de ce brusque enthousiasme et trouva très rapidement la réponse : sa dot, bien sûr ! Maintenant qu'il n'avait plus aucun droit sur le marquisat, Latham cherchait à contracter un riche mariage pour satisfaire ses goûts de luxe. L'homme la regardait tout en lissant d'un doigt nonchalant sa fine moustache. Une inhabituelle lueur chaleureuse éclairait ses yeux marron clair. On eût dit qu'il essayait de voir à travers ses vêtements, mais il aurait fallu jouir d'une vue extraordinaire pour percevoir la moindre parcelle de peau sous la gaze de soie qui composait sa toilette, car de minuscules perles de cristal, de la même nuance turquoise que sa robe, incrustaient le tissu transparent comme un voile étincelant, d'une exquise délicatesse. Le regard de

Latham s'attarda sur les rondeurs de sa poitrine, et il parut fournir un effort surhumain pour s'arracher à sa contemplation. Finalement, il détourna les yeux, s'éclaircit bruyamment la gorge et lui adressa un sourire engageant.

— Je commençais à désespérer de vous rencontrer sans vos prétendants, reprit-il. Je n'ai même pas pu vous approcher au mariage de Melora, tant ils étaient nombreux... Tous les bons partis du voisinage étaient à vos pieds, à l'exception de mon cher cousin... J'ignore ce qu'il veut vraiment, mais je crains qu'une trop longue fréquentation des femmes à soldats l'empêche d'apprécier la vraie beauté. Vous savez comment sont ces officiers, trop enclins à batifoler...

— Eh bien, non, je ne sais pas comment ils sont !

Elle trouvait ridicules les tentatives de Latham de ternir la réputation de son cousin, alors que la sienne laissait tant à désirer. Bien que jouissant d'une excellente santé, il avait invoqué une horrible maladie pour se soustraire à ses obligations militaires. Et à peine un mois après le décès de lord Sedgwick, sûr d'hériter de ses biens et de son titre, il s'était lourdement endetté pour dédommager un père outragé dont il avait engrossé la fille.

Latham parut momentanément dérouté par le manque d'imagination d'Adriana.

— Oh ! cela ne fait rien, ma chère, dit-il finalement. Oublions ces considérations qui pourraient blesser vos oreilles innocentes.

De nouveau, il promena sur elle un regard concupiscent. Enhardi par son silence, il se permit de faire un pas dans sa direction.

— Lady Adriana, vous êtes la plus belle femme que j'aie jamais vue, et votre robe vous sied à ravir. Votre tenue au mariage était splendide, mais ce soir, j'avoue que vous vous êtes surpassée. De ma vie je n'ai vu une créature aussi ravissante dans une robe aussi sublime.

— Lord Latham, vous me flattez, protesta-t-elle, s'accordant la liberté de l'appeler par son prénom.

Après tout, en tant que cousin de Colton et de Samantha, il avait à maintes reprises visité le manoir de Randwulf. Elle l'avait connu adolescent, quand elle-même n'était encore qu'une toute petite fille. Latham avait trois ans de plus que Colton, mais il ne possédait ni la distinction ni les manières raffinées de son jeune cousin.

— Ah ! vous en avez des soupirants, ma chère ! La tête m'a tourné quand je les ai vus autour de vous, devant l'église... Il y avait même le fils de ce duc... comment s'appelle-t-il, déjà ?

Il avança d'un pas, et Adriana recula.

— Je crois que vous faites allusion à Riordan Kendrick, le marquis de Harcourt.

— Oui, quel bel homme ! Immensément riche, si mes informations sont exactes. Étant fils unique, il héritera un jour du duché de son père... Vous fait-il la cour depuis longtemps ?

La question était sûrement dictée par une arrière-pensée, mais Adriana opta pour la vérité.

— Lord Harcourt ne me fait pas vraiment la cour. De temps à autre, il nous rend visite, c'est tout.

Latham gloussa. Tirant un mouchoir en dentelle de sa manche, il le porta au coin de sa bouche.

— Mais, ma chère enfant, il ne faut pas beaucoup d'imagination pour deviner ce qui l'attire à Wakefield. Je suis étonné qu'il n'ait pas encore arraché à votre père une promesse de mariage. Car il a déjà essayé, non ?

Adriana se raidit.

— Mon père a d'autres chats à fouetter, lord Latham. Je suis sa troisième fille, et je pense qu'il ne songe pas à mon avenir... pour le moment. « À moins que Colton Wyndham ne se décide ! » pensa-t-elle en même temps.

— Bien sûr, bien sûr, fit l'autre. Quelles merveilleuses nouvelles pour un nouveau soupirant, n'est-ce pas ?

Haussant les sourcils d'un air entendu, il se pencha vers Adriana.

— Ceci, madame, me fait espérer qu'il n'est pas trop tard pour présenter ma demande, chuchota-t-il d'une voix enrouée qui trahissait des ambitions aussi subites que secrètes.

Adriana se retint de lever les yeux au ciel. Latham regarda à gauche, puis à droite, comme s'il se préparait à lui faire une révélation et qu'il craignait d'être entendu. Enfin, il eut un sourire qui se voulait enjôleur.

— Je vous prie de m'inscrire sur votre carnet de bal. Je vous aurais bien priée de m'accorder une danse immédiatement, mais je me suis éclipsé il y a cinq minutes pour échapper à un certain Carvell, lord Mansford, qui m'a demandé – avec un toupet assez inadmissible je dois dire – de danser avec sa fille, une donzelle rondelette qui, visiblement, désespère de trouver un mari. Ce serait un miracle que le pauvre homme arrive à la caser ! Elle a certes une figure agréable, mais j'ai eu peur d'être écrasé par son poids... Je préfère les silhouettes plus élancées, poursuivit-il avec un regard avide, et la vôtre est absolument parfaite.

Pour sa part, Adriana trouvait Berenice Carvell tout à fait charmante. Malheureusement, le père de la jeune femme était si manifestement pressé de la marier qu'il n'avait réussi qu'à mettre sa fille dans l'embarras... et à faire fuir ses prétendants potentiels.

Repensant aux dettes de Latham, Adriana ne put s'empêcher de répondre, non sans ironie :

— Lady Berenice a un visage fort agréable, en effet, et, bien qu'elle soit un peu ronde, comme vous dites, je ne suis pas d'accord avec vous pour ce qui est de ses chances de se marier. Je suis même prête à parier qu'elle trouvera un jeune gentilhomme de bonne famille dans peu de temps.

L'air sceptique, Latham fronça son long nez, tandis qu'un rictus amusé lui tordait la bouche.

— Êtes-vous assez crédule, madame, pour croire aux miracles ?

Adriana déguisa son indignation sous un rire mélodieux.

— Eh bien ! la dot de lady Berenice a de quoi attirer les attentions d'un sultan. En conséquence, je pense qu'un tel miracle est possible, oui. Mais l'homme qui épousera Berenice pour sa dot se rendra rapidement compte qu'il a gagné un joyau beaucoup plus précieux que toute la fortune de son père.

Latham haussa les sourcils, intéressé.

— J'ignorais que son père était si riche.

Une flamme cupide dansait dans ses prunelles. Adriana détourna les yeux.

— Il l'est... Et compte tenu de sa hâte à la marier, lord Mansford se montrera sûrement d'une grande générosité vis-à-vis de son futur gendre.

Tandis que Latham prenait une expression rêveuse, Adriana se promit de mettre son amie en garde contre ce coureur de dot. Elle soupira, car ses propres préoccupations lui revenaient à l'esprit, et entra dans la salle de bal. Elle resta un instant dissimulée dans l'ombre de la voûte. Dans l'immense pièce, elle aperçut Jaclyn et son mari, sir Thornton Godric, qui bavardaient avec leurs parents et tante Tilly. Melora et Harold dansaient étroitement enlacés, tandis que Perceval faisait tournoyer Samantha gracieusement, au rythme enjoué de la valse. Bien que mariés depuis deux ans, ils paraissaient aussi amoureux l'un de l'autre qu'au premier jour. Il n'était guère surprenant que Samantha soit reconnaissante envers son père, qui avait arrangé leur mariage. Dans l'esprit d'Adriana, leur amour constituait une garantie de bonheur... à condition que lord Sedgwick ait été aussi clairvoyant en ce qui concernait sa propre union avec Colton.

Adriana étudia avec curiosité les couples de danseurs, à la recherche de l'homme qui, depuis quelque temps, occupait toutes ses pensées. Si quelqu'un lui avait prédit trois mois plus tôt que Colton Wyndham deviendrait le centre de son univers, elle l'aurait traité de fou. Mais le temps avait prouvé le contraire. Son attachement à cet homme n'avait fait que croître depuis son retour. Elle se demanda s'il était déjà arrivé. Ses habits élégants l'auraient certainement distingué des autres invités, mais Colton était suffisamment beau et bien bâti pour impressionner, même vêtu d'oripeaux.

Lorsque, enfin, elle le découvrit, la surprise lui fit ouvrir des yeux ronds : il était en train de valser avec Felicity Fairchild. Les joues brûlantes d'humiliation, Adriana se rencogna dans l'ombre de la porte voûtée, en espérant que le couple ne l'avait pas aperçue. De son poste, elle observa l'ex-colonel, qui semblait avoir retrouvé toute son agilité. Le souvenir de la cicatrice rouge et enflée à l'intérieur de sa cuisse fulgura dans sa mémoire, et elle ne put s'empêcher de frissonner en songeant aux souffrances qu'il avait endurées. Elle se rappela brusquement que le jour du mariage de Melora, trois semaines auparavant, il n'avait plus sa canne d'ébène, mais traînait encore légèrement la jambe. Il avait accompli de nouveaux progrès, car ce soir, non seulement il ne boitait plus, mais ses pas fluides évoquaient le ruissellement d'une cascade sur un rocher immergé.

— Adriana, pourquoi ne dansez-vous pas ?

La voix appartenait à un cousin éloigné qui l'interpellait depuis la piste de danse. La jeune femme sursauta et battit discrètement en retraite vers l'une des alcôves. Elle eut toutefois le temps de se rendre compte que Colton l'avait aperçue et pilotait sa cavalière dans sa direction.

« L'ignoble personnage ! Comment ose-t-il ? » fulmina-t-elle entre ses dents. Elle se souvint qu'il lui avait habilement arraché son autorisation d'avoir des égards pour d'autres femmes durant le bal ! Et comme par hasard, son choix s'était porté sur Mlle Fairchild, qui ne cessait de crier sur tous les toits son admiration pour lui depuis qu'elle l'avait rencontré. La mine radieuse de la petite-fille du manufacturier, resplendissante dans une toilette de satin jaune pâle, ne permettait aucun doute. La comparaison entre la beauté blonde et Adriana, dont les yeux et les cheveux étaient plus noirs que le jais, jouait à son désavantage, pensa-t-elle. Morose, Adriana se remémora les insultes qu'il avait proférées, jadis, à l'encontre de la petite fille maigre qui l'adorait.

— Qui ? fit quelqu'un à côté d'elle.

Adriana se retourna vivement.

— Oh ! Roger, s'exclama-t-elle, vous m'avez fait peur.

Le jeune homme étouffa un rire, mettant cette remarque sur le compte de son retard. Encouragé par ce qu'il prenait pour un reproche, il s'excusa rapidement.

— Je vous demande pardon, mais vous sembliez perdue dans vos pensées. Je n'avais pas l'intention de vous effrayer... Je vous ai entendue murmurer quelque chose, sans le faire exprès. Vous pensiez à une personne en particulier ? demanda-t-il en jetant un regard alentour.

— À une vague connaissance, répondit-elle tandis que la jolie Mlle Felicity battait des cils à l'adresse de son séduisant cavalier.

« Il n'y a plus de temps à perdre », décida-t-elle soudain. Si elle attendait la fin du bal pour annoncer à Roger qu'il devait renoncer à ses visites, elle serait déjà à bout de nerfs. Mieux valait l'informer tout de suite ; plus vite elle en aurait fini avec lui et plus vite sa rivale serait privée des attentions du marquis... du moins pendant trois mois...

Forte de cette conviction, Adriana se tourna vers son jeune soupirant.

— Roger, j'ai un sujet d'une extrême importance à discuter avec vous. Pourrions-nous aller dans le hall pour en parler ?

— Qu'y a-t-il de plus important qu'une danse avec vous ?

Il pouvait parfaitement imaginer quel genre de déclaration elle s'apprêtait à lui faire, maintenant que le marquis était rentré au bercail. Et, honnêtement, il n'avait pas envie de l'entendre. Peu à peu, la suggestion de son père gagnait du terrain dans son esprit. C'était le moyen le plus sûr d'obtenir la main de cette femme.

— Le rêve de vous tenir dans mes bras ne m'a pas quitté depuis des semaines, dit-il. Vous m'avez manqué au-delà de tout ce que les mots peuvent exprimer. Chaque fois que je suis passé au château de Wakefield, votre majordome m'a renvoyé, sous prétexte que vous étiez sortie ou occupée. À tel point que j'ai commencé à croire que vous faisiez tout pour m'éviter.

— Je suis désolée, mais, effectivement, j'ai eu énormément d'occupations, répondit-elle – ce qui n'était pas un mensonge mais une simple exagération. Sérieusement, Roger, j'ai quelque chose d'important à vous dire.

Il lui prit la main et l'entraîna vers la piste de danse.

— Plus tard. Après la valse.

Adriana essaya en vain de se dégager. Elle finit par céder, de crainte de provoquer un scandale. De toute façon, après cette soirée, elle ne reverrait plus jamais cet homme... Alors pourquoi ne pas lui accorder une danse ou deux ?

— D'accord, murmura-t-elle d'un ton résigné. Mais il faudra quand même que nous parlions.

À travers la salle, des têtes emplumées et enrubannées se tournèrent brusquement dans la même direction. Les vieilles douairières tendirent leur cou décharné, tandis que le fils du fabricant de laine conduisait la fille cadette de sir Gyles, comte de Standish, vers la piste… Il était fort rare qu'un roturier bénéficie d'un tel traitement de faveur de la part d'une aristocrate – exception qui avait de quoi nourrir les cancans les plus effrénés. Les vieilles dames penchèrent le buste, afin de ne pas perdre une miette des commentaires qui fusaient derrière leurs éventails frémissants. Puis elles se dispersèrent comme une nuée de corbeaux, se heurtant l'une contre l'autre dans leur précipitation à répandre la nouvelle aux quatre coins de la salle. Au milieu de ce remue-ménage, les soupirants d'Adriana se divisèrent en deux camps : les uns fustigeaient le choix de leur muse, les autres se réjouissaient de ce qu'elle avait enfin rejoint les festivités.

Appuyée au bras de Roger, Adriana percevait la rumeur qui accompagnait leur passage. Elle était la dernière fille à marier des Sutton, et elle savait que les colporteuses de ragots ne la ménageraient pas. Lorsqu'il y avait trois filles dans une famille, et pas de garçon, les spéculations allaient bon train. La cadette était généralement la plus mal lotie, et les esprits mal intentionnés se hâtaient de l'imaginer restant vieille fille, triste et solitaire. C'était le pire destin pour une femme, aussi certains en concluaient-ils qu'il valait mieux épouser le fils d'un fabricant de laine plutôt que de rester célibataire.

Adriana se remémora la dernière visite de la couturière au château. Elle regrettait d'avoir accepté de porter cette robe trop voyante, qui ne disait que trop clairement qu'elle était la dernière fille libre de la famille. La couturière avait composé un modèle unique, et, lorsqu'elle avait livré la robe, le matin même, elle s'était émerveillée de ce que les perles de cristal l'enveloppaient comme un nuage chatoyant : à chacun de ses mouvements, les petits cristaux semblaient capter les lumières des lustres et des bougies qui se consumaient dans les lourds chandeliers d'argent. Mais l'étoffe scintillante attirait moins les remarques acerbes des vieilles harpies que la profondeur de son décolleté. Certes, il était moins audacieux que celui de certaines jeunes dames, à commencer par Mlle Fairchild, mais ce n'était pas dans les habitudes d'Adriana de révéler aussi généreusement la partie supérieure de sa poitrine.

Adriana fit face à Roger, consciente d'être le point de mire général. Le jeune homme avait saisi sa main, mais il semblait hésiter à lui enlacer la taille. Elle finit par comprendre que son hésitation ne devait rien à la timidité, mais qu'il était tout simplement en train de lorgner ses seins. Elle maudit la couturière et son décolleté.

Heureusement, l'inspection fut de courte durée. Trop pressé de danser avec l'élue de son cœur, Roger l'entraîna dans la valse. Il exécutait les figures lourdement, maladroitement, comme un élève qui en serait à sa première leçon. Peu après, sa chaussure, garnie d'une lame de métal, écrasa cruellement le pied de sa partenaire, qui grimaça. Samantha et Perceval virevoltaient auprès d'eux, suivis par lord Harcourt qui conduisait galamment lady Berenice. La jeune fille avait visiblement pris des cours de danse, mais sa nervosité la fit trébucher plus d'une fois sur les chaussures de son cavalier. Adriana échangea avec ce dernier un regard compatissant. Tous deux souffraient des mêmes tourments, songea-t-elle en réprimant un sourire.

Roger était de plus en plus rouge. De minute en minute, son malaise augmentait. Il ne se sentait pas dans son élément au milieu de ces gentlemen qui dansaient avec une légèreté et une aisance inouïes. Même le dénommé Colton, dont la jambe était endommagée, se déplaçait avec une élégance que Roger n'acquerrait jamais. Il eut beau se remémorer les ultimes conseils de son professeur, il avait l'impression d'avoir de grosses planches à la place des pieds.

— Je vous demande pardon, murmura-t-il. Je n'ai pas l'habitude des mondanités. J'ai commencé à apprendre à danser il y a tout juste un mois, et je manque de pratique. Préférez-vous vous asseoir ?

— Oui, si cela ne vous fait rien, dit-elle. (Puis, le voyant pâlir, elle voulut le consoler :) Vous savez, Roger, personne ne peut apprendre la valse et le quadrille en si peu de temps. Quand vous serez plus confiant...

Le visage du jeune homme s'éclaircit.

— Vous croyez ? Alors, je vous promets de me montrer à la hauteur si vous m'accordez une autre danse.

— Plus tard. Pour l'instant, il faut que je vous parle.

— Oh non ! gémit-il, pas tout de suite. Dansons encore, je vous en prie.

— Une pause vous ferait le plus grand bien. Vous m'avez assez piétiné les orteils. Un verre de vin vous aidera à vous détendre.

— Alors, venez boire avec moi.

Elle secoua la tête. Le vin embrumerait son esprit, et elle avait besoin de toute sa lucidité. Toujours soucieuse de ne pas froisser son jeune soupirant, elle opta pour une réponse vague.

— Plus tard, peut-être.

— Mais je ne veux pas vous quitter, insista-t-il.

Son entêtement arracha un soupir à Adriana.

— Dans ce cas, nous pourrions peut-être avoir cette discussion dont je vous ai parlé.

Les yeux de Roger s'assombrirent, et il promena un regard maussade sur l'assistance.

— Je sais ce que vous allez me dire et je ne veux pas l'entendre.

— Alors, je n'ai pas besoin d'user ma salive, puisque vous semblez avoir acquis des pouvoirs de divination.

Elle sentit au même moment une présence derrière elle, et les yeux de Roger lancèrent un éclair, signe qu'il commençait à s'énerver.

— Puis-je vous demander cette danse, madame ?

Soulagée, elle reconnut la voix profonde de lord Harcourt. Souriante, elle se tourna vers lui.

— Bien sûr.

Elle fit mine de s'excuser auprès de Roger, dont le regard fiévreux l'avertit qu'il ne comptait pas la laisser libre de ses mouvements.

— Écoutez, mon ami, chuchota-t-elle, je ne vous ai jamais promis de passer la soirée avec vous. Je vous ai juste donné la permission d'assister au bal. Lord Harcourt est non seulement notre invité, mais il se trouve qu'il est un grand ami. Alors cessez de me dicter ma conduite, sinon je vous prierai de partir.

Les mâchoires de Roger se crispèrent, mais il recula de quelques pas, tout en ébauchant une révérence, comme pour confirmer son obéissance à sa souveraine.

— Bien, madame.

Il tourna les talons et se fraya un chemin parmi la foule en jouant des coudes. Les gens se retournèrent sur son passage, choqués par son manque de distinction.

— Ne vous en faites pas, lady Adriana, dit Riordan en se penchant vers elle. Visiblement, il sent que sa poigne est trop fragile pour vous maintenir prisonnière, comme il le souhaiterait.

— Je n'imaginais pas qu'il serait vexé à ce point. Désolée de vous avoir infligé cette scène.

— Si ce garçon a commis l'erreur de croire que vous lui consacreriez votre soirée, je le plains. Moi aussi, j'aimerais vous accaparer et vous arracher à tous vos amoureux transis, mais hélas ! je dois me résoudre à partager avec eux votre compagnie, du moins jusqu'à ce qu'un lien plus concret soit tissé entre nous.

Adriana lui tendit la main.

— Alors, monsieur, conduisez-moi sur la piste de danse où nous serons enfin débarrassés des intrus.

S'inclinant, il lui fit un baise-main.

— Vos désirs sont des ordres.

Ils se mirent à danser. Riordan Kendrick la fit tournoyer avec une grande légèreté. De tous ses prétendants, il avait été celui qui l'avait le plus attirée, et, dans le passé, elle avait adoré danser avec lui. Même maintenant, elle se sentait détendue entre ses bras, mais son cœur n'était plus le même, et elle devait admettre en son for intérieur que Colton y était pour beaucoup... Colton, qui ne voulait pas d'elle ! Il avait simplement accepté de lui faire la cour afin de plaire à sa mère tout en se pliant aux dernières volontés de son père.

— Adriana, vous êtes plus belle que les étoiles, murmura Riordan d'une voix éperdue d'admiration.

— Et vous, Riordan, vous êtes très bien élevé.

Elle l'avait appelé par son prénom, sans y accoler son titre, signe évident, selon le code de la noblesse, qu'elle l'invitait à dédaigner l'étiquette qui, jusqu'alors, avait régi leurs relations. Un sourire radieux illumina le visage mince et hâlé de Riordan.

— Je suis bien élevé, Adriana, dans le seul espoir de convaincre votre père de m'accepter comme gendre. Sir Gyles m'a confié qu'il devait considérer d'autres propositions avant de donner suite à la mienne. Mais si jamais il consent à notre union, ce que je souhaite de tout cœur, je vous préviens que vous ne tarderez pas à découvrir des aspects plus fantasques de ma personnalité. Au fond, je ne suis qu'un vil séducteur.

Elle eut un rire incrédule.

— Mais oui, je vous ai observé pendant que vous dansiez avec lady Berenice. Désolée de vous contredire, mais vous êtes toujours à mes yeux un galant homme.

— Lady Berenice a un joli visage.

Elle acquiesça de la tête, sûre que seule l'anxiété poussait la jeune fille à se gaver de pâtisseries. Quand Berenice se trouvait près de son père, elle paraissait tendue. Elle devait se croire incapable de combler ses attentes. De son côté, lord Mansford semblait ne pas voir les véritables qualités de sa fille, se contentant de lui reprocher son excès de poids.

— Oui, et si un bon époux se présente, il fera des miracles pour elle.

— Avez-vous quelqu'un de particulier en tête ? demanda-t-il en souriant.

— Mais... vous, par exemple. Vous êtes l'homme le plus chevaleresque que je connaisse.

— Alors, vous n'avez plus qu'à persuader votre père de considérer ma requête d'un œil favorable et de me permettre de vous courtiser sans délai, la pressa-t-il avec ferveur.

— Malheureusement, je ne peux pas faire cela, Riordan.

Après une infime hésitation, elle décida qu'elle pouvait lui confesser son secret en toute confiance.

— Mes parents ont signé un contrat me promettant à un autre, reprit-elle. Je n'étais alors qu'une enfant. Toutefois, si après une période d'essai de trois mois l'arrangement n'aboutit pas, je serai libre, et je demanderai certainement à mon père de considérer sérieusement votre demande.

— Adriana, nous serions heureux ensemble.

— C'est sans doute vrai, mais je suis forcée d'honorer l'engagement de mon père.

Une lueur traversa les yeux bruns de Riordan.

— Cet engagement est-il rédigé sur un parchemin que l'on peut brûler ou est-il gravé dans la pierre ?

Adriana sourit.

— Les deux, j'en ai peur, du moins jusqu'à ce que le gentilhomme en question prenne sa décision.

Il la regarda, médusé.

— Vous voulez dire qu'il n'est pas sûr ? Est-il fou ?

— Je crois qu'il n'a pas apprécié l'initiative de son propre père. Ce dernier a apposé sa signature sur le contrat sans le consulter.

— Mais ne voit-il pas le joyau qui lui est offert ?

— Oh, Riordan, je ne sais pas. Vous me donnez l'impression d'être une reine. Aucune femme ne regretterait de vous épouser.

— Alors partons ensemble ce soir, Adriana. Échangeons les vœux sacrés du mariage. Votre père nous pardonnera lorsqu'il verra combien je vous aime.

Elle rit, feignant de ne pas le prendre au sérieux.

— Non, monsieur ! Je suis liée par la parole de mon père et ne puis me dédire si facilement.

L'étincelle d'espoir s'éteignit dans les prunelles sombres de Riordan.

— Trois mois, avez-vous dit ?

— Oui.

Il la scruta comme s'il s'appliquait à mémoriser ses traits.

— Je prierai ardemment pour que vous soyez libérée de vos obligations dans trois mois, voire avant. En attendant, soyez assurée de mon désir de vous prendre pour épouse.

— Vous me flattez.

L'orchestre cessa de jouer, et ils s'arrêtèrent de danser. Riordan réclama la danse suivante, mais Adriana aperçut Roger qui faisait les cent pas derrière un groupe d'invités.

— Non, il ne vaut mieux pas, répondit-elle. Il faut que j'aie une explication avec M. Elston, qui n'a pas votre patience en ce qui concerne mes engagements.

— Je resterai près de vous.

Elle lui toucha gentiment le bras et secoua la tête.

— Non. Votre présence ne ferait qu'irriter davantage M. Elston. Allez plutôt inviter Berenice. Son père se montrera plus indulgent à son égard s'il pense qu'elle a attiré l'attention d'un gentilhomme de votre qualité.

Elle endura la corvée d'une nouvelle danse avec Roger. Ce dernier commença par l'accabler d'amers reproches. Selon lui, elle l'avait délaissé... Ensuite, avisant lord Harcourt qui dansait le menuet avec lady Berenice, il ricana.

— Je parie que ce filou fait semblant de s'intéresser à cette grosse vache pour mettre le grappin sur sa dot.

La colère flamba dans le cœur d'Adriana.

— Comment osez-vous parler en termes aussi désobligeants de mes amis, Roger ? C'est intolérable. Sachez que vous avez un long chemin à parcourir avant d'arriver à la cheville de Riordan Kendrick. La dot de Berenice est certes substantielle, mais sa fortune à lui est immense. Il sera duc un jour, au cas où vous l'auriez oublié.

Humilié, Roger marmonna à contrecœur une excuse.

— Je suis désolé. Mais parfois, ma jalousie domine ma raison.

— Maîtrisez donc vos élans, si vous ne voulez pas que je regrette le jour où je vous ai rencontré.

Le morceau s'arrêta enfin. Adriana avait la sensation que ses pieds étaient broyés. Les dents serrées, elle entreprit de traverser la salle sans grimacer. Finalement, elle parvint à l'autre bout de la pièce, où sa famille s'était rassemblée et, réprimant un soupir, se laissa tomber sur un fauteuil de velours. Discrètement, elle se débarrassa de ses souliers de satin sous la corolle de sa robe, remua ses orteils meurtris et décida qu'elle devait signifier sur-le-champ à Roger que leur amitié ne pouvait plus durer... Même si sa période d'essai avec Colton ne débutait pas avant le lendemain, l'idée d'une nouvelle danse avec le jeune roturier la mettait au supplice.

— Voudriez-vous boire quelque chose ? suggéra ce dernier.

— Un peu de vin, peut-être, merci.

Elle espérait que quelques gorgées apaiseraient son anxiété.

— Je ne serai pas long.

— Je vous en prie, prenez tout votre temps, lança-t-elle avec un accent de sincérité.

Tandis que Roger Elston s'éloignait, Mathilda Maxim s'approcha. Laissant échapper un soupir exagéré, elle s'effondra à côté de sa nièce.

— Je ne sais pas comment tu te sens, mon enfant, mais moi, j'ai l'impression que mes pieds ont reçu autant de coups que les Français à Waterloo. Le maître de danse devrait être fusillé, histoire de nous épargner les épreuves futures.

Adriana éclata de rire.

— Je sais exactement ce que vous endurez, tante Tilly. Si je m'écoutais, j'irais prendre un bain de pieds.

À son tour, Tilly ôta ses chaussures.

— Oh ! mon Dieu… Je suis veuve depuis trop longtemps.

Adriana l'enveloppa d'un regard empreint de curiosité. C'était la première fois que sa tante se plaignait de son veuvage.

— Pourquoi dites-vous cela ?

Tilly lui décocha un sourire malicieux.

— De ma vie je n'ai vu des messieurs d'un certain âge aussi bien conservés. Dis-moi que je ne rêve pas.

Adriana rit. L'humour de sa tante l'avait toujours amusée.

— Vous ne rêvez pas, déclara-t-elle en l'enlaçant par les épaules… À votre place, je ne saurais pas où donner de la tête. Il me semble, cependant, que lord Alistair est le plus irrésistible.

— Il a un charme fou, n'est-ce pas ?

Comme si elle venait soudain de prendre une décision, Tilly glissa ses pieds dans ses souliers et se redressa.

— Je vais rejoindre l'aimable lord que j'ai aperçu il y a un instant. Si je vois un ou deux jeunes gens libres, je te les envoie. Certains sont encore plus beaux que mes fils.

— Oh non, ma tante ! Je préfère rester ici. Mes orteils ne souffriraient pas une danse de plus.

— Sottises ! Tu es beaucoup plus jeune que moi et trop belle pour faire tapisserie. Il me semble avoir croisé le neveu de lord Alistair. Il n'avait pas de cavalière. Je verrai ce que je peux faire.

— Oh non ! s'écria Adriana, craignant que Colton ne pense que Tilly était sa complice. J'ai vraiment trop mal aux pieds.

— Bon, d'accord, mais pas trop longtemps. Si tu ne danses pas bientôt, je t'enverrai un joli garçon.

Adriana poussa un soupir soulagé. Peu après, un sourire se dessina sur ses lèvres. Parmi les danseurs, elle distingua sa tante en train de tournoyer gracieusement dans les bras de lord Alistair, qui semblait, de son côté, au comble du bonheur.

11

Tandis que le quadrille et la polka succédaient à la valse, tous les célibataires voulurent danser avec Adriana. Pendant une pause, Roger réapparut, se fraya laborieusement un passage dans la cohue et glissa d'autorité un verre de vin dans la main d'Adriana. Elle sursauta, agacée par son audace, mais se résigna à garder le verre de cristal pour ne pas risquer d'éclabousser sa robe en le rendant à l'impertinent. Les musiciens attaquèrent alors un boston, et les soupirants d'Adriana s'éparpillèrent à la recherche d'autres cavalières. Une fois de plus, Roger avait manœuvré à merveille, puisqu'il avait fait fuir les autres hommes. Adriana se laissa tomber sur un canapé, ôta de nouveau ses souliers sous sa robe et sirota une petite gorgée de vin. Le jeune homme s'assit près d'elle, la bombarda de mille questions auxquelles elle répondit alternativement par un silence hautain, un haussement d'épaules ou un bref hochement de tête. Rien ne semblait pouvoir endiguer le flot de ses questions ; Roger voulait savoir qui l'avait invitée à danser, qui avait réussi à attirer son attention... « C'en est trop ! pensa-t-elle, exaspérée. Non seulement ce pot de colle se mêle de ce qui ne le regarde pas, mais il oublie que je ne lui dois aucune explication... Ce n'est pas un ami, pas même quelqu'un dont j'apprécie la compagnie. Il s'est peut-être imposé à force de persévérance, mais ce n'est pas une raison pour tolérer davantage une situation aussi pesante. » En soupirant, elle se demanda si elle avait jamais éprouvé réellement une once d'amitié pour lui. À la réflexion, le fils du fabricant de laine lui déplaisait. Celui-ci poursuivait implacablement son interrogatoire, sans se rendre compte à quel point il l'ennuyait... Le moment était venu de lui annoncer qu'il devait cesser de la poursuivre.

Adriana ouvrit la bouche, mais une danse venait de se terminer, et un essaim froufroutant de jeunes filles les entoura en riant. Toutes babillaient en même temps. Elles évoquaient leurs cavaliers en gloussant, et Roger dut se rendre à l'évidence : les petites donzelles n'avaient d'yeux que pour les aristocrates. Ulcéré, il préféra s'éloigner un moment. Peu après, une nuée de jeunes gens encercla les jeunes filles. Chacun choisit une cavalière – Adriana refusa de danser –, et tous s'en allèrent tournoyer sur la piste. La jeune femme demeura assise. En fait, elle avait égaré un de ses souliers et, à présent, son pied tâtonnait frénétiquement sous la corolle scintillante de sa jupe. Bientôt, elle fut assaillie par la crainte de se retrouver à la merci de Roger. Oh ! mais cette fois-ci, elle ne prendrait pas de gants pour l'informer qu'il n'était plus le bienvenu à Wakefield... D'un autre côté, elle ne pouvait envisager de faire cette mise au point avant d'avoir récupéré le soulier perdu, ne serait-ce que pour pouvoir s'éclipser si jamais l'entrevue s'envenimait. Elle se redressa avec la grâce d'une reine et se déplaça légèrement sur le canapé pour poursuivre ses investigations du bout des orteils. Elle récupéra enfin la chaussure égarée ; alors qu'elle s'apprêtait à y glisser le pied, une main puissante lui saisit le coude, la faisant basculer sur le côté. Comme elle chancelait, un bras s'enroula autour de sa taille. Les effluves d'une eau de Cologne poivrée l'enveloppèrent, et un cri de surprise lui échappa. Elle n'avait jamais remarqué jusqu'alors que Roger Elston se parfumait, mais peu lui importait ! Il lui avait évité l'humiliation d'une chute, mais c'était lui qui l'avait déséquilibrée. Les dents serrées, Adriana cala son pied dans son soulier avant de se retourner pour affronter l'insolent... Stupéfaite, elle avisa alors une cravate de soie immaculée sertie dans un gilet couleur charbon, sous un élégant manteau noir. Levant les yeux, elle aperçut un sourire éclatant.

— Colton ! s'exclama-t-elle d'une voix étouffée, qui avait perdu ses inflexions mélodieuses.

— Remettez-vous, ma chère. Vous auriez dû vous douter que je viendrais faire valoir mes droits sur vous à un moment ou à un autre.

— Je ne m'attendais pas à vous voir à cet instant.

« Je vous croyais occupé à exercer votre charme sur l'adorable Mlle Felicity », pensa-t-elle rageusement.

— Vraiment ? Vous vous êtes retournée si brusquement que vous avez failli me faire perdre l'équilibre. Lorsque vous étiez petite, vous n'hésitiez pas à me flanquer par terre quand vous en aviez assez de mes plaisanteries... J'ai cru que vous alliez faire la même chose.

Une bouffée de chaleur embrasa le visage d'Adriana.

— Vous m'avez effrayée, c'est tout.

— Toutes mes excuses, très chère, mais après plusieurs tentatives infructueuses pour vous approcher, j'ai pensé qu'il était grand temps que nous dansions ensemble, au nez et à la barbe de tous ces galants qui ne lâchent pas vos jupes. Le fils du fabricant est particulièrement tenace, ce soir. Lui avez-vous parlé ?

— Non, admit-elle. Je n'en ai pas encore eu l'occasion.

— Je veux bien lui fournir les explications nécessaires à votre place.

— Oh ! je ne doute pas que vous auriez plaisir à lui annoncer la mauvaise nouvelle, dit-elle froidement. Je crains, néanmoins, que vos intentions ne partent pas d'un bon sentiment, car la dernière fois que vous l'avez croisé vous l'avez fichu dehors avec pertes et fracas.

— Par égard pour vous, Adriana. Mieux vaut prévenir que guérir, comme on dit. Ce furent les mots de mes chirurgiens, tandis qu'ils méditaient sur l'opportunité de me scier la jambe.

— Mais vous êtes content de ne pas avoir suivi leurs conseils, si je ne m'abuse ?

— J'en suis ravi. Maintenant, si vous ne m'autorisez pas à éclairer la lanterne de M. Elston, je consens à ce que vous recouriez à la manière douce... à une condition.

— Laquelle ? demanda-t-elle, sur ses gardes.

Il eut un sourire amusé.

— Je suis venu vous sauver de votre triste sort de vieille fille, avant que les hordes de vos admirateurs n'attaquent à nouveau... Il y a un instant, sir Guy Dalton vous cherchait, et Riordan Kendrick l'a envoyé dans la mauvaise direction. Rappelez-moi de ne jamais me fier aux indications d'un de vos soupirants, sous peine de retourner en Afrique.

— Je n'ai pas bougé d'ici depuis un bon quart d'heure, l'informa-t-elle sèchement. Où étiez-vous passé ?

Elle croyait connaître la réponse, mais là encore, il la surprit.

— J'ai pris un bol d'air frais dehors. Les autres dames ne m'intéressent pas, et j'en ai eu assez d'attendre mon tour pour avoir le privilège de danser avec vous.

« Mlle Felicity devait se promener dans le jardin », songea-t-elle, non sans hargne.

— C'est très gentil à vous de me secourir, mais vous n'avez nul besoin de vous faire du souci pour moi.

Il avait flirté ouvertement avec Felicity, sous ses yeux, et elle lui en gardait rancune, ce qui ne l'empêchait pas d'admirer secrètement son allure. Colton était indéniablement l'homme le mieux habillé de la soirée ; même Riordan Kendrick, en dépit de son goût vestimentaire sans défaut, ne pouvait rivaliser d'élégance avec lui. Feignant une nonchalance qu'elle n'éprouvait pas, Adriana regarda dans la direction où elle avait aperçu la jolie blonde un peu plus tôt.

— Je vous autorise à aller retrouver votre cavalière.

Les mains dans le dos, Colton lui sourit. Son parfum de rose l'enivrait, et il ferma les paupières, retenant un soupir de plaisir… Cette femme était aussi envoûtante que son parfum, et, si jamais il retournait à la guerre, il savait que le souvenir de son visage magnifique le soutiendrait dans les moments difficiles.

— Pour l'instant, ma chère amie, je n'ai pas de cavalière.

— Comment ? Est-il possible que Mlle Felicity vous ait préféré un autre homme ? Compte tenu des éloges intarissables qu'elle fait sur vous, j'ai peine à le croire… Vous avez dû lui rendre de nombreuses visites pour susciter une telle admiration.

Le sourire de Colton s'élargit.

— Il ne faut pas prêter l'oreille aux rumeurs, Adriana.

— Quelles rumeurs ? protesta-t-elle, rouge comme une pivoine. (Puis, levant son petit nez en l'air, comme pour le narguer :) Je vous ai vu danser avec elle, c'est aussi simple que cela.

— Oui, *une* fois. En attendant que Stuart revienne.

— Stuart ? fit-elle sans comprendre. Pourquoi lui ?

— Pour la bonne raison que c'est lui qui l'a amenée au bal.

Adriana s'efforça de cacher son étonnement sans y parvenir tout à fait.

— Stuart Burke l'a amenée au bal ? répéta-t-elle.

Une lueur amusée fulgura dans les prunelles grises.

— Exactement. En fait, ma sœur et mon beau-frère les ont amenés tous les deux. Vous leur avez dit de venir avec qui bon leur semblait, et Samantha a pensé que vous n'y verriez pas d'inconvénient, puisque vous avez déjà invité Mlle Fairchild à votre promenade équestre. Et comme Stuart s'intéresse à elle…

Il s'interrompit soudain, feignant l'incrédulité.

— Ma chérie ! Avez-vous pensé que c'était moi qui l'avais accompagnée ici ? Honte à vous !

— Je ne suis pas votre chérie !

— Mais bien sûr que si. Vous êtes *ma chérie*, conformément aux vœux de mon regretté père.

Aucune femme n'avait déployé autant d'efforts pour le décourager, et jamais il n'avait eu autant envie de relever le défi. Adriana pinça les lèvres. Elle aurait souhaité qu'il cesse de se moquer d'elle, mais il avait l'air de se divertir follement. N'ayant pas trouvé de riposte cinglante, elle se contenta de hausser les épaules. Elle avait oublié qu'au moindre mouvement, ses seins jaillissaient à moitié de son décolleté. Les yeux gris y plongèrent avidement, et elle leva les mains vers son collier d'onyx, afin de cacher sa poitrine.

— Trop tard ! murmura-t-il, narquois. J'ai déjà vu ce que vous cachez là-dessous, et depuis, je me languis de vous.

Ignorant le frisson qui parcourait son échine, Adriana ouvrit son éventail en ivoire et en dentelle, s'appliquant à rafraîchir ses joues brûlantes.

— Vous ne manquez pas de toupet ! assena-t-elle. Oser me rappeler que vous m'avez espionnée, comme un petit garçon vicieux à travers le trou de la serrure ! Je doute qu'il existe au monde un libertin plus impudique que vous.

— L'adjectif approprié serait « sincère ». Du reste, j'aurais eu du mal à nier que je vous avais contemplée… vu l'état dans lequel j'étais.

L'éventail frétilla vigoureusement, tandis qu'Adriana sentait sur ses joues une chaleur de braises incandescentes. Elle baissa les yeux, de crainte qu'un de ses amis ne s'aperçoive de son trouble.

— Allez donc danser avec Felicity ! marmonna-t-elle. Je suis convaincue qu'elle saura apprécier votre mauvais esprit à sa juste valeur.

— Vous êtes jalouse, et sans raison ! accusa-t-il. Cette personne me laisse indifférent.

Adriana leva les yeux.

— Ah oui ? Alors pourriez-vous m'expliquer pour quelle raison vous lui avez rendu visite ?

— Moi ? Je n'ai jamais fait une chose pareille.

Refermant l'éventail d'un coup sec, elle le tapota contre la poitrine joliment vêtue de Colton.

— On vous a vu sortir de Stanover House. Maintenant, dites-moi la vérité. Qui étiez-vous allé voir là-bas, sinon Felicity ?

Il parut fournir un effort de mémoire qui lui fit froncer les sourcils.

— Puisque vous êtes si curieuse, répondit-il finalement, laissez-moi vous dire que Samantha et moi sommes effectivement allés à Stanover House. Nous avons présenté nos hommages à M. Gladstone. Nous n'avons même pas vu sa petite-fille. D'après sa mère, elle ne se sentait pas bien ce jour-là.

— Oh...

De nouveau, elle haussa les épaules, dévoilant une fois de plus la moitié de ses seins. Colton regarda furtivement les rondeurs enrobées de dentelle et s'éclaircit la gorge, avant de détourner les yeux. Mieux valait ne pas trop contempler un spectacle aussi charmant, décida-t-il. Un simple coup d'œil, loin de le satisfaire, ne faisait qu'aiguiser sa passion. En réprimant un soupir frustré, il chercha à refroidir ses ardeurs par un sujet nettement moins plaisant.

— Où diable est passé votre Roger ? Au fait, est-il censé être votre invité ce soir ? Votre cavalier attitré, peut-être ?

— Ni l'un ni l'autre. Il m'a demandé la permission de venir au bal, et je la lui ai donnée.

— Mais vous m'aviez dit...

— Peu importe ce que j'ai dit. M. Elston n'est qu'un camarade. Je l'ai rencontré en cherchant un cadeau pour une domestique. Ensuite, il a pris l'initiative de me rendre visite.

Le visage de Colton s'éclaira.

— Parfait! J'en conclus que vous êtes libre de danser avec moi.

L'espace d'un instant, Adriana parut incapable de s'exprimer sans bégayer.

— Je... euh... ne sais... pas... si nous devons déjà...

Un sourire resplendissant s'épanouit sur les lèvres de Colton.

— Balivernes! Il y a encore cinq minutes, vous faisiez tapisserie dans votre coin, seule et abandonnée par toute la gent masculine présente, y compris lord Harcourt qui, pour changer, semble témoigner un intérêt tout particulier à lady Berenice. Je suppose, en conséquence, que vous l'avez mis au courant du contrat.

— Oui...

— Voilà une bonne chose de faite. Hélas, les nobles commères qui sont aux premières loges ne tiennent aucun compte de vos succès. Tout à l'heure, je les ai entendues déplorer votre avenir incertain. Si je veux sauver ma réputation d'homme de goût, vous devez, de votre côté, prouver aux vieilles chipies que vous avez toutes vos chances de vous marier jeune.

Adriana ne voulait pas de sa pitié.

— Ne vous sentez pas obligé de me protéger des mauvaises langues. Elles auront de quoi s'occuper quand Roger reviendra... J'en profiterai pour le mettre au courant de notre engagement mutuel.

Il esquissa une moue ironique.

— Décidément, ce garçon a monopolisé votre esprit charitable. Grâce à lui, vous passerez bientôt pour la protectrice de tous les rustres et autres gueux de la région.

— Vous n'avez pas le droit de dénigrer un homme sous prétexte qu'il ne possède ni titre ni fortune, riposta-t-elle vivement. Beaucoup de nobles sont dans la même situation.

Brusquement, ses propres contradictions l'assaillirent. Un instant plus tôt, elle était sous le charme de Colton ; à présent, elle avait envie de l'assommer.

— J'ai connu des hommes sans titre ni fortune, dit-il. Ils étaient mes amis. Mais je n'ai aucune sympathie pour des individus de la trempe d'Elston.

— Pour quelle raison ? Je comprendrais mieux votre aversion à son endroit si vous me l'expliquiez.

Il haussa les épaules.

— Simple question d'intuition.

— Vous fiez-vous toujours à votre intuition pour mépriser les gens ? Ne confondez-vous pas intuition et aigreurs d'estomac ?

— Insinuez-vous, par hasard, que mon père souffrait de l'estomac quand il s'est mis en tête de nous marier ?

Réduite au silence par sa repartie, Adriana se contenta de lui tourner le dos, mais sentant encore sa main autour de sa taille, elle se retourna. Ignorant son expression étonnée, Colton l'entraîna vers la piste de danse.

— Cela ne vous ennuie pas de danser avec un éclopé ?

Elle se força à sourire. C'était plutôt à ses orteils meurtris qu'elle pensait.

— Nous pourrions nous asseoir, suggéra-t-elle. J'ai assez dansé ce soir, et si vos talents sont aussi piètres que ceux de Roger, je préfère m'en passer.

— Jamais de la vie ! Pas tant que ce malappris est encore ici, répondit-il, la poussant doucement en avant.

Elle jeta un timide coup d'œil par-dessus son épaule, comme un enfant qui craindrait de se faire gronder par ses parents.

— Vous êtes têtu !

— Plutôt, oui. Du moins, c'est ce que disaient les hommes de mon régiment.

— Je ne suis pas un de vos soudards.

Elle l'entendit pouffer.

— Je le sais bien. Je ne vous aurais jamais confondue avec l'un d'eux.

— Merci pour cette marque de déférence, dit-elle, sentant à nouveau la pression de sa main au creux de ses reins.

— Je n'ai aucun mérite à faire la différence. Aucun de mes hommes n'a enflammé mon imagination… même dans son bain.

— Chut ! intima-t-elle en rougissant. On pourrait vous entendre.

— Pas tant que la musique et les cancans vont bon train… Au cas où vous ne l'auriez pas remarqué, les mauvaises langues se sont enfin aperçues que vous alliez danser avec moi et pas avec Roger.

En effet, un frétillement d'excitation avait parcouru les rangs des douairières. Colton fit tourner Adriana entre ses bras. Du regard, il cherchait dans la foule celui dont la seule présence avait le don de le hérisser.

— Franchement, quand je pense à l'arrogance de ce vaurien et à sa façon de me narguer chaque fois que je vous approche, j'ai hâte de faire valoir mes droits sur vous.

Adriana se demanda si Colton s'intéressait vraiment à elle ou s'il cherchait simplement à porter un coup fatal aux rêves de Roger.

— Pourquoi ? Pour l'humilier ?

Les musiciens avaient entamé une valse viennoise, mais ils n'avaient pas encore commencé à danser. Colton croisa les mains dans le dos, puis il baissa vers elle un regard pénétrant. Les couples de danseurs devaient ralentir l'allure, afin de les contourner, mais il ne paraissait pas s'en rendre compte.

— Peut-être, finit-il par répondre. Et s'il en était besoin, j'irais jusqu'à vous épouser, rien que pour réduire les ambitions de ce prétentieux à néant.

Les yeux sombres d'Adriana lancèrent un éclair courroucé.

— Ne vous inquiétez pas, monsieur le marquis. Je ne suis pas sûre, de mon côté, d'être prête à aller jusqu'au mariage. Mon père m'a laissé un peu de liberté dans ce domaine.

Un sourire étira les lèvres de Colton.

— Aurais-je brûlé vos jolies plumes ?

Elle lui décocha un regard glacial.

— Je n'en porte pas, monsieur.

Il effleura d'un regard indolent la toilette scintillante.

— Vos perles de cristal, corrigea-t-il. Mais votre beauté peut parfaitement se passer d'ornements, vous savez.

Il avait enlacé sa taille et pris sa petite main dans la sienne. Ils esquissèrent quelques pas rapides et glissés en silence, puis il reprit :

— Votre grand ami Riordan Kendrick serait sûrement de mon avis. Ce soir, il vous couvait du regard.

— Lord Harcourt vous a-t-il déplu parce qu'il m'a invitée à danser, comme Roger ?

— Je voue une grande estime à lord Harcourt. C'est un homme d'honneur doublé d'un excellent connaisseur en matière de femmes. Quant à l'autre, vous connaissez déjà les sentiments qu'il m'inspire.

Après un silence, il ajouta :

— Je vous en prie, souriez-moi.

— Mais qu'attendez-vous de moi ? Ne sachant pas l'issue de ces trois mois, je me trouve dans une situation plus qu'embarrassante. Je ne puis que me poser une seule et même question : pourquoi avez-vous accepté de me courtiser, puisque vous placez votre liberté au-dessus de tout ?

Pendant un long moment, il la sonda d'un air songeur. Préférait-il sa liberté à son engouement pour elle ? Cette question le tourmentait depuis des semaines, mais il n'avait pas trouvé la réponse.

— Je suis rentré à seule fin d'accomplir mon devoir vis-à-vis de ma famille et du marquisat. Si cela entraîne l'obligation de vous épouser, je tâcherai de m'y conformer.

— Inutile de recourir à de telles extrémités, déclara-t-elle, blessée par ses explications trop prosaïques. Je suis d'accord pour en épouser un autre si l'idée de notre union vous répugne à ce point.

Une irritation inexplicable envahit Colton.

— Je suppose que vous faites allusion à lord Harcourt.

Elle soutint son regard, le menton haut.

— C'est un homme d'honneur, vous l'avez dit.

— Le préféreriez-vous à moi ? s'enquit-il brusquement.

Son exaspération croissante l'incita à se demander s'il serait prêt à céder Adriana à un autre homme. Il avait pris la décision de la courtiser sans s'abaisser pour autant à des concessions ou à des compromis qui lui donneraient l'impression de se plier aux volontés paternelles. Or il n'avait pas encore envisagé le fait que, une fois la période d'essai terminé, Adriana ne serait plus à sa disposition.

— Si vous ne voulez pas de moi, dit-elle, je ne me gênerai pas pour dire oui à quelqu'un qui souhaite m'épouser.

— Êtes-vous en train de m'annoncer que Kendrick a demandé votre main ?

— Je crois qu'il a dit quelque chose à ce propos, murmura- t-elle, la tête penchée de côté, comme pour se remémorer les mots exacts de Riordan. En fait, il m'a proposé de m'enfuir avec lui, ce soir même.

Une sorte de froid intérieur glaça Colton. Il avait déjà éprouvé cette sensation une fois, mais pas aussi fortement.

— Ai-je des raisons d'être jaloux, Adriana ?

Elle émit un rire incrédule.

— Vous ? Pourquoi ? La jalousie est la crainte de perdre un être aimé, mais apparemment, vous vous moquez éperdument de moi.

— Vous pourriez vous tromper.

Adriana renversa sa tête élégamment coiffée pour le dévisager.

— Je me permets de vous rappeler le vieil adage, monsieur : « Il faut le voir pour le croire. »

Les yeux gris se rétrécirent.

— Père disait que vous aviez du cran. En vérité, il disait beaucoup de choses à votre sujet, mais à l'époque, je n'ai pas voulu le croire. Lorsque j'ai quitté la maison, vous n'étiez qu'une petite souris qui avait peur de son ombre, sauf quand vous vous mettiez en colère contre moi... Pendant que je vous ferai la cour, j'essaierai de découvrir les qualités que Père voyait en vous.

Adriana l'observa, consternée. Ou il feignait ne pas avoir saisi ce qu'elle lui disait, ou il était franchement bête ! Toute réflexion faite, elle conclut que la seconde possibilité était hautement improbable.

— Vous ne comprenez donc pas ? Je me tue à vous expliquer que vous êtes libre de vos actes. Que vous pouvez tout refuser : les fiançailles *et* la période d'essai.

Il hocha pensivement la tête. Une chose était certaine : il ne voulait pas perdre Adriana.

— Lord Harcourt a du goût et du caractère, répondit-il en pesant chaque mot. Il s'est distingué à la guerre. Aujourd'hui, il serait général s'il avait poursuivi sa carrière militaire, mais il a préféré quitter l'armée. Je suppose que vous constituez la raison principale de ce choix. Voilà qui m'incite à réfléchir plus sérieusement à nos futures fiançailles. Père pensait que vous étiez parfaite, et Riordan semble partager son avis. Avant de tirer une conclusion personnelle, j'aimerais mieux vous connaître. Je veux tout savoir sur vous, et je vous courtiserai donc selon les termes du contrat.

— Vous ne tenez pas compte de mes propres sentiments ! lança-t-elle.

— J'entends aller jusqu'au bout de mes engagements. Mais si vous ne voulez plus honorer la parole de votre père, dites-le-moi clairement, et je ne vous importunerai plus.

Elle réprima un sursaut.

— Je n'ai jamais eu l'intention de me soustraire à mon devoir. Je croyais simplement que vous vouliez vous libérer du contrat.

— À présent, vous connaissez la vérité.

— Une vérité que j'ai du mal à cerner, monsieur, tant vos actions contredisent vos propos.

— Vos actions à vous, ma chère, suggèrent que vous êtes une mégère. J'espère que ce n'est pas le cas.

Un nouveau silence suivit, tandis qu'ils se mêlaient aux autres danseurs, tourbillonnant au rythme entraînant de la valse. Peut-être n'avait-elle pas réalisé à quel point elle lui plaisait, songea Colton. Le fait qu'elle s'efforçait de briser les chaînes qui le maintenaient prisonnier du contrat était tout à son honneur. Il s'était opposé aux projets de son père par orgueil, mais à présent, l'idée de ne plus revoir Adriana l'insupportait. Finalement, il n'avait rien à envier à Elston, il avait même un énorme avantage sur lui.

— On ne peut reprocher à lord Harcourt de vouloir vous épouser, murmura-t-il au bout d'un moment. Vous illumineriez la vie de n'importe quel homme.

Médusée, elle le regarda d'un air soupçonneux.

— Auriez-vous de la fièvre, monsieur ?

Il émit un rire.

— Mon Dieu, Adriana, combien de compliments dois-je vous faire pour vous convaincre qu'ils sont sincères ?

— Des compliments ? fit-elle en sondant les profondeurs de ses yeux pétillants.

— Eh bien ! avez-vous trouvé quelque chose ? demanda-t-il, amusé par cette investigation insistante.

— Non, rien. Vous êtes passé maître dans l'art du mensonge et savez dissimuler vos véritables intentions sous ce sourire dévergondé.

Il s'esclaffa cependant qu'ils évoluaient légèrement en cercles de plus en plus larges. Leurs pas, rapides et aériens, étaient parfaitement synchronisés, et la claudication de Colton avait quasiment disparu.

— Ma chère, vous avez une nature suspicieuse. Avez-vous au moins conscience d'être devenue une femme splendide ?

— Dois-je vous rappeler que vous m'avez traitée de « petit sac d'os » autrefois ? dit-elle, méfiante.

Il abaissa son regard vers le décolleté.

— Je retire cette appréciation ! J'ai constamment envie de vous dévorer des yeux. Je ne parviens même plus à me contenir.

Comme chaque fois qu'elle croisait son regard, elle sentit ses genoux flageoler. Il y avait au fond des prunelles grises la même flamme de désir qu'elle avait aperçue à plusieurs reprises et qui, invariablement, ravivait des souvenirs troublants… Mais si, lors de leur rencontre dans la salle de bains, Colton s'était montré très sûr de lui, elle avait cru déceler, pendant le mariage de Melora, quelque chose de vulnérable en lui, comme s'il avait peur de la perdre.

— Vous m'avez longuement observée au mariage de ma sœur, n'est-ce pas ?

— Oui. Il faudrait être aveugle pour ne pas vous admirer. Je me serais volontiers approché, mais vos prétendants avaient érigé une barricade entre vous et le reste du monde... Lorsque vous m'avez brusquement abandonné dans le salon de vos parents, j'en ai déduit que vous ne vouliez plus me voir jusqu'à ce que je sois officiellement autorisé à vous courtiser. Le jour du mariage de votre sœur, je vous aurais bien enlevée à vos soupirants, mais j'ai eu peur que vous ne m'en teniez rigueur.

Mais pourquoi était-elle aussi sensible à ses paroles ? Elle s'efforça de se concentrer sur le gilet de Colton.

— La façon dont vous m'avez scrutée ce jour-là...

La phrase resta en suspens. Colton se pencha vers elle.

— Oui ?

— Rien. Cela n'a aucune importance, murmura-t-elle en baissant la tête, afin de cacher ses joues brûlantes.

— Vous rougissez, observa-t-il à mi-voix. Quand vous étiez petite, vous deveniez cramoisie chaque fois que je vous surprenais, vous et Samantha, en train de transporter des petits animaux blessés dans sa chambre. Mais je suis persuadé qu'aujourd'hui votre embarras est dû à des pensées que vous essayez de cacher, parce qu'elles ne conviennent pas à une vierge innocente.

Elle redressa brusquement la tête.

— Oh ! Je ne me suis jamais...

— ... sentie aussi nue ? acheva-t-il, haussant un sourcil inquisiteur.

— Ah non ! gémit-elle, le visage en feu. Ne recommencez pas. Je n'ai pas voulu dire cela.

— Mais vous l'avez pensé ! chuchota-t-il, se penchant vers la tempe d'Adriana et humant son parfum de rose.

Elle porta la main à ses anglaises, qui ruisselaient de sa coiffure en bandeau, ce qui obligea Colton à se redresser.

— Et alors ? lança-t-elle. À qui la faute ?

— À moi, naturellement. Que voulez-vous, je n'arrive pas à oublier votre image dans le bain.

Un cri d'indignation échappa à la jeune femme.

— Un gentilhomme ne doit pas rappeler à une dame ce genre d'incident, accusa-t-elle, rougissant furieusement. Ni même rester une seconde de plus, après avoir constaté que la baignoire est déjà occupée par une personne du sexe opposé... Encore moins s'exhiber dans un... un état honteusement...

De nouveau, les mots lui manquèrent.

— Les hommes aussi sont fragiles, ma chère, ne l'oubliez pas. Il n'est pas donné à tout le monde de surprendre Vénus dans le plus simple appareil, après avoir connu la solitude des camps militaires. J'ai pris votre présence dans mon bain pour une invitation.

Elle laissa échapper une exclamation choquée qui arracha à Colton un sourire en coin.

— J'ai compris ensuite que non seulement vous n'étiez pas consentante, mais que vous n'aviez jamais vu d'homme nu, en particulier dans l'état « honteux » que vous décrivez et qui n'était que la manifestation de mon désir pour vous.

Elle fit mine de se dégager de son étreinte et de s'élancer hors de la salle, mais il la retint, puis se mit à la faire tourner de plus en plus vite. Adriana se sentit chanceler – la tête lui tournait.

— Arrêtez, je vous en supplie ! Je vais m'évanouir.

— Entendu. À condition que vous ne vous envoliez pas, négocia-t-il en ralentissant leur mouvement de rotation.

Hors d'haleine, elle s'agrippa à sa manche, et tout en inspirant de larges goulées d'air, elle se demanda si sa gêne était due à la franchise choquante de son compagnon ou au fait qu'il la désirait.

— Vous ne me laissez pas le choix, souffla-t-elle.

Il cessa de tourner et adopta un rythme plus lent.

— Là... Vous sentez-vous mieux ?

Elle secoua la tête, le souffle coupé, comme à la fin d'une course éperdue, mais elle savait que son malaise n'avait rien à voir avec la valse. L'homme qui avait refusé catégoriquement d'envisager son avenir avec elle venait de lui déclarer qu'il la désirait. Si le sol s'était dérobé sous ses pieds, elle n'aurait pas été plus surprise.

— Je me sentirai mieux si nous nous asseyons, murmura-t-elle.

Il rit doucement.

— Roger n'attend que cela, et je refuse de vous céder à quelqu'un d'autre, surtout à cet énergumène… Par ailleurs, nous devons songer sérieusement à notre période d'essai.

— Je ne demanderai pas plus que vous ne voulez m'accorder, monsieur le marquis, si c'est de cela que vous avez peur.

Colton soupira.

— Adriana, compte tenu que nous passerons ensemble les trois prochains mois, j'insiste pour que vous m'appeliez par mon prénom.

— Oui… Colton, concéda-t-elle.

Il eut l'air soulagé.

— Très bien. Maintenant que nous avons surmonté le premier obstacle, nous pouvons nous attaquer à des détails plus importants.

Adriana s'empressa de lui exposer son point de vue.

— Nous nous sommes engagés, tous les deux, à nous plier aux clauses du contrat, quelle qu'en soit l'issue, pour obéir à nos parents. Êtes-vous d'accord ?

Il haussa lentement les épaules.

— Oui, cela pourrait marquer la fin… ou le début de quelque chose, qui sait ?

— N'essayez pas de ménager ma susceptibilité. Il y a peu de chances pour que tout cela débouche sur un mariage, j'en suis consciente. Alors, je vous en prie, épargnez-moi les faux-semblants.

— Nos parents espèrent pourtant le contraire.

— Je le sais, dit-elle, et je déteste l'idée de les décevoir.

— Mieux vaut donc jouer le jeu, cela leur fera plaisir.

— Oui, mais pas trop. Ils en concevraient trop d'espoir et n'en seraient que davantage déçus quand nous nous séparerons.

— Je n'ai jamais courtisé une femme à moitié. Je ne suis pas sûr d'être capable de me cantonner aux limites que vous voulez nous imposer, et les demi-mesures que vous préconisez risquent d'être très difficiles à mettre en pratique.

— C'est à vous de voir, monsieur : vous devrez choisir entre le mariage et votre liberté. C'est aussi simple que cela.

— Justement, ce n'est pas aussi simple, dit-il, après avoir jeté un coup d'œil involontaire à son décolleté.

Il ne se lassait pas d'admirer ces fruits défendus, ronds, souples, d'un blanc crémeux… Contrairement aux autres femmes, qui semblaient douloureusement comprimées dans leur corsage, Adriana se mouvait avec une aisance fluide.

— Néanmoins, poursuivit-il, nous aviserons à mesure que la période d'essai avancera. À mon avis, il ne faut plus perdre de temps.

Adriana hocha la tête d'un air méfiant.

— Bien sûr, je comprends. Plus vite nous commencerons, plus vite ce sera terminé, afin que vous puissiez reprendre votre ancienne vie de célibataire.

La large main de Colton remonta le long de son dos. Son cavalier la pressa doucement contre lui, retenant un soupir quand leurs cuisses se frôlèrent. Elle lui inspirait un désir qu'il n'avait jamais ressenti auparavant. Il s'en était notamment rendu compte pendant le mariage de Melora : il l'avait longuement observée, alors qu'elle riait et bavardait avec ses prétendants, et il avait eu une envie impérieuse de chasser tous les autres et de la posséder. Mais il avait gardé le silence. Lorsqu'elle avait couru se réfugier dans le landau de ses parents, il avait éprouvé une immense frustration. Incapable de rester en place, il avait gravi les marches de la chapelle d'où il avait pu étudier à loisir chacun de ses gestes et jusqu'au moindre hochement de sa tête, coiffée d'un adorable petit chapeau.

De son côté, Adriana avait du mal à contenir le flot de ses émotions. Un nœud s'était formé au creux de son estomac, et son souffle était court. Ses genoux fléchirent, et elle se sentit dépassée par ses pulsions sensuelles. Elle leva les yeux confusément, croisa le regard brillant de Colton qui s'abaissa vers son corsage, caressa les exquises rondeurs de sa poitrine, remonta vers son cou fragile et s'attarda sur sa bouche.

L'espace d'un instant, Colton crut qu'il n'allait pas pouvoir résister à la tentation d'embrasser ces lèvres douces qui s'entrouvraient... par surprise ? Ou par passion ? Il n'aurait su le dire. Réprimant un tressaillement, il s'efforça de fixer son attention vers des sujets plus graves, dans l'espoir d'apaiser les exigences de son corps et de son esprit. Lentement, il laissa dériver ses pensées vers le dernier combat qu'il avait mené. Les boulets de canon déchiraient l'air et décimaient leurs rangs, les hommes tombaient comme des mouches, blessés, inanimés, mais il avait continué à se battre désespérément, sachant que, s'il baissait les bras, la bataille serait irrémédiablement perdue. Il était monté à l'assaut, s'était démené au plus épais de la mêlée sanglante des heures durant, et peu à peu, le sentiment de la victoire lui avait redonné des forces. Soudain, il y avait eu une explosion, et des éclats de plomb avaient déchiqueté sa jambe. Il s'était affalé sur le côté, abasourdi par la douleur, mais il avait réussi à se remettre debout et s'était de nouveau jeté dans la bataille. Le lendemain après-midi, sa blessure avait commencé à s'infecter. Il avait alors pensé à sa mort prochaine et avait cru revoir le visage de son père.

— Mon père passait pour avoir un discernement infaillible, dit-il, brisant le long silence qui s'était abattu sur eux. Comme vous le savez, il croyait dur comme fer que nous étions faits l'un pour l'autre. Appelez cela une expérience si vous le voulez, mais je compte profiter de chaque instant de notre période d'essai pour découvrir s'il avait vu juste… ou pas.

Il eut un rire espiègle, avant de reprendre :

— Je suis un grand sceptique, Adriana. Par ailleurs, je m'insurge contre cette coutume barbare qui permet à un père de choisir l'épouse de son fils… Cependant, je vous promets de tenter l'impossible pour honorer sa mémoire. Je vous prie de m'aider à traverser cette épreuve. Bien que nous nous connaissions depuis toujours, nous sommes devenus des étrangers durant mon absence, ainsi que vous me l'avez fait remarquer. Comprenez mes raisons : avant de m'engager davantage, je voudrais vous connaître personnellement. J'espère que ma franchise ne vous offense pas.

— Non, Colton, répondit-elle avec un sourire hésitant. J'ai toujours préféré la vérité au mensonge. Pendant que vous vous appliquerez à approfondir vos sentiments, j'essaierai de mon côté de découvrir votre véritable nature. Bien se connaître constitue le fondement des unions durables. Il faut cerner le caractère de l'autre avant de prononcer les vœux du mariage. Mais bien que votre résistance passée me fasse douter que l'expérience soit concluante, je vous promets de tout faire pour vous permettre de juger de mes qualités… et de mes défauts.

— Merci, Adriana.

Après une pause, elle poursuivit d'une voix tremblante :

— Nous avons beaucoup à apprendre l'un sur l'autre, Colton, mais d'ores et déjà, je puis vous assurer une chose : je ne suis pas très différente de la petite fille que vous avez déjà rejetée. Il se peut que, dans trois mois, nous décidions que nos chemins doivent se séparer, mais j'espère que nous resterons amis, ne serait-ce que pour le bien de nos familles.

Il lui sourit.

— Aussi bizarre que cela puisse vous paraître, je pense au contraire que vous avez beaucoup changé. Par exemple, je ne vois plus les taches de son qui parsemaient votre nez... Et j'avoue que je n'ai jamais eu envie d'embrasser la petite fille que vous venez d'évoquer.

Elle lui lança un regard plein de défi.

— Sur ce point, je vous conseille de rester prudent.

— Un petit baiser par-ci, par-là ne prête pas à conséquence.

— Un petit baiser par-ci, par-là, c'est dangereux, affirma-t-elle avec une conviction à toute épreuve.

Colton haussa les sourcils.

— Avez-vous donc si peur de perdre votre vertu ?

— Avec vous ? Oui ! déclara-t-elle d'un ton sans réplique, sachant que sa mère serait horrifiée si elle entendait leur conversation. Je n'ai pas parcouru le monde comme vous, Colton. Je n'ai jamais été sujette aux incertitudes inhérentes à la guerre. J'ai toujours su où dormir. J'ignore vos expériences passées, mais même quand vous étiez adolescent, les jeunes filles semblaient être attirées par vous comme les abeilles par le miel. Cela m'inquiète. J'exige du futur père de mes enfants de l'amour, du respect et de la fidélité. Si dans trois mois vous décidez de demander ma main, je vous promets d'être une épouse dévouée. Jusqu'alors, je tiens à conserver ma pudeur. Je suis trop sensible. Vous m'avez déjà brisé le cœur une fois. Je ne supporterais pas que cela se produise une seconde fois.

— Vous avez merveilleusement plaidé votre cause, murmura-t-il, noyé dans les lacs sombres de ses yeux.

— Alors promettez-moi de refréner vos ardeurs.

— Je ne suis pas sûr de pouvoir tenir parole.

— Mais pourquoi ? demanda-t-elle en toute innocence.

Colton soupira. Elle ne pouvait pas comprendre... Jetant un coup d'œil alentour à la recherche d'une réponse appropriée, il réalisa brusquement deux choses : la musique s'était arrêtée, et ils étaient les seuls à danser. Les autres danseurs s'étaient écartés et les observaient. Certains invités se contentèrent de sourire, d'autres, plus enthousiastes, commencèrent à applaudir bruyamment.

— Bravo ! Encore !

— Le pauvre homme ! s'écria Perceval. Il a trop longtemps fait la guerre, et voilà ! Un joli minois suffit à lui faire perdre la tête.

Colton se mit à rire de bon cœur, balayant d'un ample geste de la main la boutade de son beau-frère. Ensuite, il regarda Adriana qui, les joues enflammées, riait elle aussi.

— Eh bien, très chère ! Je crois que nous avons volé la vedette au bal d'automne, dit-il.

12

En riant, Adriana remercia son public. Telle une actrice consommée s'apprêtant à sortir de scène, elle ébaucha un salut qui parut enchanter l'audience. Mais quand Colton, en l'imitant, s'inclina à son tour, l'hilarité des invités redoubla. Une salve d'applaudissements retentit, et bientôt, tous tapaient dans les mains, à tel point qu'Adriana dut se boucher les oreilles.

Or cette ovation n'était pas du goût de tout le monde. Roger était revenu dans la salle de bal pour découvrir que Colton s'était approprié celle qu'il convoitait. Il s'était d'abord figé, incrédule. Ensuite, jouant des épaules et des coudes, repoussant quiconque lui obstruait le passage, il s'était faufilé parmi les invités. Il avait longuement observé le couple enlacé sur la piste de danse, mais lorsque la musique s'était enfin arrêtée, son supplice n'avait pas pris fin pour autant. L'estomac révulsé, il avait dû subir les commentaires élogieux des vieilles dames. Ah, elles s'étaient délectées du spectacle, et elles étaient toutes tombées d'accord : lord Randwulf et lady Adriana formaient tout simplement un couple splendide… Le fils du fabricant de laine les avait mitraillées de regards furibonds, jusqu'à ce qu'elles se dispersent, outrées par son comportement grossier.

Les mêmes éloges fusaient à l'autre bout de la salle, où les deux familles s'étaient rassemblées près de Stuart et de Felicity. Celle-ci avait assisté à la valse, puis à l'ovation. Elle avait essayé de faire bonne figure, mais un aparté entre Jaclyn et sir Gyles lui avait ôté à tout jamais l'espoir de conquérir le riche et séduisant marquis de Randwulf.

— Vous savez, papa, Colton a eu beau rechigner quand lord Sedgwick lui a proposé d'épouser Adriana, j'ai la conviction qu'il a changé d'avis... Regardez comment il couve ma sœur des yeux ! Il n'a d'ailleurs pas tort. Pour trouver une jeune fille aussi ravissante, il devra faire deux fois le tour du monde.

Le comte de Standish avait gloussé discrètement.

— Oui, elle est magnifique. Je suis fier d'avoir trois filles plus belles les unes que les autres.

Jaclyn avait tapoté affectueusement le bras de son père.

— Melora ne partagera sûrement pas mon avis, papa, mais je suis persuadée qu'Adriana nous a surpassées toutes les deux. Avec ses cheveux noirs, ses grands yeux et sa taille élancée, elle est de loin la plus élégante. Et s'il n'est pas inconvenant de vanter les qualités de sa propre sœur, je dirais qu'elle est devenue une véritable beauté.

Felicity se moqua en silence de l'empressement des Sutton à chanter les louanges d'un membre de leur famille, oubliant que son propre père s'était souvent rendu coupable du même travers. Mais ces compliments la dérangeaient moins, au fond, que la découverte qu'elle venait de faire : lord Randwulf et lady Adriana avaient été promis l'un à l'autre. Ses espoirs étaient donc vains. Elle avait rêvé de séduire Colton Wyndham, mais son projet tombait à l'eau. Seule la mort de l'une des deux parties ou l'infidélité de la future mariée mettrait fin à l'engagement. Or, lady Adriana n'était pas assez stupide pour s'attirer l'opprobre de toute la bonne société, et, à moins qu'Ulysse ne la jette à terre lors d'une de ces cavalcades qu'elle affectionnait tant, il y avait peu de chances pour que le sort tourne en faveur de Felicity.

Alors comment allait-elle réussir à se trouver un époux convenable ? Ses origines ne lui permettaient pas d'évoluer dans les hautes sphères réservées à la noblesse... Mais si, jusqu'alors, son désir de devenir marquise l'avait fait dédaigner des titres moins prestigieux, elle se sentait désormais prête à prendre ce qui se présenterait. Elle se contenterait même du titre de vicomtesse... Oui, mais quel aristocrate consentirait à demander sa main ? Elle n'était que fille de comptable. Son père, trop accaparé ces derniers temps par ses démêlés avec sa femme et son beau-père, ne lui était plus d'aucune utilité. Il avait prédit que Felicity épouserait un membre de la noblesse, mais à part sa beauté, elle n'avait guère d'atouts dans sa manche pour y parvenir...

— On dirait qu'Adriana a jeté un sort à monsieur le marquis ! murmura-t-elle. Regardez comment il la dorlote.

Elle pointa le menton en direction du couple, dans l'espoir de soutirer une remarque analogue à son compagnon. Après un long silence, elle hasarda un coup d'œil vers Stuart... qui regardait amoureusement la jeune femme brune. Incapable de dominer sa déception, Felicity poussa un soupir.

— Vous aussi ? demanda-t-elle, affreusement blessée dans son amour-propre.

— Pardon ? Avez-vous dit quelque chose ?

— Oh oui ! répondit-elle d'un air abattu. Mais visiblement, vous avez une autre femme en tête. Vous regardiez si intensément lady Adriana que je me demande ce que vous faites avec moi, au lieu de lui consacrer toute votre attention.

Stuart souleva les sourcils, surpris par la mauvaise humeur de Felicity.

— Je la fixais intensément ? Je ne m'en suis pas aperçu.

— Eh bien, si ! Vous ne m'avez pas prêté plus d'intérêt que si j'étais un vilain crapaud, marmonna-t-elle. Mais si lady Adriana vous plaît, pourquoi ne l'invitez-vous pas à danser ? Vous n'êtes pas obligé de supporter ma compagnie, sous prétexte que votre frère et votre belle-sœur nous ont amenés ici ensemble. Lady Adriana sera flattée d'avoir attiré vos égards… à vous aussi.

— Je vous demande pardon, mademoiselle Felicity, mais lord Colton et lady Adriana sont sur le point de se fiancer, murmura Stuart.

Elle lui lança un coup d'œil indigné.

— Sinon, vous ne vous donneriez pas la peine de danser avec moi, n'est-ce pas ?

Stuart faillit nier, puis changea d'avis. Felicity aurait réfuté ses allégations, et à juste titre. Il avait effectivement longuement fixé Adriana, avec toute la force de sa récente passion pour elle.

Colton était à cent lieues de deviner la conversation de l'autre couple. Mais l'aurait-il entendue qu'il n'aurait pas été surpris… En tout cas, il n'avait nulle envie de prêter attention à quiconque, en dehors de la femme qui hantait ses rêves depuis son retour. Le fait que son père l'ait choisie pour lui seize ans auparavant l'étonnait toujours. Comment sir Sedgwick avait-il pu deviner qu'un jour le « petit sac d'os » ferait battre le cœur de son fils ? S'agissait-il d'une simple coïncidence ou possédait-il réellement un don de clairvoyance ?

La main autour de la taille fine d'Adriana, il l'attira près de lui dans l'espoir que ce geste suffirait à écarter ses soupirants jusqu'à la fin du bal. Il savait qu'il aurait du mal à se libérer des sensations qu'il avait éprouvées lorsqu'il l'avait prise dans ses bras, tout comme du parfum de rose qui lui montait à la tête. Embarrassée une fois de plus par sa familiarité, la jeune femme lui jeta un regard interrogateur.

— Oui, trésor ?

Elle réprima un tressaillement. Rien ne lui déplaisait davantage que de sentir ses jambes flancher chaque fois qu'il lui donnait un surnom tendre… ou qu'il lui effleurait la taille de ses doigts.

— Nous étions convenus de rester discrets, afin de ne pas encourager les espoirs de nos parents, lui rappela-t-elle.

— Ah oui ?

Sachant que Colton Wyndham ne souffrait d'aucune défaillance de la mémoire, elle en déduisit qu'il avait purement et simplement renoncé à sa suggestion.

— Je pense que nous aurions intérêt à nous y tenir, insista-t-elle.

Il haussa ses larges épaules, l'air indolent.

— Il faudrait que j'y réfléchisse davantage. Mais je crains que cela n'altère mon jugement et les conclusions que je veux tirer de notre période d'essai. Si mon père avait la conviction que vous êtes l'épouse qui me convient, je ne vois pas pourquoi je ne jouerais pas le jeu sans réserves.

Elle déglutit péniblement. Cet homme sensuel savait se montrer persuasif, mais il était dangereux. Au mariage de sa sœur, Adriana avait compris qu'elle était à deux doigts de retomber amoureuse de lui. Lorsqu'il l'avait regardée au fond des yeux, son regard l'avait transpercée jusqu'aux tréfonds de son âme. S'il continuait à produire le même effet sur ses sens, cela signifierait la fin de sa résistance et sa reddition sans condition – elle n'avait pas oublié ses propos sur le plaisir. Elle s'efforça de le convaincre d'une autre manière.

— Oh ! Colton, vous pouvez sûrement comprendre qu'il vaut mieux épargner à nos parents une cruelle désillusion, après trois mois d'enthousiasme simulé de votre part.

— Simulé ? répéta-t-il, la tête penchée sur le côté, comme s'il cherchait la véritable signification de ce mot. De ma vie je n'ai manifesté un enthousiasme *simulé* vis-à-vis d'une femme. Surtout lorsqu'elle me plaît. Dans le cas contraire, je m'éloigne. Pour le moment, Adriana, je ne veux qu'une chose : mieux vous connaître. Mais si vous éprouvez le besoin de mettre en garde nos parents, n'hésitez pas à les avertir de ne pas trop se fier aux apparences jusqu'à ce que je formule ma demande en mariage. Compte tenu des circonstances, cela me paraît la solution la plus raisonnable.

Le cœur d'Adriana se serra. Le désastre qui l'attendait au bout du tunnel n'était que trop prévisible. Mais de quelles armes pouvait se servir une jeune fille innocente contre un homme rompu à l'art de la séduction ?

La foule des invités s'était scindée en deux, afin de leur ménager un passage. Tandis qu'ils avançaient, de vieilles connaissances tapaient dans le dos de Colton, lui serraient la main, lançaient des remarques spirituelles. Au milieu de la liesse générale et des rires, Adriana se sentait toute petite. Ses propres amis la congratulaient sur la prestance de son nouveau prétendant.

Un rictus tordit âprement les lèvres de Roger quand le couple s'approcha de la porte où il s'était rencogné. Voyant ses belles espérances s'effriter, il avait décidé de mettre fin aux projets de Colton par la force. Peu lui importait que Sa Seigneurie soit un soldat aguerri, plus grand, plus robuste, plus habitué à se servir de ses poings... Roger se battrait avec l'énergie du désespoir... C'était cela ou renoncer à ses aspirations pour toujours.

C'était ici, à la porte principale de la salle de bal, qu'il allait tenter de déloger le marquis du cœur et de l'esprit de sa bien-aimée. Une chaise, stratégiquement placée au beau milieu du passage, et sa jambe étendue dessus formaient déjà une barricade. Roger attendait, les dents serrées.

En avisant l'obstacle qui barrait la sortie, Colton se demanda s'il parviendrait à éviter une nouvelle altercation avec le jeune homme. Si la confrontation se révélait inévitable, il se promit de lui donner une leçon plus rude encore que la précédente. C'était sûrement le seul moyen dont il disposait pour enfoncer un peu de bon sens dans le crâne de Roger. Ce dernier semblait incapable d'accepter le fait qu'Adriana ne lui appartiendrait jamais.

À l'approche de la grande porte, la jeune femme ralentit le pas. Elle se tourna vers Colton, mais il la poussa doucement en avant.

— N'ayez pas peur, murmura-t-il. S'il tient absolument à régler notre différend par la violence, je l'inviterai à venir se battre dehors, de manière à ne pas perturber la fête.

Adriana voulut avancer, mais Roger esquissa un pas en avant, avec un ricanement méprisant.

— Eh bien, madame, il est clair que vous n'avez aucune force de caractère, aucun goût de l'indépendance. Vous vous êtes soumise à la volonté de lord Sedgwick, qui a toujours projeté de vous marier à son fils. Je vous croyais d'une étoffe plus résistante, mais je me suis trompé... Je n'aurais jamais dû espérer avoir la moindre chance de gagner contre un titre de marquise. Je regrette de vous avoir cru différente, mais...

Une grimace incoercible retroussa ses lèvres. Il toisa la jeune femme de haut en bas, mais tandis qu'il feignait le dégoût, les battements de son cœur s'accéléraient : de sa vie, il n'avait contemplé créature plus ravissante. Avec son teint de porcelaine, ses grands yeux sombres frangés de cils épais, sa bouche si douce, elle faisait honte à toutes les prostituées peinturlurées qu'il avait fréquentées à Londres.

— Vous êtes comme toutes les femmes ! s'écria-t-il. Avide d'argent, de prestige et...

— Veuillez cesser, Elston ! coupa sèchement Colton. Vous vous en prenez à lady Adriana, alors qu'elle n'y est pour rien. Je la courtiserai pour des raisons qui m'appartiennent, et je ne vois pas pourquoi je demanderais votre permission pour l'approcher. Vous n'avez aucun droit sur elle, que je sache, acheva-t-il sur un ton sarcastique.

Dépité, le jeune homme détourna les yeux. Le marquis était le seul homme présent à se prévaloir d'un tel droit, mais Roger refusait de lui reconnaître toute légitimité. Il se cantonna dans un silence maussade pour exprimer sa condamnation sans appel de ce qu'il considérait comme une injustice.

— C'est bien ce que je pensais, dit Colton avec un sourire condescendant. (Puis, passant délibérément le bras de la jeune femme sous le sien :) Je crois que lady Adriana a quelque chose à vous dire. Soyez gentil, allez donc nous attendre dans la bibliothèque.

Adriana leva les yeux.

— Peut-être devrais-je lui parler en privé.

Colton secoua la tête. Il ne faisait aucune confiance au jeune homme. Sans aller jusqu'à penser qu'il pourrait forcer Adriana à lui faire des promesses contre sa volonté – quitte à encourir la colère de sir Gyles –, il préférait ne pas le laisser seul avec elle.

— Cela ne serait pas très sage. Rien ne me garantit que M. Elston n'essaiera pas de vous causer du tort.

— Lui causer du tort ? répéta Roger, incrédule, alors qu'il avait déjà songé à recourir au viol. Monsieur, laissez-moi vous dire que vous êtes la seule personne au monde à qui je causerais du tort avec plaisir.

Les yeux gris, froids comme l'acier, fixèrent les yeux verts et ardents.

— Vous me l'avez clairement fait comprendre lors de notre première rencontre. Visiblement, vous n'avez pas retenu la leçon que je vous ai infligée alors. Voudriez-vous recommencer ? Je suis prêt à vous laisser frapper le premier. Peut-être que, cette fois-ci, vous aurez plus de chance.

Roger tordit ses lèvres minces dans un rictus moqueur.

— J'aurais vraiment adoré vous casser la figure, mais je dois décliner l'invitation.

— Dommage ! Nous aurions résolu le problème une fois pour toutes et cela vous aurait évité, à l'avenir, de vous rendre ridicule. Néanmoins, si vous voulez reconsidérer ma proposition, nous serons dans la bibliothèque.

Les yeux verts flamboyèrent. Roger n'avait guère envie de se mesurer physiquement à un tel adversaire. Colton était plus fort que lui, il l'avait appris à ses dépens. Incapable de contrôler sa fureur, il lança :

— Tous les roturiers n'aiment pas forcément courber l'échine devant les aristocrates, monsieur ! Quant à moi, je n'ai que du mépris pour cette coutume.

— Tous les aristocrates ne sont pas aussi indulgents que lady Adriana, riposta Colton d'un ton acide. Quant à *moi*, je n'ai pas l'intention de permettre à un petit morveux de votre espèce de me casser les pieds. Je soupçonne que le comte de Standish se montrerait moins patient que sa fille devant votre grossièreté. Maintenant, si vous voulez nous rejoindre, venez dans la bibliothèque. Sinon, monsieur Elston, vous feriez mieux de débarrasser le plancher !

Cette fois-ci, une flamme de haine embrasa les prunelles vertes. Colton avait touché la corde sensible de Roger en faisant allusion à son apparence juvénile. Il fallait coûte que coûte riposter s'il ne voulait pas qu'Adriana le voie comme un « petit morveux », et non comme un homme.

— Quoi ? Depuis quand avez-vous l'autorité de dire aux invités qu'ils doivent rester ou partir ?

— En tant qu'ami intime de la famille, je m'octroie le droit de mettre à la porte les trouble-fête.

— Vous n'êtes pas le maître ici ! hurla Roger d'une voix gutturale. Vous n'êtes qu'un invité, comme moi. Vous n'avez pas le droit de donner des ordres.

Colton émit un rire moqueur.

— Si vous préférez que j'appelle lord Standish, je n'y vois pas d'inconvénient. Compte tenu de votre propension à créer des ennuis, je suis sûr que le résultat sera le même.

Roger ouvrit la bouche ; il n'eut pas le temps de répondre. Colton l'écarta d'une main sûre. Il passa devant lui, entraînant Adriana vers le hall. La dispute avait attiré l'attention de quelques invités qui tendaient le cou, curieux de savoir ce qui se passait à l'entrée de la salle. Roger suivit le couple du regard. Il demeura un long moment abasourdi, puis, jetant un coup d'œil circulaire, il s'aperçut que plusieurs dames l'observaient en chuchotant derrière leurs éventails. Un peu plus loin, des hommes, riches et puissants, tournaient vers lui leur long nez dédaigneux, avec une expression de désapprobation.

Le brouhaha des conjectures se répandit dans la vaste salle ; il ne tarda pas à atteindre les oreilles de sir Gyles, qui se retourna. Son regard balaya la foule, s'arrêta sur Roger, seul coupable en vue, mais le jeune homme détourna la tête. Plutôt mourir que subir cet interrogatoire muet, pensa-t-il, submergé d'une rage froide. Mais ignoré ou pas, Gyles n'était pas homme à se laisser faire. Il adressa un signe aux musiciens qui attaquèrent une nouvelle mélodie, et quand ses invités se mirent à danser, il prit rapidement congé de son entourage.

Colton avait aidé Adriana à prendre place sur l'un des canapés qui faisaient face à la grande fenêtre voûtée. À présent, il contemplait la pièce, grande et haute de plafond. Nul doute que, pendant la journée, la vue paisible et les sièges confortables invitent à la lecture. Mais la nuit, à travers les vitres en losanges, on pouvait admirer les étoiles qui étincelaient dans le ciel sombre.

— Roger voudra relever le défi, dit-il avec certitude. Il viendra. J'ai aussi l'impression que votre père ne tardera pas à nous rejoindre.

— J'espère qu'il n'y aura pas de problème, répondit Adriana.

Elle se sentait responsable du comportement de Roger, car elle lui avait toujours pardonné son arrogance.

— Il n'y a rien que votre père et moi ne puissions résoudre, la rassura Colton. Ne vous inquiétez pas.

Cela faisait des années qu'il ne s'était pas retrouvé dans la bibliothèque des Sutton. Il longea les rangées interminables de casiers et d'étagères encombrées de livres, de bibelots, de cadres et de dessins anciens. Rien n'avait changé, à l'exception d'un récent portrait de famille. Il trônait au-dessus du bureau massif de sir Gyles. L'artiste avait su révéler la beauté d'Adriana, qui se tenait près de la chaise de sa mère. Ses sœurs aînées figuraient de l'autre côté de la toile : Melora, assise sur la banquette de velours près de son père, Jaclyn, debout derrière eux. Bien que très belles, avec leurs chevelures blondes et leurs yeux bleus, elles ne pouvaient être comparées à Adriana, à qui ses cheveux noirs et ses immenses yeux sombres donnaient une allure bien plus exotique.

En se remémorant leur enfance, Colton eut un sourire. À l'époque, les parents et les amis des Sutton et des Wyndham considéraient la fillette brune comme le vilain petit canard de la famille… Ils n'avaient pas eu la clairvoyance de sir Sedgwick. Certes, songea Colton, lui-même n'avait pas eu davantage de discernement, mais à présent, force lui était d'admettre que son père avait eu raison d'écarter Jaclyn et Melora en faveur de leur cadette. Soudain, il crut comprendre pourquoi. Colton avait été un gros bébé, et il en serait sans doute de même pour sa progéniture. Et des trois sœurs, seule Adriana était assez grande pour mettre au monde sans encombre un enfant de lui. Raison de plus pour étudier chaque aspect de ce choix judicieux…

Roger entra dans la pièce, et Colton s'en retourna calmement vers le canapé où Adriana était assise. Debout, les poignets croisés dans le dos, il fit face à son adversaire, tel un guerrier qui rassemble ses forces avant le combat. Sous les yeux gris qui le fixaient sans ciller, Roger eut un rictus méprisant. L'homme avait adopté une attitude protectrice vis-à-vis d'Adriana, mais ce fut sa réaction à elle qui l'atteignit en plein cœur, comme un coup de poignard. La jeune femme était restée tranquillement à sa place, dominée par Colton… comme si, déjà, elle lui appartenait.

Brusquement, Roger regretta d'être venu dans la bibliothèque. À l'évidence, Adriana allait accepter le contrat signé par son père et sir Sedgwick seize ans plus tôt. Le comte de Standish avait enchaîné sa fille à un engagement de mariage, alors qu'elle n'avait pas encore l'âge de raison, mais aux yeux de Roger, Sedgwick constituait le vrai coupable. N'avait-il pas imaginé ce projet, puis convaincu les autres de ses avantages ? Oui, lord Standish et Adriana n'étaient que des pions sur un vaste échiquier. Roger avait détesté profondément l'ancien marquis, mais ce sentiment n'était que broutille en comparaison de la haine qu'il vouait à son fils… En conséquence, une entrevue avec ce dernier ne pouvait que mal tourner. Il tourna résolument les talons et reprit la direction de la porte. La main sur la poignée dorée, il hésita un instant. « Tout ce beau monde ne perd rien pour attendre », pensa-t-il, aveuglé par la rancune.

— Lord Standish va probablement se joindre à nous.

La voix de Colton le cloua sur place.

Roger se retourna, un sourire malveillant aux lèvres, et dévisagea son rival sans un mot. Si le

« héros » avait besoin de renforts pour affronter un homme seul, c'était la preuve indéniable qu'il le craignait. Mais malgré le regard venimeux de son ennemi, Colton, impavide, lui dédia un sourire narquois. Il avait trop souvent bravé le danger pour tenir compte des états d'âme d'un jeune imbécile qui, de son propre aveu, n'avait jamais participé à une seule bataille.

— Disons que lord Gyles sera un témoin impartial si jamais je me vois obligé de vous corriger, monsieur Elston.

Roger tressaillit. Cette manie de le traiter comme un gosse sans cervelle lui portait sur les nerfs. Les jambes raides, il traversa la pièce en direction du canapé, tandis que lord Randwulf posait une main protectrice sur l'épaule d'Adriana... Une colère démentielle flamba dans le cœur de Roger. La vue des doigts de son adversaire sur l'épaule nue de la jeune femme attisa sa jalousie... Pourquoi ne lui avait-elle jamais permis de lui effleurer la main mais acceptait d'un autre de telles privautés ? Se sentant trahi, il la fixa d'un air misérable.

— Madame, épargnez-moi une déclaration qui n'est que trop évidente. Vous allez obéir aux ordres de feu lord Randwulf et vous fiancer avec son fils.

Le petit menton se leva d'un air dédaigneux.

— Peut-être avez-vous espéré que je désobéirais à mes parents, Roger, mais je n'en ai jamais eu l'intention.

Un raclement de gorge signala l'entrée de lord Standish, qui commença par jeter un coup d'œil à sa fille.

— Tout va bien ? s'enquit-il.

— Oui, papa, répondit-elle d'une voix tendue. J'étais sur le point d'expliquer à M. Elston qu'il n'est plus le bienvenu à Wakefield et qu'il doit cesser de me poursuivre.

Une grimace dégoûtée déforma la bouche de Roger.

— Excusez-moi d'avoir pensé que vous aviez une once d'intelligence ! cria-t-il. Vous êtes aussi bête que toutes les autres femmes.

Une sensation de picotement sur la nuque conforta Adriana dans son opinion : elle n'était pas lâche et ne manquait pas de volonté, ainsi que Roger s'évertuait à l'insinuer. Il avait essayé de la rabaisser, mais il n'avait réussi qu'à l'horripiler.

— Roger, je crains que, depuis un an, vous n'ayez tendance à croire que nous sommes plus que de simples connaissances, répondit-elle froidement. Apparemment, vous espériez obtenir de moi des faveurs que je n'ai jamais songé à vous accorder. Au mieux, vous étiez une vague relation qui avait pris de regrettables initiatives : me suivre comme mon ombre, venir chez moi sans y avoir été invité. J'aurais dû vous expliquer plus tôt que vos efforts étaient vains. Mais même lorsque vous avez appris que j'étais promise depuis mon enfance à un autre homme, vous n'avez pas eu la courtoisie de vous faire plus discret, et vous avez continué à m'importuner comme si cet engagement n'avait jamais existé. Maintenant, je vous le dis : rien de ce que vous auriez pu dire ou faire ne m'aurait fait changer d'avis à votre sujet.

Roger continuait de la fixer à travers ses larmes.

— Vous auriez pu me le dire avant ! Vous m'avez laissé espérer comme un pauvre idiot.

Par le passé, sa voix pleurnicharde aurait radouci Adriana. Aujourd'hui, elle n'en était que plus irritée.

— Je ne vous ai jamais laissé espérer quoi que ce soit. J'avais des obligations vis-à-vis de ma famille… et d'autres personnes. Ce soir, j'ai essayé de vous faire comprendre que nous ne pourrions plus rester amis, à cause de votre jalousie maladive, mais vous n'avez pas voulu m'écouter.

— Ce soir ! hurla-t-il. Ç'aurait été plus charitable si vous m'aviez prévenu il y a un an, avant que je ne persuade mon cœur que j'avais une chance de devenir votre époux.

— Avez-vous oublié combien de fois je vous l'ai fait comprendre ? J'ai été claire avec vous, dès votre première visite. Mais vous avez abusé de mon hospitalité et de celle de mes proches... Si j'avais refusé de vous recevoir au tout début, nous n'en serions pas là ce soir... Je n'ai jamais voulu vous blesser, Roger. Mais vous auriez dû vous contenter de mon amitié, car c'était tout ce que j'avais à vous offrir.

— Vous saviez que je vous aimais et vous ne m'avez jamais dit que vous vouliez en épouser un autre !

Adriana en eut l'estomac révulsé. Les plaintes incessantes de Roger, ses gémissements, qui avaient pendant si longtemps éveillé sa compassion, l'exaspéraient à présent.

— Ce n'est pas vrai, et vous le savez. Mon père ici présent peut témoigner qu'il vous a exposé clairement la situation lorsque vous avez demandé ma main. Peut-être...

Elle s'interrompit et regarda ses doigts croisés sur sa jupe. La pression rassurante de la main de Colton sur son épaule lui donna le courage de poursuivre.

— Peut-être avez-vous imaginé que j'allais changer d'avis, mais sachez que même si lord Randwulf n'était pas revenu, je n'aurais pas accepté votre demande. J'aurais choisi mon mari parmi mes pairs. Roger, vous n'étiez pour moi qu'une simple connaissance... très tenace au demeurant.

D'un geste de majesté outragée, le jeune homme lissa son manteau.

— Eh bien ! je vous souhaite beaucoup de bonheur ensemble, dit-il, mais le regard qu'il posa sur le couple était suffisamment vindicatif pour démentir ses paroles. Et vous serez heureux, puisque tout ce que vous désirez au monde vous est offert sur un plateau d'argent.

— Un instant, Elston, dit Colton d'un ton cassant.

Il avait redressé le buste. Rien ne l'agaçait davantage que les sempiternelles complaintes des roturiers à propos des distinctions de classes, alors qu'ils ne faisaient rien pour améliorer leur condition.

— Tout nous est offert, comme vous dites, parce que nos ancêtres se sont battus pour notre roi et notre pays. Leur allégeance leur a valu des titres et des terres. Mais même avant qu'ils ne soient fortunés, ils étaient prêts à sacrifier leur vie à l'honneur et à la grandeur de notre patrie. Il me semble que cela n'a pas été votre cas durant notre dernier conflit avec les Français.

Roger eut une moue ironique.

— Certains aiment tuer, d'autres pas.

Il tourna les talons, le dos raide, lança un ultime regard vers sir Gyles, après quoi il se dirigea vers la sortie et claqua violemment la porte derrière lui.

— Mon Dieu, j'aurais dû le lui dire dès le début, murmura Adriana, accablée. J'ai eu tort, je sais…

De nouveau, la main de Colton lui serra l'épaule.

— Vous n'y êtes pour rien. Roger espérait un miracle. Le jour de mon retour, il était parfaitement au courant du contrat, c'était très clair.

— Vous avez raison, convint Adriana. Il savait déjà que votre retour compromettrait ses aspirations. Son animosité à votre endroit, ce jour-là, ne s'explique pas autrement.

— Il s'en remettra, dit Colton sur le ton de la plaisanterie. À cet âge, on oublie vite…

Adriana hocha la tête avec un soupir de soulagement, puis se tourna vers son père.

— Pouvons-nous retourner au bal, papa ? Maman doit se demander où nous sommes passés.

— Mais naturellement, répondit Gyles, qui avait retenu son souffle jusque-là. Ta mère va s'inquiéter. Allez-y tous les deux, je vous suivrai dans un moment… Je voudrais siroter quelque chose d'un peu plus fort que du vin. La journée a été éprouvante…

Colton sourit. Il se demandait comment le comte arrivait à gérer les querelles que suscitait la beauté de sa fille parmi les nombreux soupirants. Mais cela valait mieux que d'avoir un laideron à la maison.

— Monsieur, permettez-vous que j'invite votre fille pour une autre danse ? demanda-t-il.

En riant, Gyles les congédia d'un geste de la main.

— Je vous en prie… Allez vous amuser pendant que je bois une goutte de mon brandy préféré… Ne dites rien à ma femme, ajouta-t-il en jetant alentour un regard faussement craintif. Lady Christina prétend que cet alcool est moins distingué que le porto… Oui, mais il est aussi bien meilleur !

Colton éclata de rire.

— Je suis de votre avis. Nous partageons tous deux les goûts de mon père.

— Un homme de goût s'il en est, approuva Gyles. Votre père a pressenti la beauté d'Adriana, à l'instar de l'orfèvre qui devine la splendeur d'un diamant brut. Et maintenant, regardez-la.

— Je n'ai fait que cela toute la soirée, répondit Colton, posant la main sur les reins de la jeune femme afin de la conduire hors de la pièce. « Cette main devrait toujours reposer là », songea-t-il, émerveillé de découvrir le simple plaisir de l'escorter.

À peine avaient-ils quitté la bibliothèque qu'une exclamation étouffée retentit. Une femme se tenait au milieu du vestibule. Elle affichait une surprise qui ne présageait rien de bon pour la réputation d'Adriana. Mais Colton n'était pas disposé à la rassurer.

— Vous cherchiez quelqu'un, mademoiselle Felicity ? s'enquit-il.

Le regard de la jolie blonde papillonna de l'un à l'autre.

— Je viens de croiser M. Elston, dit-elle. Il avait l'air furieux. Cela m'a un peu étonnée, et je me demandais pourquoi il était aussi bouleversé… Je ne savais pas que vous étiez dans la bibliothèque… euh… tous les deux.

Colton lui adressa un sourire bref.

— M. Elston espérait gagner les faveurs de lady Adriana. Nous lui avons expliqué qu'il n'avait aucune chance. Sans doute l'idée lui a-t-elle déplu.

— Euh… oui, je suppose, murmura Felicity.

Un bruit de pas attira son attention. La porte de la bibliothèque se rouvrit sur sir Gyles. Ayant entendu la conversation, il avait jugé plus sage de se montrer, afin de dissiper tout malentendu sur la vertu de sa fille.

— Je croyais que vous alliez danser, grommela-t-il.

Colton s'inclina légèrement.

— Oui, monsieur, nous projetions de regagner le bal, à moins que vous n'ayez décidé de me retirer votre permission.

— Loin de moi cette idée, à moins que vous ne soyez un coquin.

— Et qui sait ? plaisanta Colton. Votre fille est peut-être en danger.

Le père d'Adriana se frotta pensivement le menton en se demandant quel était le sens véritable de cette déclaration, après quoi il haussa un sourcil broussailleux.

— Je dois vous prévenir, monsieur le marquis, que si c'était le cas, vous vous mettriez dans une situation fort périlleuse.

Colton eut la certitude qu'en dépit de sa bonhomie, sir Gyles n'hésiterait pas à châtier sans pitié celui qui oserait offenser sa fille. Il rit, afin d'apaiser les craintes de son interlocuteur.

— Je me suis laissé dire que vous étiez un excellent coup de fusil, répliqua-t-il, et je tiens à vous assurer que vous pouvez vous fier à mes bonnes intentions. Je traiterai votre fille avec tout le respect qui lui est dû.

— Parfait ! s'esclaffa Gyles. Maintenant, allez-y avant que les musiciens fassent une nouvelle pause.

Il les regarda s'éloigner. Quel beau couple ils formaient ! Son vieil ami avait vu juste, mais qui pouvait se targuer de prévoir l'avenir ? Gyles réprima un soupir ému quand Colton prit la main d'Adriana, dans un geste presque trop tendre pour un homme qui avait passé la moitié de sa vie à guerroyer. Il vit la manière dont les yeux gris se plongèrent dans les yeux sombres, et celle dont ces derniers se baissèrent avec une sorte de soumission inhabituelle. Comme il s'y attendait, Colton fit une halte pour se pencher et presser ses lèvres sur le front d'Adriana. Le cœur de Gyles se gonfla de joie. Il se prit à imaginer le mariage de sa fille chérie avec ce bel homme… « Quels beaux petits-enfants ils nous feront », songea-t-il en souriant d'aise.

En toussotant, le comte de Standish se tourna vers la jeune femme qui suivait d'un regard chagrin le couple… ou plutôt lord Randwulf.

— Mademoiselle Fairchild, dit-il, les invités se perdent souvent dans les couloirs de ce vieux château. Voulez-vous que je vous fasse raccompagner à la salle de bal ?

En proie à la panique, Adriana s'élança vers l'escalier. Heureusement, à part Colton, il n'y avait personne dans le hall pour remarquer sa fuite éperdue et ses joues enflammées. Par-dessus la balustrade, elle vit Colton ; il devait combattre de toutes ses forces sa passion, car son visage n'était plus qu'un masque rigide. Il arpentait le couloir enténébré comme une panthère en cage, tapant son poing droit dans la paume de sa main gauche. Juste avant le palier, la jeune femme jeta un regard en arrière. Il était en bas des marches et la regardait monter… De sa place, il pouvait apercevoir les chevilles délicates sous l'ourlet de la robe, gainées dans des bas de soie noirs. Ses yeux remontèrent lentement, tandis que des images sensuelles traversaient sa mémoire : les longues jambes fuselées, le galbe des hanches, le ventre lisse et plat, orné du petit cercle parfait du nombril, la taille fine. En esprit, il revit les seins ronds, les boutons roses de leurs pointes. Son regard remonta un peu plus haut, vers les épaules gracieuses, le cou, le visage, jusqu'à ce que ses yeux brûlants croisent ceux d'Adriana, doux et anxieux.

— Vite, dépêchez-vous ! articula-t-il difficilement.

Elle eut un bref mouvement de tête, souleva sa robe, se rua vers sa chambre. Lorsque la porte se referma derrière elle, elle s'adossa au battant, bouleversée. Ses jambes semblaient trop faibles pour la porter, mais le plus inquiétant, c'était cette vibration qui pulsait dans son corps et l'irradiait de vagues de désir.

Un peu plus tôt, dans la salle de bal, elle était en train de danser avec Colton, quand une vingtaine de femmes s'étaient précipitées vers la piste de danse en gloussant. Au même moment, les couples de danseurs et les musiciens s'étaient déplacés vers la porte, en quête d'un peu d'air frais. Les deux groupes s'étaient télescopés. Prise dans la mêlée, Adriana avait failli suffoquer. Affolée, elle s'était accrochée à Colton de toutes ses forces, et elle avait entendu celui-ci jurer à mi-voix. Toute tremblante, sur le point de fondre en larmes, elle avait voulu s'excuser, mais la peur d'être piétinée avait été la plus forte.

— Oh ! Colton, j'étouffe... Je vous en prie, ne vous fâchez pas, mais je crois que je vais paniquer.

Il s'était alors remémoré un incident survenu avant son départ. Adriana était venue au manoir de Randwulf pour passer la nuit avec Samantha. Les deux petites filles avaient joué à cache-cache. Samantha avait en vain cherché la cachette de sa meilleure amie. Ses appels avaient retenti à travers tout l'étage.

Colton était sorti de sa chambre et avait suivi sa sœur jusqu'à une autre pièce où Adriana avait été prise au piège d'un coffre dont la clenche s'était refermée sur elle. Lorsque Colton l'avait libérée, elle l'avait enlacé si fort qu'elle avait failli l'étrangler. Depuis, elle était terrifiée à l'idée d'être confinée quelque part.

Pressée de toutes parts au milieu de la salle de bal, elle avait perdu contenance. Colton avait tenté de la rassurer. Il avait pressé ses lèvres contre ses cheveux en murmurant :

— Je vous en prie, ma chérie, calmez-vous… Je ne suis pas fâché contre vous, mais contre moi-même. Bientôt nous serons hors de cette pièce, mais par pitié, cessez de m'étreindre comme cela, sinon c'est moi qui vais céder à la panique. J'ai peur de nous mettre tous les deux dans l'embarras, et si vous ne comprenez pas de quoi je veux parler, rappelez-vous la salle de bains.

Afin de souligner ses propos, il s'était collé à elle. Les yeux d'Adriana s'étaient dilatés, mais il s'était contenté de plonger son regard dans le sien sans un mot d'excuse. Soudain, l'étau de la foule s'était défait, dégageant la porte principale ; ils en avaient profité pour se glisser dans la galerie, et de là vers le hall, mais le mal était fait. Une trop grande proximité et la pression involontaire de leurs corps les avaient enflammés. Dans le vestibule, Colton l'avait relâchée à contrecœur ; son murmure rauque – « vite, dépêchez-vous » – résonnait encore à ses oreilles. À présent, adossée au battant, Adriana s'efforçait de recouvrer ses esprits.

En soupirant, elle retira sa robe, la posa sur une chaise, passa dans sa salle de bains. Elle trempa un linge propre dans un broc d'eau claire, l'essora et l'appliqua sur sa nuque. Ses joues, son corps entier brûlait. Elle n'avait jamais éprouvé un embrasement semblable à celui que Colton avait provoqué en plaquant délibérément son bas-ventre contre le sien.

Elle se demandait encore pourquoi elle ne s'était pas sentie outragée et n'avait pas réagi plus violemment. Finalement, le sentiment de lui appartenir ne l'avait pas quittée depuis son enfance.

Elle entendit la porte de sa chambre s'ouvrir, puis se refermer doucement. Persuadée que Maud venait à la rescousse, elle ressentit un immense soulagement. Sa chère caméristе lui masserait doucement les épaules, afin de dénouer la tension qui s'y était accumulée. Sous ses doigts experts, elle se sentirait molle comme une poupée de chiffon et prête à affronter un nouveau défi... À ceci près qu'elle n'était pas sûre d'y parvenir. Les délicieuses sensations que Colton avait fait naître en elle l'effrayaient. C'en était assez pour ce soir... du moins jusqu'à ce que les liens du mariage l'attachent à jamais à cet homme... Si mariage il y avait, se remémora-t-elle anxieusement.

— Maud, vous êtes un amour ! cria-t-elle. Vous arrivez au bon moment. Voudriez-vous me masser la nuque avec de l'eau de rose ? Vous êtes vraiment douée pour apaiser mes nerfs. Après, je pourrai redescendre, fraîche comme un gardon.

Des pas feutrés sur le tapis oriental de la pièce adjacente lui firent froncer les sourcils... Quelque chose ne tournait pas rond. La lampe à huile qui trônait sur sa table de nuit projeta une ombre bizarre sur le sol de marbre. Une ombre qui ne portait pas le bonnet à volants dont Maud coiffait ses cheveux crépus. Elle aperçut une tête aux boucles soigneusement ramenées en arrière. Un cri lui échappa lorsqu'elle reconnut la silhouette juvénile. Sa chemise en satin incrusté de dentelle ne lui offrait aucune protection. Elle se recouvrit la poitrine d'un drap de bain et attrapa un lourd flacon de parfum. Tandis que l'intrus franchissait le seuil de la salle d'eau, elle se retourna vivement.

— Roger ! Sortez immédiatement ou j'appelle à l'aide.

Le jeune homme haussa les épaules, ignorant l'ordre.

— Je ne peux pas Adriana. J'ai besoin de vous… Je vous désire… Vous devez m'appartenir, il le faut. Aucune autre femme ne peut vous remplacer dans mon cœur.

— Vous êtes un ignoble individu ! cria-t-elle en lui lançant le flacon à la figure.

Il fit un bond sur le côté, mais le lourd cristal entailla légèrement sa joue et le lobe de son oreille. Reculant d'un pas, Adriana lui indiqua de la main le chemin de la sortie.

— Fichez le camp ! Tout de suite ! Ou vous aurez à rendre des comptes à mon père. Si vous osez me toucher, vous ne quitterez pas cette pièce vivant.

Il essuya le filet de sang sur sa joue et continua à avancer, les yeux luisants, fiévreux.

— Vos menaces ne servent à rien, Adriana. Je me suis promis de vous avoir et je vous aurai. Je serai parti longtemps avant que votre père ne monte ici, mais si vous pensez qu'il me fait peur, détrompez-vous. Ce n'est qu'un vieil homme.

Adriana avait ouvert la bouche, prête à crier au secours, quand la main de Roger la bâillonna. Une rage froide envahit la jeune femme. La colère, la détermination décuplèrent ses forces. Si elle était capable de dompter un fougueux étalon comme Ulysse, dont la plupart des hommes avaient peur, elle viendrait sûrement à bout de cette attaque. Ah oui ! Elle donnerait à ce petit crétin du fil à retordre. Et ensuite, elle le dénoncerait à son père.

Elle lança son poing en avant, atteignant la mâchoire osseuse de Roger, et sentit ses dents écorcher ses phalanges. La tête de l'agresseur cogna durement contre la cloison. L'instant suivant, elle lui décocha un coup de genou dans l'entrejambe – une chose intéressante qu'elle avait apprise lors de sa première rencontre avec Colton. Cette fois-ci, le résultat dépassa ses espérances: son assaillant se plia en deux, mais malgré la douleur, il l'empoigna par le bras et la tira en avant si brutalement qu'elle vacilla, frappée de stupeur.

Maud traversa le palier prudemment. Elle ralentit le pas, prêta l'oreille: des bruits sourds lui parvenaient de quelque part... peut-être des appartements de sa jeune maîtresse.

En secouant la tête, la camériste s'efforça de maîtriser sa frayeur. Dans les vieilles maisons, les bruits bizarres n'avaient rien d'inhabituel. Sa propre mère lui avait conseillé de se méfier des craquements suspects, grincements, gémissements et autres formes spectrales errant dans les couloirs.

Pourtant, le bruit suspect avait piqué sa curiosité. Il y avait beaucoup d'invités ce soir au château, et peut-être que l'un d'eux s'était égaré. Il était de son devoir de le ramener à bon port. Elle traversa le palier en priant que ce soit un être humain qui tapait contre le mur, pas un fantôme.

— Madame, c'est vous? cria-t-elle près du battant.

N'ayant reçu aucune réponse, elle réfléchit et se persuada que la coupable de ce remue-ménage devait être la nouvelle servante. Cette fille, plus curieuse qu'efficace, avait déjà été surprise en train de se pavaner devant un miroir, tenant devant elle l'une des toilettes de lady Adriana. Henrietta Reeves, la gouvernante, l'avait sévèrement réprimandée. Elle avait déclaré que nul n'avait le droit de fouiller dans la garde-robe des maîtres de maison. L'avertissement avait été on ne pouvait plus clair. À la prochaine infraction, la servante serait renvoyée sur-le-champ.

— Où t'es, Clarisse? cria-t-elle. Je sais que tu farfouilles encore. Tu ferais mieux de sortir, sinon j'en parle à Mlle Reeves.

— Tu m'as appelée?

La voix, en provenance de la direction opposée, fit sursauter Maud. Se retournant vivement, elle aperçut la jeune fille dans l'encadrement d'une porte.

— Qu'est-ce que tu fais ? Mlle Reeves t'a pourtant prévenue…

— Lady Melora m'a priée d'aider Becky à ranger les affaires qu'elle a laissées ici après son mariage.

— Tu es avec Becky ? s'enquit Maud.

— Ouais, répondit Clarisse, le pouce tendu par-dessus son épaule, tandis qu'une deuxième servante apparaissait derrière elle. Elle est là, tu n'as qu'à le lui demander.

Maud scruta l'endroit où elle avait cru entendre des pas furtifs.

— Il y a quelqu'un ? cria-t-elle.

Comme aucune réponse ne lui parvenait, elle regarda les deux servantes qui l'étudiaient d'un air sceptique. Elle décida aussitôt qu'elle avait besoin de renforts. Il fallait trouver lady Adriana ou, à défaut, Mlle Reeves ou M. Charles. Parce que pour rien au monde elle ne s'aventurerait toute seule dans le long couloir obscur.

— Je vais chercher lady Adriana et je reviens… Si vous la voyez, dites-lui que Maud veut lui parler.

Colton se tenait devant la salle de bal. Des pas lourds martelèrent les marches ; il se retourna, plutôt étonné. Au lieu de la beauté brune qu'il attendait, une servante potelée, d'âge moyen, émergea de la pénombre. Il y avait un bon moment qu'Adriana était montée, il commençait à s'inquiéter.

— Savez-vous si lady Adriana redescendra bientôt ?

Maud afficha une surprise évidente.

— Mais je croyais que Madame était en bas.

— Non. Elle est montée se rafraîchir.

La cameriste se gratta la tête.

— Je me demande pourquoi elle ne m'a pas demandé de l'aider, murmura-t-elle, perplexe.

— J'espère qu'elle va bien, murmura Colton, anxieux.

Il n'avait pas vu Roger Elston quitter le château, et il commençait à craindre qu'il n'ait suivi Adriana jusque dans sa chambre.

— Bon, je vais voir, dit Maud en gravissant les marches.

— Je vous accompagne ! déclara Colton en s'élançant vers l'escalier. Si Roger est encore ici, elle est peut-être en danger.

— M. Elston ? Pourquoi il ser…

— Je n'ai pas le temps de vous expliquer, coupa-t-il tandis qu'il la dépassait à toute allure.

Sa jambe droite commençait à l'élancer, mais il méprisa la douleur. Il atteignit rapidement le premier palier.

— Où est sa chambre ? demanda-t-il.

Essoufflée par son ascension laborieuse, la servante pointa le doigt en direction des appartements d'Adriana. Il repartit comme une fusée, tandis qu'elle lui criait :

— Tournez à gauche. C'est la deuxième porte à droite dans le couloir ! Hé, attendez, ajouta-t-elle, peut-être que ma maîtresse ne porte pas une tenue décente.

— Je lui présenterai mes excuses après m'être assuré qu'elle va bien, riposta-t-il.

Ses pas s'éloignèrent. Peu après, il saisit la poignée de la porte d'Adriana. Fermée de l'intérieur ! Il colla son oreille contre l'épais panneau de bois. Il perçut un bruit sourd, une sorte de frôlement, comme si quelqu'un traînait un fardeau. Il secoua la poignée, mais le battant ne bougea pas.

— Adriana, vous allez bien ?

Un cri étranglé lui répondit. Reculant d'un pas, il détendit sa jambe gauche, portant du talon un coup formidable contre la porte. La serrure se décrocha, et le loquet céda brusquement.

Avec un grognement de fureur, Roger roula sur le côté, bondit sur ses pieds. Il n'avait pu mener à bien son forfait, et maintenant, tel un fauve en danger, il cherchait désespérément une issue. Pendant leur sauvage corps-à-corps, il avait reçu un coup de coude dans la bouche ; sa lèvre inférieure avait enflé. Sa victime s'était débattue comme une furie, bec et ongles, et l'avait mordu de ses belles dents blanches jusqu'au sang – Roger avait dû à plusieurs reprises cesser ses assauts, afin de sauver ses oreilles, son cou, son nez même.

Convaincu qu'il ne pourrait éprouver du plaisir avec une femme évanouie, il s'était retenu de l'assommer. Il voulait qu'elle soit pleinement consciente lorsqu'il la prendrait, de manière qu'elle sache vraiment que c'était lui son premier amant, qu'il avait devancé tous ces aristocrates raffinés. Il voulait surtout que le marquis de Randwulf, en apprenant qu'elle n'était plus vierge, renonce au mariage. Malgré la résistance farouche qu'elle lui avait opposée, il avait réussi à baisser son pantalon et il venait de déboutonner son sous-vêtement quand la porte s'était ouverte en grand.

Colton jaillit comme un boulet de canon, le propulsant hors du lit. Terrifié, Roger se releva en titubant. Il voulait fuir, mais son pantalon enroulé à ses pieds lui entravait les chevilles. Il perdit l'équilibre, tomba lourdement. Son front heurta le coin d'une commode trapue et une onde douloureuse parcourut sa tête ; l'instant suivant, le sang l'aveugla, l'obscurité fondit sur lui, et le monde se rétrécit jusqu'à n'être plus qu'un vide noir.

Colton courut vers Adriana qui s'était redressée péniblement sur les genoux. Sa camisole était déchirée, ses bas déchiquetés gisaient sur la courtepointe de velours. Elle était agitée de tremblements incontrôlables et s'efforçait de recouvrir sa poitrine avec un lambeau de satin. Colton la saisit par les bras, la secoua doucement.

— Adriana, est-ce que ça va ?

Elle laissa échapper un sanglot étouffé, mais acquiesça faiblement de la tête, tandis qu'un flot de larmes inondait ses joues. Elle était révulsée par les caresses bestiales et les baisers brutaux de Roger. La peur la glaçait encore, et elle se mit à claquer des dents. Cependant, elle se réjouissait d'avoir échappé aux griffes de son violeur ; à l'exception de quelques bleus et égratignures, elle était indemne. Elle s'était défendue vaillamment – elle en avait mal aux mains, comme si la peau de ses doigts fins avait pelé. Mais ses forces s'étaient épuisées peu à peu, et Roger n'aurait pas tardé à la soumettre si Colton n'était pas intervenu.

Furieux, Colton passa en revue les traces que les doigts de Roger avaient laissées. Des rougeurs marbraient les seins, le ventre et les cuisses de la jeune femme. Une empreinte rougeâtre marquait son cou. Elle frissonnait, des larmes de honte et de terreur ruisselaient sur son petit visage ravagé. De ses mains tremblantes, elle s'efforçait de cacher sa nudité. Colton ôta son pardessus et le mit sur ses épaules.

— Tenez, couvrez-vous.

C'était si ample, si long, qu'elle eut l'air d'une petite fille dans le manteau de son père.

— Merci… d'être venu… sanglota-t-elle, levant les yeux vers lui.

À travers le voile de ses larmes, les traits de Colton lui apparaissaient brouillés.

— Sans votre intervention, il m'aurait…

Le mot ne franchit jamais ses lèvres pâles, et elle ravala péniblement la boule qui lui obstruait la gorge.

— Comment avez-vous su que Roger était ici ?

— Simple déduction. Il ne disposait d'aucun autre moyen pour vous avoir toute à lui. Il devait soit vous prendre de force, soit renoncer à vous. Visiblement, il a décidé de profiter du fait que vos parents étaient dans la salle de bal avec leurs amis.

De nouvelles larmes roulèrent sur les joues d'Adriana. Le manteau noir s'entrouvrit sur sa poitrine, et Colton eut toutes les peines du monde à détourner la tête. Honteux de ses pensées, il s'éclaircit la gorge.

— Si vous voulez, il y a un mouchoir dans la poche du manteau, murmura-t-il.

Encore sous le choc, Adriana tapota le vêtement, mais en vain. Colton écarta légèrement le pan de drap noir, glissa la main à l'intérieur en faisant attention à ne pas la toucher. Désorientée par l'agression qu'elle venait de subir, elle n'opposa aucune résistance. Il saisit délicatement le coin du mouchoir dans la poche intérieure ; le dos de sa main effleura la pointe d'un sein, et elle tressaillit violemment.

— Excusez-moi, Adriana, je ne voulais pas…

Les mots lui manquèrent, un frisson la parcourut. Une pâleur cireuse se déversa sur ses traits fins, comme si elle allait s'évanouir, puis ses yeux sombres le scrutèrent, implorants. Colton se sentit submergé par une chaleur singulière. Qu'était-ce ? De l'amour ? De la compassion peut-être ? Ou simplement du désir ? Il n'aurait pas su le dire, mais quel que soit le nom que l'on pouvait lui donner, cette chaleur s'insinuait en lui.

— Seigneur Dieu ! s'écria Maud en entrant dans la pièce.

L'exclamation tira Colton de ses méditations. La vieille servante s'approcha. Elle avait dû s'arrêter un instant, en proie à une crise d'asthme, mais rien ne l'avait préparée au spectacle qu'offrait sa jeune maîtresse. Maud promena un regard consterné sur la coiffure défaite, les bleus, les rougeurs autour de la bouche d'Adriana, les genoux nus qui dépassaient du grand manteau.

— Que s'est-il passé ? souffla-t-elle.

Elle s'arrêta net, bouche bée, le regard fixé sur Roger qui gisait par terre, devant la commode, inanimé. Effarée, la servante se tourna vers sa maîtresse.

— Oh ! Madame, qu'est-ce que ce porc vous a fait ?

Adriana essuya ses joues mouillées.

— Rien d'irréparable, Maud, hoqueta-t-elle péniblement. Dieu merci, lord Randwulf est intervenu à temps. Grâce à lui, j'ai eu plus de peur que de mal.

Elle tendit le bras vers le mouchoir que Colton tenait encore entre les doigts ; il le lui remit, encore sous l'emprise de la rêverie qui avait embrumé son esprit. Dans quelle sorte de folie avait-il sombré ? Mais une fois de plus, il eut la sensation de se noyer dans les grands yeux noirs.

— Sa Seigneurie se faisait du souci, expliqua la caméristе – elle se rappelait fort bien des réticences de sa maîtresse à l'endroit du marquis. Il voulait à tout prix que je vienne jeter un œil sur vous... Et il a accouru personnellement pour s'assurer que rien ne vous menaçait.

— Heureusement, Maud, murmura Adriana d'une voix chevrotante. Si lord Randwulf n'était pas arrivé, Roger serait parvenu à ses fins.

— Oh, mon Dieu ! soupira la servante. Sa Seigneurie nous a sauvés d'un grand malheur... (Elle contourna le lit, l'œil inquisiteur.) Voulez-vous votre robe de chambre ?

Adriana s'empressa de refermer les pans du manteau. Elle ne voulait pas que sa femme de chambre s'aperçoive qu'elle était presque nue.

— Allez plutôt chercher mon père. Dites-lui ce qui s'est passé... Et soyez discrète.

Sachant que sir Gyles laisserait exploser sa colère, elle montra le jeune homme inconscient, réprimant un hoquet, comme si elle était en présence d'un animal hideux.

— S'il vous plaît... emmenez cette brute hors de ma vue.

Colton fit un pas vers Roger.

— Maud, y a-t-il près d'ici un endroit où nous pourrions déposer ce paquet indésirable ?

La servante opina de la tête.

— Oui, Monsieur. Ça ferait pas de mal à ce vaurien de rester un moment dans l'armoire à linge, déclara-t-elle en indiquant la pièce adjacente. Il pourra à peine y respirer, et ça ne sera que justice.

— Ce petit cachot me semble parfaitement approprié pour M. Elston.

— Il a eu de la chance que vous soyez intervenu le premier ; si ça avait été M. le comte, ce serait un cadavre que vous auriez sur les bras.

Colton s'agenouilla près de l'homme évanoui, le tourna sur le dos et considéra la large entaille sur son front – une sorte de balafre écarlate entre la racine des cheveux et l'arcade sourcilière. Le sang suintait, et la petite mare poisseuse qui maculait le tapis oriental arracha à Maud un feulement réprobateur, après quoi elle se dépêcha d'aller chercher de quoi nettoyer la tache. De retour, elle entoura la tête de Roger dans un linge propre. Tandis que la servante s'attaquait au tapis, Colton hissa Roger sur son épaule et se dirigea vers la salle d'eau. L'armoire à linge n'était pas plus spacieuse qu'un cercueil. L'ombre d'un sourire vengeur effleura les lèvres de Colton, tandis qu'il calait son rival à l'intérieur.

Au bout d'un moment, Maud annonça qu'elle allait informer sir Gyles de l'incident.

— Monsieur risque de mal le prendre, soupira-t-elle. Je crois déjà entendre ses hurlements.

— Demandez-lui de venir, mais ne lui racontez pas ce qui est arrivé, ce sera plus prudent. Sinon, il risque de piquer une crise de rage devant tout le monde... Mais ne dites rien à maman, elle est trop sensible... Expliquez-lui simplement que je ne me sens pas très bien et que je ne pourrai pas être là quand les invités prendront congé.

— Bien, Madame. Mais si ça ne vous ennuie pas, je laisserai à votre père le soin de lui parler. Votre mère arrive toujours à me faire dire ce que je ne veux pas.

Lorsque Colton reparut, Maud était partie accomplir sa délicate mission. Assise sur le bord du lit, le mouchoir pressé contre sa bouche, Adriana s'efforçait désespérément d'étouffer ses sanglots. Attendri, Colton lui posa la main sur l'épaule, par-dessus le manteau.

— Ça va aller ? demanda-t-il gentiment.

Honteuse d'avoir été surprise de nouveau en pleurs, elle tamponna ses yeux.

— Oui, quand le choc se sera atténué... Oh ! Colton, j'ai eu si peur... Mais je me suis battue... je...

Elle se tut, secouée d'un frisson de terreur.

— J'ai conseillé à Maud de demander à Charles d'escorter votre père jusqu'à la bibliothèque, avant de lui annoncer les nouvelles. Au moins, si sir Gyles se met en colère, vos invités ne l'entendront pas.

— Vous avez eu raison. Papa a un tempérament explosif.

— Bien, je vous laisse vous rhabiller avant l'arrivée de sir Gyles, murmura-t-il, mourant d'envie de jeter un ultime regard sous le manteau.

Si indigné soit-il contre Roger, il savait quel effet Adriana pouvait produire sur un homme. Sa beauté damnerait un saint ; et lui-même était tout sauf un saint.

— Votre père n'appréciera pas de me trouver en train de vous admirer, ajouta-t-il avec un sourire crispé.

Elle le regarda, les yeux écarquillés, si vulnérable... Colton saisit les pans du manteau des deux mains et, pendant un bref moment, il eut l'impression de se tenir sur le seuil de son avenir... L'envie de l'embrasser le suffoqua, et il dut se faire violence pour ne pas la découvrir brusquement. Elle paraissait si confiante, si consentante… Finalement, il joignit les deux pans, renonçant à la contempler. D'un air embarrassé, elle murmura une excuse et s'entoura de ses bras dans une tentative dérisoire pour préserver sa pudeur. Il songea qu'elle devait se sentir coupable de ne pas l'avoir fait plus tôt, puis, voyant sa tristesse, il se demanda si elle ne redoutait pas qu'il ne la désire plus. Pourtant, Dieu seul savait combien elle n'avait rien à craindre, car, de toute sa vie, il n'avait été dévasté par une passion aussi dévorante. Il avait du mal à penser à autre chose qu'à son désir de la prendre dans ses bras, de se plonger dans sa douce moiteur féminine.

— Adriana, vous n'avez pas idée de la tentation que vous avez représenté pour moi ce soir, souffla-t-il en se penchant pour humer le parfum sucré de ses cheveux. Je voudrais vous toucher, vous caresser, vous sentir répondre à ma passion avec toute l'ardeur dont vous êtes capable… Mais vous risquez de mettre longtemps à vous remettre de ce que Roger a essayé de vous faire…

Elle leva la tête, leurs regards se mêlèrent, et il crut que son cœur allait bondir hors de sa poitrine. Il s'efforça de se détourner, mais soudain, comme animés par une force autonome, ses bras la saisirent, et il la serra contre lui passionnément. Sa bouche s'écrasa contre la sienne et sa langue se glissa entre ses lèvres… Sa main se faufila sous le manteau à la recherche de sa peau douce, mais malgré le délicieux plaisir qui l'envahissait, il parvint à se reprendre.

— Je dois m'en aller, murmura-t-il, desserrant son étreinte, sinon votre père me prendra pour l'agresseur.

Il l'embrassa de nouveau avec fougue, goûtant au miel de sa bouche, la sentant frissonner… De peur ou de désir, il l'ignorait…

— Je n'aurais pas dû, pardonnez-moi. Pas après ce que vous avez subi, chuchota-t-il, prenant son visage entre ses paumes et la regardant avidement. Il faut que je parte.

Il se détacha brusquement d'elle et se dirigea vers la porte. Il devait coûte que coûte calmer ses ardeurs, tenter d'oublier combien elle avait été douce et fragile quand il l'avait embrassée.

— Colton, votre manteau ! cria-t-elle.

Il se retourna, attrapa le vêtement qui fendait l'air. La vision de Vénus vêtue de vêtements en lambeaux imprima dans son esprit une image qui le hanterait sans pitié pendant de longues nuits.

13

Face à la grande fenêtre voûtée qui surplombait le domaine ancestral des Wyndham – un paradis vert ceint de forêts luxuriantes –, Colton émit un soupir songeur. D'habitude, le spectacle de l'infinie variété de la faune et de la flore le mettait de bonne humeur, mais ce matin-là, c'est à peine s'il remarqua les daims qui paissaient dans le sous-bois, les lapins qui bondissaient sur le gazon ou les oiseaux qui voltigeaient autour des gouttières. Comme tous ces derniers jours, il était assailli par les mêmes images : Adriana élégamment vêtue ou en guenilles, endormie ou éveillée, riant ou pleurant, ensorcelant son esprit par son mélodieux chant de sirène. Telle une fée aux grands yeux sombres et lumineux, elle traversait les ombres de son esprit, altérant ses facultés de concentration quelle que soit l'importance de la tâche qu'il devait accomplir. Il s'était longtemps cru à l'abri de l'emprise des femmes. Or, il commençait à suspecter que jamais il ne se libérerait d'Adriana, malgré les profondeurs insondables ou les hauteurs vertigineuses qu'il avait enjambées, les continents qu'il avait traversés en quête d'indépendance. Adriana hantait ses pensées ; pis encore pour son orgueil, il faisait plutôt figure d'esclave que de conquérant, et elle lui inspirait des fantasmes qu'elle ne s'imaginait même pas.

Un mois plus tôt, les affaires du marquisat l'avaient ramené à Londres. Durant son séjour, il avait songé à chercher l'oubli auprès de Pandora. Mais il s'était vite rendu compte qu'il n'échapperait pas aussi facilement à la belle sorcière brune. Il n'avait pu se résoudre à se rendre chez l'actrice, convaincu qu'elle ne pourrait en aucun cas éteindre le brasier qui le consumait, et au cours de la nuit, le souvenir d'Adriana dans le bain l'avait empêché de fermer l'œil.

Colton se faisait l'effet d'un funambule sur une corde raide. Il y avait des mois qu'il n'avait pas fait l'amour, et s'il ne trouvait pas un moyen d'apaiser ses sens, la frustration ne tarderait pas à le rendre impuissant ! « Tout cela est la faute de mon père ! » pensa-t-il rageusement, puis il se reprit. En fait, son père n'y était pour rien. C'était lui le seul responsable de ses souffrances. Il aurait pu dénoncer le contrat, dédommager les Sutton, proclamer son droit de choisir seul sa future épouse. Au lieu de cela, il avait voulu mettre à l'épreuve l'attirance qui semblait l'attacher corps et âme à Adriana, et son engouement pour elle avait éteint tout désir pour les autres femmes.

Depuis que la période d'essai avait commencé, il s'efforçait de ne voir Adriana qu'en présence de Samantha et de son mari. Ces chaperons lui servaient de garde-fous contre la séduction de sa fiancée et contre ses propres pulsions. Ainsi, il n'avait pas eu l'occasion de compromettre Adriana, mais il vivait une frustration permanente. Souvent, quand ils se promenaient tous les quatre en carrosse, il s'ingéniait à imaginer un endroit secret où il pourrait embrasser et caresser Adriana jusqu'à ce qu'elle ne puisse plus résister à son ardeur. N'importe quelle grotte, n'importe quel bosquet prenait à ses yeux les allures d'une alcôve...

Pourtant, il avait tenu bon. Il n'avait pas oublié la réponse d'Adriana à son baiser, après qu'il l'eut sauvée des griffes de Roger Elston. Mais il savait aussi que s'il recommençait, il franchirait le point de non-retour.

Colton serra les dents. Les ordres paternels avaient fait de lui un mouton que l'on ne tarderait pas à mener à l'abattoir. La période d'essai se terminait dans un mois, et il ne savait plus où il en était. Son jugement était altéré par son désir, et il ne se sentait pas capable de ne pas la toucher jusqu'à leur hypothétique mariage. Plus il la voyait et plus il risquait de se retrouver devant un prêtre, en train d'épouser une femme déjà enceinte...

Jusqu'à présent, il avait combattu l'idée de se marier et de se reproduire pour continuer la lignée paternelle ; il se voulait avant tout un homme libre ! Mais ses efforts lui semblaient ridicules à présent, car Adriana, sans le faire exprès, l'obsédait littéralement... À tel point que récemment, en se rasant, il avait failli se trancher la gorge quand une pensée incongrue lui avait traversé l'esprit : « Bon sang, finissons-en avec ces préliminaires ! Célébrons ce mariage et consommons-le ! »

Avait-il perdu la tête ? Depuis quand se laissait-il aller à de telles réflexions ? Il n'avait jamais rencontré une femme qu'il ne soit parvenu à balayer de son esprit... Enfin du moins jusqu'au jour où, de retour au manoir, il avait réalisé que la fillette qu'il avait rejetée des années auparavant s'était transformée en beauté étourdissante. Peu à peu, son implacable refus de l'épouser avait faibli, et il avait mis son orgueil de côté en découvrant qu'Adriana était en passe de devenir son propre choix.

Personne, pas même l'intéressée, ne savait ce qu'il endurait. Se contraindre à la voir sans la posséder constituait un combat de tous les instants... Mais que pouvait-il faire ? Continuer à la courtiser en tout bien tout honneur, alors que son désir le torturait ? Il craignait de ne pas parvenir à se contrôler jusqu'au bout. Colton savait que s'il prêtait attentivement l'oreille, il distinguerait au milieu du tumulte de ses sentiments le lointain son des cloches du mariage. Et tout cela à cause d'une jeune et jolie femme dont il était tombé éperdument amoureux.

— Lord Randwulf et les Burke sont arrivés, annonça le majordome dès que Maud l'eut fait entrer dans les appartements de sa jeune maîtresse. Ils vous attendent dans le vestibule. Voulez-vous que je les conduise au salon ?

— Non merci, Charles. Dites-leur que je descends tout de suite, répondit Adriana, indiquant la cape de velours rouge doublée d'hermine que Maud avait déployée sur le lit. Soyez gentil de prendre mon manteau, s'il vous plaît.

— Bien, Milady.

Le majordome sourit. Des trois sœurs Sutton, lady Adriana était la seule à s'adresser à lui avec autant de gentillesse.

Charles ressortit, et pendant que Maud rangeait sa chambre, Adriana se leva de sa table de toilette et prit le cadeau de Noël qu'elle allait offrir à Samuel Gladstone : un bonnet de velours molletonné qui lui tiendrait chaud durant les nuits hivernales, préservant ainsi du froid son brillant esprit et son corps vieillissant. M. Gladstone constituait un véritable trésor pour les habitants de Bradford et des environs. Nul doute qu'on le regretterait s'il venait à disparaître.

Maud lui lança un coup d'œil interrogateur, et Adriana se rendit compte qu'elle avait soupiré pour la deuxième fois. Elle soupirait souvent, ces temps-ci, mais cela n'améliorait pas son humeur sombre.

— Est-ce que ça va, Mademoiselle ? s'alarma la servante.

— Oui, Maud, bien sûr.

Elle espérait avoir apaisé les inquiétudes de sa caméristе. Elle devait à présent s'armer de courage, mais c'était plus facile à dire qu'à faire. Tout au long des deux derniers mois, Colton l'avait escortée partout, mais toujours en compagnie d'autres personnes. Ils avaient ainsi respecté les convenances pendant la fameuse période de trois mois, qui entrait dans sa dernière phase. À présent, elle s'attendait à ce que Colton déclare qu'il s'était acquitté de ses devoirs vis-à-vis des Sutton et que, au terme de la période d'essai, il préférait sa liberté au mariage. Le fait que les Burke puissent témoigner de son attitude irréprochable le mettrait à l'abri de tout reproche. Cette sombre perspective pesait sur l'esprit d'Adriana ; la jeune femme avait beau tourner et retourner dans sa tête les données du problème, elle aboutissait inexorablement à la même conclusion : Colton Wyndham ne ressentait pour elle que du désir et avait la ferme intention de se débarrasser d'elle à l'issue de la période de trois mois.

— Oh, assez ! murmura-t-elle.

Si Colton la repoussait une seconde fois, elle en conclurait qu'elle l'avait échappé belle, car elle aurait détesté devenir la femme d'un homme qui ne voulait pas d'elle et ne l'épousait que par devoir. Elle en serait profondément blessée, bien sûr, mais avec le temps, ses blessures cicatriseraient. Après tout, elle avait survécu la première fois ; il n'y avait pas de raison pour que ce soit différent cette fois-ci. Jusqu'au retour de Colton, elle ne s'était pas figuré que son cœur pouvait être aussi sensible à un homme. Leur période d'essai l'avait plongée dans la confusion, mais elle lui avait également entrouvert les portes du désir et du plaisir. Lorsqu'elle se promenait avec son charmant compagnon, son bras passé sous le sien, elle était envahie de nouvelles et délicieuses sensations. Et son sourire, quand il marchait à son côté, la faisait frissonner.

Colton s'était montré très galant. Le dimanche qui avait suivi le bal d'automne, il avait demandé officiellement aux Sutton la permission de courtiser leur fille. Il avait offert à Adriana une superbe gerbe de fleurs qu'un domestique avait cueillies dans la serre de lady Philana – avec l'autorisation de cette dernière, avait-il précisé. Une telle délicatesse de la part d'un homme aussi audacieux avait profondément touché Adriana.

Sachant que s'ils restaient dans le salon avec ses parents, ils seraient obligés de s'en tenir à des propos anodins, il l'avait invitée à faire une promenade. Elle s'était empressée d'accepter, se disant qu'elle pourrait imputer la rougeur de ses joues à la brise automnale... Elle rougissait chaque fois qu'elle se remémorait le baiser qu'ils avaient échangé le soir où Roger l'avait agressée. Alors, l'envie de se consoler de nouveau dans les bras de Colton la tenaillait.

Ils avaient longuement déambulé dans le jardin qui, en cette fin de mois d'octobre, avait revêtu un splendide manteau fauve. Haies et buissons leur avaient offert l'intimité nécessaire pour mieux se connaître. Au cours de leur conversation, elle avait entrevu la complexité de la personnalité de son fiancé. Il avait parlé longtemps de ses expériences guerrières, de son besoin d'autonomie, de ses états d'âme quand il lui était arrivé de désobéir aux ordres de ses supérieurs pour épargner la vie de ses soldats. Ses confidences auraient forcé le respect de n'importe qui, et Adriana s'était sentie fière de les recevoir. Il lui avait avoué combien la dispute qu'il avait eue avec son père et qui avait entraîné son départ lui avait pesé, et aussi que sa famille lui avait terriblement manqué pendant les années qui avaient suivi. En Afrique cependant, ses nombreuses occupations et responsabilités avaient quelque peu soulagé le fardeau de ses remords. Il avait ensuite raconté quelques anecdotes amusantes qui avaient fait rire

Adriana aux éclats... Colton maniait fort bien l'humour et excellait dans l'autodérision. Adriana avait apprécié la finesse de son esprit et le fait qu'il ne se prenne finalement pas trop au sérieux. Au bout du compte, elle l'avait trouvé tout à fait remarquable, se disant que c'était le genre d'homme qu'elle n'aurait pas hésité à prendre pour époux... si elle avait eu le choix.

Ce soir-là, Colton accepta l'invitation des Sutton à rester dîner. Il déclara que cela lui ferait plaisir et comblerait d'aise sa chère mère. Il prit place à table, en face d'Adriana, et ne la quitta pas des yeux pendant tout le repas... La soirée s'écoula agréablement, et, lorsqu'il prit congé, ils discutèrent un long moment sur le perron du château en se tenant par la main. Enfin, il abaissa le capuchon de son manteau et l'embrassa : leurs bouches s'unirent, la langue de Colton se glissa entre les lèvres de la jeune femme, mais soudain, il s'écarta, rajusta sa redingote et s'éloigna rapidement vers le carrosse qui l'attendait... Adriana avait regagné l'étage, perplexe. Elle espérait que ce bref baiser l'avait ébranlé autant qu'elle.

Depuis cette première visite officielle, les Sutton ne cessaient de faire l'éloge de Colton et de ses manières exquises, mais Adriana n'avait pas osé leur avouer qu'à ses heures, il pouvait se comporter comme un séducteur cynique.

Chaperonnés par les Burke, Colton et Adriana passèrent quelques jours de la semaine suivante à Bath, où ils firent les boutiques, assistèrent à des pièces de théâtre et à des concerts, et participèrent à différentes mondanités. À la fin de leur séjour, tout le monde ou presque les considérait comme officiellement fiancés, et la rumeur d'un mariage imminent se répandit à travers toute la région.

Le père d'Adriana avait failli tuer Roger, le soir de l'agression. Quand le jeune homme avait enfin repris conscience, bien après le départ des invités, sir Gyles lui avait collé son pistolet sous le nez. Terrifié, le soupirant éconduit avait fondu en larmes, se répandant en excuses. Il avait échappé à la mort grâce à l'intervention de lady Christina, qui avait su convaincre son époux que tuer un roturier ne pourrait que nuire à leur réputation... Gyles avait consenti à libérer Roger, à la condition expresse qu'il n'approche plus sa fille ni le château. S'il le revoyait à cinquante lieues à la ronde, il n'hésiterait pas à lui tirer plusieurs balles dans la peau. Il l'avait laissé s'en aller sans le dénoncer aux autorités, non par générosité mais parce qu'il répugnait à associer le nom de sa fille à une affaire de viol.

Roger termina son apprentissage peu après et prit la direction de la filature. Il se montra compétent et rapporta des bénéfices analogues à ceux du propriétaire précédent, Thomas Winter, ce qu'Edmund Elston n'avait pas réussi à faire en dépit de son ingéniosité. Évidemment, Elston tança sans pitié son fils qui avait échoué à conquérir lady Adriana ; il se moqua de lui devant les ouvriers, afin que l'humiliation soit plus cuisante. Cela ne lui porta pas bonheur : quelques jours plus tard, une attaque d'apoplexie le plongea dans une sorte de stupeur permanente. En ville, on disait qu'Edmund Elston avait rédigé son testament depuis longtemps et que, n'ayant d'autre parent proche, il avait fait de son fils Roger son légataire universel. On disait également qu'à sa mort Roger hériterait d'une fortune appréciable. Mais ce n'était apparemment pas pour tout de suite, car non seulement le malade avait survécu à l'attaque d'apoplexie, mais son état s'améliorait jour après jour.

Roger s'était tourné vers Felicity. Pour une raison inexplicable, Stuart Burke semblait ne plus s'intéresser à la petite-fille du manufacturier et, à la grande satisfaction de son entourage – en particulier d'Adriana –, il s'était mis à courtiser Berenice Carvell. Au cours de ces deux mois, la jeune héritière avait perdu du poids, et la beauté de son visage se remarquait d'autant mieux. Riordan Kendrick s'était retiré sur ses terres. Il ne voyait plus aucune dame, ne s'entourait que d'amis proches. Il avait entrepris des travaux d'embellissement de son château et de sa résidence londonienne, faisant notamment refaire toutes les boiseries ; mais même Mme Rosedale, sa gouvernante, disait ignorer pourquoi. Du coup, les langues allaient bon train, et chacun y allait de son explication.

C'était précisément à Riordan qu'Adriana pensait en quittant sa chambre. La demande en mariage du jeune homme la rassurait : il existait au moins quelqu'un de bien qui désirait sincèrement unir sa destinée à la sienne. Elle descendit l'escalier, espérant que, pour une fois, elle ne verrait pas en Colton un mauvais génie venu sur terre pour voler son âme.

— Bonsoir, dit-elle chaleureusement, se forçant à sourire à son fiancé et aux Burke.

Elle serait volontiers restée dans l'intimité de sa chambre. Jour après jour, elle essayait de prendre ses distances avec Colton, mais en vain. Pour son malheur, elle était retombée amoureuse de lui et redoutait l'instant fatal où il poserait un baiser froid sur sa joue avant d'avertir ses parents qu'il reprenait sa liberté.

— Ah ! te voilà, s'exclama Samantha en embrassant son amie. Tu en as mis un temps… Si j'étais suspicieuse, je dirais que tu n'as aucune envie d'assister à la fête de Noël de Samuel Gladstone.

Son regard pétillant chercha l'étincelle d'humour qui, habituellement, brillait dans les yeux noirs d'Adriana, mais ses attentes furent déçues, et elle s'enquit, plus sérieusement :

— Ou est-ce que c'est Felicity et Roger que tu ne veux pas rencontrer ?

Il y avait aussi un peu de cela, mais Adriana feignit l'étonnement.

— Pourquoi voudrais-je les éviter ?

— Idiote, répliqua Samantha dans un rire affectueux, parce que Felicity ne rate pas une occasion de raconter à qui veut l'entendre que tu as mené Roger en bateau jusqu'au retour de Colton. Et ce cher Roger – que le diable l'emporte – acquiesce d'un air contrit.

Elle saisit la main de son amie, mais sentant ses doigts tremblants et froids, elle lui lança un regard interrogateur.

— Écoute, ma chérie, rien ne nous oblige à aller à Stanover House si tu ne veux pas.

— Mais si, allons-y, déclara Adriana d'un ton résolu. Nous rendons visite à M. Gladstone, pas à sa petite-fille. Une fois sur place, je vous laisserai juge de décider si nous y restons un moment ou pas.

Colton s'évertuait à se comporter comme un homme du monde. Chaque fois qu'il voyait Adriana, il en était bouleversé et avait un mal fou à ne pas la prendre fougueusement dans ses bras. Ce soir, elle portait une sublime robe de soie et de dentelle gris colombe. Parfois, il se sentait devenir un simple laquais au service d'une reine, mais cela ne lui pesait pas. Il prit des mains de Charles le manteau de velours rouge et, passant derrière la jeune femme, déploya le vêtement sur ses épaules.

— Ma chère, vous m'avez ensorcelé.

Le ton bas et mélodieux de sa voix brisa la volonté d'Adriana de garder ses distances... Comme une sorte de caresse insidieuse qui la mettait en émoi. Elle eut l'impression d'une double défaite quand, incidemment, les phalanges de Colton effleurèrent son épaule nue, mais elle murmura :

— Et vous, monsieur, vous êtes très galant.

Son parfum était l'une des épreuves que Colton devait affronter chaque fois qu'il l'approchait. On eût dit qu'elle sortait d'une mer de pétales de rose. Il en était littéralement enivré et avait fini par trouver que, en comparaison, affronter les armées napoléoniennes n'était qu'un jeu d'enfant.

Colton lissa le col d'hermine de la jeune femme, sachant qu'il commettait une folie; le plus simple attouchement faisait naître en lui des désirs aussi violents qu'inavouables. Profitant de sa haute taille, il plongea le regard dans le décolleté de sa jeune compagne en retenant son souffle. Lorsqu'elle était apparue, il avait cru qu'elle était nue sous la dentelle de sa toilette; mais Adriana n'aurait jamais eu cette audace, et il distingua le fond de robe en soie couleur chair qui créait cette grisante illusion. Il se pencha et huma la fragrance de rose, plus concentrée sur sa tempe, comme si elle y avait mis une goutte de parfum en guise de touche finale.

— J'ai entendu Samantha vous taquiner, lui dit-il à mi-voix, afin qu'elle soit la seule à l'entendre. N'ayez pas peur de Roger, je serai près de vous.

Un pâle sourire fleurit sur ses lèvres douces. En dehors de ses parents, de Colton et des deux fidèles domestiques, personne n'avait eu vent de sa mésaventure. Colton l'avait cachée à Samantha, de crainte que celle-ci ne refuse purement et simplement de croiser le jeune fabricant, ce qui n'aurait pas manqué d'éveiller les soupçons des commères de Bradford.

Adriana hocha la tête. Touché par la douceur de son regard, Colton se demanda pour la énième fois pourquoi il tardait à demander sa main. Pour préserver son amour-propre, il se punissait lui-même cruellement; nul doute qu'Adriana n'éprouvait pas les mêmes tourments, car il ne pouvait imaginer qu'une vierge soit la proie de désirs aussi puissants que ceux qui le taraudaient. Cela en devenait ridicule, car si jamais son envie de rester un homme libre avait le dessus et lui faisait renoncer à Adriana, cela équivaudrait à s'arracher le cœur et à le piétiner.

— Il faut y aller, souffla-t-il en lui offrant le bras. M. Gladstone nous attend.

— On dit que Felicity s'est occupée de tout selon les instructions de son grand-père, dit-elle, simulant un sourire plein d'entrain. Mais quand je me rappelle le monde qu'il y avait chez eux les années passées, je doute que nous puissions apercevoir le vieux monsieur.

— Et c'est la raison pour laquelle il nous a conseillé d'arriver tôt. Je crois qu'il vous aime bien, vous et Samantha, et qu'il profite de toutes les occasions qu'il a de vous voir.

— Nous l'aimons beaucoup nous aussi.

— Vraiment, ma chère, je pense que vous ne vous rendez pas compte de l'effet que vous produisez sur les hommes.

Son sourire suggérait qu'il la taquinait, mais au fond, il était terriblement sérieux.

— Que voulez-vous dire ? demanda-t-elle, les sourcils froncés.

Il allongea la main et balaya une bouclette qui s'obstinait à glisser sur la joue d'Adriana.

— Oh ! mieux vaut que vous n'en sachiez rien, répondit-il. Pour mon salut, je préfère vous laisser dans l'ignorance. J'ai de plus en plus du mal à résister à vos provocations.

— Mes provocations ? Mais que…

— Je vous l'expliquerai en temps et en heure, dit-il en lui prenant le coude. Venez, Percy et Samantha nous attendent.

Il prit son chapeau, que Charles lui tendait, puis conduisit Adriana dehors. Il attendit poliment que Perceval ait fini d'installer son épouse dans le carrosse pour faire de même avec Adriana. Quand son beau-frère fut assis, il grimpa à son tour dans le landau et s'installa à côté de sa tentatrice brune. Il s'appliqua à ne pas penser à un autre trajet en carrosse, quelques mois plus tôt, qui lui avait valu les respectueuses remontrances de Bentley. Le parfum de rose s'entortillait autour de son cou comme une corde de soie, et il ferma les yeux. Il se dit que chaque fois qu'il s'approchait d'Adriana, sa volonté était comme annihilée; puis il imagina son cœur entre ses petites mains gantées.

Le carrosse s'ébranla ; à peine eut-il quitté le parc de Wakefield que Samantha posa la main sur le genou de son frère.

— Percy et moi avons une nouvelle à vous annoncer.

Colton eut un large sourire, et ses dents blanches brillèrent dans la faible lueur des lanternes.

— Vous allez vendre votre maison de Londres et en chercher une plus grande.

Sa sœur lui lança un regard médusé.

— Comment le sais-tu ?

— Percy me l'a déjà dit quand vous êtes arrivés.

Samantha se tourna vers son mari qui s'esclaffait et le dévisagea.

— Mon Dieu, je ne sais plus quoi faire avec lui ! Il est incapable de garder un secret.

Percy lui serra la main.

— Dis-leur, sinon je le ferai.

— Quoi donc ? demanda Adriana après avoir échangé un regard avec Colton.

— Nous allons avoir un enfant, déclara Samantha fièrement, arrachant un cri enthousiaste à son frère, qui échangea une chaleureuse poignée de main avec Percy.

— Oh, Samantha ! s'exclama Adriana, ravie. Mais c'est merveilleux...

— Félicitations ! dit Colton... Et depuis combien de temps es-tu enceinte ?

— Depuis trois mois environ.

Il se livra à un rapide calcul.

— Le bébé naîtra donc en…

— Mi-mai ou début juin, l'interrompit Samantha avec un sourire radieux.

— Mère est-elle au courant ?

— Oui ! Je suis montée la voir pendant que vous buviez un verre au salon.

Un rire secoua les larges épaules de Colton.

— J'imagine sa joie.

— Bien sûr ! approuva Samantha. Depuis le temps que nous sommes mariés, Percy et moi, elle commençait à désespérer. La perspective d'être grand-mère a rallumé une étincelle de vie dans ses yeux… Elle voudrait sûrement qu'Adriana en fasse autant, alors Colton, tâche d'en finir avec votre période d'essai et dépêche-toi de mettre un bébé en route.

Affreusement gênée, Adriana dissimula la rougeur de ses joues en se tournant vers la fenêtre. Samantha ne devrait pas évoquer ces sujets en présence de son frère. À force d'être harcelé, il risquait de prendre la fuite, comme il l'avait déjà fait.

L'idée de faire un enfant à Adriana ne pouvait pas laisser Colton indifférent. Il parvint à sourire à sa sœur, tout en se demandant quelle serait la réaction de leur mère s'il cédait à son irrésistible envie de faire l'amour à Adriana sans être marié avec elle. Chaque jour qui s'écoulait affaiblissait sa volonté, et il risquait de se voir contraint d'épouser la jeune fille pour lui avoir ravi sa virginité.

— Jane Fairchild est un ange, chuchota Samantha après que la maîtresse de maison les eut accueillis avec sa chaleur coutumière. En revanche, sa fille est devenue une sorte de sorcière depuis la dernière fois que je l'ai vue. Son regard est si perçant qu'il va finir par nous faire des trous dans la peau. On dirait une vipère prête à mordre.

— Chut ! On pourrait nous entendre, dit Adriana en jetant des coups d'œil de toutes parts et en traînant son amie dans le salon empli de monde.

Samantha pouffa.

— As-tu remarqué comment ses yeux se sont rétrécis ? Elle a dû lire les mots sur mes lèvres... Les sorcières ont cette faculté.

— Peut-être devrions-nous rejoindre les hommes à l'étage et présenter nos respects à M. Gladstone avant qu'il ne soit accaparé par d'autres invités. Si Colton et Percy sont d'accord, je suggère que nous partions tôt. Felicity n'a pas l'air enchantée de nous voir, et à vrai dire je ne me sens pas non plus très bien disposée à son égard.

Samantha jeta un coup d'œil à la blonde et frissonna.

— Je ne me souviens pas avoir jamais été l'objet de regards aussi venimeux. J'ignore ce que nous lui avons fait pour mériter une telle animosité. Je pensais que nous l'avions flattée en l'invitant au bal, et au contraire elle a l'air de nous en vouloir.

— Son attitude n'est pas sans rapport avec le contrat que ton père a signé, ma chère amie.

— Quoi ? murmura Samantha, effarée. Tu veux dire qu'elle est jalouse de toi parce que tu as eu Colton ? Pensait-elle avoir la moindre chance de plaire à mon frère !

— Samantha, je n'ai pas *eu* Colton ! corrigea Adriana en articulant lentement. C'est lui qui décidera de son destin.

— Peut-être, mais si j'en crois les regards de Mlle Fairchild, j'en déduis que tout le monde est persuadé que tu l'épouseras.

— Eh bien ! tout le monde a peut-être tort. Maintenant, montons, je te prie, et arrête de crier sur tous les toits que Colton et moi sommes fiancés. De plus, tu ne devrais pas parler de bébé en sa présence… Je suis sûre que cela l'embarrasse tout autant que moi.

— J'en doute, dit Samantha en lui emboîtant le pas. Je ne crois pas qu'il existe des sujets susceptibles de gêner Colton. Son long séjour parmi les militaires l'a rendu imperméable à presque tout.

Au pied de l'escalier, Adriana se tourna vers son amie.

— Si Colton est imperméable, moi, je ne le suis pas, et si tu t'obstines à évoquer devant moi ces sujets gênants, je ne sortirai plus avec vous… Pour l'amour du ciel, Samantha, arrête de le harceler pour qu'il m'épouse. Il finira par me prendre en grippe.

— Tu es trop sensible à cette histoire, voilà tout.

— Et toi, tu es insensible à ce qui m'arrive…

Samantha coula un regard oblique vers son amie d'enfance, puis se mit à glousser comme une gamine, tandis qu'elle la dévisageait de plus près.

— Ou bien certains regards envieux t'ont marquée, ou bien tu t'es approchée trop près de la cheminée. Tu as une tache noire sur le bout du nez : cela me conforte dans l'idée que cette chère Felicity est une sorcière.

Adriana regarda ses mains. Une tache d'encre maculait son gant, au bout de l'index. Le livre d'or ! Une vieille dame l'avait signé avant elle ; elle avait dû faire baver la plume sans s'en rendre compte.

— Oh, mon Dieu ! Les gens vont penser que j'ai une verrue ! gémit-elle. Vite ! Débarrasse-moi de cette tache.

— Ah ! Ah ! Les sorcières font souvent pousser des verrues, gloussa Samantha, l'œil pétillant.

— Arrête de faite le pitre et rends-moi service.

— Je n'ai rien pour essuyer cette tache, déclara placidement Samantha en haussant les épaules.

Adriana leva les yeux au plafond, comme si elle implorait Dieu de lui accorder un peu de patience.

Elle ouvrit son réticule incrusté de perles et en tira un mouchoir de fine batiste garni de dentelle.

— Pour en revenir à notre conversation, lady Burke, la période d'essai n'a jamais été l'idée de ton frère. Elle lui a été imposée. Si tu persistes à faire des commentaires suggestifs et à parler de bébé, tu lui fournis une raison supplémentaire de dénoncer le contrat. Continue, et il aura hâte de repartir, comme la première fois.

— Il est grand temps que Colton se marie, qu'il le veuille ou non. Il ne rajeunit pas, et s'il veut fonder une famille, il faut qu'il commence à y penser sérieusement. Ce grand dadais ne se rend pas compte qu'il risque de rater l'occasion de sa vie... Ce qui me rappelle une rumeur que j'ai entendue récemment. Il paraîtrait que lord Harcourt fait agrandir ses appartements et s'offre une luxueuse salle de bains. Naturellement, on dit que c'est parce qu'il a l'intention de se marier, mais il n'en a soufflé mot à personne... Est-ce que, par le plus grand des hasards, tu saurais quelque chose ?

— Bien sûr que non ! répondit Adriana en portant vivement le mouchoir à son nez. Pourquoi devrais-je être au courant de ses projets ?

— Parce que, très chère, tu es la seule personne qui l'intéresse depuis un an. Il voudrait que tu sois sa marquise, et il ne s'en est pas caché. Est-ce que tu lui as parlé du contrat ?

— La tache est-elle partie ? s'enquit Adriana, changeant délibérément de sujet.

— Non, elle s'est étalée. Laisse-moi faire, sourit Samantha en prenant le mouchoir.

Adriana attendit patiemment que son amie ait fini de lui frotter énergiquement le bout du nez.

— Là... Tu as retrouvé ton joli petit nez... Sauf qu'il est tout rouge maintenant.

— Oh, non !

Samantha s'esclaffa.

— Mais non, tout va bien. Maintenant, puisque je t'ai rendu service, tu dois me dire tout ce que tu sais à propos des projets matrimoniaux de lord Harcourt.

— Je n'en ai pas la moindre idée. Pourquoi ne lui poses-tu pas directement la question ?

Adriana commença à gravir les marches, ignorant les marmonnements indignés de Samantha.

— Peut-être devrais-je avertir Colton ?

« Cela le délivrerait sans doute de ses angoisses », pensa Adriana.

— C'est une bonne idée, dit-elle à voix haute. Il décidera peut-être de céder sa place à Riordan.

— Riordan ? répéta Samantha, incrédule. Tu l'appelles Riordan, maintenant ?

— Et pourquoi pas ? J'appelle bien ton frère Colton.

— Parce que tu es presque sa fiancée. J'espère que ce n'est pas comparable avec *Riordan* et toi.

Elles avaient presque atteint le palier quand Adriana aperçut Roger. Le jeune homme, qui descendait, s'arrêta brusquement quelques marches plus haut. Il sourit, tandis que son regard passait la jeune femme en revue.

— Bonsoir, monsieur Elston, dit-elle froidement.

Elle détesta la façon dont sa voix avait dérapé, mais comment pourrait-il en être autrement ? Les scènes de cette terrible nuit ne s'étaient pas estompées dans sa mémoire, et rien que de sentir son regard la détailler, elle avait l'estomac soulevé.

— Quel plaisir de vous revoir, lady Adriana ! s'exclama-t-il, comme s'il n'avait jamais essayé de la violer. J'espère que vous vous portez bien… et que vous êtes heureuse.

Il hocha la tête d'un air circonspect. Adriana s'efforça d'imprimer une inflexion joyeuse dans le ton de sa voix.

— Oui, bien sûr. Je me porte très bien… Et vous ?

— Aussi bien que possible, compte tenu des circonstances.

— J'ai entendu que votre père était souffrant. J'en suis navrée. Je prierai pour son prompt rétablissement.

— Madame, vous êtes trop aimable, comme toujours. Cependant, je ne faisais pas allusion à sa maladie… mais à la mienne.

Les sourcils froncés, elle l'observa, mais ne décela aucun signe de faiblesse sur son visage juvénile.

— Comment ? Êtes-vous souffrant ?

— Oui, j'ai contracté une maladie du cœur. Il a été blessé, et je crains qu'il ne s'en remette jamais.

— Oh…

Il eut un sourire dubitatif.

— Vous n'avez rien d'autre à me dire ?

— Comme quoi, monsieur Elston ?

— Je ne sais pas… Est-ce que lord Randwulf vous courtise toujours ? Est-ce que tout va bien entre vous ?

— Mais… oui… très bien…

Roger la fixa longuement en tapotant l'index sur sa bouche.

— Alors pourquoi êtes-vous soucieuse, madame ? Votre joli visage est moins radieux qu'à l'ordinaire. Dois-je penser que vous n'êtes pas vraiment heureuse avec le marquis ?

— Mais si ! Pourquoi me posez-vous cette quest…

Elle s'interrompit brusquement. Colton se tenait sur le palier. De sa place, il la scrutait avec une solennité qu'elle ne lui avait pas vue depuis le jour de son retour. Il devait prendre à cœur son rôle d'ange gardien, car il surveillait attentivement Roger Elston. Naturellement, il n'avait pas perdu une miette de leur conversation. Pendant la minute qui suivit, son regard plongea dans celui d'Adriana avec une intensité incroyable, comme s'il sondait les profondeurs de son esprit.

Suivant la direction du regard d'Adriana, Roger se retourna, puis adressa un sourire ironique à son rival.

— Vous avez des droits sur lady Adriana, monsieur le marquis, mais il semble que votre respect des clauses du contrat n'ait pas apaisé les inquiétudes de la jeune dame.

Tandis que Colton laissait échapper un grognement, Roger poursuivit sa descente avec un sourire de satisfaction. Il passa près d'Adriana, en veillant à ne pas la frôler, puis dégringola les marches. Dans le salon, Felicity l'accueillit chaleureusement, avant de le présenter comme son « chevalier servant » à l'une de ses amies. Clouée sur place par le regard de Colton, Adriana entendit les roucoulements de la blonde. La main de Samantha se posa alors sur son bras, lui rappelant brusquement le but de leur visite. Elle gravit les dernières marches. Colton lui prit le bras, mais laissa sa sœur les précéder. Perceval tendit la main à sa femme, puis les deux couples pénétrèrent dans la chambre du vieux manufacturier.

— Mesdames ! s'écria Samuel Gladstone d'une voix éraillée… Quel plaisir de vous revoir toutes les deux. Vous êtes comme deux rayons de soleil dans cette pièce obscure.

Quelques amis, rassemblés autour du malade, s'écartèrent pour les laisser passer. Tandis que Colton et Percy restaient en retrait, les jeunes femmes s'avançaient de part et d'autre du lit. Le vieux monsieur leur tendit ses deux mains, et chacune posa un gentil baiser sur ses joues pâles.

— Vous êtes aussi beau que d'habitude, lui assura Adriana en souriant.

— Oh, milady, souffla-t-il, ses yeux bleus pétillant de malice. Ne remplissez pas ma vieille tête de vos jolis mensonges. En tout cas, je vous rends le compliment : je vous trouve ravissantes toutes les deux. Vos visites me rajeunissent.

— Alors, nous viendrons plus souvent, dit Samantha. Mais je vous préviens : vous en aurez vite assez de nous.

— Oh ! j'en doute, se récria Gladstone en riant. (Puis, se tournant vers un vieillard au visage parcheminé qui se tenait au pied du lit :) Creighton, mon ami, cela ne te fait pas mal au cœur de me voir en si bonne compagnie ?

— N'essaie pas de me rendre jaloux, Sam, rétorqua l'autre homme, exhibant ses dents gâtées dans un large sourire. Je suis célibataire depuis un siècle et je viens seulement de me rendre compte que j'ai manqué l'essentiel.

Sa répartie fit rire l'assistance. Ce fut ce moment que Felicity choisit pour entrer. Elle commença par bousculer Adriana qui se trouvait sur son passage. L'affection que son grand-père témoignait à la jeune fille était une épine de plus dans sa chair. Décidément, lady Adriana avait le don d'ensorceler les hommes, quel que soit leur âge. Mais elle allait lui montrer que Samuel lui préférait quand même sa propre petite-fille ! Elle s'empara de la main du malade et pressa ses lèvres sur sa peau flétrie. Mais à sa grande surprise, le vieil homme détourna la tête en retirant sa main.

— Pas de baisers hypocrites, s'il te plaît ! Tu as ignoré jusqu'à mon existence depuis que j'ai confié à ta mère la direction de mes affaires, grommela-t-il. Je n'accepterai aucun signe d'affection en public alors que, en privé, tu m'évites comme un pestiféré. J'ai vécu toute ma vie sans tes simagrées, je peux continuer à m'en passer.

— Mais, Grand-Père ! Qu'est-ce que vous racontez ? J'étais si occupée à préparer cette fête pour vous que je n'ai pas eu une minute à vous consacrer.

Elle se pencha en avant, pleine de sollicitude.

— Laissez-moi vous embrasser, je vous en prie.

Le vieil homme tira la couverture au-dessus de sa tête.

— Non, marmotta-t-il. Je ne veux rien de toi.

Dépitée, Felicity se redressa en faisant un énorme effort pour garder son sang-froid. Elle rejoignit d'un pas guindé sa mère qui s'était arrêtée sur le seuil de la chambre.

— Il est vraiment sénile ! grogna-t-elle, les joues en feu. Je ne sais pas ce que nous allons faire avec lui.

— La sénilité n'a rien à voir là-dedans, répliqua Jane Fairchild avec un haussement d'épaules. Il t'a simplement rendu la monnaie de ta pièce... Qui sème le vent récolte la tempête.

— Oh ! je sais maintenant qui t'a monté la tête contre moi ! siffla la jeune fille en se ruant hors de la pièce et en claquant la porte.

Colton s'était approché du lit. Le vieil homme posa sur lui un œil interrogateur ; sa main décharnée chercha, sur le drap, celle d'Adriana.

— Alors, vous êtes revenu pour nous voler la plus belle fille du comté, hein ? fit-il, le menton enfoncé dans le col fripé de sa chemise de nuit. J'peux pas dire que vous ayez tort. À votre place je n'aurais pas agi autrement.

— Je reviendrai vous voir avec ces deux dames, promit Colton, avec un large sourire. Leur présence semble vous faire le plus grand bien.

— Venez souvent, offrit Gladstone, enchanté. Je ne suis qu'un pauvre vieillard malade qui a besoin de soutien.

Colton éclata de rire.

— Nous ferons tout pour vous garder parmi nous pendant très longtemps, monsieur.

Des règles immuables régissaient leurs sorties. Le manoir des Burke se trouvant plus loin de Bath, de

Bradford et de pratiquement tous les autres endroits qu'ils fréquentaient, Samantha et son mari se faisaient conduire à Randwulf, d'où ils partaient chercher Adriana dans le landau de Colton. Au retour, ils raccompagnaient d'abord Adriana. Ce soir-là, après avoir dîné dans une auberge des environs de Bradford, Colton laissa deviner clairement à ses compagnons qu'il avait d'autres plans pour finir la soirée, puisqu'il pria Bentley de ne pas se rendre à Wakefield, mais d'aller directement à Randwulf où le carrosse des Burke attendait.

Samantha se sentait pousser des ailes. Malgré sa profonde antipathie à l'égard de Roger, elle estimait que les commentaires acerbes du jeune homme avaient dû ébranler l'assurance à toute épreuve de Colton. Dès lors, elle espérait que son vœu le plus cher se réaliserait, c'est-à-dire que son frère n'attendrait pas la fin de la période d'essai pour formuler en bonne et due forme sa demande en mariage. Lady Burke comprenait parfaitement les affres dans lesquelles était sa meilleure amie, même si celle-ci feignait l'indifférence.

L'attelage s'arrêta devant le manoir de Randwulf pour y déposer les Burke, qui devaient y récupérer leur propre voiture, et Colton salua cordialement sa sœur et son beau-frère. Ensuite, ayant murmuré un ordre à l'oreille de Bentley, il remonta en voiture. L'anxiété d'Adriana s'était accrue. À l'évidence, son imprévisible fiancé avait ménagé un tête-à-tête. Il avait pris place à côté d'elle, et ses yeux, qui reflétaient les lueurs dansantes des lanternes, la scrutaient sans répit.

— Quelque chose ne va pas ? s'enquit-elle d'une petite voix.

— Rien de fâcheux. J'aimerais simplement m'entretenir avec vous en privé. Nous n'avons pas eu beaucoup l'occasion de parler ces derniers temps, et je crois qu'une conversation est nécessaire ce soir.

— Pourquoi ce soir ?

Colton pencha la tête de côté, réfléchissant à la meilleure manière de s'y prendre. Inconsciemment, il s'était aperçu que quelque chose tourmentait la jeune femme depuis des semaines, mais il avait fallu que le fils du fabricant de laine l'exprime pour qu'il se rende compte que, en effet, le visage d'Adriana avait perdu son éclat.

— Les discours de Roger m'ont perturbé, admit-il.

Elle laissa échapper un rire nerveux.

— Vous ne devriez pas vous laisser influencer par ce garçon, Colton. Vous savez qu'il tenterait l'impossible pour se venger de vous. Ce qu'il a dit ce soir n'a aucun sens.

Un silence suivit, puis il demanda sans détour :

— Est-il possible que ma personne et ma cour vous déplaisent ?

— Non, gémit-elle.

Elle détourna le visage, regarda le paysage pailleté de clair de lune, les collines couronnées de neige immaculée dans le lointain. Alarmée, elle nota qu'ils n'avaient pas pris la bonne direction.

— Comment pourrais-je être mécontente de vous, Colton ? Vous êtes le rêve de toutes les femmes de la région.

— Suis-je votre rêve également, Adriana ?

Elle retint un soupir. S'il avait su que son cœur se serrait à la seule idée de le perdre, il n'aurait pas posé cette question.

— Je vous ai toujours tenu en grande estime…

— Même après mon départ ?

Plutôt que de s'exposer à son regard inquisiteur, elle préféra s'abîmer dans la contemplation du motif de perles qui ornait son réticule.

— Je me suis sentie blessée par votre refus de me considérer comme une épouse digne de vous… Toutes les petites filles attendent le prince charmant qui viendra les chercher sur son beau cheval blanc pour les emmener dans son royaume magique. Mais mes espérances ont été irrémédiablement brisées quand vous avez quitté la maison. Vous étiez mon héros, et le fait que vous m'ayez rejetée n'en a été que plus pénible… Mais j'étais trop jeune alors pour comprendre votre colère.

— Laissez-moi vous regarder.

Les larmes qui perlaient entre ses cils soyeux plongèrent Colton dans la perplexité. Il posa sa paume sur la joue de la jeune femme. Du pouce, il essuya une petite goutte translucide.

— Qu'est-ce qui vous fait pleurer, Adriana ?

— Je ne pleure pas, dit-elle en secouant vigoureusement la tête.

Il fit descendre sa main vers le cou gracile où le pouls battait follement sous la peau satinée. Son pouce redessina tout doucement les contours délicats de la mâchoire.

— Il n'a pas plu depuis des jours, mais vos cils sont mouillés. Si ce ne sont pas des larmes, qu'est-ce que c'est ? Des flocons de neige ?

De nouveau, elle voulut détourner la tête, mais la main sur son cou la retint.

— Pourquoi pleurez-vous ? Dites-le-moi, murmura-t-il.

Elle essuya les sillons luisants sur ses joues d'un impatient revers de main, furieuse contre sa propre faiblesse.

— Je vous en prie ! Laissez-moi tranquille.

— Pas avant que vous ne m'ayez dévoilé la raison de votre chagrin, insista-t-il avec douceur.

Elle ouvrit le réticule, fouilla frénétiquement à l'intérieur. Le mouchoir garni de dentelles n'y était plus… Samantha avait oublié de le lui rendre.

— Je ne veux pas en parler maintenant, murmura-t-elle en refermant le sac brodé de perles. Mes larmes n'ont aucun rapport avec vous.

Il retira sa main, la plongea dans la poche intérieure de sa redingote, puis pressa un mouchoir propre dans la paume de la jeune femme.

— Je crois au contraire que ces trois mois sont au centre de vos préoccupations, et si vous vouliez m'éclairer là-dessus, je vous en serais reconnaissant.

Mais elle continua à secouer la tête.

Colton exhala un lourd soupir.

— Je n'insisterai pas davantage, Adriana. Mais si vos parents savent pourquoi vous êtes aussi malheureuse, peut-être accepteront-ils de me l'expliquer.

— Oh non ! ne les dérangez pas. Ils seraient trop tristes s'ils apprenaient que je vous ai contrarié. Ramenez-moi à la maison et laissez-moi à mon triste sort. De toute façon, cela n'a pas d'importance.

— Pas pour moi. Et si je suis contrarié, c'est uniquement parce que vous l'êtes et que je suis incapable d'en deviner la raison. Par ailleurs, après l'agression que vous avez subie, je ne puis vous laisser chez vous dans un tel état… Vos parents croiront que je vous ai séduite.

Un rire discordant secoua Adriana.

— Oh ! rassurez-vous, je leur dirai quel parfait gentilhomme vous avez été… Tellement parfait que vous avez hâte que la période d'essai soit terminée. En fait, rien n'a changé depuis que vous êtes parti pour échapper aux commandements de votre père.

Elle baissa ses yeux embués sur ses doigts croisés.

— Vous n'avez pas plus d'affection pour moi aujourd'hui que vous n'en aviez il y a seize ans.

— Ce n'est pas vrai, protesta-t-il en se demandant comment elle réagirait s'il lui disait que le désir de lui faire l'amour le réveillait la nuit.

— Je ne supporte plus tous ces faux-semblants, Colton, chuchota-t-elle après s'être mouchée. Je crois qu'il vaut mieux vous libérer de vos engagements. À partir de maintenant, vous pouvez vivre votre vie sans penser au contrat. Je vous le demande.

Je ne peux plus continuer ainsi, c'est au-dessus de mes forces.

— Je vous en prie, mon amour, vous vous sentirez mieux demain, dit-il, posant la main sur son bras.

— Non, je ne me sentirai pas mieux ! cria-t-elle, dégageant brutalement son bras. Et ne m'appelez pas votre amour, poursuivit-elle d'une voix brisée, je ne suis pas votre amour. Je ne l'ai jamais été.

— Adriana, au nom du ciel, soyez raisonnable.

Il essaya de l'attirer contre lui, mais elle résista.

— Je vous libère de vos engagements, déclara-t-elle. Il n'y a plus rien à dire. La période d'essai est terminée.

— Vous ne pouvez pas me libérer de mes obligations vis-à-vis de *mon* père, tenta-t-il d'argumenter.

— Si ! Et je le fais ! insista-t-elle – cette fois-ci, sa voix dérapa dans les aigus. Je refuse de jouer cette comédie plus longtemps... J'en suis fatiguée, Colton.

— Revoir Roger vous a bouleversée, dit-il en s'adossant à son siège. Un grog bien chaud vous calmera. Je demanderai à Charles de vous en préparer un dès que nous arrivons à Wakefield.

— Je ne le boirai pas.

Ignorant sa réponse, Colton s'appuya à l'accoudoir, le menton dans sa paume. Les yeux tournés vers l'obscurité extérieure, de l'autre côté de la vitre, il déclara tranquillement :

— J'ai l'intention de discuter avec votre père. Si vous êtes contrariée à cause de Roger, il conviendra avec moi qu'il vaut mieux que nous évitions les endroits où nous risquons de le croiser.

— Je... Je ne veux pas que vous discutiez... de quoi que ce soit avec mon p... père... Vous ne comprenez pas ?

Il la considéra un instant, le sourcil levé.

— Dois-je en déduire, très chère, que je suis le seul objet de votre contrariété ?

— Je ne suis pas votre très chère ! Arrêtez de m'appeler ainsi.

— Mais si, vous êtes ma très chère, à moi plus qu'à tout autre.

— Je ne vous dirai plus rien, Colton Wyndham.

— Vous n'en avez pas besoin. Je suis parfaitement capable d'évoquer ce sujet avec votre père, longuement s'il le faut. À ma connaissance, je vous ai traitée avec toute la déférence et la loyauté d'un prétendant dévoué. Je ne comprends pas vos reproches et j'ignore ce que vous attendez de moi. Je ne puis qu'espérer que sir Gyles en saura plus, car pour l'instant, je suis tout simplement consterné.

Adriana le dévisagea à travers la pénombre.

— Je vous interdis d'en parler à mon père.

Colton retira d'une cache la canne d'ébène qu'il utilisait de plus en plus rarement et cogna le pommeau contre le toit.

— Je me passerai de votre permission, dit-il sèchement.

Adriana voulut lui tourner le dos, mais sa lourde pelisse de velours entravait ses mouvements. Furieuse, elle défit les attaches, repoussa le manteau et se colla à la portière.

— Vous pouvez m'ignorer, Adriana, mais je vous assure que cela ne changera rien. Je résoudrai ce problème avec votre père. Je n'ai pas l'intention de renoncer à vous faire la cour, du moins tant que je pourrai supporter votre attitude méprisante.

Bentley tira sur les rênes, et le carrosse s'immobilisa devant la façade de pierre grise de Wakefield. Colton proposa galamment son aide à sa passagère, mais celle-ci refusa d'un mouvement de la tête. Elle poussa la portière, fit tomber le marchepied d'un coup de talon et sauta à terre comme une sauvageonne. Elle entendit s'approcher les pas de Colton, qui contournait la malle, et s'élança vers l'avant de l'attelage de quatre chevaux. Dans son empressement, elle ne remarqua pas que l'ourlet de sa robe s'était coincé sous le marchepied de métal. La dentelle se déchira, mais elle continua à courir.

Colton jura à voix basse. En d'autres circonstances, il ne se serait pas privé d'admirer le spectacle. Mais pour rien au monde il ne permettrait que Bentley jouisse du même privilège. Maudissant la légère raideur de sa jambe, il s'élança aux trousses de la fugitive.

— Adriana, arrêtez ! Vous avez déchiré vos vêtements.

Il lui empoigna le bras… et reçut en plein visage le réticule brodé de perles.

— Laissez-moi tranquille ! hurla-t-elle.

— Pour l'amour de Dieu ! Adriana, écoutez-moi, vociféra-t-il, levant le bras pour parer un deuxième coup.

Adriana fit tournoyer le petit sac.

— Partez, avant que je me mette vraiment en colère !

Il réussit à lui agripper la main.

— Arrêtez cette plaisanterie. Écoutez-moi…

Elle se dégagea farouchement de son étreinte.

— Allez-vous-en, Colton Wyndham. Je n'ai plus rien à vous dire.

— Adriana, pour l'amour du ciel, écout…

— Bentley ! cria-t-elle en se tournant vers le cocher.

— Oui, Madame ?

— Ramenez votre maître chez lui. Et s'il vous demande de le raccompagner ici demain, ayez la gentillesse de l'ignorer. Vous pourriez lui épargner une nouvelle blessure à la jambe gauche.

— Oui, Madame, répondit le cocher sans bouger d'un pouce.

Bentley remonta le col de sa livrée et attendit la suite des événements. De nombreuses années d'expérience lui avaient appris que, dans certaines circonstances, faire la sourde oreille ou le dos rond constituait la meilleure réaction.

— Bon sang! aboya Colton, hors de lui.

Le sac se leva, mais il para le coup et saisit le poignet d'Adriana.

— Votre robe est déchirée. En ce moment même, vous exhibez votre derrière à Bentley.

Adriana déglutit. L'air froid pénétrait à travers la déchirure. Elle glissa la main derrière elle, retint un cri stupéfait, puis tourna sur-elle même, comme un chat courant après sa queue, dans le vain espoir d'attraper le pan déchiré de sa jupe.

Bentley déploya un effort héroïque pour ignorer cette scène, plutôt charmante au demeurant. Il enfonça son cou dans le col rigide de sa pimpante livrée, comme pour se boucher les oreilles, mais il ne put retenir le fou rire qui le secouait. Le voyant glousser, Adriana décida qu'elle n'avait que faire du domestique ni de Colton qui, après tout, l'avait déjà vue toute nue. Elle se mit à courir vers le château, mais Colton lui barra soudain le chemin. En dépit de sa blessure, il l'avait devancée. Fermement campé sur ses jambes, les bras croisés sur sa poitrine, il lui lança un regard moqueur, comme s'il la mettait au défi de le contourner.

En désespoir de cause, elle s'adressa au cocher.

— Bentley, avez-vous remarqué que votre maître m'ennuie?

Le cocher, qui avait placé sa main en bandeau sur ses yeux, écarta légèrement deux doigts, ce qui lui permit de regarder Adriana sans trop froisser sa pudeur.

— Eh bien... euh... pas vraiment, Madame.

— Votre maître a dépassé les limites, grogna-t-elle. Si vous tenez tant soit peu à sa peau, vous avez intérêt à l'attraper et à le traîner dans votre carrosse, avant que j'aille chercher mon fusil. Je détesterais lui causer plus de dommages qu'il n'en a eu pendant la guerre. Avez-vous compris?

— Oui, Madame.

Cette fois-ci, Bentley prit la menace au sérieux. Il se rappelait fort bien que, encore haute comme trois pommes, lady Adriana avait décoché un coup de pied rageur dans le tibia de son employeur actuel. Il sauta de son siège et s'avança vers Colton, en évitant soigneusement de regarder en direction de la robe déchirée.

— Monsieur le marquis, ne pensez-vous pas qu'il est temps de repartir ? Lady Adriana a l'air vraiment furieuse contre vous. Peut-être que lorsqu'elle se sera calmée vous pourrez reve...

— Bentley, restez en dehors de tout ça ! Retournez au carrosse, abruti !

— Ne l'insultez pas ! hurla Adriana.

Elle fit tournoyer le réticule lourdement brodé de perles et l'abattit sur l'œil de Colton, qui recula d'un pas, abasourdi.

— Que se passe-t-il ici ? fit une voix en provenance du château.

Plantant là Colton, qui se tenait l'œil, elle vola dans les bras de son père, enfouit son visage dans sa poitrine vigoureuse et éclata en sanglots. Profondément ému par la détresse de sa fille, sir Gyles jeta à Colton un coup d'œil menaçant.

— Monsieur, si vous avez fait du mal à ma fille, de quelque manière que ce soit, marquis ou pas, je puis vous assurer que vous ne vivrez pas assez longtemps pour le regretter.

— D'après ce que j'ai pu comprendre, lord Gyles, le problème ne vient pas de moi. Je suis prêt à vous jurer que ma conduite a été irréprochable. Je vous la ramène absolument intacte.

Adriana s'accrocha aux revers de son père.

— Papa, je vous en supplie, renvoyez-le.

— Que t'a-t-il fait, mon enfant ?

— Rien ! Il ne m'a pas touchée, je vous assure.

Sir Gyles poussa un soupir de soulagement. L'agression perpétrée par Roger n'avait fait qu'accroître sa méfiance envers les prétendants de sa fille. Il lui fallut un moment avant de recouvrer son calme.

— Mais alors, ma fille, quelle faute a-t-il commise pour que tu pleures ainsi ?

— Mais rien, papa, absolument rien. Il s'est comporté en parfait gentilhomme...

Une main sur son œil endommagé, Colton leva l'autre dans un geste de découragement.

— Maintenant, monsieur, vous voilà aussi dérouté que moi.

Adriana posa sa tête sur le torse de son père.

— Il ne veut pas de moi ! s'écria-t-elle. Comme il ne voulait pas de moi il y a seize ans.

— Ce n'est pas vrai ! hurla Colton. Bien sûr que je la v...

Il s'interrompit abruptement. Avait-il perdu la tête ? Après une telle déclaration, il n'aurait plus qu'à passer devant le prêtre... conformément aux vœux de feu son père. Ne lui restait-il donc plus une once de dignité ?

— Papa, rentrons ! implora Adriana. Je ne veux plus entendre parler du contrat que vous avez signé avec lord Sedgwick. Si Riordan Kendrick veut toujours m'épouser, je suis disposée à accepter sa demande.

— Un instant, au nom de Dieu ! aboya Colton, d'une voix si tonitruante que Gyles haussa les sourcils, étonné. J'ai quand même mon mot à dire, non ?

Le comte de Standish esquissa un geste apaisant. Depuis que Colton s'était rebellé contre son père, il ne l'avait pas entendu hausser le ton, et il se dit que c'était le signe qu'il n'était pas indifférent à Adriana, quoi qu'elle en dise.

— Monsieur, essayons de résoudre ce problème plus tard, lorsque Adriana et vous-même aurez réfléchi plus calmement. Ma fille est bouleversée, et toute discussion en ce moment ne ferait qu'augmenter sa détresse... Donnez-lui un jour ou deux, et nous en reparlerons.

Une sombre inquiétude envahit Colton. Samantha l'avait mis au courant des rumeurs concernant Riordan. À présent qu'il avait entendu de la bouche d'Adriana qu'elle était prête à lui accorder sa main, la jalousie embrumait son esprit. Riordan Kendrick était suffisamment beau et intelligent pour lui voler le cœur d'Adriana. De tous ses prétendants, c'était celui que Colton redoutait le plus. Car seul le fameux contrat lui donnait un avantage sur ce rival hors pair.

— Sir Gyles, dit-il d'une voix radoucie. Vous n'avez pas encore entendu ma version des faits. Je vous prie respectueusement de m'écouter avant de considérer la demande en mariage de Riordan. N'ai-je pas sur elle un droit qu'il n'a pas ?

— Je vous écouterai, déclara Gyles. Soyez-en assuré. Je vous demande simplement de me donner le temps de parler avec ma fille, afin de mieux comprendre ses griefs à votre endroit. Mais je ne ferai aucune promesse à qui que ce soit avant de vous avoir donné l'occasion d'expliquer votre point de vue.

La conversation semblait terminée, mais Colton hésitait à partir. Il croisa le regard de Bentley et y déchiffra l'incitation muette à en rester là.

— Entendu, murmura-t-il en s'inclinant légèrement. À très bientôt, alors.

Il pivota sur ses talons, s'éloigna d'un pas raide et grimpa dans le landau. À travers la fenêtre, il vit Gyles entraîner sa fille à l'intérieur du château. La lourde porte se referma sur eux comme un couperet. Le vide qui s'abattit sur lui fit disparaître ses doutes d'un seul coup, et il sut qu'il ne pourrait pas vivre sans Adriana.

Il tapa le pommeau de sa canne sur le toit, donnant le signe du départ. La voiture s'ébranla. Dans la lueur des lanternes, Colton fixa la nuit d'un air maussade, pressant un mouchoir sur sa paupière enflée. De sa main libre, il tâtait l'étoffe moelleuse du manteau rouge, oublié sur la banquette.

14

Un bougeoir dans la main gauche, Harrison cogna de la main droite à la porte du marquis. Sa Seigneurie était revenue deux heures plus tôt, d'une humeur massacrante, et s'était enfermée dans ses appartements privés plus tôt que d'habitude. En temps normal, le majordome n'aurait jamais osé déranger le maître de maison, mais le courrier avait dit que la missive était de la plus extrême importance.

— Monsieur, appela-t-il à travers le lourd panneau de bois, un messager vient d'apporter une lettre urgente de Londres.

Le bruit d'un verre qui volait en éclats et un juron étouffé précédèrent l'ordre bourru d'attendre une minute. Dans sa chambre, Colton enroula le drap autour de ses reins, puis lança ses longues jambes par-dessus le bord du lit. Depuis qu'il avait éteint sa lampe, il n'avait pas fermé l'œil. Son esprit fiévreux avait envisagé toutes les possibilités qui lui permettraient de revoir Adriana… Il était impossible qu'il la laisse lui échapper, comme elle semblait le souhaiter.

Il soupira et passa les doigts dans ses cheveux ébouriffés, contemplant un instant le feu qui crépitait dans l'âtre, puis les éclats de verre éparpillés sur le tapis, près du lit. Sa paupière meurtrie avait gonflé.

— Entrez, Harrison et faites attention où vous mettez les pieds. J'ai fait tomber ma lampe.

— Excusez-moi de vous réveiller, Monsieur, dit le majordome en entrant dans la pièce.

— Je ne dormais pas.

Le domestique posa le bougeoir sur la table de chevet et lui tendit la missive. Colton fit sauter le cachet de cire et déplia la feuille de papier pendant que Harrison ramassait les débris.

Mademoiselle Pandora Mayes se meurt. Venez vite.

— Harrison, je dois partir pour Londres immédiatement. Dites à Bentley de préparer le deuxième carrosse, d'y atteler des chevaux de trait et de prévoir un second cocher. Nous allons voyager sans nous arrêter, et je ne veux pas user nos meilleures bêtes… Laissez cette lampe. Vous vous en occuperez après.

— Aurez-vous besoin de quelques affaires, Monsieur ?

— Juste un habit de rechange, ainsi que mon nécessaire de toilette, au cas où je serais obligé de rester plus de deux jours. Si je suis retardé, je rentrerai lundi matin.

— Tant mieux, Monsieur. Votre mère tient sûrement à passer Noël avec vous.

— Je ferai tout mon possible pour revenir à temps.

Moins d'une heure plus tard, Colton était installé dans le carrosse qui roulait à vive allure vers l'est. Le lendemain à l'aube, il traversait les faubourgs de Londres, un dédale de ruelles poussiéreuses. Lorsque, enfin, le second cocher immobilisa le carrosse devant la maison de l'actrice, Colton sauta prestement sur le pavement.

— Cela risque d'être long, dit-il à Bentley, qui somnolait à l'intérieur de la voiture. Au coin de la rue, il y a un relais de poste et une auberge. Allez-y. Faites le nécessaire pour les chevaux et mangez un morceau. Peut-être trouverez-vous une chambre libre, afin de vous reposer une heure ou deux. Si vous n'êtes pas là quand je ressortirai, j'irai vous chercher là-bas.

— Bien, Monsieur.

Ayant gravi la volée de marches, Colton tambourina contre la porte massive. Le battant s'ouvrit sur un prêtre en habit sombre. Le vieil homme jeta un regard empreint de curiosité sur le bandage qui recouvrait l'œil droit de l'arrivant.

— Votre Seigneurie ?

— Oui, je suis lord Randwulf. Est-ce vous qui m'avez envoyé le message ?

— Oui, monsieur. Je suis le révérend Adam Goodfellow, recteur de la paroisse d'Oxford où Mlle Mayes a reçu le saint sacrement du baptême. Elle m'a fait venir à son chevet et m'a prié de vous prévenir.

— Êtes-vous ici depuis longtemps ?

— Depuis hier soir, monsieur. Le docteur qui était auprès d'elle me l'a confiée. Il a abandonné tout espoir de la sauver.

— Puis-je la voir ?

Le vieil homme s'effaça pour le laisser passer.

— Le temps presse, dit-il. Je crois qu'elle s'est accrochée à la vie parce qu'elle vous attendait.

— Je vous en prie, conduisez-moi à elle.

— Suivez-moi, monsieur le marquis.

L'ecclésiastique s'engouffra dans un passage étriqué à petits pas lents.

— Excusez-moi, révérend, mais je sais où se trouve sa chambre.

— Oui, bien sûr, répondit l'autre d'un ton entendu.

Il s'aplatit contre la cloison et lui fit signe de passer. À grandes enjambées, Colton longea le couloir étroit, puis il poussa la porte du fond. La chambre était plongée dans la pénombre. Une lampe à huile posée sur la table de nuit jetait un éclairage chétif alentour.

L'actrice gisait sur le lit que Colton avait partagé tant de fois avec elle... Il ne l'avait pas revue depuis neuf mois, mais les changements survenus sur son visage le frappèrent aussitôt. Dans la lumière vacillante, ses yeux n'étaient plus que deux trous d'ombre au milieu d'un masque mortuaire. Ses joues, hâves et creusées, avaient perdu leurs couleurs éclatantes.

Son regard balaya la pénombre. Il aperçut dans un coin une femme débraillée, aux cheveux frisés, âgée d'une trentaine d'années. Assise sur une chaise, la blouse largement ouverte, elle donnait le sein à un nourrisson. Mal à l'aise, Colton avança vers le lit. À son approche, les cils de Pandora frémirent. Un faible sourire étira ses lèvres pâles, tandis que ses paupières s'ouvraient lentement sur ses prunelles couleur de miel.

— Oh, Col, merci d'être venu. J'avais si peur... Avez-vous perdu un œil à la guerre ? demanda-t-elle, indiquant le bandage.

— Non... juste une rixe hier soir.

Les longs doigts blêmes tapotèrent les draps.

— Asseyez-vous près de moi.

Il s'exécuta, lui prit les mains, les pressa contre sa poitrine, se pencha en avant pour mieux la regarder. Autrefois, ces yeux clairs pétillaient de vie, mais aujourd'hui, ils étaient obscurcis par l'ombre de la mort.

— Je suis venu aussi vite que je le pouvais, Pandora. De quoi souffrez-vous ?

— Vous... avez... une fille, monsieur, murmura-t-elle d'une voix affaiblie. Vous... avez planté votre graine... dans mon ventre... la dernière fois que... vous étiez ici.

Une sorte d'épouvante froide glaça le sang de Colton, et l'espace d'une seconde, l'image d'Adriana traversa son esprit.

— Mais... mais vous m'aviez dit que vous ne pouviez pas concevoir. Vous me l'aviez juré.

— Aaah… je le croyais… articula-t-elle laborieusement. Mais…. votre semence… a démenti… la science…

— Pandora, chuchota-t-il, paralysé par le remords… est-ce que vous mourez à cause de moi ?

— Oh, vous ! fit-elle dans un rire convulsif qui acheva de l'épuiser. Non… ne vous accusez pas… Ce fut un… accouchement difficile… Ce n'est pas votre faute.

Il écarta doucement les mèches qu'une âpre sueur avait collées sur le front couleur de cendre.

— Je connais d'excellents médecins à Londres. Ils ont déjà soigné des membres de ma famille et ont été à la hauteur de leur réputation. Je vais envoyer mon cocher chercher l'un d'eux…

Elle leva la main.

— C'est trop tard, Colton. J'ai perdu trop de sang… mais… je voudrais vous demander… quelque chose…

— Quoi ? demanda-t-il en retenant son souffle.

Il savait ce qu'elle allait exiger. Il l'avait prévenue, avant qu'ils ne deviennent amants, qu'il ne l'épouserait jamais. Et maintenant, plus que jamais, il ne pouvait se résoudre à donner une suite favorable à cette requête.

Les yeux éteints de Pandora le supplièrent un long moment.

— Laissez… le révérend Goodfellow… bénir notre union, souffla-t-elle enfin.

Pendant sa carrière d'officier, Colton s'était ingénié à éviter par tous les moyens de s'engager, surtout auprès de femmes ambitieuses. En dépit de sa dispute avec Adriana, celle-ci était la seule qu'il ait jamais voulu épouser.

— Je suis promis à une autre, murmura-t-il.

— Colton, je vais… mourir… ce soir. Quel mal y a-t-il… à contribuer… à la paix de mon esprit ?

Il demeura figé, comme abasourdi, sachant qu'en épousant l'actrice, il perdait Adriana.

— Colton... je vous en prie... Vous m'avez expliqué qu'un mariage entre nous était impossible, mais... oh, Colton... je vous en supplie... Pensez à mon salut et à celui de notre enfant...

Il sentit un picotement sur sa nuque. Son instinct l'incitait à une extrême prudence avant de prendre une quelconque décision.

— Qu'adviendra-t-il de l'enfant ? demanda-t-il.

— J'allais vous demander... de la prendre avec vous... Soyez un bon père pour elle... Avec le temps, vous l'aimerez... Elle vous ressemble, Colton...

Pandora déglutit péniblement et, pendant le silence pesant qui suivit, s'efforça de rassembler ses forces.

— Bien que... je n'aie pas fréquenté d'autres hommes, poursuivit-elle, je sais que vous voudriez avoir la preuve... que l'enfant est de vous... Notre fille a... une marque de naissance... exactement au même endroit que son père.

De nouveau, elle s'interrompit, à bout de forces, puis fit signe à la nourrice, assise dans le coin.

— Alice... est la femme de charge... du théâtre... Elle a perdu son nouveau-né hier... et a consenti à s'occuper du mien.

La femme débraillée se leva, le bébé sur le bras. Elle avança vers le lit. Une sorte de rictus qui devait être un sourire retroussa ses lèvres lorsqu'elle retourna le bébé, sans se donner la peine de recouvrir ses grosses mamelles aux larges aréoles violettes. En ôtant la couverture dans laquelle la petite fille était emmitouflée, elle l'approcha de la lampe, pointant un doigt crasseux sur la marque.

Le cœur de Colton cessa de battre. Il ne connaissait que trop bien cette tache de vin en forme de mouette aux ailes déployées. Il avait la même. Son père et son grand-père aussi. La présence de ce signe distinctif confirmait sa paternité, mais il n'était pas préparé à l'admettre... Lui qui s'était révolté contre la volonté paternelle tremblait maintenant à l'idée de renoncer à Adriana. Sentant le piège se refermer sur lui, il passa et repassa son pouce sur la minuscule fesse du bébé, afin de vérifier que la marque n'avait pas été dessinée. Mais la tache pourpre résista.

La nourrice retourna à sa place, et il demeura silencieux. Son honnêteté l'incitait à reconnaître l'enfant. Comme le prouvait la marque de naissance, la petite fille appartenait à la longue lignée des Wyndham ; en tant que dernier descendant mâle de la famille, le devoir de perpétuer ce nom illustre lui incombait, et il était hors de question qu'il abandonne un de ses enfants, même si celui-là n'avait pas été désiré. Mais une petite voix intérieure lui conseillait la prudence. S'il épousait Pandora et qu'elle ne mourait pas, il resterait à jamais lié à elle, ce dont il ne voulait à aucun prix.

— Le révérend Goodfellow… haleta Pandora… a dit que les bâtards sont damnés… Il a dit aussi… que Dieu n'absoudra pas… mes péchés… à moins que je… n'épouse le… père de mon enfant.

Dans d'autres circonstances, Colton aurait peut-être argumenté contre cette position théologique pour le moins discutable. Mais des interrogations d'une tout autre nature le tourmentaient. Il était en proie à un cruel dilemme : se comporter en gentilhomme ou condamner sa fille à être pour toujours une bâtarde. Pouvait-il vouer son enfant innocente à un sort aussi infamant ?

— Colton… aidez-moi… Je ne veux pas brûler en enfer.

Si sir Sedgwick était encore de ce monde, il aurait très certainement sermonné son fils sur sa légèreté et lui aurait ordonné d'assumer les conséquences de ses actes… Mais Colton était seul, face à une situation inextricable.

Il soupira.

— Sans être expert en la matière, je suppose qu'il faut une licence, dit-il.

Le révérend Goodfellow avança d'un pas, la main sur son cœur.

— En tant que recteur, monsieur, je suis habilité à accorder certaines faveurs à des personnages de haut rang. Je me suis procuré une licence pour Mlle Mayes auprès de monseigneur l'archevêque. Quant à vous, monsieur, votre signature suffira.

— Par tous les diables ! jura Colton à mi-voix.

Le vieil homme le scruta, comme s'il cherchait à déterminer la raison précise de cet éclat.

— Les documents doivent être signés et certifiés, monsieur le marquis. Avez-vous quelque chose contre le fait d'y apposer votre signature ou est-ce que, tout simplement, vous ne souhaitez pas épouser la mère de votre enfant ?

Le piège se refermait ; l'étau se resserrait pour étouffer ses rêves. Il eut l'impression que l'air désertait ses poumons, comme si une main invisible étreignait son cou. Quelle ironie du sort ! pensa-t-il. Il allait perdre l'objet de sa passion, sa belle, sa douce Adriana, au moment même où il avait pris la décision de l'épouser ! Car nul doute qu'elle n'accepterait plus de le revoir après cela.

Dans le silence oppressant, Colton baissa les yeux sur Pandora. Elle avait fermé les yeux, respirant à peine.

— Le temps presse, monsieur, insista le prêtre. Mlle Mayes se meurt.

Un froid glacial se déversa dans les veines de Colton.

— Je vais l'épouser, lâcha-t-il.

— Et l'enfant ?

— Je l'élèverai comme la mienne, murmura-t-il.

Un instant après, c'était fini. Pandora répondit « oui » d'une voix presque inaudible, Colton fit de même d'un ton brusque.

— La nourrice veut bien s'occuper du bébé si vous souhaitez l'emmener avec vous, monsieur le marquis, dit le prêtre. Êtes-vous d'accord ?

L'idée déplaisait à Colton presque autant que d'être marié, mais il n'avait pas d'autre possibilité.

— Il me semble que je n'ai pas le choix.

Le révérend fit signe à la nourrice de rassembler les maigres effets du bébé. Elle posa le nourrisson et se redressa, sans se donner la peine de se recouvrir. Colton lui lança un coup d'œil réprobateur, et elle lui adressa un sourire qui découvrit ses dents gâtées. Puis elle passa le médius sur son mamelon suintant, le fourra dans sa bouche et le suça d'un air suggestif. Il détourna les yeux, écœuré. De sa vie il n'avait été sollicité par une créature aussi répugnante... Il se demanda quel genre d'homme avait eu le courage de s'accoupler avec ce monstre, à moins d'être lui-même monstrueux.

— Elle s'appelle Alice Cobble, monsieur. Son mari est mort à la guerre... Pour ses gages, elle ne demande que deux ou trois pennies, à condition d'être logée et nourrie. Je suis convaincu qu'elle s'occupera parfaitement du bébé.

Colton ne souffla mot. La femme, d'une saleté dégoûtante, n'aurait pas déparé dans une porcherie. L'idée de devoir supporter l'odeur aigre qui émanait de son corps flasque lui donnait des sueurs froides. Ses cheveux frisés, collés par la crasse, s'échappaient par paquets de son foulard élimé... Il se dit que, de toute façon, il la remplacerait dès que possible.

Il se retourna vers Pandora. Visiblement, ses forces l'abandonnaient rapidement.

— Vous ne pouvez pas l'aider ? demanda-t-il au recteur.

Le vieil homme avança vers le lit, pressa les doigts sur le poignet de l'actrice, puis, hochant tristement la tête :

— Elle n'en a plus pour longtemps, j'en ai peur.

— Je resterai avec elle.

— Ce n'est pas la peine. Allez chercher votre carrosse si vous ne voulez pas qu'il soit volé par des soldats de retour du front. Ils forment des bandes de pillards et attaquent les dirigeants de ce pays : autrement dit, les nobles qui les laissent crever de faim.

— J'ai combattu aux côtés de ces hommes et je peux m'entendre avec eux. Je ne veux pas que Pandora meure seule.

— Je suis là, monsieur.

Colton s'assit pesamment sur une chaise.

— Moi aussi... Je n'ai jamais été marié, mais je crois qu'il est du devoir de chaque homme d'accompagner son épouse mourante jusqu'au bout.

— Vous avez raison. Je pensais simplement à votre sécurité.

— Ne vous inquiétez pas. J'ai affronté de plus grands dangers que ces fauteurs de trouble.

— Oui, Pandora m'a parlé de votre bravoure à la guerre.

— Col... fit une voix éteinte en provenance du lit.

— Je suis là, Pandora. Je ne vous quitterai pas.

— Colton... soyez un bon père... pour notre fille...

Un frisson la parcourut, ses paupières se fermèrent, et elle cessa de respirer.

Le révérend Goodfellow tâta son pouls.

— Elle est morte ! déclara-t-il.

Colton se redressa, accablé de remords. Il plongea la main dans la poche intérieure de son manteau, en retira une bourse pleine de pièces et la mit entre les mains du prêtre.

— Cela devrait suffire à payer la licence et les frais de l'enterrement. Veillez à ce que Pandora soit inhumée dans un endroit convenable et qu'elle ait une pierre tombale avec son nom gravé dessus. Sa fille voudra plus tard s'incliner sur sa tombe. Où puis-je vous joindre ?

— J'ai une petite maison sur la route d'Oxford. Votre femme sera enterrée au cimetière, là-bas.

Il secoua la bourse et regarda, stupéfait, les pièces qui luisaient dans la paume de sa main.

— Votre Seigneurie est très généreuse.

— Achetez de la nourriture pour les soldats avec ce qui restera. Vous devez en connaître quelques-uns.

Pivotant sur ses talons, Colton fit signe à la nourrice de le suivre. La femme prit le bébé sous le bras. De sa main libre, elle souleva un petit sac et le suivit en silence.

Colton avait supposé qu'il aurait du mal à annoncer la nouvelle à sa mère, mais il ne s'était pas attendu à ce qu'elle s'évanouisse. En la voyant s'affaisser, il s'était précipité, lui évitant de justesse de se cogner la tête contre le buffet surmonté d'une plaque de marbre. Précédé par Harrison qui lui ouvrait les portes, il avait porté lady Philana dans ses appartements et l'avait allongée sur son lit à baldaquin. La femme de chambre personnelle de la marquise, appelée à la rescousse, avait appliqué un linge mouillé sur le front de sa maîtresse.

Lentement, Philana reprit conscience. Un soupir lui échappa, et elle se couvrit les yeux d'une main tremblante. Colton pria Harrison de redescendre, afin de conduire Alice Cobble à la nursery.

— Dites-lui de prendre un bain et de se laver les cheveux, ajouta-t-il à mi-voix. Si elle refuse, elle aura affaire à moi. Je ne tolérerai pas sa présence sous mon toit une minute de plus si elle ne se débarrasse pas de sa saleté. Ne serait-ce que pour le bien de l'enfant.

— Oui, Monsieur.

Quand la porte se referma sur le majordome et la femme de chambre, Philana laissa sa tête rouler sur l'oreiller en regardant son fils à travers le voile de ses larmes.

— J'espérais tellement que tu épouserais Adriana, hoqueta-t-elle misérablement. Toutes ces années, elle a été comme ma seconde fille. Je ne supporte pas l'idée de la perdre… Ni Sedgwick ni moi n'avons jamais imaginé que tu te marierais avec une autre. Oh ! Seigneur ! mon souhait le plus cher est réduit à néant.

Colton serra sa main, sachant qu'il ne pouvait lui apporter la moindre consolation. Adriana n'était même pas officiellement sa fiancée. Elle ne lui pardonnerait pas sa conduite, surtout après leur dispute.

— Je lui parlerai, dit-il à sa mère.

C'était la seule promesse qu'il pouvait lui faire. Il avait peu de chances de se racheter aux yeux de la jeune femme.

— Je crains que cela ne serve à rien, murmura tristement Philana. Aucune femme ne supporterait d'être regardée avec pitié par la bonne société. Elle ne voudra pas s'exposer à la honte. Cela aurait été au-dessus de mes forces ; comment puis-je demander à une autre d'accepter une telle humiliation ?

Charles accueillit cérémonieusement lord Colton sur le perron du manoir de Wakefield.

— Je vais informer lady Adriana que vous souhaitez la voir, Monsieur.

— Oui, quelque part où nous ne serons pas dérangés.

Après l'altercation qui avait opposé les deux futurs fiancés, cette envie d'intimité parut bien compréhensible au majordome.

— Allez l'attendre dans la bibliothèque, Monsieur. Vous ne serez pas dérangés. M. le comte et lady Christina sont partis chez les Abernathy pour distribuer aux enfants leurs cadeaux de Noël. Je crois qu'ils ont projeté d'y rester un certain temps, du moins jusqu'à ce que lady Adriana aille les rejoindre.

— Merci, Charles.

Colton entra dans la bibliothèque, le cœur lourd. Une fois de plus, il contempla le portrait de famille des Sutton, mais il ne voyait qu'un seul visage, couronné par une opulente chevelure noire. La peur de perdre Adriana l'emplissait d'une prémonition funeste. Après avoir résisté aux injonctions paternelles, après s'être résolu à courtiser sa promise à seule fin de dénoncer les clauses du contrat, il se retrouvait à trembler à l'idée qu'elle ne voudrait plus le voir, lorsqu'elle aurait pris connaissance des événements de la veille.

Depuis quelques heures, la certitude qu'il ne serait jamais un homme accompli sans Adriana s'était imposée à l'esprit de Colton. Si elle le rejetait, elle le précipiterait dans un abîme de désespoir, et ce serait la pire défaite de sa vie.

— Vous vouliez me voir ?

Le cœur de Colton fit un bond. Il se retourna, mais son sourire de soulagement s'éteignit presque aussitôt. Visiblement, Adriana n'était pas d'humeur à lui rendre ses amabilités.

— Oui, il faut absolument que je vous parle.

— Si c'est à propos de l'autre nuit, je n'ai rien à ajouter, déclara-t-elle froidement, le dos tourné, plantée devant la cheminée, les mains tendues au-dessus des flammes pour essayer de réchauffer ses doigts glacés.

Elle grelottait depuis que Charles lui avait annoncé l'arrivée de lord Randwulf. Personne ne savait dans quelles affres elle se débattait pour s'éloigner de cet homme. On eût dit qu'il faisait partie de son être le plus profond. Le bannir de sa vie, c'était comme se faire amputer d'un de ses membres ou s'arracher son propre cœur de la poitrine ; mais sa décision était prise.

— J'ai mal agi, admit-elle, et je vous prie de m'en excuser. Mais je pensais chacun des mots que j'ai prononcés. Je ne peux pas continuer à espérer que vous changerez d'avis et me voudrez comme épouse... Ce serait moins douloureux pour moi si nous nous séparions maintenant et que je reprenais le cours de ma vie comme si vous n'étiez jamais revenu.

— Vous avez peut-être peine à le croire, Adriana, mais je désire sincèrement me marier avec vous.

Elle se retourna brusquement, avec une expression sceptique, et aperçut l'œil au beurre noir de Colton. Elle ne s'était pas rendu compte qu'elle l'avait frappé aussi violemment... Elle lui présenterait ses excuses plus tard. Pour l'instant, elle avait hâte d'éclaircir ses propos.

— Ah oui ? Depuis quand ?

— Depuis un certain temps, en fait. J'ai été assez bête pour ne pas l'admettre. Avant, l'idée de me marier selon les vœux de mes parents me répugnait. Pourtant, malgré ma révolte, j'ai découvert que je voulais... que j'ai besoin de vous, Adriana.

Elle retint un sourire joyeux, frappée par l'expression morose de son interlocuteur.

— Quelque chose est arrivé ? murmura-t-elle.

Il hocha la tête et crispa ses mains l'une contre l'autre.

— Malheureusement, un incident survenu hier me fait douter que vous accepterez ma demande en mariage.

Sa curiosité piquée au vif, Adriana le considéra plus attentivement.

— Continuez. Je vous écoute.

Colton passa les doigts sur le dossier sculpté d'une chaise. Une affreuse angoisse l'oppressait.

— Hier soir, j'ai été appelé à Londres. J'y ai retrouvé une femme que je connais depuis quelques années... Elle venait de mettre au monde un enfant.

Les genoux d'Adriana flageolèrent ; elle se laissa tomber sur un fauteuil et s'agrippa aux accoudoirs. Une obscure épouvante l'avait glacée jusqu'aux os, tandis qu'elle attendait qu'il poursuive ses aveux, qu'il confirme qu'il était le père de l'enfant.

— Êtes-vous amoureux d'elle ?

Il la regarda, surpris qu'elle sache déjà de quoi il allait lui parler. Elle baissait la tête, et ses frêles épaules se voûtaient sous un fardeau invisible, dans une attitude de défaite.

— Non. Elle était actrice, et je... la voyais de temps en temps. Elle m'avait dit qu'elle ne pouvait pas concevoir.

— Comment savez-vous que l'enfant est de vous ?

— A cause d'une marque de naissance que j'ai héritée de mon père et de mon grand-père... Je crois que la tache nous vient d'un ancêtre viking. Elle a la forme d'une mouette en plein envol.

— Oui, je l'ai vue.

Il haussa les sourcils.

— Vraiment ?

— La nuit où vous avez interrompu mon bain.

— Ah... oui...

— Il me semble que la présence de cette marque est une aubaine pour votre actrice, mais une malchance pour vous. Avez-vous l'intention de l'épouser ?

— Le révérend Goodfellow nous a mariés cette nuit.

Il vit la stupeur dans les grands yeux noirs. La jeune femme se pencha en avant, luttant contre une furieuse envie de vomir. L'angoisse des derniers jours l'avait empêchée de manger, et maintenant, un goût amer de bile lui emplissait la bouche. Elle faillit périr de mortification lorsqu'il se précipita vers elle pour la soutenir, mais elle secoua la tête pour refuser son aide et porta la main à ses lèvres, tandis qu'une violente nausée lui tordait l'estomac.

— Sortons un instant, proposa-t-il en lui passant un bras autour des épaules et en la forçant à se remettre debout. Un peu d'air frais vous fera le plus grand bien.

N'ayant plus la force de refuser, elle se laissa entraîner vers la porte-fenêtre qui donnait sur les jardins.

— Respirez profondément, dit-il une fois dehors, en la serrant contre lui. Cela vous aidera.

Elle obtempéra en songeant qu'elle manquait totalement de dignité. Pourquoi ne le renvoyait-elle pas immédiatement ? Résolue à rompre un instant plus tôt, elle hésitait à présent, alors qu'il lui apportait un motif de séparation sur un plateau d'argent.

Elle revint vers la bibliothèque, en marchant comme une somnambule. Soudain, elle chancela. Il voulut se porter à son secours, mais elle se dégagea brusquement comme s'il avait contracté la peste.

— Vous devriez partir maintenant, dit-elle stoïquement, après avoir repris place sur le fauteuil. Maintenant que vous êtes marié, nous ne devons plus nous voir seuls. Allez-vous-en, je vous en prie.

— Adriana, je suis veuf, articula-t-il péniblement. Pandora est morte avant que je ne reparte de Londres.

— Et l'enfant ?

— Elle est au manoir, avec sa nourrice.

— Je vois.

— Je ne pouvais pas la laisser toute seule au monde.

— Bien sûr que non. Vous n'avez fait que votre devoir.

— Adriana, murmura-t-il, posant une main hésitante sur son épaule.

— Oui ? fit-elle en levant les yeux.

Ses beaux yeux sombres exprimaient une indicible douleur, et il en eut le cœur serré. Elle souffrait le martyre, et lui-même avait l'impression d'avoir été précipité en enfer.

— Pourriez-vous pardonner mes erreurs et m'accepter comme votre époux ?

Ces mots qui, autrefois, l'auraient remplie d'exaltation, ne lui arrachèrent qu'un pâle sourire.

— Je réfléchirai à votre proposition avant de vous donner une réponse, Colton. D'ici là, je me considère comme libre de tout engagement envers vous. Votre mariage avec une autre femme annule le contrat signé par nos parents.

Il crut que son cœur allait s'arrêter.

— M'autorisez-vous à revenir demain ?

— Non. Il ne vaut mieux pas. J'ai besoin de rester seule pour penser à mon avenir, et je ne suis pas sûre de vouloir encore vous épouser.

— Vous êtes-vous mise à me détester en si peu de temps ?

— Je ne vous déteste pas, Colton, mais je suis obligée de constater qu'avant de découvrir cette paternité, vous ne montriez aucun empressement à célébrer notre union. Il est un peu tard pour demander ma main, vous ne trouvez pas ? Si vous m'aviez voulue comme épouse, vous me l'auriez montré pendant les deux derniers mois. Or, vous n'en avez rien fait.

— Je me suis intéressé à vous depuis le premier jour de mon retour, objecta-t-il en désespoir de cause. Je ne pense qu'à vous. Je ne vois que vous. Vous hantez mes rêves. Chaque matin, en me réveillant, je n'ai qu'un seul désir : vous avoir près de moi.

— Il n'empêche ! Vos actions m'incitent à penser que vous ne vouliez pas de ce mariage. À présent, j'ai quelques réticences à vous considérer comme mon futur mari. J'ai besoin de temps pour savoir quels sont mes véritables sentiments à votre égard. En attendant, je vous prie d'éviter de me revoir. Je ne veux pas subir votre influence, il faut me comprendre.

D'une main, elle lui indiqua la sortie.

— Vous connaissez le chemin, dit-elle.

15

Il en était ainsi depuis la nuit des temps : les malheurs succédaient aux malheurs, les chagrins aux chagrins. Parfois, la fin d'une vie était solitaire, parfois, la mort frappait plusieurs personnes en même temps. Nul ne pouvait jamais savoir pourquoi, comment ni quand le spectre au grand manteau noir apparaissait. La seule certitude était que, tôt ou tard, le glas sonnait pour toutes les créatures. Personne ne pouvait y échapper.

La rupture entre Colton et Adriana avait affecté si profondément Philana que, le lendemain de Noël, elle eut envie de rester cloîtrée dans ses appartements. Mais elle n'en fit rien, car une telle attitude n'était pas digne d'une marquise, et elle se contraignit à faire bonne figure. Le deuil qui vint la frapper alors n'en fut que plus cruel : sa nièce, le mari de celle-ci et leur nouveau-né trouvèrent la mort dans un accident : dans les environs de Londres, leur carrosse avait été pris en chasse par une bande de déserteurs, qui s'en étaient pris au premier aristocrate qui leur était tombé sous la main. Il s'était détaché de son attelage et s'était écrasé dans un ravin. Ainsi sir Kingsley, qui avait perdu un œil lors d'une bataille contre les Français, avait survécu à la guerre pour périr en temps de paix.

La nouvelle dévasta Philana et Alistair. Trois ans plus tôt, ils avaient tous deux pleuré leur sœur, et, trois mois après, leur beau-frère. Le couple n'avait eu qu'une enfant, une jeune femme pleine de vie qui avait épousé sir Kingsley, un vicomte dont les parents étaient également décédés.

Parents, proches et amis se réunirent à Londres lors des obsèques des Kingsley. Ce fut à l'occasion de ce triste événement que lady Philana put revoir Adriana et lui parler – les Sutton séjournaient dans leur hôtel particulier de Regent Park où Melora, Jaclyn et leurs époux les avaient rejoints.

— Édythe avait à peine vingt ans, dit Philana d'une voix brisée. Elle a dû mourir très peu de temps après avoir accouché d'un fils. Il semble que l'enfant n'ait pas reçu de soins, mais le cordon ombilical avait été coupé et attaché. Peut-être que l'un de ces déserteurs a eu pitié d'Édythe et l'a aidée pendant la délivrance. On ne saura jamais ce qui s'est réellement passé... Oh mon Dieu, quel gâchis ! J'ignore pourquoi des soldats qui ont rendu de bons et loyaux services à ce pays s'abaissent à poursuivre ainsi la voiture d'une famille. Courtland Kingsley s'était distingué sur les champs de bataille, mais il avait dû retourner à la vie civile après la perte de son œil. C'était un homme honorable, un vaillant officier...

Les lèvres tremblantes, elle s'interrompit. Adriana lui toucha le bras, et la marquise, saisissant sa main, la serra de toutes ses forces. Plus tard, Adriana chercha sa meilleure amie dans le cimetière ; elle la trouva en larmes. Samantha, appuyée au bras de son frère, donnait libre cours à son désespoir. Les deux jeunes femmes s'étreignirent. Adriana embrassa la joue mouillée de Samantha et salua Colton d'un mouvement de tête, tandis qu'il portait poliment les doigts au bord de son chapeau.

Les yeux gris la sondèrent un instant, mais elle resta sourde à leurs questions.

Colton posa sa tasse à thé sur sa soucoupe de porcelaine, puis considéra le visage délicat de sa mère. Elle se forçait à lui sourire, mais en dépit de ses efforts constants pour paraître paisible, le chagrin qui la tourmentait depuis une semaine était palpable. Certes, la mort tragique de sa nièce l'avait durement éprouvée, mais Colton sentait que ce n'était pas la raison principale de sa détresse, qui s'était manifestée plus tôt. En fait, sa mère affichait cette tristesse insondable depuis qu'il lui avait rapporté les paroles d'Adriana quand elle avait appris qu'il était père ; la disparition tragique d'Édythe et de sa petite famille n'avait fait qu'amplifier l'affliction de lady Philana. Adriana avait constitué le seul et unique choix des Wyndham. Ils l'avaient toujours considérée comme leur propre fille. Y renoncer à présent était un véritable arrachement pour lady Philana.

— Puis-je te poser une question ? dit-elle en fixant le fond de sa tasse qu'elle faisait tourner entre ses doigts fins.

— Oui…

— As-tu rendu visite à Édythe l'année dernière, quand tu étais à Londres ?

— Non, je ne l'avais pas revue depuis des années. Pourquoi me demandez-vous cela ?

— À cause d'une marque de naissance que les médecins ont découverte sur les fesses de son petit garçon.

S'adossant à son siège, Colton regarda sa mère, incrédule.

— Mais… comment ? Elle n'était pas apparentée aux Wyndham, et Courtland non plus.

— Je le sais, murmura Philana. À moins que ton père…

Elle s'interrompit, un sourire crispé sur ses lèvres.

— Père n'aurait jamais touché Édythe… ou n'importe quelle autre femme ! protesta Colton. Vous étiez son seul amour. Je ne l'ai jamais vu regarder une autre de la façon que vous suggérez... Jamais de la vie ! Il était la fidélité faite homme. Combien de fois, quand j'étais plus jeune, ne m'a-t-il pas réprimandé sur ma légèreté vis-à-vis des jeunes filles ? Il me reprochait de n'être pas un gentilhomme, de trahir le code moral de la noblesse.

— Alors comment expliquer cette marque ?

— L'avez-vous vue ?

— Non. Tu sais bien qu'ils ont refusé d'ouvrir les cercueils...

Prise de nausée, elle porta un mouchoir à sa bouche.

Colton posa sa main sur celle de sa mère.

— La tache que les médecins ont décrite n'avait sans doute pas la même forme que celle que je porte et que Père portait avant moi. Je suis le dernier des Wyndham, et même Latham ne peut pas se réclamer de notre lignée, car aucun de ses ancêtres n'avait ce signe distinctif...

Après une pause, il poursuivit :

— Mère, je suis désolé de n'avoir pas su protéger l'honneur de notre famille. J'ai cru naïvement que Pandora ne pouvait pas avoir d'enfant. En fait, je suis tombé dans mon propre piège, et rien de ce que je pourrais dire à présent n'effacerait mon erreur. Mais ma fille est une victime innocente. En mon âme et conscience, je n'avais pas le droit de l'abandonner à son triste sort. Si je pouvais revenir en arrière, je n'aurais pas de liaison avec sa mère, mais le mal est fait, et j'en suis responsable. Je dois en assumer les conséquences.

— C'est un très beau bébé, murmura Philana, les yeux baissés. Les domestiques recherchent activement une autre nourrice, et j'espère que bientôt, nous serons en mesure de remplacer la dénommée Alice. J'avoue que ses manières sont... particulières.

Colton grimaça un sourire.

— Exécrables, vous voulez dire.

Harrison apparut dans le salon, portant un petit plateau en argent sur lequel reposait une lettre fermée à l'aide d'un cachet de cire rouge.

— Cette missive vient d'arriver de Bath, Monsieur. Elle vous est adressée.

— Bath ? s'étonna Colton.

— Oui, Monsieur. Et je crois qu'elle porte le sceau du comte de Standish.

Philana redressa le buste. Une lueur d'espoir traversa ses yeux.

— Peut-être que Gyles a réussi à convaincre Adriana de te donner une seconde chance.

Colton en doutait. Adriana alliait une volonté implacable à une personnalité indépendante. Il en avait eu la preuve lors de sa première visite officielle à Wakefield, lorsqu'elle s'était ruée hors du salon, les plantant là, sa mère et lui.

Ayant décacheté la lettre, il déplia la feuille et se mit à lire. Le message était simple et clair.

Si vous avez encore le désir de demander ma fille en mariage, venez à Lansdown Crescent à Bath samedi soir, avant la clôture du bal du Nouvel An. Le marquis de Harcourt semble avoir pris la présence d'Adriana ici sans vous comme un signe favorable. Il me demande un entretien pour me prier de lui accorder la main d'Adriana. Et il n'est pas le seul, car je puis vous assurer que d'autres prétendants se sont manifestés dans le même sens. Je fais confiance à ma fille quant au choix de son mari, mais je crois qu'elle ne prendra pas une décision en votre faveur, à moins que vous ne parveniez à la convaincre que vous êtes sincèrement désireux de la prendre pour femme.

Si je me suis mépris sur votre affection pour elle, oubliez cette lettre. Sachez que j'honore respectueusement la mémoire de votre père, et c'est pourquoi je vous envoie ce mot. Mais je ne puis en vouloir à Adriana si elle ne souhaite pas vous épouser. Nous projetons de rester à Bath jusqu'au lendemain du Nouvel An.

— Des nouvelles encourageantes ? s'enquit Philana.

Colton, qui avait bondi sur ses jambes, laissa tomber la missive sur la table basse.

— Je dois aller à Bath, déclara-t-il. Lisez la lettre et vous jugerez par vous-même. Je ne sais pas quand je reviendrai.

Moins d'une heure plus tard, le carrosse orné des armoiries des Wyndham et conduit par Bentley quittait précipitamment le manoir. Le temps avait changé. Un vent violent s'était levé, charriant de lourds nuages anthracite. L'orage, qui ne tarderait pas à éclater, avait plongé le paysage dans une pénombre lugubre.

Conformément aux ordres de son maître, Bentley fit claquer son fouet, lançant son attelage au galop. Il ralentit un peu pour négocier un tournant familier, puis s'engouffra sous le dôme feuillu des arbres. Le landau tangua, alors qu'il prenait un deuxième tournant. Soudain, Bentley tira sur les rênes et lâcha un juron. Le carrosse s'immobilisa dans une secousse violente. Colton poussa la portière.

— Que se passe-t-il ?

— Il y a un arbre au milieu de la route, Monsieur. Le vent l'a probablement fait tomber.

Colton sauta à terre. Il se mit à avancer contre les rafales de vent en tenant des deux mains son chapeau, tandis que les pans de son manteau lui cinglaient les mollets. L'arbre constituait une barrière infranchissable. Colton se tourna vers son cocher.

— Venez, Bentley. On dit que l'union fait la force. Ensemble, nous devrions pouvoir écarter cet arbre de notre chemin.

Le cocher s'exécuta. Colton compta jusqu'à trois, et tous deux soulevèrent en même temps les branches enchevêtrées pour repousser l'obstacle. Le tronc suivit lourdement ; il raclait le sol, arrachant des touffes d'herbe et ralentissant leur progression, mais ils réussirent à le tourner, de manière qu'il soit parallèle à la route. Lorsque Bentley relâcha son fardeau, il lui restait juste assez de souffle pour saluer leur victoire d'un rire satisfait.

Colton s'épousseta les mains.

— Repartons maintenant, avant d'être rattrapés par l'orage.

Il remarqua brusquement un détail insolite. L'arbre n'avait pas été déraciné par le vent, mais scié à la base du tronc... Très récemment apparemment, car le bois déchiqueté suintait, encore solidement amarré au sol, au milieu de copeaux frais. Colton leva vivement les yeux. L'oreille aux aguets, il scruta le sous-bois de gauche à droite. Les graviers grincèrent sous les bottes de Bentley, mais un autre bruit – le cliquetis d'un raté de mise à feu – le fit sursauter.

— Attention ! cria-t-il à l'intention du cocher.

Il s'élança vers le landau dont la porte était restée ouverte. L'instant suivant, une explosion de poudre noire déchira le silence, suivie d'un sifflement de balle. Bentley plongea, les yeux ronds. Le projectile atteignit le dos de Colton, le projetant en avant. Puis une véritable avalanche de plombs s'abattit sur les deux hommes. Les balles ricochaient sur la chaussée, tandis que Colton se traînait sous le carrosse.

— Êtes-vous blessé, Monsieur ? hurla Bentley qui rampait vers les roues arrière.

Il roula sur sa hanche, afin de jeter un coup d'œil sous la voiture. Lorsqu'il aperçut une grosse tache d'un rouge luisant sur le dos du manteau, il poussa un cri d'horreur.

— Monsieur, êtes-vous vivant ?

La douleur empêcha Colton de répondre immédiatement. Il était couché à plat ventre, le front sur son bras replié. Cependant, il parvint à soulever un peu la tête, juste assez pour jeter un regard vers Bentley, qui porta les mains à son cœur.

— Je suis blessé, mon vieux, mais loin d'être mort. Avez-vous une arme et des munitions ?

— Oui, Monsieur. Quatre Brown Bess en parfait état de marche. Et un sac de munitions. À croire que je m'y attendais.

— Si nous nous en sortons indemnes, je veillerai à ce que vous soyez mieux armé à l'avenir... Espérons que ces brigands seront à portée de nos pistolets. Pouvez-vous aller les chercher sans vous faire brûler la cervelle ?

— Eh bien ! compte tenu des ennuis que vous me ferez si j'échoue, Monsieur, j'ai tout intérêt à y arriver, oui ! J'ai vérifié cet équipement ce matin, comme je le fais tous les jours depuis l'incident qui a coûté la vie à votre cousine et à sa famille.

Le brave homme se redressa pour longer le carrosse. De nouvelles salves saluèrent son initiative. Les balles transperçaient le bois du carrosse, se logeant dans les banquettes de velours, mais Bentley grimpa prestement derrière le siège du conducteur. Il jura à haute voix au milieu du vacarme, s'empara des armes et du sac de munitions, amorça presque aussitôt sa descente... mais pas assez vite. Une balle lui érafla la joue, et un jet de sang jaillit sur sa livrée. Il émit un grognement rageur. Sa blessure lui insuffla de nouvelles forces : il se laissa tomber par terre et se mit à ramper courageusement vers l'endroit où Sa Seigneurie avait trouvé refuge. Il remit les deux pistolets à silex entre les mains de son maître.

— Bonne chance, Monsieur.

— Tâchez de les attirer hors de leur cachette... Dommage que je sois blessé, mais j'essaierai d'en avoir au moins deux... Peut-être qu'alors les autres décamperont.

— À votre avis, Monsieur, combien sont-ils ?

— Trop nombreux pour que l'on puisse les vaincre sans renforts. Priez plutôt pour qu'un miracle se produise.

Agenouillé, Bentley murmura quelques mots terminés par un « amen » hâtif, après quoi il se glissa à l'intérieur du landau immobilisé. Les coups de feu avaient cessé ; profitant de l'accalmie, il sortit la tête par la fenêtre.

— Bande de lâches, montrez-vous ! hurla-t-il.

Il replongea de justesse, tandis qu'une pluie de balles ruisselait sur la carrosserie. Aplati contre la cloison, Bentley entendit l'un des Brown Bess cracher. Un cri retentit dans le lointain. Il risqua un coup d'œil à travers la fenêtre, juste à temps pour voir l'un des malfrats s'affaler lourdement, les mains crispés sur son cou qui saignait abondamment. Un deuxième individu traversa la clairière. Colton tira, et l'autre se mit à tituber lamentablement... Il portait l'uniforme rouge des soldats de l'infanterie britannique.

— Bentley, ne bougez pas. Je vais parler à ces hommes.

Le cocher écarquilla les yeux, convaincu que son maître avait perdu la raison.

— Mais, Monsieur, ils vont nous régler notre compte.

— Faites ce que je vous dis. Et ne tirez pas.

Bentley émit un borborygme en guise d'acquiescement, posa son arme par terre et croisa les bras sur sa poitrine d'un air renfrogné. Sa Seigneurie était peut-être prête à mourir, mais lui, Bentley, comptait vendre chèrement sa peau.

Colton commença à ramper vers les roues avant du carrosse. Sa blessure le faisait souffrir atrocement, mais rassemblant toutes ses forces, il continua de se traîner sur le sol rugueux. L'épuisement le força à faire une halte, et il lui fallut déployer un effort surhumain pour crier :

— Hé, vous, là-bas ! Pourquoi avez-vous attaqué ma voiture ? N'étiez-vous pas parmi les soldats avec lesquels j'ai combattu les ennemis de notre pays ? Je suis le colonel Wyndham, récemment retraité de l'armée de Sa Majesté.

— Monsieur le colonel Wyndham ? fit une voix surprise – une voix que Colton reconnut.

Péniblement, il se remit debout.

— C'est vous, sergent Buford ? Bon Dieu, pour quelle raison me récompensez-vous de vous avoir sauvé la vie en essayant de me tuer ?

— Monsieur, j'ignorais que c'était vous... Je vous prie de me croire. Quelqu'un nous a dit qu'un certain lord Randwulf flanquait à la porte les familles des soldats morts qui avaient été ses anciens locataires avant la guerre, et qu'il obligeait leurs gosses à trimer dans ses fermes pour un bout de pain rassis.

Colton réprima un haut-le-corps.

— Qui raconte ces mensonges sur moi ? Je suis lord Randwulf. J'ai hérité du marquisat de mon père à sa mort. Il ne possédait pas de fermes, et nous sommes en excellents termes avec les agriculteurs qui louent nos terres. Quant aux veuves et aux enfants des soldats morts à la guerre, ils vivent paisiblement dans les cottages que nous leur avons attribués.

— J'sais pas le nom de ce type, monsieur. Son visage non plus, d'ailleurs. Il porte un masque.

— Est-il avec vous ? J'aimerais lui parler.

— Il était là il y a une minute, monsieur. C'est lui qui vous a tiré dessus. Il s'y est pris à deux fois, car son fusil s'est enrayé.

Avec un luxe de précautions, Buford se redressa sur ses jambes, craignant d'être abattu. Quand il comprit qu'il ne risquait rien, il inspecta du regard les environs.

— Il a pris la fuite, monsieur... Sans doute qu'il voulait qu'on se fasse pendre à sa place... Monsieur le colonel, pardonnez-moi, mais cette crapule nous a dupés.

— J'accepte vos excuses, Buford. Maintenant, déguerpissez avec vos acolytes. Retournez auprès de vos familles. Un jour, vous risquez de payer cher ces débordements. Si vous avez besoin de travailler, venez au château. Je verrai ce que je peux faire pour vous, mais pour l'amour du ciel, arrêtez donc de tuer des innocents si vous ne voulez pas finir au bout d'une corde.

— Êtes-vous blessé, monsieur ? s'enquit Buford, inquiet. Je vous ai vu tomber. Ce serait honteux que vous mouriez à cause de nous. Peut-on vous aider ?

— Ce lâche m'a tiré dans le dos, mais je n'ai pas le temps de m'occuper de ma blessure. Il est urgent que j'aille à Bath.

Descendu de voiture, Bentley sursauta, effaré.

— Monsieur, vous n'y songez pas ! protesta-t-il avec véhémence. Bath est à une heure d'ici, alors que le manoir se trouve à un jet de pierre. Vous allez mourir si nous ne rebroussons pas chemin. Une fois qu'un médecin vous aura examiné et soigné, nous pourrons alors rep…

— Bentley, taisez-vous ! Aidez-moi à m'installer dans le carrosse et prenez immédiatement la route de Bath.

— Et si vous expirez pendant le voyage ? Votre mère ne me le pardonnera jamais et votre sœur me scalpera, comme ces sauvages dans nos colonies d'Amérique.

— Bon sang, Bentley, c'est un ordre ! Mon bonheur futur dépend de vos compétences.

— Mais, Monsieur, il y va de votre vie.

— Je ne suis pas prêt à renoncer à la vie, Bentley, et plus vous resterez planté là à argumenter, moins vous aurez de chances de m'emmener chez le médecin. Ce n'est qu'une égratignure.

— Pfft ! Une égratignure ! marmonna Bentley en grimpant sur son siège. Avec un trou comme ça, il sera saigné à blanc bien avant que nous arrivions là-bas.

Bath était exactement l'endroit où elle voulait être en ce moment, songeait tristement Adriana en contemplant par la fenêtre de sa chambre les réverbères éclairés de la ville. Elle était arrivée chez sa tante en compagnie de ses parents quelques jours plus tôt. Le temps s'était écoulé en promenades, visites à de vieux amis ou parents éloignés. Tante Tilly les avait encouragés à faire les magasins à la mode, à s'habiller de façon moins recherchée, bref à suivre les coutumes agréables de cette ville où les différences de classe entre la noblesse et la bourgeoisie s'étaient estompées. Tilly recevait beaucoup, et ses reparties spirituelles faisaient rire ses invités aux éclats. Un peu à l'écart, Adriana avait peine à refouler ses larmes chaque fois qu'elle repensait aux tourments qui n'avaient cessé de la ronger depuis qu'elle avait repoussé Colton Wyndham.

La distance entre le château de Wakefield et Bath lui avait permis de s'éloigner sinon émotionnellement, du moins physiquement de l'homme qu'elle avait adoré. Pourtant, les regrets la harcelaient sans répit, surtout lorsqu'elle était seule. Oh ! elle avait eu tort de ne pas libérer Colton des obligations du contrat dès son retour… Si elle avait agi de la sorte, elle se serait épargné le chagrin qui, à présent, l'accablait. Mais elle n'avait pas écouté son instinct. Elle n'avait pas tenu compte de la voix intérieure qui, dès le début, l'avait mise en garde contre ses propres faiblesses. Comme une idiote, elle avait voulu y croire. Elle s'était dit que, peut-être, il y avait une infime chance pour que ce mariage se fasse. Et au fil des jours, elle était retombée éperdument amoureuse de lui.

Un léger tambourinement à sa porte l'arracha à ses sombres méditations. Elle cria « entrez ! », et sa mère apparut, souriante. Malgré sa constante inquiétude au sujet d'Adriana, lady Christina avait résolument opté pour une attitude enjouée – plus ou moins feinte. C'était la seule solution, avait-elle conclu, puisque de toute façon elle était incapable de soulager le chagrin de sa fille.

— Lord Alistair vient d'arriver, ma chérie. Vas-tu descendre ?

— Oui, maman. Je suis prête à y aller quand vous le voudrez.

Un sourire attendri effleura les lèvres de Christina, tandis qu'elle étudiait sa fille. Sa toilette de soie bleu nuit semblait conçue pour exalter l'exquise harmonie de sa silhouette. Constellée de pierres minuscules, l'étoffe chatoyait à la lumière des lampes comme un ciel étoilé. Des boucles de perles et de saphirs frémissaient aux oreilles de la jeune femme, tandis qu'un collier de feuilles d'acanthe en or, d'où ruisselait une grosse perle en forme de larme du plus bel orient, enserrait délicatement son cou gracile.

Adriana ne portait pas d'autre bijou, et elle n'en avait d'ailleurs pas besoin. La simplicité de sa mise – quoique sa robe soit coûteuse – mettait mieux en valeur sa beauté que n'auraient pu le faire les fanfreluches et autres volants à la mode. Parfois, Christina se disait en son for intérieur que sa fille cadette surpassait en grâce et en élégance ses sœurs aînées.

— Tu es très en beauté, Adriana… Alistair nous a informés que Samantha et Percy seront des nôtres ce soir, ainsi que Stuart et Berenice. D'après ta tante, tes anciens soupirants ont l'intention d'envahir Lansdown dans l'espoir de t'apercevoir… Bien sûr, je doute que « qui tu sais » soit là.

Lady Christina n'osait plus mentionner le nom de Colton, de crainte que sa fille en soit peinée. Cependant, elle n'en pensait pas moins. C'était vraiment dommage que cet homme ne soit pas là, ne serait-ce que pour constater qu'un grand nombre de prétendants se félicitait de son absence auprès d'Adriana. Cela ne ferait pas de mal à ce libertin de se rendre enfin compte que d'autres gentilshommes n'avaient de cesse de conquérir celle qu'il avait trahie. En tant que mère, Christina considérait comme un affront personnel l'humiliation qu'il avait infligée à Adriana. Mais elle ne pouvait s'empêcher de compatir au désespoir d'une autre mère, qui désespérait de la tournure qu'avaient prise les événements.

— La pauvre Philana a été tout simplement mortifiée d'apprendre la soudaine paternité de son fils et son mariage avec cette actrice... Et elle a été choquée que l'on puisse soutirer ainsi à un archevêque la dispense nécessaire à une union aussi hâtive... Néanmoins, elle n'a pas perdu l'espoir que tu lui pardonneras et que tu accepteras de l'épouser... Je me suis sentie obligée de lui dire que c'était peu probable. Quelles que soient les qualités de Sa Seigneurie, une femme ne peut pas lier sa destinée à un homme en qui elle n'a pas une confiance absolue. Certains pensent qu'il a bien agi... Ce cher Alistair, par exemple, voue à son neveu une admiration sans limite, mais il se garde d'en parler en présence de Tilly. Selon lui, le fils de Philana s'est comporté plus honorablement que tous ces aristocrates qui tournent le dos à leur progéniture illégitime... Cependant, il hésite à demander à Tilly d'intercéder en faveur de son neveu auprès de ton père, sachant qu'elle t'a conservé toute sa loyauté... Il faut dire qu'Alistair est très amoureux de ta tante.

Adriana sourit.

— Il doit en être le premier étonné, après avoir réussi à rester célibataire aussi longtemps.

— Oui, c'est vrai, admit Christina. Depuis le temps que nous fréquentons les Wyndham, je n'ai jamais vu

Alistair courtiser une dame de la bonne société. Il semblait très attaché à son indépendance. « Qui tu sais » a de qui tenir, finalement. Toujours est-il que je suis curieuse de savoir ce qu'il adviendra de son idylle avec Tilly. Comme toi, ta tante a beaucoup d'admirateurs. Par ailleurs, ses fils, qui sont tous mariés et pères de famille, ne verront sûrement pas d'un bon œil un beau-père, bien que Tilly soit tout à fait capable d'ignorer leur opinion.

Lady Christina s'interrompit avec un sourire et fit signe à sa fille d'avancer.

— Maintenant, viens, ma chérie. Ton père doit arpenter le hall en se demandant ce qui nous retient.

À peine arrivée à Lansdown Crescent, Adriana fut entourée par une cour de charmants jeunes gens. Chacun s'ingéniait à attirer son attention, dans l'espoir de lui extorquer la promesse d'une ou deux danses. La nouvelle que la fille de lord Standish se trouvait à Bath sans son chevalier servant habituel s'était répandue jusqu'à Londres comme une traînée de poudre. La veille, quatre beaux gaillards, fils de leurs voisins de Regent Park, étaient arrivés sur place pour tenter leur chance.

Sir Guy Dalton fut le plus prompt à réagir. Il s'inclina profondément devant Adriana, puis engagea la conversation, parlant de la ville et de la nouvelle année qui commencerait dans deux jours. Adriana répondit aimablement au jeune chevalier, mais elle refusa poliment son invitation à danser. Elle avait hâte de retourner auprès de ses parents, mais Guy réussit à l'entraîner vers l'un des sièges que le révérend Dalton avait réservés pour sa famille et l'archevêque qu'ils avaient invité.

La musique était douce et entraînante, et Adriana finit par consentir à accorder une danse à Guy, puis à trois ou quatre jeunes nobles qui la couvaient des yeux. Mais en quittant la piste de danse, elle eut la mauvaise surprise de tomber sur Roger Elston.

— Madame, s'exclama-t-il, tout sourire, comme s'il n'éprouvait aucun remords pour ce qu'il avait fait.

— Monsieur Elston... le salua-t-elle froidement.

Elle en serait volontiers restée là, mais il l'empêcha de passer en se déplaçant sur le côté. Ensuite, il la fixa dans les yeux, récoltant un regard glacial.

— Quelle surprise de vous rencontrer sans votre ange gardien, ironisa-t-il. Monsieur le marquis vous aurait-il oubliée ou bien aurait-il convolé avec une autre dame ?

Adriana agita son éventail devant ses joues brûlantes. De nouveau, elle voulut s'éloigner, mais Roger lui barra encore le passage.

— Quant à moi, dit-il en prisant une pincée de tabac, je suis en excellente compagnie. En effet, j'accompagne la ravissante Mlle Felicity et deux de ses amies qui avaient envie de visiter Bath.

Adriana salua d'un signe de tête la blonde. Celle-ci se tenait un peu plus loin, flanquée de deux gamines tout excitées d'environ dix-sept ans, qui gloussaient tout en faisant des commentaires sur les couples de danseurs.

— Seriez-vous devenu guide touristique sur le tard ? lança-t-elle à Roger.

— Non, madame. Je suis trop occupé à diriger la fabrique de mon père pour perdre mon temps en futilités.

— Fort bien, répondit-elle sèchement en se décalant pour s'esquiver.

Elston l'attrapa par le bras.

— Ne me touchez pas, monsieur Elston, ou je me mets à crier.

— Grands dieux ! Je voudrais juste vous présenter aux amies de Felicity. Ces jeunes filles sont littéralement éblouies par les aristocrates... Elles seraient très honorées de faire votre connaissance. Entre elles et Felicity, je me demande laquelle mériterait de devenir ma femme. Encore que Felicity soit la seule qui résiste à mes avances. Elle est si innocente ! Quant aux deux autres, elles ne savent plus quoi faire pour me plaire.

Il porta la main à sa bouche, simulant un bâillement.

— Oh ! elles seraient prêtes à trousser leurs jupes pour devancer mes désirs.

Lui tournant brusquement le dos, Adriana se fraya un passage en direction de ses parents. Leur présence la mettait à l'abri du danger. En s'approchant, elle croisa le regard de son père. Il ne posa aucune question, mais ses yeux reflétaient une grande inquiétude.

— Je suis furieuse, dit-elle, comme si elle avait lu dans ses pensées. Cet homme est un goujat. Maud m'a dit que vous aviez menacé de l'émasculer. Dommage que vous ne l'ayez pas fait, vous auriez sauvé du déshonneur deux petites sottes.

Gyles toussota, mal à l'aise.

— Maud a eu tort de te répéter ce genre de choses.

Adriana posa la main sur la manche élégante de son père.

— J'ai grandi au milieu des chevaux, et je sais distinguer un étalon d'un hongre... M. Elston devrait rejoindre sans plus tarder l'écurie des hongres.

Gyles s'esclaffa.

— Un de ses jours, il se pourrait que j'envisage sérieusement de rendre ce service à la société. Mais les deux péronnelles auxquelles tu as fait allusion ne seraient pas pour autant hors de danger. Des Roger, il y en a partout, et si elles n'ont pas compris que certains hommes sont des canailles, je crains que rien ne puisse les protéger. D'ailleurs, si elles n'ont pas écouté leurs parents, je doute qu'elles tiennent compte des conseils d'étrangers.

— Elles n'ont peut-être pas un père comme vous, qui s'intéresse suffisamment à elles pour les protéger, répondit Adriana.

Elle passa doucement la main sur les revers satinés de son costume et lui sourit avec affection.

— Oh ! papa ! je vous aime plus que tout autre homme sur terre.

Sir Gyles plongea son regard dans celui de sa fille, notant au passage que ses yeux avaient perdu leur éclat et leur vivacité habituels.

— Et moi, je sais que tu en aimes un autre, observa-t-il gentiment. Et que tu penses sans cesse à lui.

Un voile de larmes brouilla la vue d'Adriana.

— Oui, papa, admit-elle tristement. Mais je crains qu'il ne m'aime pas.

— Cela finira par s'arranger, ma chérie. Peut-être très bientôt, qui sait ? Ah ! mais j'aperçois un de tes soupirants qui te cherche partout, dit-il en lui tapotant doucement la main.

Le cœur d'Adriana bondit, car elle crut qu'il s'agissait de Colton. Les joues rosies par l'émotion, elle se retourna vivement. Un brusque élancement de déception lui transperça la poitrine à la vue de Riordan Kendrick. Visiblement, il venait d'arriver et cherchait, en effet, quelqu'un parmi la foule. Sa haute taille lui permettait de regarder par-dessus les têtes des femmes et de la plupart des hommes. Son expression était empreinte de sérieux, et son regard balayait méthodiquement la salle de bal. Enfin, il repéra Adriana. Il eut un sourire resplendissant et se dirigea vers elle, se faufilant parmi les gens qui bavardaient autour de la piste de danse et les sièges réservés aux spectateurs. Elle songea, dépitée, que la nouvelle de sa rupture avec Colton avait fait le tour de la région. En tout cas, c'est ce que semblait signifier l'empressement de Riordan à la rejoindre et son air comblé.

Elle avait presque oublié combien Riordan était beau, combien il semblait résolu à la conquérir. Pourtant, en lui rendant son sourire, elle s'aperçut que le cœur n'y était pas. Son ancienne conviction que Riordan incarnait l'époux idéal avait cédé le pas à l'incertitude. Elle sut soudain que la question ne se posait plus... pas tant que l'ombre de Colton Wyndham planerait sur son esprit... C'est-à-dire pour longtemps ! Mais peut-être que, avec le temps, sa souffrance diminuerait, et qu'elle parviendrait à aimer Riordan Kendrick qui, depuis deux ans maintenant, lui témoignait un attachement sans faille.

— Les mots me manquent pour décrire ma joie de vous revoir, murmura-t-il d'une voix chaleureuse en s'inclinant devant elle. J'ai essayé d'oublier la dame que je croyais avoir perdue, en me lançant dans d'interminables travaux de rénovation de mon château. Je me suis enfermé chez moi, afin d'apaiser mes peines de cœur, mais je n'ai fait qu'imaginer mille et une façons de revenir à la charge. Puis-je espérer que votre présence ici, sans lord Colton, est une raison suffisante pour me réjouir ?

Adriana ne répondit pas... Un mouchoir que l'on agitait vigoureusement à travers la pièce avait attiré son attention. La haute stature de Riordan lui bouchait la vue, aussi se déplaça-t-elle légèrement. La personne en détresse n'était autre que Samantha. Mais que se passait-il ?

Adriana leva les yeux sur son charmant interlocuteur.

— Riordan, pardonnez-moi. Je sais que ce n'est pas le moment, mais je dois vous fausser compagnie. Samantha m'adresse des signes désespérés. Elle a un air si désolé que je me demande...

Elle ne put terminer sa phrase, envahie par une affreuse prémonition. Quelque chose de grave était arrivé !

Ayant jeté un coup d'œil par-dessus son épaule, Riordan fronça les sourcils.

— En effet, votre amie semble bouleversée. Suivez-moi, je vous ouvre le passage.

Elle lui emboîta le pas sans hésiter. Grand et large d'épaules, Riordan se fraya facilement un chemin parmi la foule compacte. Sitôt qu'ils arrivèrent à la hauteur de Samantha, celle-ci agrippa la main de son amie avec l'énergie du désespoir. Sa figure, blanche comme un linge, et ses lèvres tremblantes trahissaient une vive émotion.

Adriana lui prit le bras.

— Mon Dieu, Samantha, qu'est-ce qui t'arrive ? Où est Perceval ? Est-ce qu'il va bien ?

— Bentley a envoyé quelqu'un le chercher. Il est revenu en courant pour m'annoncer que Colton t'attend dehors, dans son carrosse.

Une ardente exaltation submergea Adriana, mais l'instant suivant, elle s'efforça de modérer son enthousiasme. Croyait-il vraiment qu'elle allait se jeter dans ses bras, alors qu'il l'avait tenue à distance pendant près de trois mois ? Feignant une désinvolture qu'elle était loin d'éprouver, elle haussa les épaules d'un air blasé.

— Pourquoi n'a-t-il pas daigné se présenter lui-même ?

— Il a reçu une balle dans le dos, Adriana, et il refuse de consulter un médecin avant de t'avoir parlé. Au dire de Bentley, ils sont tombés dans une embuscade peu après avoir quitté le manoir, mais, malgré sa blessure, mon frère a tenu à venir jusqu'ici.

Le glaive glacé de la peur transperça le cœur de la jeune femme. Elle s'excusa auprès de Riordan pour la seconde fois de la soirée.

— Pardonnez-moi, mon cher ami. Il faut que je voie Colton.

L'étincelle de gaieté s'éteignit dans les yeux de Riordan, mais il lui prit la main dans un geste encourageant.

— Je viens avec vous. J'ai une certaine expérience des blessures par balle. Si je peux me montrer utile...

— Alors, dépêchez-vous, cria Samantha. Colton risque de mourir.

Tous les trois s'élancèrent vers la sortie aussi vite qu'ils le pouvaient. Les gens se retournaient sur leur passage, mais leurs regards curieux importaient peu aux deux femmes, encore moins à l'homme qui les talonnait. Bentley, debout près du carrosse criblé de balles, expliquait à une petite foule de badauds et de connaissances des Wyndham qu'ils avaient été attaqués par des voyous. À ceux qui s'inquiétaient de la santé de son maître, il répétait invariablement les propres mots de Colton :

— Sa Seigneurie est blessée... Mais ce n'est qu'une égratignure.

Quand les deux femmes et Riordan jaillirent sous les voûtes de l'élégant édifice, Perceval descendit précautionneusement du landau, soucieux de ne pas faire souffrir davantage son beau-frère.

— Est-il gravement touché ? demanda Samantha, hors d'haleine, tandis que son mari lui tendait la main.

— Il prétend que ce n'est rien, murmura Percy. Mais mieux vaut te préparer au pire, mon ange. Ton frère a perdu beaucoup de sang. Son manteau en est trempé.

Adriana se mordit la lèvre. Percy installa sa jeune épouse dans le landau, puis se tourna vers elle. Ses yeux bleus, d'habitude si pétillants, paraissaient ternes. Il comprit l'angoisse mortelle qui se reflétait sur les traits fins d'Adriana et lui serra gentiment la main.

— Je ne peux rien vous assurer, chuchota-t-il d'un ton empreint de regrets en l'aidant à monter en voiture.

Samantha avait pris place à côté du blessé. Elle croisa le regard inquiet de son amie et esquissa un haussement d'épaules résigné. Les jambes d'Adriana ne la soutenaient plus, et elle se laissa tomber sur la banquette rembourrée, face à Colton. Une main glacée lui broya le cœur lorsqu'elle vit le visage blême de l'homme qu'elle aimait passionnément. Il était affalé dans un coin, un bras posé sur l'accoudoir, la main sur son estomac, comme s'il s'efforçait de maîtriser sa douleur. Pâle, défait, il avait du mal à articuler.

— Excusez... mesdames... mon état lamentable, souffla-t-il d'une voix râpeuse à travers ses lèvres sèches. J'ai commencé le voyage en excellente forme, mais je suis tombé sur une bande de mécréants qui voulaient à tout prix me tuer...

Adriana plaqua la paume sur sa bouche pour étouffer un gémissement d'angoisse.

— Oh! Colton, soupira Samantha, pourquoi n'es-tu pas retourné au manoir? Notre médecin aurait soigné ta blessure, et tu te serais vite rétabl...

— Il fallait que je voie Adriana. Il fallait que je lui dise... que je l'aime... que je veux l'épouser... coupa-t-il en lançant un regard flou vers la porte d'où Riordan écoutait leur conversation... J'étais terrifié à l'idée de la perdre... qu'elle choisisse quelqu'un d'autre... Il fallait que je lui déclare mon amour... à temps...

Adriana essuya ses larmes. Si Colton mourait, ni sa famille ni elle ne surmonteraient un deuil aussi affreux. Non seulement elle l'aimait à la folie, mais elle ne se pardonnerait jamais d'avoir hâté sa mort. Sans leur rupture, il aurait rebroussé chemin, et à ce moment même, il serait hors de danger. Ce remords la hanterait jusqu'à la fin de ses jours.

— Nous allons vite vous emmener chez tante Tilly et trouver un chirurgien qui s'occupera de vous.

Il esquissa un faible sourire. Dans la clarté des réverbères, ses yeux couleur de brume la scrutèrent un bref instant.

— Pas avant que vous ne m'ayez promis de m'épouser, Adriana. Ce soir, ce serait bien, tout de suite même.

— Mais vous mourrez si vous ne vous faites pas soigner ! protesta-t-elle, refoulant ses sanglots.

— Je préfère mourir que vivre sans vous, murmura-t-il en lui tendant la main.

Elle étendit le bras, sentit les doigts de Colton se refermer sur les siens.

— Adriana, voulez-vous devenir ma femme ?

Elle hocha vigoureusement la tête.

— Oui, oh oui !

Le blessé tourna les yeux vers Riordan en souriant, malgré la douleur atroce qui lui déchirait le dos.

— Si je ne survis pas, monsieur, je souhaite que vous preniez ma place. Adriana n'aurait pas choisi meilleur mari que vous... à part moi, bien sûr.

En dépit de la gravité de la situation, un sourire étira les lèvres de Riordan, qui inclina la tête, saluant l'humour de son adversaire.

— Si vous n'étiez pas promis l'un à l'autre, monsieur, j'aurais remué ciel et terre pour vous enlever Adriana. Mais en dépit de mon profond désir de la prendre pour épouse, je ne voudrais pour rien au monde que mon vœu le plus cher soit exaucé à cause de votre mort. Maintenant, revenons à des considérations plus pratiques. Permettez-moi de vous accompagner. Percy et moi arriverons sûrement à vous coucher sur un lit... Ces dames, qui, je n'en doute pas, sont pleines de ressources, n'ont pas la force physique d'accomplir un tel exploit.

— J'accepte votre offre généreuse, murmura Colton. Je n'ai pas assez de force pour tenir sur mes jambes... ou pour me dévêtir s'il en était besoin.

Sentant une présence, Riordan se retourna. Sir Guy se tenait à son côté. Lui aussi paraissait bouleversé.

— Allez prévenir les parents de lady Adriana qu'elle retourne à l'hôtel particulier de sa tante, mon ami.

— Comptez sur moi, répondit Guy, sincèrement ému. (Puis il se pencha vers la portière ouverte :) Je vous souhaite un prompt rétablissement, monsieur le marquis. Il serait désolant qu'un héros de notre nation meure des suites d'une attaque de ses propres compatriotes. J'espère que vous vivrez une vie longue et heureuse. D'ailleurs, laissez-moi vous rendre service. Par le plus grand des hasards, l'archevêque est à Bath, et il se trouve que mon père l'a invité ce soir à Crescent… Il ne refusera pas de délivrer une licence de mariage pour l'un de nos plus brillants officiers… Et avec sa signature sur ce document, personne ne pourra contester votre union.

— Merci, sir Guy, fit Colton, plein de gratitude. Je serai très honoré si Sa Grâce accepte de valider notre mariage.

Le jeune chevalier tourna les talons, mais à peine s'était-il éloigné de quelques pas qu'il tomba sur Roger Elston.

Celui-ci jeta un coup d'œil sardonique vers le carrosse.

— Que se passe-t-il ? s'enquit-il, portant d'un geste maniéré son mouchoir à sa narine gauche.

Une colère irrationnelle embrasa Guy. Peut-être à cause du rictus ironique, il n'aurait pas su le dire. De toute façon, il n'avait jamais apprécié le fils du fabricant de laine, pas plus que son arrogance.

— Rien qui ne soit déjà arrangé, répondit-il, puisque lady Adriana vient de donner son consentement à lord Colton. En fait, j'allais de ce pas demander à mon père de célébrer leur mariage ce soir, après que l'archevêque aura délivré une autorisation spéciale, bien sûr.

Roger laissa échapper un ricanement.

— Vous allez rendre service à ce crétin, alors que vous voudriez la dame pour vous-même ?

— Contrairement à certains, mon cher, je ne suis pas mauvais perdant. Et compte tenu des actes héroïques de Sa Seigneurie pendant la guerre, j'estime qu'il mérite amplement une victoire supplémentaire. On ne peut pas en dire autant de ces poltrons qui refusent d'aller au front en invoquant des maladies imaginaires.

— Pauvre imbécile ! Croyez-vous vraiment que la participation de Wyndham à quelques escarmouches le rend supérieur aux autres ?

— Plus de cent batailles, mon vieux ! riposta Guy avec un rire méprisant. De toute façon, le problème est réglé, puisque lady Adriana vient d'accepter sa demande en mariage.

Il tapota de l'index la poitrine de Roger, lui portant le coup de grâce.

— Ce qui ne te laisse pas une chance sur un million, espèce de bouffon !

Roger fit mine de reculer, mais Guy, avec l'habileté d'un champion du fleuret, leva la main et le heurta violemment au menton. Puis il pivota sur ses talons et se mit à courir vers Lansdown Crescent, pressé d'accomplir sa mission. Fou de rage, Roger lâcha un chapelet d'injures que le jeune chevalier ignora royalement.

Entre-temps, Percy avait donné à Bentley l'ordre de les conduire à l'hôtel particulier de lady Mathilda, et le cocher, accablé, avait regagné son siège. Adriana avait voulu se déplacer pour faire de la place à Perceval et à Riordan, mais Colton l'avait attirée sur sa banquette, entre Samantha et lui. Il lui serrait toujours la main ; elle caressa amoureusement son bras musclé, posa la tête sur sa large épaule, tandis qu'il fermait les yeux. L'instant suivant, le cœur d'Adriana s'emballa : la main qui étreignait la sienne était retombée, inerte.

— Non, s'il vous plaît, non ! s'écria-t-elle.

Terrifiée, elle tâta frénétiquement le cou de l'homme à la recherche du pouls, mais elle ne perçut aucun battement. Malgré les sanglots qui la suffoquaient, elle recommença à palper, et lorsque, peu après, elle sentit sous la pulpe de ses doigts une pulsation régulière, un immense soulagement la submergea. Elle se laissa retomber sur la banquette, molle comme une poupée de chiffon, sous les regards anxieux de ses compagnons.

— Ça va. Le pouls est bon. Il s'est simplement évanoui.

La main sur la bouche, Samantha fondit en larmes.

— Ma chère amie, je t'ai fait peur. Pardonne-moi, la supplia Adriana, en pleurs elle aussi.

Les mains des deux femmes s'étreignirent comme pour unir leurs forces, et tandis que le carrosse fonçait à travers les rues, elles se mirent à prier pour le blessé, tempe contre tempe. Comme toujours, leurs cœurs battaient à l'unisson.

16

Sitôt que le landau s'immobilisa devant l'hôtel particulier de lady Mathilda, Riordan sauta à terre, entraînant Adriana dans son sillage. Elle courut, le souffle court, vers la porte dont elle cogna le lourd marteau de bronze poli.

Peu après, des pas en provenance de l'intérieur brisèrent le silence... Le battant à caissons s'ouvrit sur le majordome de Tilly, un homme énergique d'une trentaine d'années; il commença par saluer cordialement Adriana, puis, ayant avisé le cortège sur ses talons, il ouvrit la porte en grand, s'effaçant pour laisser passer les deux gaillards qui transportaient un troisième homme, visiblement inconscient.

— Hodges, vite, un médecin! dit Adriana, tandis que Riordan et Perceval traversaient le hall avec leur fardeau. Lord Randwulf est blessé.

— Lady Mathilda tient le Dr Croft en haute estime, Madame. Je vais envoyer mon fils le chercher.

Aussitôt, le majordome fit signe à un garçon d'une douzaine d'années qui l'avait suivi dans le vestibule.

— Caleb, tu es notre meilleur cavalier. Cours chez le docteur et ramène-le tout de suite.

— Oui, papa.

En soulevant sa jupe, Adriana dépassa en courant Riordan et Percy pour les guider, et gravit à toute vitesse les marches de l'escalier. Arrivée à l'étage, elle se dirigea vers sa chambre, la plus petite de la maison – sa tante occupait la plus grande pièce et avait attribué à Gyles et à Christina la chambre d'amis la plus spacieuse.

Elle poussa la porte et retira rapidement la courtepointe. Riordan et Percy entrèrent, puis Samantha et, peu après, le majordome.

— Hodges, apportez de vieux draps, afin que nous ne salissions pas la literie de ma tante.

Le majordome avait déjà donné des ordres : une servante pénétra dans la pièce, les bras chargés d'une pile de draps usés qu'elle déposa sur le lit, où les deux hommes couchèrent Colton, avant de commencer à dégrafer son manteau.

Tel le chef d'orchestre dirigeant ses musiciens, Hodges leva les bras dans un geste hiératique.

— Lady Adriana, cette tâche ne convient pas à une jeune fille comme vous. Allez plutôt vous reposer dans le salon avec lady Burke et laissez faire les hommes. Dans le passé, votre tante a eu la gentillesse d'aider le Dr Croft à soigner des soldats qui revenaient du front. Elle a également offert mes services, et j'ai donc souvent eu l'occasion de seconder le docteur. Je sais parfaitement ce qu'il faut faire, et j'ai donné des instructions aux domestiques : faire bouillir les instruments de chirurgie, confectionner des pansements propres... Je suis sûr, Madame, que vous conviendrez avec moi que dévêtir Sa Seigneurie et nettoyer sa blessure ne sont pas de votre responsabilité et pourraient heurter votre sensibilité. Ayez confiance, nous ferons de notre mieux... Surtout le Dr Croft. Je l'ai déjà vu opérer des blessés beaucoup plus sérieusement atteints et obtenir d'excellents résultats... Que dis-je ! Des miracles ! Allez donc déguster un petit verre de porto avec lady Burke, en attendant que le docteur arrive. Il ne devrait plus tarder.

Comme Adriana hésitait, Samantha la prit par la main.

— Viens, ma chérie. Hodges a raison. Pense à tous les petits animaux que nous avons soignés durant notre enfance. Lorsqu'ils étaient vraiment mal en point, nous les confiions à nos pères, t'en souviens-tu?

Un flot de larmes brouilla la vue d'Adriana.

— Mais s'il se réveille… s'il demande à me voir…

Samantha lui caressa doucement la main avec une affection toute maternelle.

— Les hommes lui diront que tu attends en bas. Nous remonterons dès que nous aurons la permission du médecin.

Caleb revint moins d'un quart d'heure plus tard, accompagné d'un vieux monsieur. Celui-ci salua les dames en retirant son chapeau, après quoi il s'adressa au garçon.

— J'aurai besoin d'une bouteille d'alcool pour nettoyer la blessure et en administrer quelques gorgées au patient… Savez-vous s'il y en a dans cette maison, jeune homme?

— Mon père a tout ce qu'il faut en haut, Monsieur.

— Parfait. Alors soyez gentil de m'indiquer le chemin, dit Franklin Croft, faisant signe à Caleb de le précéder.

Machinalement, Adriana les suivit. Samantha la rattrapa au milieu des marches. Comme si elle se réveillait d'une profonde torpeur, la jeune femme tourna vers son amie son petit visage ravagé par l'angoisse. Samantha glissa son bras sous le sien, la ramenant tout doucement vers le hall.

— Nous devons prier, Adriana. Prier et faire confiance au chirurgien.

Près d'une heure et demie s'était écoulée quand Croft émergea de la chambre du malade, son manteau sur le bras. Tout en déroulant ses manches, il amorça la descente de l'escalier. Adriana courut vers lui et lui saisit les mains. Pas un mot ne franchit ses lèvres, mais ses yeux interrogateurs fixèrent la figure ridée du praticien.

Le vieil homme lui sourit.

— Vous devez être la jeune femme que Sa Seigneurie n'a pas cessé de réclamer depuis une demi-heure.

— Il est vivant? s'écria-t-elle avec une joie vibrante, tandis que Samantha accourait à son tour.

— Évidemment! fit Croft, qui n'avait jamais douté de ses capacités. J'ai toujours fait en sorte de ne pas perdre mes patients sans raison, et celui-ci n'est pas près de mourir. La preuve en est qu'il m'a insulté, ajouta-t-il, amusé... Il n'a pas apprécié que j'interdise à Hodges de lui obéir: figurez-vous que, sitôt qu'il a ouvert un œil, il lui a ordonné d'aller vous chercher. Mais ce rouspéteur est vivant, et même bien vivant si vous voulez mon avis.

Levant la main, le Dr Croft exhiba une balle de plomb qu'il fit rouler entre le pouce et l'index, tout en l'examinant à travers ses lunettes cerclées d'acier.

— Voici l'objet du délit. Je me suis dit que vous voudriez la montrer plus tard à vos petits-enfants, afin qu'ils sachent que leur grand-père n'a pas soufflé mot pendant que je la lui retirais... Ce qui n'a pas été le cas quand je lui ai signifié qu'il allait devoir attendre un peu avant de vous voir.

— Il s'est évanoui dans le carrosse, expliqua Adriana, encore sous le choc. Il a perdu beaucoup de sang.

— Moins qu'il n'y paraît, rassurez-vous. La douleur l'a ébranlé, mais il est résistant. Sa blessure n'est pas dangereuse. Grâce à Dieu, la balle n'a touché aucun organe vital, et j'ai pris toutes les précautions pour éviter une infection... Je lui ai administré une potion de ma composition qui l'a remis d'aplomb, mais j'avoue que le brandy a joué également son rôle.

Marquant une pause, il scruta Adriana, les sourcils levés.

— Il s'est mis dans la tête que vous alliez vous marier ce soir. Êtes-vous au courant?

— Sir Guy nous a promis d'envoyer son père, qui est pasteur, pour célébrer notre union, mais j'ignore s'il parlait sérieusement.

— En tout cas, le patient semble on ne peut plus sérieux, ma chère, et si vous voulez qu'il garde la chambre, vous devrez trouver un autre moyen pour l'y contraindre, si vous n'avez pas l'intention de l'épouser tout de s…

Le heurtoir de bronze qui s'abattit sur la porte d'entrée l'interrompit. Caleb jaillit des quartiers des domestiques et ouvrit. Un homme de haute taille, vêtu d'un costume noir orné d'un col rigide d'un blanc immaculé, apparut sur le seuil. Il ôta poliment son couvre-chef, dévoilant une chevelure grisonnante.

— Je suis le révérend William Dalton. Mon fils m'envoie avec une dispense spéciale que Mgr l'archevêque vient de délivrer. Je dois marier un couple précipitamment, paraît-il.

Ayant reconnu le médecin, il toussota, l'air gêné.

— Bonsoir, Franklin. J'espère que je n'arrive pas trop tard… Est-ce que l'enfant est né ?

En riant, le Dr Croft attira le prêtre dans le vestibule.

— Entrez, mon bon ami, et calmez-vous. Je ne suis pas venu assister une parturiente, mais soigner un homme blessé. Le couple désire se marier parce qu'ils ont été promis l'un à l'autre il y a seize ans, du moins c'est ce que Sa Seigneurie m'a raconté il y a un quart d'heure… Un souhait raisonnable, après tant d'années, n'est-ce pas ?

— Raisonnable, oui, répéta le révérend, dépassé. Il ne reste plus qu'à me montrer dans quelle pièce se déroulera la cérémonie. Ma femme m'a demandé de revenir au bal aussi vite que possible, car nous avons des invités, comprenez-vous ?

Le médecin esquissa un geste vers l'escalier.

— Je crains que vous ne soyez obligé de célébrer les noces à l'étage, William. J'ai interdit à mon patient de quitter son lit pendant quelques jours… peut-être même une semaine.

Puis il indiqua Adriana.

— Je suis à peu près convaincu qu'il se soumettra volontiers à mes consignes, à condition que cette jolie dame accepte de jouer les garde-malades… Bien que nous n'ayons pas été officiellement présentés, je ne crois pas me tromper en affirmant que lady Adriana est la promise de lord Colton.

Le pasteur se frotta pensivement le menton.

— Oui, mais puisque le jeune marié est momentanément immobilisé, pourquoi ne pas reporter ce mariage jusqu'à ce qu'il soit rétabli ?

Le Dr Croft éclata de rire.

— Mon cher, allez expliquer cela à Sa Seigneurie ! À votre place, je ne me risquerais pas à lui faire la morale. Lord Colton, je peux en témoigner, sort de ses gonds dès que l'on essaie de l'éloigner de sa fiancée. Il possède un vocabulaire très étendu en matière de jurons. Les Français ont dû lui enseigner ces expressions terriblement imagées lors des combats, car, franchement, je n'ai jamais entendu un gentilhomme anglais jurer de la sorte.

— Je vois, murmura le pasteur, de plus en plus inquiet. Allons-y, alors, puisqu'il n'y a rien d'autre à faire.

Lorsqu'ils entrèrent dans la pièce, Colton, à bout de patience, pestait comme un charretier… Le Dr Croft lui avait bandé le torse, puis l'avait recouvert d'un drap. Or, en cherchant une position plus confortable, Colton s'était emmêlé dans le drap, qui s'était enroulé entre ses cuisses, exposant son nombril et le sombre sillon de poils sur son ventre dur et plat. Quand il avisa l'accoutrement du futur marié, le révérend eut un haut-le-corps. Et quand l'homme à moitié nu tendit sa grande main brune vers la fiancée pour l'attirer vers le lit, le pasteur s'empourpra. Il toussota pour s'éclaircir la voix, puis se tourna vers Perceval.

— Excusez-moi... Pourriez-vous couvrir Sa Seigneurie pendant que ces dames sont dans la pièce ?

Un sourire en coin éclaira le visage de Percy.

— Pour quoi faire ? L'une est sa sœur, et l'autre sera son épouse dans cinq minutes.

— Il n'empêche ! déclara le prêtre sévèrement. Ce morceau de tissu constitue un costume affreusement inadéquat aux circonstances. « C'est un comble ! songea-t-il, ulcéré. Non seulement le marquis s'exhibe presque nu sans vergogne, mais les autres ne semblent pas s'en offusquer le moins du monde... »

Heureusement, Samantha jeta sur son frère une ample couverture brodée, mettant fin au supplice du bon prêtre. Colton ne s'en rendit même pas compte, car toute son attention était accaparée par sa fiancée.

— Et vos parents ? murmura-t-il, les yeux fixés sur le joli visage penché vers lui. Où sont-ils ?

— Avec ma tante Tilly et votre oncle Alistair. Ils devraient déjà être là, à moins que sir Guy ne leur ait pas précisé le motif de mon départ du bal.

— Ils vont être vraiment surpris quand ils arriveront, sourit Colton.

Ses yeux fiévreux, son haleine parfumée au brandy ranimèrent les inquiétudes de la jeune femme.

— Colton, êtes-vous suffisamment sobre pour savoir ce que vous faites ? s'enquit-elle à mi-voix. Je ne voudrais pas que vous disiez après que je vous ai dupé... Peut-être devrions-nous attendre que les vapeurs de l'alcool se soient dissipées avant de procéder au...

— Absolument pas ! Je ne veux pas attendre une minute de plus, déclara-t-il, jetant un coup d'œil à Riordan.

Son rival s'efforçait de faire bonne figure, mais la joie s'était définitivement éteinte dans ses prunelles sombres. Colton, qui avait failli perdre la femme qu'il aimait, compatissait silencieusement aux malheurs de son digne adversaire. Il reporta son regard pénétrant sur le pasteur.

— Révérend, voulez-vous célébrer le mariage ?

Adriana prit place à côté du lit, convaincue qu'elle œuvrait pour son futur bonheur. Elle prononça consciencieusement les vœux de mariage, les yeux humides. Sa main reposait, confiante, dans celle de l'homme auquel elle avait été promise dans son enfance, et bien que sir Sedgwick ne soit plus de ce monde, elle eut la certitude qu'il se réjouissait là-haut, dans le ciel… Sans lui, Riordan se trouverait à la place de Colton aujourd'hui. Elle aurait sans doute été heureuse avec le jeune homme, elle le savait, mais le destin en avait décidé autrement, car c'était Colton qu'elle aimait et qu'elle désirait épouser du fond du cœur.

Peu après, le révérend réclama l'anneau nuptial – un détail qui avait été oublié. Mais Colton n'était pas homme à se laisser dérouter par ce petit contretemps. Depuis près de vingt ans, il portait à son petit doigt une chevalière en or, gravée aux armes des Wyndham. Il la retira, et bien qu'elle soit trop large, il la glissa à l'annulaire de sa fiancée tout en répétant les mots du pasteur :

— Par cette bague, je t'épouse et te fais la promesse de te respecter, de te chérir et de te protéger jusqu'à ce que la mort nous sépare…

Quand la cérémonie s'acheva, Samantha avait les larmes aux yeux. Elle enlaça son amie d'enfance, et toutes deux pleurèrent d'émotion.

— Enfin, nous voilà vraiment sœurs, Adriana.

Toutes les personnes présentes congratulèrent chaleureusement les nouveaux mariés, puis le Dr Croft ajouta une ultime recommandation.

— Monsieur le marquis, je vous implore de ménager vos forces. J'ai appliqué sur votre blessure un emplâtre destiné à diminuer la douleur tout en prévenant les infections, mais vous devez vous montrer raisonnable. Il y a un temps pour tout. Je vous conjure d'attendre un peu avant de… vous connaître… euh… bibliquement, je veux dire…

Un gloussement amusé échappa à Perceval.

— Docteur, vous plaisantez ! Vous voulez que ce pauvre homme ignore sa ravissante épouse, alors qu'il peut enfin la mettre dans son lit ? Il faudrait qu'il soit un saint pour cela, et sans vouloir dénigrer mon beau-frère, ce n'est pas exactement son cas…

— Percy, comporte-toi correctement pour une fois ! le gronda Samantha, sans toutefois pouvoir réprimer un sourire. Tu m'embarrasses. Et tu embarrasses Adriana. Regarde-la, elle est toute rouge.

Perceval fit glisser la main de sa femme sous son bras.

— Je crois qu'elle n'a pas fini de rougir. Ses joues vont rester cramoisies au moins pendant un mois, mon amour. Autant qu'elle s'habitue à cette idée.

Adriana devint écarlate, tandis que Colton remerciait Percy d'un sourire de connivence. Il n'avait jamais été un saint en effet, et compte tenu de son attirance pour sa jeune épouse, il y avait peu de chances qu'il le devienne sur le tard. Il saisit délicatement la main d'Adriana, la força à se pencher vers lui et posa sur ses lèvres un long et doux baiser. Lorsque leurs bouches se séparèrent, Riordan n'était plus dans la pièce… Colton adressa un large sourire au médecin. La potion qu'il lui avait administrée avait effectivement soulagé sa douleur, mais elle n'avait pas éteint le désir ardent qui le consumait depuis des mois.

— J'essaierai de ne pas exagérer, comme vous me l'avez si bien conseillé, docteur Croft. Mais c'est tout ce que je peux vous promettre.

Le vieil homme hocha la tête, résigné. Rien ne servait d'argumenter avec Sa Seigneurie.

— Je vous conjure de faire attention. Vous êtes peut-être un héros de la guerre, mais aujourd'hui, vous êtes aussi fragile qu'un nourrisson. J'ai laissé à Hodges un peu de poudre et des instructions. Il préparera le mélange antiseptique et l'appliquera sur la plaie chaque fois qu'il la nettoiera, ou si la douleur devenait trop forte... Je viendrai vous voir demain et, si je juge que votre état a empiré, je serai contraint d'éloigner votre femme jusqu'à ce que la blessure soit cicatrisée.

— En ce cas, je suivrai scrupuleusement vos indications, monsieur, répondit Colton. Je détesterais la voir partir.

Finalement, le couple resta seul, mais Adriana, qui avait pris à cœur les conseils du docteur, proposa aussitôt une solution.

— Colton, je dormirai au rez-de-chaussée.

— Oh ! non ! fit-il en secouant la tête, avec un sourire resplendissant. Vous dormirez avec moi dans ce lit, madame, et si je ne trouve pas le moyen de vous faire l'amour convenablement sans m'ouvrir le dos, j'aurai au moins le bonheur de vous tenir dans mes bras... Ne vous avisez pas de vous déshabiller ailleurs ou d'enfiler une chemise de nuit. Je serais obligé de vous l'enlever, et cela pourrait réveiller ma douleur... Aussi je vous prie, ma chère femme, de prendre ma requête au sérieux. J'ai attendu trop longtemps pour revoir le spectacle que vous m'avez offert dans mon ancienne salle de bains, et j'ai hâte de serrer de plus près la vision divine qui, depuis, n'a cessé de hanter mon esprit... Ne serait-ce que pour m'assurer que ce n'était pas un rêve.

— Puisque tel est votre désir, monsieur... murmura-t-elle, avec un doux sourire.

Après en avoir été séparé, elle était si heureuse et soulagée d'avoir retrouvé Colton. Les yeux gris et brillants suivirent ses gestes, tandis qu'elle levait les mains vers sa nuque pour dégrafer son collier. N'y parvenant pas, elle s'agenouilla près du lit.

— Voulez-vous m'aider à retirer mon collier ?

Elle posa la joue sur le matelas pour lui faciliter la tâche, mais il lui prit le menton, l'obligeant à relever la tête.

— Laissez cela, mon ange, et embrassez-moi. Depuis le temps que j'évite de vous toucher, de peur de ne pas pouvoir m'arrêter, je n'ai qu'une hâte : vous couvrir de baisers tout entière, sans craindre de vous donner un enfant. Oh ! Adriana, je meurs d'envie de savourer vos lèvres si douces...

Au souvenir du baiser qu'ils avaient échangé le soir où Roger l'avait agressée, un frisson parcourut Adriana. Se redressant, elle se pencha vers lui. Le bras droit de Colton s'enroula autour de ses hanches... Elle se débarrassa de ses souliers, souleva sa jupe pour grimper sur le lit, offrant à son mari le charmant spectacle de ses longues jambes gainées de soie noire. Des jarretières de dentelle noire maintenaient les bas sur ses cuisses, que Colton pouvait à présent admirer à loisir... Il avait mémorisé chaque détail de ce corps magnifique, mais ce qu'il entrevoyait maintenant était de loin le plus tentant.

— Votre mère ne vous a jamais dit qu'il ne faut pas lorgner les dames ? plaisanta-t-elle.

Il la fit asseoir sur le lit, passa lentement la main sur sa cuisse satinée, la pressant contre lui, la forçant à poser sa tête au creux de son épaule.

— Si, mais je ne peux pas m'en empêcher, gémit-il. Vous m'avez ensorcelé... Oh ! mon amour, je n'ai jamais contemplé une telle perfection.

Elle fit courir ses doigts sur le torse velouté de poils bruns.

— Croyez-moi, monsieur, vous êtes vous-même assez agréable à regarder.

Ses yeux brillaient comme des miroirs sombres, tandis qu'elle plongeait son regard dans celui de l'homme dont elle rêvait depuis sa plus tendre enfance. Le visage de Colton se rapprocha lentement, et sa bouche s'empara de celle d'Adriana. Elle s'accrocha à lui, les lèvres entrouvertes. La langue de Colton se mit à explorer sa bouche, effectuant un va-et-vient langoureux qui évoquait quelque chose de plus érotique et cependant mystérieux.

Elle renversa la tête en arrière.

— Vos baisers me donnent le vertige. J'ai l'impression que mon cœur va s'envoler.

Quand la main de Colton lui effleura un sein, elle laissa échapper un petit cri de surprise. Les doigts firent rouler doucement la pointe rose, qui se durcit instantanément. Adriana tressaillit, en proie à une sensation aussi inattendue que délicieuse.

— Tu es belle, mon amour, murmura-t-il d'une voix rauque en lui baisant le cou... Belle, mais beaucoup trop habillée à mon goût.

— Mais pas vous ! le taquina-t-elle.

« Qu'il est beau ! » songea-t-elle, émue aux larmes. Instinctivement, elle lui baisa les épaules, puis le torse, entre les bandelettes du pansement, avec une passion et une douceur qui le laissèrent pantelant.

— Je vous aime, Colton Wyndham, chuchota-t-elle tout contre sa poitrine. Je n'ai jamais aimé que vous et je vous aimerai toujours. Vous étiez mon héros quand j'étais petite fille. Maintenant, vous êtes mon mari. Je veux faire partie de vous, vous connaître comme je n'ai jamais connu personne.

Il glissa les doigts derrière sa nuque, l'attira vers lui. Leurs lèvres s'unirent avidement, leurs langues s'entremêlèrent. L'odeur de brandy se mêla au parfum de rose. Fou de désir, Colton passa la main sous la robe de sa femme. Il remonta vers l'endroit où la jarretière laissait place à une peau douce et satinée, puis plus haut encore ; soudain, il la regarda d'un air à la fois enchanté et surpris.

— Mais... vous ne portez aucun sous-vêtement !

Les joues empourprées, elle s'excusa.

— Le fourreau est si étroit que le moindre dessous formait des plis. J'ai décidé de m'en passer. Évidemment, je n'imaginais pas qu'on le découvrirait... J'espère que vous n'allez pas me prendre pour une gourgandine.

— Loin de moi cette pensée, rit-il. J'approuve sans réserve votre décision, d'autant qu'elle me facilitera la tâche.

— C'est-à-dire ? s'enquit-elle naïvement.

— Avez-vous vraiment besoin de me le demander ? Vous dévêtir, d'abord, vous prendre ensuite. Plus vite nous entrerons dans le vif du sujet, et plus vite je serai pleinement heureux.

Ses doigts descendirent le long du dos de la jeune femme, leurs baisers se firent de plus en plus profonds, de plus en plus sauvages. Il s'attaqua aux lacets du corsage, et peu après, la soie glissa sur les épaules d'Adriana. Elle ne portait plus que sa chemise de satin blanc qui lui collait au corps, dévoilant, sous la dentelle, les aréoles rose pâle de ses seins.

— Vous a-t-on jamais dit que vous étiez superbe sans vos vêtements ?

— Seulement vous, monsieur.

— Croyez-moi, milady, depuis mon retour, je suis devenu votre plus fervent admirateur.

Il abaissa la chemise transparente. Adriana frissonna ; elle était nue jusqu'à la taille. Elle se tortilla pour aider Colton à faire glisser l'étoffe sur ses hanches, mais n'eut guère le temps de réfléchir, car il la souleva et la fit asseoir sur lui. Sa bouche happa tour à tour les pointes raidies de ses seins, faisant naître d'innombrables petits brasiers dans son corps. Fermant les yeux, savourant cet instant magique, il pressa son visage entre les dômes crémeux, se délectant de la douceur de sa peau et de son parfum capiteux. Adriana émit un soupir de plaisir.

— Je suis contente de ne pas avoir su plus tôt à quel point j'aime être nue dans vos bras, souffla-t-elle. Sinon, je n'aurais pas pu résister si longtemps.

— Le meilleur est à venir, ma belle, et le fait que vous soyez ma femme n'en est que plus excitant, murmura-t-il, laissant sa main errer sur le ventre doux et plat de sa compagne.

Ses doigts glissèrent plus bas, vers la toison brune, et quand ils trouvèrent ce qu'ils cherchaient, un spasme secoua Adriana. C'était une caresse étrange, délicieuse, grisante. Ses cuisses s'entrouvrirent, et malgré sa honte, elle se pressa contre les doigts qui la tourmentaient. Une langue de feu irradia ses reins, elle se sentit chavirer.

— Ce que vous me faites... est trop bon pour être honnête, chuchota-t-elle d'une voix tremblante. Si vous n'arrêtez pas, je vais mourir.

— Sûrement pas, mon ange. Un mari a le droit de partir à la découverte de tout ce que son épouse lui a caché jusqu'au mariage. Cela ne te plaît pas ?

— Si ! beaucoup, fit-elle, le souffle court.

Seuls ses bas et ses jarretières habillaient encore sa nudité. Elle voulut se rasseoir pour les retirer, mais la main de Colton se referma sur son poignet.

— Non, pas encore. Viens là !

Rejetant le drap, il l'invita à le regarder à son tour. Adriana déglutit péniblement. Elle l'avait pourtant déjà vu nu, mais cette fois-ci, elle eut l'impression qu'une vague menace émanait du membre viril érigé. Elle ébaucha un mouvement de recul, mais il la retint.

— Vois quel effet tu me fais, chuchota-t-il, hors d'haleine. Voilà pourquoi je me suis évertué, depuis le bal d'automne, à toujours sortir en compagnie de nos chaperons. Sinon, je t'aurais fait l'amour dans le landau...

Elle le dévisagea, étonnée.

— J'ai cru que vous vouliez que Samantha et Perceval soient là pour témoigner de votre comportement de gentilhomme, afin de pouvoir ensuite rompre nos fiançailles sans encourir de reproches.

— J'avais déjà du mal à ne pas te toucher quand les autres étaient là, alors sortir seul avec toi nous aurait conduit au désastre. Je voulais éviter de te mettre enceinte avant de te mener devant le prêtre.

La tête renversée, Adriana se mit à rire.

— Et moi qui croyais que tu ne voulais pas de moi.

Il lui prit la main, la guida vers son sexe dur et palpitant.

— La preuve de mon désir pour toi est là, Adriana. Je me suis battu contre ce vieux démon durant toute notre période d'essai. Et même maintenant, j'ai peine à me contenir après une si longue abstinence...

— Mais, Colton, ta blessure...

— N'y pense pas, ma chérie. J'aurais envie de te faire l'amour même si j'avais un pied dans la tombe.

Il la fit s'allonger sur lui, mais elle protesta faiblement :

— Tu devrais suivre les conseils du médecin.

— Mais je les suis ! Tu n'as qu'à t'occuper de moi...

En souriant, elle dessina du bout du doigt le contour de sa hanche robuste.

— D'accord... Mais il faudra m'expliquer comment.

Il allongea la main, tira sur un bas et le jeta sur le tapis.

— Je t'expliquerai, mon amour... quand tu seras prête.

— Veux-tu que j'enlève mon autre bas ?

— Mmm, fit-il, en dégrafant son collier. Enlève aussi tes boucles. Je meurs d'envie d'embrasser les lobes de tes oreilles.

— Tu as des mœurs bizarres, Colton.

— Tu auras tout le temps de les découvrir... À présent, passons aux choses sérieuses.

— C'est-à-dire ? s'enquit-elle tout en ôtant son second bas et en le laissant tomber sur le tapis.

— Traverser le dernier pont avant de ne faire plus qu'un, ma douce.

Pendant un temps infini, Adriana resta allongée, immobile. Les caresses de Colton se faisaient de plus en plus précises, de plus en plus impudiques et intimes. De la langue, il dessina un savant motif sur son bas-ventre, et instinctivement, elle se cambra, ondula, aspirant à quelque chose qu'elle ne parvenait pas à définir. Lorsque, de nouveau, il se mit à sucer les pointes de ses seins, elle crut défaillir. Guidée par son propre désir, elle posa les doigts sur le sexe tendu de son époux, qui frémit.

— Colton... je t'en prie... je n'en peux plus... n'attends pas plus longtemps pour faire de moi ta femme.

— Oui, mon amour. À présent, tu es prête pour moi.

Sa chaleur, son impatience, le feu dans ses prunelles lui indiquaient qu'elle aussi avait atteint le point de non-retour. Colton roula sur le dos, la fit pivoter sur lui. Son regard brillant croisa celui, interrogateur, de la jeune femme.

Il lui sourit.

— Je me suis laissé dire que tu chevauchais Ulysse à cru... Oserais-tu essayer avec moi ? Attention... au début, tu auras mal.

— Je ne peux rien te refuser... Je ne me suis jamais sentie aussi... aussi dépravée...

— Faire l'amour n'a rien de honteux, surtout quand les amants sont mari et femme. C'est un désir légitime, ma douce chérie, et maintenant, je te veux plus que tout au monde.

Sans cesser de le regarder dans les yeux, elle monta à califourchon sur lui. Il tendit les hanches vers la moiteur de sa féminité pour la pénétrer ; dans un mouvement inverse, Adriana s'abaissa sur lui. Tout à coup, il fut en elle. Émerveillés, ils poussèrent tous deux un gémissement. La douleur qu'elle éprouva se fondit peu à peu dans une indescriptible sensation de plénitude... Colton ferma les yeux. Il la tenait par la taille et la faisait aller et venir sur son sexe, heureux de se fondre en elle. Il aurait voulu se retenir, retarder le plaisir, mais sa jeune épouse continua sa chevauchée, et soudain, dans un éblouissement, une vague brûlante déferla sur eux, les propulsant aux cimes de la volupté. Ils crurent s'envoler jusqu'aux étoiles, puis atterrirent en douceur, comblés, rassasiés.

Plus tard, tandis qu'Adriana somnolait dans les bras de son époux, il lui chuchota au creux de l'oreille :

— As-tu encore mal ?

Sentant contre ses reins le membre viril à nouveau durci, elle éclata de rire.

— As-tu une bonne raison pour me le demander ?

Il lui mordilla le lobe de l'oreille, frôlant du bout des doigts les pointes de ses seins.

— Euh... oui. Tu vas encore me prendre pour un horrible libertin, mais j'ai de nouveau envie de toi.

— Mmm, fit-elle en souriant. C'est une excellente raison.

Elle laissa sa main errer sur le torse nu de son mari, puis plus bas. Il lui prit les lèvres. Une douce fièvre irradia le corps d'Adriana. Dans un mouvement souple, elle pivota sur lui, et peu après, ils ondoyaient au rythme lancinant de l'amour.

Il était une heure du matin à la pendule sur la cheminée quand les jeunes gens furent brusquement tirés de leur sommeil par la clarté aveuglante d'une lampe à huile qui se balançait au-dessus du lit et une sorte de rugissement enragé. Ils se redressèrent simultanément. Une fulgurante douleur transperça le dos de Colton, qui mit une main en visière devant ses yeux... Derrière la lampe, il aperçut le visage de Gyles Sutton. De sa vie, il ne l'avait vu aussi furieux.

— Je vous ai invité à Bath pour que vous déclariez votre flamme à ma fille, pas pour forniquer avec elle ! rugit-il. Maintenant, levez-vous, espèce de dévergondé, et préparez-vous à vous battre !

Adriana leva la main.

— Non, papa. Tout est en ordre…

Les yeux de Gyles flamboyèrent, son regard se posa sur sa fille. Celle-ci remonta le drap sur ses seins nus, mais trop tard. Le teint du comte avait viré au cramoisi, comme s'il allait succomber à une attaque d'apoplexie.

Lady Christina, immobilisée sur le seuil de la chambre, poussa un petit cri horrifié… Le spectacle de sa fille, nue dans les bras d'un libertin notoire, dépassait ses pires cauchemars. La honte la suffoqua. Et dire qu'elle s'était souvent demandé si Adriana pourrait s'intéresser un jour à un homme !

— Debout ! hurla Gyles d'une voix tonitruante.

Si les moulures n'avaient pas été solidement fixées au plafond, elles se seraient effritées, songea Colton, non sans appréhension. Le comte agita un poing rageur sous le nez de celui qu'il tenait pour un traître.

— Voilà comment vous récompensez mon amitié ! tonna-t-il. Serpent ! Voleur ! Vous avez dérobé la vertu de ma fille derrière mon dos… Je vais vous étriper, ma parole !

— Papa, nous sommes mariés ! cria Adriana.

La surprise fit reculer sir Gyles.

— Comment ?

— Le père de sir Guy nous a mariés ce soir. Nous avons obtenu une dispense spéciale signée par l'archevêque.

Gyles la dévisagea, bouche bée.

— Vous ne pouviez pas attendre de vous marier dans une église ?

— Le carrosse de Colton a été attaqué par des brigands. Il a été blessé dans le dos. Nous voulions rester ensemble et... voilà. Le révérend Dalton a célébré notre union. Samantha, Percy, lord Harcourt et le Dr Croft ont été nos témoins...

Interdit, Gyles ébaucha deux pas en arrière. Il passa la main sur son visage, comme s'il doutait encore de la vérité.

— Tu aurais dû te marier au grand jour, au milieu de ta famille ! grommela-t-il.

— Nous sommes tout autant mariés que si nous l'avions été dans une église. Le révérend a signé tous les documents. Ils sont parfaitement en ordre, je vous assure.

— C'est ma faute, intervint Colton, sachant qu'à la place de Gyles il aurait réagi tout aussi violemment. J'avais peur de perdre votre fille. Je ne voulais pas prendre ce risque. Je l'ai pratiquement forcée à m'épouser, monsieur.

— J'étais d'accord, cria Adriana, les yeux implorants. Moi non plus, je ne voulais plus attendre... J'aime Colton, et je souhaite partager sa vie jusqu'à la fin de mes jours.

Gyles s'éclaircit la gorge avant de se tourner vers son épouse, qui souriait d'aise à présent.

— Qu'en pensez-vous, ma chère ?

— Puisqu'ils sont légalement mariés, mon chéri, nous n'avons plus rien à dire... (Une lueur attendrie traversa ses yeux bleus.) Excepté « bonne nuit ».

Gêné au souvenir de la façon dont il avait insulté son nouveau gendre, Gyles soupira.

— Très bien... oui... souhaitons-leur bonne nuit... Maintenant que nous avons réveillé toute la maisonnée.

— Mais où étiez-vous ? demanda Adriana. Nous avons envoyé sir Guy pour vous avertir que je rentrais ici et que Colton avait été blessé. Pourquoi n'êtes-vous pas venu tout de suite ?

— J'ai cru comprendre que tu étais repartie avec Samantha et Percy... J'ai simplement supposé que la présence d'Elston au bal t'insupportait. Ensuite, Alistair s'est foulé la cheville, et nous avons dû l'emmener chez le médecin. Celui de Tilly n'étant pas chez lui – et pour cause –, il a fallu traverser toute la ville à la recherche d'un autre praticien…

Gyles marqua une pause en se frottant pensivement le menton.

— À posteriori, je me demande si Alistair n'a pas fait semblant de trébucher… après avoir discuté avec Guy… Ils avaient l'air de comploter quelque chose.

— Venez mon chéri, lui intima doucement Christina. Vous aurez le temps d'échafauder mille hypothèses concernant ce pauvre Alistair. Sa cheville paraissait enflée, et cela m'étonnerait qu'il se soit cassé la figure exprès, à seule fin de nous empêcher d'assister au mariage de son neveu avec notre fille. Maintenant, laissons-les dormir… Pauvres petits, vous leur avez fait une peur bleue.

Des rires fusèrent de la chambre nuptiale, sitôt que Gyles referma la porte.

— En fait, ils n'ont pas eu si peur que cela… murmura-t-il.

Christina glissa son bras sous le sien.

— Vous étiez si impétueux quand nous étions jeunes, vous rappelez-vous ? sourit-elle. Si mes souvenirs sont exacts, j'ai dû vous taper plus d'une fois sur les doigts avant notre mariage.

Gyles tapota de sa main libre les fesses de sa femme.

— Il faut dire, chère madame, que vous avez le plus joli postérieur que j'aie jamais vu.

Elle lui lança un regard en biais, découvrant sur son beau visage un sourire aussi lascif que familier.

— Vous avez intérêt à ce qu'il soit le seul que vous ayez vu, monsieur, sinon vous aurez affaire à moi. Je n'aime pas partager certaines choses, vous en particulier.

Un rai de soleil filtrait à travers le rideau de dentelle. Une douce lumière dorée baignait la chambre où les jeunes mariés dormaient, enlacés. Bientôt, le rayon traça une ligne éblouissante qui tira Colton de son sommeil de plomb. Il ouvrit les paupières. Sa blessure le faisait souffrir, mais il se sentait reposé, détendu. Ses activités nocturnes lui avaient redonné toute sa vigueur, et il songea, non sans ravissement, que sa jeune épouse l'avait comblé. Adriana avait révélé un tempérament passionné auquel il ne s'attendait pas et qui l'avait transporté de bonheur.

Il sourit en passant les doigts dans ses cheveux emmêlés, immensément reconnaissant d'être vivant... et marié. Les images magiques de la nuit lui revinrent à l'esprit, et son sourire s'élargit. Adriana avait répondu à sa passion avec une ardeur extraordinaire. Avec quelle simplicité elle avait sacrifié sa virginité à la fougue de son époux, comme si elle aussi n'attendait que l'instant où ils ne formeraient plus qu'un seul et même être! Il avait cru qu'il ne pourrait pas l'aimer davantage, mais ses sentiments dépassaient à présent tout ce qu'il avait pu imaginer jusqu'alors.

Il écarta doucement une longue mèche brune qui s'était collée à la joue de la jeune femme, y posa un baiser, tandis que ses doigts frôlaient, sous la couverture, la pointe d'un sein.

— Réveille-toi, petite marmotte, murmura-t-il.

En secouant la tête, elle se rapprocha de lui.

— Mmm, marmonna-t-elle. Ne peut-on pas rester ainsi pour toujours?

— J'ai besoin d'un bain, et tu es censée me le donner, insista-t-il. À moins que tu ne préfères désobéir au médecin.

— Je n'ai jamais donné un bain à un homme, fit-elle, enfouissant sa tête sous le drap. Je ne saurai pas par où commencer...

— Par où tu voudras, dit-il en lui mordillant le lobe de l'oreille.

Les longs cils frémirent, puis elle ouvrit les yeux, n'osant répondre, de crainte qu'il ne la prenne pour une débauchée.

Colton la regarda.

— J'ai une suggestion à te faire, si tu veux bien m'écouter.

— Je suis tout ouïe.

Il lui prit la main et la posa sur son sexe en érection.

— Commence par là... J'ai besoin d'affection.

— Avant ou après ton bain ?

— Avant... J'ai envie de toi.

— Tu es insatiable ! l'accusa-t-elle en riant.

— Seulement quand il s'agit de vous, madame, souffla-t-il.

Il l'embrassa sur la pommette, glissa la main derrière sa hanche.

— T'a-t-on déjà dit que tu avais des fesses ravissantes ?

— Non, jamais.

— Eh bien ! je te jure que tu as le plus joli postérieur dont un homme puisse rêver. Tu es si belle, Adriana... si chaude...

— Et toi, tu m'as l'air d'aimer les câlins.

Il souleva un sourcil.

— Est-ce un défaut ?

Se rapprochant davantage, elle écrasa ses seins contre la poitrine musclée.

— Oh, non... Au contraire.

— Tu ne m'as pas paru insensible aux délices conjugaux, n'est-ce pas ? murmura-t-il. Tu es faite pour l'amour.

Lorsqu'il la pénétra, Adriana retint un gémissement. Un instant plus tôt, elle ne pensait qu'à dormir. Maintenant, ses sens éveillés réclamaient impétueusement d'être assouvis.

Plus tard, un bain parfumé fut préparé dans une petite baignoire de cuivre dans un coin de la chambre.

Sous le regard admiratif de son mari, Adriana s'y plongea. Elle avait l'habitude de faire sa toilette seule. Au château de ses parents, Maud s'éloignait pour laisser sa maîtresse procéder tranquillement à ses ablutions. Aujourd'hui, Adriana découvrait un nouveau plaisir : se laver sous le regard d'un homme. Colton l'avait détaillée minutieusement avant qu'elle ne s'enfonce dans l'eau mousseuse parfumée à la rose. Elle lui avait intimé de fermer les yeux, mais il avait répondu par un sourire lascif.

— Jamais de la vie, ma beauté ! Rien ne doit être caché ou interdit entre époux. Tout est permis et tout est partagé. Ce que j'ai t'appartient... et réciproquement.

Elle inclina la tête, conquise par ce raisonnement. Se redressant dans la cuve, elle fit ruisseler l'eau d'un broc sur son corps nu, après quoi elle posa le pied sur la descente de lin que les servantes avaient déployée par terre. Elle se sécha, se parfuma, se pommada. Elle enfila une culotte de dentelle, des bas, une chemise dont elle ne boutonna pas le haut, sur les recommandations de son mari. Enfin, elle passa une robe de chambre légère.

Lorsque la baignoire fut emportée, les domestiques apportèrent deux cuvettes et des brocs d'eau pour la toilette du blessé... Sitôt que la porte se referma, Adriana s'empressa d'endosser son rôle d'infirmière. Elle commença par ordonner à Colton de rouler sur le côté, sur le vaste lit à colonnettes, et étala sous lui trois serviettes, afin de ne pas mouiller le matelas rembourré de plumes. Puis elle réunit le linge de bain destiné à le laver et à le sécher. Elle proposa à Colton de lui prêter l'une des chemises de nuit de son père, mais il secoua la tête.

— Je n'en ai plus porté depuis mon enfance, et ce n'est pas maintenant que je vais commencer. Je ne connais rien de plus assommant... et rien de plus délicieux que le contact de deux corps nus.

Adriana trempa un linge dans l'eau savonneuse et le passa sur les pectoraux de son patient.

— Je commence à me dire que nous allons passer pas mal de temps au lit, soupira-t-elle.

Il eut un sourire sensuel.

— Autant que tu sois prévenue, mon ange : je ne compte pas limiter nos ébats à un lit. D'autres lieux propices s'offrent aux amoureux, et j'ai hâte de te les faire visiter.

— Je me suis mal exprimée, alors, sourit-elle. Nous allons passer pas mal de temps à faire l'amour.

— Ma chérie, voilà une prédiction qui m'enchante.

Adriana ne tarda pas à réaliser que baigner son mari constituait une nouvelle expérience érotique tout aussi troublante. Colton en profitait pour la caresser, et lorsqu'il manifesta un regain d'excitation, elle étala un linge sur son bas-ventre.

— Crois-tu vraiment que ce tissu te sauvera, mon amour ? la taquina-t-il, les yeux pétillants de malice... Ou que mes parties génitales vont disparaître, peut-être ?

— Je ne veux pas être distraite dans mon travail, répondit-elle en s'efforçant d'adopter un ton sérieux. Tu ne peux pas exiger d'une jeune mariée qu'elle reste concentrée sur sa tâche quand elle a un tel objet devant les yeux. Vous êtes totalement impudique, mon cher monsieur.

— Les hommes n'ont pas la même notion de la pudeur que les femmes, très chère.

Tout en parlant, il glissa la main sous la robe de chambre d'Adriana pour lui caresser les hanches.

— Colton ! Si tu ne te tiens pas tranquille, nous serons encore ici ce soir !

— Tu dois encore me laver le bas, ne l'oublie pas.

— D'abord les pieds et les jambes ! déclara-t-elle d'un ton sans réplique.

— De quoi as-tu peur ? Que ces ablutions se prolongent ?

— Quelque chose comme cela.

Elle s'agenouilla, concentrée sur sa tâche. Elle lui lava les pieds, les chevilles et les mollets, puis les sécha à l'aide d'une serviette. Il avait de beaux pieds, des mollets durs comme l'acier et couverts d'un fin duvet, de longues cuisses musclées, merveilleusement fuselées. La cicatrice rougeâtre qu'elle avait déjà remarquée avait pris une teinte plus pâle. Avec le temps, il ne resterait sans doute qu'une fine ligne blanche.

Adriana retira le linge humide qui recouvrait le bas-ventre de Colton et s'appliqua à ne pas rougir. Il lui adressa un sourire encourageant.

— Ne sois pas embarrassée. Cette partie de mon corps t'appartient plus que toute autre. Après quelques mois de vie commune, ma nudité te paraîtra banale.

— Rien n'est banal chez toi, Colton, répondit-elle avec franchise. Tu es beau… Tu es le plus bel homme que j'aie jamais rencontré.

— Beau ? fit-il, le sourcil arqué. Curieux adjectif pour décrire un homme.

— Eh bien ! tant pis. Je te trouve beau. Depuis toujours.

Il lui prit les épaules dans un geste affectueux.

— Donne-moi un baiser, mon cœur. J'ai à nouveau faim de toi.

Elle lui lança un coup d'œil entendu.

— Je m'en étais aperçue, rit-elle.

Adriana laissa tomber la serviette de bain, se redressa et se pencha vers lui. Sentant ses doigts s'insinuer entre ses fesses, elle le fusilla d'un regard réprobateur.

— Colton Wyndham, tu es aussi impossible que lorsque tu étais enfant ! feignit-elle de gronder. Toujours prêt à imaginer les pires bêtises. Qu'est-ce que tu essaies de faire ?

— Explorer tes secrets, mon amour. De ma vie je ne me suis senti aussi heureux. J'adore être marié avec toi.

Elle lui sourit.

— Heureusement, mon cher mari. Car je compte rester ton épouse pendant très très longtemps.

Une servante avait escorté Philana Wyndham jusqu'à la porte de son fils. Elle lui avait expliqué que M. et Mme Standish étaient sortis en compagnie de la maîtresse de maison; ils s'étaient tous rendus à l'hôtel de lord Alistair, qui s'était foulé la cheville. Seule lady Adriana était restée au chevet de M. Wyndham.

Puisque Adriana était auprès du blessé, c'est que celui-ci était visible, aussi Philana entra-t-elle sans frapper. Elle poussa le battant de la porte sans réfléchir davantage et se figea sur le seuil, bouche bée. À travers les colonnettes torsadées du lit, elle venait de découvrir son fils pratiquement nu, un drap froissé enroulé autour des reins, qui tenait dans ses bras Adriana, à demi couchée sur lui. Leurs bouches étaient soudées dans un long et langoureux baiser. La marquise se sentit défaillir.

— Oh, mon Dieu ! J'aurais dû frapper ! s'écria-t-elle, portant la main à son cou, comme si elle suffoquait. Mais je ne m'attendais pas… oh, mon Dieu !

Adriana se releva brusquement et se tourna vers l'intruse qui la fixait, effarée. Pour Philana, Adriana était la vertu même. Elle n'avait jamais imaginé qu'elle pourrait la surprendre dans une posture aussi compromettante. La marquise regarda le corsage déboutonné, incrédule. Adriana, affreusement gênée, rabattit les pans de sa robe de chambre, puis remonta la couverture sur Colton.

— Je tombe mal, on dirait ! parvint à articuler Philana en détournant la tête. J'ai appris par Bentley que mon fils avait été blessé. J'ai accouru… Désolée. Je m'en vais immédiatement.

— Non, Mère, l'appela doucement Colton. La scène à laquelle vous avez assisté est parfaitement convenable.

Philana foudroya son fils d'un regard furieux.

— Convenable ? s'étrangla-t-elle. Depuis quand est-il convenable qu'un débauché ternisse la réputation d'une jeune fille que je prenais pour une lady ? Tu n'as donc aucun sens de l'honneur, mon fils ?

— Je pense qu'il n'est pas inconvenant qu'un mari embrasse sa femme, Mère. J'ai épousé Adriana hier soir.

— Épousé ? murmura Philana, la main sur son cœur. Tu veux dire que vous... est-ce bien vrai ?

— Oui, madame, intervint Adriana avec un sourire d'excuse. Colton refusait de se soigner tant que nous ne serions pas mariés.

Philana haussa ses minces sourcils.

— Je vois... Il a toujours été terriblement manipulateur avec les femmes. Son père a en vain essayé de le discipliner; quant à moi, j'ai fini par baisser les bras.

Elle sourit tendrement à Adriana.

— Peut-être réussirez-vous à le raisonner mieux que moi. En tout cas, je suis ravie d'accueillir une nouvelle fille au sein de ma famille... surtout celle que j'admire depuis tant d'années. Sedgwick aurait été si fier ! Il a toujours cru à ce mariage. À vous de découvrir maintenant s'il avait raison.

Elle ouvrit les bras, et Adriana s'y blottit. Des larmes de joie jaillirent des yeux de Philana, tandis qu'elle dévisageait sa ravissante belle-fille.

— Merci, ma chère enfant, d'avoir pardonné à mon fils. Vous m'avez rendue très heureuse aujourd'hui. Bentley m'avait rassurée sur la gravité de sa blessure, mais je n'ai pas pu m'empêcher de venir le voir. À présent que je le sais entre de bonnes mains, je peux enfin respirer. Que Dieu bénisse votre union et qu'Il vous donne beaucoup d'enfants.

17

— Où étais-tu passée ? hurla Jarvis Fairchild.

Felicity s'était glissée dans le vestibule de Stanover House sur la pointe des pieds. Elle s'arrêta net ; son cœur battait la chamade. L'aube venait de poindre, et dans les ombres pâlissantes, elle distingua la silhouette de son père, assis sur la banquette de velours. Son visage s'était transformé en un masque de pierre, ses yeux étaient cernés.

— Papa... murmura-t-elle, grimaçant un sourire. Tu ne dors pas ? Tu m'as fait peur.

Jarvis se redressa, traversa d'un pas pesant le vestibule. Arrivé à la hauteur de sa fille, il se pencha vers elle, jusqu'à ce que leurs nez se touchent presque. Dans la pénombre grise du matin, ses yeux étincelants trahissaient sa colère.

— Je t'ai posé une question et j'attends la réponse. Ta mère et moi n'avons pas fermé l'œil de la nuit. Quand j'ai vu que tu ne rentrais pas, je suis parti à cheval chez Elston. Un domestique m'a dit qu'il n'était pas rentré non plus... Je suis passé chez les deux demoiselles qui vous ont accompagnés à Bath... pour apprendre qu'après les avoir déposées Roger avait déclaré qu'il te raccompagnerait. Ta mère et moi avons passé une nuit blanche ! Nous avons envisagé le pire, y compris que tu avais été violée ou enlevée par Roger, ou un autre... Maintenant, te voilà qui rentres dans la maison de ton père comme une voleuse. J'exige une explication !

Felicity s'efforça de sourire. Elle avait mal partout et regrettait amèrement d'avoir commis cette folie, mais à présent, elle ne pouvait revenir en arrière.

— Papa, je sais que tu espérais que j'épouserais un aristocrate. Mais après avoir appris que lord Randwulf était fiancé à lady Adriana et que le vicomte était également amoureux d'elle, j'ai compris que j'avais peu de chances de contracter un tel mariage... Roger est devenu riche, papa... très riche et... euh... nous avons pris la liberté de nous marier. Ensuite, nous sommes allés dans une auberge.

— Pauvre idiote ! explosa Jarvis, les lèvres blanches. Où est-il donc, ce petit voyou ? Il mérite que je le châtre !

Il scruta l'obscurité derrière sa fille, s'attendant à distinguer son gendre dans l'ombre de la voûte.

— Il n'est pas là, papa. Il a pensé qu'il serait mieux que je t'annonce la nouvelle et que vous vous rencontriez... quand tu aurais retrouvé ton calme.

Felicity se tordit les doigts dans un geste de désespoir.

— Quant à le châtrer, poursuivit-elle laborieusement, ce ne serait d'aucune utilité. Nous avons déjà... euh... consommé notre mariage.

Jarvis se mit à arpenter le vestibule, les dents serrés, les poings crispés. Ses rêves étaient réduits à néant.

— Tu m'as trahi ! grogna-t-il en secouant sa tête ébouriffée. Pendant toutes ces années, j'ai tout fait pour que tu puisses t'élever au-dessus de ta condition. Jamais une fille de comptable n'a été aussi bien habillée ni autant couverte de cadeaux. Je t'ai traitée comme une princesse, mais tous ces sacrifices n'ont servi à rien. Tu m'as poignardé dans le dos, Felicity ! Te marier avec un vaurien sans éducation... quel désastre !

— Mais, papa, ils sont riches. Roger m'a promis de me couvrir de bijoux et de richesses... La fabrique lui reviendra dans peu de temps, il me l'a juré.

Mais les grandes promesses de son jeune époux ne pouvaient effacer sa honte, car sa nuit de noces avait tourné au cauchemar... Elle avait commis l'erreur de repousser doucement Roger, le suppliant de lui donner le temps de s'habituer à l'idée de lui appartenir, mais sa requête l'avait rendu furieux. Il s'était jeté sur elle, lui avait arraché ses vêtements, et, pendant qu'il la violait, sa main avait étouffé ses cris. Il l'avait prise avec une brutalité inouïe, et elle avait dû se soumettre, tandis que le sang de son innocence souillait les draps. La voix enragée de son père la tira de ses pénibles souvenirs.

— Et qui va payer les créanciers quand Edmund Elston mourra ?

Felicity le regarda, stupéfaite.

— Que... veux-tu dire ?

— Les filatures d'Edmund Elston ne valent pas tripette ! Edmund a perdu de grosses sommes au jeu, et il a jeté son argent par les fenêtres. Quand il rendra l'âme, il ne restera plus un sou dans les coffres de ton mari.

— Comment le sais-tu ?

— Quelqu'un qui est bien placé pour connaître les déboires économiques des Elston m'a rendu visite dernièrement. Il paraît que la filature sera vendue à un prix dérisoire. Il m'a demandé si j'étais intéressé, et j'ai répondu par l'affirmative. Si je possède ma propre affaire, je ne serai plus dépendant de ta mère et de ton grand-père.

— Admettons que ce soit une bonne occasion, où trouveras-tu les fonds ? Maman ne cesse de me répéter que je dois diminuer mes dépenses... Alors, permets-moi de m'étonner quand je t'entends dire que tu pourrais racheter la fabrique d'Elston.

Jarvis haussa le menton.

— Peu importe d'où viendra l'argent. J'en aurai suffisamment pour faire une offre.

— Peut-être que cette personne t'a raconté n'importe quoi, afin de gagner ta confiance. La fabrique de laine d'Edmund est au contraire devenue très productive depuis que Roger la dirige.

— Peut-être aussi qu'Edmund a mis une partie de sa fortune en lieu sûr et qu'il projette de s'envoler avec l'argent, laissant à son fils le soin de payer ses ouvriers, lui rétorqua Jarvis.

— Mais... le père de Roger est cloué au lit, papa.

Jarvis adopta une expression condescendante.

— Comme c'est commode ! ricana-t-il. Rien de plus facile que de simuler la maladie pour ne pas avoir à répondre aux questions embarrassantes de son fils... si jamais ce dernier découvre que son père a croqué leur prétendue fortune.

Jarvis se planta devant la fenêtre, contempla un long moment la ville, dont les toits et les clochers émergeaient peu à peu des ombres de la nuit.

— Tu ne t'es jamais demandé comment Edmund était devenu aussi riche ? demanda-t-il pensivement.

Felicity fronça les sourcils.

— Roger m'a dit que la seconde épouse de son père lui avait laissé tout ce qu'elle avait hérité de M. Winter quand elle est décédée.

— Décédée ? fit Jarvis avec un ricanement caustique. Morte assassinée, tu veux dire.

La jeune femme eut un mouvement de colère.

— Comment peux-tu porter de telles accusations ? Nous n'étions pas encore dans la région lorsque cette femme est décédée. Tu ne connais pas suffisamment M. Elston pour insinuer de telles horreurs à son sujet.

— J'ai connu sa première femme, la mère de Roger. C'était une amie de ma tante. Lorsqu'ils vivaient à Londres, Edmund les a abandonnés, elle et leur fils, et s'est mis à faire la noce avec des femmes de mauvaise vie... À l'époque où la première Mme Elston a été tuée, Edmund aidait l'un de ses amis à conduire des carrioles. Tante Clara a été témoin de l'accident : une carriole a écrasé la mère de Roger. Le conducteur avait le bas du visage masqué par une écharpe, mais ma tante aurait mis sa main au feu qu'il s'agissait d'Edmund... Avant d'avoir trouvé le courage d'aller raconter aux autorités les circonstances de l'accident et de leur confier ses soupçons, tante Clara a été tuée exactement de la même manière. Nous n'avons jamais osé en parler à qui que ce soit, de crainte de finir comme elle.

— Tu veux dire qu'Edmund Elston est un assassin ? interrogea Felicity, médusée.

— Si tu tiens à épargner nos vies, ma fille, ne répète cela à personne, pas même à Roger. Ton cher époux n'hésitera pas à te supprimer s'il pense que tu pourrais l'empêcher de profiter des richesses de son père... Il risque d'ailleurs d'être fort déçu quand il s'apercevra que ces richesses n'existent plus. Mais il le découvrira bien assez tôt... quand le vieil Edmund ne sera plus... ou qu'il se sera évanoui dans la nature.

— Pourquoi ne m'as-tu jamais raconté tout cela, papa ?

— Est-ce que je savais, moi, que tu épouserais cette fripouille ? Aux dernières nouvelles, tu t'étais attiré les bonnes grâces de lord Harcourt.

Felicity balaya d'un revers de la main cette histoire qu'elle avait entièrement inventée.

— Je me suis trompée.

— Où comptez-vous vivre, Roger et toi ? demanda Jarvis.

— Dans la maison de son père.

— Et si Edmund décide de se débarrasser de toi, comme de ses deux épouses ?

Un frisson parcourut la jeune femme.

— Je ferai attention.

— Tu auras intérêt à faire des économies, Felicity. Je ne pourrai pas subvenir à tes besoins.

— Je sais ! répondit-elle, d'une voix dure. Depuis que maman et grand-père t'ont retiré la direction de la fabrique, tu n'es plus en mesure d'aider qui que ce soit. Il paraît que tu avais licencié des ouvriers, sans rien dire à personne, et que tu empochais leurs gages.

— Qui t'a dit ça ?

— Un soir, je suis descendue chercher un livre, et je t'ai entendu te disputer avec maman. J'ai alors compris pourquoi tu dormais dans la bibliothèque depuis un certain temps.

— Ta mère se figure qu'elle est plus intelligente que moi.

Felicity lui lança un coup d'œil en biais.

— Je l'ai entendue te supplier de demander pardon à grand-père et de lui rendre l'argent que tu lui avais dérobé. Tu as refusé...

— Il est vieux et riche ! riposta Jarvis. Cela ne l'aurait pas ruiné de donner un peu de son argent à sa progéniture.

— Mais tu n'es pas sa progéniture. Maman est sa fille unique, et elle met un point d'honneur à lui rendre le moindre sou, après avoir payé Lucy et les autres domestiques. Quand j'étais petite, maman m'a inculqué ce que sont le bien et le mal. Je sais très bien ce qu'est un vol. Alors, tu as intérêt à faire amende honorable si tu ne veux pas te retrouver petit comptable à Londres... Inutile d'essayer de leur damer le pion, tu n'y arriveras pas. D'après ses amis, grand-père a une façon spéciale de rendre justice. Il appelle cela « dispenser un petit peu de sagesse à ceux qui en ont terriblement besoin ».

— Bah ! il est sénile et gâteux.

— Moins que nous le pensions, malheureusement. Je crois qu'il a toute sa tête, au contraire. Et si tu ne suis pas mes conseils, tu en paieras sûrement les conséquences. Tu es moins futé qu'eux.

— Oserais-tu me donner des leçons, ma fille ?

Felicity lui adressa un pâle sourire.

— Oh non ! Juste un avertissement. Ou, comme dirait grand-père, un petit peu de sagesse à quelqu'un qui en a terriblement besoin.

Sans attendre de réponse, elle pivota sur ses talons et ressortit de la maison. Maintenant que son père était au courant de son mariage, elle n'avait plus besoin de faire semblant. Au fond, elle s'était doutée que Jarvis l'attendrait, mais Roger avait sans cesse retardé leur départ de l'auberge. Son jeune mari semblait avoir des penchants sadiques et prendre du plaisir à forcer une femme. Après l'avoir violée, il avait refusé de quitter leur chambre jusqu'à ce qu'elle se soumette à nouveau à ses exigences brutales. Elle s'était exécutée, de crainte de devoir rester dans cette pièce jusqu'à la fin des temps. Et à présent, tandis qu'elle avançait dans le petit matin, elle se rendait compte qu'elle était à jamais enchaînée à un monstre, dissimulé sous l'apparence d'un joli garçon.

Felicity s'approcha du lit où Edmund Elston reposait depuis sa première attaque cérébrale. C'était la première fois, depuis son mariage, cinq semaines plus tôt, qu'elle avait l'occasion de visiter seule son beau-père. Il y avait toujours quelqu'un dans sa chambre – Roger ou le domestique qui avait été embauché pour s'occuper du malade. En le regardant, elle se demanda comment Jarvis avait pu en arriver à l'extravagante conclusion qu'Edmund pouvait abuser son fils. Avant son attaque d'apoplexie, elle ne l'avait aperçu qu'une fois, mais elle avait gardé le souvenir d'un homme robuste, assez beau, plutôt grossier et imbu de sa personne. Son habit voyant et vulgaire lui avait rappelé que sa mère l'avait souvent mise en garde contre les apparences, mais d'un autre côté, il lui avait semblé que ses vêtements reflétaient la véritable personnalité de cet homme.

Les différences entre sa première impression et ce qu'elle voyait maintenant étaient flagrantes. Edmund avait perdu ses cheveux, et sa peau était toute fripée. La couleur avait déserté ses joues creuses, et, sous ses paupières parcheminées, ses yeux étaient profondément enfoncés dans leurs orbites. Sa bouche entrouverte laissait entrevoir des dents gâtées. Un filet de bave séchée avait tracé un sillon luisant au coin de ses lèvres livides.

— Edmund… êtes-vous réveillé ? murmura-t-elle.

Elle ne savait à quoi elle devait s'attendre. Si les soupçons de son père étaient justifiés, elle mettait peut-être sa vie en danger. Mais la faiblesse du malade ne faisait aucun doute. S'il n'était pas déjà aux portes de l'au-delà, il ne tarderait pas à en franchir le seuil.

Un vague frémissement des cils lui assura qu'il avait entendu sa question, mais l'avait-il comprise ?

— Voulez-vous boire quelque chose ? Du cidre ? Un peu de thé ?

— De… l'eau… fit-il dans un râle.

Felicity prit la carafe que le domestique avait posée sur la table de nuit et versa de l'eau dans un verre.

— Attendez, je vais vous aider, dit-elle, glissant sa main derrière la nuque émaciée, afin de soulever la tête du malade.

Il avait une haleine pestilentielle, et elle détourna la tête, écœurée… Ces derniers temps, elle avait découvert qu'elle avait hérité d'une partie de la force de caractère de sa mère. Elle était une femme mariée maintenant, et depuis qu'elle endurait l'enfer conjugal, elle avait compris une chose importante : elle devait coûte que coûte assurer son avenir et celui de son enfant. Bien que Roger en soit le géniteur, elle considérait le petit être qui grandissait dans son ventre comme sa propriété exclusive. Ce bébé, elle le voulait... Pas son mari. Parfois, lorsqu'il la soumettait à ses appétits brutaux, elle se demandait s'il ne le faisait pas exprès pour provoquer une fausse couche. Si jamais il y parvenait, elle s'était promis de le quitter. Elle se réfugierait chez ses parents en attendant de s'en aller loin, se mettant ainsi à l'abri de la vindicte de Roger.

Edmund était dans un état bien plus grave et répugnant que son propre grand-père. Mais elle devait rester auprès de lui pour découvrir la vérité pendant qu'il était encore temps.

La gorgée d'eau parut revigorer le vieil homme. Il se laissa retomber sur les oreillers, fixant sur la jeune femme un œil étonné.

— Qui... es-tu ? Je... t'ai jamais... vue...

— Je suis Felicity, votre belle-fille. Et j'espère vous aider à vous sentir mieux.

L'ombre d'un sourire effleura les lèvres cendreuses d'Edmund.

— À coup sûr... tu n'es pas... Martha Grim...

— Non, monsieur. Je ne sais pas qui elle est.

— Tant mieux... Tu ne... serais pas... vraiment flattée.

— Qui est-ce ? Une fille que Roger devait épouser ?

— Il te... le dira... lui-même... En tout cas... tu es bougrement... plus jolie...

— Comment vous sentez-vous ? Voulez-vous quelque chose ? Un peu de nourriture ? Un verre de porto ?

— Non... J'ai trop... bu d'alcool... dans ma vie... Ça m'a rongé... les entrailles...

— Quelque chose à manger, alors ? Ou une tisane d'herbes médicinales ?

Edmund leva un doigt. Son ongle, bizarrement strié, attira l'attention de Felicity. La peau de la main, jaunâtre et sèche comme celle d'une momie, semblait être sur le point de se décomposer.

— Du porridge... ou du pudding... pour adoucir... cette douleur... qui me ravage... C'est si insupportable... que parfois... j'ai envie de... mourir...

Évitant soigneusement de le toucher, Felicity posa doucement ses doigts sur la manche qui recouvrait le bras du vieillard.

— Je vais dire à la cuisinière de vous préparer tout de suite du porridge et du pudding, déclara-t-elle. Puis-je faire autre chose ?

— Où est... Roger ?

Elle le scruta attentivement, à l'affût d'un signe d'inquiétude concernant les comptes de la fabrique, puis décida de le provoquer.

— Je crois qu'il étudie les registres. Il paraît que les comptes sont faux. Ne me demandez pas comment, je n'en sais rien. Je répète simplement ce qu'il m'a dit. D'après Roger, il y aurait plus de dépenses que de rentrées d'argent.

Edmund voulut se hisser sur les coudes, mais retomba lourdement sur le matelas. Il roula la tête sur l'oreiller, s'efforçant de respirer.

— Roger... ferait mieux de... diriger la fabrique... et de me laisser... les registres... ma petite.

— Mais, Edmund, vous êtes trop faible pour vous en occuper.

— Dis-lui... de laisser tomber... jusqu'à... ce que je sois... à nouveau sur pied...

Se penchant vers lui, Felicity lui adressa son plus beau sourire.

— Je le lui dirai, Edmund. Maintenant, reposez-vous. Ne vous inquiétez pas pour la comptabilité... Mais si vous savez quelque chose, dites-le à

Roger. Cela lui épargnera des heures et des heures de recherche.

— Dis-lui... de laisser tomber... petite... Il n'est pas... assez... fort en... calcul.

18

Colton Wyndham attira sa jeune épouse à l'intérieur de leur résidence londonienne, surplombant Hyde Park.

Aussitôt, Seward, un vieux valet qui avait été promu majordome bien avant que Sedgwick Wyndham ne fonde une famille, se porta à leur rencontre, les lèvres fendues d'un large sourire. Il ressemblait à un singe ratatiné. Petit, sec, nerveux et agile malgré son grand âge, il claqua des doigts, ce qui provoqua l'apparition d'une armada de domestiques – les uns en habit noir, les autres tout en blanc – qui s'alignèrent devant la nouvelle maîtresse de maison. De la cuisinière, reine incontestable des fourneaux, aux femmes de chambre en passant par les laquais, tous accueillirent d'un chaleureux sourire les jeunes mariés qui rentraient d'une lune de miel de deux mois. Quand la dernière petite servante lui eut été présentée, Adriana porta les mains à ses joues en feu. À force d'essayer de mémoriser les noms et les visages, la tête lui tournait.

— Lors de mes visites ici, je n'avais jamais remarqué qu'il y avait autant d'employés, s'exclama-t-elle en riant. Je serai incapable de me souvenir de vos noms, du moins au début, aussi je vous demande votre indulgence.

Colton lui entoura la taille de son bras, l'attirant près de lui dans un geste plein de tendresse.

— Indulgents, ils le seront, ma chérie. De toute façon, ils n'ont pas le choix. Je crains même qu'ils ne deviennent tes esclaves.

Des gloussements complices répondirent à cette déclaration. De tous les visiteurs de la demeure londonienne des Wyndham, lady Adriana avait toujours été la plus appréciée. Son charme, sa gentillesse avaient conquis tout le personnel, et à présent, tous se réjouissaient qu'elle soit la nouvelle maîtresse des lieux.

— Le dîner sera servi à l'heure habituelle, Milord, annonça Seward, souriant toujours béatement. Mais après votre long voyage, j'ai pensé que vous préféreriez être servis dans vos appartements. Vous avez sûrement besoin de vous détendre.

— Excellente initiative, Seward. En effet, nous sommes épuisés.

Pris d'une inspiration subite, il leva l'index.

— Après le dessert, j'aimerais prendre un bain chaud. Rien de tel pour soulager mes vieilles douleurs.

— Bien, Monsieur. Je veillerai également à ce que vous ne soyez pas dérangés après le repas, de sorte que vous puissiez profiter d'un peu de tranquillité.

— Merci, Seward.

Colton jeta un coup d'œil à Adriana.

— Veux-tu que nous montions ? Je tombe de fatigue, pas toi ?

Retenant un sourire, Adriana glissa la main sous le bras de son mari. Elle savait parfaitement ce qu'ils feraient dès que les serviteurs se retireraient. Durant leur voyage de noces, la jeune femme en était venue à penser que, même à moitié mort, son bel époux aurait toujours envie d'elle.

— Moi aussi, répondit-elle, j'aspire à un repos bien mérité.

Colton eut un sourire.

— J'étais sûr que tu serais d'accord.

Colton retira son dernier vêtement sous le regard brillant de son épouse. D'un geste de la main, il la pria de lui faire de la place dans la baignoire.

— J'aurais voulu prendre un bain toute seule, pour changer, le taquina-t-elle.

La peau rosie par la chaleur du feu de cheminée et de l'eau du bain, elle s'adossa à la grande cuve de cuivre et commença à se savonner lentement. Depuis qu'elle avait découvert son pouvoir érotique sur Colton, Adriana n'hésitait pas à en user. Elle laissa filtrer un regard coquin à travers ses longs cils et constata que, déjà, il était embrasé de désir.

— Depuis notre mariage, tu ne m'as pas laissée me baigner seule une seule fois, fit-elle mine de se plaindre.

— Fais-moi de la place, au lieu de discuter. Et de toute façon, que tu le veuilles ou non, j'arrive.

Feignant de se résigner à contrecœur, Adriana obtempéra.

— Je ne serai jamais propre si ça continue... Tu ne me laisses jamais finir de me laver...

— Quel don d'observation ! sourit-il. Il est vrai que tu éveilles en moi une passion insatiable...

Il se glissa dans la baignoire, derrière elle, se savonna les mains et commença à lui frictionner énergiquement le dos. Tête baissée, elle émit un soupir satisfait. Les mains de Colton se firent peu à peu plus câlines, se glissèrent sous les aisselles d'Adriana, vers ses seins. En redressant le buste, elle se cala contre la poitrine de Colton, entre ses jambes.

— Es-tu confortablement installé ? demanda-t-elle, jetant un coup d'œil taquin derrière son épaule.

— Pas tout à fait, souffla-t-il.

En tortillant des hanches, elle se repositionna. Comme toujours, un éclair de ravissement l'irradia tout entière quand elle sentit sous son sexe celui de son mari. Elle l'entendit déglutir, signe que ce contact ne le laissait pas indifférent. Elle tourna la tête vers lui, ses grands yeux sombres emplis d'une douce expectative.

— Ça va mieux ?

Il se pencha, lui mordilla le lobe de l'oreille.

— Vous en doutez, madame ?

Sentant ses doigts sur sa taille, elle sourit.

— Peut-être serions-nous mieux installés si tu n'avais pas été si excité *avant* d'entrer dans le bain.

Il promena ses lèvres sur la peau fine de son cou et de ses épaules.

— Si tu consentais à te tourner vers moi, nous serions en parfaite harmonie.

Elle ferma les yeux d'un air rêveur et renversa la tête, afin de mieux se délecter de ses baisers.

— Te connaissant, cet instant de suprême harmonie ne tardera pas à se produire.

— Et tu me connais bien.

— Oh non… Tu me surprendras toujours, murmura-t-elle.

En matière de sensualité, il n'avait pas fini de la surprendre, elle le savait. Colton se pencha davantage pour admirer les seins de sa femme, sur lesquels il pressa l'éponge gorgée d'eau chaude. Elle laissa échapper un soupir langoureux, tandis qu'il lui frottait doucement la poitrine.

— J'aime ça, murmura-t-elle, tremblante, arc-boutée contre le torse musclé.

Il lâcha l'éponge, s'empara de ses seins dont les pointes s'étaient durcies.

— Adriana, je te veux, chuchota-t-il. J'ai envie de toi à chaque instant, du matin au soir. Le désir me réveille, et quand je m'endors, c'est pour me souvenir de nos ébats. Même en dormant, je rêve que nous faisons l'amour, ma bien-aimée.

— Oui, je sais, soupira-t-elle.

Il pencha la tête, l'interrogeant du regard. Elle émit un gloussement amusé.

— Je ne saurais ignorer les manifestations de ton corps chaque fois que tu te blottis contre moi en dormant... J'adore me réveiller et te sentir prêt à m'aimer. Méfie-toi, un jour je pourrais abuser de toi dans ton sommeil.

Avec un doux rire, il pressa ses lèvres sur les cheveux parfumés d'Adriana.

— Je t'autorise à me réveiller en pleine nuit. J'ai toujours peur de ne pas te donner assez de plaisir.

— Oh ! Colton, tu me rends très heureuse. Depuis le début de notre mariage, je ne puis me rappeler un seul instant où tu n'as pas comblé tous mes désirs.

Un large sourire fendit les lèvres de Colton.

— Ah ! je savais que tu finirais par me complimenter sur mes talents amoureux.

— Voilà qui est fait, rit-elle en se frottant contre lui. Maintenant, finis ton bain et viens au lit avec moi.

— Pourquoi ne pas rester ici ? lui chuchota-t-il au creux de l'oreille.

Sa main glissa plus bas, vers la toison bouclée qui ombrait le bas-ventre de la jeune femme. Elle écarta les jambes. Colton la caressa là où sa féminité palpitait, chaude et moite, et peu après, haletante, elle se redressa sur les genoux. Puis, lentement, les yeux dilatés, elle se tourna pour lui faire face. S'agrippant aux larges épaules de Colton, elle se mit à ondoyer, se livrant à une sorte de danse voluptueuse et s'offrant sans honte à ses caresses. Elle eut l'impression que des myriades de petites bulles explosaient dans son corps, et lorsque, enfin, il guida son sexe vers les douces profondeurs du sien, elle s'ouvrit à lui, frissonnante. Adriana renversa la tête, les yeux clos. De longues mèches brillantes d'humidité s'échappèrent de la masse de sa chevelure, qu'elle avait relevée en couronne, mais elle continua à onduler, à ondoyer, jusqu'à ce que leurs corps s'enflamment à l'unisson. Leurs soupirs se muèrent en gémissements, en cris de plaisir, et soudain, ils eurent la sensation de s'envoler vers les étoiles, les galaxies, et plus loin encore, vers les confins de l'univers... Beaucoup plus tard, ils atterrirent, serrés l'un contre l'autre.

— Je t'aime, Adriana, plus que les mots ne peuvent le dire.

Ravie, elle laissa ses doigts parcourir la douce toison qui recouvrait la large poitrine de Colton.

— Quand as-tu découvert que tu m'aimais ? demanda-t-elle.

Il parut faire un effort de réflexion, les sourcils froncés.

— Si tu veux vraiment le savoir, répondit-il finalement, je crois que mon statut de célibataire a pris un sérieux coup... en même temps que mes parties génitales, la toute première fois que nous nous sommes revus au manoir.

Éclatant de rire, elle lui appliqua une pichenette sur le menton.

— Si cela peut te consoler, j'ai eu aussi mal que toi. Je n'ai pas pu m'asseoir convenablement pendant une semaine.

Il pencha la tête de côté.

— Vraiment ? Pourtant, tu avais l'air parfaitement à l'aise, assise dans mon bain le soir même.

C'était devenu un sujet de plaisanterie, mais, comme chaque fois qu'ils l'évoquaient, elle simula l'indignation.

— C'était une honte de me regarder dormir.

— Je n'ai pas pu m'en empêcher. J'étais assailli par le démon de la luxure... comme tu as pu le constater.

Adriana esquissa un sourire enjôleur.

— Ce fut un peu choquant, mais je m'y suis habituée.

— Tant mieux, parce que...

À nouveau, le désir faisait étinceler ses yeux gris.

— Libertin ! l'accusa-t-elle avec un sourire.

— Libertin ? fit-il mine de s'offusquer. Tu vas voir.

Elle poussa un glapissement, bondit sur ses pieds et enjamba le rebord de la baignoire. Ses seins dansaient, tandis qu'elle s'éloignait à reculons, en riant aux éclats. Colton se redressa à son tour et sortit de la cuve, ruisselant. L'espace d'un instant, ils se firent face. Adriana le scrutait intensément, essayant de deviner dans quelle direction il partirait. Il feignit d'aller à gauche... et l'attrapa au moment où elle s'élançait à droite. Il la souleva dans ses bras et fit semblant de lui dévorer le cou en grognant comme un ogre.

— Colton, reste tranquille ! intima-t-elle d'une voix qui exprimait à la fois l'enchantement, le badinage et le reproche. Les domestiques vont nous entendre.

— Ils ne sont pas censés écouter aux portes... Je leur en toucherai deux mots demain.

Adriana changea de tactique. Elle cessa de gigoter et passa les bras autour du cou de son époux, avec une soumission feinte. Il la souleva davantage pour lui embrasser goulûment la pointe d'un sein.

— T'ai-je déjà dit, mon chéri, que je t'adore ? demandat-elle d'une voix enrouée.

— Je me souviens que tu m'as dit quelque chose comme cela, hier soir, avant de t'endormir, et avant-hier aussi, et avant-avant-hier encore, murmura-t-il en se penchant vers ses lèvres entrouvertes. Peu m'importe combien de fois tu me le dis, je ne m'en lasse pas.

— Je n'avais pas imaginé que nous serions aussi heureux ensemble. Je prie pour que rien ne vienne perturber notre bonheur.

Le retour du couple au manoir de Randwulf fut d'abord signalé par le gardien. Le vieil homme, agenouillé près d'un parterre de fleurs, avait avisé la nouvelle calèche de Sa Seigneurie qui avait débouché dans l'allée. Il s'était relevé et avait couru prévenir son vieil ami Harrison... qui s'était précipité à son tour au salon où lady Philana prenait le thé. Depuis que son fils était marié et profondément amoureux de l'épouse choisie par son père, la marquise se sentait détendue. Tous les après-midi, à l'heure du thé, elle contemplait le portrait de son défunt mari en se remémorant les jours heureux de leur mariage.

Nul n'avait songé à informer Alice Cobble du retour des jeunes mariés. Mais quand la nourrice entendit le brouhaha qui régnait parmi les domestiques, elle prit le bébé sous son bras et se rua vers le hall au moment où Colton et Adriana y pénétraient.

À la vue de la souillon qui se tenait au milieu de la large galerie voûtée, le sourire d'Adriana s'effaça. La nourrice trimballait le bébé comme un sac de farine. Tout en elle dénotait la négligence. La robe de la petite fille avait beau être en dentelle, elle était sale, mal repassée. Alice leva des deux mains son petit fardeau et, l'espace d'un instant, Adriana aperçut les grands yeux hagards de l'enfant, ses joues crasseuses, son nez qui coulait. Un frisson glacial la parcourut et, prise de nausée, elle porta la main à sa bouche. Un petit gémissement lui échappa, puis elle essaya de raffermir ses pas.

L'expression bouleversée de son épouse n'échappa pas à Colton, qui la sentit frissonner. Il jeta alors un regard alentour et, remarquant Alice Cobble, étouffa un juron. La nourrice était non seulement présente, contrairement à ses ordres, mais elle était aussi débraillée que lorsqu'il l'avait amenée de Londres. Quant à sa petite fille, elle était en piteux état.

Irrité, Colton se tourna vers Harrison.

— Pourquoi cette femme est-elle encore là ? Et le bébé ? Pourquoi est-il aussi mal en point ?

— Monsieur le marquis, nous n'avons pas trouvé d'autre nourrice, confia le majordome à mi-voix.

Nous avons passé la région au peigne fin, sans résultat... Chaque jour qui passe, Alice devient plus insupportable. Elle sait qu'on ne peut pas la renvoyer à cause de l'enfant... À la moindre remarque, elle menace de s'en aller. Votre mère n'ose plus se plaindre. Faute de remplaçante, nous n'avons pas pu la renvoyer, comme vous l'aviez souhaité.

— Dites-lui de disparaître de ma vue ! grommela Colton, les dents serrées. Elle indispose ma femme.

Alice fit un pas en avant, exhibant ses chicots dans un sourire provocant, comme pour confirmer son pouvoir sur la maisonnée.

— B'soir, milord ! dit-elle d'une voix stridente qui fit sursauter le bébé. Contente de vous revoir. Je me disais que vous ne finiriez jamais de faire des galipettes avec vot'nouvelle dame. V'là trois mois que vous êtes partis tous les deux.

Son regard se tourna vers Adriana, et ses grosses lèvres se retroussèrent dans un rictus de bienvenue.

— Milady...

— Remontez tout de suite à la nursery ! lui intima Harrison, la main tendue vers les marches. Votre présence ici est indésirable.

— Ah bon ? J'ai pensé que Sa Seigneurie voudrait embrasser sa gosse, après une si longue absence. Regardez, milord, comme la petite a grandi.

Le majordome saisit son coude et, bien qu'elle soit plus massive que lui, la fit pivoter vers l'escalier.

— Allez-vous-en, vous dis-je.

Alice jeta un coup d'œil au marquis, par-dessus son épaule.

— Vous viendrez la voir tantôt, m'sieur le marquis ? Elle est un peu maigrichonne, mais plutôt jolie, pas vrai ? Vot'dame voudra peut-être venir avec vous.

— Assez ! grommela Harrison en la secouant. Fermez-la, maintenant.

Alice poussa un cri rauque.

— Bas les pattes, espèce de corbeau ! Lâche-moi, sinon je te mords, ma parole !

Elle retroussa les babines, et le brave Harrison recula, comme s'il risquait d'attraper une maladie si elle mettait ses menaces à exécution.

Lorsque, enfin, la nourrice eut disparu, lady Philana prit une profonde inspiration et se tourna vers sa belle-fille.

— Excusez-nous, ma chère enfant. Depuis que cette femme est ici, personne ne peut la contrôler. J'ose espérer que vous parviendrez à la supporter mieux que moi… Elle se croit indispensable, ce qui pour le moment est vrai, et n'en fait qu'à sa tête.

Luttant contre son écœurement, Adriana traversa la galerie, les bras tendus, et embrassa sa belle-mère.

— Nous ne permettrons pas à Alice de nous rendre la vie impossible, lady Philana… Je trouverai une nouvelle nourrice, dussé-je aller jusqu'à Londres.

— Maud est ici, ma chère, l'informa sa belle-mère, dans l'espoir de la dérider. Elle est arrivée en chaise de poste il y a une heure pour m'annoncer que vous étiez sur le chemin du retour. Il faut croire que son cocher a mis moins de temps que le vôtre.

— Nous avons déjeuné dans une auberge. J'étais affamée, et j'ai mangé de si bel appétit que votre fils m'a fait remarquer que j'allais devenir grosse.

Elle s'efforça de rire, tout en se demandant si, après sa rencontre avec la dénommée Alice, elle parviendrait à retenir son déjeuner. Philana rit également, tentant de faire oublier à Adriana sa mauvaise première impression.

— Le pauvre Bentley a été déçu que Colton le laisse à la maison, sous prétexte que je pouvais avoir besoin de lui, et qu'il ait choisi Jason à sa place… Maud, en revanche, était ravie de vous accompagner. Elle est dans votre chambre, en train de défaire vos malles.

Adriana posa la main sur le bras frêle de Philana.

— Je ne me sens pas très bien, avoua-t-elle. Je voudrais me reposer un peu.

— C'est tout à fait compréhensible, ma chère. Alice donnerait des sueurs froides à tout le monde. J'en ai fait la pénible expérience moi-même. Combien de fois ne me suis-je pas retirée dans mes appartements pour soigner ma migraine !

— J'irai voir l'enfant dès que je me sentirai mieux, la rassura Adriana. Entre-temps, je suggère que vous envoyiez quelqu'un à Bath, chez ma tante, avec un mot lui expliquant la situation. Je ne doute pas que tante Tilly nous trouvera le plus vite possible une autre nourrice. Ses nombreuses relations connaissent sûrement quelqu'un.

— Je confierai cette mission à Alistair, déclara Philana, amusée. Il ne rate pas une occasion de rendre visite à Tilly.

Adriana lui serra la main.

— Espérons qu'Alice sera partie avant la fin de la semaine, voire avant.

Philana n'osait y croire. C'était une chrétienne fervente, toujours prête à la compassion, mais supporter cette souillon mal embouchée était au-dessus de ses forces.

— Oh ! elle ne s'en ira pas sans faire d'histoires, murmura-t-elle. Elle est si brutale, si vulgaire que je crains le pire !

— Nous mettrons fin à cette pénible situation, affirma Adriana… Au fait, comment s'appelle l'enfant ?

— Elle n'a pas encore de nom, avoua tristement la marquise. J'attendais le retour de Colton pour lui demander de lui en donner un. Bien que je sois la grand-mère, il aurait été présomptueux de ma part que je prenne une telle initiative en son absence. Pour l'instant, nous l'appelons « le bébé ».

— Je demanderai à Colton de lui trouver un nom dès ce soir. Et il faudra la baptiser bientôt.

— Personnellement, je penche pour Genevieve. J'ai toujours aimé ce prénom. Si j'avais eu une seconde fille, je l'aurais nommée Genevieve Ariella.

Adriana l'embrassa sur la joue.

— C'est un fort joli nom. Je le soufflerai à Colton.

Des larmes d'émotion embuèrent les yeux de Philana.

— Merci, ma chère enfant, d'avoir épousé mon fils. Je ne vous le dirai jamais assez, mais nous aurions tous été très malheureux sans vous.

— Moi aussi, répondit Adriana en souriant. Je vous aime tant, et je crois que j'ai toujours aimé Colton.

— Je n'en ai jamais douté. Quand vous étiez petite, vous le suiviez comme son ombre. À présent, c'est lui qui vous suit.

Alarmée par la pâleur de sa jeune maîtresse, Maud courut chercher une bassine d'eau fraîche. Elle y trempa un linge, l'essora et posa la compresse sur le front d'Adriana.

— Allongez-vous, Madame. Tâchez de vous reposer. Vous avez l'air d'une morte.

— C'est exactement ainsi que je me sens, souffla Adriana en se laissant tomber sur le lit.

— Allons ! la gronda doucement sa camériste. Laissez-moi vous aider à retirer votre robe.

Adriana émit un gémissement, à l'instar d'une petite fille espiègle qui veut attirer l'attention des adultes.

— Laissez-moi ma chemise, murmura-t-elle, les bras levés, afin que sa femme de chambre la débarrasse de ses vêtements. Si jamais j'ai envie de vomir, je ne voudrais pas traverser les pièces toute nue à la recherche d'une cuvette.

Maud la regarda.

— Êtes-vous malade ? Le trajet depuis Londres vous a-t-il indisposée ?

Adriana secoua la tête, puis pressa sa main sur ses lèvres. La servante écarquilla les yeux.

— Sans vouloir vous inquiéter, Madame, est-ce que vous n'attendriez pas un bébé ?

La jeune femme s'assit brusquement, les jambes molles, et jeta un vague regard à travers la pièce, effarée.

— À vrai dire, je n'ai pas eu mes règles ce mois-ci, mais j'ai pensé que c'était le voyage qui avait perturbé mon cycle menstruel.

— Depuis quand avez-vous des nausées ?

— Depuis tout à l'heure ; en fait, depuis que j'ai vu cette créature... Comment s'appelle-t-elle déjà ? Alice ! Et cette malheureuse enfant. Pauvre bout de chou ! J'en ai eu le cœur serré.

— Vous avez toujours été trop sensible. Il est possible en effet que ce soit à l'origine de votre malaise.

— Vous avez sans doute raison. Mais si je n'ai toujours pas mes règles le mois prochain, je devrai peut-être me faire à l'idée que je suis enceinte.

— Depuis quand ne les avez-vous pas eues, Madame ?

Adriana se livra à un rapide calcul.

— Depuis que Sa Seigneurie et moi sommes mariés.

— Vous avez un mari vigoureux, Milady, sourit Maud.

— Ne dites rien surtout. Pas encore... Les domestiques sont très fidèles à Philana, ils s'empresseraient de le lui répéter. Inutile de lui donner de faux espoirs... J'en parlerai à Sa Seigneurie en temps et en heure... quand Alice sera repartie.

La caméristе gloussa.

— Vous n'empêcherez pas les servantes de vous observer, vous savez. Elles attendent que vous donniez un héritier à M. le marquis, et je suis convaincue qu'elles vont guetter le moindre signe de grossesse.

Avec un sourire, Adriana posa la main sur son ventre.

— Moi aussi, Maud, murmura-t-elle. Moi aussi…

Le carillon de la pendule égrena un chapelet de notes délicates, tirant Adriana de son sommeil. Elle était couchée sur le côté, à l'intérieur de l'arc formé par le corps puissant de son mari. La jeune femme compta les notes mélodieuses, jusqu'à la douzième. Il était minuit. Le silence retomba, et elle se blottit contre Colton, non sans avoir embrassé tendrement le bras robuste qui l'entourait. Un sourire étira ses lèvres pleines, tandis que sa main rampait vers son estomac. Elle était nue elle aussi, mais elle eut beau presser les doigts sur la peau lisse de son ventre, elle n'y décela pas le moindre indice permettant de conclure qu'elle attendait un enfant… Après avoir prié Maud de garder le silence, elle avait failli en parler à Colton. Mais comme celui-ci semblait encore irrité par l'arrogance d'Alice, elle s'était ravisée… Pourtant, ses cycles menstruels avaient toujours été réguliers. Et à part ses nausées de l'après-midi, elle n'avait jamais eu envie de vomir, sauf lorsque, à quatorze ans, elle avait souffert d'une forte fièvre. Elle avait dû garder la chambre une semaine, mais, depuis, elle jouissait d'une excellente santé.

Philana serait ravie d'avoir un autre petit-enfant, mais comment Colton, qui semblait si attaché à leur intimité, prendrait-il la nouvelle ? Éprouverait-il de la répugnance pour son ventre arrondi ? Une grossesse perturberait fatalement leurs relations amoureuses ; en serait-il déçu ? Ou accueillerait-il le fruit de leur amour comme une bénédiction ?

Adriana soupira. Elle s'apprêtait à se rendormir quand un bruit lui fit rouvrir les yeux. Elle leva la tête, aux aguets. Était-ce le gémissement du vent ?

Ou... plutôt le vagissement d'un bébé quelque part ?

Elle demeura immobile dans l'obscurité, tendant l'oreille. Elle eut bientôt la certitude qu'il s'agissait bien d'un bébé en train de pleurer. Il n'y avait qu'un seul bébé dans la maison, et, à en croire ses cris déchirants, il devait avoir désespérément besoin d'un peu d'affection.

Faisant attention à ne pas réveiller son mari, la jeune femme se glissa hors du lit. Elle passa rapidement une chemise de nuit, un peignoir, des mules de satin. En sortant de la chambre, elle marqua un temps d'arrêt. Les pleurs continuaient, mais d'où venaient-ils exactement ?

Elle traversa le palier, puis rebroussa chemin, sûre qu'elle s'était trompée de direction. Finalement, elle gravit la volée de marches qui menait au troisième étage. Elle n'avait plus visité cette partie du château depuis son enfance... C'était un endroit toujours sombre, lugubre même, plein de renfoncements et de recoins secrets dans lesquels Samantha et Adriana aimaient à se cacher... et à se faire peur mutuellement.

Les vagissements devinrent plus forts, et Adriana hâta le pas. Elle se dirigea vers une porte entrouverte au fond d'un couloir obscur, d'où filtrait un rai de lumière. Elle s'approcha, poussa légèrement le battant, et jeta un coup d'œil à l'intérieur, tout en restant cachée dans l'ombre.

Alice Cobble était affalée entre des draps fripés, appuyée contre la tête de lit sculptée. Dans une main, elle tenait une carafe de cristal qu'elle avait déjà vidée à moitié. Une lampe à huile éclairait chichement sa chemise de nuit criblée de taches. Le corsage, largement échancré, laissait apercevoir un sein énorme veiné de bleu, couronné d'une large aréole. La chemise de nuit retroussée révélait ses grosses jambes, l'une repliée, l'autre étendue sur le matelas.

Adriana porta la main à sa poitrine pour réprimer un haut-le-corps, quand la mégère poussa un croassement moqueur.

— Z'étaient là, tous les deux, Sa Seigneurie et sa dame, comme s'ils ne voulaient pas se séparer pour toute la laine de Bradford ! Ah ! ils vont regretter d'avoir voulu se débarrasser de moi.

Ses grosses lèvres se fendirent d'un sourire malveillant.

— Sûr que je ferai pas de vieux os ici, quand le marquis comprendra qu'il a été roulé dans la farine... En attendant, il paiera, aussi sûr que je bois ce vieux porto. Question de temps, parce que madame je-veux-tout n'attendra pas un siècle pour lui mettre le grappin dessus... riche comme il est... Ouais, question de temps pour que m'sieur le marquis et sa dame entendent sonner les cloches de l'enfer.

— Qu'est-ce que vous faites ? cria Adriana, ouvrant la porte en grand et pénétrant dans la pièce.

Le bébé s'époumonait à présent, et, bien qu'elle ait surpris le soliloque incompréhensible de l'horrible souillon, elle ne s'attarda pas à lui demander des explications. Elle s'avança vers le lit, furieuse, mais la femme ne fit rien pour se couvrir. Adriana la foudroya d'un regard noir.

— Vous avez été embauchée comme nourrice, mais vous négligez vos devoirs les plus élémentaires. Le bébé pleure, et au lieu de vous occuper d'elle, vous sirotez le porto de mon mari. Faites vos valises et partez immédiatement !

Alice eut un sourire confiant.

— Et qui va nourrir la mioche ?

Tout en parlant, elle balança ses jambes volumineuses par-dessus le matelas, mais en voulant se lever, elle trébucha, puis retomba lourdement sur le flanc, comme une baleine échouée sur la grève. Enfin, prenant appui sur l'armoire, elle réussit à se hisser sur ses pieds, après quoi elle jeta à Adriana un coup d'œil insolent.

— Elle va crever de faim si je m'en vais, affirma-t-elle.

— Elle meurt déjà de faim, mais vous êtes tellement ivre que vous ne l'avez même pas remarqué. S'il le faut, je lui donnerai de l'eau sucrée en attendant de trouver une nourrice digne de ce nom.

— Tu ferais mieux de demander conseil à ton monsieur avant de me flanquer à la porte, ma biche!

— Ma femme vous a donné l'ordre de déguerpir! aboya Colton, déboulant dans la pièce en robe de chambre de velours et mules de cuir. Vous allez lui obéir. Un de mes garçons d'écurie vous conduira à Bath, puis vous gagnerez Londres ou une autre ville par vos propre moyens, pourvu que ce soit loin du château.

— Et mes gages, qui va me les payer?

Alice suivit du regard Adriana qui avait soulevé le minuscule bébé de son berceau et le serrait tendrement sur son cœur. Un rictus ironique retroussa ses babines. « Ce petit chiard va être pourri gâté », pensa Alice, qui élevait les gosses à la dure. Elle les laissait brailler à se faire exploser les poumons! Il fallait qu'ils apprennent que ça ne servait à rien d'essayer d'attirer son attention. Mais elle ne se lancerait pas dans une discussion sur l'éducation. Pour l'instant, seuls ses gages comptaient, et elle estimait qu'elle y avait droit. Du poing, elle se mit à menacer le maître de maison.

— Je bougerai pas d'ici avant d'avoir touché mon dû.

— Continuez à marchander, vieille sorcière, et vous récolterez un coup de pied au derrière en prime! rétorqua Colton d'une voix cinglante.

La mégère lui tourna le dos, se pencha, remonta la traîne de sa chemise de nuit, exhibant sa croupe obèse sans vergogne.

— Enfonce-moi ta fourche, ricana-t-elle en se trémoussant, ravie d'arracher à Adriana un cri indigné. Histoire que ta dame voie comment ça se passe.

— Toute réflexion faite, vous n'aurez pas de gages ! vociféra Colton, hors de lui.

Avec un cri de rage, Alice fit volte-face, gratifiant son employeur d'un regard chargé de haine.

— Vous venez de dépenser la totalité de vos gains en buvant mon porto, acheva-t-il froidement.

La colère flambait dans ses yeux gris. Révulsé par la vulgarité de la nourrice, il respira profondément, les poings serrés, puis se tourna vers Adriana qui berçait le bébé dans ses bras. Elle lui murmurait des mots doux, comme jadis, se remémora-t-il, quand elle soignait les petits animaux blessés de la forêt. L'espace d'une seconde, les vagissements s'arrêtèrent. La bouche minuscule chercha à téter le satin du peignoir, après quoi de nouveaux pleurs déchirèrent le silence.

— Ma pauvre petite Genevieve Ariella, chuchota Adriana. Tu seras bientôt nourrie, je te le promets.

— Genevieve Ariella ? répéta Colton, étonné.

— Ta mère m'a dit qu'elle aimait ce prénom, mais si tu en préfères un autre, elle ne s'en offusquera pas.

Souriant, il tendit la main vers elle pour caresser ses longs cheveux noirs. Sa douceur avait apaisé la colère qui, un instant auparavant, l'avait embrasé. S'approchant, il lui prit le menton, la força à relever la tête et planta un baiser sur ses lèvres.

— C'est un très joli nom, mon amour. Et toi, tu as l'air très maternelle avec ce bébé dans tes bras... ce qui me donne envie d'avoir une ribambelle d'enfants avec toi, Adriana.

— Sauf s'il n'y pas de graines dans vos bourses, pauvre bougre ! railla Alice.

Colton lui décocha un coup d'œil méprisant.

— La question est déjà réglée, il me semble.

La nourrice leva sur lui un œil moqueur.

— Ça m'étonnerait pas que Mlle Pandora vous ait mené en bateau.

— Êtes-vous en train d'insinuer que Pandora m'aurait trompé en me faisant croire que cette petite fille est la mienne ?

Intimidée par son regard pénétrant, Alice haussa les épaules.

— Je suppose que non, puisque vous avez déposé vot'marque de fabrique sur les fesses de vot'rejeton. Non, je disais seulement que ça me réjouirait que vous puissiez plus avoir de bambins avec vot'jolie dame et deviez renoncer à perpétuer vot'nom. Vos larbins bavardent, milord. Je les ai entendus dire que vous étiez le dernier mâle de la famille.

Adriana ébaucha un pas vers l'ogresse.

— Désolée de vous décevoir, Alice, mais vos espoirs sont vains. J'attends un bébé, déclara-t-elle.

Elle s'interrompit, retenant son souffle. Les mots lui avaient échappé. Colton poussa un cri de joie. Se précipitant vers sa femme, il la prit dans ses bras et l'embrassa fougueusement sur la bouche.

— Colton, un peu de tenue ! fit-elle, empourprée, retenant un sourire. Et Alice ?

— Au diable, Alice ! Je suis chez moi, et tu es ma femme. Tu portes mon enfant, tu en as un autre dans les bras... et je t'aime plus que tout au monde.

De nouveau, il l'embrassa, mais la jeune femme se dégagea doucement de son étreinte.

— Je vais réveiller la cuisinière. Elle saura sûrement préparer une tétine avec de l'eau et du sucre pour Genevieve.

— Ne pourrait-on pas lui donner du lait de vache tiède à la place ? demanda Colton.

— Ça va lui flanquer la courante ! intervint Alice dans un hennissement sarcastique, en retirant sa chemise de nuit.

Devant l'expression choquée d'Adriana, l'affreuse créature se gratta les parties intimes.

— Qu'est-ce qu'y a, ma biche ? Tu veux m'aider ?

— Rhabillez-vous ! tonna Colton, furibond. Vous offrez déjà un spectacle peu ragoûtant avec vos habits, alors sans eux, c'est carrément révolt...

— Comme je le disais, coupa l'autre en enfilant nonchalamment une jupe qui la boudinait, la mioche crèvera de faim sous vos yeux avant que vous ayez trouvé une autre nourrice.

Elle passa un corsage horriblement sale, puis tira dessus pour recouvrir ses seins démesurés.

— Tu peux te pavaner, ma belle ! lança-t-elle à Adriana. Dans quelques mois, tu seras aussi grosse que moi.

Colton haussa le sourcil, incrédule.

— Vous n'êtes pas sérieuse, ma vieille. Vous êtes aveugle ou inconsciente de votre laideur pour oser vous comparer à la perfection ?

En marmonnant des phrases inintelligibles, Alice rassembla sa maigre garde-robe dans un baluchon. Enfin, elle fit face au couple.

— Alors, vous avez pris vot'décision ? Vous allez laisser la petiote mourir de faim ? Je vous aurai prévenus.

Colton échangea un regard avec Adriana. Elle était terriblement anxieuse, mais il n'osa suggérer de retarder le départ d'Alice, de crainte que la mégère ne se venge sur sa fille.

— Nous trouverons quelqu'un de fiable, mon ange, la rassura-t-il. Nos domestiques connaissent sûrement une femme au village qui acceptera de donner le sein à Genevieve en attendant d'embaucher une nounou permanente.

— Aucune femme ne voudra délaisser son bébé pour nourrir une petite morveuse qu'elle connaît pas.

— Je suis sûr, moi, que l'une d'elles acceptera, déclara résolument Colton.

Adriana lança à Alice un regard réfrigérant. C'était la personne la plus écœurante qu'elle ait jamais rencontrée. En se tournant vers son époux, ses yeux se radoucirent.

— Je suis comme toi, j'ai hâte de la voir s'en aller, dit-elle. Je vais de ce pas demander conseil à ta mère. Elle saura nous dire ce que nous devons faire.

Peu après, Adriana et Philana étaient en train de descendre l'escalier quand des sabots de cheval retentirent dans l'allée. Un véhicule s'arrêta devant le manoir. Elles se précipitèrent vers le grand hall. Philana regarda par une fenêtre dans le jardin moiré de lune. Sa main se crispa sur sa robe de chambre en soie dans un geste de surprise joyeuse.

— C'est Alistair ! s'écria-t-elle. Il aide une jeune femme à descendre du landau. Cela ne peut vouloir dire qu'une chose.

Toutes deux se ruèrent vers la porte d'entrée. Un moment de confusion suivit, tandis qu'elles s'escrimaient à retirer les verrous. Philana réussit à tirer le lourd loquet, cependant que sa belle-fille faisait de son mieux pour calmer le bébé qui hurlait. Mue par une énergie proche de l'exaltation, lady Philana ouvrit la lourde porte. Son frère se tenait sur le perron, le poing levé.

Alistair la regarda bouche bée, puis il lissa son manteau et pénétra dans le vestibule à grandes enjambées.

— Je suis l'efficacité même, déclara-t-il. Mathilda a déniché pour vous une nourrice à Bath, et comme j'ai cru comprendre que vous étiez dans une situation désespérée, j'ai pris la liberté de vous l'amener, malgré l'heure tardive.

Il jeta un regard au bébé qui gigotait en pleurant à cœur fendre et s'éclaircit la gorge.

— Eh bien ! il semble que nous arrivions à point.

— Oh ! oncle Alistair ! s'exclama Adriana en l'enlaçant de son bras libre. Vous êtes un amour ! Faites venir cette femme tout de suite. Le bébé meurt de faim.

Un instant près, Alistair fit entrer une jeune personne dans le hall.

— Voici Mme Blythe Fulton, annonça-t-il. Son mari a été tué à Waterloo. Avant-hier, elle a mis au monde un bébé mort-né. D'après Mathilda, Mme Fulton cherche une place de nourrice ; elle a besoin d'argent et voudrait échapper à sa dure condition.

Philana toucha le bras d'Adriana.

— Je pense que Mme Fulton aura besoin d'intimité, ma chère. En attendant que Colton réussisse à extirper Alice de sa chambre, je propose que nous l'installions dans une autre pièce. J'en ai fait préparer une par les domestiques, pour le cas où nous aurions la chance de trouver quelqu'un... J'y ai même fait transporter le vieux berceau de Samantha.

— Je suis sûre que Colton va très vite nous débarrasser d'Alice, mais je ne voudrais pas être à sa place... Je crois aussi que Mme Fulton se sentira mieux dans la chambre que vous avez mise à sa disposition. Et plus vite elle nourrira ce petit bout de chou, mieux ce sera.

Adriana et Mme Fulton gravirent les marches de concert. Lorsqu'elles approchèrent du troisième étage, les cris stridents d'Alice couvrirent les pleurs du bébé.

— Je n'ai pas retrouvé ma bague ! pleurnicha-t-elle à l'adresse de Colton, qui lui emboîtait le pas, tandis qu'elle sortait de sa chambre. Un anneau en or ! Qui va me le rembourser ? Mon pauvre mari me l'a donné avant de mourir.

— Si jamais vous en avez eu un, répliqua Colton, sans préciser s'il faisait allusion à l'anneau ou au mari.

— Je m'en fiche. Je pars pas sans ma bague, s'entêta-t-elle en posant son baluchon.

Lorsqu'elle entendit les pas qui montaient l'escalier et les braillements du bébé, un sourire triomphant éclaira ses traits grossiers.

— Peut-êt'même que je partirai pas du tout.

— Mais si, Alice, vous partez ! lui lança Adriana en apparaissant sur le palier. Et tout de suite. Votre remplaçante est déjà là.

Colton sentit sa mâchoire se décrocher. Il était si surpris qu'il oublia de se réjouir de la déconfiture d'Alice.

— Au nom du ciel, murmura-t-il, comment as-tu réussi cet exploit ?

Adriana lui sourit.

— Oncle Alistair a volé à notre secours, mon chéri. Le cher homme a fait le trajet depuis Bath pour nous amener Mme Fulton dont nous avions besoin de manière urgente.

Tout en berçant le bébé, elle considéra Alice d'un air hautain.

— Je doute que vous et Mme Fulton soyez appelées à vous revoir, il est donc inutile de vous présenter. En revanche, je souhaite que votre passage à Bradford soit de courte durée, pour le bien de ses habitants.

Colton retint un sourire amusé.

Alice souleva son baluchon et dégringola les marches sans demander son reste. Elle semblait avoir oublié la bague en or, ce qui tendait à prouver qu'elle n'avait jamais eu le moindre bijou en sa possession.

— Je vous présenterai plus tard à mon mari, Mme Fulton, dit Adriana en remettant le bébé à l'autre femme. Pour l'instant, ce petit ange a besoin de vos attentions.

— Oui, madame, et j'ai hâte de m'en occuper, répondit la nourrice.

Ses seins gonflés de lait l'élançaient douloureusement.

— Je vais réveiller un domestique, afin qu'il monte vos bagages. Je suppose qu'ils sont dans le carrosse de lord Alistair ?

— Nul besoin de déranger les domestiques, mon amour, intervint Colton. Je m'en charge.

Il agita le doigt à l'adresse de sa belle épouse.

— Je vous verrai tout à l'heure dans vos appartements, madame. Nous avons besoin de parler de bébés, entre autres.

Un doux sourire brilla sur les lèvres d'Adriana.

— Avec plaisir, monsieur.

— Tout le plaisir sera pour moi, dit-il, avec un clin d'œil malicieux.

19

Felicity coiffa son bonnet, jeta un châle sur ses épaules, puis se glissa hors de la maison d'Edmund Elston. Peu après, elle remontait rapidement la route poussiéreuse en direction de Bradford. Roger était parti faire des courses à Bath ; elle savait qu'il s'y attarderait suffisamment et qu'elle aurait le temps d'accomplir la mission à laquelle elle songeait depuis un certain temps maintenant.

Elle se rendit d'abord à l'échoppe de l'apothicaire, où elle comptait acquérir les herbes médicinales que Samantha et Adriana avaient naguère offertes à son grand-père. Elle ignorait si l'état du vieil homme s'était amélioré grâce aux herbes, ou si c'était son admiration pour les deux femmes qui l'avait aidé à remonter la pente, mais, dans le doute, elle était résolue à offrir à son grand-père les mêmes plantes, dans l'espoir de regagner son affection. Felicity se demanda si elle trouverait les mots d'excuse appropriés. Aujourd'hui, elle regrettait sincèrement son attitude ingrate.

Des années durant, elle avait méprisé les discours de sa mère sur l'intégrité, la morale et l'estime de soi. Elle avait suivi plus volontiers l'exemple de son père, et elle s'était rangée à son opinion à propos de Samuel Gladstone. Cependant, force lui était d'admettre que, finalement, les enseignements maternels sur l'honneur, la vertu et la bonté avaient fini par l'influencer, car le respect qu'elle avait pour Jarvis

Fairchild s'était évanoui le jour où elle avait appris qu'il détournait les fonds de la manufacture familiale à son profit personnel. En comparaison de cette bassesse, les qualités de cœur de son grand-père ne lui avaient paru que plus admirables.

Lorsque, cinq mois plus tôt, elle s'était mariée et avait quitté Stanover House, elle n'avait pas réalisé tout de suite combien le vieil homme, son esprit et sa sagesse lui manqueraient. Sans doute cet attachement tardif pour Samuel n'était-il pas sans rapport avec les dures leçons que la vie lui avait infligées. Depuis son union avec Roger, elle avait acquis beaucoup de maturité.

Son mariage était un véritable cauchemar. Non content de se comporter comme un rustre au lit, il devenait fou de rage quand elle ne se pliait pas à ses exigences sordides. En dépit de ses supplications, de ses pleurs, il la soumettait contre son gré, comme si elle n'était qu'un objet de plaisir – son plaisir à lui, naturellement. Parfois, il se montrait si brutal qu'elle avait peur pour le bébé qu'elle portait. Roger semblait incapable de jouir sans faire souffrir sa partenaire.

La clochette de l'échoppe carillonna agréablement, tandis que Felicity poussait la porte et entrait dans le magasin. Un homme joufflu, dont les cheveux blancs et frisés dessinaient une couronne autour de sa calvitie, émergea d'un couloir étroit, tapissé des deux côtés d'étagères où s'alignaient bocaux et fioles remplis d'herbes et de racines.

— Puis-je vous aider, mademoiselle ? s'enquit-il en rajustant ses lunettes sur son nez.

Felicity lui adressa un sourire hésitant. Elle se méfiait des hommes à présent, se demandant toujours s'ils ne dissimulaient pas une âme diabolique.

— Oui, je crois, murmura-t-elle. Il y a environ huit mois, mon grand-père a reçu des herbes médicinales de deux dames de la noblesse. Il en a tellement vanté les mérites que je voudrais lui racheter les mêmes.

L'une de ces dames est la sœur de lord Randwulf et l'autre est devenue son épouse depuis. Est-ce que vous vous souvenez, par hasard, quels étaient ces produits ?

— Je m'en souviens fort bien. En fait, c'est moi qui leur ai conseillé ces préparations qui combattent la faiblesse et redonnent de la vigueur aux malades... mais comme elles sont rares, elles sont très chères, mademoiselle.

Felicity posa une paire de boucles d'oreilles sur le comptoir.

— Voulez-vous jeter un coup d'œil ? C'est un cadeau de mon père et j'ai de bonnes raisons de croire qu'elle valent une petite fortune.

L'apothicaire pencha la tête de côté, afin de mieux étudier sa jeune cliente par-dessus ses verres en demi-lune.

— Êtes-vous vraiment prête à vous en séparer ? Ces boucles sont ravissantes. Elles doivent vous aller à merveille, mademoiselle.

— Madame, corrigea-t-elle. Mme Elston, plus précisément. Euh... Je n'ai guère le choix. Je n'ai pas d'argent.

— Les affaires de M. Elston sont prospères. Si vous ne disposez pas des fonds nécessaires, je vous avancerai la marchandise. Vous direz à votre mari de régler la note plus tard. Je suis sûr qu'il aura les moyens de...

— Non, j'aimerais mieux qu'il n'en sache rien. Je vous prie de ne révéler à personne que je suis venue, comprenez-vous ?

— Oui, madame Elston. Je suis une tombe quand il le faut.

— Je vous serais reconnaissante si vous gardiez votre promesse, monsieur... ?

— Carlisle, madame. Phineas Carlisle. Ne vous faites aucun souci, Mme Elston, je ne soufflerai pas mot à âme qui vive.

Personnellement, il n'avait jamais porté les Elston dans son cœur. Et la façon dont feu Mme Elston était décédée peu après son mariage avait fait naître des soupçons dans son esprit. À sa connaissance, l'abus d'opium provoquait les mêmes symptômes, transformant peu à peu le consommateur en loque humaine. L'apothicaire s'était demandé à l'époque si Edmund ne faisait pas absorber à son épouse des doses de plus en plus importantes de cette drogue, afin de faire croire qu'elle avait contracté quelque horrible maladie. Mais après son décès, il n'avait rien pu prouver. Si Edmund avait assassiné sa seconde femme, il devait se procurer l'opium à Londres chez un revendeur que Phineas n'avait aucune chance de découvrir. Le fils Elston ne valait apparemment guère mieux, et Phineas s'en méfiait également.

Felicity lui dédia un charmant sourire.

— Pendant que je suis encore là, monsieur Carlisle, je me demandais si vous pouviez m'aider sur un autre sujet.

— Si je le peux...

— Avant que je n'épouse son fils, mon beau-père a été frappé par une mystérieuse maladie. J'ai remarqué que ses ongles sont bizarrement striés et que sa peau est devenue très sèche et squameuse. À votre avis, quel mal est à l'origine de ces symptômes ?

M. Carlisle replia son bras droit sur son gros ventre, posa le coude de son bras gauche sur son poignet droit et passa pensivement un doigt sur ses lèvres. « Étrange comment vos mauvaises actions vous rattrapent », pensa-t-il.

— Je n'en sais rien, chère madame. Toutefois, j'ai mis en garde autrefois une jeune dame qui prenait des doses infimes d'arsenic pour avoir une peau plus blanche. C'était une personne très vaniteuse, très jolie, mais le vieil adage s'est révélé juste une fois de plus : « L'orgueil engendre la chute... » (Il haussa ses sourcils broussailleux avant de reprendre :)... la mort, en l'occurrence. Lors de ses obsèques, quelques mois plus tard, j'ai remarqué en effet que sa peau, autrefois douce et lisse, était couverte de squames, tandis que des stries profondes marquaient ses ongles.

Felicity se figea un instant, comme pétrifiée. Elle dut rassembler tout son courage pour poser une dernière question.

— Mais... trouve-t-on facilement de l'arsenic, monsieur ? En avez-vous vendu à quelqu'un l'année dernière ?

— Ce poison existe depuis la nuit des temps, mais il n'a été identifié qu'il y a un peu plus de deux siècles. Et... non, je n'en ai plus vendu depuis la mort de cette jeune dame. Je n'avais nulle envie d'assister à l'enterrement d'une autre de mes clientes, sous prétexte que sa conception de la beauté l'emporte sur son bon sens.

— Y a-t-il un autre apothicaire dans la région ?

— Non. Mais j'ai revu une vieille connaissance de Londres qui m'a récemment rendu visite. L'homme, qui s'est enrichi dans ce genre de commerce, possède plusieurs pharmacies. Vous verriez sa calèche ! Je ne pourrai jamais m'en offrir une aussi luxueuse ! Or, ces derniers mois, cet ami s'est entiché des textiles de votre mari. Il n'y a pas si longtemps, il est reparti de la fabrique avec une véritable cargaison de lainages...

Phineas n'osa avouer à sa jeune et jolie cliente que son ancien ami était aussi un escroc notoire, un rapace prêt à tout pour gagner de l'argent.

— Quel est son nom ?

— Thaddeus Manville.

Felicity n'avait jamais entendu ce nom. Fière de ses connaissances en comptabilité, elle avait offert à Roger de l'aider, mais celui-ci lui avait opposé un refus catégorique. En fait, elle n'avait même pas le droit de s'approcher des registres. Son mari lui avait interdit l'accès de la fabrique, sous prétexte qu'elle le dérangeait dans son travail.

La jeune femme prit les herbes médicinales préparées par l'apothicaire, puis le salua gracieusement avant de s'en aller. Une fois dans la rue, elle ne put s'empêcher de comparer les symptômes d'Edmund à ceux de l'ancienne cliente de Carlisle. Est-ce qu'Edmund était empoisonné ? Et dans ce cas, par qui ?

— Qui est-ce ? cria Jane en dévalant les marches.

On avait frappé à la porte, après quoi elle avait entendu le grincement du battant qui s'ouvrait.

— C'est moi, maman. Je suis venue vous voir.

Des larmes de joie embuèrent les yeux de Jane. Elle se précipita dans le vestibule, les bras ouverts, et Felicity s'y blottit avec un cri joyeux. Sa mère l'étreignit tendrement, et la jeune femme poussa un soupir de soulagement. Vu son comportement passé, elle avait eu peur d'être renvoyée sur-le-champ.

— Oh ! ma petite fille chérie. Tu m'as tellement manqué, souffla Jane d'une voix pleine d'émotion. Pourquoi n'es-tu pas venue plus tôt ? Je me suis rendue deux ou trois fois à la fabrique, mais Roger m'a dit que tu ne voulais pas être dérangée, surtout par moi. Est-ce que tu vas bien ? Es-tu heureuse ?

— Je vais bien, dit Felicity, évitant de répondre à la deuxième question et mettant entre les mains de sa mère le petit paquet d'herbes. J'ai apporté un cadeau à grand-père. J'ai pensé que je pourrais lui faire la lecture de la Bible, s'il en a envie.

— Bien sûr, ma chérie. Il en sera enchanté. Tu lui as manqué à lui aussi.

— Moi ? murmura Felicity, incrédule. Je croyais qu'il ne m'aimait pas.

En riant, Jane secoua gentiment les épaules de sa fille.

— Mais non, petite sotte ! Il t'en a voulu pendant un moment, mais la famille est la famille. Tu es sa petite-fille, Felicity. Vous avez le même sang dans les veines. Comment pourrait-il se désintéresser de toi ?

Les yeux embués, Felicity scruta le visage attendri de Jane.

— Maman, je suis désolée. J'ai mal agi. Pourras-tu jamais me pardonner mon égoïsme ?

Jane la serra sur son cœur.

— N'en dis pas plus. Tout est pardonné... et oublié... Tu es mon plus grand amour, ma fierté et ma joie.

Quelque chose se dénoua dans la gorge de Felicity. Des sanglots la suffoquèrent soudain, les larmes jaillirent de ses yeux. Mère et fille demeurèrent enlacées un long moment, mêlant leurs larmes et leurs regrets. Lorsque, enfin, elles se séparèrent, Felicity tira un mouchoir de son sac pour se moucher. Elle avait repris contenance, mais Jane l'observait attentivement, s'efforçant de déchiffrer quelque chose qu'elle n'arrivait pas à définir.

— Felicity, que se passe-t-il ? Est-ce que tout va bien ?

— Oui, maman, bien sûr.

Soucieuse de ne pas alarmer sa mère, elle s'efforça de sourire sans y parvenir tout à fait. Finalement, elle esquissa un geste d'excuse.

— Ce n'est rien... Maintenant que j'attends un enfant, je comprends ce que tu as éprouvé pour moi... et combien j'ai dû te décevoir.

— Un enfant ? s'écria Jane, au comble du bonheur.

Mais son sourire disparut lorsqu'elle vit l'ombre qui obscurcissait les beaux yeux clairs de sa fille. Cette expression de tristesse... ce sourire forcé... Jane prit dans sa paume le menton de Felicity et la sonda du regard.

— Quelque chose ne va pas. Tu ne veux pas m'en parler ?

Felicity émit un rire qui se voulait insouciant.

— Mais non, maman. Tout va bien, je t'assure.

— Et Roger ?

— Roger va très bien, je te remercie.

— Roger va peut-être bien, mais je connais ma fille ! Felicity, fais-moi confiance. Si je peux t'aider…

— Je ne sais pas de quoi tu parles. Je monte chez grand-père. Je n'ai pas beaucoup de temps devant moi.

Felicity pénétra dans la fabrique sur la pointe des pieds. La chance avait voulu que Roger parte pour Londres, où il comptait rester jusqu'au dimanche suivant. Il n'avait pas proposé à sa femme de l'accompagner, et c'était tant mieux… Elle pourrait enfin éplucher les comptes sans craindre qu'il ne la surprenne. Son époux s'était montré particulièrement brutal, après son retour de Stanover House. À tel point qu'elle s'était demandé s'il était au courant de son escapade. Peut-être avait-elle été aperçue par des gens qui s'étaient empressés d'en avertir Roger… En tout cas, il s'était acharné sur elle, ce soir-là. Felicity avait eu si mal ! La terreur que lui inspirait son mari n'avait fait que s'accroître. Elle avait décidé de ne plus rendre visite à sa mère, en tout cas pas de jour.

Son supplice avait duré plusieurs nuits, et lorsque, enfin, l'attention de Roger s'était tourné vers une nouvelle entreprise – la transformation d'une remise qui jouxtait son bureau en salon privé –, Felicity avait eu la sensation d'émerger d'une chambre de tortures. Visiblement, son mari était prêt à dépenser des sommes colossales, car il avait fait venir des maçons et des menuisiers de la capitale. Selon lui, les ouvriers locaux n'étaient pas assez qualifiés. Ce n'était pas vrai, bien sûr, puisque lord Harcourt, qui passait pour un homme de goût, avait embauché des artisans de Bradford quand il avait fait des travaux dans son château. Naturellement, Felicity n'avait pas été autorisée à regarder les plans du nouveau salon, pas plus que le devis... Son mari la considérait tout juste bonne à lui donner du plaisir, rien de plus.

Après le départ des ouvriers, les nouveaux meubles destinés au fameux salon étaient arrivés de Londres : deux gros wagons recouverts de toiles goudronnées, tirés par de nombreux chevaux. Felicity avait grimpé au troisième étage et était entrée dans la chambre d'Edmund. Roger n'avait jamais soupçonné que sa femme se rendait souvent au chevet de son beau-père malade. Felicity y allait pourtant d'autant plus fréquemment que les fenêtres de cette pièce offraient une vue imprenable sur la fabrique.

Les meubles étaient protégés par de grosses toiles et des couvertures molletonnées, mais la jeune femme avait aperçu suffisamment de bras cannelés, de pieds lourdement sculptés et de dorures pour en conclure que le salon privé de son époux n'aurait rien à envier au palais royal. De tels fastes semblaient totalement déplacés à Bradford, à plus forte raison dans une fabrique de laine.

Sachant Roger à Londres, elle avait décidé d'y faire un tour. Malheureusement, quand elle pénétra dans les locaux, elle découvrit que la porte de l'ancienne remise avait été fermée à clé. Par chance, Roger s'était montré moins précautionneux avec le cabinet dans lequel il rangeait les registres. Il n'aurait jamais imaginé que Felicity se risquerait à entrer dans son bureau sans son consentement, et n'avait pas remarqué que la jeune femme se sentait de plus en plus inquiète sur son sort et sur celui de son enfant.

Felicity possédait de bonnes notions de comptabilité grâce à ses parents. Bien qu'aucune entreprise de comptabilité londonienne n'ait jamais embauché une femme, son père avait sollicité son aide à différentes occasions. Pour sa part, Samuel Gladstone avait enseigné la gestion à Jane, et à son tour, Jane avait transmis son savoir à sa fille.

Felicity étudia les livres de comptes de Roger. Il ne lui fallut pas longtemps pour comprendre le problème. De grosses sommes avaient été payées à deux individus dont elle ne put déterminer l'identité. Seules leurs initiales, M. T. et E. R., figuraient en marge de la mention des versements. Elle se mit à chercher frénétiquement les noms, perdant la notion du temps.

Il était près de minuit quand elle éteignit d'un geste las la lampe à huile. Elle se sentait frustrée, fatiguée. Résolue à poursuivre ses recherches, elle s'empara d'un gros dossier, le mit sous son bras, sortit et referma la porte à clé. Elle traversa la cour et rentra chez elle. Mais quand elle s'approcha de la chambre qu'elle partageait avec Roger, elle se figea : la pièce était occupée, son mari était revenu.

— Roger, je ne t'attendais pas avant dimanche soir ! s'exclama-t-elle, le cœur battant la chamade, tandis qu'elle s'immobilisait dans l'embrasure de la porte.

Elle posa le dossier sur une table située à côté de la porte, dans le couloir. Feignant l'enthousiasme, elle courut vers son époux et voulut l'embrasser sur la joue.

Roger détourna le visage.

— Où étais-tu ? demanda-t-il d'une voix glaciale.

Sachant que rien n'échappait à l'œil aiguisé de son mari, Felicity fit un geste vers l'endroit où elle avait laissé le lourd dossier relié de cuir.

— J'ai entendu une rumeur selon laquelle ton père essaierait de te duper... J'ai voulu m'en assurer. J'ai rapporté l'un des registres à la maison pour y jeter un coup d'œil quand j'aurai le temps.

Il alla prendre le livre.

— Inutile de te tracasser, mon petit chou. Je m'en charge... Et si Père a en effet réussi à m'abuser, il n'est plus en état de continuer. Chaque jour qui passe le mène plus près de la tombe.

Il fourra le registre sous son manteau qu'il avait jeté sur une chaise, puis se tourna vers elle, les lèvres fendues d'un sourire éloquent.

— Je suis rentré ce soir, parce que j'ai eu envie de t'instruire dans un domaine… complètement différent.

Le sang de Felicity se glaça dans ses veines, mais après avoir été surprise avec le registre, elle ne pouvait se permettre de contrarier Roger en laissant transparaître son aversion. Parfois, il lui était arrivé de lutter vaillamment pour préserver un reste de dignité, en dépit des humiliations qu'il lui infligeait. Mais elle avait appris à ses dépens que toute forme de résistance ne faisait que rendre son mari plus vicieux encore. Ce soir, elle pressentait qu'il valait mieux se plier à toutes ses exigences… Ne serait-ce que pour lui faire oublier qu'elle avait pénétré dans son bureau sans sa permission.

Felicity déboutonna son corsage, avec un sourire enjôleur. Elle espérait secrètement que Roger n'avait pas remarqué qu'elle tremblait violemment.

— On dirait que tu as lu dans mes pensées, roucoula-t-elle.

20

— Milady, il y a une jeune femme qui demande à voir lord Randwulf. Elle prétend que c'est urgent, mais refuse de dire son nom ou le but de sa visite.

— Sa Seigneurie promène les chiens, Harrison, répondit Adriana. Mais si je peux aider cette dame…

Le majordome parut hésiter.

— Pardon, Madame, mais cette personne n'est pas une dame comme vous ou lady Philana.

— Vous voulez dire que ce n'est pas une aristocrate ?

— En effet, Madame, elle ne l'est pas. Et elle n'a rien d'aristocratique, si vous voyez ce que je veux dire.

Adriana demeura un instant songeuse.

— Mon Dieu ! pourvu que ce ne soit pas une parente d'Alice Cobble. Je ne crois pas que je pourrais supporter une autre créature dans le même genre.

— Celle-ci est plus avenante, plus propre, mais on devine dans ses manières qu'elle a mené une vie bien plus mouvementée qu'une fille de bonne famille, Madame.

— Eh bien ! je vais recevoir cette… avenante créature qui veut voir mon mari, déclara doucement Adriana.

Compte tenu du passé de Colton, elle s'attendait à une ancienne idylle.

— Comme vous voulez, Milady, dit Harrison en s'inclinant. Je vais la conduire au salon.

Lorsque le majordome fut sorti, Adriana s'approcha du miroir; elle contempla son reflet, se regarda de profil. Sa grossesse était désormais visible, mais elle avait encore peine à croire qu'elle était mariée depuis cinq merveilleux mois. Son union avec Colton était une bénédiction. Chaque nouvelle journée, surtout en ce mois de juin, leur apportait joie et bonheur. Et chaque nuit les trouvait ensemble dans le grand lit à baldaquin, les membres entremêlés, soudés l'un à l'autre. Après l'étreinte, ils riaient en guettant le moindre petit mouvement dans le ventre d'Adriana, qui arborait à présent de jolies rondeurs. Colton ne semblait nullement affecté par les changements survenus sur le corps d'Adriana. Il continuait à l'admirer sans réserve. Souvent, il l'enduisait de sa pommade préférée à la rose. Sa future paternité l'avait littéralement épanoui, et leur amour, plus profond et plus intense encore, les comblait. Adriana n'avait jamais rêvé d'un mari aussi tendre, aussi attentionné.

Bien que le temps se soit radouci, elle passa un châle en dentelle sur ses épaules, espérant dissimuler ainsi ses formes arrondies. L'anxiété la gagnait. Colton l'adorait, elle le savait, mais le fait d'affronter une femme qu'il avait connue dans le passé la mettait mal à l'aise.

En entendant les pas légers sur le marbre du vestibule, la visiteuse, qui regardait à travers la fenêtre du salon aux vitres en losange, se retourna. Elle s'attendait à voir la mère du marquis et fut surprise de découvrir une femme très jeune. Son regard papillonna de la chevelure noire, élégamment coiffée, aux petits pieds chaussés de souliers plats. Mais ce fut le ventre rond, à peine dissimulé par le pan du châle, qui lui fit plisser les yeux.

— Je veux voir Colton et personne d'autre, déclara-t-elle, le menton haut.

— Je suis la femme de lord Randwulf, lui répondit Adriana, irritée par son audace d'appeler Colton par son prénom.

Harrison avait raison : bien que très belle, la visiteuse manquait d'élégance et de raffinement. Le fard rose vif de ses joues, le trait noir qui soulignait ses yeux, ses lèvres pulpeuses d'un rouge soutenu laissaient planer des doutes sur sa profession. Son turban de cachemire, qui laissait échapper un torrent de boucles sombres cascadant jusqu'à sa taille, accentuait cette impression. Ces bijoux aussi étaient trop voyants : gros anneaux dorés aux oreilles, collier de sequins et nombreuses chaînes d'un goût discutable autour du cou, bracelets, bagues. Elle était moins grande qu'Adriana, plus charnue, mais admirablement proportionnée. Et elle savait mettre ses charmes en valeur. Le kimono magenta qui lui tombait sur les hanches ne cachait rien du décolleté plongeant de sa robe Empire. Elle devait être nue sous ses vêtements, tant ils révélaient les courbes voluptueuses de son corps. Adriana afficha un sourire serein.

— Puis-je savoir à qui j'ai affaire ?

Les lèvres rouges se retroussèrent dans un sourire dédaigneux.

— Appelez-moi lady Randwulf... ou lady Wyndham, si vous préférez.

Adriana fronça les sourcils.

— Je doute que vous soyez apparentée à mon époux, puisqu'il est le dernier à porter le nom des Wyndham.

— Colton Wyndham est mon mari, déclara l'autre d'une voix pleine de défi. En conséquence, vous, vous n'êtes rien.

Frappée par la foudre, Adriana, qui sentait ses jambes se dérober sous elle, se laissa tomber sur le fauteuil le plus proche. Comme s'il avait ressenti sa détresse, le bébé donna un coup de pied dans son ventre, la faisant sursauter.

— N'allez pas perdre votre petit bâtard ! l'avertit l'autre femme avec un rictus moqueur. Bien que, dans votre situation, ce serait finalement souhaitable. Le scandale sera énorme, mais il n'est pas juste qu'un malheureux innocent paie pour les péchés de ses parents.

— Qui êtes-vous ? s'écria Adriana, folle d'inquiétude. Êtes-vous venue ici pour le seul plaisir de me tourmenter ? Que voulez-vous, dites-le-moi sans ambiguïté.

— J'ignore ce que vous voulez dire, répondit la visiteuse qui, visiblement, n'avait pas compris le sens du mot « ambiguïté ». Je suis ici pour faire valoir mes droits sur mon mari, et je vous trouve sous son toit... Je m'appelle Pandora Wyndham, et si je ne me trompe pas, ma fille vit ici même, dans ce château.

Adriana, cette fois, ne comprit que trop bien.

— Alors vous n'êtes pas morte, murmura-t-elle. Où étiez-vous pendant ces six derniers mois ? Si vous aviez informé Colton de votre bonne santé, il ne m'aurait pas épousée. Mais...

Elle s'interrompit un instant, le souffle court. Puis, considérant le temps que cette femme avait mis pour refaire surface, elle ajouta d'un ton sarcastique :

— Vous en avez mis un temps pour nous faire part de votre existence. Avez-vous pensé que c'était un détail négligeable ? Manquez-vous de savoir-vivre ? Dans tous les cas, vous arrivez un peu tard.

— J'ai été morte... au moins pendant une minute ou deux – le bon révérend pourra en témoigner. Je me suis réveillée ensuite, mais j'étais si faible à cause de mon accouchement que mes amis m'ont immédiatement emmenée dans un pays chaud, où je me suis rétablie. Comme vous pouvez le constater, leur sollicitude m'a sauvé la vie. Je suis de retour en Angleterre pour réclamer mon mari et mon enfant.

Un sifflement aigu dans le vestibule apprit à Pandora que celui qu'elle était venue voir s'approchait.

La voix de Colton lança alors :
— Allez vite chercher Adriana.
Les deux chiens-loups jaillirent dans le salon en poussant de joyeux aboiements. À leur vue, Pandora recula vivement. Sa tête heurta le manteau de la cheminée, et elle s'immobilisa, pétrifiée par la peur. Alors que les chiens bondissaient vers elle, elle se mit à hurler, en battant frénétiquement l'air de ses bras :
— Allez-vous-en ! Allez-vous-en, sales bêtes !
— Aris ! Leo ! Couchés ! cria Colton depuis le hall.
Les chiens s'assirent devant leur captive sans la lâcher des yeux.
— Adriana, qui a crié ? Avons-nous des invités par hasard ?
Colton se figea sur le seuil, médusé.
— Pandora ?
— Renvoyez ces monstres ! cria-t-elle, ulcérée, désignant du doigt les chiens-loups. Ils pourraient tuer quelqu'un.
Adriana claqua des doigts.
— Leo, Aris, ici !
Aussitôt, la queue frétillante, les molosses gambadèrent allègrement vers leur maîtresse. Elle les caressa, et ils se couchèrent à ses pieds. Pandora fixa haineusement la femme brune. Ainsi, elle aurait pu calmer les chiens, mais elle ne l'avait pas fait, pour l'humilier. Ignorant les coups d'œil venimeux de l'intruse, Adriana leva les yeux sur Colton. Elle ne l'avait jamais vu aussi décontenancé. Visiblement, il s'efforçait de comprendre ce qui s'était passé.
Pandora prit les devants. Elle redressa la tête fièrement, comme s'il s'agissait d'une séance de pose.
— Eh bien ! Colton, n'êtes-vous pas heureux de me revoir ?
— Pas spécialement, grogna-t-il. Je vous croyais morte.

— Je l'ai été, mais je suis revenue à la vie. Et maintenant, je suis là pour réclamer mes droits d'épouse de Colton Wyndham.

— Diable ! jura-t-il, les yeux étincelants. Je n'ai qu'une seule épouse, et elle est ici, à mes côtés.

Pandora le dévisagea, bouche bée. Elle ne s'était pas attendue à cette réaction. Lui qui considérait le mariage comme une calamité semblait sincèrement attaché à cette femme, tranquillement assise dans le fauteuil. Il avait d'ailleurs posé la main sur son épaule.

Pandora eut l'impression qu'il l'avait giflée en pleine figure.

— Légalement, c'est moi votre femme ! dit-elle avec dignité. Vous ne pouvez rien y changer.

— Je n'ai autorisé le révérend Goodfellow à nous marier que pour donner mon nom à Genevieve.

— Genevieve ?

— La fille que vous avez mise au monde et dont je me demande, après coup, si je suis vraiment le père. Vous m'avez peut-être raconté des mensonges pour vous faire épouser. J'ignore dans quel but... quoique ! L'appât du lucre, sans aucun doute.

Pandora battit des cils.

— Que signifie le mot « lucre » ?

— Le profit, l'argent.

— Oh ! Colton, comment pouvez-vous croire que je sois tombée aussi bas ? Genevieve est notre fille. Il est normal que je souhaite être auprès d'elle... et de vous.

Colton leva les yeux, l'air songeur, comme s'il contemplait les moulures du plafond.

— Depuis quand êtes-vous censée avoir rendu votre dernier soupir ? Six mois ? Sept ? Assez, en tout cas, pour que ma femme soit dans son sixième mois de grossesse. Compte tenu du temps que vous avez mis à réapparaître, je doute sérieusement que votre désir de revoir Genevieve soit sincère. Je suis sûr d'une chose : où que vous soyez allée, vous avez dû vous amuser follement, sinon, j'aurais eu de vos nouvelles plus tôt. Qu'est-ce qui vous a poussée à revenir, Pandora ? Avez-vous besoin d'argent ? Est-ce que votre amant vous a quittée ?

Ayant surpris un éclair dans les prunelles couleur de miel, il en déduisit qu'il avait vu juste.

— C'est cela, n'est-ce pas ? Avez-vous été répudiée par votre riche protecteur ? Je suis plus enclin à croire à cette version qu'à votre soudaine envie de revoir votre enfant.

— Bien sûr que je veux la voir, Colton. Elle est ma fille, après tout, aussi sûrement qu'elle est la vôtre.

— Vraiment ? fit-il, d'un ton dubitatif.

— Vraiment. Avez-vous oublié la marque de naissance qu'elle porte ? Dites à Alice de l'amener, et je me chargerai de vous rafraîchir la mémoire. La marque est la preuve incontestable que vous êtes le père de mon enfant.

Adriana ouvrit la bouche pour expliquer qu'Alice avait été renvoyée, mais Colton lui fit discrètement signe de se taire. Elle obéit, se disant qu'il devait avoir ses raisons.

Faisant face à l'actrice, Colton inclina la tête.

— Je vais envoyer un domestique chercher la nourrice de Genevieve.

Lorsqu'il sortit, Pandora se tourna vers Adriana, un sourire condescendant sur les lèvres.

— Genevieve ? fit-elle. Qui lui a donné ce nom ? Pas *vous*, tout de même. Sinon, je vais devoir l'appeler autrement, quand je me serai débarrassée de la petite intrigante qui essaie d'usurper ma place.

Adriana noua les doigts sur son ventre. Elle ne s'abaisserait pas à répondre aux sarcasmes de cette femme. Après ces longs mois d'absence, l'union de Pandora et de Colton devait pouvoir être annulée, surtout si l'actrice avait eu un amant entre-temps.

— L'enfant a été nommée par la marquise, dit-elle d'une voix calme.

— La mère de Colton, vous voulez dire.

Pandora émit un rire sonore en renversant la tête.

— J'ai longtemps résisté à l'attrait du titre, vous savez. Mais j'aurai plaisir à entendre mes anciens amis m'appeler « madame la marquise »... Marquise de Randwulf ! Ah ! Ils me lécheront les bottes !

— Je crois que mon mari ne l'entendra pas de cette oreille, répliqua Adriana. À votre place, je ne me réjouirais pas trop vite.

Pandora haussa les épaules.

— Colton peut refuser notre mariage tant qu'il veut. Mais il n'a pas le choix. J'ai des preuves. Le document signé de sa propre main.

Adriana garda le silence. Elle ignorait de quoi serait fait l'avenir. Son bébé donnait des coups de pied rageurs dans son ventre, comme s'il était révolté, lui aussi.

— La nourrice est en train de changer Genie, déclara Colton, de retour au salon. Elle l'amène ici dans une minute.

Pandora lui ouvrit les bras.

— Colton, il faut que nous parlions de notre enfant et de notre mariage.

Il eut un mouvement de recul. Rapidement, il enjamba les chiens-loups couchés sur le tapis et prit place sur une banquette, près d'Adriana. Il lui saisit la main, puis posa leurs doigts enlacés sur le doux vallonnement de son ventre. Cette familiarité, qui aurait paru déplacée en public, prenait tout son sens vis-à-vis de la visiteuse.

D'ailleurs, Pandora comprit le message ; Colton avait fait son choix : c'était Adriana et personne d'autre. Agacée, elle observa le couple. Son dernier amant lui avait préféré une autre femme, et elle se sentit doublement rejetée.

— Est-ce que Genevieve me ressemble ? s'enquit-elle, soucieuse d'attirer à nouveau l'attention de Colton.

— Pas particulièrement, répondit-il d'un ton cassant.

— À vous, alors ?

— Absolument pas !

— Elle ressemble bien à l'un de nous, non ?

— Non. Genevieve est délicate. Elle a les yeux bleus et les cheveux foncés... Sur ce dernier point, il y a certes une ressemblance, mais tant de gens ont les cheveux foncés, n'est-ce pas ?

— Vous avez dit « délicate ». Ne le suis-je pas, moi ?

Colton eut un rire ironique.

— Connaissez-vous seulement la signification de ce mot, Pandora ?

— Bien sûr ! glapit-elle, l'index pointé sur Adriana. Ne suis-je pas plus délicate que celle-ci ? Elle me dépasse au moins d'une demi-tête.

— Oui, mais même enceinte, ma femme est beaucoup plus svelte que vous. Adriana incarne la beauté délicate, et pas seulement physiquement. Moralement aussi. On ne peut en dire autant de vous, Pandora.

Insultée, l'actrice plissa les yeux. Elle se savait jolie, mais toute comparaison avec une autre femme l'excédait – surtout quand sa rivale était sa cadette d'au moins six ans.

— Vous dites cela parce que vous êtes fâché contre moi, Colton.

— Croyez ce que vous voulez, Pandora. Je ne dirai rien de plus.

Peu après, Blythe arriva avec l'enfant. Elle la remit à Adriana, fit une brève révérence, ressortit. Le bébé poussa un piaillement joyeux lorsqu'elle reconnut l'homme assis près de celle qu'elle considérait comme sa mère. Colton prit la petite fille dans ses bras en souriant.

Il se leva et s'approcha de l'actrice.

— Voici Genevieve Ariella Wyndham. Comme vous pouvez le constater, elle ne ressemble à personne ici présent... En fait, elle est si différente de vous que je me demande si elle est vraiment votre fille. Sa peau est bien plus fine que la vôtre. Sa bouche est douce et petite.

— Elle est ma fille ! cria Pandora. J'ai failli mourir en la mettant au monde, et je suis reconnaissante au Ciel d'être encore en vie aujourd'hui. J'ai l'intention de réclamer ce qui m'appartient. Je veux mon enfant et mon mari. Vous ne pouvez nier que vous m'avez épousée, Colton. J'ai des papiers qui le prouvent. Cette enfant porte la marque de naissance de vos ancêtres. La même que vous et au même endroit.

Soudain, elle lui arracha le bébé. Genevieve se mit à pleurer et à gigoter. Adriana bondit, mais Pandora se détourna vivement.

— Genie n'aime pas les étrangers, déclara Adriana.

De nouveau, l'actrice l'empêcha de s'approcher.

— Je suis sa mère !

— Je vous en prie, donnez-la-moi, implora Adriana, tandis que le bébé hurlait. Si vous voulez voir la marque, je vais lui enlever son vêtement.

L'enfant poussa de nouveau des cris aigus, et Pandora grinça des dents. Elle flanqua le bébé dans les bras d'Adriana.

— Prenez-la, cette petite morveuse, puisque vous y tenez. Et montrez à Colton la marque des Wyndham.

Adriana revint vers le fauteuil avec la petite. Elle se rassit, fredonnant doucement contre les boucles soyeuses de l'enfant dont elle caressait le dos. Peu à peu, les sanglots s'apaisèrent, cédant la place à un babillage mélodieux.

— Eh bien ! allez-vous nous montrer cette marque, oui ou non ? s'impatienta Pandora.

Ignorant délibérément cette requête, Adriana continua à jouer avec l'enfant. Bientôt, la petite fille se mit à taper dans ses mains et à faire risette à la jeune femme qui la cajolait.

— Donnez-la-moi ! insista Pandora d'une voix stridente. Si vous ne voulez pas la déshabiller, je vais le faire.

Mais à peine avait-elle esquissé un pas en avant que les chiens se mirent à grogner. Terrorisée, l'actrice recula, tremblante, la main sur la gorge.

— Je crois que vous vous trompez sur toute la ligne, Pandora, ricana Colton qui était venu s'asseoir à côté de sa femme.

Comme Genevieve lui tendait ses petits bras en piaillant joyeusement, il la prit tendrement sur ses genoux.

L'actrice endossa aussitôt le rôle de la mère éplorée.

— Seriez-vous assez cruel, Colton, pour me priver de mon bébé ?

— Quel dommage que vous n'ayez appris qu'à verser des larmes de crocodile ! soupira-t-il. Si vos pleurs étaient sincères, vous m'auriez peut-être convaincu. Mais même si vous êtes la mère biologique de Genie, l'enfant ne vous connaît pas. Je ne vous laisserai pas lui faire peur à nouveau. Alors, mon épouse ne nous montrera la fameuse marque de naissance que si elle le veut et quand il lui plaira.

Pandora se tut. Il était inutile de protester. Elle avait compris que Colton ne se laisserait pas attendrir par des larmes et des plaintes. Mieux valait adopter une autre stratégie.

— Soit ! concéda-t-elle.

Adriana, qui n'avait nulle envie de faire plaisir à l'indésirable, prit son temps. Mais lorsque, enfin, elle dénuda le derrière du bébé, Pandora et Colton écarquillèrent les yeux de surprise : il ne restait plus qu'une faible trace de la tache pourpre, dont les contours s'étaient estompés. L'empreinte, très pâle à présent, ne ressemblait plus du tout à une mouette aux ailes déployées.

— Faites venir Alice immédiatement ! s'étrangla Pandora. Je veux savoir comment vous avez fait disparaître la marque. Vous avez essayé de l'effacer, mais elle était bien là, le jour où la petite est née, et Alice saura probablement comment vous vous y êtes pris.

— Alice est rentrée chez elle, répondit Colton avec un plaisir non dissimulé. Nous l'avons remplacée par une autre nourrice. Une personne honnête à laquelle Genevieve s'est attachée.

— Elle se serait attachée à n'importe quelle femme, pourvu que ses seins soient gorgés de lait, rétorqua crûment l'actrice.

— Mais pas à Alice. Pourtant, elle avait des seins énormes, je peux vous l'affirmer, car elle ne se gênait pas pour les exhiber. Mais Genevieve a beaucoup souffert de ses négligences.

— Alice l'a trop gâtée, voilà tout.

— Genevieve n'était pas gâtée. Elle était triste et apathique. Ce n'est plus le cas... Comment avez-vous pu la confier à une créature aussi abjecte ?

— Je vous l'ai dit. Elle nettoyait le théâtre où je jouais.

— Alors, je vais peut-être lui rendre une petite visite pour lui demander quelle mixture elle a utilisée pour dessiner la marque sur la fesse de l'enfant. C'était probablement votre idée, afin de me faire croire que Genie était ma fille. Mais comme votre complice n'est plus là depuis quelques mois pour raviver la couleur de la tache, celle-ci s'est progressivement effacée.

Frappée d'une stupeur mêlée de peur, Pandora regarda Colton. Après un long silence, elle se mit à ricaner.

— Je doute qu'Alice soit retournée au théâtre. Vous ne la retrouverez jamais.

— Alors je retrouverai le révérend Goodfellow. J'ai des amis à Oxford. Ils sauront me dire où se trouve son église.

— Le bon recteur a quitté nos rivages, répondit Pandora avec un vague geste de la main. Je ne sais pour où exactement. Il est en Irlande peut-être... Ou plus loin encore.

— Comme cela m'arrange !

L'actrice fronça les sourcils.

— Pourquoi dites-vous cela ?

— Parce qu'ainsi il ne pourra plus attester qu'il nous a mariés.

— Oh ! mais il y a la licence sur laquelle vous avez apposé votre signature.

— Ce document est-il en votre possession ? Vous devrez le produire si vous avez l'intention de faire vérifier son authenticité par un magistrat.

— Je... ne l'ai pas sur moi, mais je sais où il est.

— Où ?

Pandora se mordit la lèvre inférieure.

— Euh... je ne sais plus très bien. Dans une de mes malles... Ou dans le bagage que j'ai confié à un ami. Mais je le chercherai.

— Le révérend Goodfellow m'a dit qu'il le mettrait en lieu sûr. Je demanderai au nouveau recteur d'Oxford d'effectuer des recherches. Ensuite, l'archevêque déterminera si ce papier est légal ou pas... Au cas où il s'agirait d'un faux. L'archevêque acceptera sans aucun doute de me rendre ce service, puisqu'il a signé la licence de mon mariage avec Adriana.

— Vos amis haut placés ne peuvent pas défaire ce qui a été fait, Colton ! Regardez plutôt la réalité en face. Notre union est on ne peut plus légale. Le document le prouvera.

— Peut-être, Pandora, mais j'ai l'intention de tout vérifier... Si mes souvenirs sont bons, vous m'avez raconté que votre frère était un génie de la contrefaçon et que, entre autres, il s'était fabriqué un faux diplôme universitaire. En comparaison, imiter un certificat de mariage doit être d'une simplicité divine. N'est-il pas comédien, lui aussi ? N'aurait- il pu jouer le rôle du révérend ? Je vais creuser cette hypothèse, surtout si personne ne peut m'indiquer où se trouve actuellement Goodfellow ni dans quelle église il officie.

Les yeux de Pandora eurent une lueur venimeuse.

— Si vous ébruitez cette affaire, Colton, vous allez vous couvrir de honte. Tout le monde saura que vous avez engrossé la femme qui vit sous votre toit et qui n'est pas légalement votre épouse. Je suis sûre que vous imaginez ce qu'elle devra endurer quand on apprendra qu'elle a forniqué en dehors des liens du mariage et qu'elle porte votre bâtard. Je vous conseille d'y réfléchir à deux fois, ne serait-ce que par égard pour elle. Par ailleurs, vous trouverez sans doute les recteurs d'Oxford trop occupés, avec tous ces soldats qui reviennent du front, affamés, et qui cherchent du travail.

— Je suis sûr qu'ils accepteront de me consacrer un peu de leur précieux temps en échange d'une généreuse donation, grâce à laquelle ils pourront aider tous ces pauvres bougres. Je crois également qu'ils prendront en considération le fait que j'aie moi-même embauché plusieurs de ces malheureux. Qu'en pensez-vous, Pandora ? En fait, je comprends que vous n'ayez pas du tout envie que je sollicite l'aide des recteurs : si Goodfellow n'existe pas, l'enquête remontera à votre frère. Il sera arrêté, et vous aussi certainement.

Pandora s'était mise à arpenter le tapis oriental en se tordant les mains. Elle connaissait suffisamment Colton pour savoir qu'il irait jusqu'au bout. C'était un homme obstiné. Son frère l'avait mise en garde, des années plus tôt : alors qu'il était encore colonel, Colton avait mené une enquête sur un vol d'armes et de munitions. Il n'avait cessé ses investigations que lorsque les coupables avaient été confondus, arrêtés et pendus pour haute trahison (ils revendaient les armes aux Français). Le frère de Pandora l'avait échappé de justesse et s'était enfui avec les habits qu'il avait sur le dos pour seul bagage. Il s'était donc montré très réticent lorsque Pandora lui avait demandé de l'aider à berner Colton, mais il avait fini par céder, à la fois pour se venger et pour tenter de mettre le grappin sur la fortune des Wyndham.

Sentant qu'elle allait perdre la partie, Pandora fit un sourire engageant.

— Allons, Colton, il est inutile de vous donner tant de peine pour retrouver ce certificat. Nous pourrions trouver un arrangement. Si vous voulez que je garde le silence sur notre union, montrez-vous généreux… envers moi plutôt qu'envers les soldats…

Il haussa les sourcils. C'était exactement la proposition qu'il attendait depuis qu'il avait trouvé Pandora dans son salon.

— Généreux ? Sous quelle forme ?

— Sous la forme d'une somme qui me mettrait à l'abri du besoin pour le restant de mes jours.

— Cela s'appelle une extorsion de fonds.

— Je ne réclame qu'un peu de compassion. Après tout, je suis prête à renoncer à mon titre de marquise et… à tout ça, acheva-t-elle, désignant la pièce somptueuse d'un geste ample.

Il adopta une expression songeuse.

— Pour le moment, je n'ai guère envie d'accepter votre offre, Pandora. J'ai toujours eu pour règle de ne pas céder à ceux qui essaient de tirer profit des situations dramatiques. Mais je dois également penser à ceux qu'un scandale risquerait d'éclabousser. Je vous promets de réfléchir à la question. Mais si j'accepte le marché, où puis-je vous joindre ? Au théâtre ?

— Je ne joue plus là-bas.

Pandora haussa le menton, essayant de paraître digne. Sa brillante carrière était terminée, et aujourd'hui, elle se voyait privée d'un métier lucratif et d'une situation prestigieuse dans le monde du théâtre.

— Le directeur m'a remplacée, avoua-t-elle finalement. Il m'a préféré une actrice plus jeune et, d'après lui, plus talentueuse. Mais je reste confiante. Avec le temps, il se rendra compte de son erreur et viendra ramper à mes genoux, implorant mon pardon... Mais revenons à notre discussion. J'avais projeté de demeurer dans la région... dans ce château en fait, puisque je suis votre femme légitime.

Elle marqua une pause et prit un air de martyre.

— Mais à ce que je vois, vous n'avez pas envie de m'héberger. Vous avez trouvé une femme plus jeune, qui semble vous plaire davantage. Mais enfin, elle n'est que votre maîtresse, ne l'oubliez pas. À moins que vous n'engagiez d'onéreuses démarches pour obtenir le divorce, ce qui ne manquera pas d'entacher votre réputation...

Sourd aux arguments de Pandora, Colton avait pris Genevieve dans ses bras et la faisait sauter sur ses genoux. Le bébé gazouillait, poussait de petits cris aigus, des piaillements enjoués. Au bout d'un moment, l'actrice s'interrompit et se boucha les oreilles.

— Arrêtez ! Cette mioche me casse les tympans !

Genie se tourna vers Adriana, qui souriait, et lui planta un baiser mouillé sur la bouche. Elle avait souvent vu le marquis agir de la sorte.

Pandora jeta un coup d'œil sarcastique à sa rivale.

— Les joies de la maternité ! dit-elle dans un gloussement méprisant. Vous aurez bientôt de quoi pouponner davantage. Dommage que ce soit un bâtard.

Colton étendit le bras devant Adriana, comme pour la protéger des flèches empoisonnées de l'autre femme.

— Ne t'inquiète pas, mon amour, murmura-t-il. Bientôt, tout rentrera dans l'ordre, je te le promets.

Sa sollicitude attisa la jalousie de Pandora.

— Vous pouvez lui raconter tout ce que vous voulez, Colton, ricana-t-elle. Il n'empêche que vous n'êtes pas marié avec elle.

Quand elle vit le regard d'acier de Colton, elle sut qu'elle était allée trop loin, mais il était trop tard pour faire machine arrière. Une colère froide transforma le visage de Colton en masque de pierre.

— Pandora, vous ne me laissez pas le choix! gronda-t-il. Je vais remuer ciel et terre pour prouver que notre mariage n'était qu'une triste farce... Et si par malheur ce n'était pas le cas, je m'adresserai aux magistrats de ce pays et je plaiderai mon innocence. Quand j'ai épousé Adriana, je vous croyais morte. Je n'hésiterai pas à user de toutes les prérogatives attachées à ma condition et à ma réputation de héros de la guerre pour vous chasser définitivement de ma vie. Avez-vous bien compris?

— Je vous traînerai dans la boue si vous essayez de m'écarter sans un penny! rétorqua l'actrice d'une voix suraiguë qui arracha un geignement apeuré à l'enfant. Je ne vous laisserai pas Genie. Je réclamerai mes droits sur elle et j'obtiendrai gain de cause.

— En ce cas, je prouverai que vous n'êtes pas sa mère. Cela me prendra du temps, mais j'y arriverai.

Un éclair sinistre zébra les yeux de l'actrice.

— Pauvre crétin! Vous serez submergé par le scandale que vous aurez provoqué. Je me vengerai. Je coucherai avec tous les juges et tous les hommes de loi de ce pays s'il le faut, mais j'aurai gain de cause. Je peux être très persuasive, Colton. Je jouerai la victime, je raconterai de telles horreurs sur vous et sur votre misérable maîtresse que vous ne vous en relèverez pas.

Drapée dans ce qui lui restait de dignité, Pandora salua d'un bref signe de tête Adriana, puis Colton.

— Merci de votre hospitalité, ironisa-t-elle.

— Un instant, Pandora, dit Colton d'une voix mielleuse, en dépit de l'avalanche de menaces.

Sur le seuil de la porte, l'actrice se retourna.

— Oui ?

— Peut-être pourriez-vous m'épargner la peine d'aller demander à vos collègues au théâtre si la dénommée Alice a vraiment travaillé là-bas et si elle était enceinte durant la période qui nous intéresse. Au besoin, je leur expliquerai que vous voulez vous approprier son enfant. Je suis convaincu que certains n'hésiteront pas à témoigner que vous n'avez jamais été enceinte et que vous m'avez joué la comédie la nuit où vous avez fait semblant de mourir. (Il dévisagea Pandora froidement.) Je leur demanderai aussi s'ils ont une idée de la façon dont Alice a dessiné la marque sur la fesse du bébé et par quel procédé elle ravivait la couleur. Quant à la forme, vous avez dû la lui décrire... Ou la copier pendant que je dormais. J'avais souvent le sommeil très lourd quand je revenais d'un champ de bataille... Votre faussaire de frère a fait le reste. Il a réduit le dessin pour qu'il soit approprié à la taille d'un nourrisson et a dû prévoir différents modèles, à utiliser au fur et à mesure que Genevieve grandirait. Dommage pour vous que cette Alice ait été si détestable : nous nous en sommes débarrassés, et en son absence, la marque a peu à peu disparu.

L'actrice garda le silence. Elle se demandait comment ce diable de Colton avait pu reconstituer aussi précisément le cours des événements. Il était décidément plus intelligent qu'elle ne l'avait supposé.

La main sur la poitrine, elle le scruta d'un air étonné.

— Je ne comprends rien à ce que vous dites.

— Avant de connaître mon nom, vous m'avez assuré que vous ne pouviez pas avoir d'enfant. Vous avez eu d'autres amants et vous n'êtes jamais tombée enceinte. Après avoir lu l'article que le *London Gazette* m'a consacré, vous avez su que j'allais hériter d'un marquisat. Et quand j'ai eu le titre, vous avez retrouvé par miracle votre fertilité. Vous avez persuadé Alice de vous confier sa petite fille, moyennant finances... et promesses. Après tout, si le stratagème fonctionnait, vous deviendriez riche, et Alice est assez cupide pour accepter un tel marché... Une seule chose m'échappe : comment une mégère aussi abjecte a-t-elle pu mettre au monde un petit ange comme Genie ? Mais vous ne m'avez peut-être pas menti quand vous m'avez dit que son nouveau-né était mort. En ce cas, elle aura volé le bébé d'une autre femme. Alice n'était peut-être pas femme de ménage, mais sage-femme. Il aura suffi qu'elle fasse croire à l'une de ses parturientes qu'elle avait accouché d'un enfant mort-né... Fille ou garçon, peu importait, du moment que le bébé était vivant.

La tête penchée de côté, il poursuivit son raisonnement à voix haute.

— Maintenant, si je faisais savoir à travers toute l'Angleterre que je suis prêt à payer une forte récompense à quiconque me procurera la preuve que vous n'avez jamais mis cette enfant au monde, que croyez-vous que fera votre vieille complice ?

— Foutaises ! déclara Pandora, furieuse, voyant tous ses plans s'effondrer. J'en ai assez entendu. Je louerai une chambre à l'auberge de Bradford. Sans nouvelles de vous sous peu, je ferai savoir aux autorités que vous êtes bigame et que vos deux épouses sont vivantes.

Elle sortit du salon d'un pas incertain. Harrison se précipita vers elle, afin de la raccompagner, mais elle le congédia d'un revers rageur de la main.

— Merci, je sais où est la porte. Allez tous au diable !

21

Le carillon de la porte signala l'arrivée d'un client. Roger Elston leva le nez de ses registres. L'œil du jeune homme s'alluma quand il vit qu'une femme était entrée. Elle lui rappelait vaguement une actrice londonienne qu'il avait vue jouer au théâtre du temps où il travaillait à l'orphelinat. À cette époque, il devait économiser le moindre sou pour s'offrir son passe-temps favori : admirer les comédiennes sur scène, dans leurs costumes provocants. Aujourd'hui, il avait les moyens.

Les seins généreux de la jeune femme semblaient prêts à jaillir de son profond décolleté, partiellement recouvert d'une sorte de kimono transparent. Elle ne parut pas gênée de le voir lorgner ouvertement ses avantages. Au contraire, elle lui dédia un sourire engageant avant de se pencher vers la table où s'empilaient les rouleaux de laine, lui offrant ainsi une vue spectaculaire sur ses attraits. Roger se dit que ses sous-vêtements, si toutefois elle en portait, devaient être conçus pour révéler les courbes opulentes de son corps plutôt que pour les dissimuler. Il réprima le désir de pincer les pointes de sein qui se dressaient effrontément sous la soie de la robe.

Pandora sourit à nouveau au beau jeune homme et laissa errer son regard le long de ses culottes moulantes, boutonnées aux chevilles. Étant donné son âge, il n'était sans doute pas aussi expérimenté que ses autres amants, mais elle eut envie de lui plaire. Après le refus catégorique de Colton Wyndham de la considérer comme son épouse, elle éprouvait le besoin de se rassurer sur son pouvoir de séduction. Dans le passé, elle avait cru que Colton s'intéressait vraiment à elle. Mais peut-être que, dans ses bras, toutes ses amantes avaient pensé la même chose. Sa chère femme avait l'air de l'idolâtrer, mais force lui était d'admettre que lui aussi semblait l'aimer en retour.

Elle expliqua au jeune homme les raisons de sa présence dans le magasin.

— J'ai oublié mon châle à Londres. Je voudrais une étoffe pour me tenir chaud ce soir. Le temps a fraîchi subitement, et j'ai peur d'attraper froid. Auriez-vous quelque chose à me proposer ?

Roger s'en fut vers le cabinet où il rangeait les meilleurs produits de la fabrique, en tira une étole de fin lainage brodé et la déploya sur la table.

— Comme c'est joli ! s'extasia Pandora, les yeux écarquillés.

L'instant suivant, elle eut une moue de déception.

— Malheureusement, monsieur, je crains de ne pas avoir les moyens d'acheter cette magnifique pièce.

— Pour une beauté telle que vous, madame, je ne demanderai rien de plus qu'un peu de votre temps, souffla-t-il, enivré par la fragrance capiteuse de son parfum.

Il ôta son kimono, lui passa l'étole sur les épaules et s'arrangea pour lui frôler un sein du bout des doigts, tandis qu'il lissait le tissu. Il était derrière elle, jouissant d'une vue imprenable sur les rondeurs affriolantes de sa poitrine. Se penchant, il lui chuchota au creux de l'oreille :

— Je veux bien vous l'offrir, ma belle.

— Vraiment ? roucoula Pandora. Ce châle est si merveilleusement chaud. J'adorerais l'avoir.

Roger loucha une fois de plus vers les deux superbes fruits qu'il entrevoyait sous le corsage. Il fut tenté d'y mettre les mains, mais se retint, de crainte d'être surpris par l'un de ses employés.

— Cela dépendra de vous, ma chère. Je vous propose que nous allions dans mon salon privé. Nous pourrons nous y asseoir confortablement et... parler un moment.

Pandora prit une profonde inspiration en bombant sa plantureuse poitrine, puis exhala lentement l'air de ses poumons. Elle avait appris très tôt l'art et la manière de profiter des largesses des hommes.

— Avez-vous du porto ? J'ai très envie d'un verre de porto.

Roger sourit.

— J'ai tout ce qu'il faut.

Il l'invita d'un geste à le suivre dans le couloir sombre qui menait à la pièce qu'il avait fait récemment aménager. Il avait peine à contenir sa joie ; il n'avait pas imaginé que son repaire lui servirait aussi vite. Il avait pris la précaution de faire rembourrer les tapisseries murales, afin que ses ouvriers n'entendent pas ce qui se passait dans cette pièce, mais, jusqu'à présent, il n'y avait fait que d'innocentes siestes. Et voici qu'il allait réaliser l'un de ses fantasmes !

— Venez, madame. Nous porterons un toast à votre nouveau châle.

Pandora prit sa main dans la sienne et la serra sur son sein.

— Je n'oublierai jamais votre générosité. Comment pourrais-je m'acquitter de ma dette ?

— Votre compagnie sera ma récompense.

Il avait poussé la porte du fond. Les yeux de Pandora brillèrent. La pièce était meublée dans un style extravagant. Elle admira un buffet très ornementé sur lequel trônaient un lourd plateau en argent ciselé et des carafes de cristal contenant différentes liqueurs. Une demi-douzaine de candélabres en argent étaient disposés un peu partout dans la pièce, ainsi qu'un nombre égal de miroirs sur pied. Sur un large sofa bas en bois de palissandre et velours cramoisi gisait un peignoir rouge. Depuis le sofa, on pouvait se regarder sous tous les angles dans les miroirs.

Pandora se laissa tomber sur les coussins, et son image se multiplia aussitôt sur les surfaces brillantes qui l'entouraient. Avec un soupir enchanté, elle prit le peignoir, s'émerveillant de sa délicate texture transparente.

— Vous devez être riche pour vivre dans un tel luxe.

— Assez, répondit-il en refermant la porte à clé derrière lui. Je peux m'offrir un peu de confort et... quelques privilèges.

— Comme quoi ?

— Une maîtresse capable de se plier à tous mes désirs et douée d'une imagination fertile. (Il déboutonna sa chemise.) Je ne suis pas un homme ordinaire, et je saurais me montrer très généreux avec une femme qui ne se formaliserait pas de certains petits inconvénients pour me plaire. La variété constitue le piment des rapports amoureux, ne croyez-vous pas ?

— Généreux comment ?

Il retira sa chemise, dévoilant un torse et des épaules d'éphèbe. Pandora en avait vu de plus virils, mais il émanait de lui une énergie juvénile pleine de promesses. Cela la rajeunirait d'avoir un amant de cet âge...

Roger ouvrit le tiroir du buffet, en sortit une paire de boucles d'oreilles en or et les fit tinter sous le nez de Pandora.

— Comme cela, par exemple, murmura-t-il d'une voix ardente. Et plus si je suis satisfait.

— Cela ira pour commencer, dit Pandora avec un sourire prometteur.

Elle prit les boucles et les ajusta aux lobes de ses oreilles, après avoir retiré ses anneaux, puis, se renversant sur les coussins de velours, elle remonta sa robe sur ses cuisses nues. Prenant la main de Roger, elle la fit glisser le long de sa jambe.

— En retour, je vous donnerai moi aussi un exemple de ce que je sais faire pour satisfaire un homme.

— Nous verrons cela en temps et en heure, ma belle. Pour l'instant, j'ai autre chose en tête.

— Que comptes-tu faire ? demanda Adriana à Colton, plus tard dans la nuit.

Allongé à son côté, il soupira.

— Chercher Alice. La démarche me déplaît, mais c'est peut-être le seul moyen de prouver que nous sommes légalement mari et femme.

— Tu crois que notre mariage est valide ? s'inquiéta-t-elle.

Il lui passa un bras autour des épaules et l'attira près de lui.

— Oui, ma douce. Je peux presque te le promettre. Pandora a montré des signes de nervosité quand je lui ai posé des questions au sujet du révérend Goodfellow, ce qui me laisse penser que cet homme était tout sauf un prêtre. J'ignore s'il s'agissait de son frère ou d'un acteur qu'elle avait embauché pour la circonstance. Mais depuis que j'ai revu la fameuse tache, ou ce qu'il en reste, sur la peau de Genie, quelque chose me tourmente. Un détail, un fait que j'ai sûrement négligé. J'essaie de m'en souvenir, mais cela m'échappe encore.

— Ce n'est pas bien de faire l'amour quand on n'est pas mariés, murmura Adriana lorsqu'il l'eut embrassée avec sa fougue habituelle.

Colton se recula, afin de scruter le petit visage anxieux. Souriant, il tira sur le drap, puis caressa doucement les bouts roses de ses seins, lui arrachant un petit soupir de plaisir.

— Tu n'as jamais été tentée de mal te comporter une fois dans ta vie, mon trésor ?

Sa langue remplaça ses doigts. Adriana retint son souffle. Sentant sa main sur sa cuisse, elle écarta docilement les jambes et lui ébouriffa les cheveux.

— Si c'est ça, mal me comporter, mon amour, alors je suis sûrement une âme damnée, murmura-t-elle en riant.

Bentley avait conduit lady Philana à Londres, deux jours auparavant. Elle avait dormi dans l'hôtel particulier des Wyndham, à Park Lane. Le lendemain matin, escortée d'une armada de domestiques, elle s'était rendue chez les Kingsley, à Mayfair. Elle n'avait guère envie de fouiller dans les affaires de sa nièce tragiquement disparue, mais il fallait bien ranger la maison. Elle aurait pu envoyer ses serviteurs, auxquels elle faisait une entière confiance, mais ils n'auraient pas su quoi faire des meubles et des bibelots de la famille Kingsley, et se seraient contentés de les empaqueter et de les empiler dans des chariots. Lady Philana était la seule habilitée à décider ce qu'il fallait faire des différents objets : les emporter, les vendre, les donner ou les jeter, selon le cas.

Quand elle eut fini de diriger les domestiques qui enveloppaient les derniers portraits de famille dans des toiles, elle retourna à Park Lane et, dès le lendemain matin, pria Bentley de la ramener au manoir de Randwulf. Ils arrivèrent à destination le soir même, juste avant le dîner. Lady Philana gravit les marches du perron et traversa le vaste hall à la recherche de Colton. Harrison lui apprit que son fils travaillait dans la bibliothèque sur des documents qu'il avait l'intention de présenter au Parlement.

Ayant raté les précédentes sessions de la Chambre des lords à cause de sa dernière blessure, de sa convalescence et de sa lune de miel, Colton voulait rattraper le temps perdu. Il avait donné des instructions pour pouvoir emménager avec sa famille dans leur hôtel particulier londonien. Ils en repartiraient en août, puisque le Parlement suspendait ses séances pendant la saison de la chasse.

Adriana avait déployé une couverture duveteuse sur le tapis persan de la bibliothèque. Elle y avait installé Genie, sous le regard attendri de Colton. Le bébé gazouillait, heureux de jouir de l'attention de ses parents.

Lorsque sa belle-mère pénétra dans la pièce, Adriana se releva d'un bond en soulevant dans ses bras la petite fille qui piaillait.

— Lady Philana ! Nous ne vous attendions pas avant plusieurs jours.

Le bébé tendit les bras vers sa grand-mère, qui le regarda intensément. Soulevant le petit menton, la marquise scruta le visage poupon ; un voile de larmes fit briller ses yeux bleus.

— Qu'avez-vous apporté ? demanda Adriana, indiquant le paquet que sa belle-mère tenait sous son bras.

— Un portrait, ma chère enfant. Je voudrais que Colton et vous l'étudiiez attentivement et me disiez si je suis devenue folle ou pas.

— Vous, folle ? s'exclama Adriana en souriant. Dans ce cas, nous le sommes tous.

D'un geste gracieux, Philana leur indiqua un canapé.

— Installez-vous, intima-t-elle.

Surpris et curieux, Colton et Adriana s'exécutèrent. Philana posa le tableau, toujours recouvert, sur une chaise, en face d'eux. Enfin, elle approcha une lampe à huile qui brûlait sur le bureau.

— Vous allez me dire si vous reconnaissez l'enfant qui figure sur cette peinture.

Les deux époux échangèrent un regard consterné.

— Mère, j'ai été absent très longtemps, et je doute d'être capable de me rappeler tous les membres de notre famille, dit Colton. Je ne pense pas que je pourrai vous aider à identifier le modèle du portrait.

— Essaie quand même, mon chéri, l'encouragea sa mère. Cela risque de ne pas être aussi difficile que tu le penses.

Lentement, elle retira la toile qui protégeait le tableau, puis recula pour laisser son fils et sa belle-fille examiner le portrait.

— Où l'avez-vous trouvée ? demanda Colton, troublé. Et comment est-ce possible ? Nous n'avons jamais demandé à un peintre de faire le portrait de Genevieve.

Le menton de Philana se mit à trembler, des larmes coulèrent sur ses joues.

— Ce n'est pas Genie, mon fils.

— Mais qui...

— C'est Édythe, quand elle était un peu plus âgée que Genie.

Colton bondit jusqu'à la chaise, saisit le tableau et l'approcha de la lumière. Adriana l'avait suivi.

— J'aurais juré que c'était Genie, déclara-t-il.

— Moi aussi, j'ai eu un choc, répondit Philana en tirant un mouchoir de son sac et en se tapotant les yeux. Moi aussi, je me suis demandé qui avait bien pu peindre notre cher petit ange sans que nous le sachions... Quand les domestiques m'ont montré ce tableau, j'ai cru rêver.

Colton fronça les sourcils.

— Mais comment savez-vous qu'il s'agit du portrait d'Édythe ?

— Son nom et la date sont inscrits derrière la toile. Le portrait a été réalisé quand elle avait un an.

— Mais alors, Mère, qu'en avez-vous déduit ? s'enquit-il, ne voulant pas encore lui faire part de ses propres soupçons.

— J'en ai déduit qu'Édythe a mis Genie au monde avant de mourir, dit Philana sans l'ombre d'une hésitation. Dieu seul sait par quel miracle l'enfant a atterri chez nous, mais c'est ce que je crois, du fond du cœur.

— Et l'enfant découvert dans le carrosse d'Édythe ? demanda Adriana, qui se tourna ensuite vers son mari. Tu avais pensé à un échange de bébés. Crois-tu que ce soit justement cet enfant qu'Alice a dérobé pour le donner à Pandora, après avoir effectivement perdu le sien ? Cela signifierait qu'elle emmenait avec elle son enfant mort dans l'espoir de pouvoir l'échanger contre un bébé vivant. (Elle s'interrompit un instant, passa la main sur son front.) Imaginons qu'elle ait assisté à l'attaque des déserteurs et à l'accident de landau des Kingsley. Elle se serait cachée quelque part, puis aurait rejoint le landau après le départ de ces bandits, dans l'espoir d'y trouver quelque chose à voler. Les médecins ont dit que quelqu'un avait sans doute aidé Édythe à accoucher sous le carrosse renversé, puisque le cordon ombilical du nourrisson avait été coupé et attaché... Supposons qu'Édythe ait été proche de la délivrance quand Alice a surgi... Celle-ci a dû sauter sur l'occasion de ramener à Pandora un nouveau-né vivant.

— Ce raisonnement me paraît logique, concéda Colton. Le petit garçon qui gisait aux côtés d'Édythe portait sur la fesse la marque de naissance des Wyndham... Voilà ce que je m'efforçais de me rappeler depuis la visite de Pandora... Je comprends à présent comment ce bébé a eu cette marque. Père n'aurait jamais touché Édythe, et je ne l'ai pas fait non plus.

Philana eut un pâle sourire.

— Édythe était trop honnête et trop amoureuse de Courtland pour le tromper. Quant à Sedgwick, il ne m'a jamais fourni la moindre raison de penser qu'il m'avait été infidèle. Nous étions toujours ensemble, car il disait que je lui étais aussi indispensable que son propre cœur.

— Et c'était vrai, lui assura Adriana, en lui enlaçant la taille. D'aussi loin que je m'en souvienne, lord Sedgwick vous adorait.

Philana hocha la tête, émue, et Colton prit la parole.

— Alice avait déjà imprimé la fameuse marque sur les fesses de son bébé quand il est mort; ensuite, elle n'a pas pu l'effacer. Il n'y a qu'à voir le temps que la marque de Genie met à disparaître; elle n'a fait que s'estomper depuis le départ de cette sorcière cupide.

— Oh! mon Dieu, j'espère qu'elle n'a pas tué ma nièce pour lui voler son bébé, gémit Philana.

— C'est peu probable, Mère. Édythe devait être grièvement blessée, puisque Courtland et le cocher étaient morts; l'accouchement a dû l'achever. Toutefois, si Alice a effectivement tué Édythe, ou même seulement hâté sa mort, je vous jure qu'elle paiera pour son crime.

— Mais Alice niera, déclara Philana avec force. Et qui, de la famille d'Édythe, sera en mesure de la contredire? Il n'y a plus personne.

— Le portrait nous sera utile, dit Colton pensivement. Nous pourrons au moins fournir la preuve que Genie est la fille d'Édythe et qu'Alice l'a volée pour la donner à Pandora… Certes, il faudra d'abord mettre la main sur l'horrible mégère. L'ombre du gibet lui déliera peut-être la langue.

Philana soupira.

— Je me sens délivrée d'un poids. Je porte le deuil de ma nièce et de son mari, mais au moins, Genie est une consolation. C'est un miracle, et je remercie le Seigneur de nous avoir envoyé la fille d'Édythe.

Felicity surveillait les allées et venues devant la fabrique. Les ouvriers avaient quitté les lieux les uns après les autres… Impatiente, la jeune femme s'assit sur le rebord de la fenêtre de son beau-père en guettant le départ de Roger. Il lui avait dit plus tôt qu'il avait une course à faire après la fermeture et qu'il ne serait de retour que dans la nuit. C'était l'occasion rêvée pour jeter un coup d'œil aux livres des comptes ! Avec un peu de chance, elle parviendrait à percer le mystère des initiales figurant dans les marges, en face de certains versements.

Mais Roger ne sortait pas. Peut-être se méfiait-il d'elle depuis qu'il l'avait surprise avec le registre. À midi, il lui avait donné l'ordre de lui apporter son déjeuner sur place – il avait commandé deux assiettes, sous prétexte que l'un de ses employés déjeunerait avec lui – mais, comme d'habitude, il n'avait pas autorisé Felicity à franchir le seuil de l'ancienne remise.

Quand elle lui avait apporté le plateau de son déjeuner, Felicity avait remarqué une petite fiole pleine d'un liquide foncé entre les volumes qui s'alignaient dans une vitrine, derrière le bureau de son mari. Profitant de ce que Roger parlait à ses ouvriers dans la cour, elle avait subtilisé la petite bouteille et l'avait glissée dans la poche de son tablier. Roger était revenu presque aussitôt, et la jeune femme s'était ruée dehors en bredouillant qu'elle avait oublié le pain, ce qui était d'ailleurs vrai. De retour dans la cuisine, elle avait versé quelques gouttes dans un verre et s'en était retournée au magasin... Roger n'était pas là. Elle avait remis la fiole à sa place, avait posé le panier de pain sur le bureau et s'était dépêchée de décamper.

Curieuse de connaître la nature de la substance, Felicity avait apporté l'échantillon prélevé à M. Carlisle l'après-midi même. L'apothicaire avait reniflé le contenu du verre, puis, y ayant trempé le doigt, l'avait goûté du bout de la langue. Du laudanum, avait-il déclaré finalement. Felicity s'était sentie soulagée. Elle espérait sincèrement que son mari ne tentait pas d'empoisonner son père.

Enfin, Roger émergea de la fabrique. Felicity se redressa. Son époux boutonna à la hâte sa redingote, noua sa cravate, plia le genou pour grimper dans la carriole, mais s'arrêta brusquement pour rajuster l'entrejambe de ses culottes de daim. La jeune femme fronça les sourcils, se demandant s'il sortait des lieux d'aisances ou d'une sordide aventure extra-conjugale... Mais peu lui importait. Felicity n'avait que faire des frasques amoureuses de son mari. Si Roger avait une maîtresse, elle n'aurait plus à subir ses violents assauts.

Elle attendit un bon quart d'heure après que la carriole eut disparu. Son mari était un homme imprévisible, et elle n'avait nulle envie de tomber nez à nez avec lui si jamais il revenait parce qu'il avait oublié quelque chose. Quand elle estima enfin qu'elle pouvait sortir de la maison en toute sécurité, elle traversa la cour baignée par le clair de lune et longea le mur, en ayant soin de rester dans l'ombre de la saillie du toit. Lorsqu'elle fut devant la porte de la fabrique, elle tira de la poche de son tablier le lourd trousseau de clés qu'elle avait découvert dans le secrétaire d'Edmund. Elle ignorait encore à quoi correspondait chacune des clés, mais elle n'allait pas tarder à l'apprendre. Depuis qu'il l'avait surprise avec le registre, Roger n'avait plus jamais laissé de double de clé à la maison. Mais elle avait fouillé dans la chambre d'Edmund et avait trouvé le trousseau.

Au bout de deux ou trois essais, la porte du magasin s'ouvrit. Elle se glissa à l'intérieur, referma le battant derrière elle et le verrouilla. Avant d'allumer la lampe à huile, elle ferma les jalousies des fenêtres. Afin de se ménager une sortie précipitée, au cas où Roger reviendrait à l'improviste, elle chercha quelle clé ouvrait la porte de derrière. Quand elle l'eut trouvée, elle s'approcha du bureau et y posa sa lampe. Quelques minutes plus tard, elle feuilletait le livre des comptes.

Depuis la dernière fois, il y avait eu de nouveaux versements et retraits d'argent ; il s'agissait parfois de sommes exorbitantes, et dans la marge, c'était toujours les mêmes initiales : E. R. et M. T. Elle se dit que, s'il s'agissait du paiement de meubles ou d'outils pour la fabrique, il devait sûrement y avoir des reçus quelque part. Elle inspecta les tiroirs, mais ne trouva rien. Elle posa les mains à plat sur le bureau et passa en revue les relations de Roger. Il n'avait pas d'amis de sexe masculin, et les femmes ne représentaient, à ses yeux, que des objets de plaisir. Il était en affaire avec quelques personnes, mais à sa connaissance, aucune ne correspondait aux initiales.

— E. R. et M. T., marmonna-t-elle, en tapotant un crayon contre sa joue. E. R... E. R... Elston ? Elston Roger ? C'était une possibilité.

Et M. T. ? Soudain, elle repensa au nom de l'apothicaire londonien que M. Carlisle avait mentionné : Thaddeus Manville. Comme par hasard, Roger se rendait souvent à Londres, et M. Manville, de son côté, semblait apprécier tout particulièrement les lainages des filatures Elston. Manville Thaddeus. Était-ce lui qui se cachait derrière les initiales M. T. ?

Un bruit sourd la fit sursauter. Le cœur battant à se rompre, elle baissa la mèche de la lampe, se précipita vers la fenêtre et regarda dehors par un interstice entre les lames des jalousies. Mais la carriole n'était nulle part... Elle entendit un deuxième bruit, identique au premier. Il venait du couloir situé derrière elle. Elle se retourna, et s'avança sur la pointe des pieds dans le couloir. Elle songea, glacée de peur, que Roger avait dû pénétrer dans la fabrique par la porte de la remise.

— Roger ? C'est toi ?

En guise de réponse, un nouveau bruit rompit le silence. Il semblait provenir de la pièce du fond, le fameux salon privé dont son mari lui avait interdit l'accès. Avec un luxe de précautions, Felicity longea le couloir et essaya de tourner la poignée de la porte. À l'intérieur, on frappa trois coups qui émirent un bruit assourdi.

— Il y a quelqu'un ? cria-t-elle, se rendant immédiatement compte à quel point sa question était ridicule. Bien sûr qu'il y avait quelqu'un, quelqu'un qui voulait sortir.

Deux jours plus tôt, Roger l'avait envoyée lui chercher un pichet de bière brune. À son retour, elle l'avait surpris sur le seuil du salon privé : il levait le bras en direction de la partie supérieure du chambranle de la porte. En l'apercevant, il avait feint de bâiller et de s'étirer, mais Felicity avait eu le temps de voir qu'il avait placé quelque chose sur l'étroite bande de bois en saillie. « La clé, bien sûr ! » se dit-elle soudain.

C'était aussi bien qu'elle ait oublié l'incident, sinon elle aurait déjà pris le risque de visiter la pièce défendue. Mais la curiosité pouvait se révéler très dangereuse, et elle était consciente qu'elle pouvait mettre sa vie en péril. Elle prit le temps de réfléchir. De deux choses l'une : ou elle ignorait les coups et continuait à éplucher les livres de comptes, ou elle libérait la personne que Roger gardait prisonnière dans son salon privé.

Finalement, Felicity traîna une chaise jusqu'à la porte et grimpa dessus. Ses doigts coururent le long du chambranle supérieur, puis se refermèrent sur un petit objet en fer : la clé ! Elle redescendit, déplaça la chaise, mais quand elle se retrouva face à la porte close, elle eut une nouvelle hésitation. En libérant le prisonnier de Roger, qu'allait-elle découvrir ? Sûrement une autre facette de la personnalité de son époux, plus désagréable encore que ce qu'elle connaissait déjà... Cependant, elle alla chercher la lampe, la ralluma et la posa sur la chaise pour y voir clair. Elle glissa la clé dans la serrure, la tourna, entendit un déclic et, les doigts tremblants, actionna la poignée.

La porte s'ouvrit, et une femme s'avança vers elle en titubant. Elle était entièrement nue. Ses cheveux étaient dénoués ; son visage, son corps étaient couverts de bleus. Des traces de sang maculaient l'intérieur de ses cuisses. Un frisson glacé parcourut Felicity. Seul Roger pouvait être le responsable de telles brutalités !

— Aidez-moi ! supplia la prisonnière. Je vous en prie, madame, aidez-moi à m'échapper. Sinon il va me tuer...

Felicity la regarda, consternée.

— Qui êtes-vous ? Pourquoi êtes-vous ici ?

— Je suis Pandora Mayes, une actrice londonienne. Je suis venue hier au magasin pour acheter un châle... Hier ou il y a un an, ajouta-t-elle en claquant des dents. J'ai l'impression qu'une éternité s'est écoulée depuis. Le fabricant de laine m'a proposé de m'offrir le châle si j'étais gentille avec lui, mais je n'imaginais pas que cela signifierait qu'il me réduirait à l'état d'esclave sexuelle et qu'il me séquestrerait. Il m'a forcée à boire du laudanum avant de s'en aller hier soir, mais dans l'état où j'étais, je n'aurais de toute façon pas pu m'évader. Il m'a violée avec une violence inouïe et à de multiples reprises. J'ai cru que je n'en sortirais pas vivante... J'ai eu si peur, et j'ai tellement honte de raconter ce qu'il m'a fait...

Elle tressaillit violemment, avant de reprendre :

— Je dois fuir avant son retour. Il a dit qu'il reviendrait ce soir et qu'il... oh, mon Dieu, je sais qu'il va me tuer.

L'état pitoyable de la malheureuse et la terreur qu'elle lisait dans ses yeux persuadèrent Felicity du fait que, en comparaison, son mari la traitait avec certains égards... Sachant combien, malgré tout, c'était déjà pénible, elle eut de la compassion pour l'infortunée actrice et décida de l'aider. Elle posa la main sur le bras de Pandora.

— Vous ne pouvez pas sortir dans cet état. Avez-vous des vêtements ?

— Il me les a pris. Il m'a ordonné de me baigner et de me parfumer, mais je n'ai fait ni l'un ni l'autre.

— Écoutez ! Je cours à la maison chercher des habits. Entre-temps, vous feriez bien de vous laver. Vous... euh... sentez mauvais.

— Et pour cause ! Ce fils de chienne m'a souillée à plusieurs reprises.

Roger avait habitué Felicity à un langage grossier, mais dans la bouche d'une femme, ces expressions paraissaient plus choquantes encore.

— Soyez prête, murmura-t-elle. Je reviens aussi vite que je le peux. Mon grand-père a des amis qui vous reconduiront à Londres, mais il faudra se rendre chez lui à pied... Il habite de l'autre côté de la colline. Avez-vous des chaussures ?

— C'est la seule chose que cette ordure m'a laissée.

Felicity jeta un dernier coup d'œil à l'actrice. Une chemise de nuit et une cape feraient l'affaire. Elles étaient à peu près de la même taille, mais Pandora avait des formes plus opulentes. Avec ses longs cheveux dénoués, ses ongles peints, ses lèvres tuméfiées et barbouillées de rouge, ses yeux lourdement maquillés, elle avait tout à fait l'air de sortir d'un établissement malfamé.

Felicity s'élança vers la maison. Dans sa précipitation, elle ne remarqua pas la carriole, garée à l'autre bout de la cour. Elle revint en trombe dans le magasin et poussa un cri de terreur. Roger se tenait au milieu de la pièce, les bras croisés, une expression mauvaise sur le visage. Affolée, Felicity pivota sur ses talons, prête à fuir, mais il l'attrapa par les cheveux.

— Alors, ma caille, on a été curieuse ? susurra-t-il, les yeux flamboyants. Nous allons déguster un porto tous les trois pendant que je réfléchirai à ce que je vais faire de vous deux. Je pourrais vous vendre à un bordel londonien…

Felicity plaqua ses mains sur son ventre protubérant, arrachant un ricanement à son tortionnaire.

— Délicate comme tu l'es, ma chérie, tu risques de perdre ton mouflet là-bas… Les clients se disputeront un aussi joli brin de fille, même si tu es enceinte.

Il la propulsa à travers la pièce et éclata d'un rire dément lorsqu'elle atterrit sur une chaise, à côté de Pandora qui paraissait terrifiée : les larmes diluaient le reste de son maquillage et dessinaient des sillons noirâtres sur ses joues.

Après avoir refermé la porte du magasin, Roger poussa le loquet.

— Un peu de porto, mesdames ? Je vais vous le servir… Restez tranquilles pendant ce temps, sinon vous le regretterez. Avez-vous déjà vu une lanière cloutée ? Les pointes de métal vous arracheraient la peau du dos.

Il disparut dans le couloir et revint peu après avec trois godets emplis d'un liquide rouge sombre. Sans quitter les deux femmes du regard, il porta l'un des verres à ses lèvres, sirota une gorgée, puis roula les yeux d'un air enchanté.

— Mmm, c'est divin.

Il tendit un godet à Pandora, qui le saisit d'une main tremblante.

— N'aie pas peur, ma puce. Bois. Cela te remontera le moral. Et qui sait ? Peut-être aurai-je pitié de toi et finirai-je ce que nous avons commencé… Ma chère épouse pourra ainsi s'instruire sur les différentes façons de s'y prendre pour satisfaire les goûts de ses futurs clients.

Pandora fut parcourue d'un frisson. Roger s'avança vers Felicity et lui présenta le dernier verre ; elle le prit et jeta à son mari un regard méfiant. Celui-ci lui saisit le menton, la forçant à relever la tête, et feignit d'admirer son visage.

— Tu es belle, ma chatte, dit-il en lui caressant la joue d'un air affectueux. Je suis navré de devoir t'emmener à Londres. Après tout, je t'aimais... à ma manière... quoique moins que lady Adriana.

Pandora ne put retenir un cri étouffé. Aussitôt après, elle baissa les yeux sur ses cuisses nues, craignant d'avoir attiré l'attention de son geôlier.

Roger se retourna.

— Tu connais lady Adriana ? Comment cela se fait-il ? demanda-t-il d'une voix doucereuse où sourdait une vague menace.

Comme elle ne répondait rien, il se pencha vers elle.

— Comment la connais-tu, espèce de traînée ? éructa-t-il. Tu n'es pas noble, que je sache.

— Je... je connais lord Colton depuis... un certain temps, bredouilla misérablement l'actrice.

— Je suppose que cela date d'avant son mariage.

Il surprit une fugitive expression de haine dans le regard de Pandora.

— Oui... et je n'ai rencontré lady Adriana qu'hier... Ou peut-être avant-hier, je ne sais plus très bien. J'ai perdu la notion du temps... Je ne l'avais jamais vue avant... avant de me rendre au manoir de Randwulf.

— Une vraie beauté ! s'exclama-t-il en sirotant son porto d'un air maniéré. J'ai failli prendre mon plaisir avec elle, mais Sa Seigneurie a fait irruption au mauvais moment. Je dois reconnaître qu'elle s'était vaillamment défendue, mais un de ces jours, je l'aurai à ma merci. Je la ferai saigner jusqu'à ce qu'elle implore ma pitié et je la soumettrai à tous mes caprices. Elle regrettera de ne pas m'avoir laissé la prendre ce soir-là.

Felicity jeta un coup d'œil en biais à Pandora, qui portait le godet à sa bouche. Elles échangèrent un regard, et Felicity fit un léger signe de tête en guise d'avertissement. Roger se pencha vers elle.

— Qu'y a-t-il, ma poupée ? Es-tu jalouse ? fit-il avec un rictus moqueur. Cette putain ne représente rien pour moi. Rien qu'un passe-temps. J'aurais passé quelques bons moments avec elle et je te serais revenu dès qu'elle m'aurait lassé. Assez vite, à vrai dire. Ses pleurs et ses gémissements m'ont tellement agacé que j'étais à deux doigts de lui flanquer une bonne correction.

— Vas-tu vraiment m'abandonner dans un bordel, Roger ? demanda Felicity, étonnée que les mots aient pu franchir sa gorge serrée. (Elle n'avait jamais été aussi terrorisée de sa vie.) Ne veux-tu donc pas de ton enfant ?

Il balaya son argument d'un geste nonchalant.

— Je n'aime pas les enfants, ma chère, et ton gros ventre me dégoûte. Mais j'avoue que tu me manqueras. J'aime les jolies femmes, et tu es parmi les plus belles que j'aie connues.

— Mais pas aussi belle qu'Adriana, dit-elle d'un ton acerbe, comme si elle en éprouvait réellement du ressentiment.

— Oh ! mais vous êtes vraiment jalouse, madame Elston, gloussa-t-il, réjoui. Tu as dû souffrir horriblement lorsque Colton t'a délaissée pour elle. Je sais que cet homme te plaisait beaucoup, mais il ne va pas tarder à regretter d'être revenu. Je vais l'émasculer, faire rôtir ses testicules à la broche et saillir Adriana sous ses yeux... avant de le tuer.

— Tu détestes tout le monde, Roger ? demanda Felicity.

— Mais non, ma chérie. Toi, je ne te déteste pas. Ni Adriana. Ne t'ai-je pas traitée gentiment ? Ne t'ai-je pas aimée, à ma manière ?

— À ta manière ? murmura-t-elle, incrédule. Tu m'as fait mal chaque fois que tu m'as prise dans tes bras. Tu confonds amour et brutalité.

À nouveau, il balaya son argument d'un geste hautain.

— Tu ne comprends pas, Felicity; il y en a que je hais vraiment, que je voudrais voir morts. J'ai organisé une embuscade contre Colton, mais il a réussi à s'échapper. J'ai eu le temps de lui tirer dessus, mais malgré la balle que je lui avais plantée dans le dos, il a épousé Adriana le soir même. Je l'en ai haï encore davantage, et je n'aurai pas de répit tant que je n'aurai pas pris ma revanche sur lui. Je détestais déjà son père, et je m'en suis habilement vengé, mais ce n'est pas le problème aujourd'hui... Voyons plutôt ce que je vais faire de vous deux, mes petites colombes.

Il partit vers le fond du magasin, et Felicity en profita pour vider le contenu de son verre dans une cafetière de cuivre qui trônait sur le bureau. Pandora la fixa, s'efforçant de saisir la signification de ce geste, puis renifla son porto. Avant que Felicity ait eu le temps d'intervenir, elle l'avala d'un trait. Felicity la regarda, paralysée par l'horreur. Elle était absolument certaine que l'actrice venait d'absorber une dose mortelle d'arsenic.

Roger revint. Voyant leurs verres vides, il posa le sien.

— On y va ! déclara-t-il, puis il indiqua la chemise de nuit et la cape que Felicity avait laissées tomber au milieu de la pièce. Ma chérie, peux-tu aider notre amie Pandora à enfiler ces habits ? J'aurais peine à expliquer aux passants pourquoi je transporte une femme nue dans ma carriole.

Sous son regard perçant, les deux femmes s'exécutèrent. Pandora passa la chemise, attacha les liens de la cape, glissa ses pieds dans ses brodequins. Quand Roger lui fit signe d'avancer, elle obtempéra – comment aurait-elle pu refuser ? Felicity la suivit, et peu après, la carriole s'élançait dans la nuit.

Ils n'avaient pas pris la direction de Londres, mais se dirigeaient vers l'ouest. Ils traversaient un paysage vallonné et parsemé de châteaux en direction de la rivière Avon. Roger connaissait la région par cœur, et, si les soupçons de Felicity se confirmaient, on ne les retrouverait pas avant longtemps.

Assise près d'elle, l'actrice s'était mise à gémir et à se tordre de douleur. Felicity l'imita du mieux qu'elle le put, et, lorsqu'elle entendit le rire sadique de Roger, sa gorge se noua. Malgré sa prétendue affection pour elle, il semblait se réjouir de l'avoir empoisonnée... Elle devait absolument lui faire croire qu'elle aussi avait absorbé le fatal breuvage et qu'elle se mourait. C'était sa seule chance de s'en sortir. Mais l'issue dépendrait de la façon dont son mari comptait se débarrasser des cadavres. L'idée d'être enterrée vivante la glaça, mais, connaissant Roger, elle pensa qu'il était fort improbable qu'il se donne la peine de creuser deux tombes ; il n'était pas du genre à se fatiguer plus que nécessaire. Alors, peut-être se contenterait-il de les abandonner quelque part dans la nature. Dans son for intérieur, elle adressa à Dieu une fervente prière : « Je vous en supplie, aidez-moi. »

L'agonie de Pandora ne dura pas longtemps. Ses gémissements cessèrent soudain, et Felicity suivit son exemple. Subrepticement, elle tâta le poignet de sa compagne de misère : le pouls avait cessé de battre, l'actrice avait succombé au poison.

À présent, ils se trouvaient dans un endroit que Felicity n'avait jamais vu. Roger tira sur les rênes, et la carriole s'arrêta. Il sortit Pandora du véhicule, la laissa tomber lourdement sur le sol caillouteux, puis, lui saisissant les poignets, il commença à traîner vers le sommet d'une crête rocheuse qui devait surplomber la rivière, car seul le bruissement de l'eau brisait le silence nocturne.

Felicity déchira un bout de tissu de sa robe et se l'enfonça dans la bouche, afin d'étouffer ses gémissements quand Roger lui infligerait le même traitement qu'à Pandora. Si le moindre son lui échappait, elle savait qu'elle ne vivrait pas une minute de plus.

Là-haut, l'homme se redressa ; il était arrivé au bord du ravin. Il lâcha l'actrice, posa sa botte sur sa hanche et la poussa d'un coup de pied. Le corps de Pandora dévala la pente, et, quelques instants plus tard, Felicity entendit le bruit lointain de sa chute dans l'eau.

Roger revint vers la carriole en haletant. Felicity retint son souffle et tenta de contenir les battements de son cœur quand son époux lui empoigna les chevilles. Il la traîna sur le plancher du véhicule, et ses jupes se relevèrent jusqu'à sa taille. Elle serra les dents, s'attendant à chuter durement sur le sol. Mais il la fit pivoter sur le côté et la souleva dans ses bras. Felicity était plus petite et, quoique enceinte, plus légère que l'actrice ; Roger avait dû juger qu'il serait plus facile de la porter que de la traîner. Il emprunta à nouveau le sentier escarpé et bordé de rochers.

Felicity, les yeux mi-clos, s'efforçait de rester aussi inerte qu'une poupée de chiffon. Il la portait sans effort, laissant sa tête osciller par-dessus son bras. Si cette position meurtrissait les muscles de sa nuque, elle permettait à Felicity de cacher son visage tout en observant les alentours. Enfin, ils atteignirent la crête qui dominait la rivière tumultueuse. Malgré le clair de lune, il était impossible d'apercevoir le fond du ravin, et Felicity ne put qu'espérer qu'elle arriverait en bas sans se fracasser les os sur les rochers.

Pendant un moment, Roger resta debout, son fardeau sur les bras, comme s'il cherchait la meilleure façon de s'en débarrasser. Tandis qu'il ricanait, Felicity priait pour ne pas se noyer dans les eaux bouillonnantes. Roger commença à la balancer de gauche à droite, puis il la jeta dans le vide, et elle dégringola la pente. Elle manqua maintes fois de se rompre le cou, mais se retint de remuer jambes ou bras, car tout mouvement suspect risquait de lui être fatal. Elle craignit cependant de ne pas arriver en bas vivante.

Une motte de tourbe ralentit sa chute, mais juste avant qu'elle ne tombe enfin dans l'eau, son ventre heurta un gros caillou ; le bâillon qu'elle s'était fabriqué assourdit son cri. Une fulgurante douleur la déchira, tandis qu'un liquide poisseux jaillissait entre ses jambes. Elle sut que Roger avait réussi à tuer son bébé. Elle s'agrippa à une branche qui dépassait de la berge et resta un long moment sans bouger. Il lui sembla que tous ses os avaient été broyés.

Là-haut, le martèlement des sabots du cheval sur la caillasse et le roulement de la carriole l'avertirent que Roger était reparti. Alors, elle se hissa sur la berge et retira le bout de tissu de sa bouche. Elle fut prise d'une violente nausée et vida son estomac. À chaque spasme qui la secouait, le sang chaud et gluant jaillissait de son corps ; si l'hémorragie ne s'arrêtait pas, elle allait mourir. « Il faut que j'arrive à remonter, se dit-elle obscurément, même si je dois ramper en m'agrippant avec mes ongles. »

Assis dans son landau, Riordan Kendrick contemplait, morose, le paysage, sans vraiment le voir. Depuis le mariage d'Adriana et de Colton, il n'avait plus le cœur à sortir. Il avait délaissé ses amis, préférant la solitude de son château aux divertissements et aux réunions mondaines. Ce soir pourtant, il avait cédé à l'insistance de Samantha et de Percy ; il avait dîné chez eux, mais cela n'avait pas allégé sa peine. Voir Samantha dans le dernier mois de sa grossesse n'avait fait que raviver sa souffrance d'avoir perdu Adriana. Parfois, il lui semblait perdre la raison : il croyait sentir les bras soyeux d'Adriana autour de son cou, ses lèvres douces contre les siennes, ses cuisses qui s'ouvraient pour l'accueillir en elle…

En serrant les dents, Riordan frotta sa poitrine, comme pour remplir le vide de son cœur. Il savait qu'il était grand temps de se chercher une autre fiancée, mais jusqu'alors, il avait été incapable de mettre ce projet à exécution. Aucune des demoiselles disponibles à cent lieues à la ronde ne lui plaisait. Celles qui, jadis, avaient quelque peu attiré son attention étaient mariées à présent. Il ne pouvait s'en prendre qu'à lui-même, car à l'époque, il ne leur avait pas témoigné beaucoup d'intérêt. En revanche, il avait aimé profondément Adriana et l'aimerait probablement jusqu'à la fin de ses jours. Mais il devait se rendre à la raison: l'élue de son cœur appartenait maintenant à un autre, qui l'aimait également passionnément. Colton avait failli mourir pour conquérir Adriana, et Riordan était d'autant plus malheureux qu'il se retrouvait dans la peau de l'amoureux qui convoite la femme d'un ami… Colton était un homme qu'il admirait, respectait… et jalousait tout à la fois.

Son cocher tira brusquement sur la bride pour immobiliser le landau, et Riordan fronça les sourcils.

— Qu'y a-t-il, Matthew? cria-t-il, alors que le conducteur ouvrait la petite fenêtre sur le toit. Pourquoi vous êtes-vous arrêté?

— Quelqu'un est couché sur le bas-côté de la route, Monsieur. Et si j'en crois mes pauvres yeux, il s'agit d'une dame blonde… Elle est morte ou grièvement blessée. Voulez-vous que j'aille voir?

— Non, restez à votre place. J'y vais, dit Riordan.

Il décrocha l'une des lanternes et s'avança vers la forme pâle et inerte qu'il distinguait dans la nuit. Les semelles de ses bottes faisaient grincer les graviers, mais la femme ne bougea pas. Elle était pelotonnée dans les herbes, les yeux clos, et Riordan leva la lampe à la recherche du moindre signe de vie. Apparemment, elle était morte. Toutefois, par acquit de conscience, il saisit le poignet et chercha le pouls; il le sentit palpiter faiblement sous la pulpe de ses doigts. Il posa la lanterne par terre.

— Madame Elston! s'écria-t-il en reconnaissant la petite-fille de Samuel Gladstone.

Il l'avait croisée quelques mois auparavant, à Stanover House. À l'époque, il était amoureux fou d'Adriana, mais il n'avait pu s'empêcher d'admirer la beauté de Felicity; pourtant, avec ses cheveux blond pâle et ses yeux bleu porcelaine, la jeune femme était exactement à l'opposé de son idéal féminin. Plus tard, il avait entendu dire qu'elle avait épousé Elston, le jeune fabricant de laine qui avait tant poursuivi Adriana de ses assiduités.

Un sombre filet de sang avait coagulé au coin de la bouche de la jeune femme évanouie, tandis qu'une ecchymose s'étalait de la joue jusqu'au front. Riordan la secoua doucement, mais il n'obtint aucune réponse en retour, pas même un frémissement de paupières. Il se pencha, passa un bras derrière son dos et l'autre sous ses genoux. En la soulevant, il se rendit compte qu'elle était trempée, mais il ne s'agissait pas seulement d'eau. Il approcha son fardeau de la lueur de la lanterne et réalisa que les jambes étaient couvertes de sang! Il releva la robe et le jupon, à la recherche d'une blessure qu'il pourrait garrotter pour arrêter l'hémorragie. Un liquide visqueux, presque noir, souillait les sous-vêtements... Riordan repartit en courant vers le landau.

— Matthew, ramenez-nous à la maison au galop, puis allez chercher le Dr Carroll. Madame Elston est en train de faire une fausse couche, et si elle ne reçoit pas rapidement des soins, elle se videra de tout son sang.

Lorsqu'ils arrivèrent à Harcourt Hall, Riordan sauta à terre, tenant toujours la jeune femme dans ses bras, et se rua dans le manoir. Il appela Mme Rosedale, sa gouvernante, qui accourut, tandis qu'il gravissait les marches de l'escalier quatre à quatre. Une fois sur le palier, il ouvrit d'un coup d'épaule la porte de la chambre qui faisait face à ses appartements. La gouvernante le suivit avec deux servantes, puis pria son maître de laisser les femmes s'occuper de la blessée.

Les trois femmes baignèrent Felicity, soignèrent les écorchures sur ses jambes et ses bras, et attendirent le médecin. En dehors des servantes, aucune femme n'habitait le château, aussi prirent-elles l'initiative d'emprunter l'une des chemises de nuit du maître des lieux. Riordan ne les mettait pas, ou alors très rarement, quand des invités de passage restaient pour la nuit au château. Naturellement, la chemise qu'elles préparèrent était beaucoup trop large pour Felicity, et l'ouverture de devant lui laisserait à découvert la moitié de la poitrine, mais ce serait déjà miraculeux si elle survivait et avait l'occasion de la porter.

Dès son arrivée, Riordan conduisit le Dr Carroll à l'étage. Il grimpait les marches si vite que le praticien dut courir pour le suivre. Quand il atteignit la chambre de la patiente, il était hors d'haleine. Il retroussa ses manches, se savonna et se rinça énergiquement les mains, puis, aidé par la plus expérimentée des servantes, il procéda à un examen approfondi.

Deux heures plus tard, Riordan fut autorisé à rendre visite à son invitée. Felicity l'accueillit avec un faible sourire. Ses joues étaient inondées de larmes, et elle avait remonté la couverture damassée jusqu'à son menton.

— Monsieur, je vous suis reconnaissante de m'avoir sauvé la vie, murmura-t-elle d'une petite voix angoissée.

Riordan tira un fauteuil près du lit, s'y assit, sourit à la jeune femme et saisit sa main entre les siennes.

— Vous ne me devez rien du tout, madame Elston. C'est mon cocher qui vous a aperçue sur la route et s'est arrêté. Quant à votre vie, vous la devez plutôt au bon Dr Carroll... En tout cas, j'ai envoyé un de mes hommes pour informer votre mari que vous étiez ici.

— Oh non ! s'écria-t-elle, les mains sur sa gorge. Roger me tuera, comme il a déjà essayé de le faire.

Riordan se cala dans le fauteuil, sidéré, tandis que Felicity remontait la chemise de nuit sur son épaule dénudée, au galbe parfait.

— Mais voyons, fit-il, pourquoi pensez-vous une chose pareille ? Que pourriez-vous avoir fait pour que votre époux veuille vous tuer ?

— Roger n'a pas besoin d'avoir de bonnes raisons pour essayer de me tuer, monsieur le marquis. C'est un monstre à l'intelligence froide, qui aime les défis, et il perpètre ses forfaits de façon lente et méthodique. Si je n'avais pas soupçonné qu'il était en train d'empoisonner son père, moi aussi je serais morte à l'heure qu'il est.

— Vous aussi ? Quelqu'un est déjà mort ?

— Ce soir, Roger a assassiné une actrice... et il a tenté de m'éliminer exactement de la même manière.

Les sourcils de Riordan se rapprochèrent, et il se demanda s'il devait accorder un quelconque crédit aux accusations que cette femme portait contre son mari.

— Excusez-moi, dit-il. Pourriez-vous me fournir plus de précisions ?

Un nouveau flot de larmes jaillit des yeux bleus de Felicity. La jeune femme lui relata les événements de la soirée d'une voix entrecoupée de sanglots. Riordan l'écouta sans l'interrompre, se contentant de tirer un mouchoir propre de sa redingote et de le presser entre les mains tremblantes de la malheureuse.

— Près de l'endroit où vous m'avez trouvée, il y a un cours d'eau ou une rivière, acheva-t-elle. Si vous retournez là-bas, vous découvrirez le corps de la femme que Roger a empoisonnée. Je me doutais que j'étais mariée à un être sadique et pervers, mais ce soir, j'ai également découvert que c'était un dangereux meurtrier... Dieu seul sait combien de personnes Roger a tuées depuis qu'il est arrivé dans la région.

Riordan hocha la tête.

— J'envoie immédiatement un domestique informer les autorités, madame Elston. J'espère qu'ils découvriront le corps de cette actrice avant que Roger, qui ne va pas tarder à savoir que vous avez survécu, ait le temps de retourner au ravin pour faire disparaître le cadavre. S'il y parvenait, il prétendrait que vous avez tout inventé. Nous ne pouvons pas le laisser faire. En tout cas, soyez assurée que vous êtes en sécurité à Harcourt Hall. Personne ne pourra vous nuire tant que vous serez sous ma protection.

Il s'éclipsa et referma la porte de la chambre derrière lui. Il revint quelques instants plus tard et reprit sa place dans le fauteuil, près du lit.

— Vous m'avez dit que vous soupçonniez Roger d'empoisonner son père. Comment en êtes-vous arrivée à cette conclusion ?

— J'ai remarqué que les ongles de M. Edmund Elston étaient bizarrement striés et que sa peau desquamait... J'en ai parlé à Phineas Carlisle, l'apothicaire de Bradford. Il m'a dit qu'il avait déjà observé de tels symptômes sur l'une de ses clientes, qui prenait de petites doses d'arsenic pour éclaircir la couleur de sa peau... Lorsqu'elle est décédée, il a remarqué qu'elle avait la peau squameuse et les ongles striés.

— C'est étrange, mais la dernière fois que j'ai rendu visite à feu monsieur le marquis de Randwulf, je me suis demandé de quel mal il souffrait, parce qu'il avait les ongles creusés de rainures... murmura Riordan d'une voix pensive. Lord Sedgwick était un gentilhomme très soigneux; il avait toujours les mains manucurées... Au début de sa maladie, je n'ai rien remarqué de particulier, mais à la fin, quand il ne quittait plus son lit, j'ai noté la différence... En fait, Sa Seigneurie a succombé à un mal mystérieux. Les médecins n'ont jamais pu en déterminer la cause... Pensez-vous que Roger l'ait empoisonné?

Felicity avala péniblement sa salive. Elle avait la bouche sèche. En s'excusant auprès de son hôte, elle prit un verre d'eau sur la table de chevet et but quelques gorgées. La chemise glissa sur son épaule, et elle la remonta en rougissant.

— Pardonnez-moi, monsieur. Mais cette chemise est si large...

Riordan eut un sourire. Même s'il n'avait duré qu'une fraction de seconde, le spectacle de son sein couronné de son aréole rose ne lui avait pas déplu...

— C'est normal, madame Elston, cette chemise est à moi...

— Ah! je comprends...

— Mais je vous en prie. Continuez... Je vous ai demandé si, à votre avis, Roger avait pu empoisonner l'ancien lord Randwulf.

Les mains de Felicity se crispèrent sur la couverture damassée; la jeune femme s'efforçait de mettre un peu d'ordre dans ses pensées.

— En effet, Roger s'est vanté de s'être vengé du père de lord Colton. S'il s'est mis dans la tête que lord Sedgwick constituait un obstacle entre lady Adriana et lui, alors il n'a sans doute pas hésité à le supprimer. Il semble particulièrement attiré par les poisons. Il doit les faire venir de Londres avec la complicité d'un apothicaire londonien, un certain Thaddeus Manville... Je crois que ce sont ses initiales qui figurent dans les registres de comptes. S'il s'agit bien de lui, Roger lui a versé de grosses sommes d'argent.

— Il faut absolument que je mette lord Colton au courant, pensa Riordan à voix haute. Roger voulait épouser lady Adriana... Il est donc tout à fait possible qu'il ait cherché à supprimer lord Sedgwick.

— C'est incroyable le nombre d'hommes qui ont été amoureux de lady Adriana, murmura doucement Felicity. J'ai été jalouse d'elle, je le confesse. Mais maintenant que ma vie est terminée...

— Ne dites donc pas de bêtises! coupa Riordan en lui prenant la main. Vous avez toute la vie devant vous, et je parierais volontiers que les descendants de Samuel Gladstone sont suffisamment résistants pour surmonter les difficultés de l'existence. Votre mère fait preuve d'une force étonnante. Non seulement elle dirige les filatures et s'occupe efficacement de Stanover House, mais elle trouve encore le moyen de soigner son père malade.

— Maman est une femme étonnante, admit Felicity, honteuse de son comportement passé. J'aurais voulu lui ressembler.

— Vous avez déjà sa force, je n'en doute pas. Vous avez simplement besoin de vous remettre sur pied. Je ne voudrais pas paraître inconvenant, mais le Dr Carroll est convaincu que vous pourrez avoir d'autres enfants.

Felicity essuya ses larmes.

— Roger était très mécontent que je sois enceinte. Mais moi, je voulais tellement ce bébé...

Riordan lui serra la main d'un air rassurant.

— Vous en aurez... avec un autre époux, bien sûr. Roger doit payer pour ses crimes, et il mérite la peine de mort.

— Oh! il me tuera avant. Je l'ai entendu rire quand il m'a crue morte. Je ne donne pas cher de ma vie s'il m'attrape.

— Il ne vous attrapera pas, car je ne vous laisserai pas seule tant que ce criminel ne sera pas sous les verrous. Vous êtes sous ma protection, je vous le répète. Vous pouvez faire confiance à mes domestiques. Ce Roger devra m'affronter si jamais l'idée lui prend de venir vous chercher ici, mais il est trop lâche pour se mesurer à un homme, il préfère s'attaquer aux plus faibles.

— Je ne sais pas pourquoi Roger a tant de ressentiment envers les femmes ! renchérit Felicity. J'ignore si c'est parce que lady Adriana lui a préféré lord Colton ou s'il s'agit d'un sentiment plus ancien et plus profond. Quand je l'ai épousé, j'ai vite compris mon erreur. Roger est rongé par la haine... Mon père m'a dit une fois qu'il pensait qu'Edmund Elston avait assassiné ses deux épouses. Il m'a mise en garde... Je regrette de ne pas l'avoir écouté.

— Des gens charmants ! ironisa Riordan avec mépris. Rappelez-moi de les saluer si je les rencontre.

— Edmund est mourant, et donc inoffensif à présent. Ce n'est pas le cas de son fils, malheureusement.

— Je vais tout de suite envoyer un message à lord Colton, pour l'exhorter à se méfier de cette canaille, répliqua Riordan.

— Roger a prétendu qu'il avait tiré dans le dos de Sa Seigneurie, le soir de l'embuscade...

— C'était lui ? s'exclama Riordan, consterné. Il voulait vraiment éliminer tous les prétendants d'Adriana !

Se levant prestement, il s'excusa.

— Je reviens, madame Elston... Je dois avertir mes amis.

— Vous avez raison, on ne saurait être trop prudent, et vous leur sauverez peut-être la vie en les mettant au courant.

Riordan s'inclina en claquant des talons.

— Vos désirs sont des ordres, dit-il en souriant.

Amusée, Felicity haussa le sourcil, sceptique.

— Et vous, monsieur, vous parlez comme un bourreau des cœurs... J'ai intérêt à enfermer le mien dans un coffret fermé à double tour.

— Dommage, dit-il avec un sourire taquin. Encore que je puisse me renseigner auprès d'un voleur sur la façon dont on dérobe les clés…

Sur le seuil de la porte, la main sur la poignée, Riordan se retourna et fit un clin d'œil à Felicity. Lorsque la jeune femme fut seule, elle regarda sous la couverture ; un gémissement lui échappa. La chemise de nuit trop large dévoilait ses seins. Elle essaya de resserrer le col, mais le tissu glissa de nouveau sur son épaule.

Riordan revint plus vite que prévu. Felicity venait d'avaler une cuillerée de laudanum, comme le lui avait prescrit le médecin. Malgré le verre d'eau qu'elle avait bu ensuite, le goût infect du remède lui avait soulevé l'estomac. Elle avait encore les yeux brouillés de larmes, à force de lutter contre la nausée, quand la porte de sa chambre s'ouvrit à nouveau sur le maître de maison.

Ayant repris place près du lit, Riordan exposa une nouvelle théorie.

— Ce soir, lady Samantha m'a raconté une anecdote à propos d'une servante, morte subitement au manoir de Randwulf, après avoir éclusé le brandy de l'ancien marquis. Si je me souviens bien, cette Mme Jennings a brisé la carafe en s'évanouissant… C'est ainsi qu'ils ont découvert qu'elle buvait, mais le problème n'est pas là. Elle a été renvoyée, et les garçons d'écurie l'ont ramenée chez elle. Le lendemain matin, lord Colton l'a trouvée morte dans sa cabane. La famille a cru qu'elle avait succombé à un coma éthylique, mais à la lumière de vos confidences, je me demande si le brandy n'était pas empoisonné. Lord Sedgwick n'est pas mort tout de suite, parce qu'il n'absorbait que de petites quantités à la fois… Je ne crois pas que Roger ait laissé le poison dans la carafe après le décès de Sedgwick… D'abord c'était trop risqué, ensuite ça n'était plus d'aucune utilité. J'aurais plutôt tendance à penser qu'il a empoisonné de nouveau le brandy après le retour de Colton. Sans le savoir, l'infortunée Mme Jennings a sauvé la vie du marquis. Ensuite, Roger a essayé une autre méthode, d'où l'embuscade meurtrière que vous m'avez relatée… Colton a eu de la chance, finalement.

— J'ai remarqué que vous dansiez avec lady Adriana au bal d'automne, dit Felicity d'une voix hésitante. Vous seriez devenu une cible, vous aussi, si vous aviez insisté.

— Ce n'était pas l'envie qui m'en manquait, admit-il en effleurant la main de la jeune femme. Mais Adriana a été promise à Colton il y a des années… J'ai dû m'incliner.

— Lady Adriana était entourée d'une cour de prétendants… Elle est très belle, bien sûr, mais je me suis souvent demandé si la fortune de son père ne la rendait pas encore plus attirante… Pourriez-vous expliquer à une femme qui a longtemps été jalouse de lady Adriana ce que tous les hommes lui trouvent ?

— Vous n'êtes plus jalouse ?

— Oh ! non… Après les épreuves que j'ai traversées, je ne ferai plus jamais confiance à un homme… Vous, par exemple, savez-vous pourquoi vous étiez si épris d'elle ?

L'air songeur, Riordan se renversa sur sa chaise.

— Adriana fait l'effet d'une bouffée d'oxygène au milieu des autres femmes qui bavardent, gloussent et cancanent sans répit. Elle ne sacrifie pas aux faux-semblants ; c'est une personne honnête avec elle-même et avec les autres. C'est également une excellente cavalière ; elle gagne presque toutes les courses de chevaux, puis elle taquine impitoyablement les perdants… Ce qui ne l'empêche pas de se montrer charitable envers ceux qui sont dans le besoin. Les indigents ne tarissent pas d'éloges sur son bon caractère, surtout les jeunes orphelins dont elle s'occupe… Quand elle était petite, elle soignait des animaux blessés, et maintenant, sa compassion se tourne vers les êtres humains qui souffrent.

— N'en dites pas plus, l'implora Felicity avec un vague sourire. À peine avez-vous commencé que je me suis rendue à l'évidence : je ne lui arriverai jamais à la cheville.

Riordan rit.

— Excusez-moi, je me suis laissé emporter par mon enthousiasme... Dieu sait si j'ai envié lord Colton, mais je pense qu'il a amplement mérité une telle femme. Il l'aime tout autant qu'il en est aimé.

— Merci de m'avoir fait partager vos pensées, murmura Felicity, mais je sens que le laudanum commence à faire son effet... (Elle battit des cils, étonnée que ses paupières soient aussi lourdes.) Peut-être pourrions-nous continuer cette discussion... demain.

— Bien sûr, madame Elston.

— Ne m'appelez plus comme cela, fit-elle d'une voix ensommeillée... Je ne veux plus être associée à Roger d'aucune manière...

— Je vous comprends, très chère, murmura-t-il.

Il n'était pas sûr qu'elle l'ait entendu, car elle dormait déjà. Son souffle saccadé se transforma peu à peu en respiration régulière, et tandis qu'il la regardait sombrer dans le sommeil, il se rappela combien il l'avait trouvée belle la première fois qu'il l'avait croisée chez son grand-père, des mois auparavant.

Riordan passa la main dans les cheveux blonds de la jeune femme ; une boucle dorée, comme animée d'une vie à part, s'enroula à son doigt. Riordan en fut tout attendri. Il détailla le visage de Felicity, découvrant, sous les ecchymoses et les égratignures, ses traits délicats. Elle avait un petit nez très légèrement retroussé, les cils les plus épais qu'il ait jamais vus (très foncés pour une femme aussi blonde). Sous les paupières closes, il savait que les yeux étaient plus bleus que l'azur... Et puis, elle avait des seins magnifiques, du moins pour autant qu'il ait pu en juger quand il les avait fugitivement aperçus par l'échancrure de la chemise.

Un long moment plus tard, Riordan Kendrick s'extirpa enfin du fauteuil et se dirigea vers la porte. Bizarrement, il avait le cœur léger et se sentait d'excellente humeur, alors qu'il broyait du noir quelques heures auparavant. Un nouvel espoir gonflait sa poitrine. « C'est un miracle, songea-t-il. Un merveilleux miracle ! »

22

La gouvernante de lord Harcourt fit irruption dans la chambre où se reposait la femme du fabricant de laine. D'un geste de la main, elle congédia les deux servantes qui, après avoir servi le petit déjeuner à Felicity, l'avaient lavée et habillée.

— Madame Elston, vous avez de la visite, annonça Mme Rosedale avec un sourire. Lord et lady Randwulf voudraient vous voir. Et, bien sûr, lord Harcourt s'inquiète de votre santé... Voulez-vous les recevoir ?

Felicity passa la main sur son visage tuméfié.

— Je suis affreuse, se plaignit-elle.

Le sourire de la gouvernante s'élargit.

— Si toutes les femmes étaient aussi affreuses que vous quand elles sont en beauté, ce monde serait un vrai paradis.

Felicity sourit, ce qui réveilla la douleur de sa lèvre enflée. Réprimant une grimace, elle articula :

— Je suis très honorée de leur visite.

Un instant après, la grande dame brune que Felicity avait cru détester entra dans la pièce en souriant largement, les bras chargés d'une gerbe de fleurs. Son séduisant époux la suivait de près, tandis que Riordan fermait le cortège d'un pas nonchalant. Pendant que le couple s'approchait de Felicity, il s'appuya au pied du lit.

— Vous paraissez vous être remarquablement remise de vos épreuves, mademoiselle Felicity, déclara Adriana avec chaleur.

— Merci de votre gentillesse, milady... Surtout après l'attitude détestable que j'ai eue envers vous. Je vous prie de pardonner ma bêtise.

Adriana lui serra gentiment la main.

— Tout est oublié, dit-elle. (Puis, en riant, elle indiqua le bouquet.) Nous avons volé ces fleurs dans le jardin de lady Philana. Ne sont-elles pas jolies ?

— Oui, magnifiques, admit Felicity, pleine de gratitude d'être encore vivante et de pouvoir contempler ces merveilles.

Adriana tendit le bouquet à la gouvernante.

— Je suis sûre que vous aurez plus de talent que moi pour les disposer dans un vase, madame Rosedale. Mes sœurs m'ont assez souvent reproché mon manque de raffinement... Mais j'ai eu l'occasion de prendre ma revanche en les devançant sur mon cheval, tandis qu'elles s'efforçaient de rester sur leur selle.

Le regard de Felicity dériva vers les rondeurs qu'elle devinait sous le châle d'Adriana, puis elle détourna ses yeux embués.

— Ça va aller, murmura celle-ci en posant la main sur le bras de la jeune femme dont Riordan leur avait raconté en détail le calvaire. Vous aurez un autre bébé avec un mari qui vous chérira tendrement. J'en suis certaine.

— Savez-vous où est Roger maintenant ? s'enquit Felicity en regardant tour à tour ses trois visiteurs. Est-ce qu'il a été arrêté ?

— Pas encore, dit Colton. Il se cache depuis qu'il sait que vous avez été retrouvée vivante. Il doit avoir peur de se montrer.

— Je ne me sentirai pas en sécurité jusqu'à ce qu'il soit pris.

Riordan avança deux chaises, une pour lui et une pour Colton. Adriana avait pris place dans le large fauteuil confortable.

— Je les ai mis au courant de nos théories concernant la mort de lord Sedgwick, déclara-t-il. Vous êtes-vous souvenue d'autres détails ?

— Non, j'en ai peur, murmura-t-elle tristement. Si j'avais compris plus tôt ses manigances, j'aurais peut-être pu sauver Mlle Mayes. Si j'ai bien compris, il venait tout juste de faire sa connaissance. Mlle Mayes était passée au magasin de la fabrique pour acheter un châle.

Elle se tourna vers Colton.

— Était-ce une de vos amies ? En tout cas, elle a dit qu'elle vous avait bien connu.

— J'ai connu Pandora il y a plusieurs années. Nous étions en bons termes jusqu'à il y a quelques mois, quand elle a essayé de me faire croire qu'elle se mourait après avoir accouché de mon enfant.

Il marqua une pause et caressa la main de sa femme.

— Depuis, nous avons des raisons de croire que l'enfant est celui de ma cousine, qui a trouvé la mort dans une embuscade. L'enfant a été volé à sa naissance et m'a été présenté peu après comme étant le mien... Nous sommes à la recherche de la femme qui l'a dérobé pour le livrer à Pandora. Je doute que la voleuse ait eu connaissance des liens de sang qui unissaient ma famille à la petite Genevieve.

Felicity écarquilla les yeux, sidérée que lord Colton avoue aussi franchement sa liaison avec l'actrice, devant sa femme de surcroît.

— Monsieur, je ne soufflerai mot à personne de cette histoire. J'ai été sotte autrefois, mais j'ai changé. Je regrette à présent d'avoir subi l'influence de mon père, plutôt que celle de ma mère. Mais je serais profondément honorée si vous et lady Adriana pardonniez mes offenses passées, et acceptiez de me considérer comme votre alliée.

Colton allongea le bras et serra la main de la jeune femme blonde.

— Nous aimerions également vous compter parmi nos amis, mademoiselle Felicity. Nous allons bientôt partir à Londres, où je dois assister aux sessions du Parlement. Vous y serez la bienvenue. Comme la grossesse de ma femme approche de son terme, nous sortirons moins, mais nous apprécierons votre compagnie si vous avez le courage d'effectuer le trajet jusqu'à la capitale. Sinon, nous reviendrons vers la mi-août et serons de nouveau vos voisins.

— Préférez-vous un garçon ou une fille ? demanda peu après Felicity à Adriana. J'espérais avoir une petite fille, mais...

Sa voix se fêla, et elle sentit la main d'Adriana sur le sienne.

— Nous aimerions avoir un garçon, afin de perpétuer la dynastie des Wyndham. Mais si c'est une fille, nous serons également très heureux. De toute façon, nous désirons une famille nombreuse.

— Après avoir recueilli et soigné tant d'animaux durant leur enfance, je suis sûr que ma femme et ma sœur feront d'excellentes mères, renchérit Colton en souriant. J'en ai déjà la preuve avec Genie... La petite adore Adriana, comme si elle était sa propre mère.

Un léger coup sur la porte précéda l'entrée de Mme Rosedale. La gouvernante posa fièrement sur la table un vase de cristal dans lequel elle avait élégamment disposé le bouquet.

— Admirez cet arrangement floral, déclara-t-elle. J'aurais dû être jardinier.

— Dieu merci, vous n'en avez rien fait, intervint Riordan. Vous m'auriez privé de la meilleure gouvernante du pays.

— Gardez vos flatteries, vil coquin ! lui rétorqua la vieille femme d'un ton affectueux. Je suis trop âgée pour ce genre de compliments. Essayez plutôt de charmer Mlle Felicity ou lady Adriana !

Riordan sourit à la jolie blonde dont les cheveux dorés se répandaient sur les oreillers.

— Eh bien ! lady Adriana étant déjà mariée, je vais plutôt tenter ma chance auprès de Mlle Felicity.

Colton hocha la tête en riant.

— En attendant, veillez à ce que vos carafes soient bien gardées, jusqu'à ce que Roger soit en prison... On ne sait jamais.

Alice Cobble regarda son ancien employeur, escorté de deux gardes. Elle sut que toute tentative d'évasion était vaine et, du reste, elle n'avait pas l'intention de commettre cette erreur. Face aux accusations de meurtre, mieux valait coopérer. Elle passa aux aveux, confessa le vol de l'enfant, mais nia avoir tué la femme qui avait donné naissance à la petite fille.

— Je traversais le pont quand le carrosse a jailli. Des hommes à cheval le poursuivaient... J'ai failli me rompre le cou quand j'ai sauté du pont, pour ne pas être écrasée. Peu après, le carrosse a dégringolé dans le vide. Il s'est renversé. Je m'étais cachée derrière les arbres, et quand les soldats se sont éloignés, je suis sortie de ma cachette pour y jeter un œil... On ne sait jamais ce qu'on peut trouver dans ce genre de voiture. J'avais un mouflet mort dans mon barda, et je savais pas où en trouver un autre pour le donner à Mlle Pandora... et pour toucher mon argent. La chance m'a souri pour une fois. Sous le carrosse, une dame gémissait et se tordait de douleur. Elle était sur le point d'accoucher... Je tenais la solution à mon problème. Je m'inquiétais pas de ce qu'elle penserait après, elle était presque morte. Elle a rendu son dernier soupir dès que j'ai tiré la gosse hors de son ventre... J'ai pris la petite morveuse et j'ai laissé à sa place mon garçon. J'avais déjà imprimé la marque sur son derrière, exactement comme le frère de Mlle Pandora me l'avait dit. Il m'avait fourni les modèles... et il fallait que la marque reste visible jusqu'à ce que Mlle Pandora vous ait convaincu, m'sieur le lord… À ce qu'il paraît, le directeur du théâtre l'avait remplacée par une actrice plus jeune… et voilà que vous m'annoncez qu'elle a été assassinée.

Colton regarda la mégère froidement.

— Connaissez-vous le recteur qui était au chevet de Pandora, la nuit où elle a fait semblant de mourir ?

— Ouais. C'était comme une pièce de théâtre, pas vrai ? Jocks, son frère, a joué le rôle du prêtre. Il s'en est tiré comme un chef. Il est beaucoup plus jeune, mais quand Pandora l'a eu maquillé, j'en croyais pas mes yeux.

— Et le certificat de mariage ? Un faux ?

— Ouais, fabriqué par Jocks. Je l'ai vu faire, m'sieur, pendant que Pandora me racontait ses exploits. Elle le tenait pour un garçon intelligent, et il l'était, ma foi, puisqu'il a été le seul rescapé d'un trafic d'armes avec les Français.

Colton se renversa sur sa chaise. Il se rappelait parfaitement l'incident. Un seul des voleurs avait effectivement réussi à s'évader, parce qu'une belle garce avait détourné l'attention de ses geôliers… Pendant qu'ils la regardaient danser, le prisonnier avait pris la poudre d'escampette. En se souvenant de leurs descriptions, Colton envisagea pour la première fois la possibilité que la danseuse orientale ait été Pandora Mayes.

— Mais pourquoi Pandora n'a-t-elle pas demandé à un vrai prêtre de nous marier ? demanda-t-il. Cela aurait été plus simple, et, de surcroît, notre mariage aurait été valide.

La mégère s'esclaffa.

— Parce que vous croyez que vous êtes le seul à qui elle ait fait le coup ? Oh ! elle en a épousé, des milords, et ensuite, elle les a fait chanter. Au début, elle a commis l'erreur de faire appel à de vrais prêtres, avec de vraies licences… Plus jeune, elle était belle à couper le souffle, et tous ces aristocrates lui mangeaient dans la main. Puis elle s'est mariée avec un magistrat. Le bonhomme était jaloux comme un tigre. Il a cherché dans son passé et a découvert qu'il n'était pas son seul mari... Des maris, elle en avait autant que des orteils! Le magistrat l'a menacée de la découper en rondelles et de nourrir les petits poissons avec... Pandora a pris peur. Et à partir de là, elle a préféré les faux prêtres et les faux papiers qui ne laissent pas de traces officielles.

— Ce magistrat savait qu'elle était actrice?

— Bien sûr qu'il le savait! s'exclama Alice avec une sorte de sombre jubilation... Mais quand ce crétin a commencé à devenir envahissant, Pandora a demandé à Jocks et à un ami de monter la garde. Chaque fois qu'ils le voyaient débarquer, ils la prévenaient... Pandora payait sa doublure pour la remplacer auprès de son époux.

— Comment savez-vous tout cela?

En gloussant, Alice tapota sa tempe d'un doigt crasseux.

— Qu'est-ce que vous croyez? Y en a là-dedans. Je suis futée et j'ai l'oreille fine. C'est comme ça que j'ai su que vot'mère cherchait une autre nourrice. Et pendant que je travaillais comme femme de ménage au théâtre, j'aimais bien écouter les conversations entre Pandora et ses amants... Je vous ai pas aperçu parmi eux, parce que vous étiez à la guerre... Elle parlait beaucoup avec Jocks aussi, quand ils se croyaient seuls dans sa loge. Ils prenaient leurs aises, si vous voyez ce que je veux dire.

Colton leva les sourcils d'un air interrogateur.

— Ben, quoi! Ils étaient comme deux tourtereaux.

Colton hocha la tête, se demandant comment il avait pu fréquenter une telle femme... Pendant longtemps, il s'était cru à l'abri, Pandora lui ayant assuré qu'elle était stérile. Mais elle l'avait pris au piège de ses mensonges comme tous les autres imbéciles: ils avaient tous sous-estimé ses talents de comédienne. La pensée qu'elle aurait pu réussir à détruire sa vie le fit frissonner.

— Et Jocks ? demanda-t-il. Qu'est-il devenu ?

— Aux dernières nouvelles, il s'est fait tuer dans une bagarre au couteau, peu après le départ de Pandora pour Bradford.

Pressé de retourner auprès de son épouse, Colton s'approcha d'un des officiers en charge.

— Je crois qu'elle dit la vérité. Le mari de ma cousine et leur cocher ont trouvé la mort dans l'accident. Je doute que la jeune femme aurait pu survivre... Et si Alice ne l'avait pas aidée à accoucher, sa fille serait morte aussi. Si vous n'avez pas d'autres charges contre cette femme, relaxez-la... Si vous voulez lui poser d'autres questions plus tard, vous la trouverez au théâtre, où elle travaille.

De retour dans la petite pièce où la souillon était retenue, Colton laissa tomber une petite bourse sur la table, devant elle.

— Voici votre récompense pour avoir sauvé Genie. Mais si je vous revois rôder près du manoir de Randwulf, à Bradford ou près de ma résidence londonienne, je vous ferai arrêter. Est-ce clair ?

— Comme de l'eau de roche, milord ! lui assura Alice, convaincue qu'il était sérieux. Merci pour l'argent. Je resterai à l'écart, comptez là-dessus. Y a pas de raison que je quitte le théâtre pour aller m'enterrer à Bradford.

— Parfait. Je crois que nous nous sommes compris.

Adriana se réveilla brusquement de sa sieste, la main sur son cœur qui battait à se rompre. Des yeux, elle parcourut les recoins familiers de la chambre qu'elle partageait avec son mari... Rien n'avait changé, chaque objet était à sa place. Pourtant, quelque chose l'avait tirée de son sommeil. Un mauvais rêve ou un bruit lointain, elle n'aurait pas su le dire, mais la sensation de menace persistait.

— Leo ? Aris ? Où êtes-vous ?

Aucun jappement ne lui répondit. La demeure était plongée dans un silence de mort. Colton était parti pour Londres la veille, mais elle avait préféré rester au manoir. Elle n'avait guère envie d'assister à son entretien avec Alice. Ces derniers temps, son bébé n'arrêtait pas de bouger dans son ventre, et elle avait besoin de repos. Colton était monté dans le carrosse à contrecœur. Tant que Roger Elston était en liberté, il répugnait à la laisser toute seule. Certes, elle était entourée de domestiques, mais il s'inquiétait pour elle. Adriana avait insisté. Elle se sentait fatiguée. Elle somnolait pendant la journée et ne se sentait pas le courage d'effectuer l'interminable trajet en landau. Colton s'était résigné à partir seul. Il avait donné à Harrison et à Maud des instructions très strictes : ils ne devaient quitter leur maîtresse en aucun cas et ne laisser personne l'approcher.

Samantha attendait son bébé d'un jour à l'autre, et lady Philana s'était installée au château des Burke pour assister à la naissance de son premier petit-enfant.

Adriana se glissa hors du vaste lit à baldaquin, enfila un peignoir de soie par-dessus sa chemise et brossa ses longs cheveux noirs. Ensuite, elle sortit de la chambre et prit la direction de l'escalier. Elle avait hâte de faire taire la sourde angoisse qui, soudain, la tenaillait, de s'assurer que tout allait bien dans l'immense manoir. Elle ignorait quand Colton reviendrait exactement. Il lui avait promis de rentrer aussi vite que possible, mais tout dépendrait des aveux d'Alice. Et sachant que l'abjecte créature chercherait à gagner du temps, Adriana n'espérait pas revoir son époux avant plusieurs jours.

Ses pas légers martelèrent les marches, tandis qu'elle descendait. Dans le grand hall baigné par la lumière de l'après-midi, elle fit une halte, hésitante. Elle jeta alentour un regard empreint d'appréhension, mais n'entendit rien ni ne vit personne. D'habitude, la maison fourmillait de bruits familiers : pas des domestiques vaquant à leurs occupations, rires, conversations. Mais aujourd'hui, elle était silencieuse comme une tombe.

— Harrison, où êtes-vous ?

Pas de réponse. Adriana sentit une vague de peur l'inonder. Le majordome était entièrement dévoué à la famille Wyndham. Il aurait répondu s'il en avait eu la possibilité.

Dehors, le vent soufflait. Adriana traversa le couloir menant au vestibule et ouvrit la porte d'entrée. Elle sortit sous le portique, jeta un coup d'œil dans le parc. Personne, pas même les jardiniers.

En proie à une confusion grandissante, la jeune femme retourna à l'intérieur du château. Elle balaya rapidement du regard le salon vide, puis ressortit dans le hall. Il n'y avait pas trace des domestiques ni de Harrison.

Adriana décida de procéder à des investigations plus méthodiques. Elle retourna au salon, mais cette fois, au lieu de se contenter d'un simple coup d'œil, elle y pénétra. À peine avait-elle dépassé le vaste fauteuil à oreillettes situé près de la porte qu'elle se figea : Harrison était couché devant la cheminée ; un mince filet de sang coulait de sa tempe vers ses cheveux grisonnants.

Adriana se précipita vers le majordome, s'agenouilla près de lui, sa robe de chambre déployée en corolle autour d'elle. Elle tâta fébrilement son cou : le pouls battait faiblement sous le col empesé. Il a dû trébucher, se dit-elle pour se rassurer, et il s'est cogné la tête sur le manteau de la cheminée. Mais quand elle se redressa, après avoir placé un coussin sous la tête du blessé, elle remarqua un buste de marbre taché de sang qui gisait sur le tapis. Son cœur fit un bond dans sa poitrine, car d'habitude, le buste trônait sur la table d'angle, à côté de l'entrée.

Adriana se précipita vers les cuisines, afin de chercher une bassine d'eau et un linge propre. Sur le seuil de la pièce, elle s'immobilisa. Là non plus, il n'y avait personne. Plusieurs casseroles bouillaient sur les feux; dans une grande jatte, des blancs d'œufs battus en neige commençaient à perdre leur consistance.

Le silence qui régnait autour d'elle forma une sorte de boule épaisse au fond de sa gorge. Son cœur battait la chamade. À Randwulf, une cuisine désertée était indéniablement mauvais signe. Adriana saisit une cruche d'eau, un linge, une bassine peu profonde. Elle revint au salon et prit la précaution d'écarter le gros fauteuil de l'entrée, de manière à pouvoir surveiller le grand hall. Elle n'avait guère envie de se laisser surprendre par un intrus, comme Harrison.

Elle s'agenouilla près du majordome et commença à nettoyer le sang de sa tempe et de sa joue. De temps à autre, elle levait les yeux d'un air anxieux. Le coupable devait rôder quelque part dans la maison… Elle pensa à Roger, à ses victimes qu'il avait empoisonnées. D'une façon ou d'une autre, il avait dû s'introduire dans le château en trompant la vigilance des deux chiens-loups. C'était une conclusion terrifiante, mais la seule explication logique de l'état pitoyable de Harrison et de l'absence des autres serviteurs.

Personne ne se montrait. Glacée de peur, Adriana se résolut à fouiller chaque pièce, dans l'espoir de retrouver l'un des domestiques. Elle recommença à appeler les chiens.

— Aris, Leo ! Ici !

Elle prêta l'oreille, mais n'entendit rien, pas même leurs ongles grattant le sol de marbre.

— Oh ! venez, s'il vous plaît…

Soudain, elle se dit que Roger avait peut-être empoisonné les animaux. Il avait toujours eu une peur bleue des deux molosses. Mais comment s'y serait-il pris ? Il n'oserait pas les approcher, et les chiens n'auraient jamais rien accepté de sa main. L'estomac noué, la gorge sèche, elle s'élança dans le couloir, en direction de la galerie ensoleillée où les deux bêtes aimaient se prélasser. Ayant atteint l'arcade qui séparait la pièce du corridor, elle s'avança d'un pas hésitant. La luminosité était aveuglante. La main en visière, elle appela de nouveau :

— Aris ? Leo ? Êtes-vous ici ?

— Mais oui, ma chère, ils sont ici, en effet, répondit une voix familière, lui arrachant un cri d'horreur.

Elle chercha des yeux le monstre qui avait osé profaner sa maison.

— Vous ! Que faites-vous là ? s'écria-t-elle.

Tétanisée, elle aperçut Roger assis dans un fauteuil, tel un roi sur son trône. Il arborait une attitude hautaine en même temps qu'amusée… Visiblement, il était très content de lui. Adriana essaya de comprendre comment elle avait pu ne pas le voir pendant ses recherches, car il devait être assis là depuis un bon moment. « La lumière ! » pensa-t-elle. En cette saison et à cette heure de la journée, les rayons du soleil formaient une sorte de rideau lumineux qui perturbait les sens.

— Je suis venu vous présenter mes respects, déclara-t-il d'une voix contrôlée. Je voudrais…

Il s'interrompit, tandis que son regard enveloppait le ventre arrondi.

— Il semble que vous ayez donné bien du plaisir à votre époux. Mais je peux vous jurer que, quand j'en aurai fini avec vous, cette petite parcelle de lui sera morte.

Terrorisée, Adriana recula, les mains sur son ventre. Une nouvelle fois, elle chercha les chiens des yeux et faillit s'étrangler quand elle les découvrit étendus par terre, aux pieds de Roger. Leurs langues pendaient, leurs corps étaient inertes.

— Vous les avez tués ! cria-t-elle, les yeux brillants de larmes. Espèce de fou, écœurant fils de bâtard !

C'était ce qu'Adriana avait trouvé de pire comme insulte, mais dans sa bouche, cela ne semblait pas très insultant.

— J'espère bien que oui, répondit-il en esquissant un geste vers les chiens-loups inanimés. J'ai quitté la fabrique dès que j'ai su que mon épouse était encore en vie, mais malgré ma hâte, j'ai pris une des fioles dont mon ami Thaddeus Manville m'a pourvu. À cause de ma précipitation toutefois, le contenu a éclaboussé l'étiquette, si bien que je ne peux plus voir s'il s'agit de poison ou de laudanum. Mais dans les deux cas, vos chiens ne peuvent pas vous aider.

— Aris et Leo n'auraient jamais accepté à manger de votre main. Comment vous y êtes-vous pris ?

Il gloussa, heureux de lui prouver sa supériorité.

— J'ai aspergé leur nourriture, et j'ai attendu qu'ils viennent se repaître. Ils l'ont fait, après quoi Harrison les a reconduits dans la maison. S'ils ne sont pas déjà morts, ils le seront bientôt.

— Comment êtes-vous entré ?

— J'ai suivi la fille de cuisine. Elle est allée chercher des légumes dans le cellier. De retour dans la cuisine, je lui ai collé un pistolet sous le nez et j'ai menacé de la tuer si quelqu'un bougeait... Maintenant, ils sont tous enfermés ensemble : la cuisinière, ses aides, les jardiniers et les légumes.

— Et les autres domestiques ?

— Eux aussi... J'ai obligé la fille de cuisine à les appeler. La pauvre chérie ne voulait pas, mais je lui ai enfoncé le canon du pistolet dans la joue. Ils sont tous dans le cellier, y compris votre caméariste que j'ai dû assommer parce qu'elle a essayé de m'attaquer. Elle est tombée comme une masse.

— Et Harrison ? Que lui avez-vous fait ?

— Il est plutôt agile pour un homme de son âge. Dès qu'il m'a vu, il s'est emparé du tisonnier. Je lui ai jeté une petite statuette de marbre qui l'a atteint à la tête. Est-il vivant ?

— À peine.

— Dommage. Je croyais l'avoir achevé.

— Vous êtes d'une cruauté sans borne, Roger. Quand je pense que vous avez assassiné lord Sedgwick à cause de moi...

Il était inutile d'essayer de susciter en lui le moindre remords. Elle le scruta d'un air glacial.

— Je prie Dieu de me pardonner de vous avoir permis de me suivre jusqu'ici. J'aurais dû vous renvoyer, avant que vous n'ayez l'occasion de tuer lord Sedgwick. Comment avez-vous pu faire ça à un gentilhomme aussi bon ? Il ne vous avait fait aucun mal.

— Non ? riposta-t-il, le visage déformé par la colère. Il a essayé de nous séparer... Il ne supportait pas l'idée que vous puissiez épouser quelqu'un d'autre que son précieux fils ! C'était une raison suffisante pour le supprimer.

— Mais comme vous avez pu le constater depuis, Roger, sa mort ne vous a servi à rien. Je ne vous aurais jamais épousé. Vous n'étiez qu'une relation, et pas très recommandable en plus. Vous étiez désagréable, arrogant, agressif avec mes amis sous prétexte qu'ils s'intéressaient à moi. En fait, vous étiez jaloux de tous et de tout.

— Oui, je les détestais. Surtout le vieux Sedgwick. Et plus encore, votre mari, lord Colton.

Sa lèvre supérieure se retroussa dans une sorte de rictus méprisant.

— Celui-là, je le hais par-dessus tout. J'ai bien essayé de l'empoisonner aussi, mais c'est cette gourde de Jennings qui a siroté le brandy à sa place.

Adriana le regarda froidement.

— Votre esprit malade vous fournit sans doute toutes les bonnes excuses pour éliminer ceux que vous considérez comme vos ennemis. Y compris pour Pandora Mayes, que vous avez séquestrée dans votre sordide antre de plaisirs. J'ai eu pitié de vous, à cause de votre enfance malheureuse, mais vous ne méritez aucune compassion. Vous n'êtes qu'un lâche. Votre présence ici même, dans la demeure de l'une de vos victimes, me rend malade! (Elle esquissa une grimace de dégoût.) Dommage que vous ne soyez pas mort en même temps que votre mère, quand votre père l'a écrasée sous sa carriole. Tel père, tel fils. Deux êtres vils et dépravés; deux assassins.

— De quoi parlez-vous? éructa-t-il, bondissant sur ses jambes.

Adriana haussa le menton, le défiant du regard.

— Visiblement, vous ne savez pas tout de la vie d'Edmund Elston.

— Qui vous a dit qu'il a tué ma mère? hurla-t-il.

— Baissez le ton, s'il vous plaît. Je ne suis pas sourde.

— Qui vous l'a dit?

Adriana haussa les épaules.

— Il y a eu un témoin, Roger. Une amie de votre mère. Elle est morte un peu plus tard, dans des circonstances identiques. Il semble que le conducteur de la carriole ait été votre père... dans les deux occasions. Il a épousé une seconde femme, qu'il a également tuée pour s'approprier sa fortune.

Roger s'était figé. Il passa la main sur son front. Il revoyait la carriole qui avait foncé sur lui à toute allure... Il avait sauté sur le côté juste à temps... Sinon, il serait mort, lui aussi.

— Êtes-vous sûre de ce que vous avancez?

— Comment le pourrais-je? Je n'y étais pas. Vous, en revanche, vous étiez avec votre mère. Qu'avez-vous vu?

Roger se tordit les mains comme s'il combattait un démon… à moins que ce ne soit sa propre mémoire. Il émit un rugissement sourd, qui s'amplifia peu à peu, tandis qu'il brandissait les poings vers le ciel, comme s'il voulait se venger de son passé misérable.

— Inutile de lever vos poings vers le ciel, dit Adriana sur un ton ironique. Vous feriez mieux de viser la direction opposée : dans peu de temps, vous brûlerez dans les flammes de l'enfer.

— L'enfer ? se moqua-t-il. Vous croyez à ces fables de vieilles bonnes femmes ?

Il s'avança d'un air menaçant, mais à nouveau, campée solidement sur ses jambes, Adriana lui fit face. Il leva la main et elle haussa le menton, espérant qu'il ne remarquerait pas ses tremblements.

— Vous aimez violer les femmes, Roger, accusa-t-elle, sans tenir compte des éclairs que lui lançaient les yeux verts. Pourquoi ? Vous n'aimiez pas votre mère ? D'après ce que vous m'avez raconté, ce n'était pas une mauvaise mère, et vous aviez de l'affection pour elle. Alors pourquoi cette haine contre les femmes ?

— Vous ne savez pas ce que j'ai souffert entre leurs griffes, grommela-t-il. Vous auriez pitié de moi si vous le saviez, au lieu de pleurnicher sur le sort de mes victimes.

— Alors racontez-moi, et peut-être éprouverai-je davantage de compassion pour vous.

— Je ne veux pas de votre compassion. Je voulais votre amour, mais vous avez refusé de me l'accorder. Je n'ai pas besoin de votre pitié.

— Nous avons tous besoin d'un peu de pitié, Roger. Si nous étions infaillibles, nous n'aurions besoin de rien ni de personne, nous serions des modèles de piété et de perfection ; mais vous et moi savons qu'il n'en est rien.

— Qui a eu pitié de moi à l'orphelinat ? Personne. J'étais affamé, battu, attaché par les poignets des heures durant. Mais qui a entendu mes cris, qui est venu me consoler quand je sanglotais ? Qui est venu à mon secours lorsque Mlle Tittle m'a fouetté jusqu'au sang ? Ce jour-là, je me suis juré de me venger de cette peau de vache et de ses sbires. Et je l'ai fait ! S'il y a un enfer, j'espère qu'elles y brûleront jusqu'à la fin des temps.

Adriana sentit un frisson glacé parcourir son échine.

— Vous avez tué les employées de l'orphelinat ?

Un sourire satisfait étira les lèvres de Roger.

— Pas toutes en même temps, bien sûr... Mais c'est là-bas que j'ai appris les avantages du poison. De la mort-aux-rats, plus exactement, puis de l'arsenic. Tout le monde a cru à une épidémie d'une maladie mystérieuse... sauf que, bizarrement, l'épidémie ne sévissait que dans l'orphelinat, nulle part ailleurs. J'en ai empoisonné cinq, et personne n'a songé à vérifier les provisions de mort-aux-rats. Les satanés rongeurs pullulaient de la cave aux greniers, et les orphelins en étaient réduits à grignoter les miettes laissées par cette vermine.

Adriana pressa les doigts contre sa bouche pour réprimer une nausée. En voyant sa pâleur, Roger se mit à ricaner.

— Si vous pensez que j'exagère, allez donc visiter l'une de ces vénérables institutions à Londres... Vous verrez que j'ai raison.

Un roulement de carrosse se fit entendre sur les graviers. Roger se retourna, aux aguets. Profitant de cet instant d'inattention, Adriana pivota sur ses talons et s'élança vers la sortie. Le fabricant de laine avait beau être agile, Adriana avait suffisamment joué à chat avec Samantha quand elles étaient petites pour savoir esquiver une main qui cherchait à l'attraper. Quand Roger voulut la saisir, ses bras se refermèrent sur le vide. Il sautilla sur une jambe, afin de conserver son équilibre, cependant que la jeune femme se précipitait vers le vestibule en poussant des cris aigus pour avertir les arrivants.

Colton n'avait pas attendu l'arrêt complet du landau pour sauter à terre. Il s'était rué vers le château en s'efforçant d'apaiser l'inquiétude qui n'avait pas cessé de le tourmenter pendant son séjour à Londres. Il gravit rapidement les marches du perron, poussa la lourde porte d'entrée et fit irruption à l'intérieur au moment où Adriana déboulait dans le vestibule, poursuivie par Roger, qui glissait sur le marbre. Colton attrapa sa femme et l'écarta de son agresseur. Emporté par sa course, Roger s'affala lourdement par terre, en tentant d'agripper la traîne d'Adriana. Mais il ne put saisir qu'une mule, qu'elle avait égarée dans sa fuite éperdue.

Colton poussa sa femme vers la sortie, lui intimant de s'en aller, après quoi il se tourna vers Roger. Rapide comme l'éclair, ce dernier tira le pistolet chargé de la poche de son manteau et le braqua sur son ennemi.

— Si vous faites un geste, je vous fais un trou dans la tête, juste au-dessus de la bouche ! le menaça-t-il.

Lentement, Colton leva les bras. En même temps, il fit passer Adriana derrière son dos, alors qu'elle tentait désespérément de se glisser devant lui.

— Reste où tu es, Adriana, sinon je devrai l'attaquer.

Roger se releva prudemment, le pistolet toujours dirigé vers Colton.

— Vous êtes mignons, tous les deux, à vouloir vous sauver l'un l'autre, ricana-t-il. De toute façon, je vous tuerai tous les deux. Rira bien qui rira le dernier.

— Pourquoi voulez-vous tirer sur Adriana ? demanda Colton. Elle ne vous a rien fait.

— Elle doit payer ses mauvais choix. Elle vous a préféré à moi. Je ne me contenterai pas de vos restes, Colton. Vous mourrez tous les deux, et votre marmot aussi... On pourra dire que je me serai vengé des Wyndham, jubila-t-il. D'abord lord Sedgwick... (Il ricana en voyant les yeux gris s'étrécir.) les chiens...

Colton interrogea sa femme du regard, et Adriana hocha tristement la tête.

— ... et maintenant vous, milord, pour mon plus grand plaisir. Vous, le héros décoré de médailles qui a combattu sous les ordres de Wellington, vous allez être abattu par un fabricant de laine ! Quel triste destin ! Et enfin, la belle Adriana... Je la regretterai, mais je ne puis me permettre de l'épargner. Il faut bien que je me protège...

Un bruit familier attira les regards de Colton et d'Adriana, qui fixèrent un point derrière l'assassin. Le sourire qui fleurit sur les lèvres du marquis alerta Roger, dont les cheveux se dressèrent sur la tête. À son tour il entendit le bruit des ongles qui grattaient le marbre du sol.

Stupéfait, il jeta un coup d'œil par-dessus son épaule, et son sang se figea dans ses veines. Une silhouette longiligne, menaçante, avait surgi de la galerie. Leo, le plus gros des deux chiens-loups, se tenait tête baissée, le poil hérissé, les crocs dénudés ; il émit un grognement lugubre, et Roger se mit à chercher une issue d'un air affolé. Il se rua vers la porte du salon, restée entrouverte, mais ses semelles munies de lames de métal dérapèrent à nouveau sur le marbre glissant. Paralysé, il parut un instant incapable de bouger, de faire un pas. Colton esquissa un geste dans sa direction, mais Roger pointa le pistolet sur lui, après quoi il réussit à avancer de quelques mètres... Leo s'approcha du meurtrier d'une démarche de félin. Terrorisé, Roger visa brusquement Adriana.

— Rappelez votre molosse, Colton ! cria-t-il. Sinon, je fais exploser la jolie tête de votre femme chérie.

Mais un éclair de douleur l'aveugla, et il tomba sur les genoux. Sa mâchoire se décrocha, ses pupilles se dilatèrent. Une deuxième onde de choc l'atteignit sur le côté du crâne, un troisième coup l'envoya rouler par terre.

Avec une dignité royale, Harrison tira un mouchoir de la poche de sa livrée et essuya calmement le sang et les cheveux restés collés au tisonnier qu'il tenait à la main. Adriana se rua vers lui, les bras tendus.

— Oh, Harrison ! Cher, cher Harrison, vous nous avez sauvé la vie !

Elle l'avait enlacé et l'embrassait sur les joues. Le majordome souriait d'un air ravi, en penchant la tête pour mieux recevoir les baisers de sa jeune maîtresse.

— Je n'ai fait que mon devoir, Madame. Je n'allais pas laisser ce malfrat faire la loi dans cette maison !

Colton se rapprocha en riant. Il serra la main du majordome, étreignit les épaules d'Adriana, et tous les trois contemplèrent Leo, qui bâillait comme un fauve exténué.

— Roger m'a dit qu'il avait empoisonné les chiens, expliqua Adriana. Toutefois, il a avoué qu'il s'était peut-être trompé de fiole. Il aurait donné aux bêtes une potion soporifique plutôt que de l'arsenic.

— Alors où est Aris ?

— Dans la galerie, dit-elle en s'appuyant sur lui. Si Leo est vivant, Aris doit l'être aussi.

— Et les domestiques ? Où sont-ils ?

— Il les a enfermés dans le cellier.

— Je vais les libérer, annonça Harrison.

Tout en parlant, il avait porté la main à sa tête, touchant avec précaution la bosse qui s'était formée, grosse comme un œuf de pigeon. Lorsqu'il ramena ses doigts devant ses yeux, ils étaient tachés de sang.

— J'en profiterai pour prier la cuisinière de me bander la tête. Je saigne encore.

— Je vais panser votre blessure tout de suite, Harrison, se proposa Adriana. Sa Seigneurie ouvrira aux domestiques et enverra quelqu'un chercher le shérif[1]... Ensuite, nous irons voir Aris.

Peu après, la maisonnée était à nouveau au complet. Roger, ligoté, avait été placé derrière la table basse, pour que l'on ne trébuche pas sur lui en attendant l'arrivée du shérif et de ses hommes. Le tueur était toujours inconscient, et il y avait de grandes chances qu'il le reste jusqu'à l'arrivée des autorités.

Roger s'était trompé, en effet, et avait administré aux chiens du laudanum ; Aris se réveilla donc, lui aussi, avec un formidable bâillement. Colton déboucha une bouteille de brandy – il dédaigna la carafe, de crainte que l'assassin n'y ait mis du poison, se servit un verre et en offrit un à Harrison... Les deux hommes échangèrent quelques plaisanteries de bon ton, tandis que les chiens, complètement remis, témoignaient leur affection à Adriana et à Genie.

Lady Philana arriva un peu plus tard... Elle entra dans le salon en poussant des cris de joie et en agitant les mains.

— Ça y est, enfin ! Je suis grand-mère ! Je suis venue vous annoncer la bonne nouvelle : j'ai un petit-fils.

— Oh... mais c'est merveilleux ! s'exclama Adriana.

Elle se leva, aidée par Colton, pour aller embrasser sa belle-mère.

— Est-ce que Samantha va bien ?

— Oui, ma chère enfant. Elle est aux anges ! déclara Philana sur un ton joyeux. Quant à moi, je peux l'avouer maintenant, je suis littéralement épuisée à force d'avoir arpenté l'antichambre avec Percy,

1. En Angleterre, magistrat responsable de l'application des peines dans les comtés.

pendant que le Dr Carroll assistait Samantha. Je suis sûre qu'aucun de vous n'a eu une journée aussi éprouvante que la mienne. Je suis bien contente que tout soit terminé. Je peux enfin me détendre.

Un éclat de rire général la fit s'arrêter au beau milieu de la pièce. Philana promena un regard médusé sur les membres de la famille et sur les domestiques, hilares.

— Mais si, je vous assure !

Épilogue

Adriana berçait doucement son fils, qui pleurait et s'agitait dans ses bras. Ils étaient revenus de Londres, afin que le bébé reçoive le baptême dans la même église que son père. Depuis son dernier repas, l'enfant avait dormi comme un loir, mais maintenant, parfaitement réveillé, affamé de nouveau, il hurlait en fourrant son petit nez dans le corsage de sa mère.

L'expression chagrinée du révérend Craig témoignait de ce que les poumons du bébé étaient en parfait état de marche. Les yeux de Gyles Sutton s'embuèrent quand les piaillements de son petit-fils atteignirent une note suraiguë, Philana et Christina sourirent béatement, comme si elles entendaient une musique céleste, quant à Colton, il avait l'air très amusé par les vocalises de son héritier. Debout près de son épouse, il suivait avec une fierté toute paternelle chaque mot prononcé par le recteur, tandis que celui-ci procédait tant bien que mal au baptême de Gordon Sedgwick Wyndham.

Lorsque ce fut terminé, Adriana se retira pour donner le sein à son fils. Samantha l'avait rejointe avec son propre bébé, et ensemble, les deux amies admirèrent leurs petits garçons. Les deux cousins s'observaient d'un air méditatif. Ils se ressemblaient, et plus tard, ils deviendraient sans doute des amis inséparables, comme leurs mères.

Samantha et Adriana retrouvèrent leurs maris devant l'église, ainsi que leurs invités : parmi eux se trouvaient Riordan Kendrick et sa jeune épouse, la belle, la radieuse Felicity Kendrick. La jolie blonde était aux anges ; son mari était aux petits soins avec elle, ce qui la changeait considérablement des mauvais traitements de Roger Elston. Jane Fairchild, aidée d'un infirmier, avait amené son père, Samuel Gladstone, sur une chaise roulante. Jarvis Fairchild brillait par son absence, mais cela ne semblait absolument pas gêner Jane, qui bavardait et riait avec son nouveau gendre.

Le même soir, Adriana se blottit contre son mari. Leo et Aris somnolaient au pied du lit, et Gordon, rassasié, dormait dans son petit berceau. La petite Genie Kingsley se reposait dans une chambre voisine avec Blythe, sa nounou. Un jour, on lui apprendrait quel couple merveilleux avaient formé ses vrais parents.

— J'ai peine à croire que Riordan et Felicity attendent déjà un enfant, murmura Adriana en souriant. Elle a dû le concevoir pendant sa nuit de noces... Cela fait déjà deux mois, et elle est radieuse.

Colton caressa la cuisse de sa femme, s'émerveillant comme d'habitude de son galbe parfait.

— Ils sont heureux et ils le méritent... Je n'ose imaginer ce que notre amie serait devenue si elle avait continué à vivre avec Roger Elston... Jane jubile à l'idée d'être bientôt grand-mère. Elle aime vraiment son gendre, qui le lui rend bien... C'est vrai, Riordan adore sa belle-mère, comme moi la mienne d'ailleurs.

Adriana gloussa.

— Tu as intérêt. De toute façon, tu n'as pas le choix.

Il lui sourit.

— Ne dis pas cela. J'ai déjà quitté la maison pour fuir un certain arrangement qui ne me convenait pas.

Elle feignit un lourd soupir.

— Je sais ! Tu as toujours été une tête de mule.

— Adriana, sois honnête ! Aurais-tu cru en mon amour pour toi si je t'avais épousée pour obéir aux ordres paternels ?

— Samantha et Perceval sont très amoureux, et c'est exactement ce qu'ils ont fait.

— Je ne suis pas Percy, et tu n'es pas Samantha. Et je crois que nous sommes aussi heureux qu'eux, sinon plus. Au moins, tu n'as pas à t'inquiéter des raisons qui m'ont poussé à t'épouser. Car au cas où vous ne le sauriez pas encore, je vous aime, madame.

Elle nicha sa tête au creux de la large épaule et caressa du bout des doigts les poils qui veloutaient la poitrine de son mari.

— Je t'aime, moi aussi, murmura-t-elle.

Elle se hissa sur un coude pour sonder les yeux gris qui lui souriaient.

— Je crois que Gordon ressemblera à son grand-père.

— Pas du tout ! fit-il en ayant l'air de s'indigner. À moi, c'est à moi qu'il ressemblera !

Adriana parut réfléchir un moment, puis elle haussa nonchalamment les épaules.

— Je te concède qu'il te ressemble. Mais d'un autre côté…

Colton leva la main.

— Je sais ce que tu vas me dire, on me l'a répété toute ma vie ; je ressemble à mon père comme deux gouttes d'eau.

En riant, elle pressa son nez contre la joue de Colton.

— Et tant mieux, car ton père était un bel homme. Quant à toi, tu es l'un des plus beaux spécimens de la gent masculine… Et je suis heureuse que tu sois à moi…

Il l'entoura de ses bras, et ils restèrent un moment enlacés. Puis elle demanda :

— Est-ce que Riordan t'a dit quelque chose après la pendaison de Roger ?

— Oui… Il m'a dit qu'il avait tenu à y assister pour s'assurer que Felicity n'aurait plus rien à craindre de ce monstre. Après toutes les atrocités qu'il a commises, Roger s'est montré d'une grande lâcheté au moment de mourir. Il a gémi, pleuré, supplié sur le chemin du gibet, mais comme il n'a jamais eu pitié de ses victimes, il n'a récolté aucune compassion en retour.

— M. Fairchild est certainement ravi que Felicity se soit mariée avec Riordan, dit Adriana. D'après Jane, il avait prédit que sa fille épouserait un noble. Depuis qu'Edmund est décédé et que Jarvis a acquis ses filatures, son attitude vis-à-vis de Samuel Gladstone a beaucoup changé. Il voue à son beau-père une grande admiration. Il a payé ses dettes et a réembauché les ouvriers qu'il avait licenciés… Felicity m'a confié que son père courtisait sa mère comme s'ils n'avaient jamais été mariés… Durant les mois qu'a duré leur séparation, il a réalisé à quel point il avait une femme exceptionnelle, et il s'est sincèrement repenti.

En riant, Colton roula sur le côté, de manière à faire face à son épouse.

— Alors, nous pouvons reprendre le vers de Shakespeare : « Tout est bien qui finit bien. »

Le bonheur fit briller les yeux d'Adriana, tandis que leurs regards fusionnaient. Et, comme Colton glissait une main câline le long de son dos nu, descendant vers sa taille fine, en la serrant amoureusement contre lui, elle lui lança :

— Espèce de libertin !

7857

Composition
CHESTEROC LTD

Achevé d'imprimer en Italie
par GRAFICA VENETA
le 3 janvier 2021

1er dépôt légal dans la collection : décembre 2005
EAN 9782290257456
OTP L21EPSN002371N001

ÉDITIONS J'AI LU
87, quai Panhard-et-Levassor, 75013 Paris
Diffusion France et étranger : Flammarion